화두1

최인훈 전집 14

화두 1

초판 1쇄 발행 2008년 11월 13일
초판 6쇄 발행 2024년 10월 24일

지은이 최인훈
펴낸이 이광호
펴낸곳 ㈜문학과지성사
등록번호 제1993-000098호
주소 04034 서울 마포구 잔다리로7길 18(서교동 377-20)
전화 02) 338-7224
팩스 02) 323-4180(편집) / 02) 338-7221(영업)
전자우편 moonji@moonji.com
홈페이지 www.moonji.com

ⓒ 최인훈, 2008, Printed in Seoul, Korea

ISBN 978-89-320-1929-1
ISBN 978-89-320-1928-4(전 2권)
ISBN 978-89-320-1914-7(세트)

최인훈 전집 14

화두 1

문학과지성사
2008

일러두기

1. 『최인훈 전집』의 권수 차례는 초판 발행 연도를 기준으로 했다.
2. 이 책의 맞춤법 및 외래어 표기는 국립국어연구원의 『표준국어대사전』을 따랐다. 다만, 일부 인명(러시아말)과 지명, 개념어, 단체명 등의 표기와 맞춤법, 띄어쓰기는 작가와 협의하에 조정하였다.
3. 인용문은 원본 그대로 표기하는 것을 원칙으로 하였으나, 경우에 따라 현행 맞춤법에 맞게 옮겼다.
4. 속어, 방언, 구어체, 북한어 표기 등은 작가가 의도한 바를 그대로 따랐다.
   예) 낮아분해 보이다/더치다/좀체로/어느 만한/클싸하다 등.
5. 단편과 작품명, 논문명, 예술작품명 등은 「 」, 장편과 출간된 단행본 및 잡지명, 외국 신문명 등은 『 』 부호 안에 표기했다. 국내 신문은 부호 표기를 생략했다.
6. 말줄임표는 ……로 통일하였고, 대화문이나 직접 인용은 " "로, 강조나 간접(발췌) 인용은 ' '로 표기하였다.

차례

20세기의 개인

올해 8월이면 우리 민족이 반세기에 걸친 일본군 점령에서 벗어난 지 만 49년이 된다.

그리고 이 시간은 우리 민족의 국토가 분단된 시간이기도 하다.

20세기는 이제 5년을 남겨놓고 저물어가려고 한다.

우리 민족이 분단된 원인을 제공한 세계적 정치 세력의 자체 붕괴가 있은 지도 이제 3년째 되어간다.

우리 국토의 북쪽에 실재하는 정치 체제를 그 출발에서부터 지배한 한 인물이 얼마 전 사망하였다.

그런가 하면 우리 태양계의 가장 큰 혹성인 목성에 혜성의 파편들이 충돌하는 우주 사건이 벌어지고 있다.

이런 것들이 오늘 우리가 생활하는 시대의 '거대 지표'들이다.

이들 가운데 어느 하나도 보통 생활자의 직접적인 생활 감각이나 지배 범위에 들어오는 상황은 아니다.

그것들은 모두 보통 생활자의 손이 미치지 않는 거대장에서의 거대 사건들이다.

그런데도 그것들을 보통 생활자가 진지하게 생각하는 것은 과하다고 말해버릴 수 없는 세기—그것이 20세기다. 적어도 나의 감각으로는 그렇다.

인류 역사상 이런 '지표'들은 모두 영웅이나 천재들이 주로 관심 가질 사항이었다. 영웅과 천재들의 달력과 비망록 속에서 가장 절실한 사항들이었다. 그러나 20세기는 이런 사항들이 보통 사람들의 일기장과 아침에 받아보는 일간 신문의 생생한 사건들이 되었다. '보통' 사람이라는 위치가 '거대' 상황에서 멀리 떨어져 있거나 책임이 덜하거나, 영향받는 바 덜하다고 하기 힘든 시간—그것이 20세기다. 적어도 나의 감각으로는 그렇다.

20세기의 초입에서 많은 사람들이 이 세기에 대해서 특별한 인상을 가지고 언급하면서 그들의 생애를 시작하였다.

지구가 비로소 공간적으로 단일한 지리적 환경이 되고, '현재'가 지구 위에 사는 인류 모두에게 동질적인 것이 되었다는 강렬한 느낌을 가졌다고 그들은 인식하였다. '그들'이란, 정치가·군인·과학자·예술가·실업가 들을 말하는 것인데, 20세기에는 통신 수단의 대약진으로 이런 시대적 분위기가 보통 대중인 농민·노동자·학생 들에게도 곧바로 자연스럽고 일상적인 것이 되었다.

20세기에는 많은 사람들이 인류 역사상 유례없을 만큼, 인류로서의 자신들의 역량에 큰 자부심과 낙관론을 가지고 생활을 바라보게 되었다. 20세기에 일어난 대변혁들은 대부분 이 낙관론의 마그마가 도처에서 분출한 대폭발이라는 성격을 지닌다.

불행하게도 우리 민족은 인류사적으로 유례없는 이 낙관론과 자각의 시대에 정치적 '집단'으로서는 이 또한 우리 민족의 역사상 가장 불리한 운명의 사슬에 묶이면서 20세기에 진입하였다. 외국 군대가 이 세기의 전반부 50년에 걸쳐 우리 국토를 점령하고, 20세기의 희망과 기회를 우리 민족의 땀과 피를 거름 삼아 그들의 번영과 모험을 위한 자원으로 동원하였기 때문이다.

인류사적인 대역량과 가능성과, 민족사적인 대불행의 복합적인 지배— 이것이 아마 20세기 우리나라 사람들의 생활과 정신을 규제한 모순인 듯싶다.

20세기에 많은 사람들은 인류의 걸음걸이는 실제 그러했던 것보다 좀더 합리적이고 좀 덜 낭비적인 모양새로, 말하자면 직선에 가까운 방식으로 움직이리라는 예감을 가졌던 듯싶다. 그러나 회고하는 이 시점에서 보면 실제로는 그것은 직선이기보다 나선형에 가까운 듯하고 그것도 가끔 뒤로 돌아가기도 하는 역나선형에다, 상하 좌우로 일탈도 하는— 후진과 일탈을 동반한 나선 운동이었던 듯싶다. 이 나선 운동의 어느 지점과 방향에 자신의 행동이 위치하고 있는가는 이 세기의 첫 무렵에 사람들이 생각한 만큼은 판단이 쉽지 않다.

이것은 대단히 착란적인 상황이다. 낙관과 비관이 2분적으로 나누어졌더라면 얼마나 편리했겠는가. 그렇지 않았기 때문에 상황은 생활자에게 환상과 절망을 동시에 주었다. 어느 쪽을 강조해도 그것은 바른 인식이 아니었고, 바르지 못한 인식에서는 예상하는 결과는 나오지 않았다.

20세기를 이제 몇 해 남겨놓지 않은 이 시점에서도 20세기의 두 얼굴은 마치 우리를 유혹하는 악마의 얼굴처럼, 천사의 얼굴처럼 우리를 착란과 희망의 소용돌이 속으로 몰아놓는 듯싶다.

각자에게는 각자의 대처 방법이 있을 것이다.

살다 보니 나에게 가장 손에 익은 방법은 '문학'이라는 돛대에 자기 몸을 묶는 일이 이 소용돌이를 벗어나는—적어도 직시하는—길이었다.

『화두』는 그러한 항해자의 기록이다.

나는 이 작품에서 소용돌이의 여러 깊이에 주의하려고 하였다. 그 표면, 그 중간쯤, 그 저류, 그리고 물론 바다 밑의 지형 말이다.

20세기라고 하지마는, 20세기라는 바다의 어느 수역에 있는가에 따라서 항해자의 주의사항과 항로 선택은 다를 수밖에 없다.

『화두』에서 나는 이 점—내가 위치한 해역의 좌표—에 가장 민감하려고 노력하였다. 생각건대 결국 배는 바다에 있는 것이지 선실에 있는 것이 아니기 때문이다.

그러나 여전히 살아 있는 사람은 어느 '선실' 아니면 아무튼 배의 각기 다른 부분에서 항해하는 것도 사실이다.

'돛대'라고 하지만 이 돛대는 매우 복잡한 방정식의 돛대일 수밖에 없다. 과연 그런 방정식의 해법대로 구성되었는지는 의문이지만, 그 복잡성을 의식하는 점에 게을리하지는 않으려고 노력하였다.

　다행히 나는 정치가가 아니고 작가이므로, 이 방정식의 해법은 법령일 수도 없고 명령일 수도 없으며, 일종의 '사고 실험'이며 상상력 실험이기 때문에 나는 최상의 항로를 선택하려고 노력하였다. 그것이 문학이라는 돛대의 효용이라고 생각하기 때문이다. 또 그렇게 하는 것이 내가 느끼는 20세기의 고유한 성격에 가장 어울린다고 인식하기 때문이다.

　고유한 성격이란, 거듭 말하거니와 인류의 역사에서 어느 때보다 인류가 자기 생활의 조건을 그럼직하게 개선할 수 있는 현실적 능력이 증대되었다는 사정을 말한다.

　20세기의 이 무렵을 사는 우리는 이미 그 능력이 결코 마술적인 것이 아니라는 것은 알고 있다. 이 세기가 겪은 좌절의 부분(우리 민족의 운명도 그 하나인)을 통해 그 좌절조차도 우리의 재산이 되어 있다.

　그러면서도 20세기가 열어놓은 가능성을 강조하고 싶다. 그렇게 한다고 해서 인간의 실존적 허무가 더 악화되리라고 생각하지 않기 때문이다.

　『화두』에 대해 베풀어진 격려에 대하여 감사하며 영광스럽게 생각한다.

〔1994년 제6회 이산문학상 수상 소감〕

21세기의 독자에게

사람은 한 번밖에 살 수 없어서 슬프다.

*

살다 보면 인생 한 벌만 가지고는 풀 수 없는 숙제가 사람이 산
다는 일이다.

*

이 지구 위에 생겨서 진화해온 생물의 고급 종류에 속하는 모든
개체가 밟게 된 이 조건이 고통스러워진 종種이 인간이다. 이것이
종교의 뿌리다.

*

　이 점에 대하여 나는 이 책의 초간본 독자에게 드리는 글에서 썼다. '비늘들은 이 거대한 몸의 운동에 따라 시간 속으로 부스러져 떨어진다. 그때까지를 개인의 생애라고 불러볼까. 옛날에는 이 비늘들에게는 환상이 주어져 있었다. 비록 부스러져 떨어지면서도 그들은 이러저러한 신비한 약속에 의해서 본체 속에 살아남는 것이며 본체를 떠나지만 결코 떠나는 것이 아니라는. 그러나 오늘의 비늘들에게서는 그런 환상이 거두어졌다.'

*

　이 글을 적는 지금, 이 대목은 그때보다 더 사무치게 강조하고 싶다.

*

　인생은 한 번뿐이고 '재심'도 없고 '부활'도 없다 — '개인'에게는. 그리고, 논의의 중심은 개인에게 있다 — 적어도 종교에게는, 아니 처음은 어쨌든 차츰 종교의 중심도 그렇게 이동해온 것이라 생각한다, 적어도 나는.

*

그런데 ‘부활’도 ‘윤회’도 없게 되면 그것은 이미 종교가 아니다.

*

만일 종교가 불가능해지면, 그 상태는 인류라는 생물의 한 ‘종’이 다른 생물들과 자신을 구별하는 내용을 잃게 된다.

*

이 상황은 인류문명사상 일찍이 없었던 국면이다.

*

‘부활’과 ‘윤회’는 인류에게 꼭 필요한 환상이고, 희망이고, 꿈이었다.

*

‘지금의 나’를 되풀이하고 싶다는 희망.

*

    생명이 바로 '지금의 상태'가 연속되는 운동이다. 다른 상태가 아니라 자기 종에 의해 지시된 방식의 되풀이가 생명이다. 개체의 종말은 자손에 의한 계승이라는 방식으로 극복되었다.

*

    그것은 번식을 통한 '부활,' '윤회'다.

*

    개인의 생애 자체가 나날의 부활, 날마다 겪는 '윤회'다.

*

    '전생前生의 나'는 '전일前日의 나'의 비유에 지나지 않는다.

*

    우리는 매일 '윤회'하고, 매일 '부활'할 뿐만 아니라, 하루 중에도 매초 매 순간 '윤회'하고 '부활'한다 ─ 이 파악은 비유가 아니라 사실이다.

*

선행한 자기를 자기라고 붙들 수 있는 의식의 힘—즉 '기억'
이다.

*

'기억'은 생명이고 부활이고 윤회다.

*

예술은 약속에 의해서 기억의 엄청난 증폭과 초월이 허락되는
'기억' 놀이다. 예술 속에서는 개인은 생애를 몇 번씩이나 '부활'
할 수 있고 '윤회'할 수 있다.

*

문장의 작성자에게는 퇴고推敲라는 작업방식은 그의 직업상의
'부활'이요 '윤회'다. 자기의 직업적 전생前生을 그때마다 다시
산다.

*

이 직업상의 관례를 활용하여 전생에서 미흡했던 데를 눈에 띄는 대로 더 정확하게 다듬어서 21세기 독자들의 책상머리에 보내드린다. 독자 여러분의 기억의 부활을 위한 악보樂譜로 활용되기를 바라면서.

2002년 늦은 봄
화정花井에서
최인훈

독자에게

인류를 커다란 공룡에 비유해본다면, 그 머리는 20세기의 마지막 부분에서 바야흐로 21세기를 넘보고 있는데, 꼬리 쪽은 아직도 19세기의 마지막 부분에서 진흙탕과 바위산 틈바구니에서 피투성이가 되어 짓이겨지면서 20세기의 분수령을 넘어서려고 안간힘을 쓰고 있다 — 이런 그림이 떠오르고, 어떤 사람들은 이 꼬리 부분의 한 토막이다 — 이런 생각이 떠오른다. 불행하게도 이 꼬리는 머리가 어디쯤 가 있는지를 알 수 있는 힘 — 의식의 힘을 가지고 있다. 그런 이상한 공룡의 그런 이상한 꼬리다. 진짜 공룡하고는 그 점에선 다른 그런 공룡이다. 그러나 의식으로만 자기 위치를 넘어설 수 있을 뿐이지 실지로는 자기 위치 — 그 꼬리 부분에서 떠날 수 없다. 이 점에서는 진짜 공룡과 다를 바 없다. 꼬리의 한 토막 부분을 민족이라는 집단으로 비유한다면 개인은 비늘이라고 할까. 비늘들은 이 거대한 몸의 운동에 따라 시간 속으로 부스러져 떨어진다. 그때까지를 개인의 생애라고 불러볼까. 옛날에는 이 비늘들에게는 환상이 주어져 있었다. 비록 부스러져 떨어지면서도 그들은 이러저러한 신비한 약속에 의해서 본체 속에 살아남는 것이며 본체를 떠나지만 결코 떠나는 것이 아니라는. 그러나 오늘의 비늘들에게서는 그런 환상이 거두어졌다. 그리고 상황은 마찬가지다. 그러나 살지 않으면 안 된다. 비늘들의 신음이 들린다. 결코 어떤 물리적 계기에도 나타나지 않는. 듣지 않으려는 귀에는 들리지 않는. 이런 그림이 보이고 이런 소리가 들린다. 20세기 말의 꼬리의 비늘들에게는 한 조각 비늘에 지나지 않으면서 불행하게도 이런 일을 알 수 있는 의식의 기능이 진화되어버린 것이다. 이 침묵의 우주공간 속을 기어가는 '인류'라는 이름의 이 공룡의, '역사'라는 이름의 이 운동방식이 나를 전율시킨다.

*

　이 소설은 아직 공룡의 몸통에 붙어 있는 한 비늘의 이야기다.

*

　이 소설의 부분들은 대부분 사실에 근거하지만 그 부분들의 원래의 시간적, 공간적 위치는 소설 속에서 반드시 원형과 일치하지는 않는다. 즉, 이 소설은 소설이다.

1994년 2월
최인훈

화두1

1

낙동강 700리, 길이길이 흐르는 물은 이곳에 이르러 곁가지 강물을 한몸에 뭉쳐서 바다로 향하여 나간다. 강을 따라 바둑판 같은 들이 바다를 향하여 아득하게 열려 있고 그 넓은 들 품 안에는 무덤무덤의 마을이 여기저기 안겨 있다. 이 강과 이 들과 거기에 사는 인간—강은 길이길이 흘렀으며 인간도 길이길이 살아왔었다. 이 강과 이 인간, 지금 그는 서로 영원히 떨어지지 않으면 아니 될 건가?

이렇게 시작되는 포석抱石 조명희趙明熙의 「낙동강」을 아직도 갈 수 없는 곳 북한의 항구도시 W시의 고등학교 1학년 교실에서 창밖의 큰 오동나무 그림자가 어룽지는 국어 교과서의 책장 위에서 배우던 일이 어느덧 40년도 넘는 여러 굽이 저쪽 옛일이 되었다.

부스럭거리며 어룽지는 오동나무 그림자가 일렁거리는 「낙동강」
속에 살아 숨쉬던 강물과 사람들. 주인공과 그가 사랑한 여자의
모습은, 고등학교 1학년생의 수준에서 감상된 것일 수밖에는 없었
겠지만, 아무에게나 고등학교 1학년은 한 번밖에 없는 것일뿐더러
인생의 다른 시점에서는 지니기 힘든 마음이 있는 고비인 것도 사
실이다. 「낙동강」을 생각할 때마다 부스럭거리는 오동나무 잎새
소리와 책장에 어룽지던 나무 그림자가 꼭 끼어드는 것은, 거기가
W시 이외의 어떤 다른 곳도 아니고, W고등학교 1학년 교실 아닌
어떤 다른 장소도 아닌 그 자리에서 읽은 「낙동강」이라는 뜻일 테
고 그래서 그때 그 자리의 나와 그리고 거기다 「낙동강」을 합친 어
떤 사건이 '나의 낙동강'이다.

그 무렵 국어 교과서에서 이 「낙동강」을 비롯해 이태준의 「영월
영감」, 최서해의 「탈출기」, 임화의 「우리 오빠와 화로」, 박팔양의
「봄의 선구자」를 배웠던 일이 생각난다. 우리 학교 건물은 해방 전
W시 상업 고등학교 교사였는데 해방된 해에 일반 고등학교가 생
기면서 그 교사가 된 것이었다. 이층 일자─字 모양의 벽돌 건물로
일제시대에 지어진 그런 종류의 건물들의 양식에 따라서 특별한
데는 없어도 해방 후에 서둘러 지은, 갓 졸업하고 온 중학교 건물
에 대면 '문명'의 분위기가 느껴졌다. 건물은 약간 언덕진 길 쪽으
로 담을 사이에 두고 정면을 향하고 있었는데, 한가운데에 현관이
있고, 현관에 들어서면 왼쪽 첫 방이 사무실이고 그다음이 교장실,
다음이 교원실이고 우리 교실은 거기서 한 몇 교실 건너 이쪽 복도
의 끝 방이었다. 현관에서 오른쪽으로 꺾이면 거기도 교실이 이어

져나가고 그 끝에 가서, 떨어져 지은 강당으로 통하는 바깥 복도로 이어지게 돼 있다. 건물의 정면은 담하고 사이에 그리 넓지 않은 터에 건물을 따라 나무들이 있고(나의 자리 옆창문 밖에 있는 오동나무는 그 가운데 하나다), 학교 마당은 건물 뒤쪽에 제대로 잡혀 있다. 여기서 모든 옥외 행사며 체육시간이 치러지고, 쉬는 시간의 우리들 놀이터다. 이 교정의 저편 끝에는 철길이 지나가고 있는데, 평양, 청진, 함흥과 연결된 철길인데 1950년 6월의 그 전쟁이 나기 한 달 전쯤부터 군인들과 장비를 실은 화물열차가 거의 날마다 북쪽에서(아마 청진이며 함흥 등 함경선 쪽의 북쪽 도시들에서) 내려오는 것을 볼 수 있었다. 이 철길과 교정 사이에는 허술한 철망이 있어서 이것이 학교의 뒷담인 셈이지만, 언제부터인지도 모를 구멍이 여기저기 뚫려 있어서 거기를 드나드는 것이 편리한 방향에 사는 학생들에게는 그것들이 교문이었다. 어쩌다 학교에서 그 구멍들을 때울 적도 있었지만 결국 구멍들은 언제나 있었다. 나는 집이 그쪽이 아니었지만 그리로 출입하는 친구들 집에 놀러갈 때라든지 자주 드나들었다. 이 철길 건너에는 주택지대가 있고 얼마 가지 않아 그 끝에서 지형은 언덕을 이룬다. 거기서 보면 바다가 보이지만 우리 학교에서는 보이는 자리가 없다. 교문을 나서면 불쑥 솟은 외딴 섬 같은 언덕이 있고 왼쪽으로 해안통으로 나가는 길인데 거기서도 선창 초입의 건물들이 보일 뿐 바다는 직접보이지 않는다. 교문을 나가서 오른쪽은 내가 졸업한 중학교로 가는 길이다. 거기서부터는 교외라고 해야 할 구역으로, 그 중 학교는 구시가 밖 산자락에 해방된 이듬해에 새로 지은 시멘트 건물이었다.

　고향인 H시에서 W시로 이사 오던 봄에 전학 수속하러 아버지가 나를 데리고 이 학교로 갔을 때 실망되던 생각이 난다. 학교 뜰에는 바윗덩어리(터를 닦으면서 캐낸 것이리라)가 여기저기 흩어져 있었다. 운동장보다 높게 쌓은 터 위에 지은 그 건물은 숲을 밀어내고 산비탈에 지은 다음 우리가 졸업할 때까지도 담을 만들지 못하고 있었다. 학교 근처에는 여기저기 농가가 산의 비탈과 자락에 흩어져 있을 뿐 등하굣길은 어지간한 시골길이었다. 그에 비하면 전해 가을(북한의 학년 초는 9월이다)에 들어온 고등학교는 오래된 건물이 지니는 안정감이 있었다. 중학교의 복도는 시멘트였고 우리는 신발을 벗고 거기를 다녔지만 여기는 나무 마루였고 윤이 나는 그 부드러움이 훨씬 포근한 느낌을 주었다. 나중에 얘기할 일이지만 물론 그보다 더 그럴 만한 이유 때문이었다고 해야 옳기는 옳을 것이다.

　지리시간에 그저 그런 이름을 가진 우리나라의 그 지역을 흐르는 강이라고만 알았을 수밖에 없는 한 강이 「낙동강」 속에서 대번에 눈앞에 다가서고 감옥에서 보석돼 나오는 주인공을 옹위한 일행이 나룻배를 타고 그 강을 건널 때는 '삐걱삐걱하는 노젖 맞히는 소리와 수라수라하는 물 젓는 소리'가 귓가에서 들리는 것이었다. 국어 선생님이 작가와 그 시대에 대해 설명했을 것이다. 선생님은 아마 적절한 소개를 했겠지만 내용은 떠오르지 않는다. 그러나마나 지명에 따라 돌아가며 읽는 사이에 「낙동강」은 거기 나타났다기보다 우리는 모두 「낙동강」 속에 있었다.

시대는 1920년대. 한 사회주의 운동자가 감옥에서 깊은 병이 들어 보석 조치를 받아 풀려나온다. 그의 고향 사람들이 '신병을 인수'받아 고향으로 데리고 온다. 낙동강가의 농촌이다. 그들은 나루터에서 배를 탄다. 강을 건너며 병자는 비감해한다. 말리는데도 강물에 손을 적셔보며 이렇게 돌아온 마을의 젖줄을 느껴보려고 하는가 하면, 곁에 앉은 단발머리 처녀— 그의 애인이다— 에게 노래를 청한다. 처녀가 사랑하는 이의 청을 마다하지 못하고 노래를 부른다. 봄마다 봄마다/불어내리는 낙동강 물/구포벌에 이르러/넘쳐넘쳐 흐르네—/흐르네—에—헤—야. 이 노래의 내력을 아는 배에 탄 사람들 묵묵히 듣는다. 이 사람은 이름을 '박성운'이라하는 이 마을 농부의 아들로 자기네 무식을 한으로 안 부모의 열성으로 농업학교를 마치고 군청 농업 조수로 한두 해 지내다가 독립운동에 가담하여 1년 반을 감옥살이를 하고 나와서 간도로 간다. 그로부터 만주, 러시아, 상해로 돌아다니며 독립운동을 하다가 고향에 돌아와 농촌운동을 한다. 그러고는 낙동강가에 예부터 농민들이 이용하던 갈밭 채취 문제로 앞장을 선 일로 일본 당국의 미움을 받아 감옥에서 고문당한 끝에 몸이 상하여 이렇게 돌아오게 된다. 그 며칠 뒤 그의 장례행렬이 마을에서 나온다. "이 해의 첫눈이 푸뜩푸뜩 날리는 어느 날 늦은 아침, 구포역龜浦驛에서 차가 떠나서 북으로 움직이어 나갈 때이다. 기차가 들녘을 다 지나갈 때까지 객차 안 동창으로 하염없이 바깥을 내어다보고 앉은 여성이 하나 있었다. 그는 로사이다. 아마 그는 돌아간 애인이 밟던 길을 자기도 한번 밟아보려는 뜻인가 보다. 그러나 필경에는 그도 멀지 않아서 다시 잊지 못할 이 땅으로 돌아올 날이 있겠지."

　소설은 이렇게 끝난다. '로사'란 로자 룩셈부르크(Rosa Luxem-burg, 1871~1919, 폴란드 출신 유대계 여성. 독일공산당 창설자의 한 사람. 사회민주당 계열에 의해 암살됨)를 말하는데 박성운이 "당신 성도 로가고 하니, 아주 로사라고 지읍시다. 의. 그리고 참말 로사가 되시오" 하면서 지어준 이름이다. 러시아령 폴란드 도시 자모시치에서 태어나 독일 시민이 된 한 유대계 여자는 이렇게 조선땅 낙동강가의 백정 집안에 태어난 한 처녀에게 옮겨 씐바 되고 이렇게, 바늘 끝에 여러 천 명의 천사가 올라설 수 있는 것처럼 어떤 이름은 그 위에 여러 천 명의 다른 육체를 싣게 되는 일이 벌어진 것이지만 그때 나는 로자 룩셈부르크가 어떤 사람인 줄은 몰랐고 교사가 어떤 설명을 했는지도 떠오르지 않는다. 그러나 이것 역시 무슨 대수로운 일일 수 없어서 '로사'란 소리의 울림은 작품의 흐름 속에서 의당 짚어볼 수 있는 제값을 지니고 읽혔을 것만은 틀림없는 일이다. 수사학은 언제나 나중에 오고 슬픔이 먼저 온다. 떠나기 싫은 고향을 떠나는 사람이 있고 작가의 동정을 받아 묘사되고 있는 그들은 무슨 훌륭한 일을 하기 위해서 그렇게 하는 것을 독자는 알게 된다. 나도 그런 독자의 한 사람이었다.

　떠나기로 말하면 우리 가족도 마찬가지였다. 해방된 다음 해에 우리는 서울역을 줄여놓은 것 같은, 하얼빈역 비슷하다는 말을 들은 일이 있는 H역에서 W로 오는 기차에 올랐다. H역은 이때는 불에 탄 잔해만 을씨년스럽게 서 있었다. 남쪽에 일본이 항복한

다음 들어온 미국 군대와는 달리 그전에 일본군을 공격한 소련군은 국경 지역의 일본군의 저항을 물리치면서 들어왔다. 만주와 소련에 이웃한 함경북도의 북쪽 지역은 짧은 기간이기는 했지만 전쟁마당이 되었다. 두만강가에 있는 군사기지였던 H읍도 전쟁의 불길을 겪었다. 민간인 거주지에는 피해가 없었고 주로 목표가 된 것은 군사시설이었는데, 시가지의 동북쪽에 있는 병영, 비행장, 철도가 폭격당하였고 역사는 그때 불탔다. 벽만 앙상한 역사에서 부모님과 세 아이들, 다섯 식구는 전송 나온 사람들과 작별인사를 나누었다. 어떤 중년의 아주머니가 어머니 손을 잡으며, 세월이, 이 세월이, 하던 말소리가 뚜렷이 귓가에 남아 있다. '세월'이었다.

한여름을, 읍의 북쪽에 있는, '산판'이라고 부르던, 아버지가 경영하는 벌목현장이 있는 산에 피난을 하고 돌아와보니 다른 세상이 와 있었다. 구멍이 숭숭 뚫린 짧은 총신에 둥근 탄창이 달린 총을 멘 소련 군인들이 해바라기 씨를 씹으며 거리를 다니고 있었고 그 거리는 깃발과 벽보로 가득 차 있었다. 온갖 생필품의 절대 부족 아래에서 풀이 죽어 있던 거리에는 이상한 기운이 넘치고 모든 사람이 바빠 보였다. 소달구지를 타고 산에서 내려오는 길목에 있는 일본 군대 병영에서 사람들이 저마다 무엇인가를 져내오고 있었다. 항복교섭을 위해서 말을 타고 나타난 일본군 장교를 소련 병사가 사살했다는 역 앞 광장에서 해방군 환영회가 열리고, 거기서 사람들은 처음으로 이후 신물 나게 보게 될, 나비댕기 같은 커다란 콧수염이 있는 외국 남자의 초상을 보았다. 날에 날마다 연설회가 열리고 우리는 그동안의 세월이 '일제 36년'임을 알았고 그동안 학교에서 실컷 배운 말은 '국어'도 아무것도 아니고 '왜말'이며, 그래서 국민학교 5학년에 우리는 처음 '한글'을 배우게 되었는데 식은 죽 먹기라는 것은 이를 두고 하는 말이었다. 집에서 쓰는 말을 '세계에서 으뜸가는' 쉬운 글자로 옮기기만 하면 되었기 때문이다. 다만 한글로 된 책만은 당장에 구하기 어려워서 읽을거리는 여전히 일본 글로 된 책뿐이었다.

세상이 달라진 일하고는 아무 상관없이 거기에는 여전히 세계 여러 나라의 아이와 어른들이 마귀할멈에게 쫓기고, 무인도에 표류하며, 무쇠탈을 쓰고 수십 년씩 감옥에 갇혀 있고, 친구들한테 배신당해 결혼잔치 마당에서 체포되어 갇혔던 감옥을 빠져나온 창백한 얼굴의 남자가 배신자들을 하나하나 처단하고 있었고, 시골 청년이 서울에 와서 총사銃士가 되어 여왕의 편지 심부름을 하는 모험이 있었으며, 나쁜 형사에게 쫓기는 좋은 탈옥수가 하수도의 미궁 속을 헤매고 있었다. 지금껏 읽어왔고, 가지고 있고, 빌려보고 있는 책 속의 세상과 바깥세상은 나에게는 아무 문제 없이 함께 살고 있었다. 바깥세상에 무슨 변화가 있으면 그 순간에 책의 글자들이 한꺼번에 '헤쳐모여'를 해서 그 두 가지 세상 사이에서 모순이 즉시 해결되는 식으로 이 세상이 꾸며져 있다면 그것이야말로 큰 문명 상태에 있는 것이다. 그런 문명에서 아득히 먼 시대에 살고 있는 소년에게는 그래서 여전히 초기 문명의 이 모순된 형식밖에 주어지지 않았고 그래서 두 세상 — 과거와 현재는 공존하고 있었다.

그러나 그런 공존이 허락되지 않은 사람들도 있었고 그 중의 한 사람이 아버지였다. 아버지는 일찍 홀로된 어머니를 모시고 자수성가한 시골 읍의 중간쯤한 목재상인이었다. 해방될 무렵에는 벌목산판과 제재소를 가지고 있었고 군내에서 땔감나무와 숯을 배급하는 이권을 가지고 있었다. 중소 상공업자라고 부르면 좋을 신분이었다. 국민학교를 나온 사람으로서는 어울리지 않다 싶은 책도 읽는 사람이었다. 그의 책장에는 『북유럽의 임산업』『조선경제사』(백남운) 러셀의 『사회개조의 원리』와 베벨의 『부인론』이 한 권에 묶인 사상전집 중의 한 권, 『영혼의 가을生田春月』이라는 시집, 『신사는 금발을 좋아한다』라는 붉은색 표지의 문고판 소설, 『현상학』(코헨, 브렌타노)『젠다성의 포로』『메트로폴리스』『조선문학전집 시가편』(조선일보)『흙』『김립시집金笠詩集』『보리와 병정』 같은 책에다 『개조改造』 같은 일본 잡지도 있었다. 아버지는 언제나 바쁜 사람이었다. 산판이나 제재소나 모두 경영자가 현장에 있어야 하는 규모였기 때문에, 팔자 좋게 놀고 있는 사람이라는 형편과는 멀었다. 그는 늘 밖에서 일하는 사람이었고 집에 들어와서도 아내나 아이들에게 자상하다기보다는 홀어머니의 형편이 어떠신가에 제일 관심이 많은, 그런 생활인이었다.

게다가 해방이 된 그 무렵에서 그 후 얼마까지도 우리 집만 한 규모의 상공인이 반드시 체제의 적이었던 것은 아니다. 아버지는 해방되자 곧 창당된 '조선민주당'에 들었는데 이 당은 조만식의 당으로 '소자산계급小資産階級'인 소시민의 당이었고 소시민당은 노동자 농민 계급의 당인 공산당과 새 나라를 함께 건설하자는 형제당이었다. 그러나 이런 사정은 1947년쯤에는 벌써 바뀌어 있었다.

그동안에 토지개혁, 중요산업 국유화가 끝나고 보니 경제의 주도
권은 국가와 공산당이 쥐게 되고 시골 읍에서의 소상공업자의 사
업환경도 아주 어려워졌다. 행정적인 재량의 여지도 있을 수 있었
겠는데 아버지는 그다지 유리한 배려를 받지 못했던 모양이다. 많
지는 않았으나 벌채원의 일부였던 사유림이 국유화되고 운반 수단
이었던 소들은 부리던 일꾼들이 체불된 임금조로 가져가서 회수하
지 못한 채 흐지부지되었고, 제재공장을 팔아 메워가던 운영 자금
이 바닥이 나자 아버지는 자본이 없는 사업가가 되었다. 이런 형
편에서는 국가의 후원을 받으면 그나마 경영경험을 밑천으로 손에
익은 분야에서 사업을 할 수 있겠는데, 그런 시대에 국가는 후원
해주고 싶은 사람이 따로 많았고, 국가에 대해 후원을 떳떳이 요
구할 사람도 많았다. 아버지의 산판에서 일하던 한 노동자는 해방
되고 보니 지하운동자였고, 그는 H읍보다 훨씬 큰 도시인 청진의
국영임산사업소의 책임자가 되어 갔다. 그 무렵에 할머니가 돌아
가셨다. 장례식은 성대히 치러졌다. 어쩌면 좋은 때 돌아가신 것
이었다. 이런 모든 일이 아버지를 괴롭혔을 것이다. 자수성가한
사람인 만큼 충격은 더 컸으리라 짐작한다. 그의 생각에 자기 당
대에 제 손으로 엄동설한의 산속에서 일구어놓은 살림살이가 일시
에 허물어지는 것에 대해서 허무해졌다고 해서 시골 읍의 보잘것
없는 프티 부르주아를 너무 나무라기도 어려울 것이다.

　그렇게 해서 우리 가족은 H를 떠나 W시로 오게 되었다. 우리가
떠날 때까지 집이 팔리지 않아 친구에게 처분을 부탁하고 우리는
떠났다. 그때 형편에 남아 있는 가장 큰 재산이었던 집이 팔리는

것도 기다리지 못하고 부랴부랴 떠난 사정에서 나는 그때 아버지의 마음을 읽는다. 그 돈이 오면 W시 근처에 흔한 과수원을 사서 정착하자는 의논을 부모님이 하시는 것을 들었다. 그런데 돈은 좀체로 오지 않았고 집이 팔렸다는 소식이 들리고도 오지 않았다. 어머니가 H로 알아보러 가셨다. 그러고 돌아와서 하시는 얘기에 의하면, 일을 맡겼던 사람이 잠깐 이용할 생각으로 투자한 사업에서 돈이 빠지지 않는다는 것이었다. 일은 이미 그른 꿰였다. 객지에서 앞날이 막막하였다. 하늘이 무너지고 땅이 갈라져도 죽기만 하라는 법은 없어서 청진의 큰 목재회사의 책임자가 된 옛날의 그 노동자의 소개로 간신히 W시의 거기도 국영이 된 목재회사에 평직원으로 자리를 얻어 집도 회사의 사택을 한 채 얻게 되었다.

아버지의 새 일터는 바닷가에 있었다. 수송 편의를 위해 공장 자리를 그렇게 잡은 모양이었다. 새 직장 생활 자체에 대해서 아버지는 거북해하거나 힘들어하는 것 같지는 않았다. 좀 지나서는 활기 있어 보이기까지 했다. 손에 익은 일솜씨가 일터에서의 자리를 편하게 해준 것이 아닐까 생각한다. 아버지는 그런 사람이었다. 그는 술도 마시지 않았고 담배도 피울 줄 몰랐다. 회사 가까운 사택에서 차츰 생활도 안정되고 나는 걸어서 한 시간 넘어 걸리는 중학교에 다녔다. 그 무렵 학교 다니기에 한 시간쯤 걷는 것은 별스러울 것 없는 일이었고 걸어가노라면 볼거리도 많았다. W시는 타향이고 H읍보다 훨씬 큰 도시이고 보면 더욱 그러했다. 집을 나서면 강둑길을 걸어서 큰 다리까지 가서 그 다리를 건너 강의 저쪽 구역으로 넘어간다. 이 강이 W시를 크게 두 쪽으로 갈라놓고 있다. 다리께까지 가는 사이에 강 건너 철도 기관구가 있는데 검고 큰 덩치들이 슬슬 다니는 것을 볼 수 있었다. 철도 언저리에 감도는 약간 부산하고 매캐한 분위기가 거기에 있었다. 그런 것을 보는 것이 즐거웠다. 그때까지 나는 어떤 경치가 유달리 아름답다거나 멋있었다고 느껴본 적은 없다. 그 대신 맞닥뜨리면 대부분의 물건이, 집이건, 길이건, 나무건, 기계붙이건, 나에게는 신기했다. 그것들을 보거나 만져보는 것이 더욱 즐거웠다. 내 밖에 있는 물건들을 그 물건들의 자격으로 보지 않고 그저 모두 마찬가지 '물건'으로, 바위는 그렇게 생긴 '물건'으로 기관차도 바위하고 다르게 생겼달 뿐 그런 '물건'으로 본 것이 아닌가 싶다. 그 물건들 자신을 잘 이해하지 못하는 아이들 일반의 감각이긴 하겠지만, 지금 생각해보면, 밤낮 책만 보고 있기 때문에 물질의 세계라는 것이, 마치 안개가 낀 바깥으로 문을 열고 나가 사람이 부딪히는 느낌을 준 것이 아닌가 싶다. 의식 속에서는 바윗덩어리도 질량이 없는 '의식'에 지나지 않는다. 그런 무질량의 세계에서 벗어나 물건들을 만나는 것은 언제나 신기했다. 세계는 모두 신기하고 생소한 도시여서 그렇고 이 고장 사람들이 쓰는 사투리도 우리나라의 가장 북쪽에서 금방 떠나온 소년에게는 '물건'처럼 신기했다. '미시리'가 바보, 멍텅구리, 머저리를 뜻하는 말이고 보면 아닌 게 아니라 '물건'답기는 했다.

나는 퇴굣길이면 이 강 건너 기관구 공장 앞에서 자주 멈춰 서서 구경하였다. 철골로 짓고 유리 천장을 씌운 그 건물은 이쪽에서 훤히 볼 수 있게 벽이 트여 있었는데 기관차가 거기서 슬몃슬몃 움직이는 사이로 일하는 사람들이 보였다. 대개 불이 밝혀진 속에서 움직이는 쇠덩치와 사람들은 뉴스 영화의 장면 같아 보였다. 여기를 지나가면 다리에 이르고 교각 발치부터 비스듬한 계단이 있어서 걸어온 낮은 땅에서 다리 위로 올라서게 된다. 낮은 땅이라고 하지만 다리를 높게 지어 양끝에서 수그러져 땅에 이어지게 지은 탓이고 둑길은 시가지와 같은 평면이다. 다리는 매우 넓고 양쪽에 넉넉한 인도가 마련돼 있다. 이만한 다리는 H읍에는 없었고 두만강에 걸려 있는 다리도 교각은 훨씬 높았지만 넓이는 이만 못했다. 다리를 건너 바로 거기는 W역이다. 이번에는 이 역사는 H의 그것보다 못했다. W역사는 일본 점령기의 조선 안의 모든 역사의 양식대로 목조건물 일층으로 우편국, 경찰서, 세무서 같은 건물과 한 계열인 그런 것인데 H읍의 그것은 돌 기초 위에 벽돌로 쌓고 둥근 지붕을 가진 매우 아름다운, 시골역에 어울리지 않을 그런 것이었다. 외할머니를 만나러 갈 때면 언제나 중요한 건물에 들어서는 기분이 들곤 했다. 웬만한 관청까지 포함해서 일반 민간 건물의 규모하고는 비교도 안 될 규모며 대체로 위압적이고 관료적인 역원들의 몸짓이며, 시간을 다투며 진행되는 거기서의 동작이며, 어딘가로 늘 떠나거나 어디선가 늘 도착하는 일밖에는 없는 그 리듬이며 이런 것들이 '철도환상'이라 불러봄 직한 표상의 응어리를 내 머릿속에 꽤 오래 유지시킨 것도 H읍의 역사가 그 뿌리지 싶다.

W역 앞이 당연히 역 앞 광장이다. 역사 왼쪽에 철도 호텔이 있다. 이 호텔 쪽이 역사보다 더 크고 보기 좋았다. 표 끊는 곳보다

먹고 자는 데를 더 흐벅지게 만든 것은 그럴 법도 한 일이었다. 역사 맞은편 광장의 끝에 언덕이 된 길이 시작되는데 항구 전체를 병풍처럼 에워싼 산을 꽉 채운 주택 지역의 초입이다. 그 초입 모서리 집이 한반 친구네가 하는 W에서 이름난 냉면집이다. 냉면집은 냉면처럼 반들반들하고 쫄깃쫄깃해 보였다. 이런 장사도 체제는 아직 허용하고 있었다기보다 정부와 '중요' 산업만 빼고는 온갖 장사와 벌이방식을 그대로 놓아두고 있었다. 체제는 아직도 '자연발생적'으로 인류학적 단위의 시간 속에서 형성되어온 '시민사회' 위에 얹혀 있을 뿐, '정치경제학적 목적의식'으로 인간생활의 모든 분야를 장기말 다루듯 하겠다는 생각과 능력, 그리고 사정까지에 이르기에는 한참 멀었다. 그래서 냉면집이고, 냉면집은 냉면발처럼 쫄깃쫄깃하고 반들반들했고 그 집 외동아들이 우리 반 아이였고 그 아이는 해방 전해에 폐결핵으로 돌아가신 우리 막내삼촌이 신고 다니던 코르도반 구두보다는 못해도 해방 전에 아버지를 따라 청진에 가서 상품박람회에서 사서 신고 다녔던 돼지가죽 목구두보다는 훨씬 좋아 보이는 반들거리는 미군 군화를 신고 다녔다. 사실 그 구두는 물건이었다. 군인들이 신는 것이라는데 일본 군대의 그것 같은 징도 박지 않고 일본 군대의 그것처럼 부슬부슬한 털이 겉으로 나오기는커녕 유리알처럼 아른거리면서 부드럽고 구두 끝은 빵처럼 부풀어 있었다. 그 물건이 마침내 세계사회주의 조국의 수도에서 미래의 나라 주인인 공산소년단원들로 하여금 계급의 적인 제국주의 나라에서 온 관광객들의 소맷자락에 매달리면서 "아저씨 껌 있어요? 아저씨 블루진 있어요?" 하게 만든, 저 끝

모를 늪 같은 수상한 내력의 풍요의 희미한 그림자라는 사실이라든가 하물며 나도 장차 그 구두를 신어볼 운명에 있다는 일은 짐작할 수도 없었다.

그와 같은 통찰력을 갖지 못한 점을 인정하기에 인색할 뜻은 없지만, 나의 돼지가죽 목구두에 대해서는 좀 보충 설명이 필요할 것 같다. 가죽의 질은 미군 군화에 비해 원천적으로 일일지단—日之短이 있겠지만, 그럼에도 불구하고 그 '자연발생성'을 극복하고 회상의 이기기의 결과로 섣불리 폄하 못할 '고유'한 개성을 지닌 태깔이 있을 뿐 아니라, 모양새의 일종 형언키 어려운 맛은 능히 미군 군화와 자웅을 다툴 만하다고 총괄해야 하겠다. 코르도반 구두를 칭찬했을 때 막내삼촌이 "네 것도 괜찮다"고 한 말에는 지적 결벽성의 진솔한 번뜩임이 넉넉히 있었다고 믿는다. 국민학교를 졸업하자 바로 우편국의 무선수로 들어가서 집안 살림을 맡은 아버지는 두 동생들에게 너그러웠다. 자신이 못한 공부를 그들에게는 시킬 생각으로 바로 아래 동생을 서울의 무슨 학교로 보냈는데 당자는 공부에 뜻이 없어 어느 해 귀향한 채로 다시 상경하지 않고 가는 테 안경에 사각모자를 쓴 사진만 틀에 넣어져 할머니 방에 남았다. 막내삼촌은 그런 곡절까지도 갈 것 없이 형님을 도와 현장에서 그 오른팔이 되었는데 그래도 아버지는 그들을 나무라지 않았다고 한다. 어려서 고생한 동생들에게 잘해주어야 한다는 맏이 내림이 믿음이었다. 그런 형님에게 두 동생은 아버지 모시듯 충실하였다. 세 형제 중 힘이 장사고 인물 좋고 제일 사내다운 성미였던 막내삼촌은 그러나 그런 형님 사랑도 오래 받을 복이 없었던지

해방될 전해에 폐결핵으로 돌아가셨다.

냉면집에서 조금 더 가면 운동구 집이 몇 집 이어 있었다. 거기서 더 가면 정치보위부가 있다. 굉장히 무서운 데라고 아이들 간에 말이 있었지만 아무 실감도 없었다. 거기서 더 가면 고무공장 노동자였다가 최고인민회의 대의원이 된 어머니를 가진 또 한반 아이네 집이 있고 오른쪽으로 큰길에서 벗어나 비탈길로 들어선다. 주택 구역 사이를 지나는 그 길을 올라가노라면 왼쪽 저 아래 철길 너머로 W시 고등학교가 보인다. 고갯길은 이리저리 휘어가는데 집들이 모두 반듯하였다. 조용한 길이어서 거리를 걸어오는 것과는 다른 맛이 있는 통학길의 한 부분이었다. 숲 속에 들어앉은 큰 벽돌집은 도당道黨 위원장의 집이라고 했다. 그 집을 지나면 고갯마루가 거기부터는 집채들이 끊어지고 그저 산길이었다. 내리막이 된 비탈에 과수원이 여기저기 있었다. 철망을 더친 아카시아 울타리 밑으로 난 과수원 옆길을 한참 가면 지세가 차츰 높아지고 우리 중학교 옆마당 쪽으로 들어서게 된다. 울타리가 없는 이 마당을 지나서 교사 옆구리에 나 있는 문을 통해 복도로 들어가게 된다. 교사의 정면, 대문이 있어야 할 방향으로 들어오는 차가 다닐 만큼은 넓은 제대로 된 도로가 있었지만 나는 산길로 오는 쪽이 지름길이어서 그 길로 다니는 일은 드물었다.

이 학교에서 비로소 나는 해방이 우리집에만 아니라 나에게도 가져다준 중요한 의미와 만나게 되는데 그러나 처음부터 그랬던 것은 아니게 일은 진행되었다. 전학 수속을 왔을 때 교장 선생은 내가 가져온 서류에 적힌 성적을 보고 아주 반가워하고 나를 칭찬해주고 아버지한테 대견스러우시겠다고 축하해주었다. 나는 곧 학급소년단의 벽보 주필이 되어 호마다 혼자서 여러 편의 글을 써서 메우게 되었고 소년단 대회에서는 지정된 토론자로 나가기도 했다. 이런 일은 학급 친구들의 짐을 덜어주고 특히 담임선생의 위신을 높여주는 일이었으므로 나는 그들의 신망을 누릴 수 있었고 그들이 곧 '학교'였으므로 나의 학교생활은 좋은 출발을 한 것이었다.

3년제 중학교인 이 학교에서 학생들은 나이에 따라 각각 소년단과 민주청년동맹(민청)에 나누어 소속되어 있었다. 소년단원의 수가 더 많았지만 상급생인 민청이 학생 생활을 지도하는 입장이었는데 이 두 조직에 한 선생이 지도원으로 있었기 때문에 더욱 그렇게 되었다. 그래도 집회는 각기 가지는 것이 보통이고 가끔 합동집회를 가졌다. 그런 종류의 어느 집회에선가 나는, 남조선에서 벌어지고 있는 미제국주의자들의 만행을 열거하고 국제정세를 분석하고 국내정세를 덧붙여 분석한 끝에, 만일 미제국주의자들이 이 연설을 들었다면 일말의 양심(만일 미제에게도 그런 것이 있다면) 때문에 얼굴을 붉히고 그보다도 공포에 질려서 허겁지겁 달아날 수밖에 없을 만치 사정없이 우리들의 각오를 표시했기 때문에, 흥분을 이기지 못한 군중 속에서 한 학생이 불쑥 일어나서 선도하는 소리에 따라 온 군중이 미제는 "물러가라, 물러가라"고 외쳤고, 교장 선생은 대회의 결론에서 토론은 그렇게 하는 것이라고 칭찬한 적까지 있었다. 어디에도 못된 운명의 그림자는 보이지 않았고 악마의 꼬리도 보이지 않았다. 푸른 줄 두 개가 있는 벽보 주필 표시를 소매에 달고 나는 열심히 공화국을 찬양하고, 미제를 계속해서 탄핵하고 위대한 사회주의 조국에 무한히 감사하는 말로 매호 벽보를 범람시켰다.

그러나 재판은 준비되고 있었다.

"그 교실에서 배운 것은 무엇이었습니까?"

지도원 선생님이 물었다. 나는 내 앞에서 알릴락 말락 흔들리는 촛불에서 눈길을 옮기지 않은 채 그의 질문의 뜻을 헤아려보려고 안간힘을 쓴다. 진심을 알리려는 성의를 담아 보낸 눈길이 번번이 거절당한 다음부터는 지도원 선생님의 눈을 마주 보기가 두렵고 결코 도움도 되지 않으리라는 것도 안다. 나는 촛불이 켜진 교탁 뒤에 서 있다. 학급소년단 간부 세 사람과 학교 총소년단 간부 한 사람이 나를 마주 보고 교탁 바로 앞 책상에 옆으로 한 줄 앉아 있고 두어 줄 뒤에 지도원 선생이 앉아 있다. 그들은 저마다 노트를 펼쳐놓고 가끔 거기다 적기도 하고 적은 것을 들여다보기도 한다. 그들이 앉은 책상 앞에도 초가 하나씩 타고 있다. 벌써 한 시간쯤 지난 것 같다. 늦은 가을의 밤은 썰렁하다. 집에서 기다릴 텐데. 집에 가서 어떻게 설명해야 하나. 지도원 선생님과 간부 친구들의 질문을 생각하면서 집에 가서 해야 할 말도 함께 생각해야 한다. 그렇다고 해서 집에 가서 말하기 전에 미리 맞춰서 대답하기는 어렵다. 비판회를 시작하고 도중에 전기가 나갔을 때 중지되는 줄 알았다가 촛불을 준비하는 것을 보고 두려움은 더 죄어든다. 학교 안에는 이 교실에 있는 사람들 말고는 이제 아무도 없을 것이다.

수업이 모두 끝나고 학생들이 모두 돌아가고 선생님들까지 돌아가
는 것을 나는 우리 교실 창문으로 보고 있었다.

분단장(分團長, 학급소년단 책임 학생)이 지도원 선생님의 지시
라면서 방과 후에 교실에 남아 있으라고 전했을 때 그 친구의 몸짓
에는 동료 학생일 뿐만 아니라 동료 간부이기도 한 친구를 대하는
분위기는 없었다. 다른 무엇인가가 거기에 있었다. 그 무엇은 전
혀 생소한 무엇은 아니었다. 소년단 언저리에 감도는 그것. 모든
집회에 감도는 그것. 나 자신조차도 지금과는 다른 위치에 있었을
때는 풍겼을 그런 '그것'이었다. 전달을 받는 순간에 대뜸 느낀 그
것이 시작하려는 행사를 기다리면서 방과 후의 교실 창가에서 기
다린다. 교과서를 꺼내서 자습을 시작한다. 방정식은 완강히 저항
하면서 이성의 약속을 지키지 않고 놀려대면서 자그마한 미궁 속
으로 나를 끌고 다닌다. 화학식들은 원소주기표에 없는 자격을 주
장하면서 연금술의 부적들이 되고 만다. 언제나 내 힘만으로 유쾌
할 수 있었던 일들이 내 머리를 벗어난다. 그래도 이렇게 기다리
는 것이 제일 편하다. 그러다가 어느새 학교 모두가 괴괴해졌을
때 비판회는 시작되었다.

사고의 원인은 벽보에 쓴 글이었다. 전학 수속하러 왔을 때 운
동장에 널려 있던 바윗덩어리가 어수선해 보였다는 대목이 문제였
다. 그 돌을 치우느라고 전교 학생들이 얼마나 고생했는가. 이 교
사는 우리 손으로 가꾸어가야 할 자랑스러운 재산이지 않은가. 어
려운 조국건설의 과정에서 공화국 정부의 배려로 건설의 역군을
더 많이 키우기 위해 지어준 건물이 아닌가. 제국주의자들이 이

땅을 점령하고 있었을 때, 이 도시에는 중학교가 하나밖에 없었으며, 그것도 일본 학생들에게 돌아간 나머지 자리밖에는 우리 학생들에게는 돌아오지 않았을 뿐만 아니라 근로인민의 자녀들에게는 그 자리마저도 돌아오지 않았다. 그런데 오늘은 어떤가. 중학교는 여섯 개나 되며, 남녀 고등학교가 생겼으며 전문학교가 두 개 생겼으며 곧 대학도 생길 것이다. 게다가 학비는 무료이며 여러분은 양곡 배급까지 받고 있지 않은가. 어젯날까지 꿈이나 꿀 수 있던 일인가. 그런데 경험도 시간도 부족한 우리 손으로 건설한 학교에 미처 마치지 못한 자리가 남아 있다고 해서 탈을 잡는다는 것은, 온 인민이 참가하고 있는 이 거대한 역사적 위업에 대해 자각하지 못하고 자랑스러움이 없는 사상적 태만에서 나온 반동적 생활 작풍을 동무는 지니고 있다는 것으로 된다. 지도원 선생님의 지휘를 따라(지도원 선생님은 분단장의 발언 도중에 수시로 개입하여 무서운 단어들을 장황하게 보충하였다) 분단장은 고발하는 것이었다. 다 옳은 말이었다. 내 말도 그 말이었다. 내 글에서 바윗덩어리 대목은 첫인상을 지나치면서 쓴 것일 뿐, 그래도 이것은 이제부터 내 학교이기 때문에 나는 사랑할 것이라고 맺고 있었다. 아니라는 것이었다. 그 바윗덩어리들을 내 손으로 치우겠다는 생각이 왜 들지 않았느냐는 것이었다. 앞장서서 학생 동무들에게 대중적 궐기를 호소해야겠다는 결심을 왜 못했느냐는 것이었다. 옳은 말이었다. 그러나 이 학교가 모두 학생들의 손으로 지어진 것은 아닐 테고 일의 뒤끝이 어느 손에 맡겨지게 되었는지를 전학 수속하러 온 학생이 알 수 있었을까. 그는 교장 선생님이 되어 부임한 것은 아니지 않았는가. 꼭 이렇게 앞뒤가 맞지는 않아도 말하자면 이런 비슷한 변명의 그림자가 마음속에서 꿈틀거렸지만 무엇인가가 그 같은 마음속에서 이 생각을 입에 올리는 것을 말렸다. 소용이 없을뿐더러 일을 더 더칠 것 같았다. 하고 싶은 말은 밀어놓고 다른 말로 하고 싶은 말을 갈음하자니 무슨 말을 해도 그 말은 거짓말 비슷해져가고, 그런 낌새는 저편에 가서는 더욱 기승해서 캐내고 싶은 마음을 일으킨다. 말은 말을 물고 꼬리는 꼬리를 물고 전학하게 된 내력이며 H에서의 학교생활에까지 미쳐가서 마침내 해방 전에는 어떤 학교생활을 했는가에까지 지금 다다르고 있었다.

떠나온 H의 범행 장소에 연행되어온 혐의자처럼 그는 수사관들과 함께 와 있었다. 현장검증이 거기서의 모든 세월에 대해 치러질 모양이었다. 검사는 묻고 있었다. 그 교실에서 배운 것은 무엇이었습니까. 그러고 보면 야릇하기는 하였다. 거기서 그들은 황황히 떠나간 이웃 나라 사람들의 말과 역사를 배웠다. 사람들은 집에서는 여전히 조선말을 쓰고 관청과 학교에서는 일본말을 썼다. 학교에서 조선말을 쓰면 벌로 딱지 한 장씩을 서로 빼앗았다. 기간 안에 많이 모은 학생에게는 상을 주고 잃은 학생은 교정의 풀 뽑기, 뒷간 치우기, 교실 청소가 맡겨졌다. 어머니나 할머니하고 함께하는 말을 쓰면 그렇게 벌을 받는 것이었다. 역사책에서는 하늘에서 내려오는 이웃 나라의 할아버지의 이야기를 배웠다. 그것이 이웃 나라의 역사라는 의식은 없이. 그런 의식은 교사에게도 없었고 아이들에게는 더욱 그러했다.

조선 아이들과 일본 아이들은 정기적으로 돌팔매질로 싸웠다.

일본 아이들은 기회만 닿으면 꼭 곯려주어야 할 상대였다. 그것은 다 알고 있었다. 그러나 그것은 고수레를 하는 것과 같은 것으로 그것의 현실적 뿌리가 무엇인지에 이를 수 있는 '자각의 고리'는 빠진 굿거리였다. 제국주의 침략자들이 망할 날은 임박해 있었으나 국내의 모든 저항은 진압되고 마지막 기간이기 때문에 그만큼 햇수가 쌓인 질서는 쇠그물처럼 공고하였고, 오래 제공된 아편처럼 조선 사람의 마음의 핏줄과 신경줄 안에서 맹위를 떨치고 있었다. 아이들에게는 더욱 그랬다. 그러나 아편쟁이는 아편에 대해서 충성하고 있는 것이 아니라 아편에 먹히고 있는 것처럼, 교과서의 내용을 받아들이는 마음에 적극적인 의지는 없었다. 마찬가지로 일본 아이들과 하는 돌팔매질에는 '신명'은 있었지만, 인간이 다른 인간에 대해서 미움이건 사랑이건 모든 관계에서 마지막 뿌리가 되어야 할 '이성'의 빛은 없었다. 그래서 일본 점령자들이 떠나가고 난 다음에 하루아침에 바뀐 국기도 국어도 역사도 '학교'에서 '선생님'들이 말씀하시니까 으레 따르면 될 일이었다. 어제까지 제국주의자들의 군가를 부르던 입은 조금도 순결을 잃지 않은 채, '민중의 기/붉은 기는/전사의 시체를 싼다/사지가 식어서 굳기 전에/핏물은 깃발을 물들인다/높이 들어라 붉은 깃발을/그 그늘에서 죽기 맹세한/비겁한 자여 갈 테면 가라/우리들은 이 깃발을 지킨다'라고 노래할 수 있었다. 성숙한 이성의 개입 없이 받아들인 것은 얼마든지 갈아끼워도 피도 흐르지 않고 땀도 나지 않았다. 적어도 마음에서는. 더구나 국민학교 아동들의 마음에서는. 지금 피고는 중학생이지만 그것은 2년 전까지는 국민학교 아동이었다는 사실을 쉽게 부르는 방법이었을 뿐이었다. 그 무렵에 배운 일을 지금 지도원 선생은 묻고 있었다. 어떻게 대답하라는 말일까? 그는 이미 대답하지 않았는가?

"그런 공부를 하면서 무엇을 느꼈는가를 동무에게 묻고 있는 것입니다."

무엇을 느꼈는가? 무엇을 느꼈는가? 대답하기 어려운 말이었다. 그때 이웃 나라의 나라 할아버지가 구름을 타고 내려오는 그림이 곁들여진 글을 선생님의 지명으로 일어서서 신이 나서 읽었고, 아동의 수용력의 수준으로는 그 낭독의 경험에 이름을 붙인다면 '명문名文 경험'이라고나 할까. 적어도 교과서에 실린 글들은 어느 것이랄 것 없이 일종의 명문들이 아니겠는가, 이런 생각 역시 지금 피고의 판단이 아니라 나중의 생각일 뿐 다급한 지금 이 자리에서 피고의 머리는 더욱 갈피를 잡을 수 없었다. 더구나 진실을 말하는 일이 지금 문제되는 게 아니라, 지도원 선생님 마음에 들 말을 해야 살 수 있음이 이미 분명해진 이상 과거의 어느 구석을 찾아서 외우는 말은 쓸데없고 지금 이 자리에서 훌륭한 답을 만들어내야 한다.

마침내 항복하고야 말 전쟁을 치르느라고 일본 점령자들은 생활의 모든 것을 통제하고 있었다. 조선말 신문은 벌써 없어지고, 조선말 교과서도 없어지고, 곳곳에 일본 귀신을 모시는 일본 성황당이 서고 명망이 있는 조선 지도자들도 '대세'를, 조선인이 일본 사람 되기를 조선인의 살길이라고 타이르는 사상통제 아래에서, 모든 억압과 고통은 세월이 이런 세월인가 보다고 체념시켰다. 반세기에 걸친 점령 끝에 조선 사람들은 기진맥진했고 배급소 앞에 줄을 서야 하는 조선 사람들에게는 오늘의 최소한의 생존이 있을 뿐이었다. 게다가 아버지가 집안을 일으켜 시골 읍의 조촐한 성공자가 된 것은 일본 점령의 마지막 10년 시기였다. 아버지한테는 그 시기가 인생의 황금시대였고 그의 가족들은 거기서 나오는 여유에 대한 자각 없는 수혜자였다. 지금 질서가 자연스럽다고 믿어지는 가장 자연스러운 계층에 우리 가족은 속해 있었다. 나의 주변에는 이 질서에 대해 무서운 심판의 말을 들려줄 사람은 아무도 없었다. 그 질서가 무너지자 우리는 H를 떠나야 했다. 경제적으로 몰락하는 이상의 추궁을 받지 않은 것은, 구질서에서의 안락이 그저 그만한 것으로 서울에 반정反正이 일어났대서 시골 아전까지 멸문滅門당하는 것은 아니기 때문이었지만, 이런 추궁이란 것은 질서가 바뀌는 대목에서는 얼마든지 균형을 잃을 수도 있었다. 아버지가 부리던 일꾼한테서 도움을 받은 것은 그 균형이 좋게 기울어진 경우였고, 지금 그 아들은 균형의 불리한 힘에 휘말려들고 있었다.

　지도원 선생님을 흘깃 쳐다본다. 간부 친구들 뒤쪽에 앉아 있는 그의 얼굴은 위엄이 있고 차고 매섭게 보였다. 젊은 혁명검찰관이 앉아 있었다. 그런데 그는 선생님이기도 했고 피고가 학생이기도 했기 때문에 피고의 마음속에서는 혼란이 일어났고, 검찰관의 틀리다고는 할 수 없는 마디마디 말들에 어린 새는 순순히 잡히고 싶지 않았다. 그는 국어 선생이었다. 이 학생이 공부 잘하는 학생이고 말썽꾸러기도 아니고 성격이 못된 아이도 아니라는 것을 지도원은 선생으로서 알 것이었다. 그러나 그는 혁명검찰관이기도 했다. 학교라는 사상교육의 마당에서 혁명을 지키는 파수꾼이었다. 그는 어떤 곡절에 의했건 지금 자기 앞에 있는 학생이 바리케이드의 반대편 둥지에서 날아 온 새(비록 작은 새일망정)라는 것을 알아낸 모양이었다. 벽보 주필이고 집회에서 열렬한 토론을 할망정 믿을 수 없는 계급의 가정에서 온 학생이 소년단 사업에서 지나치게 평가받아서는 안 되었다 — 이런 낌새가 피고에게 전달되었고 피고는 이 어려운 처지에서 자기를 가장 유리하게 변호해야 했다. 그는 계속해서 검사의 마음에 들 말만 고르려고 애를 쓴다. 그러나 반동 계급의 간악한 꾀에 호락호락 넘어갈 만큼 혁명검찰관은 어리석지 않다. 전국 소년단 지도원 대회의 결의문은 미래의 공화국 공민을 강철의 혁명전사로 길러내야 할 막중한 책임을 맡기고 있다.

공산당 회의에서의 진행 방식과 분위기가 그를 이끌어주고 있다. 그는 지금 인류 역사의 기나긴 발전의 의미와 과제에 대해서, 원시인들이 어떻게 동물의 단계에서 벗어났으며, 거기서 도구는 어떤 몫을 했으며, 그 도구는 어떻게 생산자의 손을 떠났으며, 도구를 잃은 생산자는 어떤 처지가 되며, 그 처지를 벗어나기 위해서는 어떻게 해야 하며 자기는 그 해방전열의 어디에 서 있고 피고는 어디에 서 있는가를 자신도 익힌 지 오래지 않은, 그래서 첫사랑처럼 더욱 멀미가 일도록 매혹적인 관념의 잔치를 벌이고 있었다. 모든 굿에서처럼 이런 굿에서도 스페인의 시골 구석 이단 심문소의 담당 승려는 자신을 로마에 있는 교황과 구별하지 못하였다. 그럴 것이었다. 그 순간에 중개인이지만 피조물인 승려의 육체가 스페인의 촌구석과 로마에 갈라져 있을 뿐 하나이신 신은 그 두 곳 모두에 꼭 같이 동시에 임하시는 신이었다. 지금 해방 후에 급히 지은 이 건물 안에서 나쁜 전기 사정 때문이긴 하지만 고전적으로 굿에 어울릴 조명인 촛불을 밝혀놓고 진행되는 이 의식에서도 그 어느 역사적으로 거대한 사건에도 관철되고 있는 진리는 여전히 관철되고 있는 것이었다. 질적인 것은 양적인 것과 결코 무관하지 않다는 빠뜨려서는 안 될 진리, 반동 계급의 부패 관리들도 뇌물수수 업무에서 투철하게 실천해온 진리는 '열성' 신앙자들에게는 언제나 더러운 타협으로 보이기 쉬웠고 불빛에 밝혀진 해맑은 젊은 지도원 선생님의 얼굴이 매섭고 차가워 보인 것은 혁명 검찰관들의 역사적 전통에 충실하기 때문이었다.

'자아비판회'라는 이 새 문화는 해방 후에 북조선에 수입된 소련 문화 가운데서 모든 사람들에게 관련된 — 직장에서, 군대에서, 학교에서, 마을에서 — 생활양식이었다. 해방 직후에 중국공산당이 점령한 지역에서 귀국한 사람들이 이 풍속에 대한 소식을 널리 전했다. 중국 인민해방군은 이 방식으로 군대 규율을 유지한다는 것이었다. 팔로군(八路軍, 중국공산군은 보통 그런 이름으로 알려졌다)에는 장군도 없고 졸병도 없으며 모임에서 졸병이 상급자를 비판한다는 것이었다. 팔로군은 해방 구역에 들어와서는 주민들의 들일을 도우며, 물도 길어주고, 아이들도 맡아서 놀아도 준다는 것이었다. 물건을 탐내서 주민들에게서 뺏기라도 하면 당장에 총살당한다는 것이었다. 그런 팔로군은 '자아비판' 때문에 그렇게 강하다는 것이었다. 돈과 계집밖에 모르는 장개석 군대는 미국이 뒤를 대줘도 밑 빠진 독에 물 붓기란 것이었다. 무기를 적군인 팔로군에게 가져다 판다는 것이었다. 중국에서 토지개혁을 할 때에도 마을 사람이 지주를 불러다 놓고 자아비판을 시켰다는 것이었다. 지주들은 형제들이 굶을 때 배 터지게 먹고, 형제들이 고문실에서 악형에 못 이겨 울부짖을 때 그 고문관들과 술을 마시면서 노래를 부른 일을 뉘우치고 죗값으로 땅을 내놓는다는 것이었다. '자아비판회'는 인민의 모든 생활 영역에서 사법기관이고 수사기관이고 집행기관이고 고해성사실이고 밀고실이었는데 거기서의 모든 결정과 행동은 법적으로 유효할 수도 있고 않을 수도 있으며, 무한 권한으로 수사할 수도 있고 그래서도 안 될 수도 있고, 결정은 집행될 수도 있고 집행되지 않을 수도 있고, 고해성사는 지극히 높고 깊은 수준에서 이루어질 수도 있고 말장난에 그칠 수도 있고, 밀고는 '적극적'으로 피고 규탄에 참가해야 하는 형식으로 표현돼야 하는 권고사항이기는 하지만 사람은 말주변이 있기도 하고 없기도 하다는 생물인류학적 차이가 전혀 용납되지 않는 것도 아니었다. 학교 안에서도 그것은 각급 수준에서 실천되었다. 분단비판회가 있고, 소년단 전체 대회에서의 비판회가 있고, 교원들은 그들의 비판회가 있고, 당원이면 직장 세포에서의 비판회가 있고, 직업동맹 비판회가 있었다. 서로가 서로의 타락을 막아주고, 역사의 신으로부터 징벌을 받지 않게 도와주어야 했다. 그것이 동지끼리의 사랑이었다. 서로 피고가 되었다가, 고발자가 되었다가, 검찰관이 되었다가, 재판장이 되었다가, 고문 형리가 되었다가 해야 했다. 공화국의 공민이 된다는 것은 꽤나 바쁜 사업이었다.

고문 형리라고 하지만 해방 후 북조선에서 일본 점령군 시절보다 눈에 띄게 달라진 것은 육체적 폭력이 일상생활의 장면에서 현저하게 사라진 일이었다. 일본 점령자들은 그것이 군대건 경찰이건 면사무소건 심지어 병원 진찰실에서건 자기 권위 아래 놓인 불쌍한 피점령자를, 그것이 노인이건 갓난아이건, 남자건 여자건, 건강한 사람이건 아픈 사람이건, 사회적으로 지위가 있는 사람이건 없는 사람이건, 무엇보다 먼저 귀싸대기를 눈에서 불이 번쩍나게 올려붙이고 동시에 발길로 내지르고 보는 것이 기본 동작이었다.

해방 후에 이 문화는 멸망하였다. 모든 육체적 폭력도 국유화되었다. 다른 국유화와 다른 점은 이 육체적 폭력은 아주 위험하기 때문에 누출 사고가 없기 위해서 철저한 보호 장치 속에서 생산 관리되고 있었다. 고문 형리라고 하지만 '비판회'에서 사용이 허락되는 형구는 '말'에 한정돼 있었다. 신성한 종교재판소의 종사자들에게까지 사용이 허락된, 죄악이 깊이 스며든 육체로부터 깨끗한 영혼을 분리하기 위해서는 신의 종들까지 사용할 수밖에 없었던 쇠갈고리며, 재미있는 모양의 쇠톱니바퀴며, 온갖 아름다움을 지닌 바늘들이며, 여러 가지 신의 창조물에서 얻은 마취약이며, 목제와 철제의 그네들이며, 모양이 기이한 다리미며 인두며, 손과 발을 팔걸이와 다리에 묶어놓고 놀 수 있게 된 의자며, 우주의 에너지를 몸소 육체에 맞아들이기 위한 범신론적 기구며, 손톱 밑 소제를 위한 긴 참대 꼬챙이며 — 이런 것들의 사용은 자아비판회에서는 사용이 금지되어 있었다. 이런 제한 때문에 '말'은 할 수

없이 물질과 관념 사이의 온갖 수준의 경계선을 제한 없이 넘나들
어야 했다. '말'이 원래 그런 것이기는 했지만 '말' 속에서 그렇달
뿐이고 그 '속'에서도 물속에 물살이 있듯이 촌수라는 것은 있는
법이건만 어느 며느리가 시아버지 동무라고 했다는 우스갯지 정말
인지 모를 말이 돌 만큼 '비판회'에서의 '말'은 쓰는 사람에게는
자유무애하고 쓰이는 사람에게는 '자아'의 해체를 경험하게 하는
힘을 가지고 있었다. 좀 전까지 이 교실에서 옆책상에 앉아서 기
하 문제 때문에 끙끙거리던 학생 간부도 자기의 현실적 '자아'보다
훨씬 높은 '자아'의 자리에서 이렇게 다그치게도 된다.
  "동무는 공화국의 미래를 짊어질 영광스러운 소년단원으로서 지
금 어떤 각오를 가지게 됩니까?"

  아버지가 다니시는 목재회사는 바닷가에 있었다. 조금 떨어져서
있는, 해관海關이라고 부르는 세관보다 훨씬 규모가 큰 그 회사의
영역은 그쪽 언저리 바닷가를 모두 차지하고 있었다. 나는 어머니
심부름으로 가끔 아버지 회사로 가는 일이 있었다. 회사로 가는
길은 학교로 가는 길과는 반대로, 강변길을 따라 바닷가 쪽으로
조금 걸어가면 되었다. 그것은 상당히 큰 회사였다. 이만한 회사
는 H에도 있었지만 아버지가 경영하던 것과는 규모가 달랐다. H
의 그 큰 목재회사처럼 이것도 전에는 일본인의 공장이었다. 시내
의 중심 거리에 가져다 놓아도 거북하지 않을 사무실 건물 옆 넓은
터에 지붕이 넉넉하게 높은 공장 안에서는 큰 기계가 돌아가고 나
에게는 익숙한 목재공장의 달착지근한 톱밥 냄새가 짙게 풍겼다.

강을 건너 공장 안까지 전용 철도의 레일이 들어와 있다. 공장의 끝에는 기중기가 달린 특별한 잔교가 있어서 거기서도 배가 와서 나무를 부려놓고 싣고 갈 수 있게 하였다. 아버지는 일층의 넓은 사무실에서 일하시다가 내가 책상 옆으로 가면 나를 데리고 나오시면서 심부름 온 일을 들으시고 돌아가서 어머니께 알려드릴 말을 전하였다.

 그런 걸음의 어느 한 번은 퇴근 시간이 지난 시간이었는데 언제나처럼 나를 데리고 사무실을 나오다가, 우리는 맞은편 공장 앞에서 멈춰 서서 환히 불을 밝힌 공장 안을 바라보면서 어둠 속에 서 있었다. 공장에서도 밤일을 하고 있었다. 웅웅거리는 기계 소리와 톱밥 냄새와 사람들의 움직임이 꿈속에서처럼 눈앞의 일인데도 지난 일처럼 아득하게 들여다보였다. 두 사람에게 모두 눈 익은 정다운 그 광경을 보고 서 있는 짧은 사이에 나와 아버지와 그 불빛은 서로 너무 짧고 빨라서 셋 모두가 서로의 말을 알아듣지는 못하면서도 무엇인가 저마다 하고 싶은 말을 주고받은 느낌이 들었다. "가보거라." 이렇게 말하면서 아버지는 내 등을 밀어 돌려세웠다. 나는 어두운 강변길을 돌아오면서 학교에서 일어난 일을 앞으로도 아버지에게, 그리고 어머니에게도 말할 수 없겠다고 강하게 느꼈다. 그것은 방금 공장을 바라볼 때부터 따라온 느낌 같았다. 비판회에서 H에서 지낸 일과 아버지에 대해 지도원 선생님은 되풀이해서 물어보았다. 나는 아버지에 대해서 대답하는 일이 거북했다. 내 입으로 대답해서는 안 될 일을 내 입으로 하고 있다는 생각 때문에 나는 아버지를 배신하고 있는 것처럼 느꼈다. 비판회가 끝나고 밤길을 돌아오면서 나는 과수원 울타리 옆에 주저앉아 몇 번씩 토했다.

그 밤이 지나고 얼마 후 나는 분단 벽보 주필 자리에서 해임되었지만 아직까지 두번째 '자아비판'은 없었다. 벽보 주필 자리에서 해임된 것은 아쉽지 않았다. 대개 많은 부분을 혼자서 메워야 하는 일에서 풀려난 것은, 큰 값을 치르기는 했지만 홀가분한 일이었다. 말을 가지고 말을 지어내는 식으로 쓰게 되는 벽보 원고는 쓰면 쓸수록 글을 쓰는 재미도 줄어들고 그 글 때문에 화를 입고부터는 엄청나게 힘이 들고 조마조마하였다. 거기서 풀려난 것은 좋은 일이었다. 지도원 선생과 나의 관계는 처음에는 나쁘지 않았다. 자기 과목에서 우수한 학생을 싫어하는 선생은 없는 법이다. 그런데 법에 없는 일은 일어났던 것인데, 그 사정의 어디엔가 아버지와 H읍의 그림자가 어른거리고 있는 것을 알 수 있었다. 이런 일 모두에 대해서 나는 판단할 수 없었다. 부당하다는 느낌은 확실했지만, 학교라는 울타리 속에 있는 동안 아동이나 학생에게 선생님이 옳지 않다는 생각은 육체적으로 불가능하지 않을까 싶다. 나는 학교에서 당한 일이 부끄러웠고 내가 변변치 못하다는 생각이 들었다. 선생님이 부당하다는 생각과 내가 변변치 못하다는 생각 사이에서 나는 빠져나올 수 없었다. 확실한 것은 그 사무실에서 일하는 아버지에게 그 일을 알리면 아버지를 괴롭힐 뿐이라는 생각이었다.

어머니에게도 마찬가지였다. 막내딸로 태어나서 집안의 응석받이였던 어머니가 아버지한테 시집오게 된 것은, 외할머니가 아버지를 기특하게 보고 사위로 삼은 것이라고 한다. 홀어머니를 모시고 동생들을 잘 돌보는 것을 보아라, 꼭 성공할 거라고, 홀시어머니 시집살이가 어려울 거라는 여섯이나 되는 언니들의 반대를 물리쳤다고 한다. 사실 어머니의 시집살이는 고되었다. 그러나 천성이 낙천적이었던 어머니는 시집살이를 잘 견뎌내고 지금은 시집와서 처음으로 비록 살림은 기울었어도 편한 마음으로 지냈다. 그녀에게도 학교에서의 일을 알리고 싶지 않았다. 세 아이의 시중을 들면서 남편의 말이면 팥으로 메주를 쑨대도 믿고 사는 어머니에게 말해본대서 어찌 될 일이 아니었다. 아무도 어찌할 수 없는 큰일은 어쨌든 일어나고 만 것이었다.

같은 무렵에 집안에는 오래간만에 좋은 일이 생겼다. 집을 판 돈의 일부가 H에서 보내져온 일이었다. 어머니는 그동안 아쉬웠던 물건들을 사기 위해서 나를 데리고 시장으로 가셨다. 이때까지 시장도 아무 제한 없이 유지되고 있었다. H보다 큰 도시인 만큼 시장도 더 컸고 물건이 넘쳐나고 있었다. 해방 직후의 시기라는 것은 그 이전의 일본 점령시대의 가장 혹독한 물자통제 시기의 직후이기도 했기 때문에 온갖 물자의 부족에 시달리던 끝에 갑작스런 풍족함에 시장을 흥성거리게 하였는데, 다만 이것은 생산이 증가해서가 아니라 사회의 각 계층이 숨겨두었던 물자를 시장에 들고 나왔기 때문이며 조세 체계가 아직 틀이 잡히지 않아 이런 물자들의 움직임까지 파악할 수가 없기 때문이었다. 게다가 혼란 속에서 점령자들의 관청과 개인의 것이던 물자와 소비재들이 조선 사람들의 손에 들어와 있었고 그것들을 자신의 소비에 필요한 양보다 더 많이 이런저런 형식으로 얻은 사람들은 능히 투기를 벌일 만한 힘을 가지고 있었다. 당국은 그것이 기계라거나, 규모는 적어도 일인 소유였던 공장이라거나 할 경우에는 '국유화 법령'의 대상으로 모두 회수했지만 조선인들이 마음대로 얻은 '전리품'을 모두 거둬들일 수는 없었고, 소유의 시기를 판별할 수 없는 것들은 더욱 손댈 방도가 없었다. 거기다 많은 사람들이 38선 이남으로 탈출하면서 가재도구들을 처분하였고, 그것들도 시장에 나왔다. 시장에는 모든 것이 있었다. 시장에는 체코슬로바키아 제품의 바이올린도 있었다. 이것은 러시아 군인이 가져다 판 물건이었다. 이날 우리는 축음기도 샀다. 우리가 H에서 가졌던 것은 처가가 있는 청진으로 가게 되어 우리와 헤어진 삼촌네에게 주고 왔었다. 우리는 축음기에 달려 있던 여러 장의 레코드도 함께 샀다. 그날 우리는 요긴했던 것과 요긴하지 않은 것 합쳐서 많은 물건을 사가지고 돌아왔다. 원래 주인이 수집한 레코드는 대부분 서양 고전음악 계통이었으므로 동생들을 포함하여 집안의 다른 식구들은 흥미가 없었고 그것은 자연히 나의 전용품이 되었다.

우리가 살고 있는 집은 목재회사의 사택으로 이것도 점령시대에 지은 그런 유類의 건물 양식이었다. 온돌방 두 개와 왜돗자리 방 하나인데 돗자리 방이 내 방이었다. 마당은 뒤쪽에 곳간 하나가 있을 만큼한 넓이밖에 없고 창문 바로 앞에 담이 있고 그 너머가 큰길이고 길 저쪽 끝이 강변길이었다. 이 구역에는 사택들밖에는 없고 밀집한 중심 구역에서 외지게 잡힌 이 언저리는 매우 조용해서 낮에도 회사와 관련이 있는 교통밖에는 없었다. 어느 날 식구들이 없는 집을 지키면서 나는 축음기를 틀었다. 그것은 「유모레스크」라는 곡이었다. 전에도 흔히 들어본 일이 있는 음악이었다. 나는 그 곡을 들으면서 눈물을 흘렸다. 그날이나 그 자리 당장에 특별히 서러운 일이 있었던 것도 아니고, 삼촌이나 할머니가 돌아가셨을 때도 아니고, ‘자아비판회’ 자리도 아닌데도 무작정 눈물은 흘렀다.

우리가 살고 있는 구역은 신시가지로, 등교할 때면 건너가는 다리는 ‘관다리’라고 불렀다. 아마 ‘(海)關’이거나 ‘官’일 것이었다. 도청도 이쪽에 있었다. 나는 토요일 오후나 일요일이면 새 주거지의 여기저기를 돌아보게도 되었다. 같은 구역에 사는 친구네와 오가노라면 절로 그렇게 되었다. 그러다가 나는 도서관을 알게 되었다. 은행 같은 지음새의 그 건물은 학교보다 훨씬 위엄이 있어 보였고 그 안은 조용하였다. 하기는, 시장에는 책이 넘쳐나고 있었다. 손수레에 수북이 쌓아올린 책은 값이 싸기도 하였다. 그것들은 거의 일본말로 적힌 고본들이었다. 이것도 이 도시를 떠날 사정이 생긴 사람들이 내놓은 것들임을 알 수 있었다. 나는 시장에서 그런 손수레 옆에 붙어서 한 책에서 조금씩, 혹은 대강 읽어서 한 책씩, 읽어보노라면 시간은 얼마든지 빨리 흘러갔다. 여기서 산 책으로 나의 책장은 갑자기 비좁아져서 왜식 벽장 아래칸이 이들 책이 들어가는 자리가 되었다. 어머니는 “책 욕심을 작작 내라”면서 새로 사온 책들을 나누어서 들고 나가 뒤뜰에서 먼지를 털었다. 값이 싸다고는 해도 욕심껏 살 수 있게 거저는 아니고 보면 도서관을 알게 된 것은 옳은 길과 맞닥뜨린 셈이었다. 약간 높을싸

한 대리석 목로판 위로 관원이 넘겨주는 책을 들고 열람실로 가보면 웬일인지 거기는 늘 듬성하게밖에는 사람이 없었다. 그래서 자리도 언제나 창 옆에 잡을 수 있었다.

이 도서관에서 처음 무렵에 읽은 책 가운데 하나가 『쿠오 바디스』였다. 먼 옛날의 먼 곳의 먼 이야기가 생생하게 지금 막 다시 그때처럼 거기 있고, 즉 나는 그때 그 자리에 와 있는 것이었다. 로마의 거리의 먼지가 코끝에 와서 매캐했고 와글대는 저잣거리에서 떠드는 사람들은 어쩌면 그리도 많은 다른 말을 쓰는 것일까. 지중해 변두리에서 온 온갖 인종의 사람들이 저마다 바쁘게 살고 있는 이 거대한 도시. '거대'하다는 것은 사람이 많고, 그 사람들이 저마다 다른 말을 쓰고, 저마다 다른 살갗을 가졌다는 뜻이다, 하는 생각을 가지게 한다. 노래 부르면서 시를 짓기 위해서 자기 서울에 불을 지르다니. 그들의 조상이 이 땅을 향해 떠나올 때 적의 손에 떨어져 불타던 그 기억의 도시를 떠올리기 위해 건설한 그 성을 불태우다니. 그것도 그 나라의 왕이. 그러나 도시는 타고 있었다. 지하의 굴무덤에서 기도를 드리는 사람들. 한 시대의 수많은 사람들이 무리를 지어 함께 꾸는 꿈이 내비치는 현기증을 일으키는 분위기. 무엇 때문인지 딱히 알기도 전에 엄청나게 엄숙한 일이 벌어지고 있다는 실감. 팔로군 병사들이 인민의 마당을 쓸고 있는데도, 지도원 선생님이 수첩에 그의 말을 적어넣는데도 아직도 이렇게 그들이 쓸어버리지도 적어넣지도 못하는 사람들과 도시와 이상한 왕과 화재와 시장과 옛날의 바다와 그 위의 태양과 바람과 먼지가 이렇게 그들이 지배하는 도시에 버젓이 살고 있는 것이었다.

　도서관은 그런데 왜 이렇게 듬성할까? 사람들이 오지 않은 탓이었다. 로마의 먼지와 악다구니질하는 유대인 장사꾼과 이집트 사람 지게꾼들의 나라에 오기 위해서는 사람들은 지금 이 나라에서 먹고살려면 현재의 시장에 현재의 선창가에 현재의 목재 공장에 가야 했고, 그들은 고달파서 토요일이나 일요일에 여기 올 겨를이 없었다. 여기 모아둔 책과 가장 관계가 많은 사람들의 많은 부분이 이 도시를 떠났고 ── 그들이 가지고 있던 책조차 시장 손수레 장수에게 넘겨주고 ── 그래도 남아 있는, 책에 관련이 있는 가장 열심인 사람들은 조소朝蘇문화협회 도서실이나 도당道黨 도서실 같은 데 가 있을 법했다. 그들은 이 건물 속에 그들의 도시와는 다른 도시로 가는 비밀의 통로가 수없이 숨어 있는 줄을 몰랐다. 시장이 그대로 허용된 것처럼 이 도서관도 미처 정리하지 못하고 ── 하기는 이 많은 책들을 정작 어쩔 것인가 ── 도서관은 있던 자리에서, 있던 책을 여전히 있는 구독 신청자에게 대출하고 '있는' 것이었다.

　어쨌거나 기독교인들은 원형경기장에서 당하고 있었다. 거인은 황소의 목을 비틀어서 부러뜨리고 있었다. 공주는 죽음을 면하였다. 거인은 왜 한 사람밖에는 태어나지 않았는지. 그런데 노예철학자가 있다. 철학자 노예다. 이것은 대체 어찌 된 일인가. 신분이 노예인데 직업은 철학자다. 철학자가 신분은 노예라고. 『쿠오 바디스』에는 이런 노예이자 철학자인 인물이 나온다. 노예철학자, 철학자 노예, 엎어치고 둘러쳐봐도 사태는 조금도 달라지지 않고 머릿속의 혼선이 바로잡히지 않는다. 지도원 선생님이 모시고 있는 철학자가 말하기를 '철학'이라는 물건은 이미 끝장났다고 말씀하신 지가 벌써 세기의 고갯마루의 저편 쪽 일인데도 지도원 선생님이 슬기롭게도 적발해낸 이 몹쓸 반동 피고는 이 먼지구덩이에 파묻힌 반동들의 교양 부화 기계가 만들어낸 전기닭답게 '철학'이란 것이 '그 무슨' 엄청난 요술이라도 되는 듯이, 이 세상 슬기의 요술단지라도 되는 듯이 알고 있었기 때문에 철학자가 노예라느니, 노예가 철학자라느니 하는 일이 너무나 어리둥절했다. 지금껏 여러 나라의, 먼 나라의 이야기를 읽어왔다. 중국의. 일본의. 필리핀의. 아랍의. 그리스의. 이탈리아의. 프랑스의. 독일의. 러시아의. 영국의. 스페인의. 그런 나라에서 사람들 — 남자. 여자. 아이들. 노인들. 부자들. 가난한 사람들 — 이 살아가는 이야기를 읽어왔다. 사람들과 짐승 사이의 우정까지도.『플랜더스의 개』에서처럼. 그러나 이들 이야기에는 한 가지 공통한 점이 있었다. 그들은 저마다 자기 나라에서 같은 마을에서 살고 있었다. 서로 미워해도 '같은 말'로 욕하고 '같은 말'로 사랑하고 있었다. 다른 말을 쓰는 장면이 나와도 대수롭지 않게 넘어가지 않으면, 우스개로 삼거나 아니면 좋게 다루어도 특별한 일로 풀이하고 있었다. 사람들은 제 나라에서 자기네 말로 살기 마련이었으며 그렇지 않은 경우는 유별난 일이었다. 한 조선 소년이 일본말로 옮긴 일본 나라가 아닌 나라 사람들의 이야기를 읽으면서 그것이 자기 이야기인 것처럼 느낄 수 있었다는 생각도 정작 이상한 일이라는 것을 한 번도 생각해본 적은 없었고 썩 훗날까지는 여전히 그럴 것이었다.

그것이 '말'의 이상한(사실은 이상하지 않은, 그러나 처음 의심할 적에는 이상한) 성질이라는 것이며, 그것은 '말'만 가지고 풀 수 없는 일이며 '사람'이란 물건이 그런 이상한 것이며, '사람'이 그런 까닭은…… 이렇게 질문은 엮여나갈 것이지만 지금까지는 아니었다.

『쿠오 바디스』에는 그 여러 이웃 나라의 사람들이 저마다 제 말을 쓰면서도 한 도시에서 살고 있는 것이 새로웠다기보다도 '태연히' 그렇게 하는 모습이 여태껏 겪지 못한 새 느낌을 주었다. 자기도 어느새 그 속에서 태연히 살면서도 방금까지 이렇게 태연할 준비가 없었는데도 태연히 그렇게 된다는 일이 성가시게 어지러웠으나 그 어지러움은 결코 싫지 않았다. 알 수 없는 일인데도 굉장해 보였다. 철학자가 노예라니. 노예가 철학자라니. 철학자가 고자질을 하다니. 그것은 사자가 비겁하다거나 참새가 통이 크다는 말처럼 헛갈렸다. 『쿠오 바디스』 안에는 앞날에 그가 들어서야 할 모든 주제들이 들어 있었다. 그런데 『쿠오 바디스』는 '주제 모음'이 아니라 그저 진짜로 있는 '생활'이었다. 그러나 어리둥절하게 만들기는 『쿠오 바디스』만 그런 것은 아니었다. 『쿠오 바디스』와 같은 전집 속에 들어 있는 도스또예브스끼란, 수염이 길게 난(러시아 작가들은 모두 수염이 많다) 사람의 소설인 『죄와 벌』도 이 도서관에서 처음 만난 책이었다. 그 책 속의 인물은 '운명'의 조종 아래 움직이는 것도 아니고, '신'들의 뜻으로 움직이는 것도 아닌, 왜 그렇게 움직이는지 이해하기 어려운 힘에 밀려서 움직이고 있었다. 지도원 선생도 그와 비슷한 힘으로 움직이고 있다는 것은 짐작도 할 수 없었다. 러시아의 수도에서 가난한 한 무리의 사람들이 열병 환자같이 끝도 밑도 없이 중얼거리면서 거리를 헤매고 방문하고 사람을 죽이고 유형지流刑地로 떠나고 있었다. 『쿠오 바디스』 못지 않게 모를 이야기들이었지만 이것도 사람을 끌고 다니는 힘이 있는 책이었다. 『죄와 벌』은 그래도 나았다. 그의 다른 소설들은 미궁의 또 다른 부분이었다. 겉보기에 자세하게 설명된 것처럼 보이는 묘사는 아무리 따라가봐도 점점 더 인물들을 감추기나 하려는 듯이 보였다. 잘 알려지지 않은 소설들일수록 그랬다. 더는 그의 전집을 따라갈 수 없어서 도스또예브스끼의 창문은 거기서 더는 열지 않았다. 그런데도 주인공들의 속을 짐작하기가 어렵달 뿐이지 그들도 버젓이 살아 있기는 있는 것에 틀림없었다. 자기 도시에 불을 질러서 노래의 내용으로 삼는 황제의 속을 알기가 어렵듯이 도스또예브스끼가 소개하는 러시아 시골 농부의 몸짓과 마음짓은 이것과 저것이 다르기는 할망정 소설 속에서 살아 있기로는 마찬가지였다. 소설이라는 치마를 둘렀으면 어쨌거나 다 소설인 것도 사실이었다. 『세계 동화 대전집』도 이 도서관에서 만난 세계였다. 거기에는 이 지구상의 온갖 나라의 온갖 악귀들과 도깨비들과 요괴와 악마와 마귀할멈과 꾀돌이와 씩씩한 젊은이와 그 나라에서 가장 아름다운 공주들이 있었다. 그들도 따지고 보면 왜 그런 짓들을 하는지 알 수 없는 일을 하기로는 도스또예브스끼 속의 러시아 농민들과 마찬가진데도 이쪽이 훨씬 그럴듯해 보였다. 아마도 동화는 전혀 설명하지 않는데 도스또예브스끼는 너무 설명한 탓이 아닌가 싶었다. 『니벨룽의 노래』도 여기서 읽은 책이었다. 여기서도 영웅과 용사들은 거침없이 행동하고 있었다.

도서관에서 나는 무엇인가가 되기 위해서 태어나가고 있었다. 도서관은 큰 책이다. 너무 커서 들고 다닐 수 없기 때문에 한 곳에 놓아두고 있는 큰 책이다. 도서관 지붕은 책의 등이고 도서관 벽은 책의 겉장이고 도서관 문은 이 큰 책의 안표지고, 목록은 이 책의 목차다. 이 집은 아기집[胎]이다. 이 속에서 사람은 사람이 된다. 이 집과 열람자를 닮아서 이윽고 만들게 되는 것이 우주선과 그 안에 타고 있는 사람이다. 우주선과 타고 있는 사람은 열람실과 그 안에서 읽고 있는 사람이다. 지구 본부는 책을 저장한 곳과 그것을 관리하는 사서司書들이다. 책―도서관―우주선―지구기지―아기집[胎]. 이들은 모두 같은 것들이다. 아기집[胎]에도 '어머니'라는 서고書庫가 연결되어 있어서 거기서 아기는 DNA라는 책을 빌려다가 열 달 동안의 독서 계획에 따라 읽으면서 자기를 조립해나간다. 그런데 책읽기에 재미를 붙인 '인류'는 이 독서만으로는 부족해서 어머니의 아기집을 떠나서도 겉모습만은 어엿한 어른이 되고서도 '의붓 아기집'인 책을 만들어서 읽게 되었고 낱 책권만으로는 모자라기 때문에 도서관이라는 큰 책을 만들게 되었고 그래서 도서관은 아기집이다. 사람은 그래도 모자라서 더 큰 아기집인 우주선을 만들어야 했고 그 아기집을 타고 가면서 '우주'라는 책을 읽어가는 중이다. 이것은 물론 W시에서의 그때 생각이 아니라 지금의 나의 생각이다. 그때는 아직 사람을 나타내는 구조식에서의 '빠진 고리'인 DNA라는 책이 발견되기 전이었기 때문에, 나는 내가 도서관에서, 그리고 이동도서관인 책 속에서 하고 있는 일이 천문학과 생물학과 더불어 손을 잡은 강강수월래라는 것을 알 수는 없었지만 내 힘보다도 더 큰 힘이 시키는 일이고 보면 도서관 창가에서의 만족은 마땅히 그럴 만한 일이었다.

도서관에서 나와 해수욕장 쪽으로 조금 걸어가노라면 영화관이 있다. 여기서는 소련 영화가 자주 상영되고 있었다. 「돌꽃」이라는 영화는 관람이 허가된 것이어서 친구들과 가서 보았는데 정말 아름다웠다. 러시아 전설에서 가져왔다는 그 영화는 색채영화였다. 북조선에 들어온 소련 군대는 이 식민지 생활을 한 주민들에게조차 이렇다 할 부러울 만한 물질생활을 보여주지 못했는데 영화만은 힘차고 풍요해 보였고 색채영화는 그 우수함을 눈으로 볼 수 있게 해주었다. 도서관만 책인 것은 아니었다. 영화관에서 우주와 인생을 읽는 맛을 들인 같은 또래들도 있었다. 그들은 학교에 와서 친구들에게 영화 내용을 들려주었는데 그것을 듣는 일은 우리들의 문화생활의 중요한 부분이었다. 내가 영화에 빠지는 축에 끼지 않고 만 가장 큰 까닭은 학교에서 말리는 영화를 볼 용기가 없었기 때문이었고, 다음으로는 영화는 수월찮게 돈이 드는 셈치고서는 영화의 복사 필름을 주는 것도 아니어서 허망하였고, 어쩌면 근본적인 까닭은 책보다 꽤 허술한 경험인 탓이었다. 같은 『쿠오 바디스』를 책과 영화로 만든다고 치고, 책에 있는 일들을 영화 속에 다 담을 수는 없다. 책을 읽는다는 일은 머릿속에다 이 세상 어떤 극장도 따르지 못한다는 극장을 지어놓고 아낌없이 제작비를 들여서 만든 영화를 상영한다는 일이었다. 현실의 어떤 영화도 그렇게는 만들지 못하지 않는가. 그런 데다 도서관은 무료(!)였던 것이다. 지금은 멀리 벌판을 내다보며 서 있는 젊은 남녀가 그려진 '시베리아 大地의 曲'이라는 간판이 걸려 있었다. 아직 한글로만 적는 정책도 세워지지 않아서 영화 간판 같은 대중적 표현에도 한문은 제한 없이 쓰이고 있었다.

진주해온 소련 병사들은 점령 직후의 짧은 동안에는 강간, 약탈이 잦았으나 그런 일은 곧 없어졌다. 건방을 떤다든지 조선 사람을 얕보는 법이 없어서 일본 사람들과 크게 달라 보였다. 특히 병사들은 수수하고 순박해서 조선 사람들이 놀리기도 속여먹기도 하였다. 소련 고문관들이 조선인 공산주의자들을 지도하고 훈련했을 때 적용했을 것인 정치문화하고는 상관없는 성질을 러시아 병사들은 보여주었다. 아마도 이 점이 러시아가 해방 후에 조선 사람들에게 보여준 가장 뚜렷한 인상이고 가장 오래 기억될 인상이기도 하였다. 정치인류학과 문화인류학은 역시 완전히 정합적整合的이지는 못하였다. 소비에트 나라를 선전하는 온갖 표현물에는 유별나게 아라비아 숫자와 % 기호가 많이 쓰였는데, 이런 점도 일본 점령자들의 선전방식과 달랐다. 그들은 주로 천황의 집안이 하늘에서 내려온 것을 강조하고 일본이 하는 모든 일은 그런 까닭에 옳다고 주장하는 식이었는데 소련 사람들은 숫자의 크기를 가지고 자랑의 근거로 삼으며 그 숫자는 반드시 제정시대의 것과 나란히 보여주고 있었다. 일본 사람들은 천황의 사진과 천황의 조상을 모신 성당인 신사에 될수록 많은 조선 사람을 데리고 가서 될수록 여러 번 절하게 하는 횟수를 가지고 일을 치르자고 했는데, 소련 사람들은 옛날 숫자보다 지금 숫자가 얼마나 불었는가를 보여주고 들려주고 싶어 했다. 그래서 집회마다 한다는 소리가 모두 그뿐이었다. 그러나 그 나라에서 온 병사들은 종이에 적은 숫자보다 시계판에 적은 숫자를 더 좋아하는 모양이어서 처음에 그들은 조선 사람들이 차고 있는 시계를 그토록 탐냈던 것이다. 그래서 그들이 사람 좋아 보였던 것은 사실이었다. 그렇게 해서 숫자인류학과 성격인류학 역시 잘 아귀가 맞지 않았다. 이 세상 물건은 아귀가 맞지 않는 것투성이어서 그러고서도 세상은 용케 돌아간다. 아귀를 맞추고 옹이를 파내고 매듭을 풀고 모든 일이 기름에 기름 탄 듯 술술 돌아가는 것은 책 안에서뿐이었다. 거기서는 아귀는 맞지 않은 채로 맞아 있었고 옹이는 박힌 채로 뽑혀 있었고 매듭은 맺힌 채로 풀려 있었다. 책을 읽는 동안에는 모르는 일까지 알고 있었다.

책은 도서관에만 있지도 않고 책방에만 있지도 않았다. 관다리를 지나면 거기는 역 앞 광장인데 시 규모의 군중대회는 이곳에서 열렸다. 그때면 온 시내의 학교와 직장에서 온 사람들이 광장을 메운다. 그런 어느 군중대회에서의 일이다. 광장은 언제나처럼 사람과 깃발로 가득 찼다. 역사 앞에 '주석단'이 차려지고 거기서 누군가 연설하고 있었다. 그들의 연설의 특징대로 인류역사가 다시 되풀이되고 있다. 개체발생은 계통발생을 되풀이한다는 생물학의 법칙을 인간의 문명발달사뿐만 아니라 의식과 지각의 성립에도 적용하게 된 뒷날의 나의 생각은 아마 그들의 연설 방법에서 영감을 얻은 듯하다. 말만은 아낌없이 쓰련다고 그들은 마음먹은 듯하다. '보고대회'라고 부른 이 정치 집회가 사회를 통제하는 그들의 주요 무기였고 거기서의 주요 무기는 말이었다. 많은 사람을 광장에 모아놓고 끝도 한도 없이 '보고'를 해대는 정치 문화. 어디선가 마음대로 정해놓고 꼭 보고해야만 할까. 보고의 값은 떨어지고 말의 값도 떨어진다. 떨어진 값을 메우자면 더 많이 말하는 길밖에 없다. 군중들은 가만히 듣기만 하는 것도 아니다. 가끔 군중 속에서 사람들의 어깨에 올라선 선동자가 연설에 호응해서 구호를 선창한다. '—하자, —하자, —하자,' 그러면 온 광장이 따라서 '—하자, —하자, —하자' 합창한다. 겨우 연설이 끝나면 군중은 한 모서리부터 광장을 빠져나가 시가 행진에 들어간다. 빠져나가는 데도 시간이 걸린다. 선두가 부르는 노랫소리가 멀리서 들리는데 뒤쪽은 아직도 광장에 서 있다. 그렇게 광장을 빠져나오다가 발밑에서 주운 것이 『강철은 어떻게 단련되었는가』였다.

　작가와 비슷한 경력을 가진 — 거의 자전이라는 — 주인공은 억세게 고지식한 소년이었고 커서도 요령 없는 어른이었다. 10월혁명과 국내전쟁, 그리고 전후 건설 초기의 시대를 산 주인공은 언제나 자기가 있는 자리에서 제일 어려운 일을 앞장서서 하고 있었다. 그러나 그런 노력에 비해서는 주인공이 마지막에 이른 자리는 좀 쓸쓸해 보였다. 어릴 적 일이 제일 행복하고 주인공도 쾌활해 보였다. 어른이 되어갈수록 주인공의 느낌이 무거워 보였다. 겉으로 보기에 행복할 것이 없었던 어릴 적이 작품의 가장 밝은 부분이고 그가 공산주의자로서 존경받는 생활을 하고 있는 뒤쪽에 가면서 책의 느낌은 어두워갔다. 실지로 주인공은 시력을 잃어버리게 되니 말 그대로 주인공의 세계는 어두워진 것이다. 더구나 첫사랑의 여자가 주인공에게서 떠나는 처사는 섭섭하였다. 게다가 혁명이 성공하고도 주인공이 일복만 터졌을 뿐 형편없는 생활을 하는 데 비해 그 여자는 옛날의 자기 계급 남자와 결혼해서 풍족한 생활을 하고 있는 것은 공평해 보이지 않았다. 그렇기는 해도 두 사람의 처지가 반대가 되었다면 이야기는 결코 이만큼 아름답지 못할 것이다.

책 속에 있는 사람들은 바로 거리에서 만나는 그 사람들의 나라에서 일어난 일이건만, 책 안의 사람들과 해바라기 씨를 씹어 뱉으며 활발하게 걸어다니는 눈앞의 사람들을 맞춰보는 상식을 나는 익히지 못하였다. 책이 먼저 생긴 것이 아니라 사람이 먼저 생겼고 생겨서 사는 사람이 책을 쓴 것이라는 상식이 내 머리에 좀처럼 자리 잡지 못했다. 책은 사람이고, 사람은 책이다. 나는 그렇게 생각하고 싶었던 게 아닐까. 잘 설명 못하겠다. 책을 종이에 쓴 책만으로 생각하니깐 어렵다. DNA란 책은 그렇지 않다. '되어 있는 사람'과 'DNA'는 따로 있을 수 없지 않은가. 맨 처음에, 성체成體가 곧 DNA 자체이기도 한 시절이 있었던 것이다. 지금이면 그렇게 생각하겠지만 전에도 쓴 것처럼 'DNA'란 개념을 사용할 수 없고 보면, 책 속에 있는 사람을 굳이 책 밖의 사람들의 탁본拓本이라고 생각지 못하고 다른 방식으로일망정 책 바깥 사람들에 못지않은 힘과 권리를 가지고 살아 있는 사람으로 알고 싶어 한 '책환상'은 이렇게 설명하면 어떨까. 책 속에 들어오기만 하면 그가 러시아 사람이건 조선 사람이건, 러시아의 강이건 조선의 강이건 모두 바깥의 국적을 벗어버리고 '말나라'의 시민이 되기 때문에 비록 책 속에서 묘사된 용모와 이름을 가진 현물이 눈앞에 있어도 그를 책 속의 인물이라고 알아보지 못하게 하는 성질을 말은 가지고 있다고나 하면 어떨지. 교과서에는 뿌쉬낀의 시도 실려 있었다. 한 편만 실린 그 시는 별다른 감흥을 일으키지 못했으나 도서관에서 빌려 읽은 『대위의 딸』이나 『예브게니 오네긴』은 재미있었다. 『예브게니 오네긴』에는 역시 나의 힘에는 부치는 대목들이 있는 데 비해서 『대위의 딸』에는 그런 데가 덜하고 투명해 보였다. 눈보라는 눈보라였고 전쟁은 전쟁이었다. 뿌가초프조차도 도스또예브스끼의 인물 비슷하면서도 괴상하다는 느낌은 들지 않았다. 『대위의 딸』의 주인공과 『강철은 어떻게 단련되었는가』의 주인공은 그들의 처지는 달랐으나 비슷하다고도(특히 처음 부분은) 보였다. 옳은 일에는 무작정 뛰어드는 버릇과 자기한테 해를 끼친 사람에게도 관대한 데가 특히 그랬다.

도서관에서 돌아오는 길가에 어묵공장이 있었다. 열려 있는 가게 정면으로 안이 끝까지 다 들여다보이는 작은 공장이었다. 거기서는 커다란 통에 담긴 생선들이 기계 속으로 흘러 들어가서는 한쪽으로 눅진한 어묵이 되어 나오는 것이 보였다. 나는 어묵이라면 분홍 색깔이 입혀져서 나무판에 붙여놓은 것밖에는 본 적이 없었기 때문에 어묵이 이렇게 만들어지고 처음부터 그런 색깔도 아니라는 일이 큰 발견처럼 신선했다. 일하는 사람은 내가 하도 오래 서서 보고 있으니까 가끔 돌아보면서 웃었다. 나는 거북해져서 자리를 떴다.

중학교의 나머지 기간은 별일 없이 지나갔다. '비판회'는 나에게 지울 수 없는 마음의 자국으로 남았으나, 그것이 순전히 나에게서 벽보 주필 자리를 거둬들이기 위해서 필요한 절차였던지 아무튼 그 이상의 추궁은 없었다. 나의 기억에 틀림이 없다면 나는 1947년 봄에 H에서 중학교에 진학하고 같은 해 한두 달 후에 W로 이사 와서 학제의 변경으로 가을에 2학년에 진급했다. 그러니 이해의 학생들은 1학년은 1학기에 마친 것이다. '비판회' 사건이 있는 얼마 후에 중학교 전체의 민청, 소년단 합동 모임(거의 소년단이고 소수의 나이 찬 학생들로 민청 지부가 조직되어 있었던 모양이다)에서 3학년생인 민청 학생 하나가 대회 앞에서 자아비판을 하였다. 소년단원인 하급생들까지 모인 전교 학생 앞에서 '자아비판'을 한 그 학생이 그 후 어떻게 되었는지. 그러고서 학교를 다닐 수 있었는지. 나는 그 자리에 서서 떨리는 목소리로 무엇인가 자기를 '비판'하고 있는 학생이 나일 수도 있었다는 생각에 온몸이 굳어지면서 그를 지켜보았다. 무엇을 잘못했다고 그가 말했는지 기억에 없다. 장소는 교실을 터서 임시로 만든 강당이었다. 그리고 졸업식장처럼 앞에 단이 마련되고 먼저 민청위원장의 사업 보고가 있은 다음 '자아비판자'가 발언하는 것을, 강당을 가득 채우고 앉은 전교생과 이것도 졸업식이나 그런 때처럼 창가에 앉은 전 교원이 참석한 자리에서 그 학생이 뉘우친 잘못이 무엇인지 궁금해지는데 아마 동창생들에게 물어보아도 알고 있는 사람이 있을 것 같지도 않고 또 그 내용이야 아무래도 좋다는 생각이 든다. 만일 중대한 사건이면 그것은 학교 밖에서 조사할 성질일 것이고 그 이하의 수준이라면 그렇게까지 해야 할 것인지. 사람이 제 입으로 자기 잘못을 대중 앞에 털어놓는다는 일이 과연 바람직한 일인지, 그러길래 종교라는 제도가 고안되었고 그 속에서도 특별한 양식을 만들어서 조심스럽게 다루는 것이 아닐까.

소설이라는 방식도 그런 우회적인 슬기가 아닐까. 고백하더라도 밀실에서 종이에 대고 말하는 것과 현실의 사람을 앞에 놓고 하는 데는 차이가 있다. 그리고 종이에다 '나'라고 쓸 때, 그렇게 쓰고 있는 《나》는 '나'가 아닌 것이다. 책임은 '나'에게 전가되고 《나》는 종이에서 마술의 모자를 쓴 인물처럼 보이지 않게 된다. 대중 앞에서 '나'라고 할 때도 이치는 마찬가지여서 그 '나'라는 '말'은 《나》가 아니지만 당자의 육체가 현장에 있기 때문에 비록 '숨은 말인 《나》는 여전히 보이지 않지만 당자의 육체가 《나》라는 말'이 된다. 《나》는 숨지 못하고 마는 것이다.

정부가 시민의 모든 것을 알고 싶어 하고 시민 스스로가 자기의 모든 것을 드러내기를 바라는데도, 있을 법하지 않은 일은 일어났다. 학교 옆마당에서 쉬는 시간에 누구의 입에선가 최근에 학교에서 일어난 일이 흘러나왔다. 교원실에 걸려 있는 김일성의 초상화가 칼로 찢겼다는 것이었다. 모든 선생님들이 불려가서 조사를 받았고 학생들도 여럿 조사를 받았다고 한다. 그러나 막상 이 일도 교실에서 도난 사건이 일어났을 때 이 세상의 모든 교실에서 벌어지는 비정규적인 범죄 수사 과정에서 감도는 신비한 공포와 삭여내기 어려운 안타까움의 분위기 이상으로는 발전하지 않았다. 해방 전해 H에서의 일인데 어떤 아이가 나한테 물었다. "너 김일성이 얘기 들어봤니?" 그 아이 말로 김일성은 왜놈들과 싸우는 데 요술을 부린다고 한다. 한 번은 일본 순사가 김일성이를 잡아 목을 베어 보자기에 싸가지고 돌아와서 펼쳐보았더니 수박이 들었더라고 한다. 운동장 철봉대 옆에서 그런 말을 들려준 친구는 신이 나서 순사가 목을 베는 시늉이며 깜짝 놀라는 시늉을 해 보였다. 그 무서운 통제 아래서도 국경 도시의 한 소학교 아동의 곁에까지 그런 정보가 나돌았는데 나는 그 인물을 두만강에 걸린 국경 교량이거나 그 옆의 비행장에 구체적으로 세워보는 판단력은 없었다. 그 이름도 홍길동이나 로빈 후드라는 이름과 나란히 이야기 나라의 명부에 적혔을 뿐이었다. 그것도 그 당장뿐이었다. 그에 관해 더 이상의 얘기를 들을 기회가 없었기 때문이었을 것이다. 그 길로 시작종과 더불어 돌아간 교실에서 우리는 선생님으로부터 일본 특공대 비행기가 미국 군함을 격침시키고 있다는 이야기를 눈을 반짝이며 듣고 있었다.

그 김일성이 중학교에서의 마지막 방학인 1949년 여름에 W에 왔다. 언제나처럼 우리도 거기에 동원되었는데 숲으로 둘러싸인 야외 연설장에서 밤에 진행된 그 군중 모임은 그런 경우의 어느 때보다도 산만한 기억으로 남아 있다. 우리들은 대회장 뒤쪽의 어둠 속을 이리저리 돌아다니면서 갑자기 박수가 터지면 환한 연단 쪽을 사람들 틈으로 바라보다가는 다시 어둠 속에서 오락가락하였다. 사람들은 모두 연단을 향하고 있을 뿐 아무도 우리를 제지하지 않았다. 낮의 모임이면 그럴 수는 없는 일이었다. 그런 어느 경우이건 오금이 쑤시면서도 꼼짝없이 대열 속에서 제 주리를 틀 일인데 이때만은 시골 운동장에서 벌어지는 지방순회극단을 구경한 밤의 일처럼 떠오른다. 이 글을 쓰는 순간, 그 6월에 시작한 전쟁을 택하지 말고 시장에서 사람들이 와글거리는 대로 두는 일을 좀 더 오래 유지하고, 냉면집 영업도 좀더 놓아두고, 집권자의 밤 시간의 연설회도 그런 정도로 허술한 대로 좀더 유지하는 식으로 그동안의 세월을 보냈더라면 그 밤의 연설자까지도 포함하여 더 많은 사람이 더 많이 행복할 수 있지 않았을까, 그런 생각이 문득 떠오른다. 그랬다면 역 앞 광장 가에서 어머니가 냉면집을 하던 우리 반 친구도 미제국주의자들의 군화를 더 여러 켤레 혹사할 수 있었을 것이다. 그때 북조선의 학생들은 페니실린 약병을 잉크병으로 가지고 다녔다. 단단하면서도 부드러운 마개가 달린 그 병은 우리가 크게 사랑한 학용품이었다. 38선을 오가며 밀수해온 페니실린이 사용된 후 그 병은 그렇게 이용되었다. 크기가 알맞아 지니기 편하고 마개가 단단해서 쏟아질 염려가 없었다. 숱한 저희들 병정을 희생하면서 태평양을 건너 우리 땅에까지 수송해온 그 잉크병을 소년단 노랫말마따나 '공화국의 아들딸'인 우리가 '민주조선 창건하는' 과정에 좀더 오래 봉사시킬 수도 있었을 텐데 말이다.

중학 시절의 마지막 무렵 이야기를 쓰고 있자니 우리 반에서 내가 목격한 역사의 화려한 한 토막이 떠오른다. 우리 반에는 두 사람의 영웅이 있었다. 각각 A, B라고 부르기로 하자. A는 덩치가 보통 우리의 한 배 반쯤은 되고 육중한 것이 곰 비슷한 몸집이었다. 그 친구는 유도 유단자라고도 하고 '발쓰기'의 명수라고도 하였다. 가끔 다른 학교의 그런 아이들과 싸운 이야기가 본인의 입이 아닌 목격자의 입으로 전달되어 우리를 신나게 하였다. 어떤 상대방도 마지막에 '발기술'이 나가면 저만큼 나가떨어져 땅에 기게 된다고 했다. B는 권투 선수였다. 가끔 학교에도 권투 장갑을 가져오는 일이 있었다. 하교하면서 체육관에 가기 위해서다. 그도 역시 타교생들과 가끔 부딪친다는 얘기였고 그의 주먹심은 대단하다고들 했다. 체구 자체는 A와 비교되지 않았고 부드럽고 다부져 보였다. 그들의 무술이 각기 다른 것처럼 그들의 몸집 생김새도 다르고 성격까지 대조적이었다. A는 뚱하고 과묵했다. B는 상냥해 보이고 말도 시원스럽다. 그들은 같은 반 친구들을 괴롭히는 일은 결코 없었다. 그들은 그 무력을 다른 학교의 그 방면의 실력자들에게만 썼다. 대외용의 무술로서 그 실력을 말하자면 '국방'에만 사용한다는 말이다. 그들 사이에도 부딪힘은 없었다. 그들은 서로 '전공'이 다르기 때문에 서로 건드리지 않는다는 것이었다. 그것이 그 방면의 원칙이라고 반의 어느 스포츠 및 거리의 세계 정통자의 해설이었다. 그런 풍속의 기이한 법칙에 대해서 우리는 신비한 호기심과 두 사람에 대한 외경감을 누를 길이 없었다. 그런데 이 해설은 권위가 몰락하는 운명 아래에 있었다. 어느 날 쉬는 시간에 그 일은 일어났다. 원인이 무엇인지는 생각나지 않는다기보다 그 자리에서도 우리들에게는 확실치 않았던 것 같다. "나와, 나와, 밖으로 나와" 하면서 B가 A에게 잽을 먹였다. A는 창가의 그의 자리에 앉은 채 등을 구부려 벽에 바짝 붙이고 두 팔로 얼굴을 방어할 뿐 일어서지 않았다. "일어나, 일어나, 나와." B는 이렇게 으르면서 연신 잽을 먹여댔으나 A는 일어서지 않았다. 그러자 종이 울리고 다음 시간이 시작되었다. B는 자리에 돌아가고 우리는 아무 일 없었던 듯이 선생님을 맞이했다. 이 시간에 들어왔던 과목 교사는 그가 만일 주의 깊은 사람이었다면 시간 내내 온 학급이 유별나게 협조적이고 면학 분위기가 양호한 것에 문득 스치는 바람결 같은 의혹을 품었어야 옳았겠는데 그것은 알 수 없는 일이다.

나는 이후 생애를 통해 권투 경기장에 가지 않는 것은 말할 것도 없고 권투 중계도 듣지도 보지도 않으며 읽지도 않는다. 잽을 먹일 때 얼핏 보기에 상대방 머리를 만져주는 듯한 그 동작, 두 팔을 세워 얼굴을 감싸고 있는 오직 방어의 몸짓을 싸고돌던 그것 — 더 쓰지 말자, 내 속의 소중한 그림을 버릴 염려가 있다. 방과 후에 그들은 나란히 교실을 나가 교사 뒷숲으로 들어갔다. 이튿날 A는 눈 둘레에 검은 테를 두르고, B는 약간 절름거리면서 나타났다. 그러고는 그들은 졸업 때까지 소가 말 보듯 말이 소 보듯 하면서 별일 없이 무덤덤하게 지냈다. 책 속의 그것 못지않은 무엇을 전달받은 책 밖의 사건 중의 하나다. 나를 기준으로 인간의 키를 재서는 안 된다. 인생은 저마다 같지 않고 우리가 도달하지 못하는 것을 이루는 사람들이 있는 것이다. 세월이여 강이여, 상처 없는 영혼이 어디 있는가.

우리가 W에 와서 H와 다르게 발견한 것은 쌀과 생선과 과일이 흔한 일이었다. H는 내륙의 강변 도시이기 때문에 민물고기는 흔했으나 바다 생선은 청진에 기대고 있었다. 신선한 생선은 귀한 물건이었다. 두만강에서 나는 장어는 특히 이름이 높았으나 민물에서 잡히는 고기는 숫자부터 바닷가 사람들이 즐기는 생선 먹거리에 댈 바가 아니다. 그 무렵 수송 사정과 냉동 상태가 보태져서 옛날 육진六鎭 시절에 댈 것은 아니겠지만 싱싱한 바다 생선은 맛보기가 쉽지 않았다. 소금에 절인 고등어는 거의 사철 내내 바다를 대표하였다. 그 고등어는 조밥에 곁들이면, 조밥의 까실거리는 맛과 어울려 먹을 만하였다. 북쪽의 그 지방에서는 좁쌀이 양곡의 주식이다. H는 거기서도 끝 쪽 구석이다. W는 동해어장의 중심 항구다. 명태가 흔한 데 어머니는 놀라고 있었다. 처음에는 끼니마다 명태국과 찐 게만 먹었다. 게도 여러 종류 있었다. H는 산맥의 끝자락에 흩어진 언덕들 사이에 자리 잡은 도시지만 두만강 쪽으로 평지가 발달하여 비행장을 만들 수 있는 정도였고 강 건너가 다른 나라라는 사실이 신선하게 열려 있는 느낌을 주었다. 외국이 보이는 도시인 것이다. 옛날부터 그쪽과의 강 건너 장사가 성하여 그쪽 물건들 — 곡물, 모피, 약재가 H로 와서 거래되었다. 어릴 적 귀동냥이지만 아편 장수 얘기가 흔하던 일이 기억에 뚜렷하다. 우리 귀에는 '아편 장수'라는 말이 비밀과 모험이 뒤섞인 그런 울림을 전했다. 그 시절에 아이들 입에서 김일성이라는 이름이 그림 딱지처럼 나도는 그런 도시였고 '해삼위'라는 도시는 가까운 이름이었다. 그렇기는 해도 W는 엄청 아름다운 남쪽의 항구였다. 노래에 실리는 해당화 피는 명사십리의 도시였다. 그 움직이는 파란들은 눈길이 다하는 저쪽으로 열려 있었다. 항구에 들어찬 배들. 선창에 산처럼 쌓인 생선. 두만강가의 야적장에 산처럼 쌓이고 강변 저목장을 뒤덮은 나무에 견줄 것은 이들 생선 무더기였다. 주변에는 북조선의 주요 평야지대가 전개된다. 그것도 논이 많다.

마지막으로 과수원이다. 북조선 지역의 과수원은 황해도와 W 지역 일대에 제일 많았다. 지금은 모르지만 그때까지만 해도 함경남도 이북에서는 사과 재배를 하지 못하였다. W에 나온 처음 언젠가 아버지를 따라 시내에서 그리 멀지 않은 과수원에 간 적이 있는데 아직 꽃이 피기 전 약간 쌀쌀한 야산에 잘 다듬어진 낮은 키의 사과나무들이 촘촘히 들어선 모양이 신선했다.

타향에 나와 모든 것이 불편한 살림을 시작한 것은 사실이었으나, 해방과 더불어 몰아친 온갖 변화는, 할머니가 돌아가신 일과 겹쳐서 아버지에게는 그가 집안 살림을 맡아본 소년 시절 이후 서른 살 중반의 그 나이까지 그만한 일을 겪어보지 못한 가장 큰 어려움이었을 것이다. 태어난 곳에서 벗어나보지 못한 시골 소년이 이룩한 성공으로서는 대견한 것을 이룬 셈이어서 그에게는 더 큰 성공이 없더라도 그저 그만하면서도 나쁘지 않은 장래가 약속된 셈이었다. 자기도 남도 축복할 만한 인생이었다. 물론 '세월'이 보통 세월이었더라면 말이다. 그런데 세월이 보통이 아니어서 그 모든 것은 눈앞에서 다 허물어지고 말았다. 농촌 지역의 실상이 어떠했는지는 잘 모르겠지만 이 커다란 사회 변혁은 적어도 도시에서는 그 변화에 어울리는 표면적인 격렬함은 없었다. 소련군이 점령하고 있으며 공산 세력이 권력을 쥔 조건 아래에서 모든 변혁은 신속하고도 질서정연하게 진행되었다. 선행하는 토론이나 저항하는 움직임은 원천적으로 존재할 수 없었다. 이 세기에 들어서 우리가 겪은 최대의 변화인 일본군의 점령과 맞먹는 변화인데도 그 진행 양상은 비교할 수 없는 것이었다. 일본군의 점령은 격렬한 반항을 일으켰고 그것은 결국 해방의 날까지 물리적 저항조차도 그치지는 않은 데 비하여 그에 못지않은 사회 변화인 북조선에서의 해방 직후의 변동은 마치 그 전날까지의 당국이 일상 업무로 치르는 일처럼 실행되었다. 사회 변혁이 격렬한 모습을 지니자면 반대 세력에게 자기 표현의 의지와 힘이 있어야 하는 것인데 그것은 없었다. 의지는 있었겠지만 그 의지는 '명분'을 주장하기에 지극히 어려운 조건 아래에 있었다. '역사'의 '섭리'가 움직이고 있는 듯했다. 아무도 거스를 수 없는 '힘'일 뿐 아니라, 거스르는 것이 부끄러운 '명분'의 깃발이 점령군과 '동무'들의 머리 위에서 숭고하게 나부끼고 있는 듯한 느낌에 사회의 모든 층 — 박탈당한 층까지도 어쩌면 포함하여 — 모든 계층이 압도당하고 있었다. 일본 점령자들의 권력이 '남'의 권력이고 그것이 부자연한 권력임을 느끼는 것은 조선 사람 모두의 '인류학적' 본능이었다. 그것이 언제까지고 무사하지는 못하리라는 것도 반드시 자각적일 필요 없이 사람들의 '정치적 심층의식'이었다. 반세기의 점령으로 조선 사람들은 기진맥진해 있었으나 부족의 전사들이 나라 안팎에서 여전히 움직이는 기척은 보통 사람들도 어슴푸레 짐작하고 있었다. 일본군이 일으킨, 그들이 망한 전쟁의 말기에는 그런 느낌은 더 뒤숭숭하게 퍼졌다.

　마침내, 일본 점령군은 망해서 물러갔다. 그 자리를 메우고 들어온 것이 소련군이고 공산주의자들이라면 그것은 올 것이 온 것이었다. 사회는 그들에게 명분이 있다고 느꼈다. 그 명분 아래서 진행된 변화 아래에서도 인생은 여전히 인생이었다.

아버지가 술을 마시고 세월을 한탄하거나 그런 모습을 우리는 보지 못했다. 그는 여전히 부지런했다. 아마 그는 절망도 부지런하면서 절망할 수밖에 없도록 태어난 사람이 아니었던가 싶다. 집 안에서는 정치적 불평의 색깔을 지닌 그런 말이 주고받아지는 적은 없었다. 우리가 듣지 않는 데서 아버지와 어머니 두 사람 사이에도 꼭 그랬는지는 몰라도 우리에게 그런 모습은 보여주지 않았다. 몰락의 홀가분함이라는 것도 있는 것인지, 또는 체념이라고 불러야 좋을지 그것도 나는 확실히 말할 자신은 없다. 이 모든 것을 어우른 것이 진실이다, 이렇게 말하는 것이 늘 그렇듯 이 경우에도 마지막으로 해볼 수 있는 말이기는 하다. W를 택해서 고향을 떠나기는 했는데 W에서 내처 살려고 했는지, 38선 남쪽으로 오려고 했는지, 그래서 W는 그 중간 지점으로 삼은 것인지, 나중에 들은 바에 의하면 그 어느 쪽이기도 했다는 것이, 어디 마땅한 과수원을 경영할 생각도 있었고 청진의 국영 목재 회사의 책임자가 된 그 노동자가 W에 일자리를 마련해보겠다는 약속 때문에 W를 택하기도 했다고 하니, 그 당시에 당자인 아버지에게조차도 확실치 않은 일이었다. 자기 자신에게조차 자기가 확실치 않은 시대에 아버지와 우리는, 그리고 나도 살고 있었다. 공부도 잘하고, 분단 벽보 주필이라고 해서 그것이 곧 '나'의 전부는 아니었다. 그 다른 '나'는 누구인지, 누구여야 하는지를 나는 몰랐고, 지도원 선생님이 생각했던 것처럼 그것은 결코 쉬운 문제가 아닌 것을 이후의 나의 생애는 알려주었다. 아버지에게도 이 문제는 마찬가지가 아니었을까 싶다. 국민학교만 나와서 소년의 나이에서 장년이 되도록 백두산 산판에서, 두만강변의 뗏목 언저리에서 살아왔으면서도 그의 책장에 꽂힌 책들 — 내 기억에 남은 것들만 봐도 — 의 이름들은 그가 정신적으로도 향상하려고 한 궤적을 보여준다. 그러나 이 방면에서는 그는 물질적 자수성가의 그만한 자리에도 미치지 못한 듯싶다. 그보다 더 유리한 조건에서 생활한 나의 경험에 비춰보건대 그 일이 그의 불명예가 된다고는 생각지 않는다. 세상 일의 하나인 그 일, 삶에 대해서 총체적이고 강렬한 의미를 주는 해석의 힘을 지닌다는 일도 쉬운 일은 아니기 때문이다. 생활에서 몸으로 몰락한다는 것과 그것을 강력한 관념의 조명으로 해석하는 것은 다른 일이다. 학교와 직장에서 각자 자신들의 존재 자체를 '문제'로 숙제를 받은 우리는 그것을 풀 힘은 없고 보면 '집'에 와서 이 일을 내놓기가 두려웠다. 대부분의 아동은 어려운 문제를 낸 선생님을 욕하기보다는 대개 그 숙제를 소화하지 못하는 자기 능력을 부끄러워해야 한다는 본능적 명예심을 가지고 있다. 그래서 우리 집은 바깥출입하는 두 사람의 남자가 그들이 밖에서 겪은 고통을 집안에 알리지 않은 덕분에 타향 살림의 적응에 이런저런 불편이 있달 뿐 처음 겪는 핵가족의 특별한 맛을 즐기지 않는 것도 아닌 그런 나날을 보내고 있었다.

고등학교에 진학했을 때 나는 기뻤다. 세 개나 되는 같은 시의 중학교들과 통학 거리에 있는 인접한 군의 중학교들에서까지 응모할 수 있었던 학교에 뽑혔기 때문에 경쟁을 통과한 모든 수험생들과 마찬가지 의미에서 기뻤지만, 나에게는 그 이상의 이유가 있었다. 이제부터 지도원 선생님을 만나지 않아도 되었다. 그날 밤의 비판회 이후 나는 더 이상 소년단 사업에서의 악역을 담당하도록 '조직'당하는 일은 없었지만, 소년단과 민청의 합동 회의에서 자기비판을 하던 그 상급생 민청원의 모습이 언제나 마음에서 떠나지 않았다. 유예된 처형의 시간을 산다는 것은 현재의 확실한 평화를 갉아먹는다. 이제 영영 나는 그 손에서 벗어났다. 레닌 모자를 약간 젖혀 쓰고 가슴도 약간 뒤로 젖히고 대개 손에는 수첩을 꺼내 들고 약간 코 막힌 소리로 소년단회에서 발언하는 그 지도원 선생은 낯빛은 어느 편인가 하면 해맑았고, 차고 날카로워 보이지만 생물인류학적 유형으로 따지자면 사악해 보이거나 야비해 보이는 인상은 아니었다. 다만 그가 섬기고 있는 '문화인류학'적 섭리의 터줏대감의 말을 옮기는 무당＝지도원인 그는 나의 천적이었다. 우리는 짐승이 아니었기 때문에 짐승을 넘어선 어떤 것 때문에 서로 불행하였다. 초여름에 이미 중학교를 졸업하였고 고등학교 등교를 앞둔 그해 여름의 김일성 연설회의 그 할랑하게 태평스럽던 밤의 기억은 중학교를 졸업한 나의 해방감 탓인지 실지로 그러했는지 가끔 생각하게 만들기는 하지만 그것은 고등학교에서의 상대적으로 편한 생활에 어울리는 사실상의 서막이기는 하였다.

우리는 중학교를 졸업했으니 고학년생이 된 것이 사실인데도 진학한 고등학교에서는 최하급생이었기 때문에 몇 년 아래로 되돌아간 느낌도 받았다. 나이 때문에 1학년의 대부분은 거기서도 소년단 생활을 하였고 2~3학년생은 거의 민청원이었다. 중학교에서 하고는 거꾸로 여기서는 민청 생활이 명실 모두 학교의 주동 세력이고 소년단은 신입생들만을 위한 부수적 조직이었다. 여기서도 소년단 지도원 선생은 있었지만 소년단 지도원 선생이라고 모두 같은 소년단 지도원 선생은 아니었다.

이 선생은 1학년 물리학 담당 선생이었는데 대체로 우리들을 위해서 학교를 소개하는 역할을 맡은 사람처럼 처신하였다. 이 학교의 전신인 상업학교의 졸업생이기도 한 그는 자기가 재학하던 시절 얘기를 가끔 들려주었는데, 몇 해 전이기는 해도 그것은 해방 전 일본 점령기의 학교생활인데 지금 상황에서 필요함 직한 조심성도 이렇다 하게 곁들이지 않은 투였다. 꼬투리를 잡자면 얼마든지 있을 법하였다. 하기는 교원들의 당생활이나 조직원 생활을 우리가 방청한 적이 없었기 때문에 소년단 지도원으로서의 그의 성적이 어떻게 평가되었는지를 우리는 모른다. 어쨌든 그는 우리를 편하게 해주었다. 나는 이 학교에서는 아무 간부 자리도 맡지 않았다. 이 학교에는 강당도 제대로 된 것이 있었다. 입학한 첫 학기인 그 가을에 우리가 강당에 모여서 이남에서 왔다는 젊은 유격대원의 강연을 들은 일이 있었다. 내용은 모두 잊어버렸다. 다만 강연이 끝난 다음, 그 대원이 우리에게 가르쳐준 「오대산 유격대의 노래」란 것이 가사 중의 불완전한 몇 구절만 생각난다. "오대산 골짜기"가 어찌어찌 됐다느니, "흘러가는 저 흰 구름아"라느니, "우리 이야기를" 누구에게 전해달라던가 뭐 그런 내용이었다. 우리는 금방 배워서 단상의 그와 함께 「오대산 유격대의 노래」를 함께 부르면서 강연회를 마쳤다.

민청원 상급생들은 어쨌는지 몰라도 우리들은 그의 이야기를 신기하고 재미있게 들었다는 이상의 의미는 전달받지 못하였다. 한 동안 이 노래가 교내에서 나돌았지만 우리는 그를 곧 잊어버렸다. 부를 만한 서정적 러시아 가요들이 많이 있었기 때문이다. 아마 '우리를 기억해달라'고 했었을 그 오대산 동무들에 대해, 당시의 '공화국 북반부의 민주기지'에서 '무럭무럭' 자라고 있던 '공화국 의 아들딸'의 한 부분이었던 우리는 그처럼 아둔하게 굴었다. 그러 나 '아들딸'들은 우리 학교뿐이 아니었기 때문에 공화국의 다른 학교에는 공화국의 아들딸다운 아들딸들도 많았으리라고 나는 확 신한다. 모든 문제는 내가, 식민지 점령 기간에 형성된 시골구석 의 소시민 계급의 가정에서 태어났기 때문에, 주변에서 민족의 고 난에 타협 없이 맞서는 그런 흐름에 대한 정보나 사실과 만날 수 없었다는 데로 돌아가는 것 같다. 그러니 나와 다른 입장의 가정 에서 일어난 일들에 대해서까지 판단을 넓힐 수도 없고 더구나 북 조선의 당시의 상태를 샅샅이 증언할 의도도 없다. '만경대 혁명 자 유가족 학원'이라는 이름을 듣고 있었다. 이름 그대로 애국선열 들의 유가족들을 위한 특별 학교였다. 우리의 많은 부분은 그 이 름과 연관이 없었지만 우리는 그 이름에 경의를 느꼈고 당연한 일 로 받아들였다. 사회 변혁의 첫 단계에서는 '이름'은 '실체'와 같 았다. 그것들 사이에 틈이 생기고 그 틈에서 여러 가지 문제가 생 기기에는 시간이 걸려야 했고 시간은 아직 앞쪽에 있었다. 게다가 그 '이름'은 다만 '이름'이었기 때문에 그 보편성의 힘으로 그 사 회에서 열세에 선 계급까지도 위협할 힘을 지니고 있었다. 또다시 게다가, 학교는 학교였고, 전 사회체제에서 햇볕 쪽에 있던 계급

82

조차도 제일 좋은 자리에서 밀려는 났지만 굴속으로까지 밀어넣지는 않고 있었다.

'인민민주주의 공화국'이라는 이름은 그런 성격을 규정한 말이었다. 고등학교에 진학한 1949년 가을은 '인민공화국'이 선 지 1년 다음이었지만 그것은 우리들에게는 그와 관련한 이름의 군중대회, 보고대회, 독보회가 있어야 했던 기간이랄 뿐 그 이전의 해들과 특히 달라진 것은 없었다. 그 이전에 이미 이루어졌던 일이 계속되었고 듣던 이름들을 여전히 들었다.

나는 북조선에서 살았던 전 기간을 통해 신문을 읽고 있는 나의 모습을 기억 속에서 찾아낼 수 없다. 해방 후에 새로 나온 책들만 해도, 그 중에서 소설만 해도 이기영의 『땅』이니 이태준의 『소련기행』이니 그때 이름만은 희미하게 기억하는 듯도 싶은 책들도 나는 읽지 못했다. 『강철은 어떻게 단련되었는가』『청년근위대』 같은 소련 소설의 번역을 읽었는데도 말이다. 내가 대학 1학년생이거나 하다못해 고등학교에서라도 1~2년 상급의 자리에 있었더라도 사정은 달랐을 것이다. 소설의 세계는 여전히 나에게는 '현실의 거울'이 아니라, 현실에서 왔거나 말거나 말의 힘만으로 홀연히 있게 되는 '그 자신으로서의 현실'이었고 그렇게 길든 독서 방식은 여전히 나를 이끌었다.

그 무렵에 나는 어느 친구한테선가 『홍길동』을 빌려 보았다. 그것은 이남에서 찍은 색채 만화였는데 인쇄의 현란함이 나를 충격하였다. 해방 후의 남한 인쇄물이 어느 정도였길래 그럴까 싶지만 사실이다. 패랭이를 쓴 홍길동이 눈에 보이는 듯하다. 이것도 그

‘미군 군화’라든지 ‘페니실린’과 같은 구멍으로 38선을 넘어온 것들이었다. 일본 점령시대 말기부터 물자 부족이 인쇄에도 마찬가지여서 색깔이 고운 그림책이 벌써 귀하였고, 해방되고 나서도 사정은 마찬가지였기 때문에 화려한 책에 굶주려 있었던 탓인가 싶다. 나는 그 친구에게 물물교환으로 무슨 책인가 물건을 제시하였으나 거래는 이루어지지 않았다. 그 친구도 사정이 마찬가지였을 테고 말로는 제 책이 아니고 형님 책이라던가 그랬지 싶다. 어느 쪽이었건 당연한 일이었다. 그 같은 친구한테서였던 듯한데『마인魔人』이라는 소설도 빌려서 읽었다. 마침내 범인으로 밝혀진 여주인공의 그 기구한 운명. 범죄를 캐다가 그녀의 공범자가 되고 마는 변호사의 슬픈 사랑. 모든 증거를 제가 인멸해버리고(이든지?) 자살하는 그 고귀함. 황치인黃齒人의 공포. 비록 ‘몽테 크리스토 백작’만 한 부자들은 아니고, 외국 여자가 나오지도 않고, 배신자들이 그렇게 많지도 않지만, 그러면서도 모든 인물들이 인간 정열의 종류를 저마다 순수하게 대표하는 듯한 역동적인 감동을 일으켰다. 사람이 머리끝에서 발끝까지 통일된 의지의 지배를 미칠 수 있을 만치 잘 조직된 존재인 듯이 — 예술가가 잘 다듬어진 붓끝으로 그린 그림 속의 소재처럼 현실의 인간이 그려져 있는 소설 속의 인물들은 그래서 나를 사로잡았고 조선에 정말 이런 인물과 그런 생활 주변이 있는가에는 생각이 전혀 미치지 못했다. 현실의 인간이란 것이 한 폭의 그림 속의 인물이기보다는 그리다 만 이 화폭 저 화폭에서 눈 따로 귀 따로 심지어 그 인물의 증명사진에서도 좀 떼어오고 실지 몸뚱이의 일부도 동원한 콜라주에 가깝다는 것도 나의 인식과는 멀었다.

아버지의 책장에서 『흙』을 읽었을 때 비교적 자기에게 가까운 풍물들이어서 좋았지만, 유순 아가씨에 대한 허숭의 심정은 받아들이기 어려웠다. 유순에 대한 약속을 어긴 것이야말로 허숭이라는 사람의 인생의 최대 사건이지, 그 밖의 일, 농촌사업 같은 것은 아무리 거기서 공을 쌓아도 허숭의 영혼을 구할 일이 못 될 것 같았다. 자기가 그 처녀에게 어떤 일을 저지른 것인지를 깊이 깨닫지 못하는 듯한 허숭의 언동은 민망스러웠다. 작가의 의도와는 상관없이 유순이라는 농촌 처녀는 자기 처지를 넘어서서 예술 속에서 다루어지는 사물이 겪는 승격을 이루고 있었다. 유순은 허숭이 못 할 일을 한 사람이며 자기는 그에게 항의할 수 있고 그런 다음에는 그녀의 마음속에서 '허 변호사'는 소설 속에서 그녀가 허용하고 있는 자리를 차지해야 할 턱은 없는 사람이라고 알아야 했을 터이지만 유순은 그렇게 하지 못했다. 그녀는 낡은 도덕에 묶여 있었고 그 때문에 일어나는 희생이 만일 자신에게만 관계되는 일이라면 참겠다고 하는 당자에게 독자가 그 이상 간섭하기는 어려우며 이른바 '허위의식'까지도 사랑에 관한 일일 때 그에 대한 간섭은 병은 고쳤는데 앓던 사람은 죽는 수도 있다. 그래서 독자에게는 안타까움과 애틋한 마음의 향불을 그녀 넋 앞에 바치는 일만 남는다. 이렇게 해서 소설 속에서는 유순과 『마인』의 여주인공과 메르세데스와 백설공주는 자매지간이요 동성동본이 된다.

지도원 선생님만이 아니고 이곳 고등학교의 선생님들은 어느 과목이건 모두 중학교 시절의 교사들보다는 너그러웠다. 러시아말 선생은 민청 지도원이라고 하는데도 우리를 귀엽게 보아주는 듯했다. 해방 후 북조선에서는 처음 1년쯤까지도 영어를 가르치다가 그제서야 러시아말로 바꾸었는데 우리는 니나 뽀다뽀바라는 저자의 이름이 있는 교과서를 학년에 따라 진도만 다르게 배웠다. 아직 러·조사전도 없어서 교과서 본문 뒤에 나오는 단어 뜻풀이가 사전을 대신하였다. 러시아말 선생도 원래 러시아말을 대학에서 전공했는지 여부도 알려지지 않았다. 그는 매우 젊었기 때문에 전공할 기간이 있대도 그만한 기간이었으리라. 그러나 우리를 가르치기에는 넉넉하였다. 당시의 우리는 가르치기에 어느 누군들 넉넉지 않았겠는가. 창 옆 안쪽에 앉은 나의 작은 짝은 특히 노어 선생의 귀염둥이였다. 그는 키는 나보다 조금 작고 얼굴이 아기 같고 성격은 쾌활하였다. 그는 러시아말 예습을 많이 해오는 듯 발음 칭찬을 받았고 사실 그가 본문을 읽을 때면 들을 만했다. 거기다 그는 글씨를 잘 썼는데 흑판에 나가 써놓은 그의 글씨는 선생님의 그것과 겨룰 만했다. 그와 나눈 말로 미루어보면 그는 어머니만 계시며 한 사람 있는 형님은 인민군 전차부대 장교라고 한다. 그리고 희미한 기억이지만 그의 아버지는 독립운동인지 사상운동인지를 했다고 들은 것 같다. '만경대혁명자 유가족학원'에 못 갔지만 그런 쪽의 집안이었던 것 같다. 그래서 그런 일을 뽐낸 적도 없으며 그런 내력도 공식 발표가 있었던 것이 아니라 순전히 그와 나의 책상 자리의 공간적 근접이라는 조건 때문에 알게 됐을 뿐이다. 말하자면 이 사회의 지배 계급의 자녀와 이 사회의 찬밥 계급의 자녀가 한 교실에 나란히 앉아 러시아말을 배우면서 희희거리고 쑥닥거리면서 소년들의 시간을 보내고 있었는데, 아, 모든 일이 이렇게는 될 수 없었는지.

기하학 선생님은 한쪽은 다리 대신 줄로 잡아맨 안경을 쓴 쉰 살 안팎의 분이었는데 그의 시간에 우리는 늘 기하학의 중요 정리定理들이 막 발견되는 현장에 있다는 느낌을 받았다. 그는, 이집트며 알렉산드리아며, 시라쿠사며 아테네며 이런 데서 '점'이며 '선'이며 '너비'며, '부피'며 '원圓'이며 이런 것들하고만 살아 있는 사람보다 더 진지한 이야기를 나눌 수 있었던, 하얀 수염이 무성하고 발가락이 내민 가죽신을 신은 사람들이 있는 광장이며 돌집 처마 밑으로 우리들을 데리고 갔는데 이미 우리 선생하고 친교가 있는지 그들은 우리들의 아마 신기했을 생김새도 눈여겨보는 일 없이 그 이상한 '증명' 절차를 구경시켜주었다. 나의 짝은 이 선생님에게도 귀여움을 받았다. 나의 짝이 흑판에 나가서 ∴며 ∵며 ≡와 같은 부적을 사용하면서 발가락이 내보이는 신발을 신은 그 사람들의 요술을 거뜬히 반복해 보이면 선생님은 끄덕끄덕하시고는 안경줄을 괜히 고쳐 걸치는 동작을 거듭하면서 어떠냐, 잘 풀지? 하는 듯이 우리를 노려보는 것이었다. 우리는 그때마다 찔끔하였다. 천재와 한 교실에서 공부하는 자들은 이런 곤욕을 겪기 마련이다. 그러나 어려운 문제를 아무도 풀지 못하고 온 교실에 으스스한 살기가 감돌 때 마침내 마지막 지명을 받은 나의 짝이 악마가 잠가놓은 마술의 자물쇠를 찰칵하고 열었을 때의 태풍은 지나가다, 우리들이 내쉬는 한숨. 천재와 한 교실에서 공부하면 이익도 있다. 그래도 우리는 아무도 그를 시샘하지 않았다. 이런 천재들이 교실

밖의 인생에서 그들의 인간적 자질에 어울리지 않는 운명을 살게 되는 일이 적지 않다는 경우에 대해서 알고 있었기 때문이 아니다. 그런 일을 몰랐는데도 우리는 시샘하지 않았다. 나는 내 짝의 형님이 아무쪼록 지난 전쟁에서 무사했기를 빌고 내 짝도 그의 재능을 인정받아 우수한 전차 설계자가 되었기를 빈다. 그 전차에서 쏘는 포탄은 옷은 무슨 옷을 입었건 우리 민족의 병사는 비켜가는 그런 우수한 전차 말이다. 믿거나 말거나 우리가 목격한 바가 사실이라면 이것은 결코 헛된 꿈은 아니다.

서양사 선생님도 쉰 살 안팎이셨는데 기하학 선생님이 지중해 연안의 그 털북숭이들처럼 보인 데 비해서 이분은 바이킹들의 가정교사 비슷하였다. 우리가 배우는 교과서가 러시아 것을 번역한 것이기 때문에 거기 나오는 사람 이름이며 곳 이름이며 모두 러시아식 표기여서 우리는 Пётр(뾰뜨르) 대제의 참모 회의에 참석한 몽고인들 같았다. 보통 영어식으로 표기된 것에 익숙했던 귀에 그 이름들은 같은 내용을 다른 발음으로 부르고 있는 것이 아니라 그런 울림의 다른 역사를 배우는 분위기를 자아냈다. 나이로 보아 그도 옛날에는 영어나 일본말로 공부한 서양 역사일 텐데 비록 교과서대로 따르는 것이라 해도 그는 자연스럽게 본토 사람처럼 발음했으며 러시아말 철자를 꼭 흑판에 썼다. 어쩌면 소련에서 살다 온 사람이 아니었는지. 그런 사람치고는 그의 조선말에는 외국어 티가 없었다. 이 시간에는 나의 짝보다 내가 한 뼘쯤 앞서 있었다고 해야 나는 진실을 존경하는 사람이 될 성싶다. 이런저런 책에서 본 내용들은 서양 역사에 나오는 이런저런 사람이며 사건들을 낯익은 것으로 보이게 했으며 '현장감' 있는 대답을 하게 하였다. 선생님은 내 나이로 보아 그때 거기에는 없었을 텐데, 하는 낯빛을 지으시다가도 곧 만족해하였다.

이렇게 몇 분만 꼽아봐도 그들은 고령자들이었다. 40년 전의 일이므로 지금의 같은 나이와는 다르다. 아직 이만한 학교에서 가르칠 사람을 길러내는 데는 힘이 부쳤고 고등교육 학교는 자꾸 신설되고 있었다. 가르칠 만한 사람들은 얼마든지 아쉬웠다. 그들은 이 오래된 학교 건물처럼 세월의 무게가 느껴지는 사람들이었다. 그래서인지 이 학교는 졸업하고 온 중학교에 비해 겉과 안이 모두 묵직해 보였다. 나이 든 그 선생들은 체제에 대해 속으로야 어찌 생각하고 있든 일체 그런 낌새는 풍기지 않았고 오직 자기들이 습득한 지식의 보편적 측면만이 쓸모 있어 체제에 의해 고용된 사람들이었다. 그들은 그 한계 안에서 생애의 그 이전까지의 시기의 의미를 새김질하면서 자신들의 역량을 한껏 살리는 것으로 이 시대를 살고 있는 듯 보였다. 중학교 때의 지도원 선생님같이 답답한 구석은 대체로 없었다. 그런 분위기는 나에게도 해방 후 H에서의 국민학교의 마지막 기간에서 시작하여 중학교 입학, W에 와서 어리둥절한 중학교 시절까지 계속된 그 의미를 똑바로 알기에는 너무 뒤숭숭했던 시간 다음에 비로소 찾아온 태풍을 앞둔 고요함의 시간이었다.

나는 여전히 도서관에 열심히 다녔다. 나는 두 가지 학교를 다니고 있었다. W고등학교는 이 학교에 다니는 내가 겉으로 보이는 나의 학교였다. 거기서 나는 어느 사회에서나 그 나이 또래의 소년들에게 제공되는 체제의 교육을 받고 있었다. 과학이나 어학 같은 과목을 제한 정치 이념적인 부분은 아직 나에게는 바람이나 별빛 이상의 비非물리적 의미를 갖지 못하였다. 그것은 들릴 뿐 보일 뿐 나는 그것들을 '읽을' 힘이 없었다. 도서관에서의 책 읽기를 통하여 나는 또 하나의 학교를 다니고 있었다. 거기서도 '책 속의 세계'와 '현실의 세계' 사이의 관계를 읽을 힘이 없기는 마찬가지였지만 이것은 학교에서의 '과제'가 아닌 내가 좋아서 다니는 학교였다. 그 책들은 아마도 해방되지 못했더라면 일본 선생들이 있는 학교에서 지금쯤 읽고 있을 책들이었고 차츰 그 책 속의 경험과 책 밖의 세계 — 일본 선생과 일본 군대의 존재와 그런 것들 사이의 어긋남에 눈이 뜨이고 괴로워하면서 그래도 여전히 읽었을 책들이었다. 대부분 일본말 장서였던 그 도서관의 책을 읽는다는 행위에 의해서 나는, 식민지 당국자들이 이 땅에 남겨놓은 번역판 인문주의 문화의 학교에 열심히 다니는 셈이었다. 해방 후에도 계속된 나의 일본말 책읽기는 그러므로 나의 선배 연령의 조선 지식인들의 일본 유학을 그 내용대로 앉아서 하는 셈이었다. 다만 거기에는 일본말과 글만 있었을 뿐, 일본 선생은 없었고 일본 군인도 일본 순사도 없었다. 바로 그 책 속에 있는 그 '말'이 그것 아닌가고 하기도 반드시 쉽지는 않다. 아니 그렇지 않다. 우선 제일 쉬운 이야기로 일본책이라고 모조리 일본 정신 해설서는 아닐뿐더러 개화기 이래의 일본의 책문화에도 여러 시기마다의 특징과 경향이 있을 수밖에 없다. 심지어 반일본적인(반일본전통문화이건, 반제국주의문화이건 — 그 양쪽의 의미에서 '反'인) 일본말 책도 있는 법이다. 그러나 그보다 더 중요하게 원칙적으로 일본 군대니 순사니 하는 것과는 상관없는 측면이 나의 도서관에서의 책읽기의 본질이었다. 숙제가 아닌 그 책읽기에서 나는 '인류의 본질'인 '생물 수준의 지각知覺을 기호라는 인공 신경세포의 도움에 의해 초생물적 수준으로까지 증폭하는 일'이라는 학교에 다니고 있었다. '글'이라는 이 기호에 의한 의식의 체력 단련이라는 체육관에 다니고 있는 것이었다. 그것이 거짓의 정보이건 진실한 것이건, 기호의 자극을 자신의 조직 속에 번역하여 쌓아놓는 칩chip으로서 자기의 세포를 개발하는 일이었다. 이것은 여전히 그 정보들이 참인가 거짓인가를 아는 힘과는 무관하였지만 무엇보다 먼저 이 훈련이 있고 볼 일이었다.

'현실'과 '책읽기'와 '글쓰기' 사이를 잇는 실핏줄이 생겨나는 움직임 비슷한 일이 국어시간에 일어났다.

국어 선생님은 교원대학을 졸업하고 첫 부임 학교에서 맡은 첫 학생이 우리였다. 그는 아직 대학생 같았고 형님 같았다. 우리는 그와 함께 뿌쉬낀의 시를 읽고 그는 그 시의 배경에 대해서 얘기해주었다. 12월당이라는 러시아 귀족 청년들의 개혁 음모에 대해서도 말해주었다. 유형流刑이라는 제도에 대해서도 말해주었다. 수도에서 떠나 눈벌판을 썰매를 타고 한 달씩 두 달씩 여행해서 겨우 닿는 곳에 사냥과 고기잡이를 하면서 사는 마을이 있다. 유형자는 거기서 사면될 날을 기다린다. 또는 러시아제국의 식민지였던 카자흐라는 이민족의 땅에서 다른 말을 쓰는 사람 속에 유형되기도 하였다. 뿌쉬낀도 그런 개혁주의자의 한 사람이었고 자유를 노래

한 시인이었다고 하였다. 『대위의 딸』이나 『예브게니 오네긴』을 읽어본 나에게는 잘 아는 이야기였다. 그런 사람들이 있었던 나라가 러시아 짜르 제국이었고 지금의 소비에트 러시아는 그 제국을 혁명해서 생긴 나라이며 뿌쉬낀은 소련에서 가장 사랑받는 국민시인이라고 하였다. 우리는 그 시를 모두 암송할 것을 숙제로 받았고 다음 시간에는 한 사람씩 암송을 해야 했다.

다음 진도는 「우리 오빠와 화로」였다. 이 시는 훨씬 가까운 느낌을 주었다. 어느 씩씩한 오빠가 있고 그 오빠는 훌륭한 일을 하다가 일본 순사에게 잡혀 남매는 화로가 깨지고 남은 한 짝 부젓가락처럼 남는다. '화로는 깨어져도 화젓갈은 깃대처럼 남지 않았어요/ 우리 오빠는 가셨어도 귀여운 피오닐 영남이가 있고/그리고 모든 어린 피오닐의 따뜻한 누이 품 제 가슴이 아직도 더웁습니다'라고 누이가 옥중의 오빠에게 쓰는 편지 형식의 그 시는 장면이 눈에 뵈듯 생생했다. 피오닐이란 삐오네르Пионер, 즉 소년단이었다. 여러분이 곧 이 시의 '영남'입니다. 선생님은 그렇게 말하였다. 이렇게 해서 우리 모두는 이쁜 누나를 공짜로 가지게 되었다. 이 시에는 무엇인가, 여태껏 내가 해온 책읽기하고는 다른 무엇인가가 있었다. 그것은 화로에 대한 얘기였고, 부젓가락에 관한 얘기였다. 모두 우리가 잘 아는 것들이면서 우리 마음을 휘젓는 힘이 있었다. 책 속에 들어가버리면 그만인 화로와 부젓가락이 아니라, 책 밖에서도 책 속에서처럼 정답고 의젓한 부젓가락이었다. 그것은 보통 부젓가락이면서 보통이 아니었다. 그런 부젓가락이었다. 이 힘은 어디서 왔을까. 책 속에서일까 책 밖에서일까. 그때 그런 생각을 한 것은 아니지만 그 시가 묻고 있는 것은 그런 것이었던 듯하다.

그 다음 과인 「낙동강」은 훨씬 구체적이었다. 「우리 오빠와 화로」의 오빠가 어떤 오빠인지, 「위대한 청년들」이 어떤 청년들인지 똑바로 말해주고 있었다. 잡혀갔던 오빠의 그 뒷얘기를 소설은 말해주고 있었다. 우리가 배운 본문은 원작을 줄인 것이었으리라 생각한다. 그 분량 모두였던 것 같지는 않았다. 그런데 뒷날 그 전부를 읽었을 때의 느낌은 그전에도 우리는 그만한 「낙동강」을 읽었었다는 사실과는 다르면서도 완강한 실감이 있었다. 줄이기는 하되 읽을 만한 데를 솜씨 있게 골라서 이어놓았으리라. 세월이 지난 지 오랜 지금까지도 그 첫 부분, 낙동강 700리, 길이길이 흐르는 물은 이곳에 이르러 곁가지 강물을 한몸에 뭉쳐서 바다로 향하여 나간다. 강을 따라 바둑판 같은 들이 바다를 향하여 아득하게 열려 있고 그 넓은 들 품 안에는 무덤무덤의 마을이 여기저기 안겨 있다 — 이 부분이 저절로 중얼중얼 입술에 오르고 강과 들과 저 멀리 바다 쪽이 내다보인다. 우리가 한 대목씩 읽으면 선생님이 그 대목의 풍경이며, 인물이며, 대화며, 그 대화의 구체적인 뜻을 그 자리에 있었던 사람이 돌아와서 하는 말처럼 들려주었다.

봄마다 봄마다
　　불어 내리는 낙동강물
구포벌에 이르러
　　넘쳐넘쳐 흐르네 —
　　흐르네 — 에 — 헤 — 야

철렁철렁 넘친 물
        들로 벌로 퍼지면
만 목숨 만만 목숨의
        젖이 된다네—
        젖이 된다네— 에—헤—야

이 벌이 열리고—
        이 강물이 흐를 제
그 시절부터
        이 젖 먹고 자라왔네
        자라왔네— 에—헤—야

천년을 산 만년을 산
        낙동강! 낙동강!

하늘가에 간—들
        꿈에나 잊을소냐—
        잊힐소냐— 아—하—야

어느 해 이른 봄에 이 땅을 하직하고 멀리 서북간도로 몰려가는
한 떼의 무리가, 마지막 이 강을 건늘 제, 그네들 틈에 같이 끼어가
는 한 청년이 있어, 뱃전을 두드리며 구슬프게 이 노래를 불러서, 가

뜩이 이 슬퍼하는 이삿군들로 하여금 눈물을 자아내게 하였다 한다.

과연, 그네는 뭇 강아지 떼같이 이 땅 어머니의 젖꼭지에 매달려 오래 오랫동안 살아왔다. 그러나 그 젖꼭지는 벌써 자기네 것이 아니기 시작한 지도 오래였다. 그러던 터에 엎친 데 덮친다고 난데없는 이리 떼 같은 무리가 닥쳐와서 물어박지르며 인제는 한 목옴의 젖이라도 입으로 들어가기가 어렵게 되었다. 하는 수 없이 이 땅에서 표박하여 나가게 되었다. 이렇게 된 것을 우리는 잠깐 생각하여 보자.

소설은 그렇게 이어진다. 선생님은 여기서 우리들에게 '그러나 그 젖꼭지는 벌써 자기네 것이 아니기 시작한 지도 오래였다'는 말의 뜻을 물어보았다. 여러 사람이 그것은 일제가 우리를 36년이나 착취했다는 뜻이라고 대답했다. 순서는 내 차례에까지 왔다.

"그다음 줄에 나옵니다."

나는 그렇게 대답하였다. 모두 웃었다.

"맞습니다, 그렇게 쉬운 걸 몰라요."

우리들은 또 한 번 웃었다.

"자 다음을 읽어봅시다."

선생님이 말했다.

나는 읽었다.

이네의 조상이 처음으로 이 강에 고기를 낚고, 이 벌에 곡식과 열매를 딸 때부터 세이지도 못할 기―ㄴ 세월을 오래오래 두고 그네는 참으로 자유로웠었다. 서로서로 노래 부르며, 서로서로 일하였을 것이다. 남쪽 벌도 자기네 것이요, 북쪽 벌도 자기네 것이었었다. 동쪽도 자기네 것이요, 서쪽도 자기네 것이었다.

그러나, 역사는 한 바퀴 굴렀었다. 놀고먹는 계급이 생기고, 일하여 먹여주는 계급이 생겼다. 다스리는 계급이 생기고, 다스려지는 계급이 생겼다. 그럼으로부터 임자 없던 벌판이 임자가 생기고 주림을 모르던 백성이 굶주려가기 시작하였다. 하늘에 햇빛도 고흔 줄을 몰라가게 되고, 낙동강의 맑은 물도 맑은 줄을 몰라가게 되었다. 천년이다 오천년이다. 이 기나긴 세월을 불평의 평화 속에서 아무 소리 없이 내려왔었다. 그네는 이 불평을 불평으로 생각지 아니하게까지 되었다. 흐린 날씨를 참으로 맑은 날씨인 줄 알 듯이. 그러나, 역사는 또 한번 구을랴고 한다. 소낙비 앞잡이 바람이다. 깃발이 날리었다. 갑오동학이다. 을미운동이다. 그 뒤에 이 땅에는 아니, 이 반도에는 한 괴물이 배회한다. 마치 나래 치고 다니는 독수리같이. 그 괴물은 곧 사회주의다. 그것이 지나치는 곳마다 기어가는 암나비 궁뎅이에 수없는 알이 쏟아지는 셈으로 또한 알을 쏟아놓고 간다. 청년운동, 농민운동, 형평운동, 노동운동, 여성운동. 오천년을 두고 흘러가는 날쎄가 인제는 먹구름에 싸여간다. 폭풍우가 반드시 오고야 만다. 그 비 뒤에는 어떠한 날쎄가 올 것은 뻔히 알 노릇이다.

이른 겨울의 어두운 밤, 멀리 바다로 통한 낙동강 어구에는 고기잡이 불이 근심스러히 졸고 있고, 강 기슭에는 찬 물결의 울리는 소리가 높아질 때다. 방금 차에서 내린 일행은 배를 기다리느라고 강 언덕 우에 웅기중기 등ㅅ불에 얼비쳐 모여섰다. 그 가운데에는 청년회원, 형평사원, 여성동맹원, 소작인조합 사람, 사회운동단체 사람들이 대부분을 차지하였다. 동저고리ㅅ바람에 헌모자 비스듬히 쓰고 보ㅅ다리 든 촌ㅅ사람, 검정 두루막이, 흰 두루막이, 구지레한, 양복, 혹은 루바시카 입은 사람, 쨔켓 깃 우에 짧은 머리털이 다팔다팔 하는 단발랑, 혹은 그대로 틀어얹은 신여성, 인력거 위에 앉은 병인, 그들은 ○○감옥의 미결수로 있다가 병이 위중한 까닭으로 보석출옥하는 박성운이란 사람을 고대 차에서 받아서 인력거에 실어가지고 마을로 들어가는 길이다.

"과연, 들리는 말과 같이 지독했구만. 그같이 억대호 같던 사람이 저렇게 될 때에야 여간 지독한 형벌을 하였겠니. 몹쓸 놈들."

이 정거장에 마중을 나와서야 비로소 병인을 본 듯한 사람의 말이다.

"그래 가두고도 죽으면 병으로 죽었닥 하겠지."

누가 받는 말이다.

병든 성운을 둘러싼 일행이 낙동강을 건너 어둠을 뚫고 건넌마을로 향하여 가던 며칠 뒤 낮결이었다. 갈 때보다도 몇 배 긴긴 행렬이 마을 어구에서부터 강언덕을 향하고 뻗혀 나온다. 수많은 기ー ㅅ발이 날린다. 양렬로 늘어선 사람의 손에는 기ーㄴ 외올베자락이 잡혀있다. 맨 앞에 선 검정테 둘은 기폭에는

'고 박성운 동무의 령구'라고 써 있다.

그다음에는 가지각색의 기다. 무슨 '동맹,' 무슨 '회,' 무슨 '조합,' 무슨 '사.' 각 단체 연합장임을 알 수 있다. 또 그다음에는 수많은 만장이다.

"용사는 갔다. 그러나 그의 더운 피는 우리의 가슴에서 뛴다."

"갔구나, 너는! 날 밝기 전에 너는 갔구나! 밝는 날 해맞이 춤에는 네 손목을 잡아볼 수 없구나."

"……"

"……"

이로 다 세일 수가 없다. 그 가운데에는 긴 시ㅅ구詩句같이 이렇게 벌여서 쓴 것도 있었다.

"그대는 평시에 날더러, 너는 최하층에서 터져나오는 폭발탄이 되라, 하였나이다. 옳소이다, 나는 폭발탄이 되겠나이다. 그대는 죽을 때에도 날더러, 너는 참으로 폭발탄이 되라, 하였나이다. 옳소이다. 나는 폭발탄 되겠나이다." 이것은 묻지 않아도 로사의 만장임을 알 수 있었다.

이해의 첫눈이 푸뜩푸뜩 날리는 어느 날 늦은 아침, 구포역龜浦驛에서 차가 떠나서 북으로 움지기어 나갈 때이다. 기차가 들녘을 다 지나갈 때까지, 객차 안 동창으로 하염없이 밖앗을 내어다 보고 앉은 여성이 하나 있었다. 그는 로사이다. 아마 그는 돌아간 애인의 밟던 길을 자기도 한번 밟아보려는 뜻인가 보다. 그러나 필경에는 그도 멀지않아서 다시 잊지 못할 이 땅으로 돌아올 날이 있겠지.

몇 시간 걸린 끝에서였던지 「낙동강」을 끝낸 날 우리는 작품을 읽은 감상을 작문해올 것을 숙제로 받았다.

나는 작품을 여러 번 읽었다. 나는 박성운과 로사가 허숭과 유순과 같은 생각이 들었다. 그들이 맺어졌더라면 그렇게 되었으리라 싶었다. 유순이 매를 맞아 죽는 데서 분하고 서러웠던 일이 「낙동강」에서 고쳐진 듯하였다. 허숭은 살여울을 떠나지 말고 새벽길에서 유순에게 한 다짐을 지켰더라면 그다음의 비극들은 일어나지 않아도 되었을 것 같았다. 그러면 허숭은 박성운처럼 죽게 된다는 말일까. 그렇게 되면 로사 아닌 유순이 그 새벽에 옥수수 보자기만 건네주고 돌아서던 그 길을 스스로 밟아 살여울역에서 먼 길을 떠나게 되고 작품의 이름은 '흙'이 아니라 '살여울'이 된다는 말이겠지.

마침 H에서 다니러 왔던 외사촌 누님과 함께 도서관에 가면서 나는 이 문제를 꺼냈다. 누님은 나보다 훨씬 손위여서 고향에서 국민학교 선생을 하고 있었다. 타향에 나온 막내딸네 사정이 궁금하여 손녀를 대신 보낸 것이었다. 그녀는 내 말을 듣고 도서관을 보고 싶다고 하여 우리는 토요일 오후에 집을 나섰다. 나는 그녀에게 낯선 이 고장을 설명하고 거리에서 만나는 것들을 소개하였다. 내가 기관구 공장 앞에서 말이 많은 것을 그녀는 재미있어 하는 듯했다. 도서관에서 우리는 책을 한 권씩 빌려가지고 자리에 가 앉았다. 오늘 여기서 오래 머물 계획은 아니었다. 우리는 잠깐 책을 읽다가 나왔다. 책을 돌려주면서 잠깐 뒤처졌던 누님은 나와서 걸어가면서 저기 담당 누나가 너를 기특해한다고 말하면서 대견스러운 듯이 나를 바라보았다. 누님이 공부한 R에서도 학교 도서관은 충실했지만 이런 도서관은 없었다고 말했다. 그러면서 너는 책을 좋아하니 열심히 공부하면 훌륭한 사람이 될 거라고 말했다.

이튿날 오전에 돌아가는 누님을 어머니와 나는 W역에서 전송했다. 어머니가 우시면서 언제 또 만나겠는가고 목이 메어 하셨다. 일곱이나 되는 딸들에게서 낳은 여러 아이들 사이에서도 이 누님네와 우리는 제일 친하고 연락도 끊이지 않았다. 어머니의 바로 위 언니이자 외할머니의 여섯째 딸이었던, 누님의 부모는 무슨 역질이었던지 어느 해 거의 한날 한시다시피 한꺼번에 돌아가시고 남은 네 남매는 외할머니가 맡아 기르고 계셨다. 우리가 H에서 떠날 때 외할머니댁에 갔었는데 나는 이 누님의 책장에 꽂힌 책 중에 『로마제국쇠망사帝國衰亡史』가 있던 일을 기억한다. 그녀는 외할머니를 대신하여 동생들도 잘 거느린다고 어머니는 늘 칭찬하셨다. 조카들 중에서 막내이모를 제일 닮았다고 하는 주변의 얘기에 늘 만족해하시며 이 누님 얘기가 나올 때마다 꼭 그 소리를 빼놓지 않으셨다. 마치 그 말을 해야 당자를 소개하는 것이 되기나 하는 것 같았다. H를 떠나면서 마지막 들린 것이 된 그때 누님의 큰남동생인 나의 사촌은 축구공을 가지고 학교 운동장에 가서 친구들에게 내가 우리 학교의 축구선수라고 소개하면서 경기를 하였다. 나는 물론 그런 것이 아닌 줄 알면서 말이다. 나를 자랑하고 싶었고 나에게 이별의 선물로 대접을 해주고 싶었던 것이다. 그 경기에서 내내 내 주위를 맴돌며 내가 실수하지 않게 하느라고 애쓴 우정을 잊지 못한다. 그의 남동생은 실은 나보다 실력이 나았을 텐데 경기에는 끼지 못하고 우리를 이리 뛰고 저리 뛰면서 응원하였다.
그들의 작은 누나는 형제 중에서 제일 활달하여 가수가 되는 것이
꿈이어서 밖으로 나돌기만 한다고 외할머니가 붙들고 머리카락을
잘랐다는 말이 우리들에게 들려온 적이 있었다.

그 누님이 창문에서 몸을 내밀며 손을 흔들고 어머니는 이제는
펑펑 울고 계셨다. 어머니와 나는 차를 따라가며 울면서 손을 흔
들었다. 한창 나이에 모란꽃처럼 탐스러우면서도 점잖은 데가 있
는 누님의 얼굴이 눈물 속에 흔들리면서 멀어져갔다. 전날 저녁에
누님은 「유모레스크」를 들으면서 잠깐 눈물을 보였다. 나는 울지
않았지만 그녀도 같은 음악을 듣고 같은 반응을 나타낸 데 대하여
말할 수 없는 우정을 느꼈다. 기차를 따라가면서 우리가 흘리고
있는 눈물이 모두 하나가 되었다. 마침내 기차는 사라졌다. 내 마
음에서 그것은 마치 다른 유순과 진짜 로사가 그렇게 떠나는 것같
이 나를 뒤흔들었다.

작문 숙제에서 나는 쓰고 있었다. 나는 W 근교의 친구네 과수
원집에 초대된다. 여름밤이다. 마당 평상에서 이야기하던 친구는
안으로 들어가서 같은 또래의 여학생을 데리고 나온다. 그녀는 친
구의 사촌이다. 우리는 이 말 저 말 끝에 「낙동강」 이야기를 한다.
그녀네도 진도가 거기까지 갔다고 한다. 우리는 박성운에 대하여,
로사에 대하여 말한다. 여학생은 활달하였다. 그녀는 두 사람의
남학생을 압도한다. 특히 '형평사'라는 것에 대하여 선생님 수준
의 해설을 그들에게 들려준다. 이윽고 수박도 다 먹고 이야기도
다 하고 우리는 일어서 각기 잠자리를 찾아갔다. 밤중에 나는 잠

이 깨어 뒤척이다가 마당으로 나왔다. 달은 없고 별밭이 무섭게 찬란했다. 집도 과수원도 멀리 둘러쳐진 산마루도 별빛 때문에 한 층 더 깊은 그림자로 서 있었다 — 다음 시간에 선생님은 우리들의 작문을 묶은 뭉치를 들고 들어오셨다. 총평을 하신 다음 묶음 속에서 나의 작품을 꺼내 읽으라고 하셨다. 내가 떨리는 목소리로 읽기를 마쳤을 때 선생님은 학급을 향하여, 이 작문은 작문의 수준을 넘어섰으며 이것은 이미 유망한 신진 소설가의 '소설'이라고 선언하셨다.

이날 학교에서 돌아오는 길에 나는 기관구 앞에서 오래 서서 검은 바퀴 달린 쇠더미들이 움직이는 것을 보고 있었다. 작문에 쓴 이야기는 사실이었다. 친구네 과수원에 가서 하룻밤을 지내면서 거기서 활발한 여학생을 만난 것은 사실이었다. 그리고 「낙동강」 애기를 한 것도 사실이었다. 그러나 그것은 깊은 애기도 아니었고 오래 끌지도 않았다. '형평사' 대목도 그녀가 지나가면서 한 말이었다. 작문에서 그녀가 알려주었다는 내용은 필자인 나의 지식이었다. 작문의 내용은 다 사실이었지만 사실만은 아니었다. 특히 그녀에 대한 묘사는 전날에 떠난 사촌누님을 머리에 두고 한 것이었다. 작문 속에서 사촌누님이 여러 해 전에 벗은 여자 고등학교의 교복을 입고 나와 나눈 「낙동강」 이야기를 하고 있는 것을 아는 사람은 나뿐이었다. 그뿐이 아니었다. 작문 속의 그 여학생은 유순과 로사도 대표하는 인물이었다.

나는 기뻤다. 이 도시에 와서 겪은 무거운 시름이 적어도 지금은 저만치 물러서 있었다. 그것들이 언젠가 다시 다가서더라도 그것과 맞서기 위해 전에 없던 힘이 자기에게 씌운 것처럼 느꼈다. 그것은 잘한 일을 잘했다고 유보 없이 말해준 선생님의 선물이었다. 그 선물이 있게 해준 것은 「낙동강」이었다. 나는 이 소설 속의 인물들인 박성운과 로사가 실지로 만난 사람들처럼 느꼈다. 그들이 나를 해방해주었다고 나는 생각하였다. 나는 그들에게 신세를 진 것이었다. 게다가 작문 속에서 그들의 이름으로 H의 누님을 소개한 일도 나는 빚을 진 듯이 생각하였다. 오늘 일을 집에 가서 어떻게 얘기할까. 이 일은 어머니에게 말하고 싶었다. 그런데 어머니가 그 작문을 보게 될 리야 없겠는데도 여학생의 묘사가 꼭 H의 누님인 점이 걸렸다. 마치 그 점에 대해 그럴듯하게 얼버무리면서도 내 작문을 될수록이면 샅샅이 전달하고 싶었다. 걱정하지 않아도 될 일에 대한 가장 적절한 답안을 궁리하느라고, 그것도 이 자리에서 대강이라도 마무리하느라고 기관구 앞에서 서 있는 시간은 자꾸 길어졌다. 나는 선생님을 어려워하고 학교를 대단하게 알고 숙제를 잘하려고 하는 그런 학생이었다. 기관차들의 움직임을 보면서 나는 그것들이 소설 속의 그 '구포'역의 기관차라는 생각을 느닷없이 떠올렸다.

  그것은 환상이었지만, 「낙동강」과의 인연은 그 역시 그 자리의 내가 알 턱이 없었지만, 아직 남아 있었다.

2

　1987년 봄, 나는 뉴욕의 케네디 공항에서 아버님과 동생들이 살고 있는 버지니아로 가는 비행기를 기다리며 안쪽에 있는 대기실로 가는 문 앞 로비에 앉아 있었다. 여러 개의 문이 이웃한 정면 벽 위에 노선의 발착을 표시한 판이 걸려 있었다. 그중의 한 문이 아까부터 승객들을 받아들이고 있었다. 줄은 거의 끝나가고 있었다.

　그때 저쪽에서 한 남자가 걸어와서 줄을 따라 안으로 들어갔다.

　그 남자가 안으로 들어가 복도 모퉁이를 돌아 사라질 때까지도 나는 아무 동작도 하지 못하고 마치 그가 복도 모퉁이를 돌아가는 것을 기다리기나 할 생각인 것처럼 앉아 있었다. 그가 사라진 다음에도 나는 그대로 앉아 있었으니 그가 나타나서 사라지기까지

보고만 있었다는 것이 겉보기로 나타난 모두였다.

그 남자가 나타난 순간에, 이럴 때 흔히 그런 것처럼 나는 그를 알아보았다.

월남 직후의 1951년 M시에서 만났을 때와 다른 것은 이번에는 그때보다 시간이 짧았다는 것과 말을 건네지 못했다는 점만 다를 뿐 그가 바로 눈앞에 나타났다가 사라지기는 마찬가지였다. 당연히 그는 그만큼 나이가 들었겠으나 아무 상관없이 나는 그를 알아보았다. 시간이 짧다고는 하나, 설령 길었다고 해도 이번에야말로 전번처럼 말을 걸 수는 없는 일이었다.

30분쯤 지나서 우리 차례가 되어 문을 통과하여 탑승객 대기실에 들어갔을 때 나는 그의 모습을 찾아 둘러보았다. 그는 보이지 않았다. 많은 사람들이 앉아 있기는 했지만 나는 자연스럽게 서성거리면서 찬찬히 살펴볼 수 있었다. 그는 없었다. 그의 비행기가 떠난 것이었다.

비행기가 이륙하고 나서 수선거림이 잦아들었을 때 나는 의자 등에 머리를 기대고 눈을 감았다.

월남한 그해 겨울, 먼 친척을 의지해 M시에 자리를 잡은 것은 잘된 일이었다. 그 친척은 해방 전에 고향에서 철도에 오래 근무한 사람으로 해방 직후에 월남하고서도 철도에 근무하고 있었다. 오랜 경력이므로 그때는 철도국의 간부여서 그는 우리를 도와줄 힘이 있었다. 피난민은 그 주류가 대구와 부산에 밀려갔기 때문에 여기서는 그 북새통에서도 어느 만한 배려가 우리 가족을 대하는 토박이들의 태도에 뚜렷이 나타났다. 동정하고 도와주려는 여유가 있었다. 우리는 M역에 가까운 철도 관사에 들어가 살았다. 관사이므로 철도 종사자 아니면 살 수 없었겠지만, 우리가 들어갈 때는 비어 있던 것으로 봐서(1950년 겨울의 일이다), 아직 모든 곳이 전쟁의 첫번째 타격에서 벗어나지 못한 상태가 우리를 도왔다. 그 친척은 어머니 쪽이었다. 그때까지 독신이었던 그는 퍽 의리 깊게 굴었다. 우리 외할머니 얘기를 하면서 이모뻘 되시는 그분이 집안이 어렵던 자기를 돌봐주신 은혜를 왜 잊겠느냐며 누님(그는 나의 어머니를 그렇게 불렀다)을 이렇게 뵈니 그분을 뵌 것 같다며, 그분이 어떻게 위하던 막내이신데 이 고생이 웬일이냐며 모두 세월 탓이라 했다. 자기 지금 처지로 이만 일은 아무것도 아니라면서 우리를 위로했다.

그는 제 힘으로 우리가 살 곳을 마련해줬을 뿐 아니라 최소한도의 생활비를 댔고 시청에서 구호미도 탈 수 있게 해주었을 뿐 아니라, 곧 얼마간의 밑천을 주면서 장사를 해보시라고 권하였다.

아버지와 어머니는 시장을 둘러보고 상의하신 끝에 잎담배 장사를 시작하셨다. 시장에 나가 시골서 들어오는 잎담배를 사서 큰 도가에 갖다 주거나, 이문을 조금 붙여 같은 중개꾼에게 넘기는 일이었다.

이 장사에서는 어머니가 키를 잡으시고 아버지는 거드는 몫을 했다. 아버지는 국민학교를 나와서 중학생 정도의 나이를 몇 해 우편국에 근무한 일 말고는 그때까지 나무 장사를 하셨으니 '장사꾼'에 틀림없는데 '나무'에 관한 장사 아닌 다른 장사에서는 평생 전혀 장사꾼의 재질을 나타내지 못하였다. 우리 친할머니가 생전에 하시던 말씀에 우편국에 다닐 때 일본인 우편국장이 우리 아버지더러 '아무개는 좋은 사람이노 한다'라고 했느니라 하셨는데, 이 '좋은 사람이노'가 맞는 말이었던 듯싶다. 그는 자기의 어려운 출발을 오직 성실함과 부지런함만으로 이겨나가는 식의 사람이었고 일제 말엽이자 해방 직전까지 조그마한 성공의 마루턱에 올라선 것도 그 '좋은 사람이노'의 선을 외줄기 걸었을 뿐, 엉뚱하다거나 배포 한번 크게 품어볼 줄은 몰랐던 것이리라.

이에 반해서 어머니는 딸만 많은 집의 막내로, 가난한 과수 시어머니 며느리 노릇밖에 한 적이 없다가 백사지 타향에 내던져지고 나서야 타고난 씩씩함이 드러난 형국이었다. 아침 일찍 장에 나가셨다가 돌아오실 때면 고단한 기색 없이 우리 셋이 끼니를 찾아 먹었는지 걱정하셨고 저녁밥을 준비해서 둘러앉아 먹으면서 그날 장사를 아주 재미있게 들려주시는 것이었다.

아버지는 W에 와서 국영 목재회사에서 하루아침에 인생의 출발이었던 지점에 서게 되었을 때 그랬던 것처럼, 이 피난 생활에서도 넋두리라든지 원망을 하는 법이 없이 저녁이면 옛날에 그가 다루던 생산품에 비하면 턱없이 가볍고 족보가 다른 냄새 짙은 잎담배 뭉치를 큰 미역다발처럼 수레에 싣고 들어왔다. 팔다 남은 것이 적으면 아버지가 지고 어머니가 이고 어떤 때는 우리 형제가 마중 나가서 져 날랐지만, 많을 때는 그렇게 짐수레를 싸서 날라야 했다. 이제부터 장사가 잘되면 가게에 맡겨야겠다고 어느 날 가족이 모두 나섰던 저녁 귀가 때 두 분이 얘기했다. 무엇보다 잘된 일은 피난 온 이듬해 1월에 아버지가 나를 데리고 M시 고등학교에 찾아가서 나를 편입학시킬 수 있었던 일이었다. 교장 선생님은 선선히, 환영하면서 방학이 끝나는 대로 나오라고 하였다. 전해 9월에 2학년에 진학하였으므로, 북한의 학제대로면 나는 고등학교 2학년 1학기를 마친 것뿐이었으나 이곳 남한에서는 학년 초가 4월이었기 때문에 1950년 9월에 북한에서 고등학교 2학년에 올라간 나는 1951년 4월에는 남한에서 고등학교 3학년에 진급하게 되었다. 동생들도 얼마 후에 모두 취학하였다.

워싱턴 공항에는 큰동생이 마중 나와 있었다. 그의 차를 타고 워싱턴 시내를 거쳐 키 브리지를 건너 메릴랜드로 넘어오면서 나는 이 나라에 처음 왔던 15년 전처럼 넓디넓은 뻘 속에 푹 가라앉기 시작하는 것처럼 느꼈다. 외국이라기보다 올림픽을 주최하는 일에 나라 운명을 거는 것처럼 온 나라가 뛰고 있는 나라에서 스무 시간 안팎에, 도시마다 귀찮아서 다행히 어느 도시에서 올림픽을 주최한다느니 하는 나라에 와버린 데서 오는 부담이었다. 첫 번 방문보다 두번째가 덜했고, 두번째보다 이번에는 그보다 좀더 덜한 것은 사실이지만, 그 뻘의 느낌은 깊은 앙금처럼 밑에 가라앉았을 뿐이지 기후라든가, 도시의 겉보기라든가, 시설이라든가 모를 것도 알 것도 없다는 투명한 낯익은 동형성同型性에 기대려는 마음이 오히려 속절없이 느껴졌다. 도시라고 다 도시인 것도 아니다, 그런 느낌은 오히려 전보다 더 절실했다. 길이 넓다. 워싱턴은 뉴욕과 비교하지 않아도 차가 덜 붐비고 건물이 깨끗하고 나무가 많다. 위로 솟은 뉴욕이 답답한 데 비해 옆으로 넉넉하게 퍼진 도시다. 워싱턴과 버지니아, 메릴랜드를 갈라놓는 포토맥 강에 걸린 다리들을 건너면 여기서부터는 워싱턴 구역과도 비교가 안 되게 절반쯤 자연에 파묻힌 시골로 보인다. 물론 도시가 갖출 것은 다 갖추고 오래전부터 '공해'가 떠들어지지만, 이 역시 공해도 공해 나름이다, 라고 하고 싶었다.

"없던 건물인데."

"쇼핑몰입니다."

차를 타고 지나노라면 교외의 주택 구역 한복판에 무슨 국립공원 속을 가는 것 같던 넓게 퍼진 수풀이 있던 자리다.

"저 안에 우리가 가게를 내고 있습니다."

"그래? 무슨 가겐데?"

"화장품입니다."

"그렇군."

"어쩔까요? 들러보시겠습니까?"

"아니, 나중에."

"네."

뉴욕에서의 일을 마치고 와도 될 일이었지만 버지니아에서 코앞인 뉴욕에서 전화로만 도착을 알리고 머무르다가 여행의 마무리로 들린다는 순서가 거북했다. 그래서 한 이틀 아버님과 동생을 방문하고 나서 뉴욕으로 가서 일을 보고 난 후에 다시 이리로 와서 지내다가 귀국하기로 예정을 바꾼 걸음이라 아버님한테 가는 것이 좋을 것 같았다. 아버님은 이 동생이 모시고 있다.

"잘돼?"

“네, 그저 괜찮아요.”

쇼핑몰의 한쪽에 남아 있는 숲을 돌아 낯익은 거리가 나타났다.

“참, 그동안 집을 옮겼습니다.”

“응, 그랬다지.”

편지에서 읽은 기억이 난다.

“전의 집 근첩니다.”

“응.”

모든 집들이 거의 비슷한 듯한데 그래서 지루하지는 않고 발걸음이 잘 맞는 열병 대열 같다는 느낌은 여전하였다.

말대로 전의 집 근처의 그 집은 앞에서 보니 아담한 1층이었다.

차가 가까워지자, 현관으로 아버님이 나오시는 것이 보였다. 창문으로 내다보고 계셨던 모양이다.

안으로 들어가 아버님은 소파에 앉아서 절을 받으셨다.

이번 여행에 대해서는 서울에서도, 도착한 다음 뉴욕에서도 전화했지만, 다시 간단히 설명드렸다.

“빨리 일 볼 데로 가야지.”

“네, 그러겠습니다.”

1979년에 와 뵈었을 때보다 퍽 달라져 보였다. 그때만 해도 특별히 정정하시다는 느낌이었는데 지금, 옆으로 비치는 햇볕에 감싸인 아버님의 모습에서는 한층 깊은 늙음이 풍겼다.

밖에서 뛰어오는 발소리가 나더니 큰아우의 맏딸아이가 들어서면서 수줍은 듯이 웃었다. 내가 손짓을 하니, 걸어와서 내 허리에 매달렸다. 나는 조카애를 껴안아주었다.

“선물 가져왔는데, 백.”

내가 돌아보자,

“네, 저기 들여왔습니다”

하고 아우가 웃으며 말했다.

조카애는 할아버지한테 가서 의자 팔걸이에 걸터앉았다.

“내 비서야”

하고 아버님이 말했다.

중 1생치고는 숙성해 보였다.

“어머님한테는……”

하고 내가 말하자,

“내일 가도록 해라, 고단할 테니……”

“네.”

어머니가 묻혀 계시는 그 묘지는 여기서 한 시간쯤 걸리는 곳이
었다.

“자, 가서 한숨 자거라, 얘기는 그때 하고. 큰아버지 방에 안내
해라.”

아버님이 손녀를 내게로 밀어 보냈다.

그녀가 안내한 방에 들어서다 말고 나는 물었다.

“이건 누구 방이니?”

“동생 방이에요.”

“그렇구나.”

뒤따라 들어오면서 아우가 말했다.

“좀 불편하신 대로……”

"그럼 얘는……"

"뭐 저희들하고 자든지, 거실에서 재우죠."

"아니야, 내가 거실에서 자지."

"그럴 수야 있습니까? 그럼, 이리 좀 오세요."

그는 앞장서서 계단을 내려간다.

1층인 줄 알았는데 계단 밑에 또 한 층이 있었다. 벼랑에 붙여서
그렇게 지은 집이었다.

"여기보다는……"

"아니, 여기가 좋군."

거기는 지하층의 거실이었다. 지하층이라지만, 문을 열면 거기
가 뒤뜰이었다.

"이쪽에 빈 방이 있긴 합니다만 침대가 없습니다."

그 방은 침대나 소파 없이 한쪽에 이런저런 물건이 흩어져 있
었다.

"여기를 치울 걸 그랬군요."

"아니라니깐, 거실이 좋은데."

사실이긴 하였다. 위층의 거실보다 더 아늑하다.

부녀는 나를 남겨놓고 올라갔다.

목욕을 하고 소파에 눕자 나는 곧 잠들었다.

깨어나 보니 저녁이었다. 세 시간쯤 잤다. 1층에 올라갔더니 메
릴랜드의 막내아우네 가족이 와 있다. 주말이라 아우 부부와 조카
가 함께 온 것이었다. 아이스크림 집을 그만두고 햄버거 연쇄점을

넬까 한다는 이야기를 하고 있었다. 그들이 데리고 온 조카아이가 이 집 막내와 동갑인데 아까 나한테 제공되었던 방에서 툭탁거리고 야단이다. 아버님의 '비서'인 큰아이는 비서답게 이곳저곳을 돌아다니면서 참견을 하다가는 할아버지 방에 가보곤 한다.

나는 그녀를 데리고 내려가서 여행가방에서 선물을 꺼내가지고 올라와서 식구들마다 나누어주었다.

나는 아버님 몫의 물건을 가지고 계시는 방으로 갔다.

"여기도 있는데."

물건들 속에서 화선지를 집어 보시면서 아버님은 웃었다.

이튿날 아침 일찍 작은아우가 운전하는 차를 타고 아버님과 나는 어머님 무덤에 성묘를 갔다.

알렉산드리아라는 도시 가까운 곳에 있는 그 묘지로 가는 길 언저리에는 변화가 없었다. 도시가 바라보이는 낮은 언덕은 겉으로 보기에는 그저 그만한 숲으로 보였다. 숲 속으로 나 있는 길에 차를 세우고 비석들 사이에 자란 잔디를 밟으며 세 사람은 어머니 무덤 쪽으로 들어갔다. 무덤들은 여기저기 한 무리씩 모여 있고 그 사이에는 빈 풀밭이 있는데 그런 풀밭에는 적잖게 나무도 자라 있다. 그저 야산이던 곳에 무덤을 쓰면서 그렇게 자리가 잡힌 형국이었다. 아이들 몇이 자전거를 타고 우리가 차를 세워둔 길을 지나간다. 나무들을 적당히 솎아내면서 조성되었지만 여전히 수풀이기도 한 묘지는 햇빛 속에 적당히 그늘이 있는 공원이기도 하였다.

우리는 어머니 무덤 옆의 풀밭에 앉아서 이런저런 얘기를 하다가 W시에서 미국 폭격기의 폭격을 받던 이야기가 나왔다. 근교의 농가에 가서 어렵게 쌀을 구해 오는 길에 폭격을 만난 어머니는 방공호가 있는 쪽으로 달리면서도 소리를 내며 하늘에서 떨어지는 폭탄은 둘째고 바로 머리에 인 쌀주머니를 떨어뜨릴까 봐 그 일이 무서웠다고, 무사히 돌아와서 웃으셨다. 너도 생각이 나느냐고 아버님이 작은아우에게 물으셨다. 작은아우는 어정쩡한 모양이었다. 국민학교 저학년이었던 그로서는 그렇기도 할 것이었다. 나는 분명히 기억하고 있었다. W역 기관구에 첫 폭격이 있은 다음 우리 가족은 시가 변두리로 나와 농가의 방을 얻어 지내고 있었는데 어머니가 다녀오신 쪽에 무슨 공장인가가 있어서 폭격기는 그것을 공격한 모양이었다. 마침 아버님은 계시지 않아서 부르는 소리에 달려 나갔을 때 땀에 흠뻑 젖어 쌀자루를 이고 들어서시던 모습이 어제 같았다. 지난 일은 어제고 그제고 10년 전이고 모두 한가지 어제라는 생각이 요즘 들어 되풀이해서 머리에서 맴도는 것을 경험한다. 이 묘지에 처음 들어서던 일도 어제 같았다. 그때 겨울 오후의 이 장소는 지금보다 훨씬 을씨년스러웠다. 임종을 지켜드리지는 못했지만 그해 가을 아이오와 대학에 와 있어서 전화를 받자 달려와서 입관에서부터 이 자리에 묻히시는 과정에 참여할 수 있었던 일이 다행이었다.

묘지에서 돌아오는 차 안에서 아버님은 이번 뉴욕 나들이에 대해서 여러 마디 물어보셨다. 내 마음을 헤아려주시고 계시는 느낌이었다.

"저희 집으로 가시는 거죠?"

"글쎄."

"가보거라."

아버님이 말씀하셨다.

큰아우 집에서 아버님을 내려드리고 작은계수와 조카를 태우고 우리는 작은아우네가 사는 메릴랜드로 향했다. 문을 닫은 길옆 가게들의 크게 낸 유리문 안에 저마다 다른 그 가게의 물건들이 모두 마네킹처럼 부자연스러워 보였다. 그런 거리 풍경들을 10여 년 전에 보았을 때의 느낌들이 아직도 그것들을 보는 나의 감각을 지배하고 있었다. 그 감각이란 H라는 도시의 정거장, 학교, 천주교회 건물, 우편국, 관사들과 W시의 항구 시설, 좀더 큰 건물들, 좀더 큰 우편국, 그런 다음에 월남해서 본 부산, M시, 그리고 부서진 서울의 좀더 큰 우편국, 좀더 큰 교회, 좀더 큰 백화점과 미군 깡통과 상자로 지은 집들이 한데 뒤섞인 속에서도 여전히 그것들의 주된 선을 이루고 있는 '서양'이란 것의 순수 형태였다. 그것을 한마디로 말한다면 '크리스마스 카드에 있는 집'들이었다. 어렸을 적부터 셀 수 없이 읽어온 서양 이야기책의 주인공들이 사는 집이고 거리일 텐데 처음 보는 실물들은 그렇게 남스러울 수가 없었다.

워싱턴에서 뉴욕으로 가는 기차를 탔을 때의 일이다. 워싱턴의 정거장은 버려진 음산한 시멘트 동굴 같았다. 오랫동안 전혀 손질을 안 한 역사는 조명도 없었다. 지하 갱도 같은 계단을 내려가 승강장에서 보게 된 객차도 역사 못지않은 고물이었다. 그런데 차가 떠나 교외로 빠지는 철길 옆 오막살이들은 낯익어 보였다. 서양 작가들의 소설에 자주 나오는 '기찻길 옆 오막살이'들은 그 소설들이 결코 '옛날 어떤 나라'의 이야기가 아니고 바로 이곳, 저런 집에서 산 사람들의 이야기임을 보여주는 그림이었다. 실지로 나는 그 기찻길 옆 오막살이들을 보면서 번역 희곡을 상연하는 무대의 '무대장치'를 떠올렸다. 허름한 구역과 남루한 집들이 왜 '서양'을 더 느끼게 했을까? 아마 그것들은 약간씩 느슨하고, 허물어져 있었기 때문에 동물 표본이나 식물의 표본이 그런 것처럼 '서양'을 '해부'해서 보여준 효과가 있지 않았을까. 현실이라는 것은 '있는' 것이 아니라, '만들어진 것'임을 보여주는 것이 무대장치인 것처럼. H에서의 출발을 시작으로 그 나이까지 조금 자리를 잡을까 하면 다른 도시로 옮겨가고, 그것도 전혀 제 뜻과는 상관없이 움직인 지난날의 생활에서 이미 그런 감각은 만들어져 있었지만, 여기서는 '외국'이라는 강조까지 곁들여져 있었다.

1972년과 1973년에 나는 연거푸 미국 여행을 할 기회가 있었다. 아이오와 대학과 그 주의 유지들, 그리고 미국 국무성이 돈을 대는 프로그램인데 외국 작가들에게 반 년 동안 미국 생활의 기회를 제공하는 것이었다. 그때는 벌써 1960년대 중반에서 1960년대 말 사이에 나를 제한 가족 전원이 이주해 있는 곳에서 반 년씩이나 살 수 있다는 기회는 매력적이었다. 그러나 외국어 책 읽기는 일본어밖에 하지 않은 형편인 내가 거기서 뜻있는 시간을 갖기가 어려울 것 같았다. 그래서 첫번째 기회는 사양하였다. 그런데 다음 해에 같은 프로그램에의 참여 기회가 다른 경로에 의해 또 제공되었다. 이번에는 받아들였다. 지난번 사양을 가끔 아쉬워하는 마음이 생겨 있었기 때문이었다.

1973년 가을의 어느 날 나는 아이오와 주의 공항인 시더 래피즈 비행장에 내렸다. 공항에는 꼭 존 웨인 같은 풍모와 큰 허우대를 가진 초로의 남자가 마중 나와 있었다. 그가 프로그램의 책임자인 볼 앵클이었다. 이 지방 출신의 시인이고 아이오와 대학의 졸업생이기도 하였다. 아이오와 대학은 주 수도인 드모인 시에 있지 않고 여기서 차로 40분쯤 거리인 아이오와 시에 있다고 한다. 우리는 미국 시골의 넓은 포장길을 달려 아이오와 시에 들어서면서 초입에 있는 4~5층 되어 보이는 아파트 앞에서 차를 세웠다. 이 건물이 우리 외국 작가들의 숙소로 쓰일 메이플라워였다. 앵클 씨는 나와 함께 안으로 들어와 사무실에서 입주 수속을 해주고 내 방에까지 따라와서 보살펴주었다. 그것은 공동의 욕실과 부엌을 사이에 두고 양쪽으로 방이 하나와 좁은 공부방이 대칭으로 붙은 매우 훌륭한 주거였다. 방문 작가들에게는 메이플라워 거주를 권할 뿐 다른 사정이 있으면 자유이고, 또 기간 중 아이오와 시에만 거주하지 않아도 좋았고, 그래서 처음부터 여기에 오지 않고 도착만 알리고 마음대로 다른 지역에서 지내다가 끝 무렵에 나타난 사람도 있었다. 이른바 '거주 이전의 자유'가 기본적인 전제인 그들의 생활문화의 원칙이 여기서도 적용되는 것이었는데 그런 사정도 잘 몰랐을뿐더러 이만한 혜택이 제공되는 모임에 왔으면 프로그램 본부가 있는 이곳에서 무슨 행사에 참여하는 것으로 안 나는, 갈데없이 '닫힌 사회'에서의 생활문화의 산물이었다. 프로그램은 반드시 'being'일 필요가 없고 도리어 'doing'이어야 하며 작가 시인이고 보면 'happening'이어도 상관없다는 감각이 자연스럽게 인정되는 사정을 나는 짐작할 수 없었다. 그렇기는 해도 실지로는 다수의 방문 작가들은 기간 중 메이플라워에 머무는 시간이 더 많았다. 움직이자면 돈인데 여기만 한 편안함을 누리면서 미국 각지를 돌아다닐 준비가 그리 쉬울 수 없었기 때문이다. 나도 1주일쯤 가족들한테 가 있다가 와서는 여기서 지냈다. 프로그램 본부가 제공하는 일은 아이오와 주의 유지들이 초청하는 환영 모임, 교회 단체들의 초청, 주의 큼직한 산업 시설의 견학, 부정기적인 합동 발표회 등이었다.

나는 해방 후에 북한에서 중학교 1년 동안, 남한에서 고등학교 3학년 때 1년 동안밖에는 영어 '교육'의 과정을 거치지 않았고, 대학에서는 교양 과정 말고는 학교에서는 영어를 공부라고 할 만한 것을 하지 못하다가, 1년 휴학하는 동안에 영어책만 집중적으로 읽은 것이 그나마 영어에 친숙하게 해주었다. 외국말로 책을 읽는 재미와 가치를 잘 아는 터이므로 '이번에는 영어로,' 하는 심정이었다고 기억한다. 그만한 형편으로도 통역장교로 임관할 수는 있었지만 입대 후 얼마 지나지 않아 소설가로 등단하자 영어책 읽기는 또 절박성을 잃어버렸다. 영어 교수가 되겠다거나, 유학한다거나 하는 목표 없이 영어책을 탐독할 수는 없었다. 금방 필요한 지식은 일본말 책에서 구할 수 있었다는 사정 말고도, 우리말과 같은 구조일망정 일본말을 잘 익힌 처지에서는 또 다른 외국말을 그만한 수준으로 익힌다는 것은 지레 맥부터 풀렸다. 메이플라워에 자리를 잡았을 때의 나와 영어의 관계는 이만한 것이었고 이 관계를 더 야심적으로 발전시킬 생각은 없었다.

그런 야심보다도 훨씬 절박한 문제를 나는 안고 있었다. 그때까지 쓴 소설 작품들이, 이 글을 쓰고 있는 현재까지도 나의 소설 작품의 전부다. 나는 해방 후에 남한에 거주하지 않은 탓으로 그때까지 남한에서 글을 써온 사람들을 구속하고 있던 정치적 불문율에 대해 어느 정도 무감각하였고, 20세기 우리 문학사가 도달한 언어 감각이 어디쯤까지인가에 대해서도 구체적인 가늠이 없었기 때문에 문학을 그것의 바깥과 안에서 규정하는 이 두 가지 힘에 대해 무한 책임을 가지고 반응하려고 하였다. 좀더 행복한 문학사에서라면 이런 힘들의 파도를 자연스럽게 '타면서' 보통 한 작가의 창조는 살펴갈 것인데도 나는 나 자신이 그 '파도'까지도 만들어내야 하도록 몰리고 있는 듯이 느꼈다. 나의 문학의식의 이런 사정 자체가 힘의 원천이기도 한 것이 사실이었으나 우주 공간에서의 무중력 상태 같은 의미에서의 무력감의 원천이기도 하였다. 입이 찢어지게 웃고 있는 태양 아래 돛을 다 올리고 파도의 머리카락을 밟고 내달린다는 느낌을 가지기 어려웠다. '모든 밸브 열어!'로 달리고 있다는 믿음이 내게는 찾아오지 않았다. 원시 수풀에서 처음 돌멩이 하나를 집어들 때의 어정쩡한 몸짓, 원시의 풀밭에서 두 사람의 털보가 만나서 처음으로 말에다 자기를 실어 보내려는 더듬거림에서부터 시작해서 우주선 밖의 무중력 공간에서 우주선 안의 중계 장치를 통해 지상 관제기지와 통신하는 우주인의 동작까지를 초고속으로 복습해야 하는 의식儀式을, —— 짧은 소설 하나를 쓸 때에마저도 나는 강박당하는 것이었다. 항해 중인 배를 항해 중인 채로 다른 배로 전환시키겠다는 계획, 그것도 속도를 줄이지 않으면서 — 그런 일을 하고 싶었다.

이 아이오와에 나는 나의 마지막 장편을 막 끝내고 오는 길이었다. 나는 그 소설에서 힘껏 달리고 있었다. 그때까지의 어느 소설보다도 말과 현실의 좁은 골짜기를 빠져나온 듯이 느꼈다. 그러나 쓰고 난 다음에는 여전히 나의 배는 신명을 풀지 못한 박수처럼 찌뿌듯하고 시무룩했다. 나는 아직도 독신이었다. 책과 놀다 보니 어느덧 나는 보통의 결혼기를 넘어서 있었다. 요즈음 풍속으로는 거짓말 같지만, 그때 나는 겨우 단편집 하나와 펜클럽이 원조한 장편소설 하나를 출간했을 뿐이었다. 올 무렵에 끝낸 장편인 『남십자성』도 출판하겠다는 데가 없었다. 써도 써도 돈은 되지 않았다. 이런 사정도 나의 독신 생활에 영향을 미쳤다. 아무나 첫 결혼은 첫 경험일 수밖에 없으므로 망설임이 있는 것은 당연하겠지만, ‘문학’을 내 손으로 ‘발명’하려고 들었던 것처럼 인류의 전통 중의 전통인 결혼까지도 나 자신이 ‘발명’하기나 해야 할 것처럼 생각했던 모양이다. 아버지의 태도도 이런 정세에 한몫 거들었다. 맏자식의 결혼을 강권하지 않았다. 못했다는 사정도 있었다. 그의 부지런함에도 불구하고 그때까지 그는 남쪽에서의 또 한 번의 ‘자수성가’는 이루지 못했다.

인생은 심술궂었다. 온 가족의 미국 이주는 그래서 아버지 편에서나 내 편에서나 달리 더 좋은 궁리도 있을 것 같지 않고 말릴 형편도 되지 않았다. H에서 시작한 피난길을 끝까지 가서 마지막 항구에 닿은 것이었다. 그러나 나는 그때까지 내가 한국말로 쌓아놓은 돌탑에 대해서 선무당이 자기 신통력을 과신하듯 거기서 손을 놓아버리기가 아쉬웠다. 살던 집을 버리고 가듯 그렇게 떼어놓을 수 없이 그것은 '나 자신'이었다. 여기서도 사정은 미묘하다. 내가 유럽의 예술가였다면, 사람은 거주지를 나라 밖으로 옮길 수도 있으며, 예술가든 정치가든 사업가든 자기가 태어난 자리에 붙박여 살아야만 하는 풍토 식물이 아닌 줄 잘 알고 옛날부터 — 페니키아의, 알렉산드리아의, 카르타고의, 말타의, 키프로스의, 크레타의, 밀레토스의, 시라쿠사의, 바빌론 강가의 옛날부터 익히 몸에 밴, 역마살도 아닌 그런 습성은 나하고는 무관하였다. 가족들이 미국으로 떠나고 나서 나는 H역에서 시작된 그 피난 대열에서 나 홀로 남겨진 전쟁고아처럼 느꼈다. 부모님이 나를 버린 것이 아니라 내가 부모님을 버렸다고 느꼈다. M시에 오자마자, 전쟁이 난 그해를 넘기지도 않은 1950년 12월에 피난지의 생소한 학교에 찾아가서 나를 그 학교에 전학시켜준 아버지의 성의와 기대를 나는 갚지 못하였다. 법과대학에 입학하였기 때문에 나는 열심히 공부했더라면, 북쪽 끝에서 피난 온 가족에게 이 사회의 양지바른 언덕의 한쪽 끝에 안주할 수 있는 밑거름이 될 수 있었을 터였다. 그랬더라면 나는 H에서의 아버지처럼, 집안의 착한 맏이 노릇을 했을 것이고 아버지의 아들일 수 있었을 것이다. 그런데 나는 그렇게 하지 못하였다. 고향에서의 아버지 나이를 지나고도 그때의 아버지의 경제적 위치는 그만두고 수입이랄 만한 것이 없는 나는 계급 탈락자로 느끼고, 그래서 가장으로서 아버지가 결단한 미국 이주에도 참가하지 않은 자기를 폐적자廢嫡子로 느꼈다.

이런 모든 일은 H역의 그날에 비롯되었다. 아무도 우리에게 H를 떠나라는 행정 명령을 내린 사람은 없었다. 그러나 중년까지에 얻은 생활의 물질적 기반을 회수당하고 인생을 시작했을 때의 자리로 돌아가서 그 고장에서 계속 살기는 어려웠다. 그것은 정치적 추방이었다. W에서 월남할 때도 우리에게 그렇게 하기를 명령한 사람은 없었다. 국군이 들어와 있던 한두 달 사이에 아버지는 W시의 임산계林産系 계장을 맡고 있었다. 이주해 와서 2년밖에 안 된 도시에서, 그것도 국영 목재회사의 평직원 자리에 있던 외지인에게 그만한 자리가 돌아간 것은 일할 능력이 있었기 때문일 것이고 아버지에게 주어진 그나마 행복한 선물이었다. 그러나 그 때문에, 10월에 들어온 국군이 12월 3일에 철수할 때 우리는 그 도시에서 더는 살 수 없었다. 그 도시에 다시 들어올 사람들이 반드시 실천할 ‘정치적 추방’의 수고를 미리 덜어준 것이 우리들의 월남이었다. 이러한 가족의 한 사람으로서, 월남 이후 남쪽에서의 생활이 차츰 내 마음속에서 유형자流刑者의 그것으로 그려졌다. 이런 사정이 그때까지 내 소설을 지배하였고 그렇게 만들어진 내 소설들이 나의 ‘사회적 나’를 만들기도 하였다. 그런데 타향이라고는 하지만 엄연히 내가 나면서 써온 말을 쓰는 사람들이 살고 있는 남쪽 땅에서의 삶은, 북쪽에서 권력을 가진 사람들과의 관계에서는 ‘유형자’의 삶이라고 표현할 수는 있겠지만, 남쪽의 체제와의 관계에서는 그렇게 말할 필요가 없지 않을까, 라고 당연히 자신에게 물어봐야 했다. 이곳 사람들은 피난의 첫날부터 우리를 따뜻이 받아들였고(LST로 부산에 닿은 우리는 곧 교외의 어느 해변에 있는 도살장의 축사로 옮겨져서, 칸막이가 된 시멘트 바닥에서 그날 밤을 보냈으므로 물리적인 뜻에서 '따뜻이'라고는 할 수 없겠지만, 그때도 가마니 여러 장씩을 주었고, 마음'적'으로는 의심할 나위 없이 따뜻하였다), 우리를 교육시켜주었으며, 가족의 대부분은 장남의 무능에 견디다 못하여 외국으로 이주했을망정, 당자 자신은 한국 군대에서 충성스런 복무를 마치고, 어느쯤한 성공을 이룬 소설가이고 보면(그것의 경제적 의미는 제쳐두고) ─ 굳이 피난이요, 유형자요 하고 엄살 떨 것이 없지 않은가, 이렇게 나 자신에게 질문해보지 않는 것은 아니었다.

그런데 이 '엄살'이 문제였다. '엄살'은 어디다 기준을 잡아야 하는 것일까. 그것은 무한히 낮게 잡을 수도 있고 무한히 높게 잡을 수도 있다. 인생이라는 밀림은 개미 한 마리로 기어서 통과할 수도 있고, 뱀 한 마리로 기어갈 수도 있고, 표범처럼 달려갈 수도 있고, 코끼리처럼 독한 풀과 나무를 짓밟으며 밀림에 길을 내면서 통과할 수도 있다. 그런데 이 '문학'이라는 것은, 그 종사자로 하여금 그 당자의 '생물인류학적 자질'을 넘어서, 그 자질에 눈멀게 하면서까지 그 당자가 속한 유類의 운명인 '문화인류학적 자질'의 극한의 벼랑 끝까지 내모는 버릇을 가지고 있었다. 무당이 신명내는 일을 '엄살'이라고 느낀다면 이 순간에 그는 무당이 아니고 그저 아낙네가 된다. '이곳'과 '이곳 사람'들에 대한 감사와, 내가 '우리말'과 '우리 역사'에 대해 책임져야 할 몫은 다른 수준의 사항이었다. 남쪽에 와서 산 지 10년 만인 나의 첫 작품을 쓰던 때에 그것은 뚜렷이 인식되었다. 내가 철부지 소년으로 산 1945년에서 1950년까지에 남과 북에서 벌어진 일의 깊은 뜻을 나는 남에 와서 지낸 10년 동안에 비로소 어렴풋이 알 수 있었다. 그 시간 동안에 일어난 일은 사실은 그 이전 적어도 이 세기의 처음에서 그때 1945년까지 사이에 일어난 일의 계속이었다. 그 일은 또 이전의 몇백 년 동안에 일어났던 일의 연속인 것은 당연하지만 거기까지 가지는 않는다 치더라도, 이 세기에 일어난 일들이 1945~1950년 사이에 한 곳으로 밀고 들어와서 나갈 길을 찾다가 저 여름의 전쟁이 된 것이었다.

그 소용돌이 속에 우리 가족도 있고 나도 있었다. 남쪽의 권력과의 관계에서 본다면 나는 피난 온 다음의 우리 가족과 나의 생활을 '난민수용소'의 생활처럼 느꼈다. 그것은 '정상'의 생활이 아니었다. '수용소' 밖의 토박이들의 이 고장 생활도 더 큰, 그만한 규모의 '난민촌' 생활로 보였다. 되는 일도 없고 안 되는 일도 없는 생활을 '정상'이라고 불러서는 결코 안 된다. 그것은 미국이라는 군대 막사 밖에서 와글거리는 기지촌 생활이었다. 로마 군대가 주둔한 이스라엘 도시 비슷하였다. 그때 그 도시의 어떤 지식인도 틀림없이 이런 생각을 하였을 것이다. 그런 생각은 '엄살'인가. '우리들의 난민촌' 밖에 있는 더 큰 난민촌인 한국이라는 '나라 난민촌'이 우리가 처음 글을 익히면서 학교에서 배운 '진실'이 실천되고 있는 것으로는 보이지 않았고 그 까닭이 어디 있는지도 차츰 알게 되었다. 그렇다고 해서 우리가 추방된 곳, 우리를 추방한 사람들이 다스리는 북한이, 남한에 와서 어른이 된 머리로 따져봐서 그 '진실'이 실천되고 있는 곳으로도 보이지 않았다. 그렇다고 해서 우리 가족에 대한 '추방'이라는 일만 해도, 나는 그것이 모두 옳다든가, 모두 그르다고 한쪽으로 결판을 내기가 어려웠다.

그때 국어 선생님이 시키는 대로 그 첫대목을 암송까지 하였던 「낙동강」의 주인공들의 입장에서 보면 우리들에 대한 추방은 옳았다. 그런데 우리 가족을 추방한 사람들은 정말 '돌아온' 낙동강의 주인공들이었을까? 이 문제에 부딪힐 때마다 아버지에 대한 문제를 잠깐 제쳐두고, 나는 중학교 교실에서의 밤의 비판회를 늘 떠올리게 된다. 박성운과 로사는 그들이 살아 있었다면, 그들이 망명에서 돌아왔다면, 그 소년단 지도원 선생처럼 되었을까? 그런 상상은 소설 속의 그들의 인상과 맞아들지 않았다. 그들은 비록 소설 속의 사람들이지만 읽는 사람의 마음을 그들 편으로 끄는 힘이 있었다. 그것은 문학이라는 이름의 명문名文의 힘 때문이었을까? 그러나 '명문'은 '명문' 이상의 존재이기도 하다. 명문은 자기 뒤에 명문을 명문으로 만드는 힘을 거느리고 있는 법이다. 명문이란 그 힘들의 심부름꾼일 따름이다. 혹은, 역시 글은 그 자신의 힘으로 글인 그러한 존재인가? 여기서도 답은 어느 한쪽에 있지 않고 그 질문을 모두 만족시키는 어디엔가, 무엇엔가에 있었다. 그리고 그 무엇인가는 아직도 내게는 확실치 않았다. 어지간히 쓰고 난 그때까지, 즉 아이오와에 온 시점까지도 해결되지 않은 문제였다. 그것은 아버지에게 내려진 '판결'이었지만 그의 양육으로 다름 아닌 그러한 소년 시절을 보낸 나는 그 '판결'을 유산으로 승계할 의무가 있다고 생각했다. 나 홀로 이 땅에 남아 있는 것에는 훌륭한 의미가 있다고 나는 느꼈다. 그들이 안전한 곳에 가버린 다음의 나의 입장은 유형지에서 자기에게 저 먼 중앙에서 내려진

‘판결’의 정당성에 대해서 분석하고 있는 유형자와 같았다. 토박이 난민 나라에서의 뜨내기 난민생활에서 ‘판결’에 대한 부당성의 근거를 얻지 못한 나는 그보다 더 높은 법정인 ‘이성理性’—— 구체적으로는 나 자신의 ‘생각’을 통해서 이 문제를 해결할 수밖에 없었다. 그것은 아버지에게 내려진 것이었으나, 지금은 나의 ‘이성’이 받아들이거나, 거부하든지, 형량의 적정성에 대해서 판단을 내려야 할 문제였다. 나의 이성이 나에게 ‘판결’의 정당성을 증명한다면 나는 거기에 승복할 생각이었다.

하기는, 사람은 24시간 크고 화려한 배경 앞에서만 연기하도록 인생은 꾸며지지 않았다. 버지니아의 가족들에게 다녀온 다음부터 메이플라워에서의 생활이 시작되고 보면 나는 식료품 장도 봐야 하고 빨래도 해야 했고 얼마 동안은 넉넉히 바빴다. 이번 기에는 인도, 인도네시아, 폴란드, 영국, 프랑스, 유고슬라비아, 브라질, 일본, 페루, 대만에서 시인, 소설가, 극작가, 평론가, 교수 들이 왔다. 인도네시아의 젊은 시인은 그 나라 전통무용을 수준급으로 우리에게 시범해주었다. 유고슬라비아의 소설가는 유고슬라비아는 민족 문제가 복잡한 나라라고 말했다. 그는 거대한 수염을 기르고 있었다. 그는 알렉산더 대왕의 아버지 같은 위엄이 있었다. 그러나 추방된 왕 같은 그늘이 눈빛에 섞여 있었다. 브라질 시인은 키가 크고 어딘지 포르투갈에서 금방 건너간 사람 같았다. 그는 나의 소설 「국도의 시작」을 매우 칭찬하면서 돌아가서 잡지에 싣겠다면서 한 부를 복사해 갔다. 페루 시인은 고민 많은 중남 아메리카의 작은 나라의 외교관 같았다. 그만이 유일하게 머리에 기름을 바르고 있었다. 대만에서 온 소설가는 훌륭한 만두 만드는 솜씨를 가지고 있었다. 캐나다에서 자랐다는 일본 여류 시인은 일본 전통인형 같은 머리 스타일이 본토에서 자란 일본 사람보다 더 일본 사람다웠다. 폴란드의 극작가이며, 철학 박사이며, 레지스탕스의 전사는 그때 부상한 몸으로 왼손 끝이 갈고리 모양으로 된 의수를 하고 있었는데 그가 제일 낙천적이며 너그러웠다. 프랑스 시인 부부는 칠레에 살고 있다면서 아옌데 정권 붕괴의 뒷얘기를 해 주었다. 영국 작가 부부는 가장 쾌락적으로 보였는데, 도리언 그레이의 '먼' 친구처럼 느껴졌다. 그리고 마드라스에서 왔다는 인도 소설가는 전통의상 입는 모양을 시범하였는데, 이어진 한 필로 된 그 천을 허리로 돌려 사타구니로 빼냈다가 어깨로 휘둘러 '입는' 모양은 '자승자박'을 극화하는 현장 같기도 하고 어딘지 인도 정신의 심오함을 생각하게 하였다. 또 한 사람의 폴란드 사람은 대학의 영어문학 교수로 폴란드에서 발행된 콘래드에 대한 자기 저서를 우리에게 보여주었다. 이 밖에 프로그램 본부에서 일하는 중국 시인 부부가 있었다. 이 부부는 홍콩 출신으로 중국 고전시 번역 사업에도 참가하고 있었는데 볼 앵클 씨에 맞먹는 몸집과 중국 무술의 유단자이기도 하였다. 그는 동아시아 사람들의 약간 자기를 삼가는 기풍과 서양 사람들의 자기주장의 기질을 알맞게 섞어 가지고 있었는데 이런 모임에서는 유능하면서도 점잖아 보였다. 특히 그의 부인은 후덕하면서도 활발하였다. 그녀는 모든 사람들을 돕겠다는 태도를 언제나 가지고 있었다. 좀 늦어서 도착한 이디오피아 소설가는 온 날부터 타자된 두툼한 소설 뭉치를 들고

다니면서 미국에서의 출판을 위해 분주하였는데, 런던에서 책을
내기도 하였다면서 뉴욕의 출판사와 끊임없이 장거리 전화로 연락
하고 있었다. 언젠가 그가 가지고 있는 책을 본 적이 있는데 그 책
에는 붓다와 마호메트와 예수와 마르크스가 4대 성인이라는 제목
으로 묶여 있었다.

하루는 발표회가 끝난 다음 폴란드의 레지스탕스 시인이 나더러
자기 방에 가서 차나 한잔 하자고 초청하였다. 그는 아내와 함께
와 있었다. 철학 박사의 아내는 쇼팽의 사촌누이 같은 금발과 잿
빛의 중간색 머리칼을 한 40대의 여자였다. 그녀 자신은 글 쓰는
사람은 아니었다. 그녀는 오븐에서 껍질째 구운 감자를 차와 함께
내놓았다. 감자는 십자로 금을 그은 자리에 버터가 들어 있었다.
레지스탕스의 용사와 나는 얼추 다음과 같은 말을 주고받았다.

폴 : 남쪽에서 왔는가?

나 : 물론이다. 전쟁 때 북에서 왔다.

폴 : 그런가? 우리 나라에 북에서 온 전쟁고아들이 많다.

나 : 처음 듣는다. 그들은 지금 어디 있는가?

폴 : 북으로 간 사람도 있고 우리 나라에서 사는 사람도 많다.

나 : 폴란드에는 러시아 군대가 있는가?

폴 : 있다.

나 : 소련에 가봤는가?

폴 : 가봤다. 소련은 거지다.

나 : 거지라니? 소련은 대국이 아닌가?

폴 : 대국이지만 거지다. 미국에 비하면 거지다.

나 : 그것이 폴란드 사람들의 생각인가?

폴 : 그렇다. 지금 자유선거를 실시한다면 폴란드는 그 즉시 자
　　본주의 나라가 될 것이다.

나 : 폴란드에서도 그런 말을 아무에게나 할 수 있는가?

폴 : 없다. 그러나 모든 사람이 속으로는 그렇게 생각하고 있다.

나 : 당신은 공산당원인가?

폴 : 그렇다.

나 : 공산당원이 그렇게 말할 수 있는가?

폴 : 공산당보다 진실이 더 중요하다.

　나는 이 얘기를 이때껏 쓴 적이 없다. 그의 몸을 생각해서다. 친구가 밤중에 국립 호텔에 강제 투숙당한 후 강제로 과도한 목욕과 잠수놀이를 한 끝에 끌려나와 소박한 거실에서 국립 호텔의 종업원과 책상을 사이에 두고 마주 앉았다가 종업원이 책상을 주먹으로 '쇼' 하고 쳤더니 '팽' 하고 쓰러지게 해서는 안 되기 때문인데, 지금은 그럴 염려가 없어졌다. 진실의 확인에는 약 20년이 걸린다. 나는 그의 이야기를 더 깊이 캐묻지는 못하였다. 다만 그가 그토록 노골적으로 자기 나라의 실정을 얘기하는 데 놀랐다. 동유럽의 공산국가들에서는 소련에 저항하는 기운이 강하다는 것은 알고 있는 일이었지만 그 진상이 어느 정도인지는 짐작이 가지 않았다. 이 사람의 말을 듣고도 마찬가지였다. 자신이 공산당원이라면서 그러는 데는 더욱 혼란스러웠다. 이런 생각을 가진 사람이 공산당

원이고, 옛날에는 독일에 저항한 투사이고 외국에 이렇게 나오는 것을 허락하고 있는 정부 ― 그것은 거기 가서 살아보지나 않으면 잡히지 않는 사정이었다. 소설가는 다른 절차를 다 마친 다음에도 손으로 만져보고 눈으로 살피기 전에는 마지막 말을 해서는 안 된다.

하기는 공산주의 폴란드에 대해서 나는 동유럽의 다른 공산국가와는 다른 선입관을 가지고는 있었다. 1960년 무렵에 나는 『제8요일』이라는 망명 폴란드 작가의 소설을 읽은 적이 있다. 문학적 표현이라는 것은 다른 표현보다 이런 경우에는 위력이 있다. 바르샤바의 거리를 헤매는 등장인물들의 움직임은 폴란드를 경험하게 해주는 효과가 있었다. 작가가 그 소설을 쓰고 있는 현재에서의 폴란드의 사정은 어떤 의미에서도 그 사회의 현실에 대해 희망이라는 것을 가질 만한 것이 아니었다. 전쟁이 끝난 다음의 결핍과 피로가 짙게 깔려 있는 바르샤바의 거리가 있었다. 그렇다고 해서 그런 상태가 고쳐지리라는 희망을 가지게 할 만한 움직임이 작품 속에 엿보이는 것도 아니었다. 대체로 자기가 살고 있는 이 세상 삶에 대하여 꼭 변호해야 한다는 생각에서 벗어나 있는 것이 서양 소설가들이 보통 가지는 몸짓이다.

우리도 개화기 이전 시대에는 문인들이 시를 지을 때 밑바닥에서는 그렇게 전제하고 있었다. 삶은 괴로운 바다에서의 힘겨운 항해라고 알고 있었다. 개화기 이전 우리 지식인의 고전적 감각은 왕의 정치를 '태평太平'이요, '성대聖代'라고 공식으로는 부르면서 씨가 먹힌 한줄 시를 지으려고 할 때 그런 정치적 수사법을 그대로 가져오려고는 어떤 서푼짜리 문인도 생각지 않았다. 인생은 무상하며, 인심은 조석으로 변하는 것이며, 물 좋고 정자 좋은 자리가 없다는 문명 감각은 말하면 잔소리였다. 이 사정이 개화기에 크게 달라졌다. '문명개화'라는 것이 균형 감각을 잃게 하고, 현실의 상대적 개선에 지나지 않는 것을 마치 종교에서의 '해탈'이나 '구원'에 대입代入해서 이해하게 된다. '민족'이나 '국가'라는 것도 우리가 가져보지 못했던 무엇이기나 한 것처럼 생각하고, 그것의 '존속'이나 '회복'을 '극락왕생'이나 '부활' 같은 걸로 생각하게 된다. 만일 그렇다면 현재 '민족'을 보존한 나라, 게다가 '강대국'은 곧 천당일 텐데 그 나라 문학을 읽어보면 그렇지 않은 것은 너무나 뚜렷하다. 거기에는 여전한 '고해중생苦海衆生'이 허덕이는 모습이 오해하지 말라는 듯이 시시콜콜 그려져 있다. 그래도 개화기의 계몽적 정서에는 그 사정이 이상하게도 시야에 들어오지 않는다.

20세기에 들어와서 식민지가 된 우리에게는 또 다른 사정이 겹친다. '공산주의가 실시되는 나라'는 또 다르다는 생각이다. 거기서는 '민족' 안에서도 '나라'가 있어도 보장되지 않던 '부활'과 '왕생'과 '해탈'이 집단 차원에서 이루어진다는 논리다. 아무도 이렇게 간단하게 공산주의를 표현하거나 선전한 것은 아니지만, 노예들은 그렇게 받아들였다. 그것은 그 자신의 논리야 어쨌건 우리들의 각박한 사정이 피워 올린 신기루를 거쳐서 굴절되었다. 신기루는커녕 소련이라는 나라가 반세기 넘어 꿋꿋이 서 있고 동유럽도 새롭게 그 길에 들어섰으며 우리 가족을 '추방'한 북쪽의 사람들도 이 '신성권력'의 이름으로 그렇게 한 것이었다. 그런데 그 신성동맹의 한 나라를 묘사한 소설 속의 사정은, 가난, 무기력, 허무, 부패, 자포자기의 어둑어둑한 그림이었다. 그것은 정치 논문도, 신문 기행문도 아니고 소설이었다. 소설이 어디까지 곡필曲筆이 가능한가는 대개 짐작할 수 있다. 『제8요일』에는 진실만이 가지는 힘이 있었다. 그러나 소설은 근래에 와서 그 속에서 다루는 내용이 현실과 직결되게 되었다고는 하지만, 그것은 여전히 옛날 얘기 — 신화나, 전설이나, 동화와 한 뿌리이기도 하다. 그것은 현실의 '모사'이기도 하지만 '잘된' 모사, 즉 명문名文이기도 하다. 없던 세균도 현미경을 통하면 그때 비로소 '있게' 된다. 어디까지가 현미경 탓이고 어디까지가 육안 수준의 사실인지 또 다른 문제다. 지금 폴란드에서 온 문인으로부터 증언을 들으면서도 나는 우리 땅에서 일어난, 그 때문에 내가 여기서 이런 이야기를 듣고 있게도 된 그 역사의 힘의 주박呪縛으로부터 자유스럽지 못함을 느꼈다. 나를 추방한 사람들을 의심하는 것처럼 그 추방이 부당했다고 선뜻 말해주는 사람들도 의심할 수 있는 데까지 의심하고 싶었다. 어차피 시간에 쫓길 것도 없는 유형수流刑囚는 판결을 능력이 닿는 데까지 찬찬히 샅샅이 밝혀보고 싶었다. 그리고 말할 것도 없겠지만, 유형수도 뜸을 들이는 쉬는 짬을 가질 수밖에는 없었다.

　메이플라워 아파트에서의 생활은 월남 후 나에게 찾아온 최초의 큰 휴식 시간이었다. 가족에 대한 나의 주변머리 없음은 이미 결정적인 결과를 가져온 다음이었다. 나는 그들이 이 나라에 와서 한국에서는 바랄 수 없는 생활의 안정을 가진 것이 눈물이 나도록 반가웠다. 우리가 그 항구 도시 W에서 전투원이 아닌데도 당했던 그 공포, 그 폭격에 대한 당연한 대가를 받는 것이라고 굳이 생각할 필요는 없었다. 이 사람들의 옛부터의 풍속대로 동네에는 언제나 '이방인'이 살고 있는 법이다. 이 사람들의 땅에 와서 신세 기박한 민족 출신의 한 가족이 세금을 내면서 정착한 것뿐이었다. 신념을 위한 망명도 아니었다. 전쟁에 내몰린 가족의 피난길이 여기까지 와 닿은 것이었다.

대부분의 작가들이 도착한 그 가을의 어느 날 우리는 메이플라워 앞에서 버스를 타고 근처의 어느 유지의 집에서 우리를 위해 베푼 파티에 참석하러 떠났다. 우리 아파트는 시더 래피즈에서 시내로 들어오는 초입에 있었는데 우리가 탄 차는 시더 래피즈 쪽으로 조금 가다가 옆길로 들어서서 어느 별장같이 지은 집 앞에 멎었다. 큰 나무들이 들어선 숲 속의 집이었다. 저녁식사를 마치고 우리는 넓은 거실에서 술을 마시며 춤을 추었다. 주인인 어느 강철회사 경영자의 인사가 있고 볼 앵클과 우리 가운데 몇 사람이 답사를 하였다. 나는 서양 사람 가정에서 이 같은 모임은 처음 겪는 일이었다. 군대에 근무했을 때 미국인 고문관이 가끔 베푼 자리는 있었으나 그것은 영내 장교 숙소의 한 방에서 벌어진 간략한 술자리였다. 숲 속의 별장인 줄 안 이 집은 그들의 평상주택이었다. 이렇게 좋은 경치 속에 이토록 공들인 집이면 '별장'이라고 생각한 것은 먼 나라에서 온 '피난민'의 생활 감각이었다. 그리스에서 온 시인은 굉장한 솜씨로 탱고를 추었다. 춤을 추지 않는 사람도 절반쯤은 되어서 거북하지는 않았다. 앵클 씨도 추지는 않고 술만 마셨다. 그리스 시인이 으뜸 춤의 여신의 봉사자였고 일본 여자 시인도 많이 춰본 솜씨였다. 그들이 짝이 되어 춘 탱고는 여러 번 재청되었다. 이 파티의 주최자의 회사에 다음 날 견학을 갔다. 이 회사는 농기구 제작회사였다. 전시실에서 우리는 농기구의 발달사를 보여주도록 배열된 여러 시대의 농기구들을 보았다. 공장도 둘러보았는데 여기도 가까운 곳에 호수와 수풀이 있는 넓은 풀밭 한가운데 있는 공장은 무슨 연구소처럼 보이고 쇠와 유리로 지은 사무실은 산업박람회의 시범 건물처럼 말쑥하였다. 중서부라고 불리는 이 지방은 미국의 곡창지대인데 자연스럽게 이런 제조업이 발달해 있는 모양이었다. 그것은 자연과 기계의 거대한 결합을 생각하게 했다. W의 우리들의 하늘에 찾아온 그 네 개의 엔진을 단 말쑥한 폭격기는 이런 고장의 나라에서 만들어진 것이었다.

우리는 대체로 흥겹고 들떠 있는 듯이 행동하였다. 아마 초청자에 대한 예의로도 그렇게 되었겠지만, 어느 사람에게 있어서나 풍요라든지, 평안함이라든지, 쾌락이라든지 하는 것 속에 흠뻑 빠질 수만은 없는 작업에 종사하는 사람들에게 찾아온 휴식이기도 할 것이므로 그 흥겨움은 반드시 겉치레만은 아닌 듯싶었다. 내일은 돌아가서 이런 것들과 먼 일상과 다시 만난다 할지라도 지금 즐거운 것은 즐거운 것이었다. 더욱 내게는 그런 시간이었다. 나는 그때까지, '쾌락'이라는 것을 '책' 밖에서 구하지 못해서 괴롭게 느껴본 적은 없다. '풍요'나 '평안'함도 그러했다. 내게는 '책' 속에 있는 쾌락, 풍요, 평화는 '물질적'으로 존재했다. 나는 평생 처음으로 이렇게 많은 사람들이 풍요하게 살고 있는 곳에 와 있다. 이 풍요는 풍요 자체였다. 그 뒤에 있는 무엇인가를 '나타내는' 수단이 아니라 그 자체가 목적이었다. 어찌어찌해서 '책'만 풍요롭게 주어졌기 때문에, 풍요의 겉모습은 퍽 단순한 형식 — 즉 검은 글씨의 행렬을 묶은 종이 묶음이라는 형식에 길들여진 나에게는, 이 진짜 풍요는 '부자연'스럽다는 느낌이 들었다. 식민지의 어느 작은 도시에서 글자를 익힌 덕으로 지배 민족의 고상한 책들을 읽으면서 남루한 옷과 오막살이에서의 삶을 그다지 불행스럽게도 느끼지 못했던 원주민 지식인이 그리스나 로마에 다니러 와서 느끼는 곤혹감이었다. 아프리카나, 갈리아나 소아시아의 소박한 초가지붕 밑에서 열심히 읽은 그리스와 로마의 철학과 신화와 문학 책들은 막상 아테네와 로마에 와 보니 어느 신전神殿이나 원형극장에서도 그 실감은 책만 못하였을 것이다. 나의 입장도 그와 비슷하였다. 자기 정신이 꼭 참여해야 하는 '읽기'라는 과정 때문에 한껏 자기 것인 줄 알았던 일들이 여기 와보니 그것은 이 사람들의 것이었고, 그보다 더 생각하게 하는 일은 그것들은 '신화'도 '전설'도 '소설'도 아니고 '생활'일 뿐이었다. 그것들은 '쇼핑센터'이고 '기계 제작소'이고 '교회'였다. 소설이라는 장치 속에서 그러한 것들의 머리를 싸고돌던 그 후광後光은 어디로 사라져버린 것일까? 워싱턴에서 뉴욕으로 가는 열차 안에서 보았던 그 '기찻길 옆 오막살이'를 보고 떠오른 생각이 자주 떠올랐다. 거기에 무엇인가 중요한 단서가 있었다. 지금까지 종사해온 '읽기'와 '쓰기'를 더 깊게 비춰줄 어떤 설명의 빛이 거기에 있다는 예감이었다.

메이플라워 앞 도로 건너로 아이오와 강이 흐른다. '아이오와'

란 이 지역에 살던 인디언 말로 '아름다운 곳'이란 뜻이라 한다. 이 강은 미시시피 강의 상류이다.

볼 앵클 씨는 다음 기회에 근처의 호수로 안내하겠다고 약속했다. 앵클 씨는 이 고장에서 나서 여기서 학교를 나오고 이 고장을—풀밭과 밀밭과 강과 수풀을 노래하는 것으로 명성을 얻고 현대 미국의 원로 시인의 한 사람이 되었다. 그리고 지금 지역의 유지들한테서 기금을 모아서 전 세계에서 온 손님들에게 자기 고장을 소개하는 일을 하고 있다. 나는 처음에 그런 일과 '시인'이라는 신분이 언뜻 걸맞지 않다고 느끼기도 했다. 산문도 아닌 그의 시를 통해서 나는 그의 시인으로서의 심경을 파악할 수는 없었지만 그를 행복한 사람이라고는 생각하였다. 그의 집은 메이플라워 옆으로 약간 높은 산 중턱에 있었다. 아이오와 강을 바라보면서 먼 곳에서 온 나그네들을 돌보면서 시를 짓는 것. 아마 당唐 시대의 시인이나, 로마의 시인들에게 시라는 것은 그런 생활의 분비물, 사교社交의 한 형식이었음을 그들의 시들을 보면 알 수 있다. 대국, 큰 나라의 시인들에게는 그런 감각 구조가 가능한 모양이었다.

메이플라워 앞길은 드부크 거리라는 이름인데 남북으로 통한 이 거리가 중심 도로다. 메이플라워에서 나와 이 길의 인도를 걸어서 5분쯤 거리에 있는 야트막한 언덕을 넘으면 아이오와 시 중심이 나타난다. 거기서 중심까지는 한 15분 걸린다. 여기에 대학과 관공서 은행들이 몰려 있는데 대학이 제일 넓게 터 잡고 있는 대학 마을이다. 언덕을 넘어 시내로 가는 도중에 오른쪽으로 대학 운동장으로 들어가는 길이 있지만 대개는 큰길을 내처 가서 시내 중심에서 오른쪽으로 꺾이는 정문으로 들어간다. 차로 갈 때면 으레 그렇고 걸어서 갈 때도 그렇게 한다. 대학 본부로 가기에는 그쪽이 편하기 때문이고 도중에 우편국이나 은행, 책방에 들르기 편하기 때문이다. 가면서 길의 오른쪽이 모두 대학이고 왼쪽이 그 밖의 도시 구역이다. 시내 중심에서 대학 정문으로 꺾어 들어가는 어귀에 늘 학생들이 붐비는 햄버거 집이 있고 그 집 옆 골목으로 몇 걸음 들어가서 고본점이 있다. 여기도 늘 학생들이 붐빈다. 지하에도 책이 쌓여 있는 그곳은 신간만 취급하는 큰 책방보다 어쩐지 친근한 맛이 있었다. 서울에서는 이런 고본점이 차츰 모습을 감추고 있는 데다 고본의 질이 비교가 되지 않는다. 제본이 좋다. 오래 두고 읽어보라는 의사를 제본 상태가 표현하고 있다. 무겁게 제본한 책들은 아버지가 읽던 책을 그대로 물려받아도 그 속에 있는 말이 오늘도 그다지 거북하지 않게 통용되는 사정의 상징이나 되듯이 믿음직스러웠다. 발행년도가 오랜 책일수록 더 그렇다. 나는 그런 것들을 즐기기 위해서도 자주 이 집에 들렀다. 제본뿐 아니라, 활자 모양도 옛날 책일수록 장식적인 경향이 짙다. 나는 W시 시립 도서관의 책들은 어떻게 되었을까 하고 생각하였다. 전쟁이 난 그 해의 폭격만 해도 아직 도시의 대부분은 남아 있었다. 그러나 1953년의 휴전이 되기까지 남쪽에서 읽는 신문에는 매일 일기예보처럼 W시에 대한 폭격 기사가 실렸던 일을 기억한다. 그렇게 폭격되었으면 이미 옛 W는 땅 위에서 사라졌을 것이다. 도서관 역시 마찬가지였으리라. 그것들을 옮겨놓을 여유가 있었을 성싶지 않다. 거기서 보낸 소년시절에 현실의 W시보다 더 현실적이었던 그 책들의 무릉도원. 도서관이 폭격된다는 경험이 없는 나라. 책들은 자꾸 쌓이고 쌓인 책들 더미에서 오래된 것을 굳이 찾고 싶은 사람들이 언제나 있는 나라. 그러니 이런 책방이 장사를 하고 있다.

책방에서 나와 햄버거 집을 지나 대학 정문 쪽으로 걸어간다. 이윽고 다리가 있다. 대학 옆을 흐르고 있는 아이오와 강에 걸린 다리다. 다리를 건너가면 나무숲 사이에 정문이 나온다. 정문을 들어선 왼쪽이 대학 도서관이다. 벽돌 2층의 큰 건물이다. 들어가는 곳에서 가방을 맡겨놓아야 하지만 안에서는 책가冊架에 자유롭게 접근할 수 있고, 집에 가지고 가서 보고 싶은 경우에만 직원들을 만나게 된다. 이곳 2층에 한국 책들도 있는데 거의 이렇다 할 것이 없다. 몇 권 되지도 않을뿐더러 엉뚱한 책도 들어 있는 것을 보면 계통 있게 수집한 것도 아님을 알 수 있다. 아래층에 있는 정기간행물 책장에는 북한 잡지들도 있었다. 그것들이 보여주는 북한의 모습은 우리가 W시를 떠날 때 현재의 북한의 모습과도 훨씬 달라 보였다. 지도자 숭배의 '희화적 단계'라고나 할 견본을 보고 나는 부끄러웠다. 조악한 만듦새, 나쁜 종이가 마치 그 내용의 상징 같았다. 비록 나쁜 종이에 엉성한 제본 상태였더라도 그 속에 든 것이 훌륭하면 책의 물질적 모습조차도 어떤 결의를 자아낼 것이다. 진흙에 새긴 글씨를 보고 누가 흉보겠는가. 풀을 꼰 끈으로 된 매듭글자를 누가 놀리겠는가. 나는 구름이 비낀 큰 못가에 백마를 타고 떡 버틴 인물의 그림 사진이 부끄러웠다. 우리가 떠나온 고향의 지금 모습이 짐작되면서 나는 슬펐다.

도서관과 엇비슷한 자리에 우리 모임의 사무실이 있었다. 그곳에는 보통 남자 한 사람, 여자 한 사람이 사무를 보고 있었는데 이 사람들이 우리들 일을 돌보아주었다. 우리들에게는 이 대학의 모든 시설을 이용시켜주고 있었다. 도서관은 물론이고 강의도 들을 수 있었다. 우리들 중에서 강의를 듣는 사람은 거의 없는 것 같았다. 여기 있는 사이를 집에서 가져온 집필 계획에 쓰거나 여행으로 보내는 사람들이 있었고 다음번에 나타나서는 그들이 여행한 이야기를 들려주었다. 버스와 철도로 다녔다는 사람도 적지 않았다. 유럽에서 온 사람은 그들대로, 남아메리카에서 온 사람들은 그 나름으로, 동유럽 공산주의 나라에서 온 사람들은 열심히 이 나라를 알아보려고 움직이는 것 같았다. 좀더 젊어서 왔더라면 좋았을 것이라는 생각이 들었다.

나는 먼 식민지 현지에서 이 고장에 대해 너무 많이 알고 지냈구나 하는 생각이 들었다. 나는 이 고장에 대해서 이 사람들의 말로 된 책을 통해서 지식을 형성한 것은 아니었다. 나는 필리핀 사람도, 인도 사람도, 이집트 사람도 아니었다. 일본 사람들의 식민지에서 소년기를 보낸 한 다리 건넌 식민지인이었다. 내가 읽은 일본책들은 압도적으로 '서양' 이야기로 범벅이 되어 있었다. 그들 자신이 개화기 이래의 서양 유학생인 거의 모든 일본인 필자들이 자신들을 문화적 식민지 현지인으로 자기정립하고 있었다. 번역책인 경우에는 이 사정은 더욱 치명적이었다. 나는 그들 서양책들을 각기 그 저작들의 원문으로 읽기나 한 것 같은 지각 혼란을 알지 못하는 사이에 저지르고 있었다. 눈물과 장난과 이상한 신경증적 흥분이 뒤섞인 로렌스 스턴을 영국말로 읽기나 한 것처럼 느꼈다. 정작 여기 와서도 나는 나의 책읽기가 그 불리한 조건에도 불구하고 쓸모없는 것이었다는 생각은 들지 않았다. 우리 고장의 옛날 감각으로 불혹不惑이라고 부르는 나이에 형성돼 있는 한 개인의 머릿속의 지도는 잘 손질해서 그의 인생의 나머지 기간에 그럭저럭 소용에 닿도록 아껴야 한다. 이 나라에 입국한 이래, 사람은 관념의 세계시민은 될 수 있어도 그와 마찬가지로 현실의 세계시민이 될 수는 없다는 실감이었다. 그런 문제의식으로 본다면 우리는 문명의 원시 상태쯤일 것이다. 현실과 관념 사이에 웃돈이나 거스름이 없어지는 현실의 어떤 때를 상상하기 어렵다. 그것은 오직 책 안에서만 가능하다. 그래서 이 고장에 대한 나의 느낌은 그 두 가지 세계 사이의 거리를 나처럼 느끼지 않으면서 책읽기를 해도 괜찮은 행복한 사람들이라는 생각이었다. 이러리라는 것까지도 짐작 못한 바는 아니었다. 나는 그들의 생활을 내가 책 속에서 읽은 현실의 불완전한 모사처럼 생각하였다. 그것이 나의 정신적 건강을 위해서는 유리하였을 뿐만 아니라, 그때까지 내가 여러 번 망설이다가도 거듭 도달하게 된 생각 — 예술이라는 것은 현실을 모사하기 위하여 창작자의 마음이 동원되는 것이 아니라 창작자와 감상자의 마음의 평화를 위하여 현실이 동원되는 것이라는 생각과도 일치하였다. 나의 밖에 있는 권위 있어 보이는 것들로 마음의 평화와 삶의 지침을 발견하지 못해온 나는, 그러한 것들을 자기 손으로 만들 수밖에 없다는 것, 그리고 인생은 그래서는 안 될 만큼 권위 있는 어떤 것은 아니라는 쪽으로 기울어지고 있었다. 나는 이런 입장을 그때까지의 10년 남짓한 글쓰기에다 힘껏 새겨넣은 셈이었지만 이곳에 와서 이 방대한 물질의 위력 앞에서도 나의 결론을 굽히고 싶지 않았다.

약속대로 앵클 씨는 우리를 아이오와 강 위쪽 호수 지대로 데려가주었다. 이 나라의 넓이는 비행기로 오면서 내려다본 바이지만 땅 위에서도 이렇게 굉장했다. 호수와 습지가 뒤섞인 넓은 지역을 산 위에서 내려다보는 것은 하늘에서 본 만큼의 시야는 모자라지만 훨씬 구체적이었다. 아무도 찬사를 아끼지 않았다. 우리가 이 관대한 대접에 지불할 수 있는 길은 그것뿐이기도 하였다. 우리는 산에서 내려와 아이오와 강변에 매어진 유람선에 올라 근처를 한 바퀴 돈 다음에 나루터로 돌아왔다. 나루터에는 강에서 잡은 생선을 파는 곳이 있었다. 우리는 생선 요리를 먹었다. 가져가서 먹으려고 생선을 사는 사람도 있었다. 나는 밥도 지어 먹고, 빵과 우유로 때우기도 하고, 거리에서 사 먹기도 하였다. 제대로 된 식탁을 차릴 요리 솜씨가 갑자기 생길 리가 없으므로 나의 식사는 반주전부리, 반식사가 뒤섞인 자유무애한 것이었다. 하기는, 버지니아에서 장만해준 밑반찬이 있었기 때문에 그리 험악한 것은 아니었다. 게다가 여러 종류의 식사 초대가 있기도 하여서 자기 방에서 혼자 만드는 식사만에 의지하는 사정도 아니었다.

이 도시에 사는 한국 사람들도 여럿 있어서 그들의 식탁에 나를 불러주었다.

그 첫번째는 아이오와 대학에서 사회학을 가르치는 K교수였다. 어느 날 관리실에서 전화가 걸려와서는 나를 찾아온 사람이 있다기에 내려가보니 나와 비슷한 나이임 직한 한국 사람이 라운지의 소파에 앉아 있다가 나를 향해 걸어왔다. 그가 K교수였다. 그는 학교에서 가까운, 교수들이 많이 사는 거리에 살고 있었다. 아내와 세 살쯤 된 딸과 세 식구의 가정은 언제나 밝고 소탈하게 나를 맞아주었다. 그는 일찍 미국에 유학 와서 학위를 받은 다음 대학에 남아 지금은 부교수였다. 그는 통계학을 사실 처리의 주요 수단으로 활용하는 학파에 속한 듯싶었다. 그의 아내는 남편보다 더 소탈하고 친절한 부인으로 나의 소설도 읽어보았노라고 말했다. 그들의 딸 이름이 나의 소설의 어느 여주인공과 같다고 아내가 말하니, 소설을 보고 지은 게 아니냐고 남편이 말하자, 부인은 그런 것은 아니고 나중에 그런 줄 알았다고 말한다. 아기 이름은 부인이 짓기는 지은 모양이었다. 그들의 대접은 적절한 것이어서 고마웠다. 충분히 호의를 표시하면서도 적절하게 대접하는 방법, 그것은 아마 이 식구들이 미국 생활에서 자연히 익히게 된 손님 치르는 문화인 듯싶었다. 그들의 교육과 신분 때문에 가장 점잖게 미국 생활을 해내는 전형 같았다. 남편을 '하니honey'라고 부를 때도 그것은 영락없이 '여보'라고 들릴 만큼 내 귀에는 자연스러웠다. 하기는 내 귀에 자연스럽지 않은들 별도리 없기는 하였다. 여기는 미국이었고 내 귀가 아니었다. 또 다른 교포도 이 학교 교수였다. 그녀는 금속공예가로 팔찌, 목걸이, 반지 같은 것을 만드는 기술을 가르치고 있었다. 나는 그녀의 연구실에 들르기도 하고 그녀의 얘기를 듣기도 하면서 정말 여기는 로마의 정통 상속자라는 생각이 들었다. 몇백 년 이쪽으로 우리 문화에서는 귀걸이, 팔찌, 목걸이가 쓰이지 않아왔다. 여기 와서 보니 그 점이 뚜렷이 견주어졌다. 여기서는 주렁주렁 걸고 끼는 것이 남녀간에 장식의 중심이다.

　미국의 1970년대는 그 이전 10년의 격동기가 가라앉고 사회는 다시 조용하였다. 학생운동, 흑인운동이 모두 절정을 지나 있었다. 베트남전쟁은 아직 계속되고 있었지만 적극적인 승리에 대한 집념은 없어 보였다. 신문이나 잡지에는 미국의 활력의 쇠퇴에 대한 논의가 깊숙하게 진행되고 있었으나, 내 눈에는 기술의 힘으로 이만한 풍요에 도달한 사회에서 '위기'라는 것은 무슨 말인지 잘 이해되지 않았다. 미국은 미국대로 소련은 소련대로 배타적 우위를 차지하기는 어렵겠지만 현재 가지고 있는 자리를 지킬 만한 이성과 기술 수준은 가지고 있다고 나는 생각하였다. 그들이 로마제국처럼 망할 것 같지는 않았다. 자연과 사회에 대한 지식과 그것들이 가능하게 해준 기술적 통제력 때문에 현존하는 두 제국은 이런 상태대로 각기의 문화를 역사 속에서 성숙시키고 있다고 모든 사람은 말하고 있었다. 폴란드 작가는 소련이 거지라고 말했지만, 우주기지와 핵무기를 가진 거지는 그냥 거지는 아니다. 소비문화가 아직도 미흡하다는 말로 들을 수 있었다. 해방 직후 북한에 소련군이 들어올 때 그들은 아직도 마차를 많이 사용하고 있었다. 대포도 말이 끌고 군수품도 마차에 싣고 있었다. 병사들이 조선 사람들이 가진 시계를 그렇게 탐내 하던 것도 그런 사정이었을 것이다. 그러면서도 미국이 그 맹주인 서유럽에 맞서서 또 하나의 문화를 역사에 제출하면서 광대한 지역에 그 문화를 쌓아오고 있으며 핵우산으로 지키고 있는 것도 사실이었다. 로마에는 이런 상대가 당대에는 없었다. 미국은 그 로마처럼 자기를 지키지 못하고 망할 것처럼 보이지는 않았다.

1960년대의 격동이 미국에 남긴 눈에 띄는 생활 문화는 평민적 경향의 확산이라고 한다. 예전에는 정장이 아니면 들어서지 못하던 곳도 지금은 편한 차림으로 통한다. 아이오와 대학 구내에서 배낭을 짊어진 교수들을 흔하게 만난다. 배낭 속에 책을 넣고 다니는 것이다. 상류층의 무거운 격식을 소규모로 모방하는 것이 주류이던 중산층 문화에 그 아래 계층의, 원래는 가난에서 연유한 가벼운 생활양식이, 이번에는 경제적 이유보다는 중산층의 어느 정도의 만족과 어느 정도의 체념의 결과인 패션 감각의 변화 때문에 널리 퍼지게 되었다고 말하는 글을 읽은 적이 있다. 아무튼 사람들은 헐렁한 옷을 입기 좋아하고, 남녀간에 팔찌, 목걸이가 성하고, 여자들이 배꼽을 내놓고 다니고, 스트리킹이 유행이고, 노동복이었던 블루진이 아무 사람이고 아이고 어른이고 보통 옷이 되었다. 20세기 들어 몇 번째의 대변화기를 지나고 있는 것 같았다. 그래서 금속공예는 귀금속하고만 관계된 일이 아니었다. 그것은 신발이나 비누처럼 이 사회의 필수품이라는 그 교수도 목과 팔에 그 공예품을 지니고 있었다.

그녀가 K교수네와 나를 시외에 있는 저먼 콜로니German Colony에 안내해주었다. 메이플라워하고는 반대편의 교외에 있는 그 마을은 독일 이민들이 세운 마을로 그들은 목축과 식료품을 생산하며 아이오와 주의 중요 산업의 하나인 우수한 가전제품 공장을 운영하고 있었다. 우리는 통조림 공장의 일부를 견학하고 각종 모피와

가죽제품 공장을 둘러보았다. 금속공예 교수가 여기를 안내한 것
은 물론 전공과의 관계에서가 아니고 이 마을의 유지 중에 그녀의
공예 작품의 후원자가 있는 연고에서였다. 나는 여기서 담요를 한
장 샀다. 오는 길에 그녀는 무공해 농원에 들러서 야채를 사게 했
다. 교수 부인이 아주 좋아하면서 이런 데가 있는 줄 몰랐다며 고
마워했다.

"모두들 행복하세요?"

"네"

하고 우리는 일제히 대답했다.

우리는 K교수 댁으로 가서 이날 장을 본 무공해 야채를 시식하
면서 공예 교수의 건강식 강의를 들었다. 미국에는 우유를 마시지
않는 사람이 많으며 채식주의자들은 더 많다는 것이었다. 채식주
의라고 해도 밭에서 이미 오염된 야채를 먹어봐야 쓸데없고 청정
재배된 야채여야 하기 때문에 유기농법 농장의 산물이 인기를 모
으고 있다 한다. 로마에서는 토해가면서 연회를 계속했다고 하는
데 여기서는 중산층 정도에서 먹는 일에서 행복을 찾는 충동을 자
제하려는 움직임이 이렇게 진지한 모양이었다.

"파는 음식들이 깨끗해 보이는데요"

하고 내가 말했다.

"포장이 깨끗하지요"

하고 공예 교수가 말했다.

"지난 10년 동안 유통 과정에 대한 투자의 증가율과 농산물의
질적 향상을 위한 그것을 비교한 연구를 본 적이 있습니다."

K교수가 말했다.

미국에 사는 교포들의 용모도 나의 주의를 끌었다. 용모가 생물학의 한계를 넘어 달라졌을 리는 없다. 다만 표정이나 몸가짐이 너그럽고 덜 서두른다. 고향의 동족들에 비해서 말이다. 여기에도 '생물인류학'적 수준과 '문화인류학'적 수준의 관계라는 분석이 들어맞을 듯싶었다. 아일랜드 이민, 이탈리아 이민, 남아메리카 이민들이 모두 이런 과정을 겪어 '문화인류학'적인 동질성을 마련해 가는 모양이었다. 이 자리에 모인 사람들에게서도 인간에게 특유한 적응의 과정을 겪은 흔적이 그들의 몸짓에 나타나 보였다. 물론 '몸짓'이란 말 그대로의 뜻만에서가 아니라, 그들이 살고 있는 관심사의 성격까지를 아울러 말한다. 나도 다 알 수 있는 말이었다. 그들은 이러저러한 사정으로 이 땅에서의 생활에 정착한 사람들이었다. 나는 그들을 이해할 수 있었다. 우리 가족의 경우를 이렇게 저렇게 바꾸면 그들의 경우가 나올 것이었다. 그래서 그들을 이해할 수 있었다. 그들에 비해서 나는 그렇게 이해하면서도, 이 자리에서 아무런 이해의 장벽 없이 유쾌하게 이야기를 주고받으면서도 돌아가야 할 사람이었다.

차츰 별 볼일 없이 거리를 돌아다니는 재미가 생겼다. 아이오와는 넓이로는 H 읍내보다 넓었으나 집이며 길이며 모든 것들의 규모가 내가 자란 북쪽의 그 읍하고 댈 수 없이 컸기 때문에 아담해 보였고 결국 H읍 같은 시골 도시의 분위기를 만들고 있었다. 길에서 무엇인가 마시며 다닌다든지 먹고 다니는 것도 남들처럼 하게 되었다. 어릴 적 이후 처음 있는 일이다. 자동차가 다니는 길이 이렇게 넓고 기름진 것도 처음이었다. 피난 시절에 미군 부대 주변에 감돌아 보이던 '흔하고' '기름지다'는 느낌이었다. 대학 마을이라 보행자들이 괄시를 받는 분위기는 전혀 없었다. 학생들이 어디에나 시끌시끌하였고 젊은 사람들은 소탈하였다. 대학 구내는 숲속이고 아이오와 강이 구내를 흐르고 있었다. 어느 나무 밑에 보트가 매여 있고 그 옆에는 어부의 오막살이처럼 보이는 창고가 있었다. 그것은 대학과 아무 상관없는 그저 시골 어느 강변의 모습이었다. 그럴 때 나는 이 장소와 나를 갈라놓는 벽을 잊었다. 여기를 다니는 사람들은 결국 학생들이었다. 나는 그들이 여기를 떠나 이루어야 할 것을 어느 만큼은 이룬 사람으로서 여기 온 것이지 저 학생들처럼 배우러 온 것은 아니었다. 훌륭한 연구실을 하나씩 저 건물 안에 가진 사람은 학생들에게는 까마득한 사람들이지만 나에게는 동료였고 같은 계급이었다. 그런 일이 나를 평안하게 했다. 나는 학자로서 온 것도 아니었다. 나는 한국의 소설가였다. 한국말은 이 지구상 어디 가서도 안 되고 한국에서밖에는 배울 수 없었다. 나는 그 말의 전문가였다. 금속공예 교수가 금속공예의 전문가인 것처럼 한국말을 광내는 법, 어느 결에 칼을 넣어야 할지를 손짓작에 익힌 사람이 나였다. 그래서 나는 자신 있게 웃어도 좋았고, 괜히 수염이나 길렀지만 어린 학생들을 귀엽게 볼 수도 있었다. 다는 아니지만 이쪽 신분을 아는 경우에 그들 중 일부가 말 속에 섞는 '—서Sir'도 듣기 좋았다. 서양 서정시에 나오는 풍경 같은 나루터가 구내에 있는가 하면 갑자기 달라진 원근법 속에 'Hydraulic' 무엇이라고 큰 글씨가 건물 벽에 씌어진 거대한 실험

시설이 나타나기도 했다. 학생회관의 규모도 엄청나고 기숙사는 구내에도 있고 메이플라워에서 시내로 들어오는 중간에도 있었다. 언젠가 전화 회사에 찾아갈 일이 있었는데 규모로 보아서 아이오와 주를 관리하거나 이 지역 몇 개 주를 관리하는 곳이 아닌가 싶었다.

그날도 헌책방에 있다가 나는 『자본론 *Capital*』을 샀다. 그것은 1층 책꽂이의 먼지 긴 한구석에 꽂혀 있었다. 은행에 들렀다가 거리 여기저기를 한 바퀴 돌고 난 다음이기도 해서 나는 곧 걸어서 숙소로 돌아왔다. 샤워를 하고 커피를 끓여 마시면서 나는 『자본론』을 '살펴'보았다. 모던 라이브러리A MODERN LIBRARY의 자이언트GIANT 시리즈의 한 권인 중장본의 책으로 이 저서의 제1부가 수록된 책이었다. 나는 여러 개의 서문을 읽기 시작했다.

이것이 그 책이었다. 나는 W 시절에는 이 책을 보지도 못했을 뿐 아니라 그런 관심도 없었다. 언젠가 중학교 때 소년단 지도원 선생이 강의 중에 왜 그랬던지 흑판에다 G—W—G, W—G—W 이런 기호를 적어가면서 무슨 말을 한 기억이 분명한데 아마 우리를 위해서가 아니라 선생님을 위해서가 아니었던가 싶다. 해방 후 북조선에서 당원들은 이 책을 어떻게 공부했는지, 그때 번역서가 없었을 텐데 뒤늦게 궁금해진다. 그래도 어떻게든 공부했길래 중학생들을 앞에 놓고 선생님은 그런 식을 들먹였었다. 어쩌면 일본말 번역으로 공부했는지도 모를 일이고 제일 가능한 짐작은 러시아말 본문을 부분적으로 번역해서 쓴 것이 아닐까? 그렇더라도 이 책은 2차대전 전의 일본에서도 아마 이 세기 들어 얼마 되지 않아 번역

되었을 테고 1920년대나 1930년대의 식민지 조선의 지식인들조차 서울의 책방에서 살 수 있었던 책이었다. 이 책은 이 책이 비판하고 분석했던 나라의 수도에서 집필되어 지금부터 백 년도 전인 1867년에 간행되었다. 그 책을 나는 이 나이까지 서울에서는 보지 못하고 여기서 이렇게 만난 것이었다. 이 책이 비판한 나라의 수도에서 그 수도의 도서관의 자료를 이용해서 집필된 이 책은, 이 책이 비판한 나라의 상속자인 이 나라에서 이렇게 버젓하게 오래 전에 출간되어 이런 시골구석의 헌책방에 아무렇게나 꽂혀 있다. 이 책과 대단히 관계있는 역사의 운동 때문에 여기까지 찾아온 한 식민지 지식인은 여기서 처음 이 책을 보고 있다. 이 슬픈 지체 (lag). 이 지체는 '문화인류학적' 원근법 안에서의 상대적 지체라기보다, '생물학적' 차별 — 말하자면 인종의 벽 같은 것이기나 한 것처럼 육체적으로 아팠다. 아직 책을 읽는다기보다, 책의 장정을 살펴보다가는, 서문의 여기저기를 다시 읽어보기도 하고 본문의 처음 페이지들을 들쳐보기도 하면서 여러 잔째의 커피를 마셨고 역사라는 것에서 개인이 차지하는 부분의 운명적 제약을 생각했다. 마찬가지 일이겠지만 내 생애에서 가장 뜻 깊은 순간이 이렇게 가다오다 전개된 것에 대해서도 생각하였다. 운명이 사람을 선택한다. 나는 그렇게 중얼거려보기도 했다. 식민지 조선에서 숱한 지식인들이 그들이 유학한 동경에서, 경성에서 그 밖의 여러 곳에서, 생애의 어느 시점에서 이 책과 만난 것이리라. 이 책은 그들의 정신을 뒤흔들었으리라. 나는 그들에 비해서도 왜소하게 느꼈다. 그러나 운명은 왜소한 자에 대해서도 사정이 없었다. 이런 생각을 하고 있을 때 전화벨이 울렸다. 새벽 3시였다.

"……"

멍한 충격이 먼저 일고 나중에야 동생의 말이 전해진 것처럼 나는 느꼈다. 어머니가 돌아가셨습니다. 뇌일혈로 갑자기 쓰러지셨습니다……

"다 왔습니다."

나는 뒷좌석의 나를 돌아보는 동생을 한참 마주 보았다.

"응."

"고단하시지요?"

"아니야, 깜빡한 모양이군."

1973년에서 1987년까지 오는 일은 깜빡할 사이였고 고단하지도 아무렇지도 않았다. 사람의 기억이 그렇게 생겨먹었다는 것이 고단한 일일 뿐이었다.

계수가 먼저 내려서 내 쪽의 문을 열어주고 있었다.

3

　버지니아에서의 가족 방문을 끝내고 뉴욕행 비행기를 탔을 때 나는 며칠 전 케네디 공항에서의 일이 생각났다. 그때까지 그 일은 잊고 있었다. 월남한 이듬해 봄이었다. 학교 앞 골목에 문을 열고 있던 국숫집에서 반 친구들과 함께 음식이 나오기를 기다리고 있었다. 허름한 국숫집이어서 값도 싼 편이라 학생들이 드나들기에 편했다. 그때 저쪽 의자에서 손님 한 사람이 일어나서 돈을 치르고 밖으로 나갔다. 나는 잠깐 망설이다가 일어서서 그 손님을 따라 나갔다. 손님은 골목을 저만치 걸어가고 있었다. 나는 뛰어갔다.
　"저, W고등학교 교무 주임 선생님이시죠?"
　"……"

"저 1학년에 다녔습니다."

그 사람은 나를 빤히 쳐다봤다.

"사람을 잘못 봤군. 난 그런 사람이 아니야."

이렇게 말하고 그는 내 앞에서 빨리 떠났다.

나는 그가 모퉁이를 돌아 사라질 때까지 그 자리에 서 있었다. 그의 모습이 사라지고 나서도 잠깐을 그대로 섰다가 나는 뛰어가서 골목을 빠져 그가 돌아간 쪽을 두리번거렸다. 그의 모습은 없었다. 나는 국숫집으로 돌아와서 친구들 틈에 끼어서 국수를 먹었다. 아는 사람인 줄 알았다고 말했다. 난 그런 사람이 아니야. 그는 그 사람이었다. 우리를 가르치지는 않았지만 우리 학교의 교무주임을 잘못 볼 수는 없었다. 전교의 조회 때 가끔 이야기도 한 사람이었다. 가끔 생각나는 일이었다. 나중에는 그가 자기를 부인한 심정을 알 것 같기도 했다. 나는 그런 사람이 아니야. 많은 사람들이 이전의 자기를 자기가 아니었다고 생각하게 된다. 한 사람에 몸뚱아리가 하나씩밖에 없다는 것이 인간의 불행의 뿌리였다. 다른 자기의 기억이 지워지지 않고 몸의 일부인 마음에 새겨져 있다는 것. 그런데 그 몸은 지금 다른 마음을 섬기고 있기 때문에 예전의 마음을 섬길 수 없다는 것. 짐승들이 모르는 사정이다. 그것이 차츰 형성된 나의 생각이었다.

이 생각이 내가 차츰 희곡과 연극에 기울어진 까닭이기도 하였다. 소설을 쓸 때 등장인물들의 마음과 육체의 불일치는 잘 눈에 띄지 않는다. 그런 일이 있어도 서술자가 잘 삭여서 독자가 탈 없이 받아들이게 돌봐준다. 그것이 '지문地文'이다. 희곡에는 이 '바탕글'이 없다. 눈에 보이는 배우의 몸, 그 몸의 움직임, 들리는 말 — 이것들이 그대로 바탕글이기도 하게 된다. 소설에서는 벌어지는 모든 일의 중심인 서술자의 간섭으로 충격은 시시콜콜 설명되고 따라서 완화된다. 연극에서는 이런 일이 불가능하다. 마음과 몸뚱아리의 어긋남은 피할 길 없이 드러난다. 같은 몸뚱아리에 두 마음이 겹쳐 있는 것이 보인다. 짐승이기도 한 사람은 그것이 충격이다. 일편단심一片丹心이니, 충신忠臣은 불사이군不事二君이요 열녀烈女는 불경이부不更二夫라는 식으로 인간은 짐승의 감각 가깝게 인간의 규칙을 표현하려고 애를 쓴다. 그 원칙을 굽히지 않은 사람들을 우러러 모신다. 그러나 우러러볼 만한 사람들은 언제나 예외자다. 그들은 번듯하게 육신을 가졌으면서도 실은 사람들의 꿈이 화신한, 살아 있는 꿈이다. 거의 모든 사람이 그렇게 '꿈으로서' 살지는 못한다. '나는 그런 사람이 아니오.' 사람은 늘 그렇게 말하면서 산다. 사람은 짐승으로 태어나서 끝도 한도 없는 '사람'으로 다시 자기를 만들어가면서 사는 것이었다. 그러면서 수풀 속을 지나가는 짐승처럼 태연하고 '자기'일 수 있는 상태를 소설에서 만드는 일이 나에게는 어려웠다. 종교와 철학과 민족과 계급이 모두 그런 보장이 될 수 없는 '나'라는 것을 소설의 '서술자'라는 가공의 입장에서도 유지하기 어려웠다. 희곡에서 나는 이 문제를 해결할 수 있지 않을까 하고 차츰 생각하게 되었다. '해결'이란 다름이 아니고, 해결할 수 없는 채로 놓아두면서도 그것이 곧 해결인 것으로 통하는, 연극이라는 약속의 힘이었다. 희곡을 쓸 때는 나는, '밸브 모두 열어!'로 항진하는 듯이 느꼈다. 희곡 속에서는

‘내가 그 사람이오’ 하는 사람들이 아름다웠다. 『쿠오 바디스』에서 로마 교외에서 제자에게 자기를 밝힌 사람도 그래서 아름다웠다.

뉴욕 공항에서 내가 만난 사람은 그 교무 주임 선생이었다. M시에서는 틀림없었지만 이번에는 그때처럼은 자신이 없었다. 그러나 그것은 그동안의 세월이 주는 거북함일 것이었다. 그를 보자 그 사람이라고 반응한 나의 감각은 아마 틀림없었다. 지난번처럼 이야기를 걸 수 있는 만남은 아니었지만, 의자의 앞자리에 앉았더라도 이번에는 물어보지 않았을 것이다. 다만 그가 이곳에까지 왔다는 일이 뜻밖이었다. 하기는 누구에 대해서든지 그런 말은 가능할 것이다.

공항에서 택시를 타고 찾아간 아시안 레퍼토리 극단은 맨해튼의 아래쪽 그레이트 존스 거리에 있는 붉은 벽돌집 3층에 있었다.

“잘 오셨습니다, 가족들하고 반가웠지요?”

이 극단의 연출자인 중국계 미국인 로즈마리 장 여사가 문간에 들어서는 나를 알아보고 다가오면서 손을 내밀었다. 그들은 연습 중이었다. 그는 곧 문 가까운 데 앉은 여성 — 그녀는 사무 책임자였다 — 을 비롯해서 배우들을 차례로 소개했다. 남편 역인 한국인 배우, 아내 역인 한국인 배우, 개똥어머니 역인 미국인 배우— 모두 젊은 사람들이었다. 남편 역인 배우는 1979년에 왔을 때 여기 뉴욕에서 만난 적이 있는 강서이 씨였다. 그녀는 나에게 자리를 권하고 다시 연습에 들어갔다. 그녀가 건네준 오늘 시간표에는 ‘전원참가 일관연습’이라고 찍혀 있었다. 나를 위해서 그들은 처음부터 다시 시작해주었다. 옷 자체가 한국옷 비슷한 평상복인 강

서이 씨 말고 다른 두 사람은 운동복을 입고 있었다. 그러나 그들
은 영어로 나의 희곡「옛날 옛적이래도 좋고 아니래도 좋고, 훠어
이 훠이래도 좋고 아니래도 좋은」을 연기하고 있었다. 저녁 무렵
이다,라고 로즈마리가 운을 떼어준다. 눈이 내리고 있다. 오막살
이집 젊은 아낙네가 바느질을 하고 있다. 달이 찬 몸, 열다섯쯤 또
는 그보다 아래. 바느질감을 들어 눈으로 대중을 해본다. 세간이
랄 것이 없다. 무대는 방바닥이 되는 네모난 마루 한 장 위에 그녀
가 앉아 있고, 등잔대 하나, 화로, 그 밖에는 아무것도 없다. 바느
질감을 눈높이에 들고, 가끔 멍하고 있다. 그러고는 자기를 내려
다본다. 가만히 쓰다듬는다.

기척

귀를 기울인다

바람 소리

바느질을 다시 해나간다

등잔 심지를 바늘 끝으로 들어올린다

부엉이 우는 소리

귀를 기울인다

화로에 얹은 찌개 그릇을 만져본다

부젓가락으로 재를 다독거려놓는다

바느질을 다시 해나간다

기척

귀를 기울인다

바람 소리

귀를 기울인다

바람 소리

아내, 일어서서 방을 나온다

마루에서 내려선다

사립문인 듯한 자리로 와서 어둠 속을 멀리 내다본다 눈이 내

려 머리에 쌓인다

바람 소리

부엉이 소리

사이

천천히 방으로 돌아온다

기척에 돌아선다

사이

다시 걸음을 옮겨 방으로 돌아온다

기척에 돌아선다

사이

다시 걸음을 옮겨 방으로 돌아온다

등잔 심지를 올린다

바느질감을 집어든다

가끔 손놀림을 멈춘다

배를 쓸어본다

웃는다

바람 소리

부엉이 소리

고개를 들어 귀를 기울인다

기척

일어선다

남편, 마당에 들어선다

지게에 부대 두 개를 포개어 지고 있다

지게를 벗어 마루 끝에 세운다

아내, 지게 벗는 것을 도와준다

남편, 어깨에서 눈을 털어준다

남편, 신을 턴다

아내, 남편 바지를 털어준다

모든 움직임은 느리게, 한 가지 한 가지

그때마다 생각난 듯 느릿느릿

모든 인물들의 말은 보통보다 훨씬 느리다

띄엄띄엄, 생각난 듯이

남편은 심한 말더듬이

모든 사람의 말의 주고받음이 답답하게, 그러나 당자들은 그것

이 자연스럽게, 한 사람의 말이 끝나고, 받는 말이 시작되기까

지의 사이도 보통보다 지독히 굼뜨게

아무것도 아닌 말도 그렇게, 어렵게 한다

아내 : I suppose the road was slick.

남편 : A li……li……little.

나는 이 장면을 언젠가 소설에 쓰리라, 하고 생각하였다. 옛날 우리나라 사람들이 지어낸 슬픈 이야기를 내가 희곡으로 쓰고, 그 것을 누군가 영어로 번역하고, 그것을 미국 사람들이 공연하기 위 해 연습하는 것을 내가 보면서, 언젠가 소설로 쓰리라고 마음먹는 다, 나는 이 여러 겹의 굴절에 만족하였다 — 라는 소설을 쓴다. 나는 혼자 웃었다. 로즈마리가 돌아보았다. 그리고 그녀도 웃었 다. 연극에서 개똥어미가 좀 우스운 얘기를 하는 대목이었다. 이 방은 보통 교실을 두 개 합친 만한 크기에 천장이 좀 높다. 문간에 들어서면 왼쪽에 책상이 둘 있다. 이 극단의 사무 장소인데 지금 한 책상은 비어 있고 아까 소개받은 미국 여성 혼자만 앉아 있었 다. 문간 오른쪽에는 복사기가 있고 잇대어 큰 회의 책상이 있는 데 그 위에 포스터며 물감이며 망치며 온갖 것이 얹혀 있다. 방의 한가운데는 비어 있고 왼쪽 벽 중간쯤에 또 하나의 큰 책상이 있는 데 그 위에는 공연한 작품의 소도구들이 잔뜩 얹혀 있다. 맨 안쪽 으로 들어서는 문과 바라보는 위치에 있는 벽은 세 부분으로 나뉘 었는데 가운데는 작은 무대가 약간 높게 설치돼 있다. 무대 왼쪽 좀 떨어져서 화장실이라고 쓴 문이 있고 무대 오른쪽 밑으로는 로 즈마리의 책상과 소파와 그 뒤쪽 구석에 책장이 있다. 천장에는 굵고 가는 파이프와 섞여서 여러 개의 조명등을 매단 검정색 쇠줄 이 얼기설기 걸쳐 있다. 로즈마리와 나는 실내 무대 앞의 쇠의자 에 앉아서 연습을 구경하고 있었다. Wha……i, Whai, Never come back again Whai!

"한 시간 이십 분 걸렸군요"
하고 내가 말했다.
"공연에서는 좀더 걸리겠지요."
로즈마리가 말했다.
"배우들에게 한마디 하시렵니까?"
"글쎄요."
"하세요, 모처럼 오셨는데 우리한테 참고가 될 겁니다. 지금 보신 연습에 대해서도 말해주세요."
"그럽시다."
나는 인사말을 하고, 좀더 느리게 진행되었으면 한다는 말만을 했다.
"이만해도 많이 느려졌어요."
로즈마리가 말하자 배우들이 웃었다. 연습을 자율로 맡기고 로즈마리는 자기 책상 있는 데로 안내했다. 우리는 거기서 다시 인사말을 주고받았다.
"숙소는 마음에 듭니까?"
그녀가 물었다. 원래는 극단에서 나의 숙소를 마련할 계획이었다. 나는 1979년에 왔던 경험으로 미루어 그들이 제공하는 숙소보다는 미리 소개를 받아온 교포 가정에 숙소를 정해놓고 있었다. 뉴욕에서 버지니아에 가면서 연락을 해놓았기 때문에 지금 그리로 곧장 가면 되었다. 그녀는 오늘 수표를 준비하지 못했는데 필요하면 얼마쯤은 자기가 꾸어주겠다고 한다. 그러지 않아도 되었다. 내일이라도 좋다고 말했다. 로즈마리 장은 마흔 줄의 아직 젊어

보이는 중국 사람으로 체격이 좋았다. 작년 가을에 그녀가 서울에 왔을 때 약속된 공연을 이렇게 성사시키고 있다. 어려서 미국에 왔다는 그녀는, 모든 이민들이 그런 것처럼 자신을 미국인이라고 평안하게 생각하고 있는 것이 자연스러워 보이는 여자였다. 그녀가 주도하는 이 극단은 미국의 몇 안 되는, 아시아계 미국인들이 운영하는 극단으로서 배우들도 거의 아시아계 이민들이고 필요하면 백인 배우들도 출연한다는 것이었다. 레퍼토리도 미국 안에서 활동하는 아시아계 작가들 것을 하는 것이 원칙이며, 작년에는 그들의 모국인 아시아 현지에 공연 자료 수집하러 왔던 길이었다.

"고 교수하고는 연락이 되었습니까?"

"됐어요, 허락을 받았습니다."

"잘됐군요, 아직 브록포트에 계시고?"

"그렇습니다. 공연 구경하러 오신다고 해요."

고 교수는 이 작품을 영어로 번역한 한국 사람으로 1979년에 그가 가르치는 브록포트 대학 연극부에서 이 작품의 미국 초연이 있게 한 사람이었다. 그 학교의 미국인 교수가 서울의 어느 대학에 교환 교수로 왔다가 이 작품 「옛날 옛적이래도 좋고 아니래도 좋고, 훠어이 훠이래도 좋고 아니래도 좋은」의 1976년 초연을 보고 와서 같은 과의 고 교수에게 번역을 의뢰하고 자신이 학생들을 지도해서 학교 극장에서 공연했었다. 이 작품은 아이오와에서의 체재를 마치고 2년 동안 내가 미국에 머물러 있는 동안에 써가지고 귀국한 작품이다. 미국과 인연이 깊은 희곡이었다. 브록포트 대학의 공연이 미국에서의 첫공연이라고는 해도 브록포트 대학은 뉴욕

주립 대학의 분교이고 브록포트는 아이오와처럼 미국—캐나다 국경의 나이아가라 폭포 가까운 작은 대학 마을이었다. 이번 공연은 직업 극단이 제대로 뉴욕에서 막을 올리는 터라 나는 그 이상 바랄 것이 없었다. 서울에서 이 연극을 보고 호감을 가져온 브록포트의 존스 교수에게서 비롯한 이 희곡의 행운이기도 하였다. 마침 그 학교에 희곡을 전공하는 한국 학자가 있었다는 것도 행운이었다. 희곡을 쓴다는 일로 정신적 위기를 다스려보려는 나에게 이 희곡이 국내에서도 호평을 받고 외국인에게도 다가선 일은 나에게 조금은 용기를 주었다. 내가 더듬어온 문제 해결의 선이 그리 틀리지 않았고 그 앞에 좋은 열매를 — 나의 정신의 병이 다스려질 희망의 징조로 내게는 비쳤다. 남과 나와 세계가 대화할 수 있는 형식을 찾아내고 싶었다. 현실에서도 어려웠고 소설에서도 어려웠던 일이 연극에서는 분명히 이루어지는 것을 몸으로 느낀다. 굳이 연극이 아니라, 희곡에서도 나는 충분히 그런 느낌을 가진다. 연극일 때 기억은 짐을 던다. 마음 혼자 바쁘던 일이 연출자며, 배우며, 무대며 이런 것들이 품앗이를 해준다. 그러면서도 그것들은 '내 마음'의 기호들이기도 하다. 마음은 '밸브 모두 열어!'로 달린다. 태양은 입이 찢어지게 웃고 물결은 맞장구치듯 달려온다.

"오늘 연습 끝냅시다. 제가 어디 맛있는 저녁 먹을 곳으로 모시겠습니다."

로즈마리 장이 말했다.

"강서이 씨, 어디 좋은 데 추천하세요."

강서이 씨가 어느 이름을 댔다.

"한국 음식점인데요, 어떻습니까?"

"좋지요, 이분들이 어떨지."

"좋습니다. 불고기 먹읍시다"

하고 '아내'가 말했다.

"저는 오늘 선약이 있습니다."

개똥엄마가 말했다.

"그래요? 유감이지만 그럼 다음 기회에 참가하세요, 자 갑시다."

"끝나고 제가 숙소까지 모셔다드리겠습니다."

강서이 씨가 내게 말했다.

"미안해서……"

"택시로 가셔도 찾기 어려울지 모르겠고 오늘은 제가 바래다드리겠습니다."

"고맙습니다."

우리는 두 차에 나누어 타고 한국 음식점 '뉴욕 서울'로 갔다. 과연 거기는 갑자기 서울 한복판의 어느 음식점에 들어선 것처럼 한국 사람들로 가득 찬 음식점이었다. '한국 사람'으로 '가득 찼다'는 것이 내 눈에는 연극적이었다. '한국 사람'이라는 것과 '가득 찼다'는 것과 그들이 '먹고 있다'는 일이 모두 '의미' 있었다. 서울에서는 아무것도 아닌 일이 여기서는 부자연스럽게 '현실적'이었다. 그들이 앉아서 먹고 있는 사이를 지나가면서 잘 아는 눈빛들이 이렇게 생경하기도 하다는 느낌이 뼛속의 가려움처럼 잡히지 않으면서도 자극적이었다. 이것이 연극이었다. 차림표를 보면서 저마다 시켰다. 신선로를 시키고 갈비탕, 볶음밥, 냉면을 시켰다.

"술은?"

로즈마리 장이 물었다.

모두 맥주를 택했다.

우리는 중국인 한 사람에 한국인 세 사람이었다. '아내'는 어릴 때 왔다고 한다. 그녀 남편은 미국 사람이라고 한다. 그녀는 한국말을 전혀 하지 못했다. 로즈마리 장은 나이 많은 친척들이 있기 때문에 중국말도 한다는 것이었다. 그러고 보니 '아내' 쪽이 훨씬 미국인에 보다 가까운 느낌이었다. 나와 강서이 씨만이 한국말이 통했다.

"강서이 씨가 참가해 있으니 저는 염려하지 않습니다."

내가 말했다.

"저도 생소하지 않은 세곕니다. 중국, 한국, 일본은 가깝습니다."

로즈마리 장이 말했다.

"저는 몰랐던 세곕니다. 홍미 있어요."

외국 사람인 '아내'가 말했다.

맥주가 왔다.

"뉴욕에 잘 오셨습니다."

"아시아 레퍼토리의 건투를 빕니다."

우리가 앉은 곳은 2층이었다.

모든 자리가 차 있었다.

"진행상에 문제는 없습니까?"

"네, 생음악을 쓰려고 하는데, 좀 문제가 있습니다."

"어떤 문젭니까?"

"예산상의 문젭니다."

"어떻게 해결하실 겁니까?"

"효과 음악을 녹음으로 대용하고, 일부 생음악은 강서이 씨가 맡아주는 방법이지요."

"강서이 씨가 그것을 할 수 있습니까?"

"네, 뭐, 손장구를 치는 정도죠."

모든 일이 수월할 수는 없었다.

"옷은 어떻습니까?"

"내일 가봉하러 올 겁니다."

"누가 만듭니까?"

"일본 디자이너가 있습니다. 우리 극단 후원회원입니다."

"한국 옷에 대해서 압니까?"

"제가 자문을 해요."

강서이 씨가 말했다.

"그럼 되겠군요."

나는 강서이 씨가 입은 옷을 새삼스럽게 살펴보았다. 1979년에 입고 있던 옷과 다름이 없어 보였다. 행전을 친 한복에 버선에 미투리를 신고 있었다. 앞이 터진 약간 긴 조끼는 나의 지식에는 없는 부분이었다. 길게 자란 머리카락은 중국 무협소설의 삽화처럼 땋지 않고 그냥 뒤꼭지에서 묶어 드리웠다. 코밑과 턱에 수염을 길렀는데 옷과 잘 어울린다. 팔소매는 넓지도 좁지도 않아서 행전 친 다리와 잘 맞았다. 이 행전 양식을 나는 좋아한다. 그냥 펑퍼짐한 한복 바지는 답답해 보이고 거기다 고무신을 신어도 그렇고 단화를 신어도 바지의 품에 맞먹지 못해서 빈약해 보인다. 옛날에는 투박한 가죽신이나, 나막신을 신으면 그런 인상을 주지 않았을 것이다. 짚신이래도 신식 구두보다는 무게가 있다. 강서이 씨의 차림새는 그런 문제를 모두 해결하고 있었다.

"좀 빨라 보였나요?"

강서이 씨가 말했다.

"좀, 이 작품이 공연될 때마다 내가 희망사항으로 하는 말인데, 말하자면 '사이'라든가 '말더듬이'를 충분히 즐기는 식으로 갔으면 합니다."

"나도 그런 방향으로 가고 있습니다만, 관객이 너무 지루할까 봐, 어디서 타협해야 할지……"

로즈마리 장이 말한다.

"동감입니다. 무한정 느릴 수는 없겠지요. 제 얘기는 실지의 길이보다, 느리게 나간다는 느낌이 전달됐으면 하는 것입니다. 적어도 제 생각에는 이 작품에서는 '속도'는 내용이기도 하다고 생각하는 것입니다."

"물론 그렇지요. 어떤 연극에서건 기본으로서는 그렇습니다. 그러나 대체로 대부분의 연극보다는 좀 심하게 그 부분이 강조되기 때문에 배우들이 하다 보면 보통 속도가 나오는 모양입니다."

"잘 알겠습니다. 제가 말씀드리고 싶은 점을 긍정해주시니, 그야 배우들의 인내심에 맡기는 수밖에요. 또 공연마다 특징이 있으니까요. 다만 이 작품이 공연되는 것을 여러 번 본 제 경험으로는 아무리 느릿해도 느릿해서는 탈이 없어도 빨라지면 맛이 나지 않더군요."

"제가 늦게 하면 아내가 갑갑해하는 것 같아서, 아내를 위하다 보니."

'아내'가 웃으면서,

"착한 남편이셔"

하고 말했다

모두 웃었다.

"무대 조형 관계는 어떻습니까?"

"내일 그림을 보여드릴게요."

"전에 브록포트에서는 다 괜찮았는데 초가집 띠가 너무 높았습니다. 오막살이가 아니라, 로마 원로원의 정면 현관 같았어요."

또 모두 웃었다.

"초가집에 대한 감각이 없으니 할 수 없었겠지요. 하기는 우리나라나 중국의 옛날 그림을 보면 비쩍하게 띠가 높은 농가도 나오는데 그게 사실적인 건지, 그림의 양식으로 그렇게 된 건지는 모르겠군요……"

"저도 그런 그림을 본 것 같은데요, 선비가 방 안에서 글을 읽고……"

"네, 선비가 있는 경우는 그래도 아무튼 비슷하게 어울리는데, 농가를 그리면서도 그런 그림이 있었던 것 같아요. 그런 그림을 어디서 참고했는지는 모르겠습니다만……"

"아무튼 오막살이가 너무 당당해서는 안 되겠지요."

아내가 말했다.

"그렇습니다."

음식들이 나왔다. 내 것은 냉면이었다.

"여기 냉면 소문났습니다."

강서이 씨가 말했다.

"그래요? 하나 시키시지요."

"아니요, 오늘은 아닙니다."

강서이 씨는 갈비탕을 끌어당겼다.

여성 두 사람은 볶음밥 접시를 받았다.

식당 밖에서 헤어져 강서이 씨와 나는 차를 세워둔 곳으로 걸어
갔다. 일대가 주택지가 아니어서 그런지 방금 나온 '뉴욕 서울' 앞
만 환하고 골목은 어두웠다. 불을 끈 큰 건물들이 길을 사이에 두
고 마주 선 어둑어둑한 거리는 깊은 골짜기 같았다. 거리 여기저
기에 버려진 종이 꾸러미들이 가끔 지나는 차의 불빛으로 드러나
는 것이 마치 그것들이 이 거리의 번잡함이 자리를 비운 지금 시간
에 어두운 거리에서 자기들만 아는 사업에 종사하다가 본의 아니
게 들킨 순간 같은 인상을 풍겼다. 들어찬 버젓하고 큰 건물들과
불빛에 드러나는 흩어진 종이 뭉치들의 공존이 그렇게 보였다. 자
동차가 지나가면서 그것들을 비출 때마다 발부리만 환해지는 건물
들은 어둠에 잠긴 위쪽에 얼굴을 감추고 내려다보고 있는 것 같았
다. 이 구역은 그런 곳인 모양이었다.

"차가 덜 붐비는 길로 갑니다."

"좋은데요."

사실이었다. 화석이 된 공룡들이 앞발을 가슴에 오그려 붙이고 빽빽이 늘어선 사이를 사열하고 지나가는 것 같았다. 옛날에 「마도魔都의 향香불」이란 소설이 있었는데 '마도魔都의 공룡들' 같았다.

"밤에 나다니지 못한다고 하던데."

"특히 그런 데가 있긴 하지요, 요즘 도시가 어디는 안 그런가요?"

우리는 맨해튼을 빠져 퀸즈 구역으로 들어섰다.

차가 멎은 거리는 집채들도 훨씬 그만하고 조용한 곳이었다.

인도에서 몇 계단을 올라서면 현관이 있는 길갓집이었다. 벨을 누르고 강서이 씨가 몇 마디 했다. 조금 있다가 문이 열리고 50대의 한국 부인이 우리를 맞아들였다. 현관에는 2층으로 올라가는 계단이 있는데 들어서면서 그 문도 잠그게 되어 있는 모양이었다. 우리는 2층을 지나 3층에 올라왔다. 거기가 부인의 집이었다.

"자, 앉으세요."

문을 열고 들어선 데가 중간쯤한 크기의 거실이었다.

부인이 소파를 권했다.

"신세지겠습니다."

"아이구, 무슨 말씀을, 마실 거 뭘로 할까요?"

"괜찮은데요."

"괜찮아요, 뭐 드세요."

"그럼 주스 있으시면."

강서이 씨가 말했다.

"저도 주스를 주시겠습니까?"

부인은 부엌으로 들어가서 주스 두 잔을 가지고 나왔다.

"먼길 오시느라 고단하시죠?"

"버지니아에 가족들이 계셔서 거기 다녀서 오시는 길입니다."

"그러시다구요, 편히 계시다 가십시오."

부인은 우리가 주스를 두어 모금 마시는 것을 보고서,

"지금은 다른 분은 계시지 않아서 방이 비어 있습니다. 좋으실 대로 써주세요"

하고 말한다.

강서이 씨는 전에도 와본 사람의 몸짓으로 나한테 방이 그쪽임을 알려주려는 것인 듯 우리가 앉은 뒤쪽을 돌아보았다. 부엌과 반대쪽이었다.

"보시죠"

하고 강서이 씨가 말했다.

부인이 안내했다. 지금 앉아 있는 거실에 이웃해서 침대가 양편으로 벽에 붙여 놓인 크지 않은 방이 있다.

"여기를 쓰시든지요……"

부인은 이렇게 말하면서 두 침대 사이를 지나 저쪽 끝으로 걸어갔다. 유리 달린 두 쪽 문으로 막힌 저편에 또 공간이 있다. 그곳은 거리를 향한 창문이 좌우로 난 자리로 원래는 베란다로 쓰인 데인 듯했는데 길쭉한 공간의 양 끝에 침대가 하나씩 놓여 있었다.

들어서는 곳에 커튼이 쳐져서 양편 커튼을 닫으면 남게 되는 좁은 공간에 벽을 향해 작은 책상과 의자가 있다.

"여기가 좋겠군요."

구석진 곳, 창문 옆을 언제나 택하는 버릇대로 나는 오른쪽 침대를 가리키면서 말했다.

"그러십시오, 짐은……"

"여깁니다."

나는 들고 온 중간 크기의 부드러운 여행가방을 거실 소파에서 날라왔다.

"그러십시오, 필요하시면 아무 데나 써주세요."

강서이 씨가 내가 택한 반대편 침대 쪽으로 가서 그쪽 창문으로 밖을 내다보고 나서 말했다.

"이 방 혼자서 쓰시는 셈인데요."

"저 방도 쓰시고."

"고맙습니다."

"이 방 저 방 다니면서 주무시지요."

강서이 씨가 그렇게 말해서 모두 웃었다.

"그리구요."

강서이 씨가 거기 있는 책상 위에서 지도를 그려주었다.

"저 길 건너 역에서 타시고……"

지하철로 그레이트 존스 거리의 연습장까지 오는 길을 적어주었다.

나는 지도를 들여다보았다.

“고맙습니다.”

“그럼 전 이만 가겠습니다.”

“아, 그러셔야지. 늦게까지, 고맙습니다.”

“괜찮습니다, 당연히 해야지요.”

방에서 나가 배웅하려 하자,

“아닙니다. 들어가세요. 혼자 내려갑니다.”

“강 선생, 안녕히 가세요.”

부인이 인사했다.

조금 있다가 차가 떠나는 소리가 들렸다.

거실 옆 욕실에서 손을 씻고 자리에 누웠다. 뉴욕에는 이번으로 세번째였다. 1973년에 왔을 때는 큰아우와 함께였었는데 엠파이어 스테이트 빌딩과 유엔 건물에 가보고 ‘아리랑’이라는 한국 음식점에서 식사했었다. 그냥 관광 나들이였다. 1979년 브록포트에 가기 위해 여기서 비행기를 기다리며 하루 묵었다. 이튿날 브록포트에 내렸을 때는 눈이 허리쯤까지 내려 있었다. 공항에는 고 교수가 나와 있었다. 그것이 첫 만남이었다. 고 교수는 왕조시대 인물화에 있는 것 같은 수염을 기른 나와 비슷한 나이로 보이는 사람이었다. 공항에서 대학 마을인 브록포트로 가는 동안에 거의 집을 볼 수 없었다. 눈 덮인 벌판과 가끔 평지의 숲이 있을 뿐이었다. 숲에서 사슴 떼가 갑자기 나타나서는 벌판을 달려 다음 숲 속으로 들어갔다.

“보호구역입니다.”

우리는 차 안에서 많은 얘기를 주고받았다. 나는 무엇보다 내 희곡 「옛날 옛적이래도 좋고 아니래도 좋고, 훠어이 훠이래도 좋고 아니래도 좋은」을 번역해준 그에게 감사했다. 그는 존스 씨에게 공을 돌렸다. 존스 씨가 서울에서 나의 희곡 공연을 보고 와서 자기에게 부탁했다는 것이었다. 알고 있는 일이었다. 번역된 영문 본문도 보내주어서 읽어보고 오는 길이었다.

"번역이 어떤지……"

"마음에 듭니다. 정말 행운이라고 생각합니다."

"그런가요?"

"더구나 연극을 전공하신 분의 손으로 번역이 됐으니 얼마나 잘된 일입니까?"

"네, 저희 학교 연극과는 학생들에게 외국 희곡에 접할 기회를 주려고 노력해왔습니다. 매년은 아니지만, 이렇게 외국 작가를 초청도 합니다."

"부러운 일이군요."

"여유가 있는 편이지요, 재정이."

"순전한 대학 마을입니까?"

"그렇습니다, 물론 대학과 관계없는 인구도 있습니다만, 대학이 지역의 중심이지요."

아이오와와 마찬가지라는 말이었다.

"여기는 눈고장입니다. 이보다 더 쌓일 때도 있습니다."

나는 H를 생각했다.

사슴 떼가 또 저쪽에서 발판을 지나는 것이 보였다. 1976년에 귀국했다가 다시 찾아온 이번 걸음은 저번보다 마음이 복잡했다.

그때는 외국 첫나들이에 들떠 있었다. 이 처음 만나는 땅과 사람들을 구경하는 것만으로도 마음이 넓어지고 넉넉해지는 것 같았다. 그 대신 나는 그저 나그네였다. 아이오와에 왔을 때 나는 국내에서 발행되는 영문 잡지에 실린 단편소설 두어 편을 명함 대신에 가지고 온 것뿐이었다. 그것은 조금은 쓸쓸한 일이었다. 그때까지 쓴 자신의 문학이 어떤 것인지를 알릴 길이 없이 '작가'라는 자격만으로도 이 나라 문화 관계자들의 환대를 받은 것이었다. 다른 작가들도 마찬가지기는 하였다. 콘래드에 관한 영문 저서를 가진 사람의 경우에도 사정은 다르지 않았다. 그가 우리한테 책을 한 권씩 준 것도 아니고, 콘래드 자신을 만난다면 모를까 콘래드 연구가 우리한테 주는 의미는 없었다. 이번에는 그와는 달랐다. 아이오와와 그에 이은 2년의 미국 생활에서 써가지고 간 희곡이 번역되어 이런 걸음이 있을 줄은 예측하지 못한 일이었다. 이 대학의 초청은 희곡이라는 형식에 빠져 있는 나를 북돋아주었다. 아이오와는 작가인 나를 불러주었고 브록포트는 나의 작품을 불러주었다. 나중 것이 마땅히 무거웠다. H를 생각하게 하는 창밖의 눈벌판이 다정해 보였다.

그러나 그사이에 어머니의 죽음이 있었다. 「옛날 옛적이래도 좋고 아니래도 좋고, 훠어이 훠이래도 좋고 아니래도 좋은」 속에 나는 그 무렵의 심정을 담아 넣었다. 아마 이 작품을 쓰지 못했다면 ─ 나는 어떻게 내 자신을 추슬렀을까?

"자, 여기가 존스 씨 댁입니다."

우리 시골의 오두막처럼 납작한 집 앞에서 차를 세우면서 고 교수가 말했다.

창문에 사람들 얼굴이 비치더니 동시에 문이 열리고 여러 사람이 둘러선 속에서 아이오와의 앵클 씨만큼이나 체구가 큰 남자가 나왔다. 서울에서 만난 존스 씨였다. 우리는 악수를 하면서 안으로 들어갔다. 실내는 스키장의 겨울 별장 비슷한 생김새였다. 미국의 서부영화에 나오는 쇠난로가 벽에 붙어 있고 모든 가구가 키가 작고 구식이었다. 존스 씨는 자기 아내, 아들, 딸을 차례로 소개했다. 곧 뜨거운 커피가 나왔다. 존스 씨는 앵클 씨처럼 체격이 큰 사람이었지만 나와 비슷한 연령의 사람이었다. 부드럽고 친절하면서도 침착한 데가 보였다. 볼 앵클이 손님들을 자식들 비슷하게 후배들 비슷하게 다룬 것과는 좀 달랐다. 제일 큰 이유는 나이 때문이었으리라. 사실 그가 제일 연상이기도 하였다.

우리는 존스 씨 댁에서 저녁 식사를 하고 고 교수 댁으로 왔다. 고 교수의 집은 넓은 뒤뜰이 있는(눈 때문에 어디까지인지 정확하지는 않았으나) 1층의 새로 지은 집이었다. 들어서니 어쩐지 휑뎅그렁한 느낌이었다. 집에는 아무도 없었다. 고 교수가 부엌에 들어가 차를 끓여가지고 나왔다. 우리는 거실에 앉아 통유리로 크게 낸 창문 옆에서 집으로 들어오는 길목에 있는 가로등 빛이 밝혀주는 앞마당을 내다보면서 차를 마셨다. 그는 지금 독신 상태라고 한다. 결혼은 한 번 했다고 한다. 이 집에는 그 혼자 산다는 말이었다. 나는 몹시 평안한 느낌이 들었다.

"그래서 많이 불편하실 겁니다. 그래도 다른 데보다 평안하지 않을까 싶어 제가 모시기로 자청했습니다."

174

"고맙습니다. 폐가 돼서 그렇지 한국 사람 집이 제일이지요."

우리는 「옛날 옛적이래도 좋고 아니래도 좋고, 훠어이 훠이래도 좋고 아니래도 좋은」의 영역본을 놓고 서로 물어보고 답하고 하였다. 그는 자기의 저서를 보여주었다. 한국의 고전 꼭두각시놀음에 관한 연구였다. 책은 부피가 크고 사진을 많이 넣은 역작으로 보였다. 이 학교에서는 연극사를 가르친다고 한다. 그는 서울에서 내가 가르치는 학교의 설립자의 생전에 가르침을 받은 적이 있다 한다. 내 머릿속에 지도가 펼쳐진다. 여기는 미국과 캐나다 국경이었다. 알래스카 말고는 미국의 가장 북쪽이다. 브록포트라는 대학 도시가 있고 거기 고 아무개라고 하는 연극 전공 한국 교수가 있다. 얼마 전까지 우리는 전혀 모르는 사람이었다. 그런 두 사람이 「옛날 옛적이래도 좋고 아니래도 좋고, 훠어이 훠이래도 좋고 아니래도 좋은」이라는 희곡의 중매로 이렇게 마주 앉아 있는 것이었다. 나는 그가 나의 희곡을 원문에 충실하게 번역해준 데 대해서 감사했다.

"충실해야죠."

"가끔 그렇지 못한 경우도 있더군요."

"그럴 거면 자신이 쓰지 왜 번역합니까?"

"번역도 또 하나의 대본이 생기는 것이니까 어느 정도는 재량권이 있다고는 생각합니다만."

"저는 그럴 필요를 느끼지 못했습니다. 제가 연구하는 우리나라 전통연극의 세계 그대로가 아닙니까?"

"그렇습니다, 전에 이런 전설을 아셨습니까?"

"계통적으로 살펴본 적은 없습니다만, 우리나라 어느 고장에나
있는 얘기 아닙니까? 어디랄 것 없이……"

"그렇습니다, 제가 알기로 전설을 비슷한 것끼리 정리해본다면
제일 많고, 제일 고루 퍼져 있는 얘기로 압니다. 여태껏 주목되지
못한 것이 이상한 일입니다."

"그동안에 그럴 겨를이 있었나요. 저도 이 연구를 하느라고 애
많이 먹었습니다."

"용하십니다. 외국에서……"

"한두 해 걸려 된 것은 아닙니다. 꼭두각시를 그린 옛날 책만 가
지고는 구조가 잘 머리에 들어오지 않는 것이 있기도 해서 그럴 때
는 만들어보았습니다. 저 지하실에 제 작품이 많이 있는데 나중에
보여드리죠."

썩 알 것 같은 얘기였다. 나도 아기장수 설화를 희곡으로 써보
고 '전설'이라는 것이 몸으로 알아진 느낌을 갖는다. 그 무렵 사람
들은 '이야기'를 듣고도 아마 깊은 연극적 감동을 경험했으리라.
그러나, 적어도 내 경험으로, 이야기로 읽었을 때와 내 손으로 희
곡을 써본 것 사이에는 큰 다름이 있었다. 희곡으로 써보고서야
비로소 '이야기'의 깊이를 알았다고 하면 틀리지 않는다. 오늘의
우리들에게는 무엇인가 그만한 것이 닳아져 있다. 그것을 되살리
는 노력이 있어야 했다. 영혼의 기능 마비를 다스릴 재활의학 같
은 것, ― 많은 사람들이 그렇게 설명했다. 그렇지 않다. 그것은
주어진 생물학적 기능의 마비에 대해서만 통하는 설명이다. 신화
나, 전설은 생물학적으로 이해할 주어진 기능이 아니라, 인간이

짐승에서 '인간'이 되기 위해서 창조한 '제2의 감각'이다. 그것은 배우지 않으면 '없고,' 배워야만 '있게 되는' 인간의 인공기능이다. 인공기능의 뿌리는 '영혼' 같은 것이 아니다. 그것은 짐승들이면 다 가지고 있는 '감각'이다. 감각은 가만히 놔두면 짐승의 욕심일 뿐이다. 신화적 감각은 '재활'되는 것이 아니라 '배워야' 한다. 그것을 만든 옛사람들도 '배워서' 그것을 '자기의 안'으로 만들었던 것이다. '전승傳承'된다는 것은 그 '배움'의 과정을 되풀이해야 한다는 말을 뜻할 뿐이지 재물을 물려받는 것처럼 되지는 않는다. 책에 실린 꼭두각시 그림으로는 그 물건이 머리에 들어오지 않아서 만들어본다는 것. 이 세상에는 적지 않은 사람들이 '종이에 적힌 약식 기호'만으로는 미심쩍어서 자기 손으로 만들어보는 일을 하고, 그제서야 자기 머릿속에 그것들의 자리를 마련해준다. 급하다고 바늘 허리를 매어 쓸까. 바늘은 미끄러져 잃어지고 허리를 맸던 '실'이 '바늘'이라고 우기게 된다. 내가 만일 소설을 읽기만 하고 지내는 사람이었다면, 나는 잘된 소설을 즐기기만 하면서 평생을 보냈을 테고 읽을 만한 소설이라는 것이 있자면 어떤 과정이 진행되는가를 모르면서 지냈을 것이다. 이야기를 읽는 재미가 그런다고 조금도 다쳐지지는 않지만, 이야기라는 현상이 이루어지는 운동의 한구석에는 아무래도 들어서지 못하고 만다. 쌀을 경작해보지 못하고는 '쌀'이라는 현상의 중요한 한구석을 모르는 채로 지낼 수밖에 없고 그렇다고 쌀을 소화시키지 못하는 것은 아닌 사정과 다를 바 없다. 나는 쌀을 만들어서 먹는 사람이고 싶었다. 그러면서 밤 시간에 등잔 밑에서 춘향전을 소리 높이 읽는다. 그렇게 지내기가 점점 어려워지는 세상에서 나는 그러기를 바랐다. 어려워서 그렇지 할 만한 일이기는 하다.

고 교수는 나를 부엌으로 데려가서 냉장고를 열고 그 안에 든 것을 보여주면서 자기가 없을 때라도 꺼내 먹기를 부탁하였다. 낮에는 학교에 오셔서 교수 식당을 이용하는 것이 편리하리라고 말했다. 나는 그런 염려는 말라고 그를 안심시켰다. 그는 내가 잘 방으로 안내해주었다. 거실 마루보다 몇 단 높게 지어진 침실은 계단의 오른쪽 첫 방이고, 맞은편 방은 비어 있고 그다음인 구석방이 주인의 거처였다. 그는 이만 자자고 하면서 편히 주무시라는 밤인사를 하고 들어갔다. 침실은 따뜻하고 집 안팎은 조용하였다.

나는 지금 뉴욕의 퀸즈 구역의 이 침대에 누워 있으면서 마치 브록포트의 그 방처럼 느꼈다.

브록포트 대학은 아이오와에서 경험한 것처럼 지방대학이라서 어떻달 것이 조금도 없는 훌륭한 학교였다. 도리어 시골이기 때문에 학교가 번듯한 것이 더 돋보였다. 모든 것이 널찍하고 튼튼하였다. '튼튼하다'는 것이 나에게는 서럽게 인상적이었다. 그것을 사용하는 사람들이 아무리 아끼던 집도 순식간에 폭탄이 없애버린 W에서의 폭격의 경험이며, 피난 다니면서 거쳐온 얼치기 날림집들 때문에 '제대로 된' 집이며 학교는 나에게는 언제나 신기했다. 이 세상에는 한 도시를 이렇게 든든하게 꾸미고 사는 사람들이 있었다. 연극과에는 존스 씨와 고 교수, 인도인 교수, 동유럽에서 왔다는 교수 그렇게 네 사람이 있었다. 예술대학이 쓰는 건물은 요즘의 쇼핑몰 비슷하게 창문이 적은 붉은색 건물이었다. 교수실들이 있는 1층에 연극과의 목공소가 있는데 안에서 학생들이 전기톱으로 나무를 자르면서 자신들이 연출할 무대에 필요한 물건들을 만들고 있었다. 쉭쉭 하는 전기동력 기구들을 쓰는 소리와 톱밥 냄새가 그리움을 불러일으켰다. 톱밥 냄새라는 것은 텁텁하고 진하면서도 향긋하다. 천장이 높아서 답답하지도 않은 방 안에서 남녀 학생들이 조용히 움직인다.

거기를 나와 정작 작품이 공연될 극장에 들어섰을 때 나는 어리둥절했다. 액자형 무대에 마련된 초가집 키가 너무 높았다. 초가집이라기보다 어느 시골 관청의 중간문 비슷해 보였다. 내 눈에는 웅장해 보였다. 고 교수의 말로 미루어 보니 이것도 학생들이 만든 것인데 이 부분은 직접 그가 지도한 분야가 아닌 것이었다. 남의 분야를 간섭하지 않는 분위기가 고 교수의 말에서 짐작되었다. 그래도 아쉬워서 재고의 여지가 없겠느냐고 상의했더니 고 교수 말이, 의견을 말하는 것은 좋지만 너무 강요는 말라고 한다. 정작 존스 씨는 내 견해를 선선히 인정해주었다. 일손과 시간이 모두 정해져서 이것을 헐고 다시 짓기가 어렵다고 한다. 단념하는 수밖에는 없었다. 우리나라 농민들이 저렇게 띠가 높은 집에서 살았다면 연극 속의 비극은 좀 달라졌을지는 보장 못하지만 아쉬운 일이었다. 뒤쪽에 여러 폭이 겹쳐진 병풍에 뒷산을 그려넣은 배경은 적절하고 성의가 들어 있었다. 이백몇 석이라고 하는 이 극장 규모는 「옛날 옛적이래도 좋고 아니래도 좋고, 훠어이 훠이래도 좋고 아니래도 좋은」에 잘 어울리는 규모였다. 우리 — 고 교수와 존스 씨, 그리고 나 — 는 학생들 연습실로 갔다. 그들은 평상복인 채 연습하고 있었다. 오늘 저녁에 일관연습 예정이라고 한다. 우리는 잠깐 보다가 식당으로 갔다. 그 식당은 학생식당과 함께 있었는데 교수식당은 2층에 유리로 칸막이를 하여 구별해놓고 있었다. 우리는 커다란 비프스테이크를 먹었다. 고기가 맛있었다. 점심은 교수식당에서 하는 것이 좋으리라던 고 교수의 말을 알 만했다.

오후 시간을 나는 자유롭게 교내를 돌아보면서 지냈다. 인도인 교수가 친절하게 나를 안내해주었다. 그는 비어 있는 시간이 있다면서 자청해서 여기저기를 보여주었다. 나보다 조금 젊은 사람이었다. 그는 이번 희곡을 아직 읽지는 못했다고 하면서 서울에서 돌아온 존스 씨가 아주 적극적으로 이번 일을 추진했다고 알려주었다. 이 건물에 들어 있는 다른 과의 다른 교실도 방해가 안 되게 먼발치에서 들러보았다. 인도 교수는 나를 초청한 것을 모두 환영하고 있기 때문에 조금쯤 방해가 돼도 괜찮을 거라고 어떤 교실에 들렀다가 나오면서 웃었다. 자기 집에 한번 초대하고 싶다기에 나는 기꺼이 약속했다. 아이오와에서 만난 인도인 소설가도 그랬지만 그들은 이 나라에서 평안한 느낌을 갖는 것같이 보이는데, 아마 그들이 영국과 가진 과거 때문에 그런 선입관을 내가 마음대로 가진 듯싶다. 일본에 사는 한국 사람을 보고 제3자가 같은 말을 한다면 우리는 좀 복잡한 마음일 것이다. 30분쯤 같이 지내준 그는 교수실로 돌아갔다.

나는 극장으로 와서 어두운 객석에 앉아 작은 전등 빛만 비치는 희미한 무대를 바라보았다. 1976년에 처음 공연된 이후 본국에서는 여러 번 공연된 탓으로 이제는 희곡의 세계는 구체적인 무대 모

습으로 내 속에 있었다. 아직은 처음 이 희곡을 쓸 때와 이렇다 하
게 축나지 않은 감동이 살아 있었다. 이 감동도 언제면 끝이 나기
는 나는 것일까? 그 생각은 무서웠지만 그리 만만하게 그런 일이
일어날 것 같지는 않았다. 나는 첫 장편소설인 『밀실』이 그런 것처
럼 「옛날 옛적이래도 좋고 아니래도 좋고, 훠어이 훠이래도 좋고
아니래도 좋은」도 그때까지의 생활과 책읽기의 전부가 남의 눈에
도 편하게 모양을 갖춘 것 같아서 그리 쉽게 내 마음속의 지금 자
리에서 무게가 달라질 것 같지 않았다. 지금 이렇게 증명되고 있
지 않은가, 하고 내 마음은 말하고 싶어 하는 것 같았다. 너만 아
는, 네 속에서 벌어지는 '생물인류학적' 절정감이 아니라, 이렇게
다른 말과 다른 종족의 육체에 옮겨놓아도 비슷한 감동이 나온다
고 판단된 '문화인류학적' 소프트웨어란 말이다, 내 마음은 그렇
게 속삭였다. 나는 그 속삭임이 그다지 민망스럽지는 않았다. 미
친 척이 아니라, 맑은 정신으로 책임질 수 있을 것 같다. 반쯤 어
둠 속에 잠긴 무대는 지금은 처음 보았을 때의 아쉬움이 가시고 기
정사실이 가지는 불가피성만으로 거기에 확실히 들어서 있었다.

　서울에서 공연될 때 나는 매일 낮밤 공연마다 관람했다. 막이
오르는 시간까지는 손님들이 얼마나 오는지 걱정스러워 로비 근처
에서 오락가락하고 시간이 되자 안으로 들어가서 맨 뒷자리에 앉
거나, 자리가 없을 때면 뒷벽에 기대서 보았다. 불이 꺼지고 막이
오르면 초가집이 있고 등잔불 옆에서 아내가 바느질을 하면서 기
다리고 있었다. 순식간에 나타나는 다른 세계 — 다르기는 하지만
종이 위의 글자가 아니라 버젓한 집과 사람이 있는데, 그것이 사

실은 문 밖의 세계와는 다른 질서에 매인, 이 우주 속에 지금 거기 무대 안에서만 존재한다는 약속은 좀처럼 몇 번 봐도 흥분을 누그러뜨리지 못할 경험이었다. 극단 사람들이 웃지 않을까, 그런 염려가 언뜻 스쳐도, 여전히 다음 회가 시작되기 직전에 황급히 뒷문을 밀고 어두워진 객석의 뒷벽에 붙어서는 유혹에서 벗어나기가 어려웠다. 낮 공연을 보았는데도 또다시 속이 흥건했다. 하기는 이것은 첫 공연 때의 일이었다. 첫 공연은 그렇게 좋았다. 다음부터 여러 극단들이 올린 같은 작품의 무대에서는 첫 번보다 뿌듯함이 조금씩 못했다. 그런데 첫 공연이 나무랄 데 없이 좋았기 때문에 작품에 대한 믿음은 내게는 조금도 줄지 않았다. 존스 씨가 본 것도 이 첫 공연이었다. 좀 마음에 들지 않는 공연도 첫 공연의 영광을 더 생생하게 북돋아주는 몫을 했다.

내가 맨 처음 희곡을 쓴 것은 온달 얘기를 소재로 삼은 1970년의 「다시 만날 때까지」였다. 온달 얘기는 언제부터라고 기억이 안 될 만큼 오랫동안 내 속에서 기다리고 있었다. 공주와 나무꾼이 만나면 어떻게 될까? 옛날 얘기에 그토록 자주 나오는 이 설정이 무엇인가 깊은 이야기를 담고 있었다. 옛날 얘기를 읽을 때, 사람들은 그런 일이 보통이 아닌 점에 '재미'를 분명히 느끼지만 그것을 '충격'으로 느끼지는 않는다. 공주가 나무꾼과 맺어지고, 마음대로 지어낸 금기사항을 어겼기 때문에 과한 벌을 받고, 그런가 하면 죽으면서까지 약속을 지키고 — 이런 일은 모두 '충격'이어야 하는데 하도 들었기 때문에 전설의 주인공들에게는 그런 일이 식은 죽 먹기이기나 한 것처럼 받아들이기 쉽다. 그렇게 되면, 신화나 전설은 모두 엉터리없는 줄거리를 가진, 자기 특징이 로봇같이 정확한 등장인물들이 펼치는 미신의 세계에 지나지 않는다. 옛사람들은 같은 표현에서도 '충격'을 겪었을 것이다. 그렇지 않다면 왜 그런 얘기를 두고두고 전해왔겠는가. 다른 말 다 두고라도 역사상의 인물들의 전설적인 행적이 무당의 영감의 원천으로 살아서 보존되고 있다. 무당들은 '신화'를 '연기'하고 있는 것이다. 연극이라는 형식이 '충격'의 체감을 방지하는 저항력이 있다는 증거가 여기 있다. 그런 생각으로 다시 「다시 만날 때까지」를 썼다. 비로소 나에게 온달의 마음의 부대낌과, 평강공주의 혼란이 옮아왔다. 1970년까지는 명동에 국립극장이 있었다. 성당으로 올라가기 전의 네거리 모퉁이에 있던 그 극장 매표구 앞에서 이어진 긴 뱀의 또아리를 바라보던 때의 마음은 맞바로 지금 이 얘기를 쓰는 순간에 오늘 일처럼 이어져 있다. 희곡의 힘은 그때 나에게 확실해졌지만 「다시 만날 때까지」는 다음 희곡의 생산으로 이어지지는 않았다. 1970년에서 1973년 사이에 나는 두 개의 장편소설을 썼다. 그때까지 내가 소설이라는 형식을 통해서 이루어보고 싶은 무엇인가를 최선의 노력으로 그들 소설에 담아본 것이라 생각한다.

마지막 장편소설을 끝낸 1973년에 아이오와에 왔다가 1976년에 돌아가게 되는 기간에 어머니의 죽음을 겪었다. 그때의 마음의 풍경이 「옛날 옛적이래도 좋고 아니래도 좋고, 휘어이 휘이래도 좋고 아니래도 좋은」에 있었다. 그런 황량한 마음이 왜 그 황량함을 되풀이해야만 수습되는지. 가만 둬두면 벌판을 태워버릴 들불에 지르는 맞불인 것일까, 노래는, 놀이는. 아니면 그 불씨를 마음의 유황 위에 쏟아 자신을 끝없이 태우는 것일까. 그러나 어떤 이들은 말했다. 다 옛날 얘기라고. 그래서 현대의 눈앞 일을 피해갈 수 있지 않았느냐고. 나는 예술이 옛날 얘기는 쉽고 지금 얘기면 다루기 어렵다는 그런 종류의 활동이라고 생각지 못한다. 옛날이든 지금 얘기든 작품 안에서는 다 마음 안에서 일어나는 마음의 그림자놀이다. 그렇더라도 나는 이번에는 현대 얘기를 희곡으로 썼다. 독일의 현대정치사에 20세기의 의미를 압축시켜본 「아이들은 어떻게 숲을 빠져나왔는가」를 나는 1980년에 썼다. 나는 놀랐다. 희곡은 제 힘으로 걸어서 내가 그렇게도 힘겨워해온 문제를 다 풀어놓는 것이었다. 내가 섞어놓은 시험관에서 나온 해답은 아마 프랑켄슈타인을 만들어낸 과학자가 그랬을 것처럼 나를 놀라게 했다. 「아이들은 어떻게 숲을 빠져나왔는가」는 아마 이렇게 말하는 것처럼 들렸다. 세상일이 모두 헛되고 헛되다. 네 자신의 영혼을 구하라, 하고. 작품의 처음에서 끝에 이르는 절차에 흠이 있어 보이지는 않았다.

희곡은 제대로 작동하였고 해답은 그토록 명백했다. 이 낡아빠진 해답. 이것이 20세기를 표현한 묵시록의 의미일까? 20세기라는 '세상일'은 헛되지 않은 사건이며 20세기라는 시간은 종말론적 시간이라는 언설 속에서 나는 철든 이후 살아왔기 때문에 나는 내 작품의 작동 형식에서 흠을 찾아내지 못했는데도 이 지시를 받아들일 수 없었다. 실은 그것은 「옛날 옛적이래도 좋고 아니래도 좋고, 훠어이 훠이래도 좋고 아니래도 좋은」과 꼭 같은 해답이었다. 나는 거기서 인류의 운명을 세 사람으로 이루어진 '핵가족'이 환상적으로 도달한 행복에 승복하였다. 나는 환상의 말로 전달된 가르침에는 기뻐 따르면서, 현실의 말로 분명히 말하는 「아이들은 어떻게……」는 놀라 뒷걸음치면서 주인공들을 '연극'이라는 감옥에 가두고 싶어 했다. 20세기도 인류가 공룡과 싸우고, 힘센 영웅들이 해골로 탑을 쌓고, 자연과 역사를 제어하자는 노력은 바벨의 탑을 쌓는 어리석음이며, 역사에는 법칙이 없고 '불확정성'이라는 새 이름으로 불러달라는 눈 가린 운명의 신의 주사위 놀이틀인가. 내 마음 깊은 데서 비명이 들리는 듯했다. 짐승들의 어두운 밀림을 벗어나 '이성'의 환한 벌판으로 나갈 '때가 익은' 인류역사의 시점으로 20세기를 받아들인 나의 정치적 무의식이 나 자신이 뽑아낸 점괘에 저항했다. 아마 내가 로마 시민으로서 빈민들에게 작은 평화나마 보장된 성벽 안에서 사는 몸이라면 「아이들은……」의 점괘는 쉽게 받아들여졌을 것이다. '핵가족'이 환상적으로 도달한 행복에 승복하였으리라. 지금 이렇게 로마에 다니러 와서 오직 개인적 재주 때문에 환대는 받을망정 나는 이 성안의 사람이 아니었다. 돌아가야 할 땅에는 '로마의 자유'는 없었다. 추장과 번왕藩王들은 여전히 그들이 기르는 밀림의 독사들과 하이에나에게 오막살이에서 '젖 안 먹고 자란' 아이들을 먹이로 던져주고 있었다. 그것이 「옛날 옛적이래도 좋고 아니래도 좋고, 훠어이 훠이래도 좋고 아니래도 좋은」이었다.

　뉴욕의 퀸즈의 한 방에서 엎치락거리면서 나는 1979년의 그 눈고장에서의 일이 내가 또다시 부딪힌 문제들과는 상관없는 행복한 세월이었던 것처럼 자꾸 떠올랐다. 사실 그럴 만하기도 했다. 로마에 가면 로마 사람들이 하는 대로 하라. 나는 로마 사람들처럼 태평하게 걷고 로마 사람들처럼 웃었다. 그들은 내가 먼 나라에서 온 광대인 줄 알기 때문에 관대하였다. 그들도 시민이긴 하지만 광대였기 때문이다. 만국의 광대들도 단결하는 법이었다. 『쿠오 바디스』에서 나는 노예철학자를 이미 만나지 않았는가. 그것이 로마의 관습이었다.

그날 저녁의 일관연습은 예정대로 진행되었다. 학생들이 대사를 완전히 외고 있는 단계에 있어서 연습은 볼만했다. 아직 옷을 입지 못했는데, 이날 관람석에는 우리 세 사람 말고 또 한 사람의 관계자가 새로 추가되었는데 그는 이름 있는 현대무용가인 킹 여사였다. 존스 씨와 친한 사이여서 특별히 와준 것이었다. 그녀는 마지막 장면의 춤 부분을 안무해주기 위해온 것이었다. 음악 테이프는 미리 준비해놓고 있었는데 워싱턴의 한국 대사관에 부탁해서 국악 테이프를 얻었다는 것이었다. 1주일 후로 다가온 공연까지 춤을 익힐까 하는 나의 질문에 킹 여사는 잘되리라고 장담했다. 킹 여사는 한국에 와서 자료를 모으고 무용가들을 찾아보기도 했다는 것이었다. 킹 여사는 사진에서 본 펄 벅 비슷한 용모를 가진 쉰 살 넘어 보이는 사람이었다. 머리가 백발이어서 더 노녀老女라는 인상이 짙었지만 체구가 크고 단단해 보였다. 짙은 화장을 하고 앉아 있을 때도 동작이 유별나게 무대적인 그녀는 이 자리를 학생들의 연습장보다는 조금 더 무거워 보이게 했다. 저녁에는 인도인 교수가 우리 모두를 초대해줘서 카레가 많이 든 인도 음식을 먹었다. 자리는 자연히 오늘 도착한 킹 여사 환영회처럼 되었다. 인도에 머문 적이 있는 킹 여사와 인도 교수, 그리고 이마에 붉은 점을 찍은 그의 부인 사이에 인도 얘기가 무르익었다. 킹 여사는 인도를 찬양하고 특히 인도춤을 높이 평가했다. 기회가 있으면 한 번 더 가고 싶다고 했다.

미국 사람들에게 아시아에서 가장 끌리는 나라는 인도와 일본인 듯하였다. 인도는 그들 눈에는 아시아의 변하지 않는 전통을 대표하고, 일본은 백인들의 과학을 받아들이는 데 성공한 나라로 찬탄의 대상으로 알고 있었다. 로마 사람들이 이집트의 옛 문화를 너그러운 마음으로 사랑한 사정이나 같은 것 같다. 내가 인도를 다녀온 경험으로 보면, 예전에 우리나라 불교에 연결시켜 머릿속에 형성되었던 인도와 아주 극단적으로 반대편에 있는 것이 진짜 인도다, 라는 생각이 맞을 것 같다. 불교에서 강조되는 '비움' '없음'이 아니라 '가득 참' '있음'의 나라였다. 무엇보다 자연의 모습이 그랬다. 언제나 빛이 있고 언제나 꽃이 있는 사철 생명이 멎을 줄 모르는 나라. 네 계절이 모두 가득 찬 나라였다. 자연만이 아니다. 왕들과 영주들의 성은 우리나라의 왕궁과 규모가 다르다. '타지마할'이라는 대리석 궁전은 호사와 사치라는 것이 이 정도에 이르자면 그 시절에 인민의 괴로움이 어떠했을까 짐작하게 한다. 불교는 자연과 특권의 가득함에서 물러서라는 권고였을 것이다. 가난한 사람들에게는 찌는 듯한 더위를 가릴 대리석 궁전은 없었기 때문에 자기 마음에 궁전을 짓기를 권할 수밖에 없었다. 현실을 지워버리고 마음이 그 빈자리를 가득 채우라는 말이었다. 나는 인도를 여행하면서 보았던 궁전과 사람들과 꽃나무들을 떠올리면서,

인도의 춤사위를 가끔 몸짓으로 설명하고 있는 킹 여사도 비슷한 인상을 가진 것을 알았다. 가져보지 않은 사람들에게는 무엇을 비워야 할지 막연하며, 가난한 사람만이 환상에 취한다. 불교가 한편으로 비우라면서 한편으로 풍요를 약속하는 방식은 듣는 사람의 신분을 참작하면 어느 말이 누구를 향한 것인지 짐작이 갈 것 같다. 그러나 이것도 인도, 하면 불교를 연상하는 한국 사람의 입장에서 그렇게 말하는 것일 뿐, 인도에서는 불교는 그저 유적으로 남아 있을 뿐이고 인도 사람이 믿는 종교는 힌두교다. 힌두교에는 '비움'도 '없음'도 없어 보였다. 그것은 여전히 '가득함'과 '있음'의 세계였다. 힌두 신전의 신상 앞에는 꽃이 가득하고 음식이 가득하고 신들은 귀걸이, 코걸이, 팔찌, 발가락지를 가득 달고 있었다. 가득함을 마다하기는커녕, 신들은 더 가득하고 더 '있'으려는 꿈의 세계로 신자들을 불러오고 있었다. 인도인 부부도 힌두교도였다. 자리가 끝나고 킹 여사는 존스 씨와 함께 그의 집으로 가고 나는 고 교수의 차를 타고 돌아왔다. 차는 힌두의 신들이 그리 좋아하지 않을 한 길이나 쌓인 눈을 치운 길을 체인 소리를 내면서 달렸다.

공연이 있는 날 고 교수는 두루마기까지 갖춘 한복 한 벌에 짚신을 차에 싣고 등교했다. 입장 시간이 되자 손님들이 오기 시작했다. 학생들, 학교 관계자들, 교포들도 섞여 있었다. 관객의 입장이 끝난 다음 막힌 막 앞에다 조촐한 건어물도 오른 술상을 차리고 한복으로 갈아입은 고 교수가 굿을 벌이는 뜻을 지신에게 알리고 술을 사방에 뿌렸다.

막이 올라갔다.

눈이 내리고 있다. 저녁 무렵이다. 흐릿한 등잔불, 아내, 방에서 바느질을 하고 있다. 흰 무명옷을 입고 있으니 아내는 한국 여자였다. 화로 옆에서 바느질을 하고 있으니 그녀는 살림하는 아내였다. 이윽고 들어서는 짚신 신고 지게를 진 사람은 어디에나 있었던 옛날 한국 농촌의 남정네였다. 아무렇지 않게 이야기는 진행되었다. 한 마을에 장수가 나고, 관가에서 그를 잡으려 하고, 겁에 질린 남편이 아이를 곡식자루로 눌러 죽이고, 아이는 환생하여 용마를 타고 와서 부모를 태우고 승천한다. Whai……, Whai……, Don't come back again, Wha……i. 음악도 제대로고 킹 여사의 안무대로 학생들은 덩―더꿍, 덩더꿍 잘도 췄다.

막이 내렸다.

관객이 모두 일어서서 손뼉을 쳤다.

막이 다시 올라가고 배우들이 한 사람씩 나와서 인사하고 마지막으로 고 교수와 나를 객석에서 일어서게 하여 손뼉을 쳐주었다.

극장 로비에서 학교가 베푸는 파티가 열렸다. 이 학교의 부총장이 인사하고 다음에 내가 답하는 말을 고 교수가 통역하였다. 부총장은 술잔을 들고 와서 건배하기를 청하면서 연극이 재미있었고 주제를 잘 알 수 있었다고 말했다. 그는 특히 주제가 'universal'하다고 표현했다. 나는 그 말이 기뻤다. 고 교수가 한국 교포를 소개하였다. 그분은 여기가 파한 다음 자기들이 차린 자리로 모시고 싶다고 말했다.

나는 무대 뒤 준비실에 가서 학생들을 칭찬해준 다음 고 교수와 함께 교포들의 환영 자리로 갔다. 어느 교포의 집에 스무 명 좀 넘을 한국 사람들이 기다리고 있었다. 그들 중 어떤 분은 여기서 가까운 버펄로 시에서 왔다고 한다. 음식이 풍족히 나오고 덮어놓고 반가워했다. 불고기도 있고 만두도 있고 국수도 있었다. 자리가 무르익었을 때 어떤 사람이 말하기를, 연극이 매우 훌륭하고 한국 사람인 우리는 눈물이 나게 실감이 있었지만, 외국 사람들이 한국의 모습이 지금도 저런가 할까 봐 걱정이 좀 된다, 고 했다. 고 교수가 웃으면서 그럴 염려 없다, 오늘 구경한 사람들이 모두 대학 사람들인데 그보다 더한 이야기도 알 만한 것은 다 알아서 본다, 아까 파티에서 만나는 사람마다 연극과가 초청한 외국 작품 중 제일 낫다더라고 말했다. 사람들이 모두 박수했다. 여기 모인 사람들은 모두 직업이며 고향이며가 각각으로 보였다. '교포'라는 끈이 한데 묶은 모임이었다. 아이오와에는 이만한 모임이 없었는데 여기는 근처에 버펄로라는 큰 도시가 있기 때문이었다. 버펄로에서 온 분은 자기네 도시에 와서 공연해줄 수는 없느냐 거기는 교포들이 많은데 그래 주면 자랑스럽겠다고도 말했다. 고 교수는 순회공연은 계획에 없으므로 어려울 것이라고 했다. 처음에 계획에 없던 일을 갑자기 꾸미는 일은 드물다고 했다.

이날 집에 와서 고 교수가 지하실에서 인형들을 보여주었다. 그것들은 꼭두각시놀음에 나오는 인물들인데 꼼꼼하게 만들었고 옷도 모두 입고 있었다.

"이걸 모두 손수 만들었습니까?"

"학생들이 도와줬습니다."

고 교수는 인형 둘을 가지고 올라와서 벽에다 기대놓았다.

"그렇게 하니 좋은데요."

"그래요?"

"지하실에 두지 말고 모두 여기다 벌여놓으면 찾아오는 분들이 좋아할 것 같습니다."

"글쎄요."

"일부러 인형을 놓기도 하는데 상설전시를 하는 게 아닙니까?"

"그래 볼까요."

고 교수는 소탈해 보이는가 하면 깐깐하고, 미국 사람 다 된 것 같은 데가 있는가 하면 전혀 고향의 논두렁에서 잡초를 손으로 뜯어가면서 잡담하듯 하는 구석도 있었다. 그도 당연히 '문화인류학'적인 운동의 산물인 모양이다. 고명하신 분의 통사通詞 노릇하는 기회를 가져 생애의 영광이라고 하는가 하면, 너무 들떠 있는 듯한 나에게 외국 사람들은 제가 하는 일에 간섭받기를 싫어한다고, 공연의 성과에 너무 조바심 내지 말라고 원작자로서의 의례적 자리를 지키면서 태연한 것이 좋으리라고 넌지시 이르기도 하는 모습에서 전해지는 약간 달라 보이는 페르소나persona의 공존 같은 것이 그러했다.

이튿날 남학생들과 여학생 한 사람이 숙소로 차를 몰고 와서 나이아가라를 구경시켜주겠다고 한다. 자기들은 할리퀸Harlequin(연극과 극단 이름)의 부원들인데 존스 씨가 그렇게 부탁했다고 한다. 그들 셋이 모두 앞에 타고 혼자 차지한 뒷자리는 굉장히 넓었다. 가는 길은 한산했다. 겨울이어서 그렇다고 한다. 겨울의 나이아가라는 거대한 어름벼랑이었다. 모든 사람이 여름에 와서 물 떨어지는 구경은 할망정 겨울의 나이아가라 폭포를 구경한 사람은 드물리라. 얼음 밑으로 물이 흐르는지는 몰라도 겉으로는 산더미 같은 얼음덩어리일 뿐이어서 그림에서 본 알프스나 북극의 풍경 같았다. 신혼부부들이 많이 찾는다는 호텔 앞에 있는 식당에서 점심을 먹고 나서 식물원에 갔다. 산천이 얼어붙은 바깥에서 체육관처럼 천장이 높은 식물원에 들어서니 거기는 훈훈한 열대의 나라였다. 대접치고는 과연 멋있었다. 얼음에서 열대숲으로. 이 식물원은 꽤 유명한 곳이라고 학생들은 말했다. 넓은 장소가 2층으로 되어 있고 계단을 통해 돌아다니며 볼 수 있게 꾸몄다. 아까 식당도 그렇고 여기도 꽤 붐볐다. 겨울이지만 가까운 데 사는 사람들은 철에 상관없이 찾는 곳인 성싶다. 식물도 가짓수가 무척 많다. 학생들은 순진하고 예의 바르게 임무에 충실하려는 노력이 역력했다. 궁금해하는 기색이 있으면 얼른 설명해주었고 자기네들이 놀러온 걸음이 아니라는 모양이 뚜렷하게 행동했다. 학교라는 데를 대단한 곳으로 알고 거기서 칭찬받는 일, 꾸중받는 일을 무겁게 가슴에 새기는 버릇이 평생 떠나지 않는 나는 어린 사람들의 친절이 고맙고 그들의 예절 바름이 귀여웠다. 그들은 나를 먼 갈리아나 팔레스타인이나 게르마니아에서 왔을망정 할리퀸의 한패로 보아주고 가까운 정을 보여주고 있었다. 만국의 광대들, 단결하라.

이튿날은 다른 두 학생이 또 찾아와서 버펄로 시 현대미술관으로 안내했다. 이 미술관은 굉장한 명화, 명품을 가지고 있었다. 19세기와 20세기의 이름난 걸작들을 이런 지방도시의 미술관이 가지고 있다는 것은 뜻밖이었다. 1973년에 가본 뉴욕의 현대미술관에 비교할 수는 없었지만 아무튼 이 미술관에 있는 걸작은 뉴욕 미술관에는 없는 것이다. 더구나 뉴욕 현대미술관은 천장이 높고 사람이 붐볐다. 그래서 작품들이 원래의 느낌보다 모두 왜소해 보였고 시장바닥처럼 붐비는 사람들 때문에 아무래도 대강대강 보게 되었다. 이 미술관은 유별나게 천장이 낮았다. 사람도 드문드문 마주치는 정도여서 조금도 서두르지 않아도 되었다. 벽에 걸린 그림 앞에 서면 자연히 그 속으로 빨려들게 되고 주변이 그러는 것을 방해할 만큼 거창하지 않았다. 뉴욕에서는 장소가 작품을 압도했는데, 여기서는 작품에 눈길을 주면 장소는 자연히 잊혀졌다. 나는 미술관이라는 것이 생전 처음으로 정답게 다가왔다. W시의 도서관 분위기 같았다. 이날 밤 공연까지 보고 나는 브록포트를 떠났다. 비행기가 기후 사정으로 예정보다 늦게 뜬다고 하길래 나는 고 교수에게 들어가기를 부탁했다. 나는 너무 고마웠고 폐를 끼친 것을 말하였고 그는 불편이 많아서 고생했겠다고 나를 위로했다. 다시 만날 때까지. 그의 차가 눈 덮인 벌판에서 보이지 않을 때까지 바라보았다. 나는 공항 로비에 돌아와 소파에 앉아서 트인 유리창으로 이 눈고장의 마지막 풍경을 내다보았다. 비행기는 두 시간이나 늦으리라 한다. 또 올 수 있을까? 여기서 만난 사람들을 또 만날 수 있을까? 고 교수가 온다고 한다. 또 만나게 된 것이다. 그가 번역한 작품이 다시 공연되는 것이, 이번에는 뉴욕의 직업극단에 의해서 공연되는 것이 그의 수고에 대한 작은 보답이 될 것 같았다. 다시 만날 때까지.

　이튿날 나는 강서이 씨가 알려준 대로 이곳 엘므허스트에서 지하철을 타고 도중에서 한 번 갈아타서 8번가까지 가서 내린 다음 세 블록을 걸어서 그레이트 존스 거리의 아시안 레퍼토리로 갔다. 이 지역이 마음에 들었다. 지도를 보면 그레이트 존스 거리와 연결된 블레커 거리를 서쪽으로 브로드웨이를 넘어가면 그리니치 빌리지가 나오고, 내가 지하철에서 내린 8가에 뉴욕 대학과 워싱턴 광장이 있다. 아시안 레퍼토리 바로 근처에 실험연극으로 유명한 라마마 극장이 있다. 1979년에 브록포트의 공연을 보고 돌아와서 나는 1주일 동안 라마마 극단의 기숙사에서 숙박했다. 그레이트 존스 거리 일대는 오래된 건물들이었다. 오래전부터 뉴욕의 재개발이라는 말이 논의되고 있어서 번화가에는 새 건물들이 여기저기 들어서는 추세라고 하는데 이 근처는 그런 움직임에서 멀어 보였다. 빈집이라고밖에는 보이지 않는 건물이 많아서 일대는 조용하였다. 극단 건물은 4~5층 정도의 주택들이 있는 블록에 있었다. 이만한 분위기가 언제나 좋았다. 사실은 미국 희곡에 흔히 나오는 무대장면 그대로의 풍경이 내 마음에 든 까닭인 것 같았다. 극단이 있는 건물로 들어가는 문은 붉은 칠을 한 나무 문인데 안으로 들어서니 왼쪽에 마련된 관리인 사무실 창문으로 누군가 내다본다. 위층을 손가락으로 가리켰더니 끄덕였다. 3층까지 올라가는 계단도 나무였다. 벽돌벽 안을 나무로 꾸민 전통적 방식도 나에게는 좋게 보였다. 그러나 이 나무계단은 삐걱거리거나 하지는 않았지만 먼지에 절어 있었다. 그러나 그것도 좋았다. 오래되고 튼튼하고 불결한 것이 사람이 오래 살았다는 느낌을 주었다.

극단에 들어서니 배우들이 가봉한 옷을 입어보고 있는 중이었다. 이 극단을 위해 옷을 짓는 사람이라는 일본인 여자가 배우들 둘레를 돌아가면서 살펴보고 있었다. 로즈마리가 인사하면서 그들을 가리켰다. 배우들은 모두 나와 있었다. '아내'가 누구보다 떠들면서 재봉사와 말을 주고받았다. 옷들은 현재 우리가 입는 한복을 그대로 지어놓은 것이어서 할 말이 없었으나, 포졸 옷이 좀 이상했다. 로즈마리는 한국에서 가져온 책을 보여준 모양이고 재봉사가 '무대의상가'로서의 솜씨를 보탠 모양인데 좋아 보이지 않았다. 나는 그것이 원형은 아니라고만 확인했는데 의상가는 자기도 안다며 '좀 변화를 주어봤다'는 것이었다. 로즈마리는 괜찮아 하는 눈치다. 이럴 때 정답은 없다. 내 눈에는 보통 한복이 가장 자연스러울 뿐만 아니라, 결국 수천 년에 걸친 세련의 결과이므로 아름답게 보이는 점에서도 뛰어난 것이라고 믿지만, 외국인의 눈에는 그런 필연성이 보이지도 않을뿐더러 그 맵시에 특별한 애착이 있을 턱이 없어서, '좀 변화를 주지' 않으면 주문자에게 봉사를 덜한 것 같아서 꺼림칙한 모양이었다. 브록포트에서는 이런 일이 없었다. 강서이 씨도 굳이 원형을 설득할 생각이 없어 보였다. 아무튼 비슷하기는 비슷하였다. 나도 연극에 관계한 이후 조선조 정도의 관복을 가깝게 봐서 그렇지 서울 관객이 봐도 그런가 보다 하겠지 싶어서 더 말하지 않았다. 포졸 역을 할 두 사람의 한국 배우는 오늘 처음 만났는데 그들은 연극을 공부하러 온 유학생들이었다. 또 한 사람의 한국 여성은 할머니 역을 할 사람인데 그녀는 뉴욕 대학에서 연극 공부를 하는 사람으로 국내에서도 연극 활동을 한 경력이 있다고 했다. 나는 희곡을 쓰기 이전까지는 연극계 사정을 몰랐기 때문에 그녀는 처음 듣는 이름이었다. 이렇게 해서 배우 전원을 만나보게 됐다.

브록포트처럼 대학 연극부가 교수의 지도와 학교의 지원을 받으면서 자기 학교 극장에서 지역 주민에게 공개한다는 입장에 비해서 만사가 상업연극의 조건을 따라야 하는 이 극단의 운영은 과연 유능한 경영력이 있어야겠다는 생각이 들었다. 뉴욕에 한국 사람이 많기는 하지만 상업연극에 출연할 수 있는 이만한 연극 인구를 가진 것은 대견했다. 할머니 역을 하는 미세스 킴이라는 여성은 사정이 있어서 어제 연습에 못 나왔노라고 하면서 반가워했다. 이 사람들이 아무리 연극에 대한 열정이 뜨겁고 고국의 작품을 선보이는 보람을 느낀다 한들 그들도 이 도시에서 무엇보다 앞서는 자신들의 일을 가지고 있는 사람들이고 보면 누군가 돈을 마련하고, 공연까지의 과정을 조직해주는 사람 없이는 그들의 열정과 보람을 실현할 길은 없게 마련이다. 그 조직자가 로즈마리 장이었다. 뉴욕에는 아직 이만한 한국 사람은 없는 모양이었다. 이민의 연륜을 가볍게 보아서는 안 된다. 전 세계에 퍼져 있는 중국 이민들의 역량의 한 측면이 로즈마리 장이기도 하다. 그들도 고생했을 것이다. 한국 사람들도 고생을 시작했다. 모든 이민들이 거친 단계를 피할 수 없이 거치면서 우리 사람들도 이 도시에서 무엇인가가 될 것이다.

극단의 누군가가 가르쳐줘서 나와 포졸 중 한 사람(포졸 A라고

196

부르자)은 근처의 중국집에 함께 갔다. 그리 크지 않고 붐비지 않는 좋은 집이었다. 식사를 마치고 포졸은 극단으로 들어가고 나는 좀더 걸어서 라마마 극장으로 갔다. 서울에서 부탁받은 일도 있고 지난번 신세졌던 인사도 해야 하기 때문이었다. 나는 그곳까지 가는 사이의 거리들이 구면의 친구들처럼 반가웠다. 모퉁이의 자동차 정비공장도 여전하였고 라마마 극단의 사무실도 여전하였다. 극단의 책임자는 여행 중이라 한다. 이스라엘에서 열리고 있는 행사에 참석 중이라는 것이었다. 나는 부탁받은 연극 관계의 자료를 전달하고 발길을 돌려서 이 극단의 기숙사로 가보았다. 미국 사람들은 구식 건물이라고 하는 그런 식의 건물로 이루어진 이 구역이 개발되면 이런 분위기는 사라질 테고 그런 거리에는 다시 오고 싶지 않았다. 벽돌과, 새시를 쓰지 않은 나무틀 창문과, 우리들 색채 기호에는 전혀 없는 색조의 붉은 페인트와 청색 페인트를 칠한 문들—이런 것이 당연한 배경이 된 고민과 갈등으로 가득 찬 걸작들을 미국 연극은 많이 낳았다. 여기서 벗어나서도 미국은 활기 있게 살고 있고 다른 예술을 만들고도 있지만 여기서 생산된 것들하고는 다르고 나의 취미에는 맞지 않는다. 나는 이 언저리를 이렇게 걸어다니는 것이 좋았다. 전번과는 달리 나는 미술관에도 대학에도 레이디오 시티에도 가고 싶지 않았다. 나는 시간이 나면 연습장에서 빠져나와 이 언저리를 걸어다녔다. 좀더 걸어가면 큰 거리가 나오는데 거기는 북적거리는 상업 지역이었다. 과잉 생산이 문제라고 이 사회는 오랫동안 비판되어 왔다.

　과잉. 나는 피난 시절의 미군 부대 언저리의 풍경을 떠올린다.

거기도 전쟁에 시달리는 현지인인 우리를 어지럽게 한 '과잉'이 있
었다. Hard Wares라고 쓴 가게에 들어간다. 그 가게는 온갖 종류
의 부엌살림들과 망치, 톱, 스패너, 드라이버 같은 공구工具들을
파는 곳이었다. 도대체 어디다 쓰는 것인지 알 도리가 없는 도구
들로 가득 차 있었다. 나는 군대에 있었을 때 병참부대의 공구 창
고장을 한 일이 있었다. 그 숱한 공구들. 그것들이 나사못 한 개까
지도 규격에 따라 미육군 발행 물품 목록책에 번호가 주어져 분류
되어 기재되어 있다. 그 카탈로그에는 병기를 제외한 모든 기계를
위한 공구들이 실려 있었고 내가 맡은 창고에는 그 현물이 저장되
어 있었다. 그 품명과 번호들은 '언어'이며, 그 현물들은 '현실'이
었다. 나는 거기서 소쉬르를 알기 전에 언어학의 기본 견해에 대
한 계시를 받은 것으로 굳게 믿는다. '말'이라는 것은 '현물'에 붙
인 번호라는 깨달음. 이 깨달음은 논두렁에서도, 숯가마에서도,
닭장 안에서도, 장독대에서도, 물레 옆에 놓인 고치 바구니에서
도, 감옥 안 취사장에서도 — 어디서건 가능하다. 다만 나는 그때
마침 이러저러한 사정으로 그러저러한 의식상태 때문에 육군병참
공구창고의 현물과 그 현물의 장부 사이에서 계시를 받았다고 말
할 뿐 공구창고의 예정설적 우위를 우기는 것은 아니다. 그 카탈
로그에서 원하는 공구의 번호를 찾아내서 청구한 예하부대 운전병
들의 놀라운 능력과 그 청구에 따라 분류선반의 밀림 속에서 현물
을 찾아 지출한 나의 부하 창고병들의 천재는 나에게 영원히 변치
않을 인간 지성에 대한 믿음과 두려움을 심어주었다. 그곳은 군신
軍神이 지배하는 곳이었으므로 청구자인 운전병들에 의한 과감한

공격정신과 창고적〔大局的〕 판단도. 그래도 큰 잘못은 없었지 싶다. 왜냐하면 육군의 그 많은 차량들이 말썽부릴 때마다 '손'봐준 것은 다름 아닌 나의 창고가 불출拂出한 이들 'hand' tool들이었으므로. 지나다가 들른 이 뉴욕의 철물점에서 나는 그들에 대한 그리운 fetishism의 옛 상처까지 되살리고 말았다. 정교한 제작기로 잘 깎고 미끈하게 연마된 온갖 종류의 쇠붙이들에 대한 철학적 기호를 혹 이해할 사람이 있을지. 작은 것들까지 정성스레 시집의 표지보다 더 잘 디자인된 포장을 한 귀여운 물건들. 과잉포장이란 말도 많이 듣는다. 과잉포장할 만한 가치 있는 물건을 과잉이래도 좋으니 과잉하게 포장하면서 살아보기나 한 다음에 그렇게 말하는 것은 찬성이지만 걸레같이 만들어놓고는 구매자에게 강매하는 것보다는 낫다.

나는 뉴욕에서 가장 강하게 확인된 기쁨을 누리면서 가게 안에서 한참을 보냈다. 흥은 아직도 미진했으나 환락의 술잔을 바닥까지 비우는 복락이 이 인생에서는 쉽지 않다. 이러다가는 무언가 한 가지 사고 말지도 모르는데, 가령 스패너를 한 개 사들고 들어선다면 극단 분위기가 어떻게 될지를 모를 나도 아니었다. 그래서 나는 가게를 나섰다.

굳이 철물점이 아니라도 상가 지역은 그대로 흥미 있었다. 여기는 극단이 있는 데서 조금 걸어 나온 곳이었다. 특별히 사야 할 물건이 없는 걸음이라는 것은 그렇게 좋았다. 열쇠집도 있다. 이것이 그 열쇠집은 아니었다. 그 집은 라마마 극단에 좀더 가까운 곳이었다. 기숙사의 방 열쇠를 잃어버린 나는 관리실에서 원형을 들고 가서 그 가게에서 순식간에 선 자리로 열쇠를 복제해온 일이 있었다. 아이스케이크 기계 비슷한 틀을 다루면서 커다란 코밑수염을 단 중년의 남자가 일을 하다가 나를 힐끗 쳐다보았다. 이번에는 맡길 일도 없어서 나는 곧 자리를 떴다.

라마마 극단의 그 기숙사는 아시안 레퍼토리가 있는 구역에서 가까운 벽돌건물의 3층인데, 2층은 자선사업을 하는 단체가 쓰고 있어서 점심때면 식당에서 노인들이 식사하고 있었다. 3층의 기숙사는 넓은 한 층 전체를 칸막이로 나눈 열 개쯤 되는 방과 공동 화장실과 공동 취사실로 되어 있다. 방은 침대, 옷장, 세면대, 의자 하나가 있고 그 사이를 겨우 옮겨다닐 정도의 틈이 있다. 천장은 막혀 있지 않아서 다른 방에서 타자하는 소리며 찾아온 사람과 얘기하는 두런거림이 다 들린다. 그러나 여기의 생활은 그리 불편한 것은 아니었다. 모든 방에 임자들이 머무르고 있는 경우는 없었고 대개 두세 방의 거주자가 같은 시간에 마주치는 것이 실지 상황이다. 무대가 전혀 비는 적은 없지만 이 사람 저 사람이 등퇴장하는 식이었다. 거주자들은 나처럼 이런저런 정도로 연극에 관계된 사람들인데 모두 외국인인 것은 아니었다. 그때 강서이 씨도 모퉁이 방에 있었는데 그와 마주치는 일이 적었으며 만나자면 약속해야만 했다. 그는 내가 가르치고 있는 서울의 연극학교와도 관계가 있는 사람이어서 언제나 나의 뉴욕 생활을 돌봐주려고 애썼다. 그러나 1979년에 내가 여기 머문 것은 브록포트에서 돌아오는 길에 뉴욕에서 좀 지내고 싶어서 그 방을 빌린다는 목적밖에 없었으므로 그와의 사이에 긴한 일거리가 생길 조건이 아니었다. 게다가 그는 아주 바쁘게 지내고 있었다. 대개 아침에 내가 깨어날 때는 그는 나간 다음이었고 밤에 들어오는 그를 만난 적은 없다. 그런 바쁜 중에도 그는 언젠가 젊은 한국인 화가들이 합숙하는 집에 나를 데리고 간 적이 있었다. 화가들은 모두 여기서 대학에 다니고 있었는데 젊은 시절을 이렇게 외국에서 같은 나라 사람끼리 보내고 있는 생활이 굉장히 치열하고 깨끗해 보였다. 그리고 내가 젊다면 이렇게 젊은 날을 보내고 싶었다.

자기 앞날을 외국에서의 학습과 연결시켜보지 못한 것은 내가 학교에서 떠난 이후 보통 직업을 가져보지 못한 채 내 소설을 쓰는 일에 들어선 때문이었다. 그 이전 대학 다닐 때에도 유학이라는 것이 한번도 머리에 떠오른 적이 없었다. 그 시점에서 만난 이러저러한 철학책의 한 페이지를 그 저자가 짓고 있는 몸짓의 무게 그대로 내 것으로 알고 골치에 멍이 들도록 빠져 있었다. 나는 책 안에 있는 문제가 그 책이라는 형식과 그것을 읽는다는 내 쪽의 반응 말고 다른 대응의 형식이 있다는 실감이 없었고 외국에 가서 그 책을 지은 사람이나, 그 책이 쓰인 나라에 가서 그 책을 먼저 읽은 사람들에게서 '읽기'의 지도를 받는, 유학이라는 생각이 전혀 떠오르지 않았다. 소설을 쓰기 시작한 다음부터는 더욱 시야에서 먼 발치의 남의 일일 뿐이었다. 괴로움은 배울 수 없겠지만, 괴로워하는 방식은 배울 수 있다는 것, 어쩌면 '생물인류학'적인 것이 아닌 '문화인류학'적인 괴로움이라는 것은 그 '방식'을 떠나서는 없고 실은 방식이 있기 때문에 비로소 괴로움이 있다는 것 — 이것을 줄여서 말하기를 방식이 괴로움이라고 한다는 것, 이런 생각에 이르지 못했다. 이런 생각에 이르자면 흔히 한평생이 걸리므로 젊을 때, 국민학교를 마쳤으면 중학교에 가는 식으로 유학이라는 것은 하는 법일 듯하다. 나는 세 사람의 젊은 미술학도가 공동생활을 하는 모양을 보고 사람이 무엇인가를 붙잡으려는 형식의 서로 다른 업業을 생각하였다. 그들이 세 들어 있는 집도 매우 고전적으로 낡은 집이었다. 낡다고는 하지만 구식이랄 뿐 어디가 삐그덕거리는 일도 없고 전기, 수도 들어올 것이 다 들어오고 무엇보다 널찍해서 이젤이며, 캔버스며, 물감통이며 하는 것들을 지니고 사는 그들에게는 아주 편리해 보였다. 그래서 그 자리는 전형적인 화실의 모습 그대로였다.

이 부분에서 나의 '뉴욕의 한국인' 몇 사람을 추가하기로 하자.

한 사람은 뉴욕 대학에서 연극을 공부하는 방이라는 분인데 그는 내가 라마마 기숙사에 있다는 말을 듣고 여러 번 자기 집 식사에 불러주었다. 그는 부인과 한 아이와 함께 살고 있었다. 그는 또 브로드웨이에서 하고 있던 체코슬로바키아 극단의 공연에도 데려가주었다. 공연은 체코말로 하는 것이어서 알아들을 수는 없었지만, 서커스의 움직임을 방불하게 하는 무대의 활극적인 운동이 인상적이었다. 연극이라는 것이 바로 '볼거리'라는 것, 서커스와 같은 성질의 놀이라는 것을 떠올리게 했다. 이론상으로 당연한 사실이 실감될 만큼 뛰어난 공연이었다. 또 한 번은 그 장소가 어딘지 모르겠으나 「앤디 워홀의 마지막 사랑」이라는 실험연극도 함께 구경했다. 그 공연은 극장이 아니고 비어 있는 가게를 세낸 장소에서 이루어졌다. 옷을 입지 않은 맨몸의 여자가 등장하기도 하고,

관객들을 이 방 저 방으로 끌고 다니면서 연기하기도 했다. 그래서 우리는 극단의 연습장에 반은 무단히 몰려와서 자리를 옮기느라고 피해 다니는 연기자들을 짓궂게 따라다니는 무식한 구경꾼들의 몫을 자연히 맡게 하려는 의도인 듯했다. 그뿐 아니라, 이 길갓집의 큰 창문 앞에 길을 가던 사람들이 몰려서서 유난히 거웃이 무성한 벌거벗은 여자를 들여다보고 있었다. 그리고 그런 공연장 안팎의 광경이 각각 실내와 거리에 설치된 카메라에 의해 이것도 실내에 하나, 거리에 하나 설치된 TV수상기에 나오고 있었다. 모를 만한 이야기는 아니었다. 연기와 감상, 배우와 관객, 극장과 현실로서의 길거리, 지나가던 사람들 — 이 모든 다른 수준의 현실을 모두 끌어안는 세계를 설계한 것이었다. 화가들이 그리고 있는 자기 자신을 그림 속에 그린다든가, 몸에 페인트를 칠하고 캔버스 위에서 태질을 친다든가, 연주를 기다리고 앉아 있는 관중 앞에 나타나서는 피아노를 박살을 내고 들어간다든가, 관객을 느닷없이 욕한다든가 그런 일이었다. 표현에 따르는 문제 — 어쩔 수 없이 정하고 들어가야 하는 표현자의 위치를 끊임없이 넘어서려는 운동, 그 '넘어섬' 자체가 무엇인가에 가 닿는 활동이지 그 활동을 내용으로 파악하는 찰나 그 파악은 이미 예술이 아니라는 것. 그래서 모든 사람들이 이렇게 움직이고 있는 것은 사실이었다.

또 한 사람의 그 무렵 내가 만난 '뉴욕의 한국인'은 워싱턴 광장 근처에서 선물가게를 하고 있는 여류 소설가였다. 나는 한국에서는 그녀를 알지 못했는데 누군가에게서 그 자리에 그녀가 있다는 말을 듣고 있었던 터에 부근을 지나다가 들렀더니 그녀는 동업자의 친근감으로 나를 대해주었다. 우리는 그렇게 초면이었지만 나는 그녀를 전혀 모르는 사람으로는 생각지 않았다. 1960년대에 내가 어떤 잡지에 소설을 연재할 때 그녀의 여동생이 그 잡지의 편집을 하는 한 사람이었고 그녀는 나중에 그녀 역시 소설을 쓰게 된 다음, 이번에는 나의 단행본을 위해서 초상화를 그려주었다. 그뿐 아니다. 내가 군대생활에서 양구라는 곳에 근무할 때 소설가인 그녀들의 어머니가 문인文人 부대방문 걸음으로 우리 부대에 온 일이 있다. 당시 부대장은 내가 소설가인 줄 알고 나를 불러 그녀들의 어머니와 자리를 함께하게 했다. 내가 있던 부대는 주전투 구역 부대로 강원도 산골의 적군과 마주 보는 위치를 지키고 있었다. 그것은 벌써 그때부터 20년이나 전인 1960년대 초의 일이었다. 나는 눈이 한 길이나 오는 그 부대에서 나의 첫 장편소설인 『밀실』을 쓴 직후의 시기를 보내고 있었다. 산간 마을에서 낮 근무를 마치고 사령부 앞마을 숙소로 오면 저녁에는 책읽기 말고는 할 일이 없었다. 사령부는 나중에는 읍내 가까운 데로 나왔지만 내가 이 부대에 근무하던 첫 무렵에는 전방에 더 가까운 산 속에 있었다. 가끔 읍내로 나오기도 하지만 전방 지역의 읍내에서 할 일이 없었다. 읍에는 그때 백범을 암살한 자가 군납 두부공장을 한다고 들었는데 세상에 참 별일도 다 있다고 생각한 기억이 난다. 우리 부대장이 예술가 친구들이 많아서 아마 개인적으로 초청했는지 상급부대가 계획한 공식적인 부대 방문인지는 기억에 없는데 부대장이 우리 부대에도 소설가가 있다고 손님에게 소개한 것이었다. 이런 일이 있어서 나는 그녀를 그저 '뉴욕의 한국인'이어서 나그네길에 오다가다 찾아보기는 한 것이지만, 실지보다 더 아는 사람으로 여기고 찾아본 것 같다. 나는 그녀와 가게의 한 모서리 의자에 앉아서 워싱턴 광장 쪽을 내다보면서 이야기했다. 외국에서 살면서 우리말로 소설을 쓰고 있는 그녀의 생활이 나에게는 전혀 상관없는 인생행로처럼은 생각되지 않았다. 나도 그렇게 될 뻔한 일이었다. 그녀가 여기서 써서 한국서 발표한 글을 읽은 적이 있었다. 남의일 같지 않게 절실하게 와 닿았다. 그곳에서 사는 사람만이 쓸 수있는, 행간의 생략이 살아 있는 글이었다. 우리는 문학에 관한 애기를 주고받지는 않고 앞쪽에 보이는 풍경이며 뉴욕에 사는 한국사람들 이야기, 그것도 어느 누구의 이야기가 아닌 그저 종잡을데 없는 이야기를 나누었다. 가끔 손님이 들어오면 그녀는 판매대쪽으로 가서 손님을 맞았다. 이번 걸음에도 그녀를 만나게 될 것같았다. 강서이 씨 말이 구경하러 오지 않겠느냐는 것이었다. 모처럼 동국인의 작품이 공연되는 기회에 축하하러 올 것이라는 말이었다. 더욱 강서이 씨를 생각해서 그럴 것 같았다.

강서이 씨는 지난번 라마마 기숙사에서 같이 지낼 때보다 뉴욕에서의 자리가 훨씬 틀이 잡혀 보였다. 나처럼 외국 나들이가 잦지 않은 사람도 이 도시에서 몇 해씩 사이를 두고 두세 번씩 만나게 되는 사람들을 가지게 되는군. 그것은 세월이었다. 그만한 시간을 나는 써버린 것이었다.

산책에서 돌아와 연습을 보고 있는 로즈마리 곁에 가 앉으면 그녀는 뉴욕을 많이 즐기고 있느냐고 물었고 나는 뉴욕 전체가 극장이고 배우들이어서 오늘도 어디서 어디까지 걷는 관극을 하고 오는 길이라고 말하면 그녀는 미국인과 중국인이 절반씩 섞인 웃음을 시원스럽게 웃었다. 그녀에게 말한 그대로였다. 인생은 연극이고 우리는 거기 등장하는 배우라고 많은 사람들이 표현한 지도 오래다. 마찬가지로 인생은 소설이고 우리는 거기 나오는 인물들이다. 사람들은 어떤 나이에 이르면 자기 생애를 한 편의 소설처럼 회고할 수 있을지도 모른다. 나는 아직 그런 실감은 없었다. 자기 인생이 한판의 연극이고 자기는 그중의 등장인물이라고 볼 수 있게 되는 나이가 언젠가 올지도 모르겠다. 나는 아직도 아니었다. 나 자신을 어느 넓이까지의 연극의 등장인물인지를 나는 정하지 못하고 있었다. 희곡의 처음에 적는 '시대' '배경' 부분의 지정에 아직 자신이 없다. '생물인류학'적으로는 정하고 말고가 없을 성싶다. '생물인류학'이나 다름없는 지역적 소속을 거기다 적으라는 것이면 '시대' '배경' 부분은 어려워서는 안 되겠지. 그것은 갈리아나, 게르마니아나, 갈릴리 근방이 될 것이다. 또 달력의 시대가 아니고 연극의 주제를 나타낸 시대 이름은 어떻게 적어야 할까? 이 도시에서의 나의 희곡의 연극공연도 또 하나의 연극인 것은 사실이었다. 이 도시의 한구석을 이렇게 걸어다니고 있는 것도 연극이기는 하다. 앤디 워홀의 세계처럼 연극 안에 연극이 있고 연극 밖에 연극이 겹친 그런 연극이다. 나에게 아직도 보이지 않는 것은 이 모든 연극이 공연되고 있는 극장의 이름과 지붕 꼭대기에 꽂힌 공연 제목을 알리는 깃발의 글씨였다. 무슨 극단이, 어느 극장에서, 어떤 이름으로 하는 연극인가 — 내가 그 속의 한 장면에 출연하고 있는 이 연극은. 인류극단이 지구극장에서 벌이는 역사극.

맞기는 맞다. 주제는 무엇인가. 짐승에서 빠져나오려는 개인적 집단적 노력의 성공과 좌절의 곡절. 맞기는 맞다. 그런데 원시시대와 지금을 구별하는 '질적 날짜' 표시가 있어야 한다. 원시극과 같으면서도 다르다는 점이 충분히 표시된 연극으로서의 '오늘'의 이름. 오늘의 이름을 찾는 등장인물들의 이야기.

개막 1주일 전이 되자 공연장소에 무대가 설치되었다. 공연장소인 Playhouse 46은 46가에 있는 세인트 클레멘트 교회의 별관이었다. 큰길에서 옆길로 몇 집 들어가 있는 돌로 지은 교회 본건물에 날개처럼 달려 있는 그 건물은 이 교회가 외부 단체에 빌려주는 건물로 연극단체가 주로 쓰고 있다. 계단식으로 되어 있는 객석은 140석이라고 하는데 그 앞쪽에 초가집이 설치되었다. 무대와 객석을 합친 것만 한 여유가 남아 있어서 무대장치는 웬만한 크기까지는 받아들일 수 있는 조건이다. 이번에도 브록포트처럼 심하지는 않지만 집이 역시 클싸한데 로즈마리의 설명에 따르면 여기에는 그럴 만한 까닭이 있었다. 마지막 장면에서 용마가 나오는데 초가집 뒤에 용마를 숨겨놓았다가 뒷벽이 열리면서 관객을 향해 튀어나오게 한다는 것이었다. 이것은 예상하지 못한 등장 방식이었다. 그래서 집은 조금 클싸하게 만들었다는 것이었다. 크다고 해도 진짜 집보다 큰 것은 아니고 무대 위에서의 효과를 가지고 하는 말이다. 무대 뒤는 객석 모두만 한 넓이의 공간으로 거기에 초가집 뒷벽까지 레일이 깔려 있고 쇠줄로 천장에 매달린 용마 모형이 미끄러져 내달리게 되어 있었다. 우리가 용마 모형 설치를 보고 있을 때 극작가인 월도 방도 함께 있었다. 방월도 씨는 뉴욕에 오래 산

분으로 미국 대학에서 철학을 가르치다가 지금은 퇴직하고 희곡 집필과 연출을 하고 있는 분이었다. 그는 강서이 씨며 로즈마리와 아는 사이였다. 나는 로즈마리에게 용마를 보니 생각나는 일이 있는데, 하고 말했다. 우리는 용을 신성한 동물로 아는데 서양에서는 용은 악한 동물로 돼 있다. 그러니 용마도 그렇게 받아들일 염려가 있지 않을까, 하고 걱정하였다. 로즈마리는 내 뜻을 알아듣겠다면서도 너무 염려하지 않아도 되지 않을까, 내용으로 봐서 악한 세력으로 보지는 않을 것이라 했다. 나는 그래도 용마 대신에 다른 이름을 한번 생각해보자면서 하다못해 'heavenly horse'라고나 하면 어떨까 제안했으나, 로즈마리는 생각해보자고만 말했다. 그 이상 내밀 수는 없었다. 또 한 가지는 아기를 죽이는 대목에서 아기 대신에 쓸 인형의 문제였다. 내 머리에는 귀여운 갓난쟁이가 있었고 본을 뜬다면 서양의 큐피드 인형 같은 모습이다. 그런데 신통하게도 이 연극의 공연에서 많은 경우에 괴상한 인형이 등장하는 것을 보아왔다. 일부러 그렇게 만들지 않은 경우에도 인형이 그림자로 사용될 때면 괴물처럼 보였다. 동글동글하고 귀여워야 할 텐데 삐죽삐죽하고 흉측한 그림자가 초가집 문풍지에 비치는 수가 많았다. 그렇게 되면 흉물을 없애는 이야기가 되고 만다. 내가 만든 주제와 이렇게 어긋날 수가 없다.

"예쁜 인형을 원하시는 거죠?"

로즈마리가 말했다.

"그렇습니다."

나는 힘주어 말했다.

"어떨까?"

로즈마리가 인형을 만들어온 젊은 미국인 아가씨를 쳐다보았다. 이 아가씨는 아까부터 대단히 걱정스러운 표정을 짓고 있었다.

"새로 만들어야 합니까?"

하고 그녀는 말했다. 좀 볼멘소리였다. 아차, 역시 마찬가지군. 이 아가씨가 예쁘지 않다는 말이 아니었는데.

"생각해봅시다. 오늘 써보고 결정하지요, 어떻습니까?"

로즈마리가 말했다.

"그렇게 하는 게 좋겠습니다. 이 인형도 잘됐습니다만, 더 강조되었으면 하는 것입니다."

내가 말했다.

방월도 씨와 나는 일하는 사람들을 남겨놓고 관람석에 와 앉았다. 순전히 쇠로 얽어서 계단식으로 짠 틀에 붙박인 쇠의자 위에 앉게 만들었고 통로도 철판으로 되어 있었다. 우리는 거기 앉아서 무대를 손보고 있는 사람들을 구경하였다.

인형을 만들어온 아가씨는 무대 왼쪽 창문 아래에 마련된 책상 위에 인형을 눕혀놓고 그 앞에 서 있었다. 그것이 마치 요람 옆에서 애보기를 하고 있는 것처럼 보였다. 제길, 될 대로 되겠지, 인형이 좀 어떠면 세상이 큰일 날까, 이렇게 통이 크게 생각하는 사람은 이런 쟁이들 일에는 어울리지 않는다. 한 치 때문에 우주가 비뚤어진다고 생각하기로 한 약속이 연극이다. 한 음정쯤 틀리다고 뭐, 이렇게 생각하는 곳에 음악도 없다. 적어도 남들더러 들어주십사 하는 일로서의 음악은 없게 된다. 모든 일이 자로 재고 저

울로 달린 후에 있을 데 있게 하는 것. 결코 그렇게만은 될 수 없는 세상에서, 구석구석의 먼지까지 황금비례에 따라 있게 하는 것. 그렇게 해서 환상의 현실이 노래가 되게 하는 일. 사람들은 노래를 만드느라고 망치와 드라이버를 들고 오락가락하고 있었다.

이 장소는 원래 예배실이 있었던 곳이 분명했다. 우리가 앉아 있는 객석 뒤쪽에 마루에서 한 층 높은 설교단이 그대로 남아 있었다. 설교단 뒤에는 세로로 길쭉한 창문이 여러 개 있다. 우리가 앉은 객석과 무대를 만들고 있는 자리가 신자석이 된다. 그러나 지금은 방향이 반대였다. 우리는 일어서서 무대 왼쪽의 인형 있는 쪽으로 돌아갔다. 그곳에 문이 있는데, 문으로 들어가 계단을 내려간 곳이 지하실이었다. 지하실은 위층 전체의 면적과 같아서 회의실, 창고, 화장실, 배우 대기실, 응접실이 모두 널찍하게 들어앉아 있었다. 140석의 극장의 무대 뒤가 이렇게 깊숙하고 넓은 것이다.

우리는 다시 위로 올라가서 극장 밖으로 나왔다.

화창한 봄날이었다. 점심시간이 되어 있었다. 우리는 큰길 쪽으로 걸어나와 모퉁이에 있는 집에 들어가서 점심을 함께했다. 그리스 음식을 파는 집인데 양이 많고 모든 음식이 소스를 넉넉히 써서 걸쭉했다. 이 언저리는 극단이 있는 구역보다 더 붐비고 집들도 깨끗했다. 그레이트 존스 거리에서는 큰길에서 옆길에 들어서면 괴괴할 만큼 인적이 없어서 늘어선 집채들이 어쩌다 지나가는 통행인을 유심히 쳐다보는 것 같았는데 이 근처는 깨끗하고 환한 거리에서 사람들이 오가고 있었다.

방월도 씨는 옛날 대학 교수 시절에 들고 다녔음 직한 큰 가방을
들고 있었다.

"학교에는 얼마나 계셨습니까?"

"꽤 오래 있었습니다."

"지금은 그만두셨다고요?"

"네, 제 일을 좀 하고 싶어서요."

"연극 말씀인가요?"

"그렇습니다. 그동안에도 작품을 몇 개 써서 공연했습니다."

"그렇군요. 연극하는 분들이 꽤 많군요."

"귀국해볼까 합니다."

"귀국해서 연극을 하시게요?"

"그렇습니다. 아무래도 본국에서 해야지요."

"여기도 한국 사람이 이제 많아지지 않았습니까? 터를 잡아주
는 분들이 있으셔야 할 텐데."

"자꾸 새 사람이 생기지 않습니까?"

"여기 연극의 장래는 어떻게 보십니까?"

"미국 연극 말인가요?"

"네."

"물론 옛날 같지는 않습니다. 그러나 우리하고는 달라서 여기서
는 연극이라는 것을 꼭 있어야 하는 제도의 한 부분으로 아는 전통
이 있으니까, 보조가 많습니다."

"상업연극 말고 말이지요?"

"상업연극은 자기 힘으로 하는 활동이지요. 그런 쪽이 아니고

실험활동을 하는 극단을 지원합니다.”

“요즘 두드러진 공연이 있었습니까?”

“글쎄요, 브로드웨이 기준으로 장사가 된 것들이 없지는 않습니다만……”

“그 이상의 의미가……”

“없다는 말이지요. 주목할 만한 희곡작가가 등장하지 않은 것이 근본 문제라고 봅니다.”

“어디나 사정은 비슷하군요.”

“웬걸요, 한국은 안 그런 모양 아닙니까? 이렇게 소설 쓰시던 분이 희곡으로 오시고. 귀국하려는 저한테는 고무적으로 느껴지는데요.”

“저를 기준 삼지는 마십시오. 그러나 여기 좋은 점을 잘 보신 분이 돌아와서 활동해주시면 좋은 일이지요. 제 말은 30년이나 계셨으니 여기에 정도 많이 드셨을 텐데 하는 말씀입니다.”

“그건 사실입니다.”

그건 사실일 것이라고 나는 생각했다. 우리 문학의 역사에도 그런 사람들이 전혀 없지는 않았다. 신채호, 조명희, 김사량. 모두 훌륭한 소설가들이었다. 그러나 그들에게는 자기 글을 다듬을 충분한 시간이 주어지지 않았다. 그들이 외국에 나간 것은 다른 민족이 우리 땅을 점령하고 있었기 때문이었다. 문학의 문제만이 아닌 그 사실과 현실적으로도 싸워야 했기 때문에 글 속에서 한없이 가능성을 탐구한다는 성격의 외국 생활이 아니었다. 신채호의 글의 주인공은 개인이라기보다 민족이었다. 그의 문학적 글은 철학

우화에 가깝다. 그나마 김사량은 내가 이해하는 문학에 가장 가깝고, 조명희는 소련에 망명하고 있던 시절에 별다른 작품을 쓰지 못한 모양이지. 그러기에 망명 전에 쓴 작품이 교과서에 실렸을 테지. 망명지에서 자유롭게 쓴 작품이 있었다면 당연히 그쪽을 실었을 테지. 소련에서 조명희가 어떻게 지냈는지는 어디에서도 읽어본 적이 없다. 뉴욕에서 「낙동강」의 작가를 생각하게 되는 것은 복잡한 느낌이었다. 방월도 씨는 망명했다고는 하지 않았지만 집필 환경이라는 점에서는 비슷한 조건이다. 그런데 그는 귀국하겠다고 한다.

"그러면 서울에서 자주 뵈어야겠군요."

"여기서도 자주 만납시다."

옳은 말이었다.

오늘, 오늘, 지금, 지금. 이곳, 여기.

커피가 왔다.

방월도 씨는 발끝에 놓았던 가방에서 책을 한 권 꺼내서 나를 주었다.

"시인이시군요."

"네, 뭐."

책의 이름은 '태양의 저쪽'이었다.

"귀한 책인데."

그것은 10여 년 전에 서울에서 발행되어 있었다. 장정도 그 무렵다워서 출싹대지 않고 수수한 맛이 있었다. 아마 보관본이 많지 않을 텐데 받는 것이 미안했다.

“하고 싶으신 일을 다 하시면서 사시는군요.”

“그럴 리가 있습니까?”

참 여러 종류의 사람들이 로마에 와서 사는구나. 그 중에서 이런 종류의 사람들이 언제나 내 마음속에서는 제일 귀한 자리를 차지한다. 마음에 먹물이 든 사람으로서의 동류의식이다. 먹물 든 가재는 먹물 든 게가 제일 가까워 보인다. 나는 책장을 넘겨다보다가는 그를 매우 부럽게 쳐다보곤 했다. 어쨌든 그는 로마에서 30년을 견뎠을 뿐만 아니라, 로마에 산다고 해서 로마의 하늘에만 태양이 있는 것이 아니라 로마든, 이집트든, 갈리아든, 알렉산드리아든, 누미디아든, 히베르니아든, 브리타니아든, 게르마니아든, 마케도니아든, 트라키아든, 사르마티아든, 파르티아든, 시리아든, 아라비아든 어디에서든 마찬가지인 ‘하늘의 태양’을 기준으로 삼는 생활을 해온 것이었다. 태양이 어느 나라의 전유물이라고 생각하느냐 않느냐에 따라 사람의 색깔이 달라진다. ‘태양의 저쪽’은 그런 태양의 또 저쪽이므로 이 세상에서 시인만이 진짜로 관심을 가지는 방향이다.

로마에서 장사를 하는 그리스 인이 내온 커피를 다 마시고 우리는 클레멘트 교회로 돌아왔다. 문을 열고 들어서서 극장으로 올라가는 계단 쪽으로 걸어가는데 매표소 안에서 나를 불렀다. 젊은 사람이 나오면서 쪽지를 내민다. 전화가 걸려왔다는 것이었다. 쪽지에 적힌 이름 밑에 고향 친구, W고등학교 동기생, 이라고 씌어져 있었다. 그리고 끝에 자기 전화번호가 있었다.

“먼저 올라갑니다.”

방월도 씨가 말했다.

"네, 좀 있다가 가겠습니다."

나는 그렇게 말하면서 전화 있는 데로 갔다.

번호를 돌린다.

신호가 간다.

우리는 서로 한꺼번에 서로의 이름을 대고 거의 40년 만의 환성을 주고받는다.

"그래, 어떻게 알았어?"

"여기 한국 신문에서 봤지."

"아, 그랬군."

"신문사에 알아봤더니 극단 전화번호를 줬어."

"아 그랬었군, 반갑네, 고마워, 여기서 자넬 만나다니, 그래 뉴욕에 사나?"

"응, 그래, 시내 병원에 근무해."

"의사로군."

"그래."

"반갑네."

"반갑네, 공연 전에 만나야지."

"그럼, 나는 언제나 괜찮아."

"됐어, 그러면, 내일은 자네 어디 있나?"

"공연 때까지 매일 여기 있어, 오전, 오후 모두, 정확하자면 전화를 걸어주면 되지, 없을 경우에도 극단 사람들은 늘 있으니까 알려줄 거야."

“그래 그럼 연락할게, 아, 그리고, 지금 숙소 번호도 알려주겠나?”

“그래그래.”

“……음, 여기가 어디야……?”

“퀸즈 구역이야.”

“음 그렇군, 그리고 여기는 병원인데 집 번호를 부를게.”

“응…… 됐어, 여기는 어디야?”

“뉴저지야.”

“자 됐군, 연락해주게.”

“그럴게, 반갑네.”

“반갑네.”

나는 전화를 마치고 매표구의 젊은이에게 고맙다고 인사했다. 금발의 그 청년은 좋은 전화를 전해준 사람의 웃음을 웃었다. 극장에서는 그때까지 무대장치 일을 하고 있었다. 극장 안은 그다지 밝지 않아서 초가집 부근에만 천장의 조명이 있고 한쪽의 밖으로 향한 창문 쪽이 햇빛으로 환하고 관객석이며 그 뒤쪽 설계단이며(설계단 뒤쪽 창은 모두 가려져 있다) 무대 뒤며 하는 나머지 부분은 각각 조금씩 다른 정도의 어둠에 어슴푸레 잠겨 있었다. 초가집 뒤쪽 천장에서 내려온 여러 조각의 천으로 이루어진 산들은 작업을 위해 그쪽 조명이 비교적 밝은 탓으로 생생해 보였고 그 앞의 초가집 안팎으로 사람들이 들락날락한다. 이 집에 무슨 일이 나기는 난 모양으로 보였다. 로즈마리가 팔짱을 끼고 그 앞에 서 있었다.

나는 객석에 앉은 방월도 씨를 알아보고 거기 가서 앉았다.

"오늘 여기서 연습을 합니까?"

"예정은 그렇습니다."

"구경하고 갈까 해서요."

"그러시렵니까? 좀 좋은 말씀도 해주시고."

"천만에요. 잘될 겁니다."

"이 정도면 어느 만한 공연장입니까?"

"뉴욕에서 말이죠?"

"네."

"좋지요. 브로드웨이 극장을 한번 가보십시다, 가보셨겠지요?"

"네, 아주 좋더군요."

"이런 극단은 자기들이 하고 싶은 작품을 하는 단체니까 좀 다릅니다. 여기는 거기 다음쯤 되는 장숩니다. 실지로 돈 없이 하는 공연은 따로 있지요. 이건 좋은 극장입니다."

"이런 데가 많은가요?"

"많습니다."

"교횐데."

"재정을 보태려고 하는 것이지요."

"교회와 직접 관계없는 행사를 말이지요?"

"물론입니다."

아래쪽에서 로즈마리가 이쪽으로 손을 들어 보인다. 나는 내려갔다.

"식사하셨습니까?"

"네, 하셨습니까?"

“네, 함께하려고, 월도 방이랑, 먼저 가셨더군요.”

“그랬습니다. 일이 언제 끝날지 몰라 방해가 될까 봐……”

“방해라뇨, 확실하지 않은 점을 알려주시기 위해 일부러 오신 것 아닙니까? 그런데 이만하면 어떻습니까?”

그녀는 지붕 높이를 가리키며 물었다. 브록포트에서 있었던 일을 말한 것을 기억하고 있었다.

“약간.”

“높습니까?”

“그런데요.”

“조금 낮출 수는 있습니다.”

“낮출수록 좋다고 생각합니다만, 용마가 출현할 때 지장이 있어서는 안 되지 않겠습니까?”

“전에 말씀드린 대로 그래서 이렇게 된 것인데 조금 더 낮출 수는 있어요.”

“일임하겠습니다.”

“알았습니다.”

그녀는 돌아서서 일하는 사람들에게 지붕을 좀더 내리라고 말했다. 기둥과 지붕은 앞에서는 모르지만 고정돼 있지 않고 조정할 수 있게 만들어져 있었다. 실지로 이 집은 그 눈고장 대학생들의 그것보다 사실에 가까웠다.

“배우들은 어디 있습니까?”

“대기실입니다, 지하실에 가보셨지요.”

“아, 그렇군요.”

나는 방월도 씨에게 가서 배우들한테 가보지 않겠느냐고 물었다.

"그럴까요, 와 있답니까?"

"네."

우리는 지하실로 내려갔다.

강서이 씨, 아내, 개똥어멈, 할머니가 거기 있었다. 두 포졸만 보이지 않았다. 방월도 씨는 그들과 모두 아는 사이였다.

그들은 모두 무대옷을 입었고 지금 화장을 하고 있는 중이었다.

우리는 남자들이 쓰는 방에 앉아서 거울을 들여다보면서 화장하는 강서이 씨와 이야기했다.

"이쪽에 오셔도 좋아요"

하고 여성들 쪽에서 말했다.

"옷들 입으셨습니까?"

하고 방월도 씨가 말했다.

"벗은 사람 없습니다."

저쪽에서 대답했다.

방월도 씨가 일어나서 그 방으로 건너갔다.

나는 강서이 씨가 화장하는 모습을 지켜보면서 방금 통화한 동기생을 생각한다. 내가 뉴욕에 있는 것처럼 그도 뉴욕에 있다는 일이 꿈같았다. 그가 의사가 되어 있다는 것은 놀랍지 않았다. 그는 과학 과목에 뛰어났었다. 아마 그 점에서는 나의 짝과 쌍벽이었다. 40년의 저편에서 들려온 목소리. 뉴욕이 큰 극장이고 사람들이 배우이고 오늘도 관극하고 오는 길입니다. 말이란 것은 편리해서 이미 필요한 일에 대한 표현형식이 다 다듬어져 있기 때문에 우리는 힘들이지 않고 그럴듯한 말을 쉽게 쓰고 읽고 한다. 그러다가 정말 그 말이 꼭 맞는 일과 부딪히면 깜짝 놀란다. 말로만 그랬지 정말인 줄은 몰랐다는 듯이. 그래서 그것 자체가 다름 아닌 연극인 인생, 굳이 '연극'이라는 놀이를 지어내서 거울에 비쳐보듯 하고서야 진짜 연극인 자기 인생을 되돌아보게 된다.

이 큰 연극의 작가는 누구인가. 사람들은 오랫동안 그 작가가 누구인지를 안다는 전제를 두고 이 연극에 출연해왔다. 이 연극을 자기가 지어낸 것이라고 생각한 사람들도 가끔 있었으나 그들은 모두 생전에 그 잘못을 알 기회를 가졌었다. 그것은 가장 보편적인 작가의 이름이었다. 사람마다는 꼭두각시인가? 신, 운명이라는 작가를 가정한다 치고 실지로 무엇이 달라지는가. 그것은 자기 그림자를 이 우주라는 커다란 무대에 될수록 먼 데다 던져보고 자기가 이번에는 그 먼 데 있는 '그림자의 그림자'라고 생각하는 것과 같다. 자기 목소리의 메아리에 귀를 기울이는 사람처럼. 거울 없이는 사람은 자기를 보지 못하고, 메아리가 없으면 제 목소리를 듣지 못한다. 제 그림자와 제 목소리의 메아리는 돌아와서 마음의 벽에 비치고 마음의 벽에서 울린다. 이번에는 그림자와 메아리는 마음속에 있다. 사람은 자기 속에 또 하나의 자기를 가지게 된다. 사람은 곱빼기의 '나'가 있다. 그러나 제 그림자와 제 목소리를 신이라 부르고, 운명이라 불러본다고 자기 신분이 달라질까? 그것을 무엇이라 부르건 상관없지만, 그것에다 자기 얼굴을 씌우고, 그것에다 자기 목소리를 주고, 그것에다 제 이름을 주고 싶은 유혹을 물리치는 것. 짐승들은 그런 짓을 하지 않는다. 그들은 '자기'만을 살다가 간다. 그들은 자기 그림자를 자기 마음속에 지닌다는 이상한 구조를 모른다. 그래서 그들은 바람이 바람에 대해 생각지 않는 것처럼 자기를 생각지 않고 그저 있다가 없어진다. 그들의 생식生殖이라는 것은 조금 복잡해진 관성의 법칙이다. 당구공이 자기는 멈추지만 부딪친 공에 힘을 전하는 것처럼, '있음'이라는 힘을 자손에게 옮기는 것뿐이다. 사람만이 옮기지도 않는 힘의 그림자 — '자기 있음'을 자기 속에 지닌다. 이 '그림자의 힘'은 아무리 옮겨도 줄지 않는다. 이 그림자를 쫓아버리지 않으면 사람은 짐승들과 자연과 하나가 되지 못한다. 길은 하나밖에 없다. 밖을 잠시 잊어버리고 안의 그림자의 세계에 사는 일이다. 아마 원시의 사람들은 이 안과 밖의 구별이 아직 불완전했던 듯싶다. 갓난아이들이 제 몸을 잡으려고 하는 것처럼. 그들은 분열을 의식하지 못했다. 그러나 분열은 있었다. 그들이 바로 이 생활에 무엇인가 한 꺼풀 씌우지 않고는 불안해서 굿거리를 만들어냈으니. 그저 밥을 먹으면서 '신의 밥'을 먹는다는 놀이를, 그저 밥에다 씌운 한 꺼풀 — 그것이 '마음속에 기억한 밥'이지. 밥을 먹자면 언제나 마음밥을 같이 먹는 것이 된다는 이 덧칠질. 이것이 놀이다. 무대에서 빈 그릇에 숟갈질을 하면서 밥을 먹는다고 할 때, 그는 마음밥을 먹고 있다. 무대에서 실지로 밥을 먹을 때도 그는 마음의 밥을 먹고 있는 것이며 말하자면 마음속의 장면의 흉내를 내고 있다는 말이다. 이렇게 해서, '밖' '물질'은 지워지고(마치 밑그림을 지우듯), '마음'이 선명하게 보이게 된다. 그렇게 해서 무엇 하자는 것인가? '자기의 본질'을 그렇게 해서 분명히 알자는 것. 그래서 연극은 '마음의 거울'이다.

"이쪽으로 오세요, 맛있는 거 있어요."

흠, 무슨 맛있는 그림자가 마음의 거울에 비친 모양이군. 친구의 목소리를 이렇게 멀리까지 그 메아리를 찾아가는 나는 불행하다. 나는 그래서 그 목소리를 처음 들었을 때의 덮어놓고 반가움을 망쳐버린다. 반가웠는데. 그저 반가우면 그만인데. 골백번 생각한 이런 과정을 다 해결해준 것이 연극이었는데. 철저히 생각해서 쓴 희곡 속에 스스로 빠지면 되는데. 그것이 구원인데. 그것만이 구원인데, 그럴 줄 다 알길래 이 도시의 한복판에 이 여럿 성인 남녀들이 모여 얼굴에 그림을 그리고, 생판 상관없는 옷을 입고, 얼토당토않은 대사를 지껄이며 울고 웃고 박수치자는 약속인데. 게다가 고향 친구가 구경하러 오겠다는데. 내 안에서 무엇인가가 바로잡히는 소리가 들렸다.

포졸 두 사람이 들어섰다.

"음, 왔군."

강서이 씨가 상투를 만지면서 말했다.

"네, 일찍 오려고 했는데."

"아직 시작 안했어요."

"아니요, 좀 도와드리려고."

"그건 우리 소관이 아닌데 걱정 말아요, 로즈마리가 다 하고 있어요."

"네, 지금 봤습니다."

그들은 방 한쪽의 가리개 뒤로 가서 옷을 갈아입는다. 방월도 씨가 도넛이며 머시맬로며 그런 것들이 담긴 종이 접시를 들고 건너왔다.

"여기 방 선생 커피가 있습니다."

아내가 사이문에서 종이 커피잔을 들고 말했다. 방월도 씨는 가서 자기가 마시던 잔을 받아 왔다. 나도 옷 갈아입는 가리개 옆의 탁자 위에 놓인 커피끓이개에서 한 잔을 따라가지고 왔다.

강서이 씨는 상투가 아직 마음에 덜 차는지 만지고 있다. 내가 보기에는 강서이 씨는 분장하나마나였다. 보통 때 차림이 거의 이 극 속의 인물들의 차림과 그리 다르지 않았기 때문에 그렇게 보였다. 하기는 머리카락 모양만 달라진다. 그는 보통 길게 자란 머리를 뒤꼭지에 묶어 내려뜨리고 다니는데 지금은 그것을 틀어서 머리 꼭대기에 세워놓았다. 그 모양은 그 모양대로 보기 좋았다. 원래 강서이 씨 얼굴이 빼어나서 그렇지 상투 때문이라고 하기는 어렵겠지만, 상투가 올라앉은 그의 머리는, 자 이제부터, 그런 신호로 보였다.

"나으리들 나오시는군."

방월도 씨가 말했다.

포졸들이 옷매무새를 갖추고 나왔다. 나는 이 방에 조선 벼슬아치가 나타나기는 이 교회가 지어지고 처음일 것을 생각했다. 그 악명 높은 조선의 포졸들은 그러나 그다지 악해 보이지 못하는 웃음을 지으면서 거울을 들여다본다. 그런 다음에 가지고 온 보따리에서 육모방망이를 꺼내 손에 들었다.

"자, 나으리들 좀 드십시오"

하고 방월도 씨가 접시를 가리키며 말했다.

"네, 고맙습니다."

"저쪽 백성들이 드리는 거요"

하고 방월도 씨가 옆방 쪽을 보면서 말했다. 연극 속에서 닭이며 양식이며 빼앗기고 있는 무지렁이들은 속도 없이 현실에서도 이렇게 나으리들 섬기기를 잊지 않는다.

포졸들은 커피를 한 잔씩 마시고 나서 분장실을 나가 안쪽의 응접실 옆에 있는 작은 강당으로 가서 두 사람이 대사를 주고받으면서 연습에 들어갔다. 나는 응접실 소파에 앉아서 포졸들이 꺼떡거리면서 강대 앞을 오락가락하는 것을 바라보았다. 여기는 반지하실이어서 내가 앉은 응접실 쪽은 길게 난 창에서 빛이 들어와서 환했지만, 그쪽은 훨씬 어두워서 한 개만 켜진 천장의 전등이 강단 앞만 좀 밝게 만들고 있었다. 이쪽에서 하는 게 편리할 텐데. 낡은 소파가 놓인 응접실은 청소를 하지 않은 지가 오래된 듯 응접실이라기보다 못 쓰게 된 낡은 가구를 가져다둔 창고 같았다.

이 방에 다시 와볼 수 있을까? 그런 생각이 문득 떠올랐다. 아마 그러기 힘들 것이었다. 이 자리는 내가 다니는 학교도 아니었고, 내가 다니는 교회도 아니었고, 내가 근무한 부대 막사도 아니었고, 내가 가르치는 학교도 아니었다. 사람의 평생에는 그러고 보면 그런 장소가 따로 있다. 눈 감고라도, 하고 흔히 말하듯이 일정한 인생의 어느 시기에 수없이 오가는 길과 그 길 끝에 있는 장소 — 학교, 예배당, 막사, 직장. 그런 곳에다 사람들은 자기를 조금씩 남기면서 살아간다. 그렇게 말해야 좋을지, 아니면 그런 것과 어우러져 그 순간마다의 이른바 '나'가 그때마다 이루어진 연속으로서의 나. 집과 학교 사이에 개미들의 행렬처럼 이어진 나, 나, 나, 나, 나, 나…… 학교에, 예배당에, 막사에 도착하면, 그 마지막 '나'만 남고 다른 나들은 모두 그 마지막 '나' 속으로 마치 개미굴 속으로 들어가는 개미들처럼 차례로 들어와 겹친다. 그래서 마치 작은 구멍만 남는 것처럼, 구멍에 보초처럼 서 있는 마지막 나가 '나'로 통한다, 이렇게 말하는 것이 옳을지. 이 개미 구멍 속의 '나'들이 우리가 '기억'이라 부르는 물건이다. 사람들은 이 물건은 개미구멍 속에 남겨놓고 '말'이라는 지폐로 바꾸어서 편리하게 가지고 다닌다. 그러나 우리에게 뿌리 깊은 현물경제 심리는 기억들은 그 환상의 굴이거나 아니면 도중의 길바닥에 흩어져 떠돌거나 어느 나뭇가지나 담벼락에, 걸어간 복도 한구석에서 서성거린다고 생각하기를 즐긴다. 나는 이 자리에 남겨놓고 갈 나를 생각하고 그가 저 혼자 견뎌야 할 시간을 생각했다. 이 장소에 가득 찬 다른 사람들의 '나'들. 창고 같은 이 장소는 그렇게 과밀한 인구의 거처다. 다만 영혼들은 물체가 아니므로 부자유는 없다. 그들은 서로 속을 통과한다. 옛날 사람들은 정말 그렇게 생각했다. 그래서 그들의 시간과 장소는 그처럼 묵직했다. 이런 생각은 지금 이 장소에서야말로 썩 어울려 보였다.

"시작합니다."

강서이 씨가 분장실 문을 열고 나오면서 나를 보고 말했다. 나는 포졸들을 향해 말했다.

"시작한답니다."

우리는 분장실 밖의 좁은 계단으로 위층에 올라갔다. 올라가면서 보니 맨 앞에 로즈마리가 있었다. 데리러 내려왔던 모양이다.

극장에서는 무대 조립이 끝나고 조립 일을 한 사람들이 객석에 앉아 있었다. 그들은 대여섯 명 되었다.

마루에 아내가 가서 앉아 바느질감을 집어들었다.

눈이 내리고 있다
흐릿한 등잔불
아내
방에서 바느질을 하고 있다
……

아직 대사가 없고, 아내는 한국 여자이므로 브록포트와 달리 완전한 원작대로의 장면이다.

달이 찬 몸
열다섯쯤 또는 그보다 아래
바느질감을 들어
눈으로 대중을 해본다
……

입을 열기 전까지는 그녀는 완전한 우리나라 여자다. 그녀가 한국말을 전혀 못한다는 것은 밖에서는 알 수가 없다. 서울에서 어떤 극단들은 이 연극을 액자무대가 아니고 원형무대에서 해보는 경우가 있었다. 그러나 등퇴장 부분이 부자연스러워 보였다. 실물을 본뜬 무대에서 부엌으로, 뒤꼍으로, 사립 밖으로 드나들어야 할 장면에서 관객 속으로 불쑥 드나드는 것이 연극에 도움을 주지 못했다. 이런 점을 해결하기 위해 아예 출연자 전원이 관객 사이를 비집고 들어와서 무대 한쪽 관객들에게 드러나 보이게 나와 앉아 있다가, 자기 차례대로 무대 전면에 나와 장면을 해나가는 실험도 있었다. 그러나 이것도 무대를 산만하게 할 뿐이었다. 아마 마당놀이의 관습을 본뜬 것일 이 방식은 야외극에 어울리는 작품이면 몰라도, 작품이 적당하지 못하면 기껏 공연장소가 실내극장으로까지 진화한 역사를 불필요하게 거슬러 올라가는 것이고, 그것도 실지로 야외라면 몰라도, 극장 안에서 노천 장소를 연출하는 것도 성가시기만 해 보였다. 실내극장에 나오는 배우들이 극장까지 걸어와서 배우 분장실에 실컷 앉았다가 무대에 나오는 줄을 관객들이 모르기나 할까 봐 그러는 것일까. 우리는 뒷사정을 다 알면서 객석에 앉아 있는 것이고 배우들은 그 약속을 믿고 무대에 나온다. 전위극의 연출 방법은 무섭도록 빨리 낡아버린다. 작품의 내용이 감당할 만한 필연성을 마련하지도 않으면서 그 실험의 창안자들의 방법을 모방해봤자 얄팍하게만 보인다. 이 희곡을 채택한 첫 연출자와 그리고 이 고장에서의 두번째 연출자까지 그런 별난 짓을 안 하는 일이 다행스러웠다. 나는 이 희곡을 실내극장의 액자무대에 맞도록 썼다. 조용히 움직이는 아내의 동작은 실내무

대에서 조명의 협력을 받아서 비로소 효과가 난다. 그렇게 힘을
절약했다가 쓸 데서 쓰자는 생각이다. 이 희곡 속에는 실지로 이
런 이야기를 산 사람들의 생활의 무게가 있다. 언제부터인지도 모
르는 시절부터 이 이야기를 전해온 사람들은 이 이야기를 보증한
것이다. 그들의 삶의 진실이 표현된 줄거리라고 승인했다. 마당놀
이도 아니고 짤막한 전설의 형식으로. 그 무게는 10년 전에 나를
즉석에서 사로잡았다. 사람의 마음의 구조는 모두 같다. 잘 계산
된 무대는 전설의 내용을 말보다 앞선 움직임으로 보여줄 것이 틀
림없다. 국내 공연이 그랬고, 브록포트에서 우리나라 사람이 아니
라도 알아볼 수 있는 현장을 경험하지 않았는가? 여기까지 오는
동안 로즈마리는 전혀 괴상한 생각을 내지 않았다. 나는 존스 씨
와 로즈마리가 택한 연출 방향을 지금까지 잊고 있었던 일이 신기
한 느낌이 들었다. 달리도 해보자는 사람일 수도 있었는데. 앤디
워홀의 세계가 보통인 극장 분위기에서 사는 사람들인데.

  끝났다. 객석에서 일어나 박수를 치면서 로즈마리가 무대 쪽으
로 걸어갔다.
  "용마는 나오지 않았군요."
  우리도 일어서서 로즈마리를 따라갈 때 방월도 씨가 말했다.
  "준비가 덜 된 모양이군요."
  아까 용마가 나오는 장면에서 로즈마리는 설명으로 그 부분을
자기가 읽고 진행시켰다.
  우리가 무대 앞으로 모이자 로즈마리가 자기 메모를 보면서 평

을 했다. 그녀는 배우 한 사람마다 해당하는 말을 하고 극의 흐름
은 만족할 만하다고 말했다. 오늘은 그것으로 끝났고 내일 시간표
를 말했다.

방월도 씨가 전원에게 식사 대접을 하고 싶다고 제의해서 우리
는 차에 나눠 타고 한국 음식점으로 갔다. '뉴욕 서울'이 아닌 다
른 집이었다.

우리는 그 집 1층의 제일 안쪽에 자리를 받고 앉아서 오늘 연습
에 대해 얘기했다. 배우들이 로즈마리에게 자기가 어떻게 보였는
지 말해달라고 했다. 로즈마리는 극장에서처럼 흐름 자체에는 만
족한다고 하면서 내일은 용마까지 등장시켜 아침부터 밤까지 연습
한다고 말했다. 방월도 씨는 이야기를 듣기만 하고 의견은 말하지
않았다. 나는 극장에서 나올 때까지 동창생한테서 전화가 오지 않
을까 생각했던 일을 떠올렸다. 그래도 공연 전에 알게 된 것이 다
행이었다. 나는 첫날이나 이틀쯤까지 참관하고 버지니아로 갈 생
각이었다. 그런 다음에 동기생이 연락했다면 만나지 못할 뻔했다.
우리가 식사를 하고 있는데, 저쪽 식탁에서 어떤 한국 사람이 걸
어와서, 방월도 씨와 강서이 씨에게 인사했다. 방월도 씨가 그를
나와 로즈마리에게 소개했다. 그는 뉴욕에서 무슨 사업을 하는 교
포였다. 그는 이 자리의 식사를 자기가 지불하게 해달라고 했다.
방월도 씨가 사양하다가 제의를 받아들였다. 그는 우리 모두에게
공연을 축하하여 건배하고 자기 자리로 돌아갔다.

회식이 끝나고 나는 로즈마리의 차로 8가까지 와서 지하철을 탔
다. 지하철은 그다지 붐비지 않아서 앉을 수 있었다. 맞은편에 앉

은 수염을 기른 중년 남자와 그의 아내일 듯싶은 눈이 큰 여자가
주고받는 말이 아마 스페인 말일 듯싶었다. 이 노선에는 그들의
동족인 듯한 사람들이 많이 탔다. 인도 사람도 꽤 자주 보였다. 차
량의 내부는 깨끗한 편이었으나 지하철 구내는 지저분했다. 처음
에는 을씨년스럽기까지 했으나 곧 아무렇지 않게 됐다. 엘므허스
트에서 내려 하숙까지 오는 길도 가끔 차가 지날 뿐 거리는 인적이
많지 않았다. 길가 가게들이 일찍 문을 닫기 때문에 이렇게 되는
것이었다. 하숙으로 오는 길은 넓은 사차선 도로를 건너야 했다.
중간에 넉넉한 면적의 녹지로 된 분리대가 있는데 옛날에 전차가
다닐 때 사람들이 기다리던 장소로 보였다.

하숙에 들어서니 주인이 텔레비전을 보고 있었다.

"저녁식사는요?"

그녀가 물었다.

"네, 하고 왔습니다."

"마실 것 드릴까요."

"괜찮은데요."

"그럼 과일은?"

"좋습니다."

그녀가 부엌으로 들어갔다.

나는 화장실로 가서 손을 씻고 소파에 와 앉았다.

그녀는 껍질을 벗겨서 쪼갠 사과 접시를 가져왔다.

"손님 대접을 제대로 못합니다."

그녀는 이 근처에 가게를 가지고 있다. 내가 늦게 일어나면 그

녀는 나간 다음이어서 나는 부엌에서 제 손으로 음식을 찾아먹고 나간다. 저녁에는 너무 늦을 때가 아니면 그녀는 꼭 자기 방에 있다가도 들어서는 나에게 저녁식사를 하고 오는지 확인하고 만일 식사 전이면 자기 손으로 식사를 차려주었다.

"집이 조용해서 편히 지냅니다."

그녀의 딸도 맨해튼의 어느 회사에 나가는데 그녀는 거의 만날 수 없었다.

"네, 너무 조용해서 한국 분들하고 지낼 겸 하숙을 하고 있습니다."

"하숙생이 많아야 할 텐데요."

"아니라니깐요, 제 장사 잘됩니다."

그녀는 일부러 뽐내듯이 말했다.

"그러셔야지요, 이 근처시죠?"

"가깝습니다. 한번 보러 오시지 않겠습니까?"

"네, 한번 들르겠습니다. 참 용하십니다."

"용할 것 있나요, 교포들 덕분에 먹고사는 거지요."

"무슨 가겝니까?"

"네, 한복을 팝니다."

"한복을요?"

"네."

"지으신다는 말씀인가요?"

"짓기도 하지만, 어디 그렇게 손이 돌아가나요, 거의 기성품을 팝니다."

“기성품이라니, 미국서 만든다는 말씀인가요?”

“그렇습니다. 맞춤을 원하시는 분들도 있거든요, 그런 경우에는 지어드리지요.”

“그렇군요, 참 좋은 일을 하십니다. 힘이 드는 일이실 텐데.”

“괜찮아요, 도와주는 이가 한 사람 있고요, 그 밖에 예식장도 하고 있습니다.”

“예식장은, 어디서요?”

“같은 건물입니다. 가게와 붙어 있어요. 아주 작은 장숩니다.”

“예식이라면……”

“결혼식 말입니다.”

“여기서는 교회에서들 한다고 들었는데.”

“신자 아닌 사람도 많으니깐요, 신자라도 사정이 있어서 교회를 이용하지 못하는 때라든지, 그런 거지요.”

“좋은 일만 하시는군요.”

“다행으로 알고 삽니다…… 그래 공연 준비는 잘 돼가고 있습니까?”

“네, 인제 사흘 남았습니다. 그날 모시고 갈까 하는데요.”

“아이구, 고마우셔라.”

“시간을 내실 수 있으신지?”

“내다뿐입니까? 우리나라 연극을 하는데요, 우리가 제일 먼저 구경 가야지요, 얼마나 자랑스럽습니까?”

“따님 표도 제가 마련하겠습니다.”

“아닙니다, 걔는 제가 표를 사서 들어갈 겁니다. 도와드려야지요.”

“저한테 돌아오는 표가 넉넉합니다.”

“그래도 초대할 분이 많으실 텐데 우리는 제일 나중에 생각해서
도 됩니다.”

“알았습니다, 그리고 참, 저한테 전화는 없었습니까?”

“없었는데요, 어제 그 신문사 말고는.”

“네, 네.”

그녀는 부엌에 가서 또 다른 과일 접시를 가져왔다.

“처음에는 좀 고생했지요……”

혼자서 아들 하나, 딸 둘을 데리고 건너왔다고 한다. 가장의 생
전에는 집 안에서만 지내다가 갑자기 일을 당하고 장사를 시작했
는데 다 신통치 않아서 새 천지를 찾아 이리로 왔다 한다.

“제가 원래 바느질 솜씨가 있는 것도 아니었습니다……”

여기 와서 손에 익혔다고 한다. 다행히 차츰 단골이 생기고 지
금은 뉴욕 밖에서 물건을 가져가기도 한다. 아들과 큰딸은 결혼해
서 가까운 도시에 살고 지금은 이렇게 막내딸만 데리고 있다. 교
회에 나가면서 마음도 편해졌다. 지금은 집사 일을 맡아 본다.

“김 집사님이시군요.”

“일이 바빠서 제대로 교회에 성의를 다하지 못합니다.”

김 집사는 이렇게 자신을 부족하게만 말하지만 그녀는 잘 자리
를 잡은 교포였다. 로마에 오는 사람들은 이렇게 여러 가지 사연
을 가지고 있다. 그들의 고향에서 잘 풀리지 않던 일을 여기서는
이루어낸 사람들이 많다. 그 대신 여기는 시라쿠사도 알렉산드리

아도 아니다. 무엇인가를 버리는 대신에 무엇인가를 얻는다. 이민 올 때부터 지금까지의 이야기를 띄엄띄엄 혼잣말하듯 하는 그녀의 이야기를 통해서 그런대로 한 가족의 지난 10여 년이 짐작이 간다. 지하철에서 만나는 남미 사람들, 인도 사람들이 떠오른다. 브록포트의 인도 교수. 모두 자기네 고향에서 어려웠던 인생을 여기서 새로 꾸며나가고 있는 사람들이다. 버지니아의 우리 가족도 이 사람들과 같은 성격의 대열에서 이 나라에 왔고 여기서 그런대로 길을 찾았다.

H에서 시작한 피난 대열에서 홀로 벗어난 나. 작은 사람들이 고향에서는 이 로마 성벽 안에서와 같은 생활을 하지 못하는 로마의 질서. 로마의 성벽 안에서는 이방 사람들도 법으로 보호하면서 트라키아에서는 시라쿠사에서는 갈리아에서는 그 법을 에누리하는 로마. 이 모순을 받아들이면 이곳의 생활에는 평화가 있고 이 모순을 받아들이지 않으면 비록 로마의 성벽 안에 몸이 있을망정 마음은 고향에서와 마찬가지로 괴롭다. 해방 전에 동경으로 유학 갔던 선배들도 이런 심정이었겠지. 이 심정을 어느 물길에 열어주느냐, 괴로웠겠지. 1920년대의 동경에는 서양에 대해 문호를 연 이후 순조롭게 진행된 국제적 위치의 향상으로 생활문화의 쾌적함이 있다. 언론의 자유 비슷한 것도 있다. 결사의 자유 비슷한 것도 있다. 학교에서 나란히 앉아 공부하는 일본 친구는 자기 나라 욕을 한다. 식민지에서 온 친구를 차별하지 않는다. 미안해할 줄 안다. 그것이 배운 사람의 최소한의 몸짓임을 안다. 그보다 더 열린 일본 사람도 있다. 우리는 서로 미워할 까닭이 없으며, 모두 황색 황

제의 희생자들이요, 우리는 형제요, 당신들이 해방될 때가 우리도 해방되는 날이요, 싸웁시다 함께. 자기가 누리는 특권에서 내려와 감히 같은 바탕에 서겠다는 제안. 이것은 일찍이 생명이 아직 살아 있는 선교기의 종교에서밖에는 볼 수 없었다. 이렇게까지는 아니더라도 제국의 성벽 안에는 압제의 이완이 있다. 보편성의 신기루가 있다. 대담한 욕망 표현의 무지개가 있다. 이런 것들을 보다가 속방의 지식인은 이윽고 고향으로 돌아간다. 그다음의 삶을 어떻게 사느냐로 유학생들의 길은 갈라진다. 자기 마음속에서 어느 신을 받아들이느냐의 문제. 이 세상에는 신이 많다. 신은 신을 찾는 사람의 그림자이기나 한 것처럼 많다. 그 숫자는 신을 찾는 사람의 숫자와 꼭 같다.

김 집사가 방으로 들어가고 나는 방으로 와서 어제 오늘 일을 수첩에 적었다. W고 동기생 전화, 라고 쓴 글자가 제일 뚜렷해 보였다.

이튿날 오전 연습에서 처음 용마가 등장했다. 갑자기 지붕이 분리되어 올라가고, 마루 안쪽 벽이 좌우로 갈라진 사이로 용마가 튀어나와 마루 절반쯤에서 멈췄다. 용마는 약간 경사지게 설치한 레일 위를 훨씬 뒤쪽에서 굴러 내려오게 돼 있어서 흠칫하게 만들었다. 이것이 로즈마리가 마련한 볼거리였다. 그 장면에서 우리는 손뼉을 쳤다.

"아주 좋은데요."

사람들이 저마다 같은 말을 한꺼번에 내놓았다.

이런 등장 방식은 여태껏 이 작품의 공연에서 처음이었다. 대개는 무대 왼쪽에서 바퀴 달린 나무말이 나오는 방법이었다. 이번이 훨씬 힘차고 갑작스러워 보였다. 더구나 집을 마음대로 여러 조각으로 헤쳐놓고 나온다는 생각은 해보지 못한 일이었다. 무대 조건이 어느 정도 기계화되었을 때에만 해볼 수 있는 연출이다. 뮤지컬은 주로 이처럼 빠르고 짐작하기 어려운 무대 전환에 호소한다. 이 고장의 연출 방식이 적절히 도입된 장면을 보고 나는 기뻤다. 연극에서는 이 측면이 중요하다. 지붕이 올라가고 벽이 열리고— 용마가 나타난다. 용마라는 이름에만 기대지 않고 용마의 출현다운 모양새를 보여주는 것. 로즈마리가 연출자로서 제일 공들인 부분이 틀림없었다. 용마 대신에 다른 이름을 생각해보는 문제를 그녀는 더 꺼내지 않고 있었다. 나도 더 말하지 않으리라고 정했다. 그녀의 마음은 지금 이 연출이 나타내는 효과로 차 있다.

"좋은데요, 놀랐습니다."

"괜찮아요?"

"뉴욕 식입니다."

그녀가 깔깔 웃었다.

"용마도 이 기계도시에 왔으니 호강 좀 해야지요."

"좋아할 겁니다."

"이리 와보세요."

그녀는 뒷벽을 다시 열게 했다. 세 가족을 태우고 용마가 레일을 거꾸로 타고 후퇴하면 갈라졌던 벽이 닫히고 지붕이 제자리에 내려앉게 돼 있었다.

236

열린 벽 사이로 저 안쪽에 이쪽을 향한 말이 보였다. 우리는 마루로 올라가서 갈라진 벽 사이를 지나 용마 가까이 갔다. 지금 용마에는 인형만 앉아 있었다. 인형은 고친 흔적이 없었다. 이것도 더 말하지 않기로 했다. 물 좋고 정자 좋은 데는 없어도 살면 고향이다. 용마가 숨겨져 있는 공간은 꽤 넓었다. 그러니까 객석이 차지한 면적보다 무대를 만들 수 있는 자리가 훨씬 넓다. 이 연극은 용마라는 장치가 있으니까 이 부분이 초가집 뒤라고만 처리되지만 다른 극이면 2층집이 안쪽으로 여러 채 들어선 무대를 만들 수 있는 자리가 있다. 천장에는 쇠 구조물이 얽혀 있었다.

로즈마리는 기계를 다루는 사람을 시켜 용마를 천천히 움직이게 해보았다. 용마는 레일 위를, 움직이는 사람의 뜻대로 몇 번 오갔다. 그럴 때마다 쇠 구조물 어느 부분이 돌아가는 소리가 났다. 연극에 관계한 처음부터 나는 무대의 이 부분이 좋았다. 그것은 마치 '상상력'이라는 것의 힘줄이며 다리며 팔이며 어깨며 하는 것을 보는 듯하였다. 아주 옛날에 기관구 공장 안에서 움직이는 그 검은 물체들의 세계 같기도 하고, H에서 살 때 아버지의 제재소에서 본 기계의 톱 같기도 하고 공구 창고의 그 잘게 나뉜 선반마다 가득 차 있던 공구工具들과 복잡한 보이지 않는 선로를 통해서 연결돼 있는 세계 같기도 했다. 머리와 손과 기계 사이의 이만한 가까움. 마음과 물질이 결코 둘이 아니고 하나라는 사실이 눈에 보이고 손에 만져지는 이만한 통일. 나는 괜히 쇠줄을 만져보고 레일을 아래위로 훑어보았다. 괜히랄 것은 없다. 내 머릿속에 떠올랐던 날개 달린 하늘의 말에서 순리대로 실꾸리에서 실이 풀리듯 풀려나오는 것이 이 레일이고 이 쇠 로프다. 이 로프는 거리에 이어지고, 공항에 이어지고, 서울에 이어지고, 버지니아에 이어지고, 나의 머릿속의 세포에 이어져 있다. 영혼이란 것이 끼어들지 않고도 구성이 분명한 회로다. 그러니까 괜히가 아니다. 나는 나 자신의 두 손바닥을 한번에 비벼보는 셈이다. 내 다리를 두들겨보는 셈이다. 이 기계들은 내 마음의 의신義身들이었다 — 글자처럼, 말처럼. 말보다 좀더 무거운 '말' — 연극에 나오는 온갖 것들, 배우들, 소도구들, 장치들, 무대 뒤의 기계들은 그런 '말'이다. 옛날에 H에서 보던 그 커다란 전기톱이며, W의 기관구의 기관차들이며, 공구 창고의 도구들이며를 보면서 마치 뼛속의 가려움처럼 잡히지 않던 그 무엇은 이 사실이었다. 나는 그것들에 넋을 잃었을 뿐 그것들과 말을 나눌 수 없었다. 그것들은 다 이름이 있었는데도 우리는 뜻이 통하지 않았다. 그것들은 그것을 움직이는 사람들의 몸이었다. 그것들과 말을 하자면 그것들을 움직이는 사람이 되어야 했다. 지금은 알겠다. 내가 만져보는 이 쇠줄과 레일을 나는 느낀다. 내 성대의 울림을 느끼듯이. 그들은 나다.

객석 뒤쪽의 문에서 누군가 나를 불렀다. 매표소에 있는 금발의 젊은이다.

"전홥니다."

나는 그를 따라 계단을 내려가서 매표소 안으로 들어가 내려놓은 수화기를 들었다.

"나야."

"응, 자네군."

“오늘 우리 집으로 가지.”

“그럴까.”

“응, 거기 언제까지 있을 거야?”

“늦게까지 있는데, 괜찮아. 자네가 오면 가지.”

“그래도 되나?”

“아, 그럼. 언제 올 건데?”

“퇴근하면서 갈게.”

“그래, 기다릴게.”

“자, 이따가, 반갑다야.”

“반갑다, 고맙다.”

송수화기를 놓고 나오면서 금발의 친구에게 인사한다.

“고맙소.”

“고향 친구.”

그는 좋은 전화를 대준 사람의 웃음을 지었다.

로즈마리와 방월도 씨와 나는 길모퉁이 그리스 음식점으로 갔다. 조금 기다려서 겨우 자리를 찾아 앉을 만큼 붐볐다.

“음식이 좋습니다.”

방월도 씨가 차림표를 집어들면서 말했다. 스테이크와 야채 수프를 시켰다.

“오늘은 연습이 어떻게 됩니까?”

내가 물었다.

“오후에 한 번, 저녁 후에 한 번 할까 합니다.”

“저는 저녁 때 친구를 만나기로 했습니다.”

"좋으실 대로."

"매표 상태가 어떻습니까?"

나의 물음에,

"괜찮은 편입니다."

"매표 수입으로 제작비가 나옵니까?"

"대체로 안 됩니다, 예외도 있지만요."

"이번에 예외가 돼야 할 텐데."

"잘해봅시다."

"그래서 브로드웨이에 나가서 큰돈 좀 벌게요."

그녀가 큰돈만큼 크게 웃었다.

큼지막한 스테이크와 수프, 그리고 샐러드가 왔다. 샐러드는 씻어놓은 김칫거리처럼 푸짐해서 든든해 보였다.

"여기 와보셨던 모양이군요."

"가깝기도 하고, 음식이 괜찮은데요."

"방 선생은 음식점 많이 아시지요?"

"그렇지도 않습니다."

방월도 씨가 독신일 줄을 알고 하는 말이었다.

"그럼 요리를 잘하시거나."

로즈마리가 바로 스테이크를 잘라서 입에 넣었다.

"…… 맛있어요."

"괜찮아요. 그러나 맛있는 음식집만 다닐 수 있나요. 무슨 돈으로 당합니까?"

"백만장자 아니에요?"

"그러고 싶었는데 잘 안 됐어요."

"젊으시니까 아직도 기회는 있습니다."

"이 스테이크는 제가 냅니다."

"그런 뜻이 아니었는데……"

"어젯밤 기회를 되찾아야지요."

그동안 몸에 탈도 없었고 식욕도 잘 유지되었다.

로즈마리는 요즘 브로드웨이에서 하고 있는 「레미제라블」이라는 뮤지컬 얘기를 했다. 자기도 봤는데 그런 것이라야 브로드웨이 극장에서 할 수 있다는 것이었다. 줄거리가 얽히고설키고, 좋은 음악에, 호화 배역에, 돈에, 이렇게 큰 투자를 하는 투기사업이라 한다. 내가 한 말을 농담인 줄 알면서도 친절하게 설명해주는 듯했다. 나는 그녀의 말을 주의 깊게 들었다. 브로드웨이 바로 옆에서 듣는 그 얘기에는 현장감이 있었다.

커피를 마시고 거기를 나와 로즈마리는 극장으로 갔다. 우리는 그녀가 '성 클레멘트'라고 쓴 깃발이 있는 그 극장 안으로 들어갈 때까지 길에 서 있었다. 교회와 거의 비슷하게 생긴 거리의 집들을 감싸듯 아직 잎이 없는 큰 가로수들이 활짝 팔을 벌리고 있었다. 브로드웨이에서 몇 블록 떨어진 이 거리는 꽤 붐비면서도 어딘지 아늑한 맛이 있었다. 클레멘트 교회가 있는 쪽은 한층 더 차분했다.

"그럼 가보시겠습니까?"

우리는 70몇 가에 있는 책방으로 갈 참이었다.

"네."

우리는 걸어갔다.

버스는 이쪽에는 없었다.

늦은 봄 한낮의 외국 거리를 맛있는 식사를 마친 몸으로 걸어가는 것은 행복의 다음 다음쯤은 되었다.

우리는 브로드웨이로 나와서 줄리어드 음악학교 맞은편에서 버스를 탔다.

71가에서 내려 옆길로 좀 들어가 있는 APPLAUSE라는 이름의 그 책방은 평지에서 한 층쯤 계단을 내려간 곳에 있는 그리 크지 않은 집이었다. 여기서는 연극 관계의 책만 팔고 있었다. 진열된 책의 양은 그리 많지는 않았다. 주문하면 꼭 구해다 놓는 것이 이용할 만한 점이라고 한다. 나는 꼭 사야 할 책이 있는 것은 아니었다. 마침 마틴 에슬린의 책이 있기에 기념으로 그것을 샀다. 그것은 『드라마의 해부』라는 제목이었다.

책방을 나와서 우리는 다시 브로드웨이로 나왔다. 버스를 타고 46가로 오면서 보니 표를 사려는 사람들이 늘어서 있는 줄이 또아리를 틀고 있었다.

"레미제라블입니다."

"보셨습니까?"

"아직, 오래 할 텐데 천천히 보지요."

"귀국하시면 못 볼 텐데."

"와서 보지요."

"그렇군요, 여기도 아주 떠나시는 건 아니신 모양이군요."

"반드시 그런 건 아닙니다만."

"정도 드셨을 테고, 오죽 좋습니까? 언제든지 오실 수 있는 곳 아닙니까?"

우리는 버스에서 내려서 클레멘트 교회 쪽으로 걸어갔다.

흑인들은 그들의 나라인 미국 거리에서 여전히 고향을 생각하게 하는 사람들이다. 표정과 걸음걸이가 그렇게 달라 보인다. 나이 많은 흑인과 젊은이들 사이에 차이가 있기는 있다. 이 땅에 온 흑인들의 여러 세대 간에도 많은 변화가 있었겠지. 처음 세대들은 어쩐지 저랬을 것 같지 않았다. 농촌에서도 좀 달랐을 것 같고, 도시에서 산 흑인들의 가정에서 차츰 만들어진 몸짓일 것 같은 생각이 든다. 흑인들의 권리의식이 차츰 강해지면서, 로마의 성벽 안에서 보장되는 이방인의 권리를 떳떳이 주장하는 몸짓. 당당해지려는 몸짓. 그런 사실을 추적하려면 적어도 영화가 발명된 이후 시기에는 가능할 것 같다. 문학 작품도 자료가 되겠지만 불충분하다. 연극은 영화 이전 시대 사람들의 발성법, 몸놀림, 걷는 법, 웃는 법, 우는 법, 그런, 생활의 육체를 그런 대로 전하는 기록이다. 과장과 양식화가 있겠지만 생활을 반영했을 것이 틀림이 없다. 연극만이 아니고, 토착종교의 예식에 보존된 몸놀림, 도시보다 농촌, 남자들보다 여자들의 풍속에. 바느질을 하는 동작, 아궁이에 불을 땔 때는 동작, 논두렁에 엉거주춤 앉는 동작, 물동이를 이고 가는 동작 따위다. 그런 것들은 몇백 년씩 마찬가지가 아니었을까. 흑인들의 사정은 다르기는 하다. 그들은 원래 뿌리박았던 땅에서 너무 멀리 옮겨져 왔다. 그런 사람들의 마음의 풍경. 한국 사람들도 그런 문제와 만나고 있다. 우리들 앞의 세대보다 좀더 잘 보이는 시기에 온 것 같은데 흑인들보다 문제가 더 쉬워 보이지는 않는다. 흑인들과 마찬가지로 우리도 로마와 고향 두 곳에서 로마의 법을 살고 있다. 흑인들의 고향 사람들이 고향에서 로마를 살고 있는 것처럼.

"쉽게 풀리지 않는 문제지요."

방월도 씨가 진실을 간단하게 말했다.

46가에서 그와 헤어져 극장으로 가는 거리를 천천히 걸어온다. 극장에서는 연습이 시작되어 있었다. 어둠 속을 걸어가서 객석 중간쯤에 가 앉는다. 연극이 중간쯤에 와 있다. 어제보다도 더 틀이 잡혀 보인다. 용마의 출현 부분도 제대로 해본 다음이어서 다 잡힌 방향을 따라 연극은 흘러가고 있다. 강서이 씨가 연극 전체를 잘 이끌어간다. 그를 제한 나머지 배우들은 이야기의 현장에 대한 실감이 그만 못할 조건을 짊어지고 있는 데 비해 그는 유리한 입장인 것이 움직임에 잘 나타난다. 말과 움직임을 아낌으로써 말과 움직임이 속해 있는 무대 전체의 존재가 더 진하게 드러나게 하고 싶다는 목표. 무대의 빈자리는 그저 빈자리가 아니라, 그곳 역시 살아 있는 부분이라는 것이 강조되었으면 하는 마음. 그러나 진행을 서두르지 말아야 한다. 줄거리를 펼쳐가는 데 급하지 말아야 한다. 자신 있게 걸음을 늦출 것. 그런 설명을 로즈마리에게 다 했다. 그녀는 내 말을 알아들었다. 이 뉴욕에서 누구보다도 그 말을 자연스럽게 받아들일 사람이다. 이만하면 만족해야 하겠지. 남편이 말을 더듬는 부분이 어느 공연에서나 애먹는 대목이었다. 기계적이 되지도 말고, 처지지도 말고, 힘들어하면서도 지루하지 않게. 강서이 씨는 어려운 균형을 그때마다 만들어내면서 아내를 이끌어나가고 있다.

지붕이 올라가고, 벽이 열리면서 용마가 나온다. 관객들이 좋아할 것 같다. 로즈마리가 브로드웨이 연극에 대해 한 말을 알 만하다. 이런 식의 장면이 쉬지 않고 나타나는 무대. 그것이 연극의 한 쪽 끝인 것은 사실이다. 거의 곡마단의 무대와 다르지 않다. 연극만이 가진 힘이다. 그러나 그런 것만이 연극은 아니다. 이 연극은 참을성을 가지고 펼쳐야 할 이야기다. 이만한 극장에서, 이런 성격의 극단이 하기에 알맞다. 거미줄처럼, 사방으로 뻗어가고 중간 가지가 이어진 그런 모습. 문명 혹은 사회. 혹은 생활관계의 앙상블. 작품 저마다는 그 어느 매듭을 중심으로 해서 자기 성격을 가지면서 거미줄 전체와 연결돼 있다.

불이 켜졌다.

나는 무대로 가서 아내에게 그녀의 장면을 보면서 떠오르던 생각을 말했다. 그녀는 내 얘기에 열심히 귀를 기울여주었다.

"내가 더듬어서 답답합니까?"

강서이 씨가 아내에게 묻는다.

"처음에는 그랬는데 참을 만해요."

아내가 말했다.

"저는 어떻습니까?"

개똥 엄마가 다가오면서 묻는다.

"더 바랄 것 없습니다."

모두 웃었다.

"우리는 모두 개똥이 엄마를 위해 연극하는 거나 다름없지요."

로즈마리가 놀렸다.

그녀가 나오는 장면을 관객들이 좋아하리라는 것도 사실이었다.

한 시간 휴식이 선언되었다.

나는 지하 분장실에서 배우들과 함께 커피를 마셨다. 두 포졸은 사실은 하루걸러 바꿔가면서 그들 중 한 사람은 동네 사람 역을 한다고 한다. 포졸 옷 웃거리를 벗으면 속은 그대로 보통 바지저고리다. 제일 마지막에 잠깐 나와 짧은 대사를 하는 두 사람은 좋아하고 있다. 어쨌든 두 가지 몫을 하게 되는 쪽이 덜 심심한 모양이다. 동네 사람 여럿을 내놓을 여유가 없는 로즈마리의 사정과 두 배우의 심정이 잘 들어맞아서 다행이었다. 한 달 가까운 공연 기간을 생각하면 잘된 일이었다. 나는 그들에게 이제는 아무 말도 하지 않았다. 도착한 첫 주에, 할 만한 이야기는 로즈마리에게 다 했고 그때마다 그들도 옆에 있었기 때문에 전달돼야 할 일은 전달되었다고 보았다. 로즈마리는 나를 공동연출자와 다름없이 대해주었지만 내 쪽에서는 너무 끼어드는 일은 없어야 했다. 지금 나는 그들과 함께 커피를 마시고 도넛을 먹고 있으면 되었다. 브록포트에서의 경험으로 미루어서 마음 한구석에 믿는 데가 있어서이기도 했다.

휴식 시간이 끝나자 그들을 따라 올라가서 객석에 앉는다. 불이 들어오고 연극이 시작되었다. 처음에 내 머릿속에 있었고 다음에는 종이 위에 옮겨졌던 내용이 그동안 수없이 무대 위에 옮겨졌다. 내가 볼 수 있었던 공연을 볼 때마다 나는 작가가 자기 작품의 무대를 본다는 일에 대해서 생각해보게 되었다. 공연들은 그때마다 달랐다. 그렇다고 해서 아주 다른 것이 되는 것도 아니었다. 거기에 묘미가 있었다. 나는 그때마다 내 작품을 더 자세히 읽게 되는 듯싶었다. 희곡이 악보라면 공연은 연주다. 그렇게 따지자면 글자는 악보고 '읽기'는 연주이니 구조가 다른 것은 아니지만 희곡의 공연에서는 그 '읽기'가 연기며, 무대장치라는 형태로 나타나고 작가인 내가 그것을 본다는 절차를 따른다. 말하자면 희곡을 극단 사람들이 읽고(공연하고), 나는 그 읽기(공연)를 읽는다는, 두 겹의 읽기를 한꺼번에 하게 된다. 나처럼 산문만 써온 사람에게는 연극의 이런 구조는 인간의 기억을 위한 구원같이 보인다. 그 많은 공연들은 내 마음속에서 다 하나가 되어 나의 기억을 돕는다. 이 세계 모두가 작품 하나 속에 담겨 있는 듯이 감상하기로 한다는 약속의 유지에 조금이라도 보탬이 된다. 극중의 인물들을 무대 위에서 여러 번 만날수록 그들의 실재(비록 환상이지만)가 그만큼 확실해진다. 그들은, 여러 번 만난 사람들이 된다.

연극이 끝나고 불이 켜진다. 일어나서 무대 쪽으로 가려고 몇 걸음 옮겼을 때, 뒤쪽 좌석에서 누군가 이리로 오고 있었다.

"와 있었군!"

"음, 구경했지."

"어, 이거."

"허, 참."

우리는 손을 잡고 몇 번씩 흔들면서 이런 말만 되풀이했다.

이번에는 무대 쪽에 있는 사람들이 객석의 우리를 쳐다보고 있었다.

나는 그들에게 손을 흔들어 보이고 친구와 함께 극장을 나왔다.

그의 차가 있는 곳으로 걸어가면서 우리는 이렇게 만나다니, 를 되풀이했다.

"그래, 여기는 끝난 거지?"

"응, 병원에서 오는 길인가?"

"응, 어디서 식사를 할까?"

"집으로 간다면서."

"그래도 되겠나."

"괜찮다면, 나야……"

"타세."

이미 불을 밝힌 거리를 차가 움직여나갔다.

"얼마 만이야, 그러니까……"

"40년 가깝지, 꼭 37년……"

"37년……"

우리는 그 숫자에 놀란 사람들처럼 잠깐 말을 끊었다.

그의 얼굴에 차의 앞쪽을 살피는 운전자의 표정과, 그것과는 성질이 다른 또 하나의 얼굴이 엇갈렸다.

"뉴저지야, 집이."

"건너편이군."

"응."

지금 길은 한창 붐비고 있다.

"집에서 시내전철까지 와서 근처에 차를 맡겨놓고 병원까지는 전철로 다녀.”

“흠, 그런 식이군.”

차가 강변길에 들어섰다. 굉장히 붐빈다.

“그래도 오늘은 덜 붐비는데.”

찔끔거리는 움직임에 대해서 친구는 다행이라는 듯 말했다. 큰 다리를 건너자 거기는 별천지처럼 길이 수월했다.

“뉴저지로 왔어.”

조금 더 가자 띄엄띄엄 있는 가로등이 외로워 보이는 그저 시골 길이 되었다.

“아주 한적하군.”

“응, 시골이야.”

우리는 월남한 이후 만나지 못했다.

W고 동기들을 만났을 때 그가 넘어왔다고 들은 것 같기는 해도 서울에서는 끝내 만나지 못했다. 그는 누이동생과 둘만 왔다고 한다. 흔한 경우였다. 부두에서 배를 타고 보니 다른 가족은 타지 못했더라는 것이다.

“가족들이 버지니아에 있군…… 자네만 서울에 있구……”

“그래……”

“그렇게 됐군……”

1960년대 초에 왔다고 한다.

“고생 참 많이 했다.”

앞쪽을 보면서 그가 말했다.

“그래도 이렇게 살아서 만나지 않나?”

내가 말했다.

"살아 있으면 다 만난다더니……"

"참말이야."

"너는 정말 작가가 됐구나."

"응."

"그 우리 작문 선생 생각나니?"

"그럼……"

"그 선생이 그랬잖아. 너는 작가가 될 거라구."

"그런 말을 했었지."

"그 사람 좋은 사람이었지? 학생 비슷하구."

"그때 아마 우리 학교가 처음이랬지."

"맞아."

한쪽에서 줄곧 수풀이 따라올 뿐 아무것도 보이지 않는다.

"꽤 멀군."

"응, 다 왔어."

"매일 이렇게 다니는군."

"그래, 시내에서 못 살겠어."

그래도 시내에 그 많은 사람이 살고 있다.

"우리도 시내에 산 적이 있는데, 나오고 보니 참 잘했어."

"큰 도시는 차츰 그렇게 되는군."

"서울도 대단하던데."

"언제 와봤나?"

"작년에."

“아, 그랬군, 자주 오나?”

“아니지, 10년 만에 가봤어.”

“그때하구 또 달랐겠지?”

“응, 다르던데……”

“정신없이 살아.”

“어디는 다른가? 여기도 그래.”

“여기도……”

“응, 생활비가 오르고, 공해가 심해지고 옛날하구 달라.”

“그래도 의사는 안정된 직업이겠지.”

“월급쟁이지.”

“월급쟁이야 대통령도 월급쟁이지.”

“뭐 그저 그래…… 자, 다 왔어.”

차는 숲 속에 난 길로 들어서서 멎었다.

길을 가운데 두고 양쪽에 집들이 깊숙하게 들어 앉아 있었다. 차고를 향해 우리가 탄 차가 들어갈 때 현관문이 열리면서 부인과 아이들이 나왔다.

친구는 차고 앞에서 차를 세우고 나와 함께 내렸다.

“우리 가족이야.”

그는 부인부터 시작해서 아들과 딸을 소개했다.

“아이, 얼마나 반가우셨습니까?”

부인이 인사했다.

“반갑습니다. 이렇게 갑자기 찾아와서.”

“무슨 말씀을. 저이는 어제오늘 얼마나 흥분해 있었다구요.”

친구가 차를 넣고 왔다.

"자, 들어가."

우리는 거실에 가서 앉았다.

"시장할 텐데, 저녁 준비됐겠지?"

"그럼요, 이리 오시겠어요?"

부인이 부엌에서 말했다.

"가만, 먼저, 뭐 마실 거, 뭘 할래?"

"물을 줘."

"그러지."

그는 부엌에 가서 물을 두 컵 가져왔다.

"자, 그래, 이렇게 살아."

"조용해서 좋군."

"좀 멀긴 하지만."

길까지 넓은 잔디밭이 있는 1층집이다. 창으로 길 건너 집 불빛이 보일 뿐 아무 소리도 들리지 않는다.

"여보, 준비됐어요."

부인이 말했다.

"자……"

친구가 일어섰다.

"차린 게 없습니다."

"아이구, 뭐……"

많이 차려져 있었다.

"뭐 술 한잔 할까?"

"그래, 포도주가 있으면……"

"있지."

친구가 일어서서 포도주 병과 잔을 가져왔다. 그는 잔 세 개에 술을 붓고 자기 잔을 들어올렸다.

"재회를 위하여."

다시 만난 기쁨의 술은 달았다.

"저희들은 먼저 먹었습니다."

부인이 말했다.

"두 분이 오붓하시라고요."

우리 식인 마음쓰기를 알 만했다.

"자 한 잔 더, 술 많이 해?"

"조금 하지."

"이이는 많이 해요."

"많이 했지."

"나이 들면서 전 같지 않아지는군."

"사실이야, 글 쓰는 사람들 술 많이 하지."

"사람 나름이야."

"자 한 잔 더."

"천천히 하세요, 많이 못하시는가 본데."

"아, 그래, 그럼 천천히, 자 식사……"

"자네는 조금도 변하지 않았어."

"왜 이래."

"아니, 금방 알아보겠던데."

"알아보기야, 자네도 어둠 속에서도 그러리라 싶었는데 불이 들어오고 보니까 틀림없던데 뭐."

"어둠 속에서 어떻게 알아."

"어둠 속에서 보였다는 게 아니라, 그 매표소 친구가 내 자리를 잡아주면서 저 사람이라고 가르쳐주더군. 방해하지 않으려구 거기 앉아서 연습을 보면서 가끔 쳐다봤는데, 옆얼굴이 가물가물 생각 날 듯 말 듯……"

"굉장히 로맨틱한 얘길 듣고 있네요."

"어 이 사람 봐, 작가를 만나더니 당장 문학적이 되네."

"어이구, 나는 원래가 당신보다 훨씬 문학적이라구요."

"이 사람 영문과 출신이야."

"출신하구 상관없이 그렇단 말이에요."

"두 분 잘 어울리십니다. 이 친구는 전교에서 알려진 미소년이었습니다.."

그것은 사실이었다. 내 눈에 지금도 그는 뺨이 붉고 피부가 하얀 미소년이었다. 내가 그렇게 말했다.

"아, 이번에는 굉장히 프로이트적인 말을 듣고 있는 모양인데요."

"아니, 당신 실력 자랑하는 거야."

"괜히 옛날 실력이 나오네요."

그녀는 이 자리의 특별함을 잘 알아주고 있었다.

"참 꿈같습니다. 절대로 질투하고 있지 않습니다. 두 분을 위해 건배하겠습니다."

"하, 자네도 실력이 나오는군."

친구가 기뻐했다.

아이들이 복도 모퉁이에서 빠끔히 내다봤다.

"응, 너희들 잠깐 이리 와바. 우리나라의 유명한 작가를 만나본 거야, 애들이 공부 잘해."

두 살 터울쯤으로 남녀 고등학생들은 키가 멀쑥하고 얼굴이 훤했다. 부모를 닮아 인물들이 좋았다. 교포 2세들의 전형 같은 아이들이다. 그들은 자리에 와서 앉았다.

"자네들 아빠가 우리 반에서 수학을 제일 잘했어."

친구가 아주 좋아했다.

사실을 말하는 사람의 기쁨에 못 이겨 나는 또 말했다.

"나는 늘 자네들 아빠가 부러웠어."

아이들이 아빠를 보고 빙글빙글 웃었다.

"뭐, 그만 해."

"아이, 부끄러워하시는 거 봐."

"사실인데요, 뭐."

"옛날 자랑이 대단해요, 학교 때는 나도 그게 아니었는데 하면서……"

"허, 이 사람 봐."

"그러니 이렇게 성공하지 않았습니까?"

"성공이 뭡니까?"

"내가 고생시켰다는 거야."

"고생 않은 사람 있습니까, 고생 끝이 문제지요."

"그건 그래요, 사람 욕심이 한 있습니까? 아이들도 속 안 썩이고 겨우 한숨 놓고 지냅니다만, 처음 몇 년 자리 잡느라 고생한 건 말도 못 합니다. 한국으로 가자고까지 했으니까요."

"누가요?"

"너무 괴로우니까 제가 그랬지요."

친구는 옛날 생각을 하는지 약간 숙연한 빛을 짓더니,

"여보, 고생하던 얘기는 왜 꺼내? 옛날 친구 만났는데 당신 옛날 얘기 할 거요?"

하고 말했다.

"염려 마세요. 두 분 회포 푸시게 자리를 내 비켜드릴 테니."

"아닙니다, 옛날 친구야 언제나 그 친구지만 이렇게 뵙게 되니 얼마나 좋은지 모르겠습니다."

"제가 드릴 말씀입니다. 가끔 외로워하거든요. 저는 고향이 남쪽이라, 가끔 미안한 생각이 듭니다. 좀 오래 계셨으면 좋았을 텐데, 뉴욕 오신 지 얼마 되셨나요?"

"2주일 가까워옵니다."

"아이구, 처음부터 오셨으면 얼마나 좋았을까요."

"네, 숙소는 불편하지 않습니다만, 그랬다면 좋았겠습니다. 그래두 다행입니다. 어쩌다 신문을 봤다니."

"그래요, 요즈음엔 본국에서 그런 일로 오는 일이 많은데, 살다 보면 어디 그런 모임에 자주 가게 됩니까. 그래서 그런가 보다 지나치는 기산데, 저이가 내 친구다, 하지 뭡니까."

커피를 마시는 사이에 그녀는 슬그머니 나가버렸다.

우리는 거실로 나왔다.

친구 부인에게 한 말은 사실에 가까웠다. 친구는 거의 옛날 모습 그대로였다. 싱글거리는 얼굴이 옛날처럼 부드럽고 총명해 보였다. 선생님들 이야기. 체육대회 이야기. 강원도 노동당 위원장의 아들인 한 친구의 일. 석왕사 수학여행 때의 일. 송도원 가까운데 살았던 친구의 집. 전쟁이 난 다음 열린 궐기대회. 전쟁이 나고 이틀쯤 지나서였다. 전교생이 강당에 모였다. 토론자들은 격앙한 목소리로 전쟁에서의 승리를 예언하고, 역사의 대사건의 현장으로 달려가기를 호소했다. 그 6월. 한창 학기말 시험에 바쁠 때, 학교 운동장 저편의 철도를 긴 수송열차가 거의 매일 남쪽으로 내려갔다. 그 화물열차들은 문을 닫지도 않고 있었다. 열린 문간에 서서 이쪽을 보면서 군인들은 웃고 있었다. 우리가 손을 흔들면 그들도 손을 흔들었다. 트럭과 전차와 대포도 노출된 채 실려갔다. 팔로 군에 있던 조선부대가 인민군으로 편성되었다고 했다. 38선 대연습에 참가하러 가는 길이라는 이야기였다. 굉장히 강한 부대라고 했다. 중국혁명에서 큰 공을 세웠다고 한다. 중국혁명에서 이겼기 때문에 모택동이 조선으로 보내줬다고 한다. 전쟁의 소문은 전혀 없었다. 한낮에 버젓이 아무 은폐도 하지 않고 드러내놓고 병사들과 장비가 도시의 한복판을 지나가는 것이 이 이동이 대연습이라는 것을 자연스럽게 보여주고 있었다. 전쟁을 위한 이동을 누가 그렇게 한단 말인가? 그 부대들이 주둔하던 곳에서는 몰라도 그들의 통과구역인 W에서는 전쟁의 소문은 전혀 없었다. 그토록 드러낸 이동이었다.

그 전해 4월에는 남북연석회의가 열려서 해방 후 처음으로 남북의 지도자들이 만나서 통일을 의논했다. 더구나 그때까지 매국노라고 욕하던 사람들을 신문은 선생이라 불렀고 우리도 학교에서 가진 궐기대회에서 남에서 온 선생님들을 환영하는 열띤 토론을 했다. 어느 때보다 평화는 가까워 보였다. 어쨌든 남쪽에서 그렇게 많은 사람들이 와서 평화를 의논한 것이었다. 그 4월에 이은 군대의 이동을 전쟁과 연결시키기에는 적어도 전쟁이란 것이 일어날 때면 있을 법한 분위기가 전혀 없었다. 분위기는 어느 때보다 여유 있는 평화의 공기였다. 그런데 전쟁이 났다. 괴뢰군의 침공을 반격해 서울을 해방시켰다고 한다. 전쟁의 갑작스러움과 엄청난 전과가 온 도시를 뒤흔들었다. 온갖 단위에서 궐기대회가 열렸다. 강단에 모인 우리도 그 중의 하나였다. 우리는 1학년을 마치기 전에 전쟁을 맞은 것이다. 주로 토론에 참가하고 있는 학생도 3학년생들이었고, 다음이 2학년이었다. 아직 소년단원인 우리는 형들의 흥분한 얼굴과 갈라진 목소리에서 전쟁을 실감하였다. 다른 어떤 궐기대회와도 완연히 달라 보이는 그들의 몸짓이었다.

궐기 대회장은 곧바로 입대 지원장이 되었다. 단상에 마련된 책상 앞으로 입대 원서를 받는 줄이 쉼없이 지나가고, 그 줄은 반대편 계단으로 내려가서 강당의 자기가 있던 자리에 와서 서류에 써넣고 있었다. 갑자기 누군가 일어나서 구호를 외치면 온 강당이 그에 호응하는가 하면 한쪽에서는 인민군 군가를 불렀다. 이 모든 일이 뒤죽박죽으로 저마다 누구의 통제도 없이 진행되었다. 선생님들은 강당과 교무실 사이를 달려가고 달려왔다. 우리 학년에서도 지원하였다. 학년과는 상관없이 나이 규정에 의해 민청원인 학생들이었다. 즉 '영감'들이었다. 그들은 갑자기 우리와 다른 사람이 되었다. 1학년 담임선생들이 그들의 어깨를 두드리고 그들이 움직이는 데 따라 허둥지둥 따라 돌았다. 이날이 우리들에게는 전쟁의 시작이었다. 이튿날부터 학교에 나온 우리에게는 더 이상 방학 중 수업이나 그 밖의 정규행사는 일체 없었고, 담임선생님의 전황 설명이 있고, 인민군에게 보낼 위문품 수집운동이 지시되었다. 어느 선생님이 입대했다, 또 어느 선생님이 입대했다. 계급이 누구는 무엇이고 누구는 무엇이란다, 이런 소문이 잇따랐다. 젊은 선생들이었다. 모든 벽에 그날의 전황을 알리는 벽보가 붙었고 사람들이 그 앞에 모여들었다. 벽보의 소식들은 하루에도 여러 번 달라졌기 때문에 그것을 읽는 사람들은 언제나 끊이지 않았고 첫 소식 때나 마찬가지로 넋을 잃었다. 차들은 더 빨리 거리를 달렸고 사람들의 걸음도 쫓기듯이 움직였다. 큰 혼란이었으나 그 혼란에는 흥분과 활력이 있었다. 큰일이 벌어진 도시에서 사람들은 시시각각으로 전해지는 전쟁의 다음 소식에 모두 움직임을 맞추고 있는 듯했다.

그러나 이런 상태는 1주일을 넘기지 못했다. UN공군의 첫공습이 가해졌다. 공격당한 시설은 정유공장이었다. 우리 학교는 시내 중심에서 치면 그 공장이 있는 쪽에 가까웠다. 바닷가에 있는 그 공장은 불길에 휩싸였고 연기가 시내 어느 곳에서나 볼 수 있을 만큼 크고 높게 치솟았다. 이 첫 공격은 바다 쪽에서 들어온 전투기들에 의해 가해졌다. 항구 저 밖에 항공모함이 있는 모양이었다.

전투기들은 정유공장에 폭탄을 던지고 그 언저리에 총격을 가했다. 그날 학교에 나왔던 우리는 건물의 여기저기에서 엎드려 있다가 비행기 소리가 사라진 다음 일어나서 그 불길을 바라보았다. 불은 무서운 기세로 타고 있었다. 그 둥근 탱크들이 들어찬 시설은 이 도시에서 가장 가깝고 가장 훌륭한 생산시설이었다. 공격은 정확히 그곳에 처음 가해진 것이었다. 이날 공격은 그 공장에만 가해졌다. 공장은 바다로 흘러드는 이 도시의 두 개의 강의 하나가 흐르는 저쪽 강변에 세워져 있어서 주거 지역과는 구별되어 있었다. 그래서 그 불길은 말 그대로 강 건너 불이었다. 기름이 있는 공장의 불은 어쩌면 특별한 경우같이도 보였다. 그러나 그다음부터의 공습은 어느 것도 특별한 목표를 위한 것이 아니었다. 도시 자체가 한덩어리로 공격의 목표물이었다. 더구나 첫 공격은 전투기들만 왔었는데 곧 대형 폭격기가 그 자리를 맡았다. 그 폭격기의 이름은 이 도시의 사람들의 기박한 운명 탓으로 낯설지 않았다. B29. 2차대전에서 일본을 공격한 폭격기들이 그 장대한 모습을 드러내고 낮게 떠 와서는 도시를 아무 데고 가림 없이 공격하였다. 일본군 점령시대의 말기에 그 폭격기의 활약, 특히 일본 도시들을 폭격한 전력을 사람들은 알고 있었고, 그때 폭격대피 훈련을 한 것도 어제 같았다. 실지로는 그때 한국 전역에는 폭격이 없었는데도 방공호가 만들어지고, 방공훈련이 있었다. 이번에는 그런 것들이 모두 없이 폭격이 먼저 왔다. 사람들은 집과 거리에서 처음 얼마 동안 아무 데서나 비행기 소리가 나면 엎드려서 머리 위에 퍼붓는 폭격을 당했다. 극장에서 당하기도 하고, 시장에서도 당하고,

거리에서도 당하고, 선창에서도 당하고, 어디도 공격의 예외가 아니라는 것이 곧 드러나자, 사람들은 도시를 빠져나가기 시작했다. 가까운 농촌에 사람이 밀어닥치고, 물론 한 도시의 주민을 수용할 만한 농촌이라는 것은 없으므로 얕은 언덕과 골짜기는 아무렇게나 하늘만 가린 움막으로 뒤덮였다. 대공포화가 전혀 없지는 않았다. 처음에는 맹렬하게 쏘아댔다. 폭격기 언저리에서 고사포탄이 하얀 솜덩이처럼 터지는 것이 보였다. 웬일인지 B29는 낮게 날고 있었다. 높게 날자고 들면 모습이 깨알만 하고 구름띠만 뒤에 끌고 갈 수 있는 그 비행기가 거의 그 실지 크기를 알아볼 만큼 가깝게 날면서 마치 검은 옥수수 자루를 열 듯 포탄을 떨어뜨리면서 도시의 그만한 부분이 순식간에 무너져내렸다. 그렇게 낮은데도 지상의 포화는 목표에 피해를 주지 못했다. 날이 갈수록 지상에서의 저항은 약해지고 마침내 대공 화기는 침묵하였다. 이제는 일방적인 폭격이었다. 폭격은 원래 기능이 멈춘 이 도시에서 대신 이루어지는 일상 행사가 되었다. 정거장도 이미 부서진 철물더미였고, 큰 건물들은 연이어 부서지고 타버렸다.

그래도 도시는 아직 남아 있는 부분이 더 많았다. 그 폭격기의 명성에 비한다면 그리 튼튼하게 지었다고 보기가 힘든 데다 나무 재료가 많은 편인 이 도시가 이렇게 당하면서도 아직 없어지지 않는 것은 이상한 일이었다. 사람들은 도시 밖으로 나가고도 매일 도시에 드나들지 않으면 살 수 없었다. 모든 세간살이를 옮긴 것도 아니어서 수시로 필요한 물건을 날라야 하기도 했거니와, 폭격이 있다고 일터와 관청이 없어진 것은 아니었다. 온갖 종류의 일터에서는 온갖 종류의 일이 기다리고 있었다. 부서지지 않은 일터에서는 전대로 업무가 진행되어야 했고, 폭격으로 망가진 일터에서는 부서진 자리를 치워야 했다. 방공호도 이제부터 파야 했다. 전쟁을 위해서 전혀 대비하지 않은 도시가 지금 대비를 해야 하는데 보호할 건물은 나날이 없어져가고 있었다. 폭격으로 죽는 사람이 늘어나고 다친 사람들이 늘어났다. 언제나 그런 것처럼 학생들이 동원되었다. 길에 쌓인 벽돌과 나뭇조각을 치우고 부상자를 도와서 숨을 만한 데로 옮기는 임무가 그들에게 주어졌다. 그들은 길에서 교통을 정리하고 공습에서는 제일 나중에 대피했다. 아직 모든 조직은 기능하고 있었다. 처음 폭격의 혼란이 수습되고 폭격이 일상화된 도시의 생활 방식이 생겼다. 식량 유통이 교란된 것이 가장 큰 지장을 가져왔다. 시장이 아무 데나 생겼다. 도시의 변두리가 알맞은 자리여서 생활 물자가 교환되었다. 고정 목표가 된 철도는 낮에는 부서지고 밤사이에 복구되었다. 도시에 남은 인구이건 농촌으로 피해 나간 인구이건 복구를 위한 일손으로 동원되었다.

군사위원회가 모든 결정을 내렸다. 도시에서는 군인의 모습이 그리 많지 않았다. 그들의 일손이 제일 많아야 하는 지역에서도 모자라서 여기까지 그들이 있을 여유가 없었다.

여름이 끝나갈 무렵 도시 변두리나 농촌에 사는 사람들은 남루해진 차림으로 능선을 따라 북쪽으로 이동하는 군인들의 행렬을 자주 보게 되었다. 그들은 도시에 들어오지 않고 지나갔다. 마침내 남쪽 군대가 도시에 접근해서 방어부대와 충돌했다. 그리고 남쪽의 군대가 도시에 들어왔다. 이렇게 처음에는 육지로 들어오고 나중에 이미 점령된 항구에 보지 못하던 배가 정박하고 군인들이 뭍으로 올라왔다. 점령된 도시에서 언제나 그래 온 것처럼 승리자를 위한 환영 모임이 열렸다. 그 자리에도 학생들이 가장 많이 동원되었다. 깃발이 광장을 메우고 구호가 외쳐지고 노래가 불렸다. 그러나 이 여름이 시작되던 때하고는 다른 구호와 깃발과 노래였다. 모두 예전의 그 사람들인데 그들이 치켜든 깃발만 달랐다. 물론 많은 사람들이 보이지 않았다. 모든 직장에서 그 조직을 움직일 사람을 새로 뽑거나 임명돼 왔다. 아직 전쟁이 끝나지 않았으므로 이런 일은 아무 설명 없이 필요에 따라 누구의 지시인지도 모르는 채로 통일성도 없이 진행되었다. 새 학기의 문을 연 학교에서도 사정은 마찬가지였다. 교장 선생은 보이지 않았다. 군대에 갔다던 선생들도 보이지 않았다. 학교는 임시체제로 움직이고 있는 모양이었다. 수업은 단축되었고 선생님들은 열성 없이 시간만 보냈다. 눈에 띈 변화는 러시아말 과목이 없어진 일이었다. 대신에 영어 수업이 그 자리를 차지했다. 모든 학년에서 같은 수준의 영어 교육이 있었다.

이 도시가 생긴 이래 일찍이 없었을 만큼 도시에는 군인들이 넘쳤다. 그들은 도시를 거쳐 북쪽으로 갔지만 그대로 도시는 낯선 군복을 입은 군인들투성이로 보였다. 왜냐하면 도시의 주민들에게는 자기들은 보이지 않고 그들만 보였기 때문이었다. 그들은 차를 많이 가지고 있어서 도시에서 움직이는 부분은 그들뿐인 것처럼 보인 탓도 있었다. 소형 군용차량이 거리를 달렸다. 그들의 차에는 젊은 여자들이 타고 있는 때가 많았다. 많이 다른 군대문화였다. 그러나마나 사람들은 살기에 바빴다. 폭격이 그렇게 대단했는데도 도시의 80퍼센트쯤은 남아 있었다. 집을 잃은 사람들이 제일 큰 어려움을 겪었다. 전쟁은 마무리에 가까워지고 있다고 모두 믿었다. 해방 후 5년간의 체제를 좋아한 사람도 있었고 싫어한 사람도 있었지만 언제나 그게 그거라고 생각하는 사람들도 많았다.

해방될 때도 어느 날 갑자기 세상이 바뀌더니 이번에도 그렇게 되었다. 중국 군대가 넘어왔다는 소식이 퍼졌다. 겨울이었다. 북으로 갔던 UN 군대들이 내려오기 시작했다. 두 달 동안 이 도시에 머물면서 많이 부드러워졌던 군인들의 얼굴이 절박하고 굳어졌다. 올 때처럼 다시 이 도시의 사람들하고는 다른 울타리 안에 있는 사람들의 얼굴이 되어 있었다. 원자탄을 쓴다는 소문도 돌았다. 잠깐 후퇴했다가 곧 돌아온다는 것이 일반에게 알려진 당국의 설명이었다. 도시로부터의 탈출이 시작됐다. 이 피난도 북쪽에서부터 시작됐다. 피난민들은 도시를 거쳐 남쪽으로 내려가면서 그들이 아는 소식을 전했다. 중공군이 UN 군대를 함흥이며 원산 같은 큰 항구에 몰아넣고 전멸시킬 것이라고 했다. 도시에서 큰 전쟁이 벌어질 것이 틀림없었다. 그 끔찍한 폭격을 또 당할 수는 없었다. 여기서 빠져나가야만 했다. 이번에는 도시로부터의 탈출을 막는 사람이 아무도 없었다. 지난여름에 폭격기에 놀란 시민들이 피난 움직임을 보였을 때 당국은 사람들을 말렸다. 그러나 이번에는 그런 금지를 하는 사람들이 없었다. 두 달 동안 이 도시에 존재한 임시당국은 시민들의 움직임을 내버려두었다. 전쟁마당을 피했다가 전쟁이 끝나면 돌아온다는 것이 탈출의 의도였다. 전쟁은 북쪽에서 내려오고 있었고 안전은 남쪽에 있었다. 낮은 데로 흐르는 물처럼 이고 지고 한 사람들의 흐름은 남쪽으로 밀려 내렸다. 위험을 피해서 안전한 곳으로 도시의 대이동이 걷잡을 수 없는 눈사태를 이루었다.

먼저 떠난 사람들이 짐작하지 못한 일이 일어났다. 항구 밖에 멀찍이 커다란 화물선이 들어왔다. 사람들을 남쪽으로 실어갈 배였다. 온 주민이 부두에 나왔다. 이 도시에서 꼭 빠져나가야 할 사정이 누구보다 절실한 사람들에게 그 우선권이 주어졌다. 그 사람들은 두 달 동안 존재한 임시당국에 협력한 단체와 사람들이었다. 그들은 소속을 표시하는 깃발을 들기도 하고 완장을 차기도 해서 한 덩어리로 행동하면서 옆에서 끼어들지 못하게 했다. 큰 배는 항구의 저쪽에 머물러 있고 배와 부두 사이를 작은 배가 사람들을 실어 날랐다. 군인들이 탈 사람들을 가려주는 일을 맡았다. 인솔자가 자신들의 단체를 설명하고 인원을 말하면 헌병들이 증명서를 확인하고 승선시켰다.

거실에 달빛이 가득했다. 나는 잠이 깨고도 한동안 다른 곳의 달빛 속에 누워 있었다. 그날 새벽에 우리 가족은 꾸려둔 짐을 지고 부두에 나갔다. 해관 옆 그 부두는 새벽어둠 속에 사람들의 바다가 되어 있어서, 맨 앞쪽의 사람들 머리 위로 어둠 속에서 번쩍이는 바다가 있는 모양이 마치 이 사람들 모두가 바다 위에 떠 있는 것처럼 보였다. 사람들은 바다처럼 출렁거리며 이리 밀리고 저리 밀리고 했다. 우리 가족은 거기서 시청 사람들과 합류해서 한 시간쯤 지났을 때 본선으로 옮아갔다. 날이 훤히 밝자 부두의 모습이 보였다. 사람들은 배의 난간을 붙들고 서서 보트를 타고 오는 사람들 속에서 가족이나 일행을 확인하였다. 부두에서 보트를 탈 때 서로 떨어진 사람들이 그토록 많았다. 나중 보트로 온 일행과 만난 사람들은 갑판에서 붙들고 좋아했지만 잇따라 와 닿는 보트에서 기다리는 사람을 보지 못하는 사람들이 발을 동동 굴렀다. 선원들이 돌아다니면서 사람들에게 배 안의 화물칸으로 내려가라고 지시했다. 올라오는 사람이 많아지면서 갑판이 붐비자 사람들은 지시를 따라 배 안으로 내려갔다. 그 배는 큰 화물선이었는데 갑판 밑으로 여러 층의 짐칸이 있었다. 짐칸은 가파른 사닥다리로 오르내리게 돼 있는데 사람들은 그것을 타고 내려가서 차츰 짐칸마다 사람으로 채워졌다. 짐칸은 한 층이 운동장만 했다. 갑판으로부터 내려온 사람들은 바닥에 짐을 내려놓고 그 옆에 앉거나 드러누웠다. 그렇게 앉고 보면 천장은 까마득하다 해도 좋을 만치 높은데 그 천장 여기저기에 걸친 홰 비슷하기도 하고 대들보 비슷한 부분에 올라가 있는 사람들도 꽤 많았다. 콩나물시루가 돼버린 바닥을 피해 올라간 사람들이었다. 배는 하루 종일 사람을 실었다.

　나는 뱃간에서 갑판으로 올라와서 항구 쪽을 보았다. 부두에는 사람들이 더 많아진 것 같았다. 뒤늦게 알고 몰려든 모양이었다. 아버지가 다니던 목재회사 건물과 공장은 폭격을 면하고 그대로 있었다. 그 공장을 이런 쪽에서 본 적이 없었기 때문에 지금 처음 보는 건물 같았다. 그 저편 사택이 있는 쪽은 보이지 않았다. 항구 전체가 처음 보는 곳 같았다. 지금 배를 타고 들어와 잠깐 머물게 된 어느 이름 모를 항구처럼 보였다. 정을 붙일까 하는데 이렇게 낯설게 된 그 도시를 바라보면서 내 안에서도 누군지 모를 낯선 사람이 나하고 상관없이 그 항구를 보고 있는 것 같은 이상한 느낌이 있었다. 그것은 마치 나하고 상관없는 사람이 내 몸을 데리고 떠나다가 문득 자기 보호 아래 있는 나의 몸을 잠깐 잊어버리고 물끄러미 항구를 바라보는 모양을 엿본 듯했다. 갑판에서 밥을 짓는 사람들이 있었다. 선원들이 와서 불이 담긴 깡통을 빼앗아서 바다에 집어던졌다. 해가 떨어지고 나서도 늦어서야 주먹밥이 어디선가 전달되어 얻어걸린 사람은 먹고 그렇지 못한 사람은 아무 데도 호소할 데가 없었다.

배는 움직이고 있었다. 언제 닻이 올려졌는지 모르는 사이에 그렇게 항해가 시작돼 있었다. 그것은 전쟁의 시작과 승리자의 뒤바뀜이 그랬던 것처럼 이 사람들 대부분과는 상관없는 곳에서 그렇게 정해졌고 사람들은 겹겹이 포개 앉고 눕고 하면서 배가 내는 소리를 듣고 있었다. 사람들이 떠드는 소리가 훨씬 약해졌다. 아직도 와글거리고 있었지만 배가 내는 소리가 훨씬 크게 들렸다. 낱낱의 말은 큰 와글거림 속에 녹아서 하나가 되고 그 말의 덩어리가 높아졌다가 약해지면 배가 내는 소리가 높아지고 하는 것이 배와 사람들이 이야기를 주고받는 것 같았다. 사람들의 목소리가 무엇인가를 요구하면 배가 알아들으라는 듯이 큰 소리로 설명했다. 배와 사람들이 합창으로 말을 주고받는 것처럼 들렸다. 그런데 이 합창에 갑자기 단독 영창이 끼어들었다. 한 무리의 선원들이 젊은 여자를 끌고 내려와서 계단 바로 뒤쪽의 기둥에 세워서 묶어놓고

올라갔다. 여자는 고함을 지르면서 반항했으나 묶이고 나자 고개
를 숙이는 것이 보였다. 풀어 헤쳐진 머리가 가슴으로 쏟아져 있
었다. 미친 여자다, 하는 소리가 들렸다. 아무도 그녀를 돌보는 사
람이 없어 보였다.

 한밤중이 되자 배가 심하게 흔들리기 시작했다. 이 배가 어디로
간다는 설명은 누구로부터도 주어지지 않았다. 선원들은 모른다고
만 대답했다. 큰 뱃간이어서 기계 소리밖에는 배를 탔다는 느낌이
없던 것은 조금 전까지고 배는 갈수록 더욱 심하게 뒤흔들렸다.
여기저기서 토하는 소리와 앓는 소리가 들리기 시작했다. 두 동생
은 아버지와 어머니 사이에 누워 있고 남은 사람은 앉아 있었다.
동생들이 앓는 소리를 냈다. 어머니가 그들의 등을 번갈아 쓰다듬
었다. 나도 참을 수 없어서 모로 누워 짐 자락을 움켜잡았다. 온
뱃간에 지독한 냄새가 퍼졌다. 웩웩 소리는 더욱 어지럽게 부풀어
져나갔다. 그것은 나의 몸이 내 편이 되지 않고 파도의 편이 되어
파도가 올라가면 따라 올라가고 파도가 내려가면 따라 내려가면서
제가 품고 있던 주인인 나를 그 자리에 남겨두고 놀고 있는 감각이
었다. 동생들이 먼저 토하고 어머니, 나의 순으로 토했다. 남들처
럼 우리도 깡통을 준비해 가지고 있었다. 토할 때만 잊어버릴 뿐
금방 내 몸이 나를 버리고 파도와 손을 잡으면 나는 내 속에서 뒤
집혔다. 배의 요동은 멈추지 않았다. 처음처럼 급하게 신음하지
않는 대신에 뱃간의 모든 사람들이 끙끙거리는 소리도 한덩어리가
되어 높아졌다 낮아졌다 하는 듯이 들렸다. 배에서 나는 소리만은
한결같이 무엇인가에 맞서듯 힘차게 들렸다. 갑자기 노랫소리가

들렸다.

　민중의 기
　붉은 기는

　미친 여자였다. 욕하는 소리가 여기저기서 일어났다. 여자는 머리를 쳐들어 천장을 향해 노래 부르고 있었다. 젊은 여자였다. 자다가 끌려나온 사람처럼 하얀 속저고리 속치마를 걸치고 있었다. 계단 이쪽 자리에서 잘 보였다. 계단 뒤에 마루와 천장 사이를 이은 굵은 쇠기둥에 밧줄로 칭칭 감아서 묶인 그녀는 멀미에 짓눌린 사람들 머리 위로 노래를 울려 보냈다. 그녀는 멀미도 않는지 머뭇거리지도 않았다.

　전사의 시체를 싼다
　사지가 식어서 굳기 전에

　그녀는 멈추지 않고 불렀다. 사람들은 여전히 여기저기서 욕을 했지만 그녀 쪽으로 나오는 사람은 없었다. 어쩌다 저런 게 탔나, 하는 소리가 들렸다. 끌고 나가 바다에 처넣어라, 하는 소리도 들렸다. 그러나마나 그녀는 1절을 마칠 때까지 그치지 않았다. 그렇게 1절을 마치자 그녀는 아까처럼 머리카락을 앞으로 쏟으며 고개를 떨궜다. 노랫소리가 멎자 욕하는 소리도 더 나오지 않았다. 웬 사람인가, 하고 어머니가 혀를 차셨다. 아버지는 처음에만 그쪽을

쳐다봤을 뿐 그녀가 노래를 부를 때도 다른 표정 없이 우리를 도와
주기에 바빴다. 아버지는 멀미에 강한 듯했다. 더 토할 것도 없으
면서 얼른 깡통에 매달렸다가는 놓고 줄곧 모든 사람이 그렇게 지
냈다. 묶여 있는 여자가 두번째로 노래를 시작했을 때 위쪽에서
사람들이 내려와 그녀를 풀어가지고 갑판 쪽으로 끌고 올라갔다.
올라갈 때 그녀의 맨발이 보였다.

어느 때부턴지 배의 요동이 약해지고 신음 소리도 잦아들었다.

술렁거림이 위쪽에서 전해지고 사람들이 웅성거리기 시작했다.
사람들이 사다리를 타고 위로 올라가기 시작했다. 사다리에 가깝
던 나도 사람들을 따라 올라갔다. 갑판에는 벌써 사람들이 차 있
었다. 달이 하늘에 있었다. 사람들은 서로의 머리 너머로 아직 달
빛에 잠긴 기착지를 바라보고 있었다. 배는 항구를 떠나 다른 항
구에 닿은 것이었다.

소리를 내지 않고 일어나서 거실 끝으로 갔다. 커튼이 열려 있
는 그 창문으로 달빛이 방 안에 쏟아져 들어오고 있었다. 그쪽은
뒤뜰이었다. 그리 넓지 않은 뜰 한가운데 큰 나무가 한 그루 서 있
다. 가지가 굵은 그 나무는 마당을 가득 채울 만큼 컸다. 뜰은 뒤
쪽으로 비탈져 있었다. 뜰의 저편에 수풀이 우거진 산이 있었다.
달빛 속에 물소리가 들리는 듯했다. 비탈에 골짜기가 있고 냇물이
흐르는 모양이었다.

첫날 공연은 초대 손님들만 모셨다. 이 연극을 있게 한 뉴욕 배
우 조합의 임원들, 후원회 사람들, 원작자와 배우들의 친구들, 극
단의 임원들 그리고 기자들이 객석을 메웠다. 막을 올리기 전에

270

로즈마리가 인사를 했다. 그녀는 자기 말을 마치고 나를 불러냈다. 나는 이 이야기가 우리나라에 전해내려오는 옛날이야기라는 것, 브록포트에서 전에 한 적이 있다는 것, 거기 사람들이 알 만하다고 말해준 일, 우리나라 사람들이 전해온 슬픈 이야기를 브록포트 사람들이 알 만하다면 뉴욕에서도 그럴 것이라 생각한다는 것, 관계된 모든 사람에게 고맙다고 했다. 나는 내 작품의 주인공처럼 더듬거리면서, 막상 이렇게 설명하자면 나에게도 언제나 새 문제 같은 내 희곡의 내용을 생각해보느라고 애쓰는 사람처럼 말했고 객석의 사람들은 이 원작자의 여러 모로 이유 있는 더듬거림을 용서해준다는 뜻이 분명한 손뼉을 쳐주었다.

객석 뒤의 공간에는 식탁들이 미리 마련되어 있었다. 공연이 끝나고 사람들은 식탁으로 옮아가서 여러 번 건배하고 나서 음식을 먹었다. 이 자리에는 일부러 와준 번역자 고 교수, 방월도 씨, 하숙집 김 집사, W고 친구 부부가 나의 손님으로 참석했다. 고 교수는 특히 반가웠다. 브록포트 사람들은 모두 그대로 있다는 얘기였다. 모든 일이 그 사람에게서 비롯된 것이었다. 기자가 와서 빈 객석 쪽으로 나를 이끌어가며 취재하였다. 『뉴욕 데일리』라는 공연 전문 신문의 기자라고 하면서 여러 가지를 물어봤다. 나는 그 신문이 어떤 신문인지 몰랐으나 친절하려고 애썼다. 언제 작품을 쓰기 시작했으며, 주요 작품들의 이름은 무엇이며, 희곡은 몇 편이 더 있으며, 앞으로도 미국에서 공연할 계획이 있느냐고 물었다. 나는 그의 질문에 모두 대답해주었다. 우리는 사람들이 술을 마시고 있는 것을 내려다보면서 계단식 객석에 앉아서 이야기했다. 이런 질문에 다 대답한 다음에 나는 그에게 물었다. 당신은 오늘 연극에 흥미가 있었느냐, 그는 그렇다고 했다. 나는 내가 묻는 것은 그저 기자로서 취재 대상으로 생각하는 입장에서 어떠냐는 말이 아니라, 당신들은 외국 작가의, 특히 아시아 작가의 작품이라는 것은 드물지 않겠느냐, 모처럼 본 그런 특수한 경우라는 입장 말고 솔직한 의견을 듣고 싶다, 이런 마음을 누누이 설명했다. 그는 그런 의미에서 예스다, 나는 공연이 마음에 들었다, 원작이 마음에 들었다, 고 대답했다. 여기서 만족하는 수밖에는 없었다. 내가 한 말은 모두 진지한 말이었으나 결국은 부질없는 소리였다. 처음 보는 사람에게 바랄 말이 어디까진지를 헤아리지 못한 대화였다. 기자가 늘 그렇게 하는 방식에 너무 멋대가리 없이 대한 셈이었다. 그 자리에서의 나는 여러 가지 뜻에서 좀 취한 것 같다. 나는 기자에게서 풀려난 다음 아래로 내려가서 사람들과 한 바퀴씩 더 만나면서 고맙다는 인사를 했다. 사진 플래시가 여기저기서 터졌다. 사람들은 용마 장면이 멋지다고 로즈마리에게 칭찬했다. 로즈마리는 이리저리 다니면서 웃음을 나누어주었다. 그녀는 지친 구석이 조금도 없이 끊임없이 누군가를 붙잡고 애기했다. 뉴욕 배우조합의 책임자는 나에게 로즈마리에게 얘기해놓은 일이 있으니 편리한 시간에 자기를 찾아달라고 말했다. 친구 부부가 다가와서 또 한 번 축하했다. 부부는 이런 장소에 썩 익숙해 보였다. 부인은 가장 매력적으로 이 자리를 즐기고 있는 한 사람이었다. 어젯밤에 본 뒤뜰의 나무 얘기를 했더니 사과나무라고 한다. 굉장히 늙은 나문데 가을이면 사과가 몇 푸대씩 나는데 약을 치지 않기 때문에 썩은 것이 많아서 성한 걸로 골라 먹고는 거의 버려야 한다는 것이었다.

이튿날 로즈마리와 함께 브로드웨이에 있는 체이스 맨해튼 은행에 가서 극단이 주는 체재비의 나머지를 받고 그녀와 갈라져 뉴욕 배우조합으로 찾아가 조합이 작가에게 지원하는 돈을 받았다. 그것은 예정에 없던 일로 공연을 보러 온 자리에서 조합의 책임자가 결정한 호의였다.

그 다음 날 나는 버지니아행 비행기로 뉴욕을 떠났다.

*

뉴욕에서 돌아오는 길로 마중 나온 작은아우와 함께 큰아우집에 가서 아버님을 뵈었다.

"잘 끝났니?"

"예."

첫날 행사에 참석하고 오는 길이라는 것과 공연은 한 달쯤 계속된다는 말씀을 드렸다.

"여기서 아이들이 구경하러 가려구 했는데, 마침 사정이 생긴 모양이더라."

"그럴 것 있습니까? 바쁜 사람들인데."

"그래도 어디 그러냐? 식구들이 갔었어야 하는데."

"예, 또 이런 일로 올 텐데요."

"그래? 언제?"

"정하지는 않았습니다만, 앞으로는 이런 행사가 전보다 쉬울 것

같습니다. 여기 교포들도 많아져서 본국하고 왕래가 더 빈번해지고 있지 않습니까?"

"많아지기는 했다."

"뉴욕에도 많이 삽니다. 이번에도 여러분 도움을 받았습니다."

"고맙군. 폐 끼친 분들 잊지 말아라."

"네, 길에 나서면 모두 그분들 덕분입니다."

"그렇다."

아버님은 도착해서 뵈었을 때보다 약간 신기가 더 좋아 보였다. 그만 해도 금방 다시 뵈는 탓으로 처음보다 눈에 익어서일 것이라는 생각이 들었다.

"그래, 언제 가니?"

"예, 며칠 지내다 갈까 합니다."

"음, 일을 두고 온 사람인데 빨리 가봐야지."

"예, 그리 급하지 않습니다. 모처럼 왔는데요."

"그래도 일이 있는 데를 오래 비워서 쓰냐, 이렇게 만나봤으니 됐다. 자주 올 수도 있다고 하니……"

나는 10여 년 전의 이야기가 꼭 그대로 되풀이되는 것 같은 생각이 들면서도, 그러나 사정이 달라진 세월을 아버지의 어조에서 분명히 들었다. 그때처럼 아버님은 나를 대신해서 양해하는 말을 하고 계시는 것이지만 그때 같은 무거운 울림은 없었다. 이미 지나가버린 세월이 우리를 지켜보는 가운데 주고받는 말이었다. 그 세월은 마치 먼 벌판 끝의 산봉우리처럼 지금의 말을 희미하게 메아리로 울려주는 듯했다. 그것이 마치 과거에서 들려오는 소리 같왔던 것이다.

아버님과 작은아우네 식구와 함께 식사를 하고 있는데 큰아우가 돌아왔다.

"제가 가보려고 했는데 좀 일이 생겨서……"

"내가 말했다."

"그래, 잘되셨겠지요?"

"잘됐다."

"브록포트보다 어떻습니까?"

그때에는 큰아우가 왔었다.

"좀 성격이 다르지만."

"브로드웨인가요?"

"아니, 브로드웨이는 아니구, 브로드웨이 다음쯤 되지."

"돈을 좀 버셔야 할 텐데."

"돈이야, 미국 와서 연극으로 돈을 벌 수야 있니. 글쎄, 연구해 봐야지, …… 돈이야 너희들이 좀 많이 벌어라."

"그럴려구 이러는데 잘 안 됩니다. 제가 돈을 벌어 형님 연극에 후원해드릴 날이 있겠지요."

"아니다."

"왜요, 못 벌 것 같습니까?"

"그 말이 아니라, 나는 너희 두 사람 버는 걸로 고맙다는 말이다."

우리도 그 말을 더하지 않았다. 그 뒤에 나올 말을 다 아는 처지에 무거운 말을 하자는 자리는 아니었다.

W고 동창을 만났다는 이야기에 아버님은 그것 참 우연이라고 몇 번씩이나 끄덕이셨다. 동생과 둘만 나왔다는 말에는 혀를 차셨다.

"그때는 그런 사람들이 많았지."

"배를 타고 아무리 기다려도 끝내 오지 않더라는 겁니다."

"많았지, 그런 사람 많았지."

"저희들은 다행이었지요?"

작은아우가 말했다.

"다행이다마다, 어떤 사람들은, 잠깐 피했다 온다는 말을 그대로 믿는가 싶더라마는, 그렇게 안 보이더라."

아버님은 여러 번 하신 말씀을 또 하셨다. 아버님 생각에는 일이 그리 쉽게 보이지 않더라는 말씀이었다. 어떤 사람들이 당국에서 하는 말을 곧이곧대로 믿고 혼자 떠나기도 하고 군대 갈 나이가 된 아이를 데리고 떠나기도 하고 했지만 아버님은 처음부터 가족을 모두 데리고 가야 한다는 생각이셨다는 그 이야기였다. 아버님은 이 화제에 대해서는 그때마다 자세한 말씀을 하시곤 했다. 우리도 천만다행이었다는 동감은 충분히 나타내드리는 것을 잊지 않았다. 어쨌거나 갈림길이었던 것은 사실이었기 때문이다. 그 피난길을 지휘해서 이 미국 땅까지 인솔하신 것이 아버님의 결단에 의한 것이라는 것, 아버님은 가장의 임무를 훌륭히 해내시고 비록 한 사람의 낙오자를 냈을망정 그 부두에서 서로 갈린 사람들에 비하면 더 할 말이 없어야 한다는 것은 우리 가족 모두가 잘 아는 일로 돼 있다는 데까지 와서야 언제나처럼 이 화제는 마무리되었다.

여기서 좀더 나가는 것은 위험한 일이었다. 마지막 피난지에 무사히 닿아서 아이들도 자리를 잡고 좀 지낼 만하니 당신은 혼자 가버리는구려, 하고 어머니를 부르시던 기억이 묻어나는 데까지 나가서는 안 되었다.

이튿날 나는 큰아우의 차를 타고 작은아우네로 갔다.

"무슨 바쁜 일이 생겼다구?"

내가 물었다.

"네, 뭐 좋은 일입니다."

앞을 내다보며 말하는 큰아우의 소리가 밝았다.

"그래야지."

"될 듯싶다가도……"

"사업이란 게 그럴 테지, 그래두 용하다."

피난배 선창에서 어머니 무릎을 베고 토하던 때의 동생 모습이 내 말 속에는 담겨 있었으나 그것은 전달되지 않은 듯싶었다. 그런 점이 아버지와 나 사이에만 가능한 교감이었고, 아버님 곁에서 그 교감을 늘 유지해야 할 자리를 지키지 못하는 것이 갚을 길이 없는 나의 빚이었다. 그것이 사실이기는 하다. 그러나 나를 태우고 가는 큰아우는 피난배에서 어머니 무릎에 누워 있던 그 아이가 아닌 것도 사실이다. 이 땅에서 남들만큼은 제 앞길을 이렇게 꾸려가고 있지 않은가. 내 마음속에서 사람의 직업에 대한 생각도 이미 오래전에 자리 잡혀 있다. 아무 일을 하든 사람은 행복할 수 있다. 돈까지 벌린다면 그렇게 좋을 수 없다. 사람은 천직이라고 생각하던 일까지를 버리고도 살자면 사는 것이고 그러면서 행복할 수조차 있다──그렇게 결심해 보이기까지 했다. 나 자신이 그 일을 실천하지는 못했지만, 충분히 그럴 수 있다고 지금도 생각한다. 능력도 없으면서 맏이 노릇 못한다는 생각은 언제까지 끌고 다닐 건가. 끌고 다니는 것이 아니기는 했다. 이렇게 문득 웅크리고 있는 그것을 피할 수 없이 자기 안에서 목격하는 것뿐이다. 할 수 없는 일이었다. 저절로 모습을 감출 때까지 거기서 있고 싶을 때까지 참는 외에 어쩔 수 없었다.

"뉴욕에서 들으니 미국이 경기가 전만 못하다지."

"우리야 미국이 어떤지까지야 알 수 있습니까? 벌리자면 돈은 언제나 벌리지요."

"그 말은 맞는 것 같군."

"경기 안 좋을 때 되는 일을 먼저 찾는 게 장산 거 같아요."

"그게 뭔데?"

"복잡합니다. 나중에 돈 벌면 말씀드리지요."

"아버님은 전 같으신가?"

"건강이요?"

"아니, 뭐야, 너희들 일에 대한……"

"아, 네, 요즘은 편합니다."

처음에는 그렇지 않았다고 한다. 아우들이 밖에서 실수 없이 무언가 한다는 일이 아버님에게는 실감이 없으셨다. 피차에 좀 어려운 고비가 있었다고 한다.

"아버님은 정정하신 편이야."

"예, 건강은 그러시죠. 저희들도 그 점만은 마음이 편하게 지냈

습니다만, 저희들 하는 일에 마음을 놓지 못해서 그러시는 줄 알
면서도…… 사실 도움이 안 되거든요. 아버님이 직접 하시는 일
이 아닌데 저희들을 도울 수가 있습니까? 그렇다고 그걸 깨닫게
해드리는 일도 어렵고요.”

“그래도 잘 모셔왔다.”

“자연히 그렇게 된 거죠, 뭐.”

차는 메릴랜드 쪽으로 넘어왔다.

“공해라고 하지만 잘 곧이들리지 않는다.”

“왜요?”

“이렇게 넓으니.”

“넓은 것하고야 상관있나요? 뉴욕도 대단하지 않습니까?”

“글쎄, 뉴욕조차도……”

“굉장하던데요. 자주 가는데, 거기 대면 여기는 아직 좋긴 하지
요.”

하고 싶은 말이 잘되지 않았다. 내가 손님으로 다니는 걸음이어
서 그렇겠지.

“공해라는 게 공기 오염뿐인가요? 식품을 비롯해서 온갖 것에
퍼져 있으니깐 문제지요.”

그것도 아니었다. 내가 느끼는 것은. 그런 이치도 대강 알면서
도 이 나라에서의 공해조차 엄살스러워 보이는 것은.

“저것도 전에는 없었지요?”

“없었어.”

새로 생긴 건물 옆을 지나다 경기가 좋지 않으면 집도 덜 지을

텐데, 하는 생각이 든다. 그러고도 아직도 녹지투성이이다. 여기는 그렇다 치고도 손도 대지 않은 땅이 얼마든지 있는 나라. 자기 나라 땅 속에 묻힌 석유는 캐지 않고 남의 석유를 사다가 쓰는 정책. 무섭다. 어떤 나라는 무작정 파내기만 하고. 기름을 팔아 사들인 무기를 가지고 몇 해씩 이웃 나라와 전쟁을 하고. 땅속의 보배를 가지고 제 목숨을 망치는 아랍 나라들. 그건 무슨 공해라 불러야 할까?

작은아우네 집에 닿았다.

작은계수가 집 밖으로 나온다.

"저는 갑니다. 제 집에 오시고 싶으면 부르세요."

"응, 그대로 갈래?"

"네, 근처에 들를 데가 있어요. 이따 봐서 들르지요."

"좋을 대로 해, 나는 상관 말고."

"쉬세요."

큰아우는 차를 돌려 나갔다. 큰길로 꺾어지는 것까지 서서 보다가 집으로 들어갔다.

"고단하시지요, 뭐 마실 걸 드릴까요?"

작은계수가 물었다.

"괜찮습니다, 재미있었는데요."

"저희들도 구경 가려고 했었는데……"

"그러셨다고요, 뭐 재밌어 봐야 텔레비전보다 낫겠습니까?"

"그래도 다르지요, 뭐 드시겠어요?"

"네, 주스."

그녀가 오렌지 주스를 가져왔다.

나는 그것을 한 모금 마시면서 좋은 생각이 났다.

"저 때문에 집에 오신 겁니까?"

그녀는 지금 남편과 함께 가게에 있는 시간이었다.

"겸사, 겸사……"

"그럼, 저하고 좀 어디 가십시다."

"어딜 가시게요?"

"내가 계수 씨 뭘 사드릴게요."

"사주시기는요, 선물도 가져오셨는데."

"그건 한국에서 가져온 거구, 여기서 또 사드리면 안 됩니까?"

"그만두세요."

"아니, 그러구 싶어서 그래요. 아버님 잘 모신다는 얘기도 늘 듣고 있습니다."

"형님이 더 마음 쓰시지요."

큰계수를 말하는 것이다.

"그래도 아버님이 여기도 자주 오시지요?"

"한 곳에 계시면 심심하실까 봐, 저희들이 알아서 모시러 가곤 합니다."

"고맙습니다."

"왜 그러세요, 저희들은 자식 아닙니까?"

나는 그냥 끄덕이면서 주스를 마셨다.

앉아서 보이는 뒤뜰이 한창 보기 좋았다. 몇 그루 있는 사과나무에는 아직 잎사귀도 없었지만 햇빛이 좋고 잔디가 푸르러서인지 뜰 저쪽으로 꽃들이 화사했다.

"가을이면 잼을 만듭니까?"

사과 잼을 만들던 생각이 난다. 10년 전 일이다.

"네."

"여기는 변하지 않았어요."

"형님네는 더 큰 집으로 가시느라구 전의 집을 팔았어요. 값을
잘 받았어요."

"이 집만 하면 좋지 않아요? 한국에서라면 좋은 집입니다."

"살던 집에 오래 있는 것도 좋아요, 가게도 가깝고요."

나는 마저 마시고 주스 잔을 놓았다.

"자, 가십시다."

"네? 아이 참, 시숙 님두."

"너무 좋은 건 못 사드립니다만, 생각났을 때 가십니다. 큰계수
도 사드릴 테니 염려 마세요."

"정말이세요?"

"빨리, 연극 해서 돈 좀 벌었어요."

그녀는 미적거리다가 마침내 차를 가져다 댔다.

"자, 갑시다."

"어디로 갈까요?"

"여기 쇼핑센터, 옷 파는 데 있지요?"

"네, 그리로 가야지요. 그이가 뭐라 할지 모르는데……"

"또, 뭐라 하긴. 형이 하고 싶어 그러는데."

"그럼 싼 걸로……"

"그건 좋습니다. 싸고 좋은 걸로."

그녀는 비로소 흥겹게 웃었다.

"마리안은 학교에서 안 왔습니까?"

"왔다가 나갔어요, 친구들하구."

마리안은 고등학교 1학년인 조카의 미국 이름이다. 한국 이름은 미선인데 마리안을 더 잘 쓴다. 친구들이 부르기 쉬운 이름이 집에서도 세력이 더 크다. '미선'은 할아버지 전용 이름이 돼 있다. 쇼핑센터 주차장은 자리가 많았다. 가까운 자리에 대놓고 우리는 거대한 건평 규모에 비해 높지 않고 야트막한 양식이 친근감을 주는 건물 안으로 들어갔다. 넓은 매장 역시 손님들이 가끔씩 눈에 띌 정도였다. 기성복 매장은 아주 휴일의 가게 안에 들어선 기분이 들게 했다.

"손님이 이렇게 없어요?"

"지금 그런 시간인가 봐요."

점원은 처음에 우리 곁에 와서 도와달라느냐고 물었다가 우리가 천천히 시간을 들여 고를 참인 것을 알고는 계산대 쪽으로 돌아갔다. 우리는 옷의 숲 속을 걸어가다가, 괜찮은 옷이 있으면 나는 거기 서 있고 계수는 벽 쪽에 마련된 옷 입는 장소에 가서 갈아입고 나온다. 이렇게 많이 옷이 있는데 왜 첫번째 옷을 가지고 결판내야 하겠는가. 옷을 벗어가지고 와서 제자리에 걸어놓고 우리는 다른 것을 본다. 매장에는 우리밖에는 없었다. 점원은 계산대 그 위치에서 전혀 이쪽을 눈여겨보는 일도 없었다. 형광등 빛이 밝히고 있는 매장은 사람이 너무 없다 보니 매장이 아닌 무슨, 이를테면 박물관의 의상 전시실 같았다. 처음에, 장사하는 풍속의 이런 분위기에 접했던 처음 같은 놀라움은 새삼스럽게 되풀이되지 않았지만, 그래도 신비스러웠다.

언제나 앞을 다퉈야 했던 지난날. 남의 것을 뺏는 것까지는 그만 두더라도 언제나 '먼저' 챙기기는 해야 했던 지난날. 피난배에도 먼저 타야 했고, 수용소 가마니 타는 줄에도 앞에 나서야 했고, 구호 배급도 잽싸야 물건이 떨어지기 전에 무엇인가 손에 들어왔고, 기차표도 절대로 새치기를 당해서는 안 됐고, 구청에서 증명서 한 장 떼는 데도 순서가 바뀔세라 정신 바로 차려야 하는 생활. 물건이 모자라고, 그러니 점원의 친절도 모자라고, 그러니 사는 사람의 여유도 모자라고. 궁핍 속에서는 인간다움도 모자라게 되는 생활.

그러나 여기는 이 넓은 매장에 점원 한 사람, 손님은 지금 우리뿐이었다. 계수도 차츰 신명을 더해갔다. 이제는 순서가 익어놔서 훨씬 빠른 동작으로 한 벌을 입어보고는 재빨리 내 눈치를 보고, 내가 다른 옷으로 눈을 돌리면 거의 번개처럼 경의실로 가서 입어본 옷을 걸어놓고는 다음 옷으로 바꿔 입을 채비를 하는 것이었다.

이 많은 옷을 다 사줄 수는 없었고 그것이 불가능한 줄을 마침내 그녀도 알게 됐다. 참으로 여러 색깔의 옷이 있었다. 여러 모양의 옷이 있었다. 사람의 취미라는 것은 그저 그만한 것이었다. 마지막에는 혼란이 왔다. 그 옷이 그 옷 비슷해지는 순간이 왔다. 우리는 약간 지쳤다. 이 수풀 속에서 살려고 온 것이 아님을 어렴풋이 깨닫게 되는 단계가 다음에 왔다. 여기서 빠져나가야 했다. 그런

데 말할 것도 없는 일이지만 우리는 장난 삼아 이러는 것은 아니었다. 장난은커녕 꼭 사야 했다. 오늘은 지쳤으니 내일 또 오자는 성격의 것일 수도 없었다. 결단을 내려야 했다. 아마 계수가 옷맵시가 좋은 탓도 있었다. 옷걸이가 좋았던 것이다. 그런 조건만 아니었던들 방황은 시작하지 않을 수도 있었고 시작됐더라도 곧 마감할 수도 있었다. 사정이 그렇지 못했으므로 지금 우리는 절박하게 몸부림치고 있었다. 그래도 계산대의 기척은 그저 그대로였다. 그것이 지금은 더욱 절박한 분위기를 만들었다. 모든 일이 정도 문제인 법이어서 우리는 이 매장의 유례없는 관용을 어지간히 과용한 것은 분명했다. 한 가지를 고를 것은 틀림없고 어차피 여기서 큰 위험 없이 빠져나가리라는 것은 분명했지만, '끝의 시작'이라는 것도 있고 끝의 '중간'이라는 것도 있고 보면 '끝의 시작의 시작'이란 것 또한 피할 수 없다는 사물의 무한한 세분화의 가능성이 우리를 괴롭혔다.

마침내 흰 서양 모시 원피스를 입은 그녀와 나는 계산대로 갔다. 점원은 웃지도 않고 계산해주었다.

그녀와 나는 자동판매기에서 콜라를 한 컵씩 뽑아 들고 쇼핑센터 밖으로 나왔다. 밖은 아직 창창한 봄날의 늦은 오후였다. 부드러운 햇빛이 쇼핑센터 안의 인공조명에 비친 매장의 넓이와 옷 한 가지를 고르기 위해 어느 한계를 넘어버린 소요 시간이 얼마쯤 환상적인 위기감을 만들어냈던 사실을 알려주었다. 쇼핑센터의 깊은 처마 밑에서 콜라를 마시면서 나는 이번 여행 중의 가장 부담 없는 시간을 즐겼다. 그 맛은 콜라처럼 시원하고 매장의 그 옷들처럼 평안했다.

집에 나만 내려놓고 계수는 가게로 간 다음, 나는 아직 남은 콜라를 손에 들고 거실 소파에 앉아서 뒤뜰을 내다보았다. 여전한 그 자리에 있는 사과나무들이 많이 자라 있었다. 뉴욕의 고향 친구네 것만은 못하지만 10년이란 세월이 분명히 보일 만큼 의젓했다. 웃자라는 가지들을 다듬기도 하는 모양이어서 나뭇가지들은 굵고 퍼진 모양도 균형이 잡혀 있었다. 나는 콜라를 탁자에 내려놓았다.

4

사월 강 봄다이 흘러라
저 멀리 벌판끝 타는 놀은
어릴 적 꿈속의 붉은 꽃
해 저문 남의 땅 강가에서
아으 흐르는 세월 강을 듣겠네
—「아이오와 강가에서」

　어머니의 장례를 마치고 가족이 모두 이 거실에 와서 앉아 있던 오후도 저 뜰을 보면서 우리는 앉아 있었다. 1주일이 지났을 때 아버님은 나더러 아이오와에 돌아가라고 말씀하셨다. 동생들도 그렇게 권했다.

떠나기 바로 전, 그 전화를 받기 바로 전까지와 비교해서 너무나 다른 사람이 되어 나는 아이오와로 돌아왔다. 비행기에서 아래를 내려다보면서 나는 우주선에서 지구를 바라보는 사람처럼 이상한 우주에 있는 이상한 자기를 느꼈다. 이렇게 아주 짧은 사이에 세상은 알지 못할 미궁으로 바뀌어버렸다. 알고 있다고 생각한 모든 것들이 알고 있다는 상태인 대로 모르는 일이 되었다. 세상은 세상인 대로 미궁이었다. 언제나 나의 글쓰기의 중심이었던 그 주제는 주제가 아니라 사실이었다.

메이플라워의 방에 들어와 문간의 책상 앞에 앉았을 때 그런 느낌은 더 절실해졌다. 책상 위에 널려 있는 것들을 바라보면서 그 책이며, 종이며, 연필이며 하는 것들이 결코 잘 아는 것들도 아니며, 내가 그것들의 주인이 아니라는 일이 뚜렷해 보였다. 목이 말라 부엌으로 가다가 부엌문 옆에 걸린 전화기가 보였다. 나는 송수화기를 들고 다이얼을 돌렸다. 볼 앵클은 몇 마디 조의를 표했다. 송수화기를 걸고 다시 책상 앞으로 와 앉았다가, 나는 물 마시러 가던 참인 것을 떠올리고 부엌으로 갔다. 컵에다 물을 담아가지고 식탁에 와 앉아서 마셨다. 식탁 옆에 난 창 너머로 뒷산이 보인다. 12월의 산은 눈이 덮인 무덤처럼 보였다. 아이오와 강을 굽어보며 옆으로 길게 퍼진 그 얕은 산의 한 부분이 실지로 묘지라는 사실이 오래전에 잊었던 일이 떠오르듯 그렇게 떠올랐다. 볼 앵클의 집에 다녀오던 길에 발견한 장소였다. 도착한 지 얼마 안 된 그때는 가을산이어서, 아름다운 단풍이 섞인 수풀 속에 저마다 다른 모양과 크기의 비석들이 들어선 그 장소는 마치 공원 같아서 나는 한동안 그 언저리에 앉아 아이오와 강을 나무들 사이로 내려다보면서 아이오와가 아름다운 땅이라는 인디언 말임을 떠올렸었다. 그때 나는 거기가 묘지라기보다 가라앉은 명상의 자리로만 보였다. 도시 가까운 데 자리 잡은 그 묘지는 사실 여행자의 눈이 아니라도 사람을 평안하게 하는 좋은 자리였다. 잘 자란 산속의 잔디가 나뭇가지들 사이로 내리는 햇빛에 얼룩이 진 사이사이에, 비석들은 영원한 침실의 문기둥처럼 서 있었다. 그런 식의 묘지에 와본 것이 처음이어서 나는 꽤 오래 그렇게 앉아서 아이오와 강을 내려다보고, 메이플라워의 나의 방 창문과 옆의 부엌 창문을 내려다보았다. 강은 메이플라워의 한쪽에서 숨었다가 건물의 다른 쪽 끝에서 다시 모습을 드러내 시내 쪽으로 흘러간다.

나는 지금 묘지에 앉아서 메이플라워 부엌에 앉아 있는 나를 내려다보고 있는 것처럼 보였다. 그때의 즐거운 표정의 내가 세운 두 무릎을 팔로 안고 앉아서 건물의 맨 위층 부엌간에 앉아 물을 마시고 있는 사나이를 보고 있었다. 묘지에 앉아 있는 사나이는 일이 없는 사람의 여유를 듬뿍 담은 표정 그대로 부엌간에 앉은 사람의 모습을 무심히 보고 있었다. 그 거리에서는 물을 마시고 있는 남자가 누구인지 알아볼 수는 없었을 것이다. 물론 남녀의 구별은 됐겠지만, 어느 나라 사람인지 알 수는 없을 것이다. 지난가을의 일이었다. 나는 여태껏 그 묘지에 다시 가지는 않았었다. 도착해서 지금까지 꽤 분주한 나날이었다. 외국 여행의 조건으로서는 그럴 수 없이 편리하게 지낸 시간이었기 때문에 그 분주함은 주로 즐거움 때문이기는 했지만. 그래서 숲 속의 그 조용한 풀밭에 또 한 사람의 나를 남겨놓고 왔었다는 것은 지금 발견한 일이었고 그래서 이쪽을 무심히 보고 있는 남자와 지금 부엌간에 앉아 있는 남자는 서로 남남처럼 모르는 사이 같았다. 이제 그 일이 떠올라와서 그 눈 덮인 나무들 사이로 이쪽을 보고 있는 남자가 나인 줄을 알고 보는데도 그는 전혀 나 같지 않았고 그 역시 나를 알아보는 것 같지 않았다. 어쩐지 거기 앉고 싶었다, 그때, 거기서. 조금도 이상한 일은 아니었다.

거기 사람들은 어떤지 몰라도 외국인의 눈에는 흙무덤이 아닌 서양 묘지는 묘지 같아 보이지 않았다. 돌비석 사이에 잔디가 잘 자라 있고 십자가를 여러 가지로 변형시킨 비석의 모양은 그런 주제를 내건 조각품의 전시장 같기도 하였다. 그 비석들에 새겨진 이름의 임자는 마침내 이 도시에서는 만날 수 없는 사람들이었다. 죽은 사람들은 모두 착한 사람들처럼 여겨지는 때문일까? 마치 사람은 착하지 못하면 죽지 못하기나 하듯이 생각하게 하는 그런 순간이었을까, 그 가을의 단풍져 있던 수풀 속의 그 시간은 — 이런 생각이 들 만큼 그 가을숲의 묘지에 앉아 나를 지켜보고 있는 남자는 지금의 내 처지에 대해 알지 못하고 무심해 보였다. 당연한 일인 줄 알면서도 그 무지와 무심함이 그렇게 잔인해 보였다.

이 부엌의 다른 쪽 문이 열리고 거기서 한 얼굴이 나타났다. 이 부엌을 함께 쓰는 인도인 작가였다. 그는 지금 외출에서 돌아온 모양이었다. 불을 켜도 좋은가, 하고 그는 말했다. 나는 끄덕였던 모양이다. 환해졌다. 그들 족속의 특징인 형형한 눈빛이 나를 쳐다보았다. 그는 다가와서 나를 껴안고 위로의 말을 했다. 우리가

모두 겪는 일이라고 그는 말하였다. 그는 커피를 끓여서 내 앞에
도 한 잔 놓았다. 그 냄새가 어떤 상태에서 나를 돌려놓는 데 효과
가 있었다. 나는 아까부터 애를 쓰고 있었다. 아까부터 겨울산의
가을숲에 앉아 있는 그 남자 쪽으로 내가 옮아가서 다시는 이 부엌
에 앉아 있는 나한테 돌아오지 않게 되는 광경을 자꾸 떠올리고 있
었다. 그 일 다음의 일을 미리 알지 못하는 일이 일어난다는 두려
움이 나를 사로잡고 있는데도, 시간은 그쪽으로 흐르고 있을 때
인도인 작가가 나타났다. 나는 커피를 마시면서 고맙다고 말했다.
밖은 저녁노을도 지나가고 어둑어둑한 것을 처음 깨달았다. 그런
데도 나는 불이 켜질 때까지 눈 덮인 밝은 겨울산에서 단풍이 선명
한 가을숲과 마주 앉아 있었다. 그는 끄덕였다. 그러고 여기서는
그동안 별일이 없었다고 모두 당신의 슬픔을 공감하고 있다고 말
했다. 나는 고맙다고 말했다. 그는 사온 식료품을 냉장고에 넣으
면서 필요한 것이 있으면 자기 것을 써달라고 했다. 그러면서 괜
찮다면 저녁은 자기가 짓는 것을 같이 먹자고 말했다. 나의 대답
이 미안해서 사양한 것인 줄 알자, 그는 분주하게 음식 만들기에
들어갔다.

　내 방문을 두드리는 소리가 났다. 대만 소설가였다. 그는 두 손
으로 내 손을 잡으며 조의를 표했다. 그러면서 우리가 하는 저녁
준비를 보고는 오늘 만두를 만들 작정이니까 자기 방으로 가자고
제안했다. 인도인 작가는 그러면 나만 가보라고 했지만 중국 사람
이 받아들이지 않았다. 인도인 작가도 끝내 거절할 수 없어서 요
리를 중지하고 우리는 중국인의 방으로 갔다. 그도 같은 층의 몇

방 저쪽에 들어 있었다. 그는 우리를 앉혀놓고 밀가루 반죽을 해서 만두를 빚었다. 나와 인도인도 그를 도왔다. 대만 작가는 아마 나를 위로하려고 그러는지 큰 소리로 웃으면서 우리 솜씨를 칭찬했다. 인도인 작가는 만두가 신기한지 그 형형한 눈으로 응시하면서 만두에다 속을 넣었다. 대만 작가는 어디엔가 전화를 걸고 오더니 홍콩 작가 부처도 온다고 전했다. 그들은 다른 층에 살고 있었는데 대만 작가는 자주 그들의 식탁에 초대되는 모양이었다. 홍콩 시인 부처는 훨씬 젊은 사람이었으나, 언제나 손님 작가들을 형제처럼 돌보았고 그것이 자연스러워 보일 만한 인품을 지닌 사람들이었다. 그들이 먹을 것을 들고 나타났을 때, 나는 의젓해져야겠다고 자신을 추슬렀다. 그들도 나에게 조의를 표했다. 그런 말이 모두 자연스럽고 고마웠다. 그들이 동양 사람이고 더욱 중국 사람들은 이런 경우의 심경이 우리와 별반 다를 것이 없으리라는 짐작이 그들의 위로가 오래 사귄 이웃의 그것처럼 진실성 있게 들리도록 만들었다. 중국 시인의 아내는 자기 어머니 얘기를 하면서 살아 있으면서도 자식 노릇도 못 하고 이렇게 산다면서 동양 어머니들은 자식들 잘되기만 바라지 자신을 돌보지 않는다면서, 그러니까 너무 슬퍼하는 것은 어머니를 위하는 길이 아니라고 타일렀다. 나보다 10년쯤 젊은 그녀는 마치 누님처럼 굴었다. 그녀가 홍콩에서 자라고 미국에도 일찍 와서 서양 사람들 속에서 살면서 몸에 익힌 개방적인 몸가짐이 자연스럽게 그렇게 움직이도록 했다. 그들의 우정에 걸맞게 굴어야 했다. 대만 작가는 모든 사람이 다 식탁에 앉아서 기다려주기를 바랐다. 시인의 아내조차도 가만히 앉아 있으라고 하면서 혼자서 척척 해냈다.

번듯한 음식상이 차려졌다. 시인의 아내는 만두가 잘됐다고 칭찬했다. 그러나 시인 남편이 자기도 이만큼은 하지 않느냐니까, 아내는 웃으면서 당신보다 더 낫다고는 하지 않았다고 해서 우리도 그가 음식 솜씨가 있는 사람임을 알았다. 그러니까 그는 시인에다, 중국무술가에다, 요리사이기도 한 것이었다. 그 밖에 그가 여기서 하는 일은 이 모임을 위한 볼 앵클의 조수이자, 중국 고전 시집의 편집과 번역도 겸하고 있었기 때문에 그는 중국 고전학자이자 영어 번역가이기도 했다. 그는 여기서 단순한 외국인이라기보다 문화적 교류를 위해 미국 사람들에게 꼭 필요한 사람이었다. 우리는 먹고 마시면서 이야기했다. 술기운이 조금 퍼지자 나는 훨씬 편해졌다. 가끔 나 혼자 속으로 빠져 들어가려는 순간마다 누군가의 시선과 마주쳤고, 그러면 얼른 이야기 아니면 음식 쪽으로 마음의 키를 다잡는 데 도움이 되었다. 마치 그들이 있기 때문에 나는 살아 있는 사람이 살아 있는 동안까지는 가서는 안 되는 어떤 골짜기 쪽으로 접어드는 위험으로부터 보호되는 것 같았다. 그쪽으로 기울어질 때마다 그들의 시선이 나를 가로막았다. 그것은 얼마 전에 부엌에서 앉아 있을 때 내가 혼자서 힘겹게 싸우던 그 위험이었다. 가족들과 슬픔을 나눌 때는 없던 느낌이었다. 아마 그때 우리는 연결세포들처럼 저마다의 슬픔을 다른 사람과 유무상통하면서 기대고 있었던 모양이었다. 자제하면서 대체로 의젓할 수 있으면서 이런 생각들이 마치 내가 생각하는 일이 아닌 것처럼, 내 안의 다른 사람이 제가 할 일이기 때문에 저 혼자 하는 생각을 먼발치에서 가끔 흘긋 쳐다보는 식으로 오는 것까지는 피할 수 없었다. 그러나 견딜 만했다.

자리의 화제는 중국시 번역에 와 있었다. 주로 인도 작가와 홍콩 시인 사이에서 이야기가 진행되었다. 이 두 사람이 다 그만한 영어에 대해 그만한 전문적 이야기를 할 수 있는 사람들이었다. 시인의 아내는 식탁과 부엌 사이를 자유롭게 왕래했으나 대만 작가는 말리지 않았다. 그녀가 가져온 음식도 식탁에 내놓게 되기 때문에 절로 그렇게 된 듯싶었는데, 그녀는 남편과 인도인 작가의 토론에는 끼어들지 않았다. 평소에 작가들의 대화 모임에 부부가 참석해서도 대개 그녀는 그렇게 처신했다. 달리 처신할 힘이 없는 것이 아님은 분명했다. 그녀도 남편과 비슷한 교육 과정을 미국에서 보낸 것은 알려져 있었다. 그런 그녀가 내 접시를 얼른 채워준다거나, 다른 접시를 남 먼저 놓아준다거나 하는 일이 무엇 때문인지 잘 알 수 있었다. 그녀에게 값하는 길은 내가 이 자리에 있는 사람들이 거북하지 않게 하는 일이었고, 그것은 주로 열심히 먹는 일이었다. 대만 작가는 중국 음식 재료를 풍부하게 가지고 있었다. 아이오와에도 중국 식료품 가게가 있는 것을 보았기 때문에 놀라운 일은 아니었지만 온갖 것을 다 갖춰가지고 있는 것은 여전히 볼 만한 일이었다. 하기는, 나의 냉장고에도 동생네가 마련해 준 밑반찬들이 대강 갖춰져 있으니 인도인 작가의 눈에는 역시 재미있었을 것이다. 홍콩과 인도의 영문학자들의 이야기가 전문적인 수준에서 진행되는 일이 다행스러웠다. 그 수준만큼 나는 말을 하지 않아도 되었다.

이 무렵에는 메이플라워를 떠나 있는 작가들이 많았다. 그들은 이 기회에 될수록 많은 여행을 하자는 생각이었던 듯싶다. 특히 유럽에서 온 작가들이 그랬다. 그 중에서도 프랑스 시인은 거의 보이지 않았다. 나는 이 시기에 아이오와에서 지낼 수 있는 것이 나와 가족들 모두를 위해 잘된 일이라는 것을 알았다. 아버님이 어떻게 지내시느냐는 걱정에 큰동생은 침착하신 것 같으니 염려하지 말라고 전화에서 말했다. 이쪽에서는 가족들끼리 서로 위로하면서 지내니 보던 일에 지장이 없도록 전하라는 것이 아버님의 당부라는 말도 했다. 분위기를 잘 전해주는 말이었다. 그들은 슬픔을 참고 감추면서 일상에 몰두하는 것으로 당한 일을 이겨내고 있는 것이었다. 제일 타격이 크실 아버님 자신이 자식들을 북돋아주는 일만 마음에 두고 계신다는 말을, 하고 계신 모양이 잘 전달되도록 동생은 말했다.

내가 그들을 위로할 필요는 없어 보였다. 그들이 나를 걱정하고 있었다. 이때 나의 직업이 야릇한 성질의 물건임을 알았다. 동생들은 그들의 생업에 바빠야 했다. 그들에게는 가게가 있고 고객이 있었다. 주문 받는 일과 물건을 약속대로 제공하는 일은 지체가 허락되지 않았다. 나는 그렇지 않았다. 나는 지금 메이플라워의 한 방에 앉아서 출근할 필요도 없고, 주문 받은 일이 있는 것도 아니었다. 어디 출장 갈 일이 있지도 않았다. 출장이라면 이렇게 와 있는 일이 출장이었다. 할 일이 없다지만, 할 일의 범위가 너무 넓어서 그때마다 선택해야 할 만큼 어렵다는 말을 그렇게 표현할 수밖에 없다는 말이었다. 내가 하는 생업이란 바로 지금 내가 겪고

있는 이 감정을 헤쳐보고, 뜯어보고, 더 잘 살필 수 있게 색칠까지
해보는 일이었다. 그렇게 해서 그 생김새, 움직이는 버릇, 다른 감
정에 미치는 영향을 밝혀내는 일이었다. 문간에 들어서자 오른편
벽에 붙여 길게 놓인 이 책상은 그 생김새 자체가 작업대처럼 보였
다. 나는 이 작업대 위에 내 자신의 마음을 올려놓고 그것을 갈가
리 찢어서 관찰해야 했다. 그것이 나의 일이었다. 나의 현미경은
눈앞에 펼쳐진 채로 놓인 백지였고 나는 그 위에 내 마음을 누여놓
고 의사가 생명을 칼로 저미듯 그것을 저며야 했다. 그것이 나의
생업이었다. 아버님이나 동생들이 볼일을 보라는 말, 보는 일에
지장이 있어서는 안 된다는 말의 내용은, 내게는 이런 것을 뜻하
는 것이었다.

　평생을 읽어온 이야기책 속에 있던 그 슬픈 일들을 나는 어떻게
견뎠을까? 이야기 속의 사람들은 가지가지 불행을 겪고 있었다.
그리고 그것을 생각하고 견디고 해결해나가고 있었다. 생각하는
주인공들은 신의 소리를 들었다고 느끼고 신비한 평화를 얻기도
하고, 불행의 의미를 설명하는 논리를 구축하는 데 성공하고 그
설명 자체밖에는 인간에게는 구원이 없다고 알아듣기도 하였다.
보다 더 구체적이고 상대적인 성격의 불행인 경우에는 그 해결은
보다 쉬웠다. 용기를 잃지 말고 다시 시작하는 일이었다. 그래서
내일의 태양은 내일 또 뜬다는 말은 옳은 말이었다. 이도 저도 아
닌 경우에는 주인공들은 견디고 있거나 잊는 것으로 해결하고 있
었다. 해결할 수 없기 때문에 해결의 노력을 포기하는 것은 이치
에 맞는 말이었다. 그리고 이런 해결이 죽음이라든지, 그에 가까

운 사태에 대한 대응으로서는 가장 힘있는 방법이었고 그런 장면
에서 소설은 현실감 있게 무거웠다. 생업에 빠져든다는 것은 슬퍼
하는 형식임에 틀림없었다. 그런데 생업에 빠져드는 주인공과, 생
업에 빠져드는 주인공을 묘사해야 하는 작가는 같은 의미의 해결
을 달성했다고 할 수 있을까? 작가는 그 자신도 인간이라는 자격
을 내세워 작중인물이 누리고 있는 그 성찬을 함께할 수 있을까?
쓴다는 일도 생업이라는 말로 해석하여 자기도 존재의 신비한 자
기해결에 동참하고 있다고 알아도 되는 일일까? 그렇게 말하면 중
대한 착오가 끼어드는 것은 아닐까? 쓴다는 것은 비록 생업이기도
하지만, 그것만 치르면 발 뻗고 그날은 편히 잠들어도 좋을 그런
성질의 생업은 아니지 않을까. 그 많은 불행을 만들어내고 그 불
행의 주인공들을 울게도 하고 죽게도 한 작가들은 그 '생업'에 종
사하면서 어디서 그런 엄청난 권위를 가져왔을까? 그렇다. 권위.
그들은 자신이 있었을까? 전승된 양식의 힘을 타고 서기 노릇만
한 것은 아닐까? 스스로 지어냈다고 생각하는 표현조차도 자기 것
이 아닌 줄을 생각하지 못한 데서 온 환상에 의지한 것은 아닐까.
불행한 주인공과 그를 만들어낸 작가의 자리는 결코 같지 않으며,
작가가 아무리 주인공을 동정하고, 전적으로 주인공의 입장이 되
고, 말하자면 일인칭 소설인 경우에도 소설에 나타난 '나'는 결코
쓰고 있는 작가가 아니지 않을까? 그는 그렇게 숨어서 주인공의
희생으로 파멸을 면하고 있는 이름 없는 누구가 되는 일이 아닐까,
쓴다는 생업의 그늘에 숨어 있는 그 인물은. 자기 자신도 쓰는 순
간에만 만나는 그 인물은. 그리고 독자도 '읽기'라는 일에 종사하

는 시간 속에서는 작가와 마찬가지의 그 '누구'가 되는 것은 아닐까? 소설 속에 보이는 것은 언제나 이러저러한 '생업'에 종사하는 구체적 인물일 수밖에 없기 때문에, 그는 영혼이 다른 자리로 옮아가는 것이 정말 그런 자리로 옮아가기나 하는 듯이 생각하게 된다. 그렇지 않을 것이 아닌가? 그 구절을 '쓴다'는 행위 자체가 구원일 뿐, 쓰인 내용이 사실이라고 증명된 바는 없지 않은가? 소설을 쓰고 읽는 경험에서 겪는 이 이상한 평화가 비록 이유 있고 값진 것이라 하더라도, 그것은 언제나 '쓰기, 읽기 속에서의'라는 부호 표시를 빠뜨려서는 안 된다. 메이플라워의 자기 방 책상 앞에서 어떤 위안도 그 속에 빠져서는 안 된다는 것을, 골백번 생각한 일을 자기에게 다짐하는 것이 내가 지금 충실해야 하는 '볼일'이었고, 지금 그 작업 수칙에 충실하다는 것은 나 자신에게 휴식과 위안을 금지하는 것이 된다.

나의 생업의 이 야릇한 모순, 일하면 일할수록 자기를 상하게 한다는 이 모순이 그 모순의 의미는 어찌 되었건 왜 그런지 지금의 나에게는 합당한 것이라는 생각이 마음속 어디선가 퍼뜩 지나갔다. 고향을 떠나 여기까지 허둥거려서 도착한 가족의 피난 대열에서 이탈한 자에 대한 처벌 같았다. 그래서 내 직업이 그 처벌의 채찍이 되어 내가 불행한 인간인 것을 한시도 잊지 못하게 하는 수단이 되었다는 이 생각, 이 난데없는 생각이 처음으로 나에게 위안을 주었다.

아이오와 대학 안에는 체류 작가들을 위한 사무실이 있는데 체류 작가들에 대한 모든 일을 거기서 보고 있었다. 우편도 그 주소로 보내고 받았으며 다달이 받는 체재비도 거기서 받았다. 그 밖에 대학 시설을 이용하고 싶을 때도 여기서 돌보아줬다. 이 사무실에는 남녀 직원 두 사람이 일하고 있었는데 체류 작가들은 시내에 나왔을 때는 한번씩 들러보기 때문에 언제나 누군가가 거기 있었다. 모임은 그때마다 장소가 다르고 메이플라워 강당을 이용할 때도 있었지만 그곳은 이 공동주택 전체에서 사용하는 모임 자리이므로 사용 신청하지 않은 보통 때는 닫혀 있었기 때문에 작가들에게 늘 개방돼 있는 모임 자리는 대학 안에 있는 사무실밖에는 없었다.

어느 날 사무실에 들러봤더니 대학 영화관의 광고가 붙어 있었다. 그곳은 영화관이라기보다 시청각 교실이었다. 500석쯤 돼 보이는 자리를 학생들이 절반쯤 메우고 있었다. 불이 꺼지고 영화가 시작하고 얼마쯤 지났을 때 나는 이미 이 영화를 보게 된 것을 뉘우쳤다. 영화는 괴기영화였는데 큰 집에 홀로 남은 어린 남매를 악마가 잡아가려고 하는 줄거리였다. 넓은 홀 한가운데 남매가 서로 붙들고 서 있다. 그들은 백묵으로 그린 원 안에 서 있다. 원의 안쪽에 몇 자 주문이 씌어져 있다. 그들의 아버지가 이럴 때를 대비해서 일러준 비법이다. 사방이 갑자기 어두워지면서 1층 현관문이 저절로 휙 열리더니 검은 말을 탄 마왕이 나타난다. 중세기 서양 기사의 갑옷 차림인 마왕의 얼굴은 검고 머리에는 뿔이 나 있다. 그는 말을 몰아 두 아이에게 달려든다. 두 아이는 마왕을 향해서 똑바로 서 있다. 마왕에게 등을 보이거나, 눈을 감거나, 주저앉으면 마술의 원의 힘이 없어진다. 한달음에 짓밟아버릴 듯이 달려

들던 마왕은 원 앞에서 급히 고삐를 당기고 물러난다. 마왕은 원을 따라 돈다. 아이들도 따라 돈다. 재차 마왕은 말을 달려 덮쳐든다. 마치 장애물을 향해 달려오는 승마 경기 그대로다. 이번에도 실패다. 아이들은 무서움을 참고 지키라는 규칙을 지키기 때문에 마왕은 그때마다 실패한다. 화면 가득 달려나오는 검은 말의 땀에 번들거리는 가슴과 금방 퉁겨나올 듯한 앞발. 커다란 이빨 사이로 튀는 거품. 부릅뜬 눈. 그 위에 얹힌 마왕의 얼굴. 이 장면이 자꾸 되풀이되는 줄거리였다. 영화의 박진감이 힘을 쓰는 장면이었다. 거듭되는 돌진이 그때마다 보는 사람의 감각을 기계적으로 충격했다. 관객들은 그때마다 와악 하고 비명을 질렀다.

영화가 끝나고 객석이 빈 다음에도 나는 한동안 자리에 머물러 있었다. 밝은 실내 저편에는 보통 영사막이 고정된 채 설치돼 있다. 그 흰 평면에는 막 목격한 공포의 흔적도 없었다. 그러나 그 장면은 내 머릿속에 영사막 아닌 현실로 옮아와 있었다. 설명이 없이 출현한 악한 힘이 백묵으로 친 원이라는 허약한 방비밖에 없는 피공격자에게 달려들 때의 박진감은 대단했다. 그때마다 관객들이 어둠 속에서 부지중 몸을 뒤로 물리는 것을 알 수 있었다. 그들은 즐기면서도 그렇게 할 수밖에는 없었다. 이유나 설명보다 먼저 오는 이 감각적 현실성. 이것은 영화 속의 일이기는 했으나 영화 밖에도 있는 일이었다. 일상의 순간마다가 그렇다고까지 속담은 말한다. 문 밖이 지옥이다. 산다는 게 칠성판 지고 헤엄치기지. 말은 그렇게 하면서도 잊고 산다. 그러다가 누구나 눈을 감을 수 없이 바라보아야 하는 지옥을 보고 칠성판을 등에 느껴야 할 때를 만난다. 그 영화는 사실인 것이었다. 아이들은 자라고 나이 먹다가 마침내 더 버티지 못하고 눈을 감아버린다. 눈을 감지 않고 배긴 사람은 한 사람도 없었다.

나는 일어서서 밖으로 나왔다. 학생들이 눈싸움을 하고 있었다. 나는 그들을 보고 웃었다. 그들은 아랑곳없이 뭉친 눈을 던지기에 열중하고 있었다. 나는 오던 길을 되돌아 작가 사무실 앞을 지나 교문 쪽으로 걸어갔다. 세밑인데도 교내는 학생들이 많았다. 도서관 쪽에도 무리를 지어 들락거리는 학생들이 보였다. 나는 교문을 빠져나와 그 밑으로 아이오와 강의 지류가 흐르는 다리를 건너와서 오른쪽에 보이는 햄버거집에 들어가서 줄에 섰다. 그리 넓지 않은 가게를 메운 학생들이 햄버거를 먹고 있었다. 차례가 와서 햄버거와 콜라컵을 받아들고 자리를 찾아 앉았다. 그 자리에서는 유리창 저쪽 가까운 골목 어귀에 책방이 보였다. 학생 하나가 책가 앞에 이쪽으로 등을 보이고 서서 책을 꺼내 보고 있었다. 그 옆에 세워놓은 사닥다리에 기대서서 스웨터를 입은 점원인 듯한 청년이 물끄러미 밖을 내다보고 있다. 햄버거를 다 먹고 나와서 그 책방에 들어갔다. 거기에는 스웨터 입은 청년만 있었다. 나는 지하층으로 내려갔다. 1층과 같은 넓이의 그 매장에는 손님 몇 사람만 서성거리고 있었다. 이 책방에서 나는 지난번에 산『자본론』말고는 산 적이 없었다. 영문으로 된 책으로 이런 데서 귀한 책을 찾아낼 만큼 나는 영어책과 가깝게 지내오지 못했기 때문에 그저 이렇게 가끔 들러보는 것뿐이었다. 나는 거기서 이 책 저 책 빼내 보다가 가게를 나왔다. 오늘 사회학 교수네 저녁 초대를 받고 있었다. 아직 시간이 많이 있었다. 네거리에서 길을 건너 신간서적 파는 서점에 들어선다. 여기는 매장이 넓었다. 여기도 지하에 매장이 있다. 대 위에 펼쳐놓은 신간서적들은 언제나 나와는 상관없는 책들 같았다. 여기서 줄곧 사는 사람이 아니고는 그것을 사서 읽는 시간을 내는 일은 부질없어 보였다. 이미 이름을 아는 책만이 책처럼 보인다. 그러나 그것들은 영어가 아니더라도 번역으로 이미 읽은 책이니 사지 않아도 되었다. 언제나처럼 책을 꼭 사지 않아도 될 이유를 확인하면서 그저 돌아보게 된다.

책보다도 신문이 훨씬 흥미 있었다. 신문은 도서관에 가면 얼마든지 있었다. 도서관, 좋은 생각이었다. 나는 책방을 나와 오던 길을 돌아갔다. 다리를 건너 교문을 들어서서 왼쪽으로 걸어간다. 정기간행물 열람실에는 사람이 많지 않았다. 나는 신문을 가져다 책상에 펼쳐놓고 읽었다. 『워싱턴 포스트』였다. 지방 신문은 내가 여행자라는 것을 너무 분명하게 느끼게 해서 읽고 싶지 않았다. 어느 기사나 처음 대하는 주제였고 기사 속에 나오는 이야기는 이 '지역'의 이야기였다. 『워싱턴 포스트』는 국내 기사도 전국 규모의 관점에서 다루는 분위기여서 흥미를 유지하기가 그다지 힘겹지는 않았다. 이 나라의 전국 규모의 국내 기사라는 것은 내가 본국에서 국제 기사로 본 내용이다. 이 나라의 주요 인물의 이름은 국내 신문에서도 주요한 인물이었다. 로마 황제는 제국의 변방에서도 황제이며, 로마 원로원의 유력 의원은 알렉산드리아나 게르마니아에서도 현지 추장이나 부족장 이름 못지않게 낯익은 얼굴이었다. 석유 문제가 시끄러웠다. 아랍 사람들이 값을 올리겠다고 야단이었다. 미국 국무장관이 현지에 가서 검은 안경을 쓴 아랍 족장을 타이르는 사진이 실려 있다. 거기에 이스라엘 사람들과 아랍 사람들의 다툼이 얽혀 있다.

미국 행정서류란에는 '아시안'이라는 인종 분류는 없고 '오리엔탈'이라고 쓰기로 되어 있다는 말을 떠올린다. 엉뚱한 분류 같지만 잘 생각하면 다른 기준에서 봐서 맞는 말이다. 오리엔탈은 특수개념이자 보편개념으로도 쓰고 있다는 말이다. 유럽 사람 아닌 지중해 동쪽의 모든 사람을 그렇게 부르는 것이다. 로마 사람들이 이방인을 구별 없이 '바르바로사'라고 부른 것처럼. 중국 사람들이 이방인을 모두 '이夷'라고 부르는 것처럼. 미국의 전국지의 국제면을 보면 역사의 반복이 실감된다. 그리고 비로소 실상이 보인다. 이 실상을 귀에 부드럽게 표현하는 기술이 이 사람들의 지성의 근본적인 흐름이라는 것도 보인다. 신문처럼 그 점을 잘 드러내는 분야는 따로 적수를 찾기 어렵다. 작은 나라의 지도자를 다룰 때의 놀리는 듯한 투. 자기들 것이 아닌 사고방식을 다룰 때의 시치미 떼고 끄덕거리는 모습. 다 보인다. 대학에서는 이 수사학이 좀 더 점잖지만 속은 마찬가지다. 이 문제를 덮어두면 미국 문학(다른 유럽 문학도 마찬가지지만)은 어느 문학이건 그럴 만한 작품이면 으레 그럴 만한 품위를 지니고 있다. 훌륭하다. 그러나 그들은 로마인으로서의 자기를 먼저 당연한 것으로 (아니, 그런 자각조차도 없다) 받아들이고(라기보다 그런 문제의식도 없이) 쓴다. 물론 백인 작가들 말이다. 그럴 수밖에는 없겠지. 로마인이 로마인의 권리를 의심할 수 있을까? 신문을 보면서 그렇게 역사를 읽는다.

어떤 문학적 걸작도 이런 읽기를 하면서 보는 신문만큼 깊지는 못하다.

　북한 정기간행물을 가져다 본다. 신문과 화보, 잡지들이다. 처음 이것들을 대했을 때의 충격은 없다. 그리고 찬찬히 내용을 읽어보려는 성의를 낼 염도 나지 않는다. 한문 어원의 신식 조어를 가장 나쁜 방식으로 짜맞춘 문장이다. 고전적인 한문 교육이 이미 교양 형성의 진지한 중심에서 추방된 다음에, 이번에는 그 한문 어원의 어휘들을 한글로 바꿔서 쓸 때에 일어나는 이 문장의 스산함. 한 사회가 이런 문장으로 생활하면서도 거기서 무엇인가 좋은 일이 진행되고 있다는 말을 믿을 수 있을까. 이것은 전혀 모르는 나라의, 전혀 처음 보는 문장은 아니기는 했다. 해방 후 북한에서 W를 떠날 때까지 줄곧 이런 글에 둘러싸여 살았으니까 — 라는 데서 얘기를 끝내면 좋겠지만 그게 또 그렇지 않다. 긴 말 접어서 북한 생활이라 해봐야 고등학교 1년생의 세계다. 그때 신문을 읽었다는 기억이 없다. 국어 교과서나 시는 이렇지는 않았다. 「낙동강」은 이렇지는 않았다. 그것은 그 자체로는 이의를 제기할 구석이 없는 품위 있는 글이요, 고즈넉한 눈길로 더듬어가게 하는 보이지 않는 힘의 흐름이었다. 하기는, 「낙동강」까지 갈 것 없이 나는 『쿠오 바디스』에 빠져 있었고 아무도 그것을 말리지 못했고 시립도서관에서 버젓이 그것을 장서로 유지하고 대출하고 있었다. 그때는 호랑이 담배 피우던 때가 된 모양이구나. 소년단 지도원은 그런 낌새를 유능하게 알아보고 나를 간부직에서 추방했지만 도서관에까지 따라오지는 못했었다. 그 시절은 옛날이라고 이 조악한

종이에 찍힌 조악한 문장들은 말하고 있었다. 그런 모습으로 다가
서는 고향의 생산물은 그런 모양대로 여전히 고향 소식인 것은 사
실이었다. 그 겨울 새벽에 떠나온 고향과 이만큼은 아직도 이어진
것이었다. 그 항구는 아직도 그 자리에 있다는 말이었다. 그 항구
에는 퍼붓는 폭탄 속에서 쌀 한 가마니를 이고 달릴 수 있었던 어
머니의 젊은 목숨이 있었다. 가슴에서 뜨거운 것이 북받치면서 목
구멍이라든가 눈언저리 같은 데로 나오고 싶어 하는 것이 있었다.
간행물에서 눈길을 거두며 머리를 드는데 맞은편으로부터 한 쌍의
눈이 놀란 듯이 나를 지켜보고 있었다. 그 여학생은 앞에 펼쳐놓
은 노트 위에 연필 쥔 손을 멈추고 나를 보고 있었다. 걱정스러워
하는 눈길이었다. '로마의 양가의 자녀'의 따뜻한 눈길이었다. 나
는 그녀에게 끄덕여 보이고서 간행물들을 제자리에 가져다놓고 도
서관을 나왔다.

　자, 이제 어디로 갈까? 나는 교문을 빠져나오면서 아직도 남은
시간을 지낼 데를 궁리했다. 어느 선물가게 앞을 지날 때 나는 교
수댁에 들고 갈 선물을 마련하지 않은 것이 비로소 생각났다. 나
는 가게 문을 밀다가 그 가게가 닫혀 있음을 발견했다. 나는 돌아
서서 가던 길을 계속했다. 무엇이든 찾아보기는 해야 했다. 대학
에서 곧게 뻗은 길을 전화회사 쪽으로 걸어가면서 가게들을 차례
로 들여다보았다. 한 블록이 끝나는 데서 왼쪽으로 돌아간다. 그
쪽은 저 앞 오른쪽으로 우편국이 있는 자리였다. 그 거리에 중국
식료품 가게가 있었다. 젊은 동양 사람이 가게를 보고 있었다. 대
만 작가가 고객이 되어 있는 집은 이 가게였다. 언젠가 우편국에

함께 들렀을 때 그는 혼자 떨어지면서 여기서 사가지고 갈 게 있다던 일도 생각났다. 이 집에서는 한국 식품도 함께 팔고 있었다. 내가 김을 고르자 젊은 사람은 아무 말 없이 그것을 내주었다. 결국 김을 산 것이었다. 그것이 소용되는 물건이기는 했지만 처음에 이런 물건 말고 좀더 다른, 교수댁 딸아기에게 줄 것을 막연히 마음에 뒀었다. 나는 짐꾸러미를 들고 좀더 걸어가 우편국 앞에서 길을 건너 이번에는 학교의 무슨 홀인가 하는 큰 건물을 멀리 보면서 그쪽으로 걸어갔다. 따뜻한 날씨여서 걷기가 좋았다. 길가에 그대로 쌓여 있는 눈이 햇빛에 반짝이는 모양이 평화로웠다. 학생 술집으로 가장 큰 가게에서는 음악 소리도 들리지 않고 조용하였다. 그 앞을 지나 거리 끝에서 왼쪽으로 돈다. 메이플라워 앞길과 통해 있는 드부크 거리였다. 나는 거리를 학교 쪽으로 걸어간다. 신간서적 책방. 거기를 지나서 네거리. 나는 이렇게 블록을 한 바퀴 돌아왔다. 네거리를 건너 드부크 거리를 더 올라간다.

　교수의 집은 그쪽이었다. 시계를 보니 이렇게 걸어가면 시간에 맞춰 닿을 만하였다. 인도며 차도가 모두 눈이 쌓여서 차와 사람이 다니는 데만 단단하게 굳어 있었다. 여기 와서 사 입은 외투는 속에 털이 받쳐져 있어서 깃을 세워 단추를 채우면 바람이 들어올 데가 없었다. 나는 짐꾸러미를 장갑 낀 한 손에 들고 미끄러운 데를 피하면서 걸어갔다. 교수가 사는 집에 도착하니 부인이 뛰어나오면서 남편이 방금 전화를 했는데 모시러 가려고 전화했더니 받지 않더라고 했다면서, 나에게 자리를 권하고는 곧바로 남편에게 전화를 걸어서 나의 도착을 알렸다. 그런 약속은 없었는데 교수가 눈길을 생각해서 그렇게 알아본 모양이었다.

"오늘 시내 나올 일도 있어서요."

나는 오는 데 고생 안 했다는 말을 했다. 메이플라워 앞에서 버스를 탔었다. 가을에는 일부러 걷기까지 하던 길이었다. 그녀는 나에게 물어보고 커피를 끓여왔다.

"이거……"

"아이구, 뭘 이런 거 가져오셔요, 그냥 오시지."

그녀는 김을 받아서 부엌 식탁에 얹었다. 포장지에 김이 그려져 있었다. 이 거실은 좀 큰 편인데 부엌하고 칸막이 없이 통해 있다.

"그래, 얼마나……"

부인은 앞에 와 앉으면서 인사했다.

"네……"

나는 고개를 숙여 답례했다.

"그래도 마침 이렇게 와 계셔서……"

"네, 그렇습니다."

나는 또 머리를 숙였다.

"어쩝니까, 아무나 한 번 겪는 일인데."

"예, 모두 염려해주셔서……"

"무슨 말씀을, 더 도와드려야 할 텐데."

우리는 지난번 독일인 정착촌으로 간 날 이후 처음이었다.

"아닙니다, 정말 덕분에 의지가 됩니다."

"아직 많이 남았지요?"

"네, 한 달쯤……"

“여기서 새해를 맞으시겠지요?”

“네, 그렇습니다.”

“버지니아에 가시지 않으시구요.”

“여기서 지낼까 합니다.”

“그럼 신년에도 저희 집에 오세요.”

“고맙습니다.”

우리가 이런 말을 하고 있는데 이 집 딸애기가 눈을 비비면서 걸어나왔다. 네 살짜리 귀염둥이다.

“참, 무슨 장난감을 사올 생각이었는데 가게가 문을 닫아놔서……”

나는 아기의 머리를 쓰다듬으면서 말했다.

“방 하나 가득합니다. 오시는 분마다 인형을 갖다주셨거든요.”

그녀는 아기를 옆에 끌어다 앉히면서 웃었다.

“모처럼 오셨는데 너무 상심 마시고, 잘 계시다가 가세요.”

그녀는 같은 말을 하고 있었다.

“여기서 이렇게 가깝게 지내게 돼서 얼마나 좋은지 모르겠습니다.”

“저희도 그래요. 한국분들하고 만나고 있으면 고향과 인연이 끊어지지 않고 있는 것 같아서 좋습니다.”

“참 훌륭하십니다. 미국에서 이렇게 좋은 직업을 가지고 살아가시니.”

“그렇게 됐어요. 공부가 끝나면 돌아갈 생각이었는데 이렇게 됐어요.”

"전공하신 학문으로 학생들을 가르치니 더 뭘 바라겠습니까? 어디 계시든 자기 하고 싶은 일을 하면 거기가 있을 자리가 아니겠습니까?"

"네, 학교 일에는 만족하고 계세요."

"네, 듣고 있습니다. 학회에서도 잘 알려진 분이시라구."

"그렇진 못해요, 아무튼 부지런한 분이셔요. 선생님이야 한국에 계셔야 할 분이지만, 그러시죠?"

"저요, 네, 꼭 뭐 그렇기야 하겠습니까만……"

"혹 여기 오실 계획이래두…… 가족들도 다 계시구, 그렇긴 하군요."

그녀는 얼른 정정했다.

"아니, 그런 계획은 없습니다. 외국 작가들은 그 문제를 우리처럼은 생각지 않는다는 말씀이죠."

"그 점은 문화적 전통이 좀 다르지요?"

"그런 것 같아요."

차가 들어오는 소리가 났다.

"아, 오십니다."

꼬마가 현관으로 달려갔다.

현관문이 열리고 교수가 들어섰다.

"먼저 왔습니다."

"아, 저는 모시러 가려고 했는데……"

"아닙니다."

"그래 얼마나 애통하십니까, 너무 슬퍼 마세요."

교수는 내 손을 잡아주었다.

"말씀 고맙습니다."

교수는 손에 들고 온 서류봉투를 안에 들어가 놓고 나왔다.

"커피 하실래요?"

"그래요."

"미끄러웠지요?"

"체인이 있어서 뭐, 괜찮았어요."

교수는 아내가 갖다 놓는 커피잔을 들어 한 모금 마셨다.

"제가 좀……"

그는 일어서서 손 씻는 시늉을 했다.

"어서, 어서……"

나는 반쯤 일어서면서 말했다.

"그럼……"

그는 그의 서재가 있는 쪽으로 가서 그 옆문으로 들어갔다.

남편이 나오는 것을 보고 부인은 부엌으로 가서 음식 준비에 들어갔다.

"형제들이 계셔서 힘이 되시지요?"

교수가 딸애를 무릎에 앉히면서 말했다.

"네, 저야 뭐 자식 노릇 제대로 못하고 삽니다."

"무슨 말씀을, 선생님이야 사정이 그렇지 않습니까?"

"저희도 그런 얘기 하는 중이었어요."

부인이 손을 놀리면서 소리만 보내왔다.

"그렇구말구요, 작가가 고향을 떠날 수 있나요?"

“고향 사람들은 어찌 생각하든, 제 심정은 그렇습니다.”

“저희들은 이렇게 떠돌이 신셉니다만.”

“부러운데요.”

“지금처럼 오시고 싶으실 때 오시는 처지가 제일 좋습니다.”

“네, 가족들이 있으니……”

“선생님 경우는 좀, 복잡하긴 합니다만……”

“피난민입니다.”

“그쪽 고향도 가시게 될 날이 있지 않겠습니까? 요즘 같아서
는……”

“글쎄요.”

내가 출국할 즈음에 열린 남북적십자회담 얘기였다.

“길이 열리는 것 같지 않습니까?”

“두고 봐야겠지요.”

“비판적인 의견이신가요?”

“글쎄 희망을 말한다면야 그나마 다행이지만, 아직 어떻게 될
지.”

“시작이 절반이라는 말이 있지 않습니까? 시작이 중요합니다.”

온 나라가 깜짝 놀란 그 남북 비밀접촉에서 적십자회담에까지
이른 움직임을 생각할 때마다 그때나 지금이나 한마디로 말하기
어려운 답답한 벽이 앞을 가로막는다. 어제같이 생생한 북한에서
의 생활의 경험이 섣불리 어떤 희망의 작은 불빛에 너무 놀라지는
못하게 하고 있었다. 캄캄한 밤에는 불빛이 가깝게 보인다. 그 작
은 불빛이 그렇게 큰 희망으로 보이는 일이야말로 이 시대의 어둠

의 깊이를 말해준다 — 그런 심정이다.

"워낙 상대방의 존재를 인정하지 못하는 관계라……"

그런 심정이 이렇게 울려나왔다.

"과거에 중국의 국공협력이 있지 않았습니까?"

"결국 어떻게 결말이 났습니까?"

"대만이 아직 있기는 합니다마는 일시적이었단 말씀이시지요?"

"원칙이란 것은 양보하지 않았다는 얘깁니다."

"원칙이라, 원칙이란 것이 그렇게 움직일 수 없는 것은 아니지 않습니까? 국공 관계가 그렇다면, 지금 동서독은 일시적이 아니라, 평상적으로 공존하는 관계가 아닙니까?"

"전례를 구한다면 독일 문제에 가깝겠지요."

"공존의 틀을 사용한다면 미소 관계 자체가 원칙을 놓아둔 채 협력 화해하고 있지 않습니까?"

"민족문제는 그와 좀 다르지 않습니까?"

"어떤 점에서요?"

"민족 내부에 두 개의 원칙이 있을 수 있습니까?"

"공산당이 있는 자본주의 국가도 있지 않습니까?"

"그런 체제로 갈 수 있느냐가 문제지요, 그런 나라에서는 통일된 나라 안에서 공산당이 생겼지만, 우리는 나라가 되어버린 공산당을 더 큰 나라 안의 공산당을 만드는 일이 되니 쉽습니까?"

"독일 문제로 돌아가게 되는군요. 독일 사람들은 패전국인 입장에서 동서독이 긴장을 풀지 않으면 민족 자체가 국제사회에서 경쟁력을 강화할 수 없다는 판단을 한 것이지요. 국제사회가 독일

민족을 감시하고 있는 줄 알고 있기 때문입니다. 국제사회는 동서독의 화해를 바라지 않지만, 독일 국민은 그 흐름에서 빠져나오려는 노력을 꾸준히 해오고 있지 않습니까? 첫걸음이 중요합니다."

"그야 그렇지요."

이야기가 처음 자리로 돌아왔다. 첫걸음. 적십자라는 단체는 다른 나라에서는 어쩐지 모르지만 남북한에서는 정부의 한 부분이므로 양쪽 정부가 공식으로 접촉한 것이다. 교수의 말대로 중국에서 있었던 일이고 지금은 독일에서 현실화되고 있는 일이다. 우리라고 못 하란 법이 있는가. 첫걸음은 그래서 귀중하다.

"천리 길도 첫걸음에서 시작된다니……"

"그렇습니다. 동서독도 처음부터 지금 같았던 것은 아니지요. 베를린 봉쇄 때까지만 해도 한쪽의 권위로 다른 쪽을 제압하자는 것이 아니었습니까?"

부인이 식사가 준비됐다고 말했다.

네 사람은 식탁에 둘러앉았다.

"차린 것이 별로 없습니다."

"무슨 말씀을."

"많이 불편하시지요?"

교수가 말했다.

"그렇지도 않습니다. 이렇게 불러주시는 데가 많아서, 그 중간만 적당히 때우면 됩니다."

부부가 크게 웃고 딸애기도 따라 웃었다. 식사를 하면서 교수는 새해 봄학기 아니면 가을학기부터 시카고 대학에 가게 되었다고 말했다.

　"한 발 늦었더라면 뵙지 못할 뻔했군요."

　"그랬습니다."

　"시카고는 큰 도시지요?"

　"가보셨습니까?"

　"아니요, 오면서 비행기가 거기 잠깐 멈추더군요."

　"거기도 한번 오십시오."

　"글쎄요, 이런 기회가 또 있을지……"

　"가족들이 계시니 자주 오셔야지요."

　"그야 그렇습니다만, 지원금을 받고 여행하는 기회가 여기 말고
는 듣지 못했습니다. 그러니까 여기 자리는."

　"계약제이니깐 그만이지요."

　"저쪽은……"

　"아직 기간은 정하지 못했습니다."

　"여기 다시 오시지는 않는단 말씀이군요."

　"반드시 그렇지는 않습니다. 이번에도 그쪽 대학의 사회학과가
좋은 조건의 연구기금을 얻어놓았는데, 와서 그 연구에 참가하라
는 권유를 하는 겁니다."

　"아, 그렇군요. 그러면 다시 오실 수도 있겠군요."

　"그럼요, 저도 그쪽 계획이 마음에 들고, 새 동료들과 일해보는
경험도 가지고 그렇습니다."

　"여기가 조용해서 좋은데요."

　부인이 말했다.

"이 사람은 역시 문학적이지요?"

교수가 부인을 쳐다보며 웃었다.

"작은 사회에서의 인간관계라는 주제가 있지 않아요? 그런 거지요, 뭐."

"도시는 사람을 자유롭게 한다."

"두 가지 경험을 고루 하시니 얼마나 좋습니까?"

"옳은 말씀입니다. 우리 둘이 모두 만족할 수 있는 결론 아니요?"

식사가 끝난 다음에도 이야기는 남북문제가 중심이 되었다. 첫걸음이 중요하다. 예외 없는 원칙이 없다. 어떤 주장이든 그것이 최종적인 것이어서는 안 된다. 그렇기는 하였다. 그런데도 지금과 다른 삶의 모습이 어떻게 이루어지느냐를 구체적으로 상상할 수 없기는 마찬가지였다. 이런 성질의 문제는 헤아릴 수 없이 많은 행위 주체들의, 그만한 부피의 행위들이 결정하는 문제였다. 언제나 감각적인 모습으로 생각하는 직업적인 습관이 이런 때면 생각을 어렵게 한다. 감각은 한번 겪었거나, 지금 보이는 길을 따라 움직이기 때문에 굼뜨다. W의 거리. 항구. H의 골목. 헤엄치던 냇물. 학교. 교과서의 내용. 선생들. 내가 읽은 책들. 그런 광경과 인물이 자리를 찾아 헤맨다. 실지와 다른 자리를. 그것이 생각한다는 일이다. 나에게는. 그것들이 원래 있던 자리며 그 사람들이 지었던 표정이나 걸음걸이와 다른 표정과 걸음걸이를 하는 모양을 떠올리는 일. 그것이 무릇 생각이라는 활동이다. 나에게는. 어렵다. 어려운 일이다. 사람은 다음 순간에 어떤 얼굴을 지어 보일지 알기 어렵다. 놀이의 규칙을 만들면서 하는 놀이. 놀이의 규칙을 모르는 채 참가부터 하는 놀이. 삶. 점수가 나와도 새 규칙에 따라 전부 무효가 되고 새로 계산해야 되는 놀이. 그런 희생자들. 게임 규칙을 어기는 경우에는 처벌 받기도 하고 빠져나가면 그만이기도 하고. 피난민 수용소에서의 줄서기 같은 것. 눈치껏 찾아먹기. 너무 규칙을 주장하면 모두 귀찮아 한다. 희생자에 대한 보상은 없는 채로 삶은 이어진다. 이런 뭇 폐단까지 모두 방지할 규칙의 연구.

버스를 타는 마지막 시간이라면서 그 자리를 일어서려 했더니, 태워다 주겠다고 한다. 아무리 사양해도 듣지 않는다. 끝내 교수의 차를 타고 조용한, 눈 덮인 밤거리를 간다.

방에 들어와 불을 켜고 책상 앞에 앉는다. 오늘 놀이는 끝났다. 뭇 폐단까지 모두 방지할 놀이 규칙의 연구. 그런 것이겠지. 생각한다는 것은. 생각하는 직업이라는 것은. 마왕의 말발굽 아래에서 떠는 어린아이. 그 아이들이 자기라는 실감이 그렇게 절박했던 시청각 교실의 그 자리. 그처럼 분명하다. 진실은. 마왕이 못 들어오는 마술의 원. 그 원이 어머니였고 아버지였다. 그러나 그들이 막아주지 못하는 세계로 아이들은 나간다. 부모들은 언제나 그 안전한 원 안에서 부모님 말씀만 지키면 탈이 없다고 말한다. 그렇게 해야 하는 것이 부모라는 이름의 뜻이다. 맞다. 그러나 그 말이 자식들의 안정을 보장하기는 불가능하다. 짐승 아닌 사람은 그 품에서 벗어나서 규칙을 모르는 시간 속으로 나가야 한다. 부모들도 그렇게 했으면서도 자기들의 경험이 언제나 통하는 줄 안다. 그러다가 부모가 없어진다. 숨바꼭질인가? 아니다. 어떤 부모도 이 숨바꼭질엔 다시 나타난 적이 없다. 그 품에서 떠났다고 여겨오다가 막상 일을 당하면 내 안 어딘가 숨어 있던 무서워하는 아이가 놀란다. 허둥거린다.

해방 전, H에서 살던 때 일이다. 어느 해 여름에 어머니는 나를 데리고 친정에 가신 적이 있었다. 어머니의 친정은 작은 읍이었는데, 무슨 일로 두 사람은 거기서도 더 들어가야 하는 곳으로 다녀와야 할 일이 생겼다. 어머니와 나는 시골길을 걸어갔다. 날씨는 덥고 다리가 아팠다. 그렇다고 국민학교 3학년쯤이었던 나는 이미 업혀가겠다고 할 나이는 아니었다. 한쪽은 달래고 한쪽은 투정을 부리면서 그러나 달리 어쩔 수 없는 것을 뻔히 알면서. 나는 어머니 손을 뿌리치고 휭하니 앞질러 가보기도 하고 일부러 뒤처지기도 하면서 불만을 표시했다. 무어라 달래는 소리를 귓전으로 들어가면서 그렇게 앞서거니 뒤서거니 하다가 나는 멈춰섰다. 어느 사이엔지 어머니가 곁에 보이지 않았다. 하얗게 햇빛이 부신 한낮이었다. 나는 뒤처졌는가 싶어 시골길 풀이 우거진 모퉁이까지 달려갔다. 먼지가 하얀 흙길에는 눈 닿는 멀리까지 인적이 없었다. 나는 오던 길을 되돌아 달려갔다. 지나온 길만 휭하니 멀리 그쪽에 보일 뿐이다. 아무도 없는 그 하얀 시골길. 나는 그 자리에서 허둥거렸다. 그때 바로 옆 풀숲에서 어머니가 나오셨다. 나는 달려가 매달리면서 울음을 터뜨렸다. 어머니는 그러니까 투정 부리지 말 것. 다시 그러면 이번에는 나를 놔두고 가버리겠다면서 나를 달랬다. 우리는 남은 길을 그럭저럭 사이좋게 걸었다. 어머니가 없는 것을 알고 난 다음 그녀가 다시 나타날 때까지의 사이, 그것이 아마 '영원'이라는 것이었던 듯싶다. 그런데 이 '영원'은 비어 있다. 나에게 나타난 영원의 형식은 비어 있음, 이라는 모습이었다. 비어 있다고 해서 있던 것들이 사라지고 아무것도 없게 되었다는 말이 아니다. 어머니가 사라진 것을 알고 달려가서 풀숲 모퉁이를 돌아섰을 때 길의 저 앞쪽에 있던 철교와 그 밑으로 빠져나가 오른쪽으로 휘어지는 길이 지금도 따라갈 수 있을 것처럼 보인다. 뒤돌아가서 보았을 때 저쪽 숲 모퉁이로 사라지는 길 위에 하얗던, 바랠 줄 모르는 햇빛이 눈에 부시다. 그런데도 그것들은 없는 것이나 마찬가지였다. 방금 곁에 있던 어머니가 사라지고도 남아 있는 온갖 것들은 그 이전의 것들이 아닌 낯선 것들이었다. 나 자신조차도 바로 전까지의 내가 아닌 누군가였다. '없다'는 느낌은 직전까지 있었던 것이 없다, 는 느낌이었던가 싶다. 지금 있는 뭇 사물은 그 바로 전까지의 꼬리를 조금은 달고 있어야 자기가 지금 있다고 느끼지. 그 꼬리를 갑자기 잘라서 어딘가 숨겨버리면 그 순간 자리를 잃어버리는 모양이다. 자기가 없는 곳 — 그보다 더 '비어 있는 곳'이 어디 있겠는가.

책상 위에 머레이 교수의 소설 『머나먼 고향』이 있다. 아무 데나 펼쳐본다. 주인공이 게릴라들을 만나고 있다. 머레이 교수는 아이오와 대학의 영문학 교수다. 그는 아일랜드 사람이다. 이 학교에서 주는 작가 기금을 받고 쓴 소설이라고 한다. 주인공이 북아일랜드의 고향 마을을 여행하고 돌아오는 이야기다. 소설 앞에 이 책 속의 사건과 인물은 모두 허구이며 실지와 닮은 경우가 있다면 우연의 일치일 뿐이라고 쓰고 있는 것을 보니 자전적인 내용임을 짐작할 만하다. 소설의 주인공은 2차대전 후에 미국으로 이민한다. 지금은 대학교수이며 소설가이기도 하다. 고향에서는 북아일랜드 게릴라들이 여전히 당국에 무력 저항을 하고 있다. 주인공은 저항파들의 움직임과 떨어져 있기를 원하는데 결국 그들을 돕는 일을 하게 된다. 그들의 명분에 뜻을 함께하게 되고 만다. 여행을 마치고 돌아오면서 주인공은 자기가 누구라고 생각해야 할지 더 몰라진 사실을 깨닫는다.

사람은 고향에서 떠날 수 있는가. 그러나 주인공은 작품 끝에 가서는 고향과 자기를 떼어놓는다. 그는 미국인이 되기를 골라잡고 아내와 화해하고, 두 아이들에 대해 책임지길 결심한다. 그에게는 종교의 문제도 있다. 원래 가톨릭이었던 그는 신교도인 아내와의 화해를 위해 종교도 버린다. 그의 이 모든 결정은 고향에서 저항하는 사람들의 가치와 자신이 놓인 지금의 자리를 보편적인 잣대로 잰 끝에 뛰어난 쪽을 고른다는 식으로 풀고 있지는 않다. 그는 다만 어제 말고 오늘을 고른다. 그는 20년 전에 고향집을 몰래 빠져 나올 때 이미 고향과 부모 형제를 버렸다. 그는 지금 고향에 속한 사람이 아니다. 아버지는 돌아가셨고, 집은 동생이 상속하고 있다. 어머니는 20년이나 못 보았던 아들을 거북해한다. 그는 유산 중에서 그가 받을 몫을 달라 할 생각이 없다. IRA의 대의 명분에도 동조하지 않는다. 그러니까 고향에 이미 그의 자리는 없고 자리를 만들 생각도 없다. 남는 것은 지금의 자기, 미국에서 받은 학위, 대학교수라는 직업, 현역 소설가라는 자리, 한 여자의 남편, 두 아이의 아버지. 이것이 자기다. 고향에 돌아갔을 때 그가 가족들에게 가졌던 친근감, 고향의 게릴라들을 위한 협조, 그런 것들은 여행자로서의 자기가 옛날의 자기를 잠깐 회상해본 것이다. 그 회상이 행동으로 나타난 것뿐이다. 옛날의 자기를 지금의 내가 연기한 것이다. 여행 끝으로 막이 내려야 하고 옛날의 자기라는 배역을 연기했던 나는 현실의 나로 돌아와야 한다. 주인공은 이렇게 결정한다.

교수의 방에서 기증 받은 이 소설을 나는 곧 읽어보았고 그가 다루고 있는 문제에 큰 관심을 가졌다. 어머니가 돌아가시기 전이었다. 지금 이 순간까지 까맣게 잊고 있었다. 사람은 숱한 밤을 새워 쌓아올린 만리장성을 눈 깜짝할 사이에 잊어버릴 수 있다. 만일 다시 떠올리지 못하는 경우에는 그것들은 처음부터 없었던 것이나 마찬가지가 된다. 사람이 머릿속에서 꾸며내는 생각이라는 물건은 잊고 있어도 붙은 자리에 붙어서 제 할 일을 하는 손이나 발과는 다르다. 그것들은 잊지 않으면 있고 잊으면 없어진다. 잊는 것이 자연의 법칙에 가깝고 잊지 않기는 부자연스런 인공의 노력으로만 유지된다. 이것이 인간의 아킬레스건이고 지그프리트의 등의 그 한 군데다. 이렇지 않았다면 배신도 없었을 테고 실패도 적을 것이다.

나는 페이지를 읽어나간다. 내가 먼젓번 읽었을 때와 사정이 달라진 독자가 되어 있음을 발견한다. 무섭다. 운명의 악의 같은 것을 느낀다. 그때 나는 이 책을 이민 국가이자, 다민족 국가인 이 나라에서 많은 시민들에게 절실한 문제인 자기 정체성의 문제, 내가 미국 시민이라는 사실은 어떤 의미를 가지는가, 어떻게 하는 것이 내가 미국 시민이 되는 길인가를 다룬 이민소설로 알고 읽었다. 그렇게만 읽었다. 사실 분류하자면 그런 소설이다. 나하고는 아무 상관없는 소설로만 읽었다. 지금은 무엇인가 불안한 것이 내 마음에 스며든다. 소설에서 주인공은 미국을 택하고 가족들은 아일랜드에 남는다. 소설과 비교하면 내 사정은 반대다. 가족들은 미국을 선택하고 나는 아일랜드에 남는 셈이 된다. 소설에서 주인공은 인간을 개인의 입장에서 보고 있다. 그는 장남으로서의 가치보다 개인인 자기를 중심으로 생각한다. 그럴 수 있는 가장 강한 힘은 그가 가족의 도움 없이 오늘의 자리를 쌓은 점이다. 나는 어떤가? 다르다. 아버지는 나에게 피난 살림에서 과분하도록 공부만 할 수 있게 보살폈다. 소설을 쓰기 시작한 후에도 소설에서 수입이란 것이 그렇게 보잘것없어서 온 가족이 허덕였으면서도 나를 비난하는 일은 없었다. 내가 기껏 관리가 될 수 있는 공부를 하는 학교에 들어가고서도, 밑 빠진 독에 물 붓기 같은 한없는 노력을 해도 보통 봉급자의 수입에도 못 미치는 일에 매달린 나의 이기심. 그런 끝에 가족 모두를 이곳까지 쫓겨오게 한 나의 자기중심주의. 부모나 형제의 눈에 그런 나는 어떻게 비쳤을까. 내가 그들에게 준 것은 없었지만 나는, 가족 속에 있다는 안전감과 그 가족을 어쨌든 꾸려가고 있는 형식적 책임은 부모에게 있다는 여유 속에서 소설쓰기라는 직업 아닌 취미 속에 빠져 있을 수 있었다. 몸만 가지고 LST에 실려온 피난 가족의 맏이가, 온 나라가 그대로 확대된 피난민 수용소 같은 사회에서 취미에 빠져 살다니! 언젠가 그들에

게 갚을 수 있다고 무의식 속에서 짐작하고 있었다는 형국이었을
까, 내 마음은. 그래서 지금 그 가족의 한 사람이 갚을 길 없는 데
로 가버린 찰나에 비로소 내 빚을 깨달았다는 그림이 되는가, 지
금의 내 몰골이. 그 빈자리가 나에게 묻고 있는 것일까, 너는 누구
냐고. 내가 없는 너는 없다고, 그 빈자리는 나에게 말하는 것일까.
네가 참아야 할 일을 참지 않고 투정만 부리기 때문에 그 고향 시
골의 여름길의 연장에 다름 아닌 이 인생길에서 어머니는 언제 끝
날지 모를 동안 숨어버린 것일까.
  나는 불러볼 신의 이름도, 부려볼 슬기의 준비도 없이 메이플라
워의 겨울밤과 마주 앉아 있었다.

  겨울의 한복판인데도 바람도 없고 햇볕이 좋은 그날, 나는 메이
플라워를 나서서 큰길로 나갔다. 얼어붙은 길과 그 너머로 아이오
와 강이 있는 자리는 이어진 흰 눈벌판으로 보인다. 더 저쪽으로
대학의 일부가 거기만은 설탕을 뒤집어쓴 케이크처럼 흰 부분과
건물의 벽 부분이 들쑥날쑥한 색깔의 구성을 보이고 있다. 나는
학교 쪽으로 조금 걸어가다가 학교와 강의 반대쪽인 길의 왼쪽으
로 난 옆길로 들어섰다. 이 길도 차가 다니는 포장도로다. 길을 따
라 산으로 오른다. 왼쪽으로 메이플라워의 옆구리가 바라보이는
이 길을 오르다 보면 볼 앵클 씨의 집이 아이오와 강 쪽으로 베란
다를 쑥 내밀고 역시 왼쪽에 나타난다. 거기서 앵클 씨의 집으로
들어가는 길과 산을 내처 올라가는 길이 갈라진다. 앵클 씨의 마
당에는 차가 보이지 않았다. 차고에 있는지 외출했는지 보아서는

알 수 없었다. 나는 산길을 올라갔다. 산 위는 넓은 평지가 퍼져 있고 길은 거기서 좌우로 갈라진다. 길 건너가 묘지였다. 여기서는 앵클 씨의 집은 보이지 않고 메이플라워가 멀리 보인다. 묘지에는 눈이 두껍게 쌓이고 머리에 눈모자를 쓴 묘비들이 선명하게 서 있다. 묘비의 모양에 따라 저마다 다른 눈모자를 쓴 묘비들은 가을에 왔을 때보다 강한 인상을 풍겼다. 잎이 떨어진 나무들이 여기저기 서 있는 묘지는 사람이 다닌 흔적이 없었다. 나는 묘지 가장자리를 달리는 길 위에서 한참 서 있었다. 한 무리의 참새가 가까운 나무에 날아와 앉았다가 또 우루루 떠나가면서 공중에 반짝거리는 하얀 눈가루를 수없이 날렸다. 이 길은 이렇게 묘지 앞을 지나 저쪽 언덕 너머에서 드모인으로 가는 큰길로 통하고 있는 모양이었다. 나는 거기 서서 묘지 안으로 들어설까 말까 망설였다. 눈 위에 발자국이 없는 것이 내가 선뜻 걸음을 내딛지 못하게 했다. 가을에 여기 왔을 때는 곧장 묘역으로 들어서서 걸어다녔던 때와는 사정이 달랐다. 눈과 잎 떨군 나무들과 묘비는 이 자리에는 있어야 할 것들만이 있는 듯이 보였다. 나는 메이플라워 쪽으로 걸었다. 나는 메이플라워 뒤쪽에서 멈췄다. 커튼이 열린 내 방 창문이 보인다. 그 옆 부엌과 인도인 소설가의 창문도 커튼이 열려 있었지만 사람은 보이지 않는다. 이렇게 창문들을 바라보면서 나는 지난가을에 여기 서 있던 나를 생각하기도 하고, 전날 저 창문가에서 이쪽을 보면서 지난가을 일을 떠올렸던 나를 생각하기도 했다. 그런 여러 겹의 내가 지금 나를 따라 여기까지 와서 내 어깨 너머로 함께 저 창을 보고 있었다. 사람의 그림자가 비치지 않는 나의 빈 창문을 바라보면서 나는, 내가 없는 사이에 나는 무얼 하고 지내는지 엿보고 있는 사람 같았다. 나는 돌아섰다. 이 길을 따라가본 일이 없기 때문에 오던 길로 내려가는 편이 안전했다. 길에는 새 바퀴 자국이 있었지만 다른 부분은 눈이 차례로 쌓인 듯 걷기가 불편했다. 옮기는 걸음이 조심스럽고 힘이 든 탓인지 추운 줄은 모르면서 돌아온다. 고향 뒷산에 강을 굽어보며 들어앉은 볼 앵클 씨의 마당은 여전히 비어 있다. 산길에서 큰길로 내려섰을 때였다.

이쪽으로 오는 차에서 누군가 내다보며 손짓한다. 차가 옆에 와서 선다.

"아, 당신이군."

운전자가 말했다. 카슨 씨였다.

"나하고 어디 가겠소?"

"어디로 가는 길이오?"

"내 친구 농장에."

"괜찮겠소?"

"타시오."

나는 눈을 털고 그의 옆자리에 올라가 앉았다.

차는 드모인으로 가는 길을 달리다가 오른쪽 곁길에 들어섰다. 거기서부터는 막힌 데 없이 터진 아이오와의 평야였다. 아이오와 시내만 오고 간 눈에 메이플라워 바로 옆에 이런 공간을 미처 생각하지 못하고 있었다.

카슨 씨는 메이플라워에서 만나서 알게 된 나와 비슷한 나이의 사람인데 메이플라워에 가족과 함께 살고 있었다. 아이오와 토박이로, 아이오와 대학교 졸업생이며 두 권의 소설을 낸 작가다. 살다 보면 나는 저런 사람이 되고 싶었는데 하는 느낌을 주는 사람을 만나게도 된다. 카슨이 그런 사람이었다. 그러면서도 그의 우정을 독점할 생각은 말아야 할 사람 같기도 했다. 얼핏 보기에 그는 목동이나 농부 같은 차림을 하고 있었다. 색이 바랜 블루진 바지에 가죽장화를 신고 허름한 웃옷을 걸치고 있었다. 그는 자기가 쓴 두번째 소설을 줘서 읽어봤는데, 그 소설은 서부개척 시대의 이야기를 매우 쓰디쓴 기분이 나게, 그러면서도 슬프고 허무하게 쓰고 있었다. 서부영화라는 밑거름으로 살찌워진 독자들의 상식에 신선한 충격과 깊은 생각을 일으키는 책이었다. 남부의 독특한 분위기를 담은 포크너처럼 야심적인 무게가 답답하게 짓눌러오지는 않는 대신, 아이오와의 개척시대가 그러했을 것 같아 보이는 소박한 실감이 있었다. 작가인 카슨은 성공하지 못한 사람들의 인생을 위한 음유시인 같았다. 미국 문학의 초기 작가들의 인문주의적인, 구대륙에서 가져온 교양의 흔적도 없고, 현대 도시 작가들의 닳고 닳은 신경에도 닿지 않고, 그렇다고 남부를 그린 작가들의 은근한 지방주의 같지도 않은, 그 앞에서 경계심을 풀고 싶은 그런 분위기가 대뜸 다가오는 소설이었다. 그리고 그것이 카슨 씨의 풍모이기도 하고 심성이기도 했다.

그는 아내와 두 딸과 함께 메이플라워에 살고 있었다. 그의 아내란 사람도 오누이처럼 남편을 닮은 여자였다. 아이들은 국민학교 2학년짜리와 그 밑으로 유치원에 다니는 아이가 하나였다. 로마의 직할 영토에 살고 있으면서도 너무 오지에 살기 때문에 로마인으로서의 특별한 의식을 가지려야 가질 수 없는 로마 시민 같았다. 여기서 '오지'라는 말은 지리적인 뜻이 아니라 그들의 마음을 두고 하는 말인데, 사람의 마음의 깊은 곳에 있는 인류의 고향이다. 그렇다고 그것은 몽매하다는 뜻이 아니고, 이미 짐승에서는 천길이나 벗어난, 옛날 사람이 자연을 두려워하면서, 어느새 자기 손에 있는 문명의 등불을 소중하게 아껴가며 쓰고 있는 모습이라고나 할까. 옛날 우리네 아낙네들이, 불씨를 꺼뜨릴세라 지키면서 사는 모습이 어쩐지 생각나게 하는 사람들이었다. 그렇다고 해서 교육받지 못한 사람들 속에 흔히 눈에 띄는 경우도 아니다. 남편은 작가고 부인은 국민학교 선생이다. 카슨네 살림은 아마 부인의 수입에 주로 의지하고 있는 듯했다. 이런 사람들은 아마 어느 나라의 어느 곳이든 어느 계층에건 있을 것이다. 나는 아이오와에서 그런 미국 사람을 만난 것뿐이었다.

20분쯤 후에 우리는 농장에 도착했다. 주인은 불청객인 나를 소개받고 잘 왔다고 말했다. 카슨 씨는 첫눈에도 명상가 비슷해 보이는 사람인 데 비해 그의 친구는 더 농부답고 체격도 좀더 컸다. 그는 우리를 거실에 앉히고 커피를 끓여 왔다. 아내와 아이들은 외출 중이라고 했다. 카슨 씨는 허리를 구부정하게 하고 부엌과 거실을 오락가락하면서 가족들 소식이며 농사 이야기를 주고받았다. 주인은 메이플라워에 와 있는 외국 작가들에 대해 잘 알고 있는 모양이었다. 그들은 고등학교 동창생이라고 알려주었다. 나는 처음에 문학을 함께하는 동인인가 생각했었는데 그렇지 않았다.

카슨 씨는 대학을 나오고 외지에 나가 여기저기서 살다가 몇 해 전 고향에 돌아왔다고 한다. 그들은 이런저런 이야기를 주고받았는데 친구끼리의 그런 내용이었다. 커피를 마신 다음, 주인이 자기 집 안팎을 보여주었다. 미국 농촌이 대개 그런 것처럼 바로 근처에는 집이 보이지 않았다. 그의 농장은 목장과 밀밭으로 이루어져 있었다. 그의 축사는 비어 있었는데, 따뜻해지면 축사와 곡물저장소를 다시 지을 계획으로 그동안 돌보기도 불편하고 자금도 마련하려고 소들을 팔았다는 것이었다. 그래서 올겨울은 편히 지내는 중이라고 했다. 그들은 굳이 나를 의식해서 이야기에 끼워주려고 하지 않으면서도 내가 묻는 말에는 알아듣기 쉽게 설명해주었다. 주인은 곧 먹을 것을 마련하느라고 부엌에 들어갔다. 카슨 씨는 농촌에 산 적이 있느냐고 나에게 물었다. 자기는 이런 농장을 경영하고 싶다면서 고향에 돌아온 것도 장차 그럴 계획 때문이라고 한다. 그리고 고향 이야기를 쓰고 싶다고 한다. 우리가 이런 이야기를 주고받는 사이에 주인이 만들어 온 쇠고기 스테이크와 샐러드에 커피를 마시고 우리는 방문을 마치고 그 집을 떠났다. 메이플라워에 와서 내 방에서 한잔 하자고 했더니 그는 아내를 데리러 가야 한다기에 그와 헤어졌다.

방에 들어와 책상 앞에 앉는다. 머레이 씨의 책이 펼쳐진 채로 있다. 모든 사람들이 다 나보다 씩씩해 보였다. 나는 책장을 뜻 없이 넘겨본다. 그 안에 있는 사람들은 모두 그들이 있는 자리에 틀림없이 있어 보였다. 이 책을 쓴 머레이 교수는 용기 있게 자기 생활을 선택한 사람이었다. 그는 저기 널찍한 그의 교수실에서 이

책을 읽고 학생들을 가르치며 다음 작품을 쓸 것이다. 그는 자전
소설이 아니라지만 아마 이 소설 속에서처럼 그는 자기 아내와 아
이들에게 충실한 가장일 것이다. 아일랜드의 농촌에서 탈출해 와
서 이 나라의 대학에서 가르치며 소설가가 되었다. 고향도, 그곳
의 정치적 고뇌도, 종교도 다 버리고 예술의 한 길을 걷는다. 아이
오와판 제임스 조이스라 부를 만하다. 고향에서 농부가 되고 싶다
는 카슨 씨. 자기 나라의 도시문명에 대해서 애착이 없고 향토의
시인이 되고 싶어 하는 미국인.

나는 부엌에 가서 술병을 꺼내 잔에 따라서 조금 마셨다. 밖에
서 들어온 몸이 풀리면서 마시는 술은 빨리 번졌다. 한 잔을 다 마
시지 못한 채 깜빡 졸았던 모양이다. 나는 침대에 가서 누웠다. 잠
속으로 가라앉아간다. 가라앉아서 닿은 곳이 묘지였다. 묘지는 눈
으로 덮여 있었다. 나는 묘지 한복판에 서 있다. 길에 하얀 말을
탄 마왕이 나타난다. 마왕은 고삐를 다잡아 내 쪽으로 곧바로 겨
냥을 잡고는 이상한 소리를 지르면서 말을 몰아 달려든다. 나는
급히 비석 뒤로 숨는다. 비석을 쓰러뜨릴 것같이 세차게 달려들던
말은 비석 앞에서 신기하게 멈춘다. 마왕은 분해서 이를 갈면서
비석을 따라 말을 돌려서 이번에는 뒤쪽에서 달려든다. 그가 지르
는 소리, 부릅뜬 눈, 거품을 무는 말, 말발굽에 채어서 일어나는
눈보라—이것들이 한덩어리가 되어 덮쳐든다. 나는 급히 비석
뒤로 돌아간다. 마왕은 한층 높게 소리를 지르며 말을 돌린다. 그
는 하얀 갑옷을 입고 있다. 하얀 말, 하얀 옷, 얼굴도 눈처럼 희
다. 소리 지를 때 입 속도 희다. 마왕은 오른쪽에서 달려들어보다

가, 왼쪽에서 달려와보다가 한다. 나는 그의 말이 도는 대로 돌면서 묘비 뒤에 숨는다. 마침내 마왕은 말을 멈춘다. 이쪽을 바라본다. 마왕은 입을 다물고 있는데도 그의 말이 전해온다. 또 오겠다. 마왕의 말이다. 마침내 마왕은 말을 돌린다. 길로 나간다. 천천히 말을 몰아 드모인으로 가는 쪽으로 사라진다. 마왕을 따라가던 눈길을 거두며 숨을 내쉰다. 내가 의지하고 있던 묘비에서 한 걸음 물러나면서 새겨진 글에 눈길이 간다.

(?—1973)

SLEEP IN PEACE

THOU SHABBY SOUL

WANDERER FROM THE UNKNOWN LAND

비석 머리에 쌓인 눈이 흘러내리면서 이름을 가리고 얼어붙어 있다. 얼음더께를 뜯어낸다. 이름을 읽는다. 내 이름이다.

5

　내가 아이오와에서 돌아왔을 때 버지니아의 식구들은 반가워했다. 그 반가움에는 남다른 까닭이 있었다. 어머니의 죽음은 식구들을 무겁게 누르고 있었다. 형제들 말고는 다른 친척도 없는 타향에서 맞은 근친의 죽음은 때가 지나도 좀체로 산 사람들의 곁을 떠나지 않았다. 모든 일이 어머니의 죽음과 연결되어 행동을 조율해야 했다. 그것이 아버님을 위로하는 일이기도 하다는 말 없는 약속이 되고 있었다. 매사가 발끝으로 조심스럽게 걸어다니는 집 안과 같았다. 그 분위기는 금방 느껴졌다. 미리 헤아리지 못한 바는 아니었지만 막상 그 속에 들어서고 보니 아이오와에서 혼자서 겪던 시간 못지않게 힘겨운 일이었다. 식구들은 자기 감정을 서로에게서 보려고 했다. 저마다 다른 이의 거울이 된 셈이었다. 여러

개의 거울이 있는 집 안처럼 우리는 자기 그림자인 서로의 얼굴에
지쳐 있었다. 그때 내가 돌아왔고 그들은 내게서 무슨 힘을 바라
는 눈치였다. 와서 며칠이 지나자 내게는 이런 사정이 뚜렷이 보
였다. 처음에는 내가 할 수 있는 일은 뚜렷하지 않았다. 나는 지
금, 여기서 무력한 사람이었다. 잠시 머물다 갈 여행자였다. 동생
들은 이미 이곳 거리를 알고 나갈 일자리와 처자가 있는 이곳 사람
이었다. 나는 지쳐 있었다. 얼마 동안 — 아마 한 달이나 그쯤, 식
구들 곁에서 쉬다가 귀국한다는 대체적인 예정이 내 머리에 있었
을 것이다. 물론 오래간만에 나는 푹 쉴 수 있었다. 도착한 저녁부
터 이튿날 종일 나는 잠만 잤다. 아이오와에선들 잠이 부족한 일
은 없었을 텐데 오래간만에 잠다운 잠을 잔다는 후련함이 있었다.
　아버님은 큰동생의 집에 계셨는데 나도 도착해서는 여기서 지냈
다. 동생은 한국 교포들을 고객으로 보험 세일즈 일을 나가고 계
수는 가까운 곳에 있는 햄버거 가게에서 음식 나르는 일을 하고 있
었다. 집에는 세 살 난 조카와 아버님, 그리고 내가 남게 된다. 조
카를 돌보는 일이 아버님의 일이었다. 아이는 쾌활하고 할아버지
와 사이가 좋아서, 만일 이 아이가 없었다면 아들 내외가 나간 다
음에 지내시기가 무척 답답하셨을 것이었다. 다만 전 같으면 함께
손자의 재롱을 보던 사람이 갑자기 떠나버린 후로 비록 형식은 꼭
같아도 아버님으로서는 견디기 힘든 일이 되었을 것이었다. 동생
이 세든 이 집은 구식 단층집이었다. 이런 집의 지음새대로 반지
하층과 다락방이 붙어 있고 두 개의 침실이 있었다. 나는 거실의
소파에서 잠을 잤다. 아버님이 당신 방과 바꾸자고 하셨지만 나는

이쪽이 편하다고 말씀드렸다. 뒤뜰이 조금 있었는데 사과나무가 두 그루 있고 나머지는 그냥 잔디였다. 그만한 뜰을 가진 비슷한 집들에 둘러싸여 있는 이 구역은 조용했다. 특히 늦은 아침에서 이른 오후에 이르는 사이는 거의 차들도 다니는 일이 없었다.

아버님과 나는 어린 조카가 장난감을 가지고 놀고 있는 것을 곁눈으로 바라보면서 뒤뜰을 향한 쪽 의자에 앉아서 이런저런 이야기를 하는 것이었다. 말을 골라가면서 그닥 긴하지 않은 화제가 시험 삼아 주고받아졌다. 우리는 마치 부자지간이 아니라 여인숙에서 만난 하루저녁의 나그네이기라도 한 것처럼 상대방을 조심스럽게 더듬듯이 말을 건네는 것이었다. 너무 무례해도 안 되었고 붙임성이 없어도 안 되었다. 그렇게 되면 하루저녁 잠자리의 평안함에 지장이 있을 터였다. 혹은 그것은, 부서진 인형 둘이 서로 도와주면서 나사가 빠져서 떨어져나간 자신들의 팔다리며, 머리통이며, 찢어진 옷가지며를 짝을 맞춰가는 작업처럼도 보였을지 모른다. 어쩌다 보면 자기 팔 한 짝을 상대방에게 권하고 있는 장면도 없지 않았다. 상대방 것인 줄로 잘못 안 것이다. 우리는 그럴 때면 계면쩍어하면서 잘못을 고친다. 그러나 이 작업은 진행되면서 결코 인형들의 그것처럼 간단하지도 않고 끝마침도 없는 일임이 차츰 분명해졌다. 결국 우리는 인형이 아니었다. 짜맞춰야 할 추억은 끝이 없었고 오직 기억에만 의존하는 그 복원 작업은 얼마든지 시간이 필요한 방대한 사업이었다. 그것들이 정말 한 사람의, 한 집안이 치러낸 인생이라고 할 수 있을까 싶게 그 부피는 끝 간 데가 없을 미궁 같았다. 아무리 큰들 한정 있는 지구가 모두 우리 같

은 그 숱한 집안의 내력을 능히 담고 있다는 일이 미상불 신기할
지경이었다.

　이를테면 우리는 W시에서 폭격이 일상화됐던 그 시절 얘기를
하다가 어느 날 어머니가 시내를 나가서 어느 농가에서 쌀 한 가마
니를 사서 이고 오셨던 일에 미쳤다. 어머니는 폭격이 있는 속을
그때마다 한구석에 쌀짐을 내려놓고 엎드렸다가는 다시 이고 하면
서 집에 오신 것이었다. 어쩌면 너무 민감한 화제였을까. 우리는
부지중 뜸을 들이면서 서로를 쳐다본다. 그리고 감정을 자제하면
서 화제를 진행시킬 결의를 상대방의 표정에서 확인하고는 까닭이
분명치 않은 기쁨에 약간 들뜨기조차 하면서 이 화제의 더 시시콜
콜한 장면을 되살리는 데 열중한다. 그것이 온전한 한 가마니였다
는 사실은 너무나 분명한 일이었다. 그러나 그때 어머니가 똬리를
도중에 잃어버린 채 맨머리에 이고 오셨다고 하셨는지, 아니면 잃
어버릴 뻔했지만 역시 똬리를 찾아 받쳐서 이고 오셨는지에 대해
서는 의견의 일치를 볼 수 없었다. 그때 아버님과 나는 마침 현장
에 있었기 때문에 목격자로서의 조건이 같았음에도 불구하고 그랬
다. 그때 폭격이 지나간 그 시간에 쌀가마니를 이고 들어서는 어
머니를 처음 발견한 것은 나였고 달려나가서 부축하려는 나더러
비켜서라고 하시면서 어머니는 머리 위의 짐을 마당에 쿵 내려놓
으셨다. 그런데 아버님은 지금 "……내가 가마니를 받아 내렸더
니……" 하고 말씀하시는 것이었다. 어수선하던 집 바깥의 분위
기며, 뛰쳐나가는 식구들 모습이며, 가마니가 땅에 닿으면서 풀썩
일던 먼지가 눈에 아직 선한 그 기억의 중요하다면 중요한 한 부분

이 이렇게 정확한 최종 확인에 합의를 보지 못하고 만다.

그러나 진실보다 더 중요한 것이 때로는 있는 법이었다. 가려내자면 그 짧은 장면 속에서 아귀를 맞춰야 할 부분은 그것 말고도 얼마든지 더 있었다. 우리 두 사람이 그 밖의 여러 부분에 대해서 그때마다 기억이 어긋난다 해도 그것들 모두보다 더 무거운 양해 사항이 우리 사이에는 끈끈하게 이루어져 있었다. 나누어 가지고 있는 추억이 있다는 것. 이렇게 시간을 내서 그 추억을 다시 꾸며 본다는 그 사실 자체가 우리에게 무엇인가를 잊게 하고 허망한 듯 싶으면서도 다른 것을 가지고 얻을 수 없는 힘을 주는 듯싶다는 그 사실이었다.

어머니는 낙천적인 사람이었다. 엄한 홀어미 시어머니 밑에서도 그 낙천성은 구부러지지 않았다. 딸만 있는 친정의 막내딸이어서 시어머니 쪽에서 보면 결코 마음에 쏙 들기만 하는 며느리가 아니었고, 홀어머니를 유별나게 떠받드는 것을 첫째로 안 남편은 결코 아기자기한 남편이 아니었는데도 어머니는 잘 견뎌냈고 몸을 사리는 일이 없었다. 그러길래 일찍 죽은 시동생도 임종하면서 형수의 은혜에 감사한다는 한마디를 남겼었다. 우리는 어머니 얘기를 주고받으면서 우리가 지금 이렇게 살아 있는 것이 모두 그 사람의 소탈함 덕분이었던 어떤 사람을 추억하는 듯이 느꼈다. 그리고 우리 자신은 지금 돌이켜보면 그녀의 사람됨에 훨씬 미치지 못하는 참 회자들처럼 느꼈다. 이런 느낌은 그녀의 생전에 결코 그녀 편에서 강요한 적이 없는 느낌이었다. 되레 우리는 그녀를 핀잔 주기 일 쑤였고 야단치는 적이 많았다. 그녀는 그럴 적마다 대개 그녀의 주장을 너무 쉽다 싶게 거둬들이는 것이 보통이었다. 아버님에 대해서는 더욱 그런 편이었다. 무슨 주장을 내다가도 남편이 다른 생각인 것이 드러나면 금방 앉은 자리에서 태도를 돌변시키는 것이었는데 나이 먹은 다음에 우리 형제들은 웃음을 참느라 애먹는 일이 적지 않았다. 그러면서도 시어머니 생전에 시어머니한테 꾸중 듣는 경우라든지 그럴 때 너무 무심하고 야속할 때가 있었음을 말할 때가 있었는데, 그럴 때면 아버님은 슬그머니 일어서서 자리를 피하는 것이 보통이었다.

이 문제에 관련될 법한 내 기억을 되짚어보노라면, 시어머니 앞에서 꾸중을 듣고 있는 장면에 어쩌다 아버님이 들어서시다가 슬그머니 도로 나가버리는 기억이 되살아난다. 그런 장면에서의 처신을 뜻하는 말이었는지, 혹은 그런 일이 있은 다음에 아내를 위로하는 대목이 소홀하였다는 말인지 어쨌든 당자이신 어머니가 뒤에 와서 그런 원망을 하실 만한 무슨 흠이 있기는 있었던 모양이었다. 그렇다고는 해도 그 원망은 결코 한에 맺혀 있거나 그런 느낌으로는 보이지 않았다. 되레 그 무렵 우리나라 가정의 시어머니와 며느리 사이의 풍속에 비해 느슨한 것이 아니었나 싶다. 시어머니가 절 나들이를 할 적마다 어머니가 따라가겠다고 조르면 끝내는 예정에 없는 동반자를 데리고 나서던 것을 기억한다.

실은 이 쌀가마니로 말하자면 집에서 소비할 양식으로 가져오신 게 아니었다. 어머니는 어떤 이와 동업으로 국밥집을 차리실 계획을 가지고 계셨는데 그쪽에서 영업장소로 그 집 살림집을 대고 어머니는 쌀 한 가마니를 가지고 들어가시기로 되었었다. 갑자기 귀

해진 식량 때문에 사람들은 영양실조였고 거리의 음식집도 장사를
중지한 데가 많아서 이문이 수월찮으리라는 예상이었다. 이 무렵
에 아버님은 그 임산林産사업소를 그만두시고 다시 자영 목재상인
이 되기 위해 준비를 하는 참에 전쟁이 일어난 터라, 우리 식구는
직장을 가진 사람에게만 나오는 식량 배급을 타지 못하고 있었다.
잠시 동안이지만 가장은 실직자였고 그런 상태에서 전쟁을 맞이한
것이었다. 어머니의 계획은 다급한 대응책이었고 적절한 착안이었
다. 그래서 이 장사는 시작하기는 했다. 그 장소는 동업자의 살림
집인 조선집이었는데 ㄱ자 모퉁이가 부엌인 구조를 가진 보통집이
었다.

　이 동업자는 보통사람이 아니었다. 적어도 어머니한테는 그러했
다. 그 동업자는 어머니의 고향에서의 소학교 때 담임선생이었다.
그분네도 해방 후에 고향을 떠나 이곳 W까지 흘러오셨는데 이 타
향에서 국민학교 때 사제지간이 국밥집을 동업하기에 이른 것이었
다. 아마 W를 폭격한 B29의 비행사는 그들이 불벼락을 안기고 있
는 눈 아래 도시에서 이처럼 왕성한 자본주의의 실천자들이 활동
하고 있는 줄은 몰랐을 것이다(떠도는 소문에 그 비행사는 땅 위에
서 움직이는 사람들의 대화를 모두 엿듣는다고 했지만 말이다). 우리
부모는 두 살 차이어서 한반에는 다니지 않았지만 같은 소학교 출
신이어서 동업자인 그 여선생님은 아버님의 스승이기도 했다. 그
뿐이랴, 그 동업자 선생님의 큰아들은 우리 고등학교의 같은 반은
아니지만 같은 학년에 다니고 있었다.

　개업한 날 저녁에 장사가 파할 즈음 두 집안은 그쪽 살림집이자

영업장소인 그 집에 모여 식사를 함께했다. 부실한 그즈음 식생활에 호화스런 음식이었는데, 그 자리에서 나는 동학년의 친구를 만난 것이었다. 부모님들의 유서 깊은 관계가 미리 우리들의 급속한 우정을 이미 규정짓고 있었다. 우리는 할 얘기가 많았고 교환할 정보가 많았다. 그 집에는 내 동생들 또래가 짝이 맞게 두 사람 있어서 만사가 그럴듯하기만 한 자리였다. 그 집 가장은 한층 격식이 위여서 W시의 어느 중학교(내가 다닌 중학이 아닌)의 생물 선생님이었다. 이분도 고향에서 국민학교 선생님이었고 그 후에 자격을 얻어 중학교 교원이 되었다고 나중에 알게 되었다. 그러니까 이분 역시 우리 아버님의 은사뻘이 되시는 분이어서 우리 부모는 곱빼기 은사분네 집에 옛날의 제자이자 동업자 부부의 자격으로 와 있는 모습이었다. 아버님의 그쪽 두 분을 대하는 모습은 그런 것이었다. 같이 늙어간다는 것은 이런 경우를 두고 하는 말일 터인데(그들 두 쌍의 장남이 이렇게 한 학년이다), 그들은 엄연히 그 시골 읍의 학생들과 선생님들이었다. 음식점에서 쓰는 기다란 나무 식탁 한쪽에 배불리 먹은 아이들은 학교 이야기에 신이 났고, 다른 쪽에서는 고향 이야기가 끝 가는 데를 모르게 이어지고 있었다.

안경을 낀 그 생물 선생님은, 어쩐지 생물 선생님은 저렇게 보이는 것이려니 싶은 풍모였는데 두 집안의 윗대 어른들의 이야기를 꽤 오래 감회 어리게 하셨다. 특히 우리 외할머니를 칭송하시는 것이었다. 엄하면서 자애로운 분이라고 몇 번이나 되풀이했다. 작은 읍에서는 집안 내력을 잘 알 뿐 아니라, 그 중 어떤 인물은, 여러 가지 사연으로 그 고장에서 산 사람들의 이를테면 공적公的인

기억이기도 한 모양이었다. 마침내 어머님이 쿨쩍거리기 시작했다. 이 난리통에 홀로 세상 떠난 딸네 자식인 외손자들을 거느리고 계실 어머니 생각이 가슴을 북받친 모양이다. 생물 선생님 내외가 당황해했다. 아이들도 입을 다물고 쳐다보는 가운데 여선생님은 어머니를 아무개하고 이름으로 부르면서 외할머니가 계신 우리 고향은 여기보다 안전하리라는 것, 자신도 거기 계신 친정어머님 생각을 하지만 훨씬 북쪽의 작은 고을이니 이럴 때는 훨씬 폭격의 위험이 적으리라고 어제도 자기네 부부는 그런 말을 했노라고 했다. 나는 어머니가 이름으로 불리는 장면과 어머니를 그렇게 부르는 사람을 보면서 외할머니네 일이 어느 때보다 생생하게 떠올랐다. W로 이사 올 때에 들렀던 할머니네 정짓간에 앉아 계시던 모습이 떠올랐다. 정짓간에 붙은 윗방 사촌누나의 책꽂이에 있던 그 두꺼운 표지의 『로마제국쇠망사』가 다음에 떠오르고 그 책의 주인이 W에 왔을 때며, 함께 「유모레스크」를 듣던 일이 생각났다. 여선생님의 말대로 여기보다는 안전한 그곳에서 부디 무사하기를 속으로 빌었다.

여선생님의 위로는 효과가 있었다. 어머니는 금방 울음을 수습하고 생물 선생님에게 사과하셨다. 그것이 마치 국민학교 어린이가 선생님더러 다시는 말썽 부리지 않겠다고 맹세하는 모습과 너무 흡사해서 우리 아이들은 모두 웃고 말았다.

그렇게 해서 동업이 시작됐고 우리는 기쁜 마음으로 등화관제가 된 거리를 지나 집으로 돌아왔다. 두 집 사이는 큰길을 사이에 둔 옆동네여서 어두운 길에서도 잘 걸을 수 있었고 전쟁이 일어난 다음 어느 날보다도 우리는 즐거웠다. 지금 생각해보면 그 혼란 틈에 그런 용단을 내린 사제지간의 생활력이 대견하기도 하고 어머니에 관해서만 더 말해본다면 어머니는 친정 쪽 가업인 먹는 장사를 이어받은 셈이라는 점이 어떤 감회를 자아낸다. 외할머니네는 그 시골에서 냉면집을 하고 살았는데 그 딸인 우리 어머니가 중년이 되어 생판 모를 법한 국밥집을 선뜻 내기로 한 것은 아무래도 어려서 보고 자란 그 장사가 생소하지 않았길래 가능한 일이 아니었던가 싶다. 하기는 동업한 선생님은 그런 그루터기도 없을 터였고 타향의 난리 마당에서 어떤 생활의 마당도 불사한 것이고 보면 의식해서 그런 기억을 떠올린 것은 아니겠지만, 나한테는 어쩐지 외할머니의 가업을 이어받은 막내딸이라는 모습이 대견스럽다.

  기억의 불확실성의 예는 얼마든지 있었다. 아버님은 고향에서 소학교를 마치고 바로 들어갔던 우편국을 그만두시고 스무 살 채 안 된 나이에 목재회사에 취직했었는데 백두산 가까운 벌목 현장의 사무원으로 근무하게 되었다. 그 무렵에 생긴 일이라면 우리 친할머니가 늘 하시던 이야기가 있다. 어느 해 겨울인지 아버님이 근무처에서 숙식을 하게 되어 할머니와 어머니 그리고 나— 이렇게 그야말로 아녀자들끼리만 밤을 지낸 일이 있었다고 한다. 삼촌도 집에 없었다고 한다. 밤중에 할머니가 기척을 들으시고 잠이 깨었다. 할머니는 침착하게 불부터 켰다. 따라서 일어난 어머니를 향해 할머니는 입술에 손가락을 대시며 눈짓을 했다. 그리고 그 손가락으로 이번에는 잠든 나를 가리켰다. 어머니는 다시 누우시며 나를 가슴에 바싹 끌어안으셨다 한다. 어머니는 숨소리를 죽이고 그렇게 나를 안고 누워계시고 할머니는 앉으신 채로 문 밖의 기척과 마주하기를 얼마나 했는지 이윽고 저벅저벅하는 소리가 멀어지는 것이 들렸다. 두 분은 그 소리가 들리고도 새벽까지 각각의 자세대로 그렇게 새웠다고 한다. 이튿날 해가 뜨고 나서 나와 보니 쌓인 눈(눈은 언제나 쌓여 있었다) 위에 문 밖에 와 멈췄다가 돌아간 산에 사는 물건의 발자국이 나 있더라고 한다. 경험자인 두 분이 이 얘기를 하실 때면 언제나 그날 밤의 일이 문득 되살아나듯 매우 긴박감이 있었다. 나는 그때마다 현장에 있었으면서도 있지 않았다는 나의 입장을 그 추억의 현장에 자리 잡게 하느라고 수월찮은 상상 운동을 해야 했다. 아마 고부간의 호흡이 가장 잘 맞는 그녀들의 인생의 절정이 아니었나 싶다. 그녀들도 호랑이와의 인연은 다시는 없었기 때문이다. 그러고 보니 그녀들은 두 분 모두 이야기를, 그것도 듣는 편이 아니라 하기를 즐기는 사람들이었다. 우스운 것은 무슨 일로 며느리를 꾸지람하는 말을 꺼낸 자리가 어느 서슬에 그렇게 되었는지 처음 사단과 아무 상관없는 회고담으로 빠져서 그것이 본론이 되면서 며느리가 시어머니의 기억의 착오를 바로잡기도 하면서 아닌 삼천포로 빠져가는 것을 언제부턴가 나도 헛갈리면서 재미있어 한 적이 있고, 가끔 되풀이되는 것을 의식한 일도 머리에 남아 있다. 그렇게 이야기를 즐기는 성미가 어울리는 고부간이었다.

우리 할머니는 글을 배우지 못한 분이고 어머니는 소학교를 나왔으니 관청에 가서도 불편이 없는 점이 다르기는 하지만, 글에 관해서 두 분이 닮은 데도 있었다. 두 분 모두 책을 읽는 법이란 없었던 일이다. 할머니는 보려야 볼 수 없었으니 당연한 일이고 어머니는 그럴 짬을 내기 어려운 처지였다. 그 대신 이야기를 즐기는 것이었고 그 이야기도 고향 이야기, H에 와서 겪은 이야기, 백두산 벌목장 시절 이야기가 되풀이되었다.

그녀들에게는 과거라는 것은 지나간 시간이 아니라 살면서 매만지는 세간살이 같은 것이었다. 때맞춰서 볕 쬐기도 하고 빨기도 해야 하고 다듬이질을 한다거나 어쩌면 기워주기도 해야 하는 옷가지 같은 것이었다. 옛날 사람들이라 한 번 지은 것은 평생 입으려니 하고 그 대신 손질이 많이 가야 하는데 그 손질인즉슨 되풀이해서 태깔이 살아 있게 하는 일이었다. 두 분은 고부간이기 전에 한 고을에 산 동향 사람이기 때문에 어느 한쪽의 지난날은 다른 한쪽의 지난날의 장면이기도 하였다. 좋은 일도 있고 궂은일도 있는 그들의 화제였지만 어느 편이건 결과는 마찬가지여서 다시 한 번 슬퍼하는 일도 즐거운 것이 그들의 회고담이었다.

근처에 엎드려서 나는 책 ―『집 없는 아이』거나, 『로빈슨 크루소』거나 그런 것이겠는데 ― 을 읽으면서, 듣는 듯 마는 듯한 그 이야기와 읽고 있는 책 속의 사정은 생판 다른 것이므로 일부러 정신 차려서 실천하자면 꽤 복잡한 정신 활동이겠지만, 자리만 가깝달 뿐 서로 관련지을 일이 없는 이런 경험은 나중 더듬어보면 썩 드문 즐거움인 것을 발견하게 된다.

우리 할머니는 말씀 한 꼭지마다 속담을 한마디씩 끼워넣는 화법을 좋아하셔서 속담 사이에 본이야기가 있는 것인지 이야기 사이에 속담이 있는지 그 안에서는 갈라놓는 재주가 없었다. 어머니는 특별한 수사법은 없고, 비교적 단순한 낱말만을 부리는 대신에 연극성이 짙은 전개 방법인 편이었고 할머니는 그보다는 더 원시적인 설화적 간결체였다.

할머니는 나한테 들려주는 몇 가지 고정 레퍼토리가 있었는데 그중 하나는 이렇다. 옛날에 처녀 총각이 이웃 간으로 살았는데, 총각이 먼 데로 글공부하러 가게 되었다. 총각을 사모하던 처녀는 남장을 하고 도중에 그와 만난다. 총각은 처녀인 줄을 모른다(!) 그들은 한 스승 밑에서 동문수학한다. 처녀를 의심쩍어 한 스승이 제자들에게 과제를 내어 처녀의 성별을 알려고 할 때마다 꾀를 내어 위험을 넘긴다. 공부가 끝나고 총각은 더 높은 공부를 위해 떠나게 되고 처녀는 할 수 없이 집에 돌아와 총각이 금의환향할 날만 기다리다가 그만 병이 들어 죽는다. 죽으면서 자기를 동네 어귀 길가에 묻어 총각이 돌아올 때 제일 먼저 만나게 해달라고 부탁한다. 그렇게 묻히고 몇 해 지나 마침내 벼슬을 하고 돌아오는 총각이 전에 보지 못한 무덤이 웬일이냐고 묻고 동네 사람들에게서 까닭을 들은 총각은 말에서 내려 무덤 앞으로 가서 절을 한다. 그때 무덤이 갈라지면서 처녀가 걸어나와 총각을 안고 하늘로 올라간다. 이런 줄거리다. 할머니 얘기 가운데서 내가 제일 좋아한 이야기다.

할머니는 졸리는 대로 그때마다 건성으로 이 줄거리를 엮어내는 것이었는데 나는 언제나 만족하였다. 위험한 시험 중 하나는 너희들 저 담 너머로 오줌줄기를 넘겨보아라 하는 것이 있었는데, 처녀는 대나무 마디를 이용해서 고비를 넘긴다는 것은 별 감동도 없었지만, 끝장면에 무덤이 갈라지는 대목은 자못 강렬하게 나를 움직이고 이후에도 그 장면은 내 머리에서 빛이 바래는 일이 없다. 그 얘기를 생각하고 그 대목에 미치면 틀림없이 그 무덤은 거기 있고 무덤은 그렇게 여러 말 제쳐놓고 문득 갈라지고 세상에 없이 아리따운 규수가 그 속에서 힘차게 걸어나온다. 할머니가 제공하는 수준의 이야기 세계에서 훨씬 벗어난 다음에도 그 옛날 얘기의 힘 발이 줄지 않은 까닭은 지금 생각이지만 할머니의 그 이야기 방식 탓이었던 듯싶다. 현장에 있었던 사람의 말에는 그런 입장에서만 우러나는 힘이 있기 마련인데 할머니의 표현에는 그 힘이 있었다. 그래서 그런 힘이 더 진짜일 수밖에 없는 회고담을 그런 식의 권위 있는 말투로 얼개를 엮어가시면 어머니가 대목마다 등장인물이 증언하듯 생동하는 연출을 일인 다역으로 해내는 식으로 그들의 말 잔치는 진행되었다. 이런 이야기의 그 중요한 하나였던 백두산에서 호랑이와 문 하나 사이를 두고 밤을 밝혔던 이야기를 아버님도 들어서 알고 계시는데 지금 그 얘기가 나오자, 그때 짐승이 호랑이가 아니고 곰으로 알고 계시는 것이었다. 이튿날 숙직에서 돌아오셔서 그 발자국을 보셨고 할머니나 어머니도 곰으로 알고 계셨다고 한다. 문제의 나는 갓난쟁이였다. 현장에 있었지만 두 분의 말로 알고 있는 사건이었다. 증언하실 두 분은 이미 계시지 않고 나는 분명 호랑이로 기억하고 있다. 이렇게 구체적인 일이 서로 달리 기억되고 마침내 확인할 길 없는 일이 되고 말았다.

"그랬습니까?"

"그렇다니깐."

우습게도 나는 그날 밤 어머니 품에 잠들어 있는 나 자신의 의식의 내용을 회상하려는 안간힘 같은 것을 찰나적으로 시도하고 있는 의식의 움직임을 느꼈다. 그것은 마치 내 속의 또 하나의 내가 반드시 불가능하지만은 않은 의식의 신비를 시도하는 사정을 얼핏 훔쳐보는 일 같았다.

이야기에 관해 말한다면 아버님은 두 분 여인네하고 그 점에서는 인연 없는 중생이었다. 아버님은 언제나 바깥일 말고는 관여하는 일이 없어 보였고, 그의 의식은 그의 사업 자체였던 듯 나는 생각해왔는데 이 순간에는 그것도 미상불 진실의 전부는 아니라는 생각이 확실하게 다가서는데 그 책장의 책들은 틀림없이 아버님의 장서였고 그런 사람의 의식이 어찌 벌목 산판과 소들과 이깔나무와 눈 덮인 산이며 기계톱과 톱밥뿐일 수 있겠는가. 그는 그 환경과는 다른, 그리고 그의 생업과 상관없는 다른 세계를 생애의 어느 무렵 — 이래야 스무 살 조금 넘은, 그러다 곧 단념했을 — 그런 기간에 자기 속에 구축해보기는 했을망정 나한테 비친 모습은 바깥에서 무슨 일을 하고 우리한테 먹을 것과 입을 것을 가져오는 사람이었는데 그는 지금 나를 데리고 앉아서 그런 그의 인품 — 생애를 통해 나에게 각인된 — 과 사뭇 다른 표정으로 지금은 없는 두 분 아낙네들이 즐기던 행사 — 지난 생활의 시시콜콜한 이야기에 빠져들고 있었다.

호랑인지 곰인지, 나는 잠깐 말을 잃고 그 눈산에 저마다 있을 권리와 가능성을 가진 두 짐승을 그려보았다. 할머니는 짐승이 불을 싫어한다는 얘기대로 기척을 느끼자 불부터 켰다고 한다. 문밖 거기까지 와서 한밤 내 앉아 있던 짐승이 호랑이였든 곰이었든 그런 하룻밤이 있었던 것만은 확실했다. 포수들이 호랑이를 잡는 일은 흔히 있는 시절이었다. 또 그보다 아마 더 흔한 짐승이 곰이었던 모양이었다. 어떤 기회에 잡힌 호랑이를 본 기억은 확실치 않은데 사냥꾼네 가게 창문 안에 총에 맞은 곰이 매달린 것을 H에서 본 적은 있다.

이런 화제를 가지고 식구 중의 누구하고 마주 앉아서 시간을 보내는 일이 지난날에는 없었던 아버님이 지금 나를 데리고 앉아서 이러고 계시는 것이다. 책 속에 파묻혀 살던 내게는 지금 생각하니 그 점이 아버지에 대한 나의 외경감의 뿌리가 아니었나 싶다. 내가 책에 묻히듯 생활에 묻혀 있는 사람. 책이 그렇게 압도적이었듯, 그렇게 압도적 '생활'이라는 것을 살고 있는 사람, 나는 그렇게 아버님을 통해 '생활'이며 '세상'이라는 것을 이해한 셈이다. 그러니까 어떤 의미에서 나는 '책'이며 '책 안의 생활'이란 것은 이른바 '생활'이나 '현실'은 아니라고 어렴풋이 짐작했던 것 같은데 진짜 '생활'만을 살고 있는 아버님은 다른 세상에 갔다가 집에 오셔서는 별로 할 일이 없으시다가 다시 그곳으로 나가는 그런 존재였다. 이것은 어느 집 아버지나 다 그렇겠지만 내가 유독 백일몽을 사는 아이였기 때문에 날카롭게 의식한 것인 모양이다.

아이오와에서 돌아와 며칠이 지나자 동생네 내외는 완연히 반가운 기색을 보였다. 내가 오고부터 아버님이 퍽 평안해 보이신다는 것이었다. 그들의 말뜻을 알 만했다. 내가 처음부터 그렇게 뜻한 것은 아니었다. 나도 나 자신을 주체하기 어려웠고 언제나 우리들 가족의 누구보다 강한 생활자였던 아버님을 내가 자신 있게 위로할 힘이 나한테 있다는 생각을 나는 가져본 적이 없었기 때문에 동생네 내외의 말이 그대로라면 그것은 어쩌다 그렇게 된 것뿐이었지만 여간 반가운 일이 아니었다. 아버님 사정만 그랬을 뿐 아니라 나만 해도 아이오와에서 혼자 부대낄 때에 더는 어떻게 참아내지 못할 것 같던 일을 해결한 셈이었다.

사람은 기억 때문에 슬프다. 세상은 흘러가도 기억은 남는다. 사람 말고는 이 세상 모든 물질이 시간이 흐르면 자기도 변화한다. 지난해 봄을 기억하는 나무는 없을 것이다. 나이테라는 것들이 자기들끼리 옛이야기를 주고받을까. 새 나이테가 낡은 나이테가 겪었던 비바람이며 햇살을 자기 것으로 저어 올릴까. 아마 그렇지 않다. 사람만이 그렇게 하는데 슬픔도 영원히 남는다. 그렇게 만드는 힘이 기억인데, 그 마찬가지 인간의 힘이 그 슬픔을 이기게도 한다. 우리가 그이의 기억을 나누어 가진 사람과 이야기할 때 우리 사이에는 이미 이 세상에 없는 사람이 문득 끼어든다. 다만 같은 빈도 발언을 하지 않을 뿐이다. 그 이들은 다소간에 차분한 사람들이 되었는지 설령 그들에 관해서 우리가 잘못 기억하는 일이 벌어져도 끼어들기를 삼가고 그저 듣기만 하는 것이 예사다. 그들이 한마디만 하면 바로잡힐 잘못조차 우리들의 기억에 내맡긴다. 그런 아쉬움이 있으면서도 그들이 자리에 끼어 있다는 느낌은 너무 확실하다. 그래서 우리는 가끔 우리들의 기억이 미덥지 못할 때는 잠깐 그들을 바라보다가도 사정을 얼른 되살려내고는 이야기를 계속한다. 누구나 그렇겠지만 살아가자면 가까운 기억만 잡고 있으면 된다. 나머지 기억들은 거기에 잇달려 있기 때문에 어제만 기억하고 있으면 그 전의 평생은 끌려오기 마련이다. 그런데 어떤 일로 어제의 전날, 그날의 전날, 그 전전날, 이렇게 되짚어가다 보면 그런 방대한 지난날을 어떻게 감당해왔는지 놀랄 만큼 우리 자신의 보잘것없는 지난날의 엄청난 부피에 놀라게 되고 우리는 기억 속에서 그것을 다시 건설하는 일에 골몰하는 그 일은 결코 고되다거나 슬프다(비록 슬픈 일일 때도)고만 할 수는 없고 한번 빠져들면 들수록 슬픈 일과 즐거웠던 일은 기억 속에서는(라기보다, 회상 속에서는, 혹은 기억해낸다는 작업 속에서는) 가르는 것이 부질없음을 어김없이 느끼게 된다.

즐거웠던 일에도 아쉬운 그늘이 있었음을 발견하는 적이 적지 않은 법임을 알게 된다. 이렇게 하고 어떻게 용케 살아왔구나 싶어진다. 시계를 그만 뜯어 헤쳐놓은 아이들처럼 우리는 그것을 다시 맞추기에 바쁜 것이다. 그러나 과거라는 시계는 자명종 시계처럼 순식간에 해체되지 않는다. 해체하는 것이 곧 건설하는 것임을 알게 된다고나 할까, 기억은 우리가 진지하게 회상할 때에야 비로소 자신들의 모습을 나타낸다. 거기에 그런 기억이 있는 줄을 몰랐던 것을 처음 알게 된다. 자기가 산 삶에 대해서 사람은 이렇게밖에 기억하지 못한다는 것은 아마도 그것을 살았을 때는 그것들은 속속들이 의도되었거나, 행위자의 통제하에 온전히 있었던 것은 아니라는 사정 때문에 자기 기억에 대한 데면데면함이 있게 되는 것이 아닐까?

그렇게 보면 기억의 덩어리를 자명종 시계에 비유하는 것은 옳지 못하다. 기억은 그렇게 부품의 숫자가 정해진 것도 아니고 제작자가 미리 가지고 있었을 '설계도'가 있는 것도 아니다. 그것은 뜯어가면 갈수록 부품이 새끼를 쳐가는 시계라고나 할까. 새끼를 치는 시계는 없으니 시계라는 비유는 유지하기 어렵다는 말이 된다. 그보다 더 곤란한 것은 나와 시계가 따로 있는 것처럼은, 나와 나의 기억이 별개의 것이 아니다. 내가 기억이다. 그 기억에 대한 총분류 번호가 이른바 '나'인 것이다. 그러니 나와 기억은 떼어놓을 수 없다기보다는 기억의 부활 — 즉 회상이 철저해지면 해질수록 자기라는 것은 그 기억 말고는 없음이 차츰 알아지고 그뿐이랴, 이런 회상을 통해서 비로소 그 기억이라는 이름으로 얼추 처리되어 있던 부분을 더 잘 알게 된다. 우리는 그것들을 씹지도 않고 꿀꺽 삼켜버렸을 뿐임을 발견한다.

　가까운 사람이 우리 곁을 떠났을 때 기억의 대혼란이 일어난다. 마치, 위에서 말한 것처럼 그렇게 사실은 미정리인 채로 쌓아두었던 일을 맡겨놓고 있던 사람이 갑자기 사라진 탓으로 별수 없이 우리 자신이 직접 그것(기억)들을 관리하지 않으면 안 되게 된 사정과 같다. 충직한 서기만을 믿고 밖으로 나돌던 장사꾼이 어느 날 갑자기 그 장부책을 인수해서 어쨌거나 자기 책임으로 정리하지 않으면 안 될 사정이 생겼을 때가 이럴까. 그 이들이 있었을 때는 우리의 일부를 맡겨놓고도 불편 없이 살았다기보다도 그럴 수 있었기 때문에 우리는 저 자신의 기억이면서 그렇게 무심히 마치 어제오늘의 일만 잊지 않고 처리해나가면 그만인 그런 생활 방식을 실천할 수 있었다고 말해야 옳을 것이다.

348

백두산에 사는 그 물건이 호랑이였는지 곰이었는지 결판을 낼 수 없이 된 것도 그런 사정 — 그만한 기억은 모두 지금은 없는 그이들에게 맡겨놓고 살아온 그런 사정 때문이었다. 그 이야기는 틀림없이 우리 할머니와 어머니 사이에서만 치러졌고 그런 자리에서 아버님이 함께하신 적이 없기 때문에 일어난 막다른 골목이었다. 아마 이 화제가 한창일 때 아버님이 들어서기나 했다면 두 분 고부의 이야기는 얼른 거기서 끝났을 것이다. 할머니는 큰아들을 매우 어려워 하셨다. 젊어서 홀로 되시고 나서 그 아들한테 살림을 떠맡긴 일을 무거운 짐으로 아신 모양이었다. 어머니로서의 따뜻하고 거침없는 집착은 막내아들인 스무 살 조금 넘기고 죽은 그 끝자식에 대해서 흘렀고 큰자식에 대해서는 언제나 조심스러우신 모양이었다. 그런 관계였기 때문에 할머니와 어머니가 함께하는 세계에 평안히 끼어드는 일이 없었고 보니, 그 분명한 사건에서 차지하는 중요한 대목 하나가 영구 미제 사건일 수밖에 없음을 이제야 발견하게 되었다. 나만 하더라도 여러 번 들은 그 이야기를 지금처럼 무슨 대단한 일이기나 하듯이 여겨본 적은 없다. 두 분이 그 얘기가 어디가 그렇게 재미있어서 심심하면 끄집어내시는지 궁금해본 적조차 없다. 그보다는 읽고 있는 먼 나라의 상관없는 이야기가 나에게는 견줄 수도 없이 현실적이었다. 그런데 지금은 그렇지 않았다. 엉뚱하게도 그날 잠들기 전에 혹 내 눈에 비친 무슨 풍경은 없을까 하고 생각하는 나를 발견하고 어처구니없어진다. 갓난쟁이의 기억이라는 능력을 가진 사람도 혹 있는지는 모르겠으나 그런 사람이 내가 아닌 것을 알게 될 뿐이었다. 그런데 왜 그런 의식 작용이 — 그 시점의 나를 의식해보려는 무의식적인 노력이 마치 나의 관여를 묵살하는 어떤 운동처럼 의식되는지 이상한 일이었다.

아버님과 나는 입을 다물고 창밖을 내다본다. 조용한 주택가의 차도. 이른 오후의 이맘때에 지나는 차도 없고 그 차도 너머 잔디 저쪽으로 노인 부부가 사는 이웃집 현관이 바라보일 뿐이었다. 그러나 두 사람은 버지니아의 이 오후의 이 장소 아닌 머나먼 시절의 머나먼 그곳 우리가 태어난 곳의 그 북쪽 끝 눈 덮인 원시림의 벌목장과 거기서 가까운 어느 사원 주택의 한 채로 가 있는 것이 분명했다.

그것은 막연한 일만은 아니었다. 그 집 마루 앞에서 찍은 가족 사진이 있었기 때문에, 마루 끝에 유리문이 달린, 철도 관사나 우편국 직원 관사 같은 느낌의 그 집 한 모서리가 기억에 남아 있었기 때문이다. 나는 어머니한테 안겨 있었고 젊은 어머니가 시어머니, 남편 시동생과 함께 이쪽을 바라보고 있었다. W시에까지 지니고 나왔던 그 사진은 6·25 때 피난선을 타면서 아무도 챙기지 못했는지, 어느 짐보따리에 넣기는 넣었는데 막상 부두에 나가 실정에 맞춰 짐을 줄이기 위해 정리해 남겨둔 보따리 쪽에 있었기 때문인지 영영 우리 손을 떠나고 말았다. 훗날 — 참 팔자 좋은 꿈이어서 하늘이 무서운 듯도 하지만 — 훗날 그렇게 흩어진 무연고 사진들을 보관해둔 사람들이 있어서, 그리고 그런 사진들이 한곳에 보관되어 있을 뿐 아니라, 그 사진들을 주웠을 때와 장소가 기록돼 있어서 월남한 사람들이 그 잃어버린 사진 박물관에 찾아가서 행여 한 점이라도 얻어볼 수 있다면, 있을 법하지 않은 일이지만 그들 사진 속의 인물들이 거의 고인들이 됐을 터이기 때문에 그런 발견을 돌아가신 분들을 다시 보는 것만은 못해도 틀림없이 그에 버금가는 일일 것만은 틀림이 없다. 지금은 오직 사진은 머릿속에만 있었다. 기억 속일망정 사진은 틀림없이 그 사진이어서 그들은 그 앉음새, 서 있는 태, 그 모양으로 신기한 듯이 이쪽을 내다보고 있었다. 어쩌다 그런 데 가서 우리를 쳐다보고 있단 말씀이오, 하고 의아해하기나 하듯이 그들의 표정은 사진과 그 사진을 보고 있는 사람 사이에 가로놓이기 마련인 (짧든 길든) 시차에서 오는 낯스러움에 보태어 그 사진을 들여다보고 있는 사람의 거처의 생뚱함에 대한 호기심까지 덧붙여져 있었다.

알렉산드리아는 수도 워싱턴에서 10킬로미터쯤 가서 포토맥 강이 체서피크 만과 만나는 자리에 위치한 항구도시다. 독립전쟁 때만 해도 신대륙에서 보스턴 다음가는 무역항구였다고 하는 이 도시는 그때 이후 전혀 변하지 않은 게 아닐까 하는 인상을 적어도 여행자에게는 갖게 한다. 체서피크 만은 내륙으로 깊숙이 들어온 만이어서 옛날 그 무렵에는 대서양을 건너온 배들에게 대륙의 품에 비로소 들어선다는 안정감도 있지 않았을까 싶다. 부두에 서면 바다를 바로 향한 항구와 다름이 없지만 그 규모나 분위기가 아무래도 뉴욕 같은 데하고는 다르다. 바다와 강이 서로 한 발짝씩 물러섰다고나 할까, 바다가 조금 물러서고 강이 한 발짝 나섰다고 할까 그런 느낌이다. 항구에는 큰 배들이 닻을 내리고 있고 선창은 활기가 넘치는데도 대체로 포근해 보인다. 1973년 초의 미국에서는 도시의 재개발이며 교외도시의 팽창 같은 현상이 열기를 띠고 진행되는 것을 신문에서 읽을 수 있었는데 워싱턴이나 버지니아에서 나는 그런 흐름을 주변에서 느낄 만한 풍경에 맞닥뜨린 기억이 없다.

알렉산드리아의 선창에 가까운 거리를 나는 특히 좋아하였다. 거기에는 갖가지 잡화를 파는 가게들이 잇닿아 있었는데 밖에서도 잘 들여다보이는 그 가게 안에 진열된 물건들의 다양함이 나에게는 놀라움이었다. 세계의 온갖 곳에서 온 물건들이 그득 쌓여 있었다. 가게 안으로 발을 들여놓고 물건들을 살펴가노라면 그 물건들의 포장이 말해주는 국적, 독특한 향토색들이 금방 지구상의 모든 곳과 거래하고 있는 번성한 장터에 들어섰음을 느끼게 하였다. 가령 식료품 가게에 들어간다 하자. 모든 대륙에서 온 온갖 종류의 식료품이 가장 정성 들인 포장에 싸여 보기 좋게 놓여 있었다. 차가 진열된 모퉁이를 본다 하자. 그곳에는 인도, 남아메리카, 일본, 아프리카, 유럽 그리고 '중화인민공화국'의 차들도 있었다. '중화인민공화국'이라니, 중공이 아닌가. 그곳을 다만 '중공'이라 불러온 생활자에게는 기름하고 노리께한 화사한 갑에 들어 있는 재스민 차는 마음의 눈을 열어주는 시의 한 줄처럼 감동적이었다. 물론 소련 차도 있었다. 나는 먼 그 나라에서 온 이 물건들 앞에서 내 마음의 한구석이 열리는 느낌이라고밖에는 당장에는 자신을 수습할 수 없었다. 수습해야 할 그런 성질의 느낌 — 절로 그런 느낌이 들 수밖에 없는 그런 종류의 생활의 역사를 걸어온 초라한 여행자는 뜨거운 물에 타서 마시는 인간의 그 오랜 기호품의 국적 때문에 많은 생각을 해야 했다. 차 한 잔을 마시기 위해서도 생각이 그렇게 많아진다는 슬픈 사연.

아이오와에서 중공산 재스민 차를 이미 보기는 본 터였다. 그때 이런 느낌에 사로잡힌 것이 사실이었다. 그러나 공교롭게도 아이오와의 앵클 시인의 부인은 중국 사람이었다는 사실 때문에 그때는 중국 부인이 있는 가정에서 중국차를 대접받는다는 일은 평범해 보였던 모양이다. 하기야 홍콩이 '중공'과 무역을 하고 있고 미국 사람도 거기서 '중공'과 간접으로 교역하고 있다는 것은 어렴풋이 짐작하고 있었을 것이다. 그런데도 이 항구의 외국 상품 가게에서 진열대에 그득 쌓인 중국차를 보고서야 그 화사한 포장의 재스민 차는 새삼 내 마음을 흔들어놓았다. '중공오랑캐'들은 '미제국주의자'들에게 재스민 차를 수출하고 있는 것이었다. 중국을 그렇게 불러왔고 중국 사람들은 미국 사람들을 그렇게 부르는 것으로 알아온 세계의 그곳에서 온 나는 무엇에겐가 속은 듯한 느낌도 받았다. 강물 상어들의 알인 캐비어도 그득하였다. 그것들은 소련에서 온 것이었다. 이렇게 많은 알들을 여기 보내고서도 그곳에서는 상어들이 대를 이어갈 수 있단 말인가. 중국의, 아마도 남쪽 지방의 차밭에서 채취되고 말려진 차가 배에 실려와서 닿은 대륙을 횡단하여 이 작은 그러나 유서 깊은 항구도시의 진열장에 오기까지, 러시아의 어느 강, 아마 볼가 강 어디쯤에서 잡는 상어들의 뱃속에서 이곳까지에 이르는 그 알들의 여행 — 이런 운동이 생생하게 와 닿았다.

책의 페이지 위에서 경험하는 시간과 공간의 초월이라든지 사상들의 여행과 다름없이, 그것은 현란한 교향악이었다. 분주하게 오가는 사상들에 못지않게 분주한 물산의 거래가 신기한 계시처럼 나를 움직였다. 신문광고에 자주 나오는 그 '오퍼'상들은 이런 시적인 활동에 종사하는 인사들이었구나.

아무도 눈여겨보거나 더욱, 채근하는 사람이 있지도 않건만 한 집에서 너무 오래 둘러보는 것은 아무래도 무엇해서 나는 가게를 나와 옆 가게로 간다. 같은 물건을 다루는 집이다. 비슷하기도 하고 같기도 한 물건들이지만 매장의 생김새 때문에, 다를 수밖에 없는 진열의 순서 때문에 현란하고 흐드러진 느낌은 더욱 북돋우어진다. 이것들을 사러 들른 걸음이라면 이런 느낌은 덜했을지 모른다. 그렇지 않기 때문에 나는 그 물건들과 소리 없는 대화만 나눈다. 그들은 내가 묻는 말에 그들이 온 고향과 나이를 말해준다. 마치 아랍이나, 아프리카나 로마에서 그 옛날, 그렇다, 바로 지중해의 그 알렉산드리아 항구에서 손님들 앞에서 입을 벌리고 돌아서고 허리를 굽혀 보이는 남녀 노예들처럼 나의 사열 앞에서 자신들을 드러내 보여준다. 이 세상 온갖 지방에서 온갖 상품이 이곳에 오고, 온갖 지방으로 팔려 나간다. 이렇게 해서 중국 강남의 바람결이 이 도시의 어느 가정의 저녁 식탁에서 부활하고 러시아의 밤의 강물의 흔들림이 이 도시의 — 그리고 여기서 가져간 어느 소매상인의 손을 거쳐 켄터키나, 텍사스나, 아이오와의 어느 술집에서 부활한다. 귀청이 찢어질 듯한 학생들의 전기 기타의 반주에 맞춰서 어느 미국 소녀의 혈관 속에서. 그러니까 그 소녀는 그만큼은 중국의 바람이기도 하고 러시아의 밤강물의 흔들림이기도 하다.

식료품 가게들을 지나서 길을 건너면 좀더 조용한 거리다. 여기는 가구점들이 많다. '골동품'이란 간판이 있는 집 진열창으로 안을 들여다본다. 현재의 한옆에 빠끔하게 열린 과거의 창문 속으로 이 도시의 옛날을 들여다본다. 은은한 불빛 속에 19세기 프랑스 화가들의 그림 속에 나오는 방 안 풍경이 보인다. 나무 가구들은 갇혀 있는 옛날의 추억 같다. 가구들 자신이 인물처럼 묵묵히 앉아 있고 서 있다. 푸르스름한 도자기들. 접시며 항아리며 꽃병들. 나무 가구들은 대체로 호박빛에 가까운 황색인데 도자기들의 푸르스름한 기운과 잘 어울려 보인다. 가구들 한가운데 훨씬 안쪽에 가게를 지키는 여자 한 사람이 마치 가구들처럼 꼼짝않고 다리를 꼰 자세로 앉아 있다.

독립전쟁 때 이곳에 영국군 사령부가 있었다고 하며, 그 후 워싱턴 장군이 이 도시에 살기도 했다는 관광 안내책의 대목이 자연히 떠오른다. 이런 집도 몇 집 잇대어 있다. 이들 가게 안으로는 발이 들어서지지 않는다. 그것들은 내게는 중국차나 러시아 캐비어와 마찬가지 것들이지만 가게를 보는 사람은 내 걸음을 그렇게는 이해해주지 않을 것 같기 때문이다. 웬 중국 친구가 기웃거리지, 그렇게 생각할 것이다. 극동아시아 사람이면, 쉽게 부를 생각일 때는, 덮어놓고 중국 사람이고, 좀 신경 쓸 때면 일본 사람이냐다. 거기서 조금 더 가서 나는 반가워진다. 내 얼굴이 자신 있어진다. 그리고 가게 안으로 들어간다. 고물점이다. 요즈음 미국 가정에서는 흔하지 않은 자질구레한 온갖 집 안 물건들이 좁은 장소에

무더기로 쌓여 있다. 램프며, 옷걸이며, 의자며, 사기 접시며, 놋
그릇이며, 액자며, 모자며, 낡은 안경이며 — 온갖 것들이다. 아무
순서도 없이 천장에 닿게 그런 것들이 쌓여 있는 저 속에 주인이
앉아 있고 흘깃 쳐다보고는 보던 책으로 눈길을 되돌린다. 아마
10년, 아니 5년 전쯤까지도 흔히 쓰였음 직한 물건들로부터 기껏
해야 20～30년은 넘지 않았을 법한 온갖 살림붙이들은 그래도 벌
써 '현재'에서는 벗어나 있다. 이것들은 이제 아무도 일용품으로
사갈 사람은 없을 것이다. 미국의 1960년대는 흑인문제, 학생운동
같은 정치 사회적 격동의 한편에서 의식주에 걸친 생활 양식에서
도 큰 변화가 있었던 듯싶다. 미국 가정에서 이미 이 가게 안에 있
는 물건들은 보기 힘들다. 아까 본 골동가게에 댈 것은 아니지만,
이것들 역시 옛날의 추억을 위해서만 누군가가 어쩌다 사가는 물건
들이리라. 「욕망이라는 이름의 전차」의 무대 소도구로 그대로 쓸
만한 세간살이를 구경한다. 미국 영화에 나오는 중하류 가정의 그
것도 1960년대 이전의 영화의 장면들이 기억 속에서 마중 나와서
내 의식 안에서 이것들과 어울린다. 나는 그 만남을 곁에서 지켜본
다. 그런 식으로 좁은 통로를, 조심스럽게 움직여나간다.

　무슨 책을 읽고 있을까. 쉰 줄일 듯싶은 가게 주인이 읽고 있는
책이 문득 궁금해진다. 어쩐지 이 물건들과 잘 어울릴 종류의 책
일 성싶다는 것은 시시한 책일 거라는 말이 아니라, 아직도 진지
한 고민이 있는, 살림은 수수해도 취미는 그보다는 조금 더 윗길
인 그런 생활 풍경을 마음대로 떠올려본다. 살림의 규모와 마음의
구조의 그런 어찌 보면 어긋나는 모듬새 말고는 인간의 평화는 얻

어지기 어렵다는, 그런 사람들이 많아야 그 사회가 안정되고, 그 러자면 웬만한 사회정의는 보장되어 있어야 한다는. 웬만한. 그 엄청난 웬만함. 그 웬만함이란 것의 엄청남. 그 웬만함이 가능하 기 위한 조건의 웬만하지 않음.

모퉁이를 돌아가면 여기는 가게들은 보이지 않고 살림집이 시작 된다. 옛날식 목조건물들이다. 1층에 베란다 겸 포치가 있고 간소 한 창문이 규칙적으로 좌우에 달려 있다. 반지하실이 꼭 붙어 있 고 대개 흰 페인트 칠이 된 전통가옥들이다. 집 둘레에 잔디가 있 고 이 골목의 차도는 돌벽돌로 깔려 있다. 집 바깥에 인적이 거의 없다. 어떤 집 뒤뜰에는 빨래가 줄에 널려 있다. 큰 도시에서는 볼 수 없는 풍경이 여기서는 아무렇지 않다. 나는 호젓한 보도를 걸 어가면서 그런 것들을 본다. 붉은 벽돌로 간 보도에는 심심찮게 여기저기 풀이 자라 있다. 방금 지나온 가게들과 선창에서 돌아앉 은 뒷길이다. 현관에 놓인 의자들. 커튼이 드리운 창들. 그런데 이 게 웬일인가. 여기서 나는 왜 이러고 있어야 하는가. 이 대륙에 온 백인들이 첫발을 디뎌 살림을 꾸려가기 시작했을 때 이 신천지에 서 두번째로 큰 항구였다는 이 도시. 그 이후 자기는 바뀌지 않았 는데 주변이 변한 탓에 이렇게 골동품처럼 조용한 느낌을 주게 된 도시. 그 뒤안길을 걷고 있는 나.

그것은 얼마 전 소풍에서 있은 일이었다.

아이오와에서의 생활을 마치고 가족들이 사는 여기 버지니아에 온 지 보름쯤 됐을 때였다. 두 동생네와 가까운 몇 집이 어울려 주말 소풍을 가게 되었다. 아버님은 약간 몸이 불편하다면서 집을 지키겠다고 하시면서 나더러는 굳이 심심한데 따라가라고 권하셨다. 가족마다 자기들 차를 타고 우리는 봄나들이에 나섰다. 얼마 떨어진 곳에 역시 가깝게 지내는 교포의 한 사람이 별장을 가지고 있는데 우리는 초대를 받은 것이었다. 싱그러운 봄들판 사이로 차들은 신나게 달렸다. 앞차에 탄 아이들이 우리를 향해 손을 흔든다. 운전하는 제 아버지 곁에 앉은 국민학교 5학년짜리 조카가 마주 손을 흔든다. 한 시간 가깝게 달린 끝에 우리는 목적지에 닿았다. 거기는 그리 높지 않은 산자락에서 냇물을 건너 들어간 골짜기의 한옆인데 약간 비탈진 곳에 일구어진 과목밭이었다. 미리 와 있던 주인이 그 과목밭 어귀에 있는 방갈로 앞에서 우리를 맞았다. 3월 초순의 과목들은 아직 가지만 드러내고 있었지만 화창한 햇빛이 고루 퍼진 그 어름은 소풍 자리로 그렇게 맞춤일 수 없어 보였다.

“빨리들 오셨네요.”

목이 있는 스웨터를 입고 희쓱희쓱한 것이 많이 섞였지만 숱이 많은 머리카락을 깨끗이 빗어 넘긴 주인은 나보다 10년쯤 손위로 보였다.

“부지런들 떨었지요.”

작은동생이 나를 위해 차문을 열어주면서 말했다. 그리고 나를 소개했다.

“형님입니다.”

“그러시군요. 말씀 많이 들었습니다.”

그는 손을 내밀었다.

"반갑습니다. 아름다운 곳입니다."

나는 주인의 큼지막한 손을 잡으면서 인사했다.

뒷차들은 조금 아래에서 줄줄이 길에서 정차하고 있었다. 방갈로 앞에는 그 차들이 함께 머물 만한 자리는 없었다.

"여기다 조그마하게 주차장을 만들어야겠습니다."

주인은 주차하고 있는 차들을 내려다보면서 말했다.

사람들이 올라왔다. 절반이 아이들인 일행은 거의 스무 명쯤 돼 보였다. 아이들은 과수원 쪽으로 달려갔다.

사람들이 주인 내외와 인사를 나누느라 한창 부산스럽다.

방갈로는 아주 작은 것이었다.

"아이구, 재주도 좋으셔요."

"뭐, 재료를 다 파는데요."

주인이 직접 지었다고 한다.

"설계도를 보면서 주말마다 나와서 조금씩 지었습니다. 지어봐서 지금은 전문갑니다. 집 지으실 분이 계시면 맡겨주세요."

"땅이 있어야 짓지요."

"어느새 이런 좋은 데를 봐두시구."

"이만한 데는 얼마든지 있습니다."

"좀 알아봐주세요."

"그럽시다."

"아니, 돈 모으셨나봐요?"

"융자도 됩니다."

"그래요?"

"생각 있으신가 봐."

"얼마나 좋아요, 주말에 이런 올 데가 생긴다면."

"다 먼저 오셔서 자리 잡히시니 그랬지, 우리야 눈코 뜰 새 있었나요."

마지막 말은 큰동생의 것이었다. 그 말에 가슴이 뭉클해진다. 그리고 어떤 죄의식 같은 것이 얼핏 스친다.

미세스 킴 ─ 주인의 부인 ─ 이 집 안에서 부른다.

"여러분, 차 드실 분들 들어오세요."

일부는 들어가고 나머지 사람들은 그냥 밖에 서서 이야기하는데 작은동생이 종이컵에 든 커피를 사람들에게 나누어주었다. 작은계수는 저쪽 과목 사이에서 아이들과 어울리고 있다.

"참 훌륭하십니다"

하고 내가 김 선생님이라 불리는 집주인에게 말했다.

"뭐 취미가 있어서 그렇지요."

"과목은 사과 같은데요."

"사괍니다. 오래 버려뒀던 밭이라 작년에는 좋지 않았고 올해는 좀 나은 수확을 보게 되겠지요."

그는 과수원 한옆에 쌓인 비료 부대들을 가리켰다.

한 백 그루쯤 되는 과목들의 뿌리 언저리에는 파헤친 흔적이 있고 비료 흘린 자국이 거뭇거뭇하게 남아 있었다. 과수원은 터가 조금 낮고 방갈로는 그것을 내려다보는 높이에 자리 잡고 있다. 그 평지가 아닌 지형이 오밀조밀하게 한결 아기자기해 보인다.

꼭 비둘기집 같은 방갈로는 이 인원이 모두 들어가기에는 어림도 없었으려니와 커피 마시러 들어갔던 사람들도 곧 나와서 과수원 여기저기에 자리잡고 앉기도 하고 주변의 숲 속으로 들어가 보기도 한다.

그사이에 부인들은 각기 타고 온 차들에 싣고 온 식료품들을 날라왔다. 나는 마른 풀 사이에서 푸릇푸릇하게 새 풀이 돋아나고 있는 과목밭을 천천히 걸어다닌다. 아이오와에서 그곳 유지들의 별장이라든가, 미국 친구의 농장에 가본 적은 있지만 교포 소유의 시골 농장에 처음 와본 느낌은 훨씬 달랐다. 나하고는 인연 없어 보이는 이곳 백인 주민들의 생활을 별스럽지 않게 자기 것으로 하고 있는 김 선생이 신기하고 우러러보였다. 이렇게 주변성 있는 사람도 있다.

공기가 그렇게 싱그러울 수 없고 아이들이 떠드는 소리가 새소리처럼 주변과 잘 어울렸다.

들어와 보니 산은 결코 작은 규모가 아니었다. 과수원은 남향으로 앉았는데 비스듬히 내리막진 앞에 수풀이 우거졌고 훨씬 저쪽에 꽤 높은 산줄기가 가로질렀다. 그 사이에 골짜기가 있을 것이었다. 상록수도 많이 섞이긴 했지만 아직도 잎 떨군 나무가 더 많아 보이는 숲은 그러나 이미 겨울숲이 아니어서 물이 오르느라 보얗게 흐려 있었다.

내가 이렇게 과수원 가장자리에서 앞산을 바라보고 서 있노라니 김 선생이 다가왔다.

"대학에서는 끝나셨습니까?"

아이오와 생활을 뜻하면서 그렇게 묻는다.

"네, 그렇습니다."

"아버님께서 작년 가을에 오셨지요."

"여기 말씀입니까?"

"네."

"그러셨군요. 여러 가지로 도움이 많습니다."

"무슨 말씀을, 제가 많이 지도받고 있습니다, 아직 정정하시고……"

"네, 어머니를 여의시고 크게 낙담해하셔서 참 조심스럽습니다."

"그야 그러시겠지요, 얼마 전에도 뵈었는데 그러나 아직 정정하시고, 정신적으로 약해지시지 않은 것 같아 보였습니다. ……그래, 귀국은 언제쯤?"

"좀 쉬다가, 떠날 생각입니다."

"네…… 그러시겠지요."

머뭇거리는 듯한 말이었다.

"실은……"

하고 그는 맞은편 산으로 눈길을 돌렸다가 나를 쳐다보면서

"…… 부친께서는 아마 여기 함께 계셔주셨으면 하는 의향이신 것 같았습니다."

디디고 선 땅이 흔들, 하는 느낌이었다.

"…… 그런 말씀을 하셨습니까."

"직접 말씀하시기가 어려우신 모양입니다. 저한테 의논하시면

서…… 그야 아버님께서도 꼭 그렇게 권하시겠다는 게 아니고, 선생님 입장도 잘 알고 계시고, 네, 작가란 것은…… 그런 사정도 다 알고 계십니다…… 그러나 본국의 정세가 저렇고 하니…… 그리로 가신다는 일이……"

그는 잠깐 말을 끊고 나를 바라보다가 다시

"……처음 뵈면서 이런 말씀드리는 것이 실례인 줄 압니다만, 실은…… 아버님께서 기회 봐서 한번 이야기를 꺼내봐달라는 부탁을 받았습니다. 제 의견을 말씀드리는 게 아니구…… 아버님 심중을 전해드리는 것뿐입니다. 실례가 됐다면 용서하십시오……"

"……아닙니다, ……잘 알았습니다."

그리고 나는 덧붙였다.

"고맙습니다."

"무슨 말씀을……"

저쪽에서 김 선생을 부르고 있었다.

"그럼……"

그는 얼른 그쪽으로 걸어갔다.

나는 섰던 자리에 쭈그리고 앉았다.

송충이가 솔잎 먹고 살 듯이 인간도 이 지구상에서 그들의 전통적 생활권에서 오래전부터 선조들이 살던 방식대로 살아왔다. 생물의 생태계가 각기 특징이 있듯이, 인간의 생태계도 민족마다 고유한 성격이 있어왔다. 정치적으로나, 문화로, 경제생활에서. 그 가운데서 정치라는 기준 하나를 골라서 말해본다면, 지구상에 오늘 현재 살고 있는 인류는 각기 다른 정치적 생태계에서 살고 있다. 나는 왜 솔잎만 먹어야 하나, 어느 날 송충이가 문득 그런 생각을 하게 된다면 그 순간부터 송충이에게는 방황과 고난의 삶이 시작된다. 그 봄날 소풍의 과수원에서 한 마리 인간송충이가 저절로도 아니고 난데없는 다른 이의 손에 잡힌 나뭇가지가 살짝 건드리는 순간에 이 길로 들어선다.

그 송충이가 나였다. 나는 그때까지 그런 생각을 하지 못했다. 한국이 아닌 곳에서 산다는 생각. 그런 생각을 해보지 못했다. 그래서 가족의 이민 대열에도 끼지 않았다. 그때도 매우 괴로워하시는 아버님 눈치를 모르지 않으면서도 나는 한국에 남아야 한다는 일은 아무 고민 없이 나에게는 자연스러웠다. 한국말로 글을 써온 생활을 버린다거나, 외국에 가서 한국말로 쓰는 생활을 계속한다거나 모두 오래 고려해볼 만한 일도 못 되는 일로 나는 알고 있었다. 고향 H에서 출발한 피난길의 마지막 코스라고 아버님이 파악하고 계신 이민길에서 나는 예외임이 마땅하다고 생각했고, 아버님이나 동생들에게도 그 이치는 어렵지 않게 받아들여졌다. 가족을 지탱할 만한 수입이 되지 못하는 것은 나의 잘못이라거나 무능 탓이랄 수도 없다고까지 가족들은 이해해주었다. 1970년 무렵 등단 10년 후에도 그때까지 쓴 작품에서 나오는 수입(!)이라는 것은, 이렇게 말하면 하늘 무서운 말이 될 염려는 있지만, 그러나 '수입'이라는 말의 명예를 생각한다면, 그 이름으로 불러서는 안 될 어떤 것이었다. 어쨌거나 부모형제를 부양할 장남이 내밀 만한 것이 아니었다. 나는 좋아서 그렇다 치고 가족들은 어찌할 것인가. 그래서 마지막 내디딘 이민걸음이었다. 그것은 이미 지나간 일이었다. 다시 거론된 일도 아니었고, 뜻밖에 아이오와에 오는 걸음 때문에 가족들과 지낼 넉넉한 시간이 주어진 일은 행복이었다. 어머니의 죽음을 함께 슬퍼할 수 있게 된 것도 아이오와 걸음 덕분이었다. 얼마쯤 버지니아에서 머물다가 돌아가야 한다는 것은 가족 모두가 모름지기 그렇게 알고 있는 일일 터였다. 그런데 아버님은 내가 여기 남기를 바라고 계신다는 것이었다.

사람은 송충이가 아니기 때문에 있을 수 있는 이 질문, 그러나 그때까지 나에게는 해당 없었던 이 질문은 디디고 선 발밑이 흔들리는 경험이었다. 그 발밑 — 내가 1950년 이후 살아온 한국 — 그 생태계의 정치적 성격 — 그것은 아마도 내가 무엇인가를 안다면 그것보다 더 잘 아는 것이 그리 많지 않을 만큼 내게는 잘 알려진 것일 터였다. 그때까지 10년 남짓 동안에 내가 소설이라는 이름으로 쓴 글들은 그런 정치적 생태계에서 산다는 일의 뜻을 알아보려는 안간힘이었다.

우리 국민은 이 세기의 전반 부분을 외국인의 노예로 살아왔다. 우리 땅을 점령한 외국 군대는 그때까지 나라에 속했던 땅을 모두 자기들 것으로 등록하고, 토착 지배층에게 나머지 땅을 조금씩 나누어주고, 국민의 대부분을 농노로 삼았다. 학교를 세우고는 점령자들의 말을 가르치고, 보도 듣도 못하던 저희들 조상 귀신의 사당을 세우고 농노들에게 참배를 강요했다. 망한 땅의 귀신들도 서러운 세월이었다. 역사의 단계가 그러했기 때문에 공장도 들어섰고, 어디에서나 그런 것처럼 농촌에서 못살게 된 농민들이 그 공장의 기계를 돌보는 공장노예가 되었고, 그런 일자리도 없는 농민의 가족들은, 딸들은 도회지의 뒷골목에서 성의 노예가 되었고 아들은 깡패와 양아치, 좀도둑이 되었다. 그런 속에서 사람들은 견뎠고 뜻 있는 사람들은 나라 안팎에서 점령자들과 싸웠다. 점령자들이 이 지구의 다른 곳을 같은 방식으로 점령하고 살던 나라들과의 싸움에서 지는 바람에 우리는 점령의 사슬에서 풀려났는가 싶더니, 남북전쟁이 터지고 전쟁은 3년이나 끈 끝에 온 나라를 잿더미로 만들고 그나마 별것도 아니던 사람들의 살림은 너나없이 피난 보따리만 남게 되었다. 전쟁은 멈췄지만, 먹고살 거리가 부족한 땅에서 사람들은 미군 부대 주변의 양아치, 얌생이꾼, 양공주 생활에 본질적으로는 다름이 없는 생활을 할 수밖에 없었다. 나라의 '대통령'이라는 것은 이런 경우에 기지촌의 조직 깡패의 대장에 다름 아니었다. 사람이란 모진 물건이어서, 송충이도 지렁이도 될 수 없는 것이, 그런 속에서도 삶이란 이런 것이어서는 안 된다는 판단은 모두 가지고 있고 세상을 덜 괴로운 것으로 고쳐보아야 한다는 움직임은 온갖 모습으로 계속되어서 마침내 1960년 4월에 사람들은 들고일어나서 이승만 정부를 쓰러뜨린다. 엉터리 선거가 불씨가 되어 쌓인 불만의 화약고를 폭발시킨다. 왕들이 없어진 이후 세상을 다스리는 오직 하나의 명분인 '선거'라는 것은 해방 이후에 남한에 산 사람들에게는 폭력과 타락의 다른 이름이 된 지 이미 오래기는 했다. 해방 다음의 혼란과 전쟁의 불구덩이 속에서 치러지는 선거는 아무렇게나 치러졌고 그것을 따질 기력이 국민에게는 없었다. 그것은 폭력을 가진 세력이 명분을 얻기 위한 북새판이었고, 신문은 그것을 '요식 행위' — 즉 겉치레라고 불렀다.

폭력에도 겉치레가 필요한, 짐승 아닌 인간의, 노예에게도 내세울 명분은 있어야 하는 노예주인들의 잔치마당이었다. 그렇기는 해도 전쟁이 끝나 7~8년이 지나자 한국인이라는 이름의 노예들은 더 참지 못하고 들고일어났다. 노예도 짐승은 아닌 것이었다. 이웃 민족의 군대 밑에서 보낸 이 세기의 앞쪽 수십 년과 해방과 전쟁을 거쳐온 십수 년의 악몽 같은 생활을 크게 바꾸는 세월의 새벽이 열린 듯했다. 나도 그 해 『새벽』이라는 잡지에 『밀실』이라는 소설을 발표한다. 등단 이듬해의 일이었다. 역사의 조명탄이 크게 밝히고 있는 시간에는 아귀 맞는 글을 쓴다는 것은 어려운 일만은 아니었다. 집단적 이성이 환히 밝히는 사물을 보이는 대로 적으면 그만이었다. 그러나 그 환한 세상은 잠깐이었다. 한 무리의 군인이 지휘한 반란이 국가를 가로챘다. 자연계의 새벽에는 중단이나 후퇴가 없지만 인간의 역사의 시간에서는 얼마든지 이런 일이 가능한 것이었지만, 이 일 또한 한국 사람에게는 처음 겪는 일이었다. 독립된 정치적 자치 생활을 시작한 지 10여 년밖에 안 된 국민에게는, 20세기라는 이름의 시간 속에서 제 나라의 군대가 제 나라를 빼앗는다는 일은 또 한 번 어리둥절한 일이었다. 방금 전까지 정치 교과서에 있는 옳은 이치만이 통할 것 같던 세상이 하루새벽에 뒤집어지고 보니 세상은 정말 요지경 속 같아서 총칼을 겨누면서 나타난 이 반란 군대를 지지하고 설명해주고, 손발 맞춰 나서는 국민들이 벌떼같이 나타나는 것이었다.

그 세월이 10여 년째 이어져온다. 내가 소설가라는 이름으로 살아오는 이 세월. 이런 세월 속에서 소설을 쓴다는 것은 무엇을 어찌한다는 뜻을 지니는가. 『밀실』『잿빛 의자에 앉아서』『서쪽으로 가는 이야기』『제멋대로 부는 바람』『소설가 구보씨의 별 볼일 없는 하루』— 그동안 발표한 소설들의 제목은 한결같이 처량하다. 이 세상이 잘못되었음을 알면서도 꿈적 못하고 사는 생활. 입을 다물고 사는 것도 아니고 글이라는 입을 놀리면서도 세상에 어김 없이 맞서지 못하는 생활. 글이자 세상에 던지는 폭탄까지는 되지 못하는 생활. 행간을 읽어달라는 궁색한 희망. 그 희망이 할 일을 하지 않고 있는 데 대한 면죄가 되지 못함을 잘 알면서도 그 이상 어쩔 생각을 못 내는 생활.

하기야 소설작법 책을 보면 솔깃한 대목이 없는 것도 아니다. 소설에도 여러 갈래가 있다는 것. 세상을 꾸짖는 이야기만이 소설인 것은 아니라는 것. 세상 한구석에서 일어나는 이름 없는 사람들의 작은 이야기를 바느질 꼼꼼하게 한 땀씩 꼭꼭 눌러가며 박아 쓸 수만 있다면 여간 대단한 것이 아니라는 것. 되레 세상은 작은 일, 작은 사람들로 이루어져 있다는 것. 그런 사람들을 지켜보는 글은 소극적인 의미를 넘어서 실은 큰 의미가 있다는 것. 사람의 일이 바로잡히려면 작은 것의 힘과 아름다움이 제대로 다루어져야 한다는 것. 희한한 일이며, 빼어난 인물만을 그리는 것은 사실은 낡은 생각이며 옛날 애기 책의 세계라는 것. 그런 말도 책에는 있다. 틀리지만은 않은 말이다. 그러나 조건부로 그렇다. 세포는 세포다. 세포는 조직으로 묶이고 조직은 기관이 되고 기관들이 모여서 몸이 된다. 작은 일과 작은 인물은 결국 큰 몸통인 사회 속의 작은 것들이다. 말은 쉬워도 이 배경이 늘 고려되면서 작은 사람,

작은 일을 쓴다는 일이 쉽지 않다. 아니 쉬울 수는 있다. 그러나 그렇게 하면 예술가는 자기가 하고 싶은 말의 변죽만 울리게 된다. 그것까지는 또 그렇다 치고 어느덧 변죽 울리기에 과분한 의미를 주고 싶어진다. 예술은 반드시 뇌성벽력을 만들거나 미주알고주알 쓸어담지 않아도 될 뿐 아니라, 더 나가서 말해본다면 그렇게 하는 것은 예술의 힘을 약하게 만들기 쉽다. 무엇이라 꼭 짚어 말하지 않기, 어슴푸레하게 만들기, 햇빛처럼 환한 줄 알고 살아오는 것들이 문득 수수께끼보다 더한 허깨비임을 일깨우는 일이야말로 예술이 할 일이다, 이런 주장도 있다. 아주 틀린 말은 아니고 모를 만한 말도 아니다. 사람은 그만큼은 복잡하고 그런 사람이게 만드는 세상은 그만큼은 복잡한 것도 사실이긴 하지만 이런 말을 하자면 그래도 세상은 어지간히는 그럴듯한 외양을 갖추고 돌아가야 할 때의 이야기다.

　게다가 사람의 수명이 아쉬운 대로 한 천 년쯤 된다면 인생 한번 해볼 만하다. 실컷 실수하고, 실컷 뉘우치고, 실컷 생각하고 실컷 배우고. 천 년쯤 수명이 주어진 세상은 살아볼 만하다. 백 년도 못 살지 않는가. 급한 일은 급하게 바로잡아야 하고, 누구 말마따나 인생은 몸종이 대신 꾸려가게 할 수는 없다. 꾸려가는 인생 굽이마다 토하는 한숨과 기쁨의 숨결을 종이에 옮기면 그게 예술이지 인생과 예술이 따로 없다, 이 말도 맞는 말이고 우리 처지에는 가장 맞는 말이다 — 실은 이렇게 하는 것이 결코 쉬운 일은 아니지만. 용기만 있어서 되는 일이 아니고 대단한 식견이 없고서는 불가능한 일이다. 모든 시대가 그 시대를 사는 주민의 한 세대에게는 모두 첫경험인 것처럼 모든 개인도 한 번만의 첫 인생을 산다. 20대 무렵을 두 번 살 수 있다면! 30대를 두 번 살 수만 있다면, 그리고 40 불혹, 나이 마흔 살이 되면 망설임이 없다니. 누굴 놀리자는 말은 아니겠지만 어느 세월 좋은 사람의 이야기다.

다 배우지 못하고도 글쓰기를 시작한다는 근래의 관습. 무서운 일이다. 하기야 글을 쓴다지만, 문자를 내가 처음 만들어낸 것도 아니고, 말이란 것을 내가 발명해서 쓰는 것도 아니고, 가깝게 잡아 그 '소설'이라는 것도 내가 발명해서 쓰기 시작한 것도 아니기는 하다. 자동차를 운전하는 사람처럼 그것들 — 말이며, 문자며, '소설'을 운전해서 저마다 가고 싶은 데로 가면 되는 그것들은 살림의 연모들이다. 그렇기는 할망정 그만한 이치도 마흔이면 마흔 살까지 어프러지며 자빠지면서 겨우 익힌 눈짐작이요, 인생은 준비하는 데만도 인생 전부를 쏟아넣어야 무엇인가 찧어져 나오는 방아확 같은 것이라고나 할까. 인생을 먹고 나서야 인생을 살 수 있다. 제 다리를 뜯어먹고 사는 괴상한 문어라고나 할지.

마흔 살 고개를 넘기까지 이처럼 정신없이 살아온 따라지 반평생이었다. 이야기를 '예술적'으로 꾸며낸다는 그 계면쩍고 이상한 길에 그만 들어서보니 모르는 인생을 더욱 모르게 스스로 헝클어뜨렸고 눈앞에 이치가 환해야만 할 아수라 아귀다툼 터를 보면서도 '행동과 의식'이니 '역사와 인생'이니 '공시적과 통시적'이니 '전체와 부분'이니 '주관과 객관'이니 '사실과 상징'이니 하면서 세상은 더 어려워만 보인다. 그런 세월을 나는 살았다. 소나무 숲의 송충이처럼 독 묻은 솔잎일망정 갉아먹을 내 처지는 그런 나라 그런 사회의, 그런 나날이었다. 아이오와에 오기까지 나는 내 머리로 생각할 만한 일, 상상할 만한 일은 모두 작품으로 써봤다. 그것들이 정신적인 의미에서 나의 초상이었다. 그 초상이 정신적으로 무슨 의미를 지녔건 살아 있는 육신인 나는 대한민국이라는 나라를 가로챈 폭도들이 발행한 여권에 적힌 대로의 의미밖에 없는 그들의 피통치인 — 노예였다.

나는 전에 국민학교 시절에 읽은 『쿠오 바디스』 속의 그 노예철학자를 가끔 생각한다. 철학자인 노예라는, 좀 기이한 느낌을 주기는 했지만 그저 그렇게 지나쳐 읽은, 그래서 나중에 그가 보여주는 정신적 혁명과 그로 말미암은 행동의 뜻을 깊이 이해하지는 못했음이 지금 와서 분명하기는 한 그 노예철학자를 가끔 생각한다. 신분은 노예면서, 어쨌든 '철학자'일 수도 있다는 이 모순. 인간만이 겪는 이 분열. 소설 속의 인물일 뿐이었던 그 인물이 몸으로 곧바로 와닿아 내가 되는 느낌이다. 나는 그에게 씌운다. 그는 내가 된다. 나는 그다. 그에게 그리스 철학인 것이 나에게는 소설이라는 이름의 '예술'이다. 그의 그리스 철학은 하기는 소설처럼 '허구'가 아니라지만, 이데아는 우주의 '실체'이긴 하지만, 제3자로 보면 그것은 그리스 철학 안에서 정한 '허구'라는 점에서 '소설'이라는 허구에 해당한다. 그 자신도 '이데아'의 세계가 결국 정신이 만들어낸 환상임을 깨닫고 진정한 실체인 '신' 앞으로 나갔다. 그의 학식도 쓸모없고 몸에 밴 노예의 본능도 이기게 한 그 믿음이 내게는 없는 것이다. 그 믿음이 있기 전까지의 그가 지금의 나다. 그가 벗어던진 껍질, 그것이 나다.

나에게 있어야 할 믿음은 어떻게 올까? 시적 진실, 명상으로 얻어지는 신비 체험, 그런 것으로는 안 된다. 신이 직접 자신을 드러내 보여주는 듯한 분명한 경험, 상상도 가지지 않는다. '생각'이라는 방법을 넘어선 믿음이란 것은 어떤 것일까? 어머니의 죽음 앞에서도 아무 부를 이름이 없는 마음. 10년쯤 소설을 쓰는 일 따위를 가지고는 아무 소용없는 이 막막한 공포, 훨씬 젊었을 때 헛되이 씨름하던 화두는 손톱자국도 없이 말짱하게 내 앞을 막고 있음을 확인하게 된다. 지금 알게 되는 사정이야 아니었다. 이런 근본적 문제에 아무 해결 없이도 노예는 살아야 했고, 살아왔고, 이 고장에서 볼일이 끝났으니 막 돌아갈 참이었다. 공포의 숲에서 독 묻은 솔잎이나마 갉아먹는 생활로. 그러던 참에 부친의 의향이라면서 전해진 새 화두話頭. 여기서 사는 것이 어떠냐.

1974년의 봄의 이 시간에 국내에서는 군사정권의 폭압이 끝 갈 데를 모르게 날로 수위를 높여가고 있었다.

지난해 내가 이곳으로 오기 얼마 전인 여름에 우리들 한국 사람들은 TV에서 참으로 섬뜩한 광경을 보았었다. TV 화면에는 셔츠 바람의 초췌한 사람이 입술가에 피딱지인 듯한 자국을 애처롭게 달고서 그가 납치된 경위를 설명하고 있었다. 그는 동경의 어느 호텔에서 납치되어 차에 실린 후 어느 항구에서 배에 실려 바다 한가운데로 나와 돌멩이를 달아 바다에 던져지려는 순간에 잠자리비행기 한 대가 머리 위로 날아와서 납치자들에게 무엇인가 연락하는 듯하더니, 납치자들이 수장水葬 기도를 중지하고, 다시 항해를 거듭한 끝에, 우리나라의 동해안인 듯싶은 곳에 상륙하여, 다시 꽤 큰 어느 지방도시로 와서 하루를 묵은 다음 날 차에 실려 몇 시간을 달린 끝에 저녁 무렵에는 눈을 가리고 차에서 내려놓고는 가버리더라는 것이다. 그들이 멀어졌을 즈음 눈가리개를 풀어내고 살펴보니 서울의 자기 집 대문 앞이더라고 TV의 사나이는 말하고 있었다. 그 사나이는 지난번 대통령 선거의 야당 후보자였다. 저승사자에게 일단 끌려갔다가 사정이 달라져서 이승으로 송환된 사나이. 동양 괴담 그대로의 이야기였다. 가장 오래된 '괴담'이 최신의 전자 기기의 화면에 '사실' 보도로, 뉴스로 나타나는 것을 시청자들은 보았다. 세상의 실상이 이렇다는 표현이었다.

그대들이 살고 있는 세상이 이것이라는 전달이었다. 우리는 옛날의 그 캄캄한 도깨비들이 오락가락하는 시간을 살고 있다는 말이었다. 언젠가 망명한 학자가 말했다는 이야기가 신문에 실린 적이 있었다. 한국의 현실은 민주주의요 근대사회요 하는 성격 이전의 사회이며 무장한 군벌이 서로 다투는 전국시대라는 것이었다. 역사 단계로 보면 그쯤이라는 것이었다. 인간 역사의 발전 수준이 지역마다 다를 뿐 아니라, 한 지역 안에서도 사회의 각 분야가 괴상한 편차를 지닌다는, 인간 역사의 불균형 발전에 대한 차분한 지적이라기보다, 그 말을 뱉은 사람의 울분이 아프게 느껴지는 짧막한 외신 토막이었다. 그런 토막을 어쩌다 눈여겨보기도 하며, 습관이 된 보도의 글줄 '사이'를 읽는 방법을 익혀오는 세월이었다.

군사정권은 그 이전까지의 헌법을 이미 내던지고 이른바 '유신' 헌법이라는 것을 만들어서 대통령이 지명한 회의에서 대통령을 뽑게 하고, 의석의 3분의 1을 대통령이 지명하는 국회를 두기로 한 새 헌법을 국민투표로 확정하여 시행하고 있었다. 그런가 하면 1972년 7월에는 분단 4반세기 만에 남북 당국자가 통일에 관한 성명을 동시 발표하였는데, 곧바로 석 달 후에 '유신'체제라고 스스로 부른 이 체제로 들어선 것이었다. 납치된 야당 대통령 후보는 지난번 선거에서 이 같은 사태를 선거 연설에서 예견하고 국민에게 경고한 사람으로 군사정권의 최대 저항자였다. 유신체제 때 그는 외국 여행 중이었다가 소식을 듣고 급히 귀국하는 길목인 일본에서 그런 변을 당했던 것이다. 그는 출입이 제한되어 자기 집에서 감옥 생활을 하고 있는 중이었다.

한국 사람들은 이렇게 살고 있었다. 군사정권이 나라를 뺏은 이래 모든 정치적 고비마다 하기는 언제나 '선거'를 통해 그 고비들은 국민의 찬성을 얻은 사실로 합법화되었다. 언제나 여당이 선거에서 이겼다. '유신'헌법조차도 국민의 다수표를 얻었다. 다만, 그런 '선거'도 '선거'라고 할 수 있다면. 온갖 불법 선거운동이 거침없이 활용돼도 법의 운용의 적법성을 판단하는 기관이 그런 불법을 처벌하지 않았고, 난장판 끝에 나온 선거 결과는 끝나면 기정사실이 되었다. 이런 틀 속에서 야당 활동을 한다는 것은 반역자들의 들러리를 서는 죄를 저지르는 것이라면서 총사퇴를 결의하기도 한 국회의 야당의원들은, 그러나 그렇게 하는 것은 그나마 확보한 저항의 교두보를 내던지는 것이라면서 총사퇴 결의를 뒤집는 것이었다. 이렇게 되면서 20세기 3분의 2 시점에서 한국 국민은 이 세기 첫새벽 이래 암흑의 세월에서 벗어나려는 온갖 희망을 철저히 조롱당하면서 어떤 부정이라도 서슴없이 저지르는 자들에게 포로가 된 생활을 해오고 있다. 게다가 이 기간은 일본 자본이 상륙한 시기이기도 해서 산업혁명의 초기 단계에 속하는 노동집약형의 산업이 옮겨오는 과정에서 한국 농촌은 최종적인 해체를 당하면서 운명의 성난 물결처럼 달려드는 생활고에 민중은 휘말려 들어가고, 외국 자본이 들어오는 줄을 잡은 투기꾼들이 군사정권과 손을 잡고 동포의 고혈을 짜내고 있었다. 일본의 공해산업을 옮겨오는 것이 세상에 희한한 위업처럼 선전되었고 이런 시대를 상징하듯 1970년대의 첫무렵에 청계천의 피복공장의 노동자 한 사람이 그들의 끔찍한 처지에 항의하면서 스스로의 몸에 불을 질러 노동운동을 위한 소신공양의 등신불이자 인간 횃불이 되었었다. 부익부 빈익빈이라는 말이 생겨나고 민중이 괴로우면 괴로울수록 군인들과 투기꾼들은 살찌기만 하고 '공화국' 제도의 작은 시늉이라도 요구하는 움직임은 언제나 간첩과 연결되어 탄압되었다. 민중이 일하면 일할수록 그 결과는 군인들의 손에 잡은 칼날을 더 힘세게 벼려주는 격이 되었다.

그런 속에도 인생은 있고 대학도 있고 예술도 있기는 있는 것은 역사의 어느 시기에서나 마찬가지였다. 일본군의 점령시대에도 그러했고, 노예를 가진 그리스에서도 그러했고, 노예철학자도 그래서 있었던 것이다. 그런 경우에 철학자라는 것은 아마 철학녹음기 같은 것, 인간의 육체에 녹음된 '철학'이라는 소프트웨어였고, 인간과 그 소프트웨어가 분리되지 못했기 때문에 '철학'이란 것과 '노예'라는 신분의 결합에 어리둥절하게 되지만, 그것은 철학이라는 것이 자신이 담겨 있는 육체와 유기적으로 연결되는 것이거니 생각하는 선입견일 뿐, 되레 역사의 대부분의 시대에 지식인이 산 모습은 대체로 그러했던 것이어서, 한국에도 철학은 말할 것도 없거니와 온갖 학문의 분야가 있었고, 온갖 예술의 분야가 있기는 있다. 게다가 한국 철학계의 최고 원로라는 사람이 바로 군사집단의 우두머리의 사부師父 직함을 가지고 있었다. 한번 휘말려 들어가면 다시는 떠오르기 힘든 생활의 파도 속에서 숨바꼭질하기에 바쁜 민중은 미친바람이 어디서 오는지 따져볼 겨를도 없고 힘도 없으며, 대부분의 지식인도 먹고 살아야 하는 입장에서는 힘없는 민중의 한 부분일 따름이다. 이 역시 일본군 점령시대에도 마찬가지 사정이었을 테고 작년에 왔던 각설이가 금년에도 그 모양대로 다시 온 것이었다. 동학운동도 있었고 의병운동도 있었고, 3·1운동도 있었고, 상해임시정부도 있었고 일본 통감을 사살하기도 하고, 일본 국왕의 마차에 폭탄을 던지기도 하고, 청산리에서 일본 정규군과 싸우기도 하고, 노동자의 권리에 눈뜬 사람들이 총독의 칼 밑에서 훌륭히 싸우기도 한 — 20세기 첫무렵부터 지금까지 인간의 이름에 부끄럽지 않은 개화開化와 개혁과 혁명과 무장항쟁의 모든 업적에도 불구하고 그것들 모두를 비웃기라도 하듯 역사는 한국 사람들에게 그러한 민족으로서의 인간자격증 점수에 아랑곳없이, 식민지 군대의 하급장교를 대통령으로 점지한 생활을 선고한 것이었다. 역사는 한국 사람들의 귀싸대기를 보기 좋게 갈겨준 것이었다.

　그래도 사람들은 이런 틀 속에서 살고 있었다. 공장에 나가고 씨를 뿌리고 아이들은 공부하고 하다 보면, 그것이 한편으로는 노예주인들의 힘을 길러주고 보습을 만들어놓고 보면, 그것이 자기를 묶는 족쇄가 되고 씨를 뿌려 곡식을 거두면, 그 곡식은 노예주인들의 수발을 드는 군사들의 끼니를 만들어주는 격이 되었고, 아이들을 가르쳐놓으면 억압자들의 장부책을 챙겨주는 일을 더 편리하게 만들어주는 결과가 되어 돌아왔다. 제 일을 하면 할수록 제 육신을 꽁꽁 묶어놓는 것이 문명사회가 타락하면 어김없이 벌어지는 조홧속이었다. 왕들이 다스리는 시대에도 그랬고, 식민지 시대에도 그랬고 해방이 되고서도 그랬다. 그래서 '착한 임금'이라든지, 식민지 시대에 '근대화'가 이루어졌다느니, 군인정부가 '경제건설'을 하고 있다느니 하는 말에는 그만한 진실이 있어서 사람들은 헷갈리게 된다. 아마 인간사회에서의 '억압'이라는 것을 부지불식간에 '흑'과 '백' 사이의 차이처럼 절대적인 구분으로 미리 알고, '있어서는 안 될 일'과 '있어야 할 일' 사이에 있는 구별 같은 것으로 알아서는 안 될 성질이 아닐까. '억압'이란, '백'에 섞인 '흑,' '있어야 할 것' 속에 섞인 '있어서는 안 될 일' 같은 것이어서 떼어놓기 어려운 것이어서 살꺼풀의 안팎처럼 그것만 떼어놓을 수 있는 것이 아니라고 해야 할지. 생활이란 것이 그런 미궁 속 같은 물건이었다. 어느 시대에나 대부분의 사람들에게는 이것을 뜯어볼 만한 힘을 가지자면 생각처럼 그리 쉽지 않고 보면 오늘이 어제 같은 하루하루가 쌓이고 마침내 한평생이 끝나고 또 다음 세대가 시작된다. 마찬가지 생활이 이어진다.

4·19의 하늘을 찌를 것 같던 기운이 하루새벽에 뒤집히고 보니,

그때 정신에서 보면 말도 안 되는 일이 거뜬히 10여 년이나 지속되고, 그런 정부가 지구 위의 다른 정부들과 버젓하게 외교 관계를 유지하는가 하면, 마침내 야당 대통령 후보였던 사람을 눈을 가리고, 입에 반창고를 붙이고, 뒷결박을 지어, 남의 나라의 서울 한복판 호텔에서 자루 속에 넣어가지고 와서 바다에 수장할까 하다가, 무슨 곡절인지 그만두고, 끌고 와서는 한밤중에 그 사람의 집 앞에 세워놓고 사라진다는 이런 일이 버젓이 벌어져도 세상은 그대로 굴러간다. 세상이 대낮같이 밝아지는가 싶더니 다음 순간에 바로 그 사회 속에서 홀연히 나타난 어둠의 세력이 지배하는 세상.

철든 이후 처음 맞는 그 환한 빛 속에서 『밀실』이라는 비교적 투명한 작품을 썼던 나는, 바뀐 세상 속에서 『밀실』에서 거듭 후퇴하면서 투명한 것이 다시 흐려 보이고 곧아 보이는 길에서 휘어나간 길에 빠져들고, 보이는 것이 믿어지지 않고 보이는 것은 믿지 못할 일이고 진실은 어딘가 숨어 있는 것 아닐까 하는 심정이 표현된 것이 이후의 나의 글쓰기의 일반적 경향이었다. 나는 그런 경향이 아무 쓸모없는 것이라고 단순히 말하고 싶지는 않다. 그것은 그것대로 의미가 있고, 그 의미가 지니는 다른 깊이에서 무엇인가를 배우려고 애쓴 것도 사실이었다. 그러나 철모르고 겪은 고향에서의 8·15해방과 W에서의 6·25전쟁 개전을 지나 성인으로 겪은 4·19에서 나는 내가 태어나서 살아온 고장의 사회적 지형을 처음으로 수식 없이 소박한 눈으로 알아보는 행동을 시작했던 것인데 이후로 나는 그렇게는 쓸 수 없었다.

군사반란 다음 해에 쓴, 『밀실』의 다음 작품이 된 「아홉 겹의 꿈」은 『밀실』과는 달리 내란이 벌어진 어느 가공의 도시에서 헤매는 영문 모르는 개인의 희극적인 모습이 사실주의의 규칙을 벗어버리고 혼돈과 당혹감만이 두드러지게 그려져 있다. 그것은 환상도 아니고 비사실주의도 아니었다. 내게는 작품 속에서 강조된 그 풍경의 느낌이야말로, 그 환상성과 부조리야말로, 현실의 가장 사실주의적이고 조리 있는 반영이었다. 이 현실에 대해서 사실주의적으로 그려낸다는 것은 진실로부터의 도피이기 쉽고 밤을 흰 물감으로 묘사하려는 태도처럼 느꼈다. 사실주의를 거부하는 것이 예술가로서는 이 세계에 대한 육체적 저항에 맞먹는 본질적 저항처럼 느꼈다. 세상도 아닌 것을 세상처럼 그려서는 안 되지 않는가. 예술의 마지막 메시지는 그 형식이다. 괴기한 사물을 단아하게 그리는 방법을 나의 감정이 허락지 않았다.

　현실의 어이없음에 맞먹는 표현형식을 실천하고 싶은 깊은 충동에 비하면 내가 막상 써낸 작품은 아직도 너무 습관의 눈치를 보고 있는 느낌이 언제나 들었다. 더 대담해지고 싶은 것, 더 파격이고 싶은 것, 그렇게 해서 현실의 질감에 대해서 더 솔직히 반응하는 것이 정직한 표현태도라는 생각이 날이 갈수록 깊어지면서도, 지난 10여 년에 나는 그 이상을 흡족하게 실천하지는 못했다. 더 대담하고 더 솔직하고, 더 순진해야 마땅했다. 나는 더 괴로워해야 했고 그것이 작품의 형식으로 증명돼야 했다. 그 점에서 나는 철저하지 못했다.

6

넓다.

*

너무 넓다.

*

자동차 여행을 하면, '지평선의 감각'이랄 만한 것을 맛보게 된
다. 인간이 돌멩이를 들고 짐승을 쫓다가, 문득 이 초원의 한복판
에 멈춰 섰던 50만 년 전 어느 여름 한낮이 되살아난다. 아메리카

의 자연은 이런 환기력을 지닌다. 넓이란 어느 한계를 지나면 인류학적 상상력을 자극한다. 이 환기는 이 지구상의 삶이 여러 민족이 저마다 영토라는 땅 위에서 살고 있다는 처지로 볼 때 세이렌 Seiren의 노랫소리처럼 유혹적이다.

*

사람은 때로 넓이 앞에서 잠시 자기 살갗 밑에 키워온 고향을 잊어버린다. 지중해를 헤맨 율리시스처럼.

*

그리고 어느 밝은 콜로라도의 달밤에 고향의 부름 소리를 듣고 소스라쳐 일어난다.

*

200년 전, 이 넓이의 유혹이 유럽을 끌어당겨 뭇 사람으로 하여금 고향을 떠난 나그넷길로 몰아냈다. 보스턴에서 캘리포니아까지, 하와이로, 필리핀으로, 일본으로, 코리아로 — 넓이를 넓히기 위해서 아메리카는 지구 위를 헤매왔다.

*

그리고 때로는 베트남은 루이지애나가 아니라는 것을 배우기도
해야 했다.

*

좁은 넓이의, 그나마 절반만이 움직여볼 수 있는 합법적 넓이였
던 나그네 눈에는 이런 넓이는 모욕적이기까지 하다.

*

아메리칸 인디언이란 부족은 이 넓이 속에서 끝내 이 넓이를 이
기지 못한 사람들이다. 그래서 이 넓이만 한 문명의 화살을 가진
유럽 인디언들에게 지고 말았다.

*

말론 브란도는 TV에 나와서 캘리포니아에 있는 자기 땅을 인디
언들에게 정착지로 내놓겠다고 말한다.

　　　　　　　　　　　　*

　많은 한국 사람이 미국에 살고 있다. 이승만 씨가 옛날에 여기
서 왔다 갔다 하면서 주스도 마시고 하던 땅이다.

　　　　　　　　　　　　*

　한국 사람들은 부지런하다. 왜냐하면 부지런하지 않을 수 없기
때문이다.

　　　　　　　　　　　　*

　여름이면 여자들은 배꼽을 내놓고 길을 다니며, 남자들은 맨발
로 아스팔트를 밟고 다닌다.

　　　　　　　　　　　　*

　어떤 사람들은 끝내 다 벗고 이리저리 달려본다. 답답한 모양
이다.

　　　　　　　　　　　　*

　아메리카의 심성은 대서양적이다. 보도報道의 태반이 그쪽 바닷바

람을 타고 온다. 그들은 자기네가 어디서 왔는가를 잊을 수 없다.

*

한국은 아메리카와 인연이 얽힌 지 30년이 된다. 그러나 아메리카 사회에 대해서 아무런 문화적 이미지를 심어놓지 못했다. 돈이 없기 때문이라고 한다. 돈이 있다면 무엇을 심겠다는 말인지.

*

세계 곳곳에서 사람들이 몰려와서 무엇을 달라, 무엇을 하지 말라고 조르기도 하고 협박도 한다. 옛날 로마 시를 오락가락하는 그리스 사람들, 페니키아 사람들, 이스라엘 사람들, 프랑크 사람들, 이집트 사람들, 누비아 사람들처럼.

*

마흔 살 넘으면 넓이의 유혹도 오래가지 않는다. 고향에 두고 온 부모처자만큼 넓은 넓이는 없기 때문이다. 율리시스는 밤마다 이타카의 꿈을 꾼다. 꿈속에서 페넬로페의 젖가슴은 로키 산맥처럼 다가온다. 나그네에게는.

*

　한국 사람이 미국에 20만, 일본에 60만, 중국에 50만, 소련에 40만이 산다고 한다. 이것은 또 하나의 이스라엘을 만들 만한 인구이다.

*

　한국 사람이 바보가 아니라는 것, 끈질기다는 것, 무엇보다 자기 말을 잃지 않고 살아남은 것은 사실이다. 그러나 지금 지구 위에 살고 있는 모든 부족은 다 이런 주장을 할 수 있는 셈이다. 이것만으로는 안 된다. 남보다 앞지를 수 있는 무엇이 있어야 한다.

*

　산다는 것은 아픈 일이다. 살아보면 아는 일이다. 힘을 모아 서로, 아픔을 되도록 덜면서 살자는 것. 자식들에게 제발 좀더 나은 세상을 물려주는 일을 위해 이 땅의 원주민인 우리는 저 나름의 노력을 할 수 있는 창조적 자유를 가진다.

*

　일, 일하는 것. 남보다 꾀 있게 일하는 것. 모든 사람의 가능성에 길을 열어주는 것. 이것이 참다운 '넓이'다.

*

　인디언이 안고 넘어진 땅을 샅샅이 갈아붙여 지금의 아메리카를 만든 것은 이 '넓이'다.

*

　가능성의 넓이. 그것이 모든 것을 결정한다.

*

　살자고 발버둥치는 것은 우리만이 아니다. 살자고 발버둥치는 가난한 나라가 우리만이 아니다. 이 땅의 원주민인 우리들에게 창조적 기여에의 자유를 존중하는 것은 모든 사람의 의무이다.

*

　아메리카 교포들의 우스갯소리가 있다. 한국 사람은 모든 것을 미국 수준과 겨룬다는 것이다.

*

　나는 씌어진 역사를 믿지 않는다. 어쩌면 우리 조상들이 기억
상실증에 걸려서, 우리 민족이 한 20만 년 전에 세웠던 대제국을
『삼국유사』에 기록하는 것을 잊어버렸을 수도 있다.

*

　환상 없는 삶은 인간의 삶이라 불릴 수 없다. 환상 있는 곳에 길
이 있다.

*

　현실이여 비켜서라. 환상이 지나간다. 너는 현실에 지나지 않
는다.

*

　아메리카에는 많은 율리시스들이 살고 있다. 이타카 섬과 지중
해의 넓이 사이의 균형을 잡지 못하는 때까지는 그의 방황은 끝나
지 않는다.

*

메이플라워 아파트를 나서면
거기가 BUS STOP
쓰레기통 하나
몸통에 써놓은 표어
만나면 버럭
Don't be a litter bug.

—「아이오와 강가에서 · 2」

*

마음이여 정착하지 말라.

*

아메리카는 너무 좁은 땅이다. 아이들은 벌거벗고 길을 달려가고, 행여 아프리카의 수풀 속에 넓이가 있을까 해서, 아프리칸 에어라인 앞에서 황홀하게, 흑인 미녀의 포스터를 들여다본다.

*

200년이나 된 늙은 나라의 아이들은 200년이나 살아온 고향 도시

가 싫어서 뉴욕으로, 시카고로, 로스앤젤레스로 가출한다. 그리고
그 도시들이 얼마나 좁은가를 알게 되면, 그들은 평화봉사단 지원
서를 주는 데가 어딘가를 전화로 여기저기 친구들에게 물어 본다.

*

아메리카 사회는 환상과 보수라는 두 초점을 가진 커다란 타원
이다. 그 어느 극도 다른 극이 없이는 힘을 내지 못한다.

*

앵글로 색슨 문명은 타원적이고, 아시아 문명은(과거에 한해서
는) 원적이다. 원은 안정하고 반복하려는 도형이다. 타원은 모순
하는 궤적의 균형이다.

*

영악하고 꾀 있는 사람들 틈에서 살자면 영악하고 꾀스러워야
한다.

*

덜레스는 목사 같은 사람이었지만, 키신저는 그저 장사꾼이다.

덜레스는 환상과 현실을 자칫 유착시킬 인상을 지니게 할 위험이
있었지만, 후자는 우리에게 우리 자신의 환상의 여지를 남겨놓는
다. 그러는 쪽이 더 낫다.

*

　아메리카는, 객지가 어디나 그런 것처럼 모든 나그네들에게 고
향을 가르쳐준다. 나그네가 객지를 고향 삼을 수도 있다는 '가능
성의 고향'까지를.

*

　모든 나그넷길처럼 아메리카의 길도 마음만 있다면 마음을 살찌
우는 넓은 넓이다.

*

　아메리카론의 대중적 문구 가운데 하나가 '젊은 나라'라는 파악이
다. 이 인식에는 그만한 까닭이 없는 것은 아니다. 이것은 미국이
독립한 다음 처음 무렵에, 영국 사람들 눈에 비친 아메리카상이 이
후로 정착해버린 것이다. 노후한 사회의 정치적 반대자, 이농민들
이 건너가서 세운 나라는 영국 사람들 눈에는 새롭다는 것보다도
뜨내기 살림이라는 울림이 섞여 있었다. 독립의 경위를 생각해보면

이 울림에는 최소한의 적의까지도 섞여 있다고 보아도 좋을 것이다.

또 이런 울림은 구대륙, 즉 유럽에 그냥 남아 있게 된 사람들에게도 영국만은 못해도 통속적으로 받아들일 수 있는 느낌이다. 뜻밖으로 들릴지 모르지만 상징파 작가인 멜빌이 그의 에세이에서 지독한 내셔널리즘의 가락을 높이고 있다. 이것은 아메리카 사회에서 처음부터 퍼져 있는 열등의식의 반증이기도 한 것이다. 이것은 거의 근원적 의식이라 할 만하다. 인간이 조상들의 원주지에서 떠났다는 것만으로 느끼게 되는 두려움이고 그것만으로 단정하려는 타자의 평가가 '젊다' '어리다' '뜨내기다' 하는 표현이 되는 것이다. 요컨대 '점잖지 못하다'는 것이다.

*

이후로 이 자타에 의한 '젊음'의 문제는 아메리카의 모든 행동을 다스려왔었다. 열등의식에서 자부심으로 다시 자기회의로 하는 식으로, 아메리카적 심성의 핵이라 불릴 만큼 그것은 미국인의 현실적, 정신적 동작의 어디서나 추출해낼 수 있다. 그런데 대체 무엇을 가지고 젊다고 하는 것인가? 아메리카 사람들이 생물학적인 신종新種이란 말은 아니다. 사회체제가 신종이라는 말에는 틀림없다.

*

처음으로 세습 신분을 폐지한 나라다. 독립 무렵에는 유럽과 그 밖의 지구 위의 모든 나라에 견주어 젊은 나라였음이 틀림없다. 그런데 모든 나라가 이후로 이 본을 따르고 보니, 공화제라는 기준으로 볼 때 미국은 가장 늙은 나라인 셈이다. 그리고 인간은 생물처럼 유전의 반복이 아니라 사회형식의 진화라는 것을 생활의 기반으로 삼고 있음에 비추어보면, 사회체제의 나이테야말로 그 사회의 나이를 재는 마지막 가늠대라 해야 한다.

*

지금 벌어지고 있는 대통령 예선에서도 거의 모든 후보들이 지방정부의 권한을 넓히고, 중앙정부를 줄이라고 내세운다. 그동안 미국뿐 아니라 지구 규모의 바람이 되어오고 있는 행정권의 비대화에 대해서 적어도 말로는 거의 고전적인 불신을 보이는 것, 이것이 미국의 직업 정치가들에게는 아직도 제일 들어맞는 득표 전술의 한 가지다. 외교상의 고립주의라는 것은 국내 정치에서는 이 지방권력의 강화라는 말이 된다.

*

지방자치는 미국 정치의 세포인 셈이다. 돈 나고 사람 났냐가 아니고, 나라 나고 동네 났냐. 커뮤니티community란 말이 살아 있다. 그토록 정치 감각이 고전적이다. 이런 감각은 아마도 세계 어디나 미국만 한 곳이 없을 것이다. 정치적 감성이 풍속적으로

뿌리가 깊다는 말만은 아니다. '공화제'적 공동의식이 그렇다는
말이다.

*

　200년 동안의 정치적 무사고 운전이라는 기록을 가졌다는 뜻에
서 아메리카는 이 지구상에서 가장 늙은 나라다. 200년 전 그때부
터 지금까지 줄곧 제1공화국이다. 뉴욕 시가 파산해서 연방정부에
원조를 요청했을 때 여론은 몹시 쌀쌀했다.

*

　『워싱턴 포스트』는 해설 기사에서 미국 사람들은 뉴욕을 진짜
미국으로 생각 않는다고 분석했다.

*

　뉴욕은 다른 고장 사람들에게는 흑인과 유대인과 푸에르토리코
사람을 비롯한 군소 소수 민족 집단의 도시로 보인다는 것이었다.
출장 간 남편들에게 못된 짓을 가르쳐주고, 공부하러 간 자녀들을
도무지 알 수 없는 망나니로 만들어주는 못된 도시, 소돔 시쯤으
로 다른 지방 사람들은 보고 있다는 말이었다. 그래서 싸다는 것
이고 도움은 무슨 도움이냐고 찌푸린다. 뉴욕의 긍정적 가치와는

떼어놓고 말한다면, 이 찌푸린 여론이 보수적 아메리카의 늙은 얼굴인 것만은 틀림없다.

*

　뉴욕을 진짜 미국으로 생각 않는 방대한 부분, 그것이 미국의 늙은 부분이며 미국의 어쩌면 보아넘기기 쉬운 주요 부분이다.

*

　미국에서 제일 잘난 것이 무엇일까. 내 눈에는 미국의 자연이 제일 잘나 보였다. 열대에서 한대까지 기후대가 고루 갖춰져 있다. 나라가 크다는 것은 무엇보다 땅덩어리가 크다는 말에 다름없다.

*

　이 넓은 땅의 품 안에는 갖가지 자원이 묻혀 있다. 석유라는 물질이 그토록 흠씬 묻혀 기다리고 있지 않았던들 미국의 역사는 다른 것이 되었음에 틀림없다.

*

　잘된 사람들의 지난날은 잘난 일만으로 가득 차 보인다. 그야 사람이 먼저 잘나야 할 것이다. 그러나 역사의 어떤 시기에 때맞춰 인간을 돕는 조건이 나타난다면, 그 잘남은 실치實值보다 몇 배나 돋보인다. 뒤진 사람들이 알아둘 일은 인간과 자연의 합작인 역사에서 양자의 비율을 옳게 가리는 일이다. 패배의식도 타자경시도 피하기 위해서. 왜냐하면 그런 함정에 빠진 민족은 모두 실패했기 때문에.

*

지평선이라는 것은 귀중하다. 그것은 인간의 시야를 닫으면서 열어놓는 풍경이다. 거기까지가 보이는 데이자, 그 건너편의 초입이다. 동물들이 흔히 벌판에 우뚝 서서 지평선을 바라보는 모습을 사진에서 많이 본다. 그들이 지평선을 그 너머에 있는 넓이의 시작으로 느끼는지 어떤지 알 수는 없다. 아마 그렇지 않을 것이다. 인간만이 감각의 한계를 실재의 상징으로 받아들인 동물이다.

*

동물은 지평선 앞에서 멈춰 선다. 인간은 그쪽으로 끌려간다. 동물과 인간은 다른 자장 속에 있다.

*

서부영화에서 우리가 보는 것은 무엇인가. 잘난 남자와 고운 여

자일까? 쏘아붙이는 권총놀이일까? 아마도 아니다. 서부극의 끝
판을 생각해보자. 주인공들은 늘 지평선으로 사라져간다. 황혼의
지평선에 떠오른 말 탄 사람의 실루엣, 그것이 서부극의 기본선형
基本線形이다.

*

　　자동차의 초기 모습은 역마차의 바구니 그대로다.

*

　　주택들은 자연을 조금 헐고 들어앉았다는 식으로 지어져 있다.
건축업자가 편하자고 그랬는지는 몰라도 대지垈地의 원형을 따라
설계된 집이 아주 많다. 반듯하게 밀어붙이고, 집을 짓고 다음에
나무 몇 그루를 옮겨다 심는 게 집 짓는 법인가 알아온 눈에는 이
런 것도 눈물 나도록 부럽다. 옛날에는 우리네도 아마 그렇게 했
을 것이다. 미국에는 아직도 대부분의 자연이 옛날 그대로 잠자고
있다. 공해라지만 내 눈에는 완전한 엄살이다.

*

　　한국의 하늘이 유별나게 푸르다느니 하는 말로 입국 인사를 대
신한 많은 푸른 눈의 방문자들의 조그만 거짓말에 대하여 나는 조

그만 화를 내기로 한다.

*

갠 날씨에는 지구상의 어느 지점에서나 하늘은 푸르다. 미국은 지구상에 있다. 그러므로 갠 날 아메리카의 하늘은 푸르다.

*

침엽수가 많은 우리나라의 임상林相은 성기고 표표하다는 느낌을 준다. 미국 수풀은 활엽수가 많아서 밀생密生과 풍만의 느낌을 준다. 잡초도 우리 것보다는 가늘고 부드러운 느낌이다. 우리들의 머리카락의 다름처럼.

*

그러나 마지막으로 실토하기로 하자. 생김새가 우리와 다른 사람들이 이토록 많이 이토록 넓은 터를 차지하고 살고 있다. 이것이 아메리카에서 내가 만난 가장 큰 놀라움이다.

*

인간의 집단 사이에서 이식이 불가능한 것은 문화라고 불리는

인간의 2차 속성들이 아니다. DNA의 어느 기호의 지시로 말미암
아 달라진 살갗 한 꺼풀, 몸의 몇몇 곳의 지극히 약간의 뼈의 높낮
이와 각도이다. 이 자연이 아직도 로키 산맥보다 험하고 미시시피
강보다 지루한 인간 사이의 장벽이다. 아메리카여, 이 자연도 빨
리 정복해보시도록.

*

베트남에서의 싸움에서 빠져나옴으로써 미국은 2차대전이 끝난
다음의 가장 큰 군사행동의 막을 내리게 했다.

베트남 전쟁의 의미는 여러 모로 다루어질 수 있지만, 줄여서
말한다면 국지전의 해결을 위해 미군이 직접 행동하지는 않는다는
원칙의 실천이라고 보아도 좋을 것이다.

*

베트남처럼 중요한 곳이라도 이 원칙을 관철했다는 것은 이후의
미국의 국제 행동에 대해 짐작을 할 수 있게 한다.

미국은 왜 이런 원칙을 세우기에 이르렀을까? 아마도 가장 상식
적인 설명이 가장 진실에 가깝지 않을까 한다.

*

　2차대전의 최대 전승국이면서, 미국은 베트남에 개입하고 있는 한, 자국민에 대해서 '평화'를 향유시키지 못하고 있는 유일한 강대국이라는 상태에 묶여 있지 않으면 안 된다. 미국이 누리고 있는 많은 복지 면에서의 이론 없는 우위에도 불구하고 미국민, 특히 징병 당사자인 젊은 사람들에게는 인간복지의 최대의 것, 즉 '생명'에 대한 보장이 없는 시대를 살게 하는 것이 된다. 이렇게 큰 모순이 없다. 미국민은 지구상에서 물질적으로 가장 행복하면서, 생명의 주체로서 가장 불행한 국민이어야 했던 것이다. 모든 면에서 소련과 겨루는 처지에서는 이것은 심각한 문제였을 것이다.

*

　베트남에 미군이 있는 한, 불화에도 불구하고 소련과 중공은 그 부분에서 굳게 뭉쳐 있고 보면 미국의 곤경은 짐작할 만하다. 사이공이 떨어지기 며칠 전에 어느 신문은 베트남 문제의 해결을 위한 사안私案을 실은 적이 있다. 몇 가지 안 가운데 하나가 특히 중요했다. 즉, 남북 베트남 정부에 대해 원조를 주고 있는 강대국 사이에 원조량에 대한 균형을 이룩하도록 협상하고 미군이 빠져나오라는 것이다. 그런데 이 안의 실현성은 사실 강대국 사이의 협상의 타결 여부에 있는 것은 아니었다. 설령 그러한 타협이 이루어진다손 치더라도, 남북 베트남은 장기말이 아니다. 그 자체의 의

지와 가변성을 가진 독립변수이기도 한 것이다.

이 조건에서 볼 때 남베트남은 이미 모든 정치적 가용자원을 탕진한 정치적 파산자였다.

*

사이공 함락 며칠을 앞두고 미국의 큰 신문이 정말 그런 방책으로 사태의 해결이 가능하다고 믿었는지 어떤지 아주 미심쩍지만 곧이곧대로 읽어서 정말이라고 생각한다면 깊이 새겨 읽어야 할 일이었다. 미국 사람들에게는, 말하자면 '강대국식 사고'라고 할 만한 경향이 있다. 이것은 무슨 사상史上에 미국만 유독 나타내는 경향은 아니고, 역사의 어떤 시기에 광역적인 안전 감시의 역을 맡게 된 국가들이 모두 보이는 성향이라 함이 옳다.

그것은 자국 외의 나라들을 어떤 특정의 관점에서 단순화시켜서 파악하고 작용한다는 경향이다. 가령 군사적, 경제적, 종교적— 같은 측면이다. 말할 것도 없이 어떤 집단이든 이런 측면을 가졌고 당면한 문제의 질에 따라서 그중 어느 한 가지 측면에서 접근할 수 있는 일이지만 여기는 한계가 있고 그 한계를 지나면 어떤 측면이든 다른 측면과 뗄 수 없는 한덩어리가 되어 있으며, 부분의 해결을 위해서는 전체에 대한 고려가 불가피한 국면이 현실의 법칙 자신에 의해서 나타나게 된다. 그때 가서 이것저것 손을 쓰려고 할 때는 대개 늦다.

*

베트남은 여러 당사자當事者들에게 여러 가지를 나타내 보인 현실이었다. 현실의 행동이 가능한 선택지選擇肢 가운데 늘 최선의 것이기는 오히려 힘들다.

대개 차선이다. 그러나 차선을 이루기 위해서는 최선의 방향이 늘 주요 궤도로 마련돼 있지 않으면 안 된다. 우주선을 항진시킬 때 최량 궤도가 기준이 된다. 현실화된 궤도는 이 기준에 대한 오차의 궤적이라는 수학적 의미를 지닌다.

만일 이 기준이 없으면 경험의 축적이 불가능해진다. 사례마다가 독립한 불가피의 유일 사건이라는 것이 되고 말기 때문이다. 당해 사건에 머무를 때는 그것으로 그만이지만 반복과 연속의 패턴인 집단의 역사 행위에서는 이런 하루살이는 틀림없이 멸망에의 길이다.

*

현실적인 것은 말할 것도 없이 그만하게 합리적이다. 그러나 남보다 앞서려면 더 합리적인 것을 현실화시키지 않으면 안 된다.

*

미국에 살고 있는 한국 사람의 입장에서 미국을 양간도洋間島,

즉 서양에 자리 잡은 간도間島라고 말해볼 수 있다.

*

북간도北間島와 비교해서 보면 그 이동異同이 재미있다. 북간도는 '이민족의 강점' 때문에 어려워진 국내에서의 생활 조건 때문에 이주한 외국령이다. 양간도로서의 미국에의 이주에서 그에 상응하는 조건은 분단이라는 상황이다. 그로 말미암아 통일되어 있다면 본국에서 원주민으로서 가용한 생활자원 — 자연적 및 사회적인 — 이 충분히 가동되어 있지 못하기 때문에, 외국령에 가서 생활하는 사람들 — 이것이 재미교포의 민족 분포적 의미이다.

*

북간도는 본국에 지리적으로 이어져 있고 양간도는 대양을 사이에 두었으니 퍽 다른 것 같지만 그렇지만은 않다. 교통수단의 발전, 정치적 개방도, 안보면 같은 것을 기준으로 보면 현재 본국에 가장 가까운 최대 영향력을 가진 최대 인구의 재외 한인 거류지가 즉 양간도다.

*

북간도도 마찬가지였지만 양간도 쪽의 이주는 '분단'에 의한 생활자원의 부족이라는 관점 말고도 적극적인 측면을 가지고 있다. 즉 한국인의 생활공간의 확대라는 측면이다.

*

　조선조 체제는 반도라는 독 안에서 썩다가 무너져버렸다. 열린 지평선 없는 정치공동체의 패전이다. 만일 분단과 동시에 양측 주민이 본국에 갇혀버린다면 그해는 가공할 것이 될 것이다. 아메리칸 인디언들은 원주지에서 패전했지만, 이스라엘 사람들은 풍비박산으로 분산되었다가 권토중래가 가능했다.

*

　재외한인은 통일한국 — 그것이 100년 후이든, 2,000년 후이든 — 의 중요한 자산이다.

*

　이러한 자산이 양간도에도 왜간도倭間島에도 화간도華間島에도 아간도俄間島에도 있다. 이 중 나중 두 간도는 본국과의 교류가 비교적 어렵고 민족 자산으로서의 기여도도 지금 같아서는 앞의 두 간도보다 못할 것이다. 양간도와 왜간도를 비교하면, 왜간도는 지금의 한일 관계의 밀착 때문에 상대적으로 본국에 대한 창조적 기여도는 오히려 낮다고 할 것이다. 준내국화하고 있기 때문이다.

*

이런 의미에서도 양간도는 북간도에 대한 정당한 역사적 등가물이다.

양간도 이주민의 사회계층적인 성격도 근년 이래의 대량 이주의 결과 비교적 균형을 이룬 셈이다. 즉 웬만한 재력층, 학력층에서부터 육체 노동자까지다. 이만하면 '사회'라 부를 만하다.

*

자원은 땅 속에만 있지 않다. 또 해외 거주자를 '인력'으로만 파악해서도 안 된다. 어떤 조사 방법으로도 그 성격을 완전 파악하는 일은 불가능하다. 마치 그들의 원주지原住地와 원주민의 '성격'을 완전 파악함이 불가능한 것처럼. 왜냐하면 그런 '성격'이라는 실체는 없기 때문이다. 무한히 바뀌고 창조하는 인간 집단이 있을 뿐이다.

*

단기적으로 이 집단을 파악하고 영향을 미치려고 하는 것은 원주지의 권력이나 사회 집단으로서는 사실상 불가피하고 또 필요하다.

그러나 양간도가 그 이상의 지평선을 가진 인간 집단임을 인식하고 협력하고 도와주는 것은 서로 행복한 일이다. 즉 동맹자로서.

*

양간도에서의 우리 사람들이 받고 있는 평가는 나쁘지 않고 현지 주민들의 태도도 그리 나쁘지 않다.

*

역사에 대해 징징 울어봤자 쓸데없다. 역사가 아픈 술수로 우리를 때릴 때, 맞은 바에는 아픔을 잊지 말자. 다음에는 맞지 말기 위해서. 잘하면 다음에는 때리는 쪽이 되기 위해서. 우리는 착한 내림이라니까 설마 남을 때리지는 않겠지만. 이히히.

*

한미수호조약 때에 비롯한 미국과의 관계는 일본 점령시대의 미국의 모습, 즉 우리들의 '적의 우호국'이면서, 우리의 독립운동에 대한 민간 수준에서의 '동정자'란 분열된 모습이었다가 '해방자'로서의 절대적 모습을 거쳐 오늘의 관계 — '동맹자'로서의 그것으로까지 옮겨왔다.

*

　나라와 나라가 어떤 관계에 있는가는 여러 수준에서 말해질 수가 있다. 한미 관계에서도 마찬가지다. 우리 경우에 그러나 가장 중요한 것은 이념을 같이한다는 것, 이해 관계가 밀접하다는 것, 당사자 사이의 힘이 같지 않다는 것이다. 즉 대국과 소국 사이의 이념적 동맹 관계다. 냉전시대에는 이 '동맹'이라는 모습만이 눈에 띄고, '이념' '대소大小'라는 모습이 가려질 수 있었다. 그러나 전화가 멎은 이후의 기간에 차츰 '이념' '대소' 측면이 드러나게 된 것이 사실이다.

　이것은 누구 말마따나 오고야 말 것이 오고 만 데 지나지 않는다. '소'의 자리에 있는 우리로서, 이 관계에서 가장 큰 이익을 끌어내도록 하는 일이 바람직한 일일 것이다. 어떤 것이 가장 큰 이익인가를 가름하는 것은 국민이다. 국민이라고 해서는 너무 막연한 말이기는 하다. 아마 그 이익에 대한 견해를 달리하는 몇 개의 집단이라고 하면 좀더 구체적일 수 있다. 미국 사회는 그들의 좋은 조건에 힘입어서지만, 상황에 대처하기 위한 다원적인 사회적 장치를 발전시켜왔다. 말하자면 충격 흡수 장치가 여러 겹으로 되어 있는 자동차와 같다. 전술적으로 보유한 병력을 모두 전방 배치하는 것은 좋지 않을 것이다.

*

　미국이나 유럽 사회는 이처럼 충격의 흡수와 확산이 부드럽게,

생체에까지 이르는 사이에 약화되도록, 최소한 어느 국부적으로만 강력하게 작용하지 않는 제도를 유지하고 있다.

*

그리고 우리도 그들과 이념을 같이한다는 명분 아래 동맹 혹은 우호 관계를 맺고 있다. 이런 제도의 장점으로서는 사회가 어떤 측면에서 충격을 받았을 때 그것이 곧 그 사회의 치명상이 되지 않는다는 데 있다. 가령 군사적으로 패배했다고 해서 그것이 곧 그 사회의 종말을 뜻하지 않을 수 있게 된다. 2차대전의 처음에서 프랑스는 한달음에 적의 점령하에 들어갔지만, 결국 이긴 것은 프랑스였다. 남을 끌어들여서 적과 싸우게 하는 것도 '힘'인 것이다. 이 힘을 '문화'라든지 하는 말로 표현하는 것은 틀린 것은 아니겠으나, 너무 좁은 느낌이 든다. 프랑스 사회의 제도적 우수성이라 부르는 것이 좋을 것이다.

*

외국 사람들이 자기네 피를 흘리면서까지도 적에게 넘겨줘서는 안 되겠다고 판단할 만한 어떤 힘을 프랑스는 가지고 있었다고 보아야 할 것이다. 이 힘이, 말하자면 다원적 적응력 — 그 사회 성원들이 다양하게 발전시키고, 그 기술을 축적하고 있고, 일이 일어났을 때 창조적으로 대처할 수 있는 사회적 힘이, 프랑스를 군사적 전면 패배에서 전면적 승리로 돌아오게 한 보장이 된 셈이다. 한미 관계에서 가장 큰 이익을 끌어내기 위해서는 프랑스와 같은 형의 사회인 미국 자체가 가지고 있는 이 힘의 회로 조직에 대응하는 회로를 우리 쪽에서도 늘 가지고 있어야 한다. 그것을 우리는 이념적으로 민주주의와 자유라고 불러왔다.

*

민주주의나 자유가 그 말의 정의 그대로 실현된 지역은 지구 위에 없는 것은 사실이다. 그러나 그 실현의 정도에 있어서 나라마다 다른 것 또한 사실이다. 우리나라와 미국은 태평양을 사이에 두고 있는 나라다. 멀다. 그러나 미국의 일부인 그들의 무력이 우리 국토 안에 있다. 가깝다. 그러나 이것이 정말 멀고 가까움의 표준이나 보장이 될 수 있을까. 태평양 항공로는 돈과 뜻만 있으면 멀지 않다. 우리 국토 안에 있는 미국의 무력은 그 뜻이 달라지면 우리들에게 선전포고를 할지도 모른다. 즉, 적 관계가 될 수도 있다. 멀고 가까움은 지리적 조건도, 현재의 군사적 관계도 아니다. 서로가 서로 속에 우리가 우리들의 관계의 전제로 삼고 있는 이념에 대해서 얼마나 견해의 일치를 가졌는가에 달려 있다.

*

뜻만 맞으면 천 리도 지척이며, 뜻이 안 맞으면 지척도 천 리다.

7

봄이 가고 초여름이 지나고 휴가철이 시작된 어느 날 동생네 식구들도 오션 시티를 향하여 떠났다. 두 대의 차에 실린 가족 중에 아버님과 나도 있었다. 나는 작은계수가 운전하는 차에 아버님과 함께 타고 있었다.

지난봄의 소풍 이후 가족 사이의 분위기에는 또 한 번 변화가 있었다. 소풍에 다녀온 후 우리는 그 문제에 대해 처음 이야기를 나누었다. 이번에도 두 사람의 대화는 탐색적이었고 조심스럽기는 마찬가지였으나, 아버님 쪽이 훨씬 어려운 입장이 되고 있었다. 아버님은 내 입장을 잘 안다는 것을 나타내서야 했고 나를 위해 어려운 말을 꺼냈다는 점을 나에게 거듭 양해를 구하는 식이었다. 글 쓰는 사람이 제 나라에 있어야 한다는 것쯤은 알기 때문에 이민

올 때에 강권하지 않았었다는 이야기를 자세히 하시면서 아버님의 주장의 핵심은 두 가지였다.

한국의 정세는 아직도 안정되었다고 할 수 없다, 전쟁은 아직도 그때처럼 가능성이 있다는 것이 첫째였다. 남다른 사정을 생각하고 너를 두고 온 다음에는 그 결정이 불안하였고 큰 잘못을 저지른 것이 아닌가 괴로우셨다는 것이었다. 돌아가신 어머니가 특히 그랬다고 한다. 그래서 아버님도 차츰 잘못 짚은 것이 아닌가 생각하게 되셨다고 한다. 그야 전쟁이 또 있을지 아닐지는 아무도 모를 일이겠지만, 그런 미덥지 못한 땅에 꼭 살아야 할 것은 없지 않은가. 우리 가족이 이곳에 올 때는 전쟁의 불안 때문에 온 것이 아니라 여기가 생활을 일구기가 쉬울 것이라 여긴 걸음이었지만, 와놓고 보니, 너를 불안한 땅에 남겨둔 일이 할 일이 아니었다는 생각에서 벗어나실 수 없으셨다고 한다. 그러다가 네가 이렇게 오고 보니 아마 이게 하늘이 당신에게 다시 한 번 짚어볼 기회를 준 것이 아닌가 생각하셨다고 했다. 이런 일을 어떻게 편지로 다하며 그 상의를 위해 일부러 만나기도 쉬운 일이 아니지 않은가.

아버님 말씀의 두번째 핵심은, 여기서 살면서 무엇이든 쓰면 되지 않겠는가, 하는 것이었다. 처음에는 어렵겠지만, 차츰 자리를 잡으면 사업을 해서 큰돈을 벌겠다는 설계가 아니라면 공부도 하고 글도 쓴다는 생활이 여기선들 다르겠는가, 하는 것이었다. 게다가 이럴 경우에 내가 생활을 위해서 고급 직업에 종사하지 못하리라는 것도 알고 계셨다. 그리고 그 점이 가장 거북하신 모양이었다. 어쨌든 글 쓰는 일과는 상관없는 일을 먹고살기 위해서 해야 한다는 조건은 아버지가 아들에게 권할 조건으로서는 괴로운 일이었다. 그런들 안전이란 것보다 더 중한 것이 이 세상에 있겠느냐고 하셨다. 우리가 살아온 세월이 그렇지 않았는가. 나는 H읍에서 W시에 나온 것이거나, W시에서 남한으로 온 것이거나, 그리고 한국에서 이곳으로 옮긴 것을 결국 잘했다고 생각한다. 내 처지로는 최선의 선택이었다고 생각한다고 말씀하셨다. 남보다 잘했다는 것이 아니라 우리 같은 처지 — 북에서 남으로 왔다는 사정에서 보면 그렇다는 말씀이었다. 만일 다시 전쟁이 난다면, 그리고 6·25 때처럼 밀고 밀리는 장면이 벌어질 때 남쪽으로 온 사람들을 북쪽 군대가 가만두겠느냐. 우리 처지가 특별한 것이니 우리가 알아서 자기를 지켜야 할 것이 아니냐.

참으로 엄청난 화두였다. 이 세상에 산 사람들 중에 이런 화두에 부딪힌 사람이 반드시 적다고는 할 수 없으리라. 아버님 말씀대로라면 여기 온 사람들의 많은 부분이 비슷한 동기에서 이민했으리라는 것이었다. 우리나라 사람 말고도 이 땅에 온 많은 사람들이 조금씩만 고친다면 아마 비슷한 공식에 따라 이곳에 왔을 것이었다. 이 나라의 건국 자체가 그런 사람들의 집단적 이주에 의해서 이루어지지 않았는가. 본국의 이러저러한 불안정, 그 속에서의 정치적 자리와 믿음, 경제적 입장 — 이런 것들이 모두 자신들에게 불리한 사람들이 숱한 '메이플라워'들을 타고 여기 온 것이었다. 이른바 본국의 '불안정'에 대한 판단에 만전을 기한 이민이 단한 사람이라도 있었을까. 역사에 대한 예측이기 때문에 이 문제에는 '결정론'의 입장은 성립하지 않는다. 그들이 움직였기 때문에 본국의 '불안정'은 가속되었을지도 모르는 것이다. 그들이 '불안정'이라고 인식한 사태가 있었던 것은 사실이지만 그 '불안정'을 본국에서 이겨낼 가능성이 '절대로' 없었다는 결정론은 사태의 성격으로 보아 내려질 수 없는 일이다. 역사의 모든 대목에 이 문제는 있었고 이 화두 앞에서 회의와 방황은 있었음이 분명하다. 당연하게도 그들에게는 의지할 어떤 기준도 정보도 미리 마련돼 있지 않았다. 문제의 성격은 아주 간단하지만 이 결정은 돌이킬 수 없는 전부 아니면 무, 가만있기보다 못한 모험이 될 위험을 무릅써야 할 결정이었다. 아마 일본 점령시대에 중국이나 소련령으로 옮겨간 사람들에게도 이 사정은 마찬가지였을 것이다. 대부분의 동족이 국내에 머물렀는데 어느 누구라고 그렇게 하는 것이 꼭 불가능했다고 잘라 말할 수는 없다. 어쩔 수 없었길래 떠났던 것은 사실이지만, 어쩔 수 없기는 마찬가지면서도 태어난 곳에 남은 사람들이 민족의 본체였던 것도 사실이다. 새 모양으로 정착이면 정착, 이주면 이주를 한결같이 하지 못하는 인간 집단에는 언제나 있어왔던 문제이자, 당사자에게는 한 치 앞이 보이지 않는 이 문제를 아버님이 화두로 내놓으셨고 그러자 우리 두 사람은 이 화두의 그물에 걸려 버둥거리면 거릴수록 꽁꽁 얽혀들었다.

여기 교포들처럼 동생네도 본국 신문을 받아보고 있었는데 신문은 네댓새 늦어 우편으로 배달되고 있었다. 본국 신문이 전하는 소식은 험악하고 사위스러웠다. 이미 최소한의 국민적 합의의 형식도 팽개친 폭력 집단이 계엄령 포고를 겹쳐가면서 국가를 볼모로 잡고 국민을 억누르고 있었다.

그 속에서 살던 때는 더럽혀진 공기를 마시면서 태연히 살던 생활이었다. 아니, 그렇게 말하면 표현이 너무 약하다. 노예선 밑창에서 노를 젓는 노예들. 거기서 태어나서 거기서 나이 먹은 노예들. 갑판에조차 올라가보지 못한 노예들은 그 고통이 즉 인생이라고 몸이 체념하고 살아간다. 그런데 어쩌다 이 사슬에서 풀려 자기 있던 자리를 바라보게 된 노예가 나였다. 이렇게 말하는 것도 과장이기는 하다. 나는 그 배 밑창에서 책도 읽었고 글도 썼고, 갑판이 있다는 것도 알고 있었고, 이런 노예선 말고 사람들이 교대로 어려운 일을 맡고 게다가 노가 아닌 증기로 가는 배가 있음도 알고 있었기 때문이다. 그러나 그것은 '알고' 있었을 뿐 그렇게 '있는' 상태는 아니었다. 그것은 노예철학자의 '앎'이었다. 지금 나는 어쨌든 그렇게 '있'었다. 그렇게 있는 것이 내 힘에 의해서는 아니지만 그렇게 있었다. 이방에서 온 손님이기에 나에게 로마 시민권은 없었으나 이곳 로마에는 여행자에게도 신변의 안전은 있었다. 도망해온 변방 나라의 노예철학자, 그가 나였다. 그 노예가 귀향을 단념하고 로마의 영주권을 얻는 일이 지금 현실적으로 나의 문제가 되고 있는 것이었다.

거기서 영원히 해방될 가능성이 있다는 입장에서 바라보는 눈에 비치는 본국의 모습은 그 속에서 보고 느낄 때와는 다른 조명과 윤곽을 나타낸다. 사실이 사실대로 보였다. 끔찍한 일이 더욱 끔찍하게 보였다.

이 세기 초에 나라를 잃은 이후 만일 역사에 대한 채점관이 있다면 마땅히 합격점을 받을 만한 저항과 인간적 용기의 실적을 쌓았으면서도 역사는 우리 국민에게 위신도 허용하지 않았고 가장 너절한 대우를 안겨주고 있었다. 역사는 우리의 귀싸대기를 보기 좋게 갈겨대고 있는 듯이 보였다. 그러나, 그것이 다가 아니었다. 한국 사람들은 이처럼 비이성적인 심판자인 역사의 귀싸대기를 되받아 갈겨주고 있는 것도 사실이었다. 계엄령 아래에서 끊임없는 저항이 실천되고 있었다. 특히 학생들과 지식인들의 저항이 신문의 억제된 보도에도 불구하고 분명히 보도되고 있었다. 그들은 자기를 해방시키지는 못하고 있기에 여전히 노예였으나, 싸우는 노예들이었다. 그들은 내가 거기에 속한 계층이었다. 나의 동료인 지식인 노예들이 자기해방을 위해 싸우고 있는 그곳에 나는 즉시 달려가서 그 속에 합류하는 것이 가장 훌륭한 처신일 터였다.

일찍이 이 나이까지 실천하지 못한 일이었고, 아이오와 모임이 끝나고는 으레 돌아갈 작정이었던 때에도 그 행동은 그저 '돌아간다'는 일이었을 뿐 본국의 그 피 묻은 칼을 들고 있는 자들과 싸우러 간다는 의미는 없었다. 나는 돌아갈 것이고, 돌아가서는 그것밖에 배운 것이 없고 보면 여전히 글을 쓸 것이고 그 글은, 자기 현실에 대해서 결코 무관심하거나 긍정하고 있는 것은 아니라는 알리바이를 문학이라는 포장 아래 고백하는 것이 될 것이었다. 그것은 여태껏 해온 일이었고, 그 한계 안에 있는 이상 피 묻은 칼은 직접 살에 닿지 않았고 살기 띤 눈초리도 와 닿지 않았다. 더 급한 쪽에 그들의 칼과 눈초리는 바빴고 어쨌거나 억압이라는 것은 공포를 무기 삼아 주민을 살려놓고 부리는 일이지 전멸시키는 일은 아니었다. 귀국해서의 나의 삶은 우선은 그런 속에서 보내는 여전한 무력한 삶일 수밖에 없었다. 역사상의 이런 시대에 언제나 갈라지기 마련인 영웅적인 삶과 비영웅적인 삶 중에 나중 것이 나의 삶이었고 미래에도 나는 자기 삶을 그렇게 그려왔다. 우리들에게 전해진 지난날 — '문명' 속에는 이 비영웅적인 삶 가운데 다소간의 긍정적 부분도 포함돼 있다고(영웅적인 삶이 그 뼈대요, 핵임은 새삼 말할 것도 없다) 나는 생각해왔다. 그 부차적이고, 소극적인 삶 속의 희미한 긍정의 부분의 어느 한구석에 자기 자리를 나는 그려왔다. 나는 나를 그렇게밖에는 달리 평가하지 않아왔다.

밀림에는 사자도 살고 토끼도 산다. 그 밑 얼마든지 등급은 내려간다. 가치의 생태계에도 먹이사슬 같은 것이 있어서 작은 것은 큰 것에 차례로 자기를 복종시킨다고 생각해왔다. 그와 같은 순환 계통이 '문명'에도 존재한다. 지식인에게는 자신이 다루는 작업의 성격상 자신의 인간적 비중보다 큰 비중을 관념으로 취급하게 되기 때문에, 현실의 자기 등급과 자기가 다루는 장부책의 숫자를 혼동할 위험이 언제나 없어지지 않는다.

나는 그런 일에 대해서 일단은 자신과의 사이에 '해결'을 보았거니 여기면서 살아왔다. 내가 1973년의 시점에서 아이오와의 생활을 마치고 별다른 생각 없이 귀국했다면 나는 여전히 이 '해결'에 그런대로 의지해서 살 생각이었을 것이다. 그런데 지금 귀국하지 않을 가능성이라는 가정을 고려하게 되자, 내 마음에서 이 '해결'은 마치 그런 것이 없었던 것처럼 멀리 밀려나고, 내가 갑자기 그런 사람으로 돌변할 수 있을까 하는 요점은 정작 깊이 생각 않으면서, 귀국한다는 것은 본국에서 피잔치를 벌이고 있는 자들과 '싸우러' 가는 것이라는 극단적인 행동을 논리적 결론으로 자신에게 내놓고 있는 것이었다. 본국 신문이 전하는 국내 사정은 날이 갈수록 더욱 끔찍한 것으로 보였고 그곳으로 돌아간다는 일이 차츰 무서워졌다. 그것이 아마 나 자신의 싸울 힘에 대한 나의 정서적 판단이었다.

아버님과 나는 함께 앉아 신문을 돌려보면서 서로 낯빛을 살폈다. 귀국하지 않고 이곳에 남는다면 내가 살아온 글쓰기라는 삶은 어찌 된다고 봐야 할까. 등단 이후 10년 남짓한 그동안에 쓸 만한 것은 모두 써본 상태에 있었다. 글쓰기라는 것을 자기를 알아내는 일이라고 정의하든, 세계를 파악하는 일이라고 정의하든, 아니면 나나 세계를 뛰어넘어 어떤 신명에 취해보는 기술을 부리는 생업이라고 정의하든, 내 힘껏 부딪쳐본 그 일이 모름지기 그럴 것인 그만한 것보다 더도 덜도 아니라는 것이 알아지고, 처음 이 일에 들어섰을 때에 비기면 내 마음은 어딘지 허한 벌판에 선 듯 그런 느낌이었다. 어릴 적 글을 깨쳐 대하던 때 같은 글과 자신과의 하나됨은 지켜지기가 점점 힘겨운 것이 되고 있었다. 그 일체감은 끊임없이 쓴다는 되풀이를 통해서만 유지된다는 이치를 알고 있을 터인데도, 마치 한 번 마시면 영원히 취하는 술 한잔 같은 것을 상상하기나 했단 말인지, 자기와 작품 사이에 술술 샛바람이 통하는 그런 허전함에 못 견뎌 했다. 게다가, 나는 그때까지 써온 작품을 가지고 수입이라 할 만한 것을 얻지 못했다. 한 번 쓰고 고료를 받으면 그뿐이었고, 그중 나은 단행본 한 권도 그 인세는 보잘것이 없었다. 내 작품들은 모두 책이 돼 있는 것도 아니었다. 나보다 경

력이 많은 작가들의 사정도 그만그만한 모양이었다. 근본적으로
독서 시장이 영세하여 직업으로서의 글쓰기라는 것은 순수문학의
작가로서는 바라기 어려웠다. 20세기의 한국 작가들의 그 지칠 줄
모르는 가난 타령, 식민지의 예술 노예들은 그 예술만으로는 입에
풀칠하기가 어려웠다. 그 전통은 아직도 이어지고 있었다. 정치적
상황은 어쨌거나 나의 경제적 상황이야말로 직업 생활의 가장 밑
바닥 노예의 그것이었다.

　나는 이 나라에 와서 본 풍요에 압도당했다. 그것은 고향에서
로마의 영화에 대해 쓴 책에서 본 그대로였다. 원로원이며, 원형
극장이며, 무료로 제공되는 축제의 구경거리며, 시민들의 살림살
이며, 심지어 그 로마에 어찌어찌 인연이 있어 이렇게 잠시 머물
고 있는 로마의 여인숙조차 고향의 오막살이에 비하면 고향의 호
화스런 대갓집 살림 같았다. 물질적 풍요를 일찍이 가져보지 못한
노예에게는 그 물질의 호사스러움이 철학의 큰 빛처럼 눈부시고
우주의 무게와 위엄의 상징 같았다. 가장 낮은 수준에서 그러나
가장 무거운 수준에서도 로마는 나를 사로잡고 있었다. 인간은 얼
마든지 올라갈 수 있는 것처럼 인간은 얼마든지 내려올 수 있었다.
귀국한다 해도 나에게 돌아올 것은 그 맹물 같은 가난뿐이었다.
로마를 보지 못했을 때 몰랐던 가난이 그토록 무겁게 다가서 보였
다. 고향에서 그 가난을 이길 힘이 없었기에 나는 한 집안의 장남
으로서 일가의 이민을 막을 수 없었고, 글을 쓴다는 까닭으로 그
이민 대열에서 지극히 태연하게 빠진 것이었다. 아버님은 지금 그
런 보잘것없는 자식의 지난날의 무능을 탓하지 않을뿐더러 비록

뜻이 없지 않을망정 저 혼자는 지탱하기조차 어쩌면 너무 힘겨운 짐을 벗겨주려고 하시는 것이었다. 어버이이기에 감히 할 수 있는 권고였고, 어버이로부터이기에 마음 비우고 귀 기울이게 되는 충고였다.

이 무렵 나는 위기 속의 노예였다. 노예에게도 위기가 있다면 말이지만. 아버님과 내가 엮어낸 이 풀릴 길 없는 화두, 이 결단과 방황 사이에 놓인 미궁에는 그러나, 또 하나의 어쩌면 가장 중요할지도 모르는 측면이랄까 의미랄까 그런 대목이 있었다. 지금 아버님은 나를 설득하는 자리에 있었다. 아버님은 뜻있는 일을 하고 계시는 것이었다. 어머님의 죽음 때문에 부서져 계실 마음을 애써 추세우시며, 아버님이 살아생전에는 책임을 벗을 수 없다고 생각하고 계심에 틀림없는 그 책임 — 자기 권속의 마지막 한 사람까지도 안전지대에 옮겨놓아야 한다는 그 책임의 마지막 부분을 이행한다는 일 때문에 아버님은 잠깐 슬픔을 잊고 계실 수 있는 형국이었다. 나로 말하면, 아버님의 그런 사랑에 성의를 다해 헤아리는 자세를 취함으로써 일종의 효도를 하고 있는 셈이었다. 아무 결단도 아직껏 하지 않았지만, 쉬운 결단이 아님은 아버님도 모르지 않았고, 서로 해결을 모색하는 일을 기한 없이 연장해오는 것만 해도 나는 아버님의 외로운 시간을 나누어 짊어지는 격이었고, 아버님에게는 그것이 기쁨일 터였다. 어머니도 이렇게 아버님을 돕기를 바랄 것이다. 어느 순간 나는 그런 영감 같은 것을 느꼈다. 이렇게 해서 우리는 어머니의 죽음이 열어놓은 그 들여다보는 사람을 끌어들이고 싶어 하는 벼랑 끝에서 삶 쪽으로 돌아선 문제 쪽으로 걸어나오고 있었고, 그 벼랑에서 그럴수록 멀어질 수 있었다.
이것이 그 봄날 소풍에서 비롯한 우리 사이의 변화의 그 가장 주
요한 측면이랄까 차원이랄까 할 그것이었다. 나의 귀국의 자연스
런 시점은 이렇게 해서 지나갔고 나는 지금 버지니아의 우리 집에
서 대여섯 시간 거리에 있는 대서양 연안의 휴양지인 오션 시티를
향해 가고 있는 차 뒷좌석에 아버님과 함께 앉아 있다.

오션 시티에서 우리는 다행히 방을 얻을 수 있었다. 아직 철이
이른 탓인지 거리는 붐비지 않았고 호텔에도 여유가 있었다. 우리
는 두 방을 빌려 여인네들과 아이들이 한 방을 쓰고 남자들이 다른
방을 썼다. 방은 쓰지 않을 때는 밀어올려서 벽에 집어넣을 수 있
는 침대가 네 개씩이나 있는 큰 것이었다.

샤워를 하고 우리는 늦은 점심을 먹기 위해 거리로 나섰다. 이
호텔에는 식당이 없었다. 우리가 걷고 있는 거리는 오션 시티 중
심에서 훨씬 떨어진 바로 해변 거리여서 그것은 작은 시골 거리의
느낌이었고 그닥 붐비지 않아서 더욱 그랬다. 아이들은 처음부터
맨발로 나서고 있었는데 마침내 우리 어른들도 구두를 벗어 백 속
에 집어넣고 아스팔트를 밟아보니 처음에는 발바닥이 좀 뜨거워
거북했지만 훨씬 쾌적했고 이내 아무렇지 않게 되었다. 우리는 몇
집 기웃거려본 끝에 한 집으로 들어가서 자리를 잡았다. 여기도
손님은 우리 말고 한 패거리가 있을 뿐 조용하였다. 우리는 여기
서 메뉴를 들여다보면서 그럴듯해 보이는 이름을 저마다 청하였
다. 금방 가져온 음식은 시장한 탓도 있었겠지만 달게 먹혔다. 식

당에서 나와 곧장 바닷가로 나왔다. 여기는 거리 풍경에서 짐작한 것보다도 꽤 많은 사람들이 물속과 모래사장에 흩어져 있다. 좌우의 해안선이 끝 간 데가 보이지 않을 만큼 길게 뻗쳐 있었다. 우리는 얕은 곳에 들어서서 서로에게 물을 끼얹었다. 두 제수는 아이들을 곁에 두면서 허리쯤 차는 데서 가끔 물에 떠보는 것이었다. 두 동생은 더 안쪽으로 헤엄쳐나갔다.

아버님과 나는 물에서 나와 우산 밑에 와서 앉았다. 우리는 헤엄을 칠 줄 모르는 한 쌍이었다. 원산에 살 때 우리 식구가 지금처럼 송도원에 갔을 때 이야기를 하시는 것을 들으면서 그때 헤엄은 치시지 않던 일이 떠올랐다. 나 역시 헤엄을 배우지 못하고 말았으므로 이렇게 앉아서 구경하는 일 말고는 이 바닷가에서 할 일이 없었다. 우리는 동생들이 돌아와서 아내와 아이들과 어울려 깊지 않은 곳에서 튜브에 매달리면서 놀고 있는 것을 바라보았다.

대서양이었다.

두만강 상류 수원지 부근의 백두산 원시림에서 호랑이가 눈 위에 발자국을 남기면서 찾아오는 산판에서 살림을 일으켜 H읍에서 조촐한 성공을 이루어낸 것도 잠시, 피난 살림으로 남한 각지를 이리저리 옮겨다닌 끝에 마침내 바다를 건너 이 지구상의 또 하나의 바닷가에 와 있는 것이었다. 피난이라는 안목으로만 본다면 틀림없이 마지막 피난에 성공한 셈이었다. 이 가족이 겪은 세월로 보면 '피난'이라는 것은 근본적인 재산이었다. 머리 위로 다가드는 폭격기를 이리저리 피해 다닌 세대에게는 목숨이 살고 본다는 대원칙은 쉽사리 바래지지 않게 경험이 찍어준 지혜의 낙인이었

다. 그 지혜의 안목에서 본다면 피난에 피난을 거듭해서 이른 이
곳은 적어도 이 지구상의 계룡산 신도안임에 틀림없었다.

 폭격을 피해 W 시민들이 시외로 빠져나갈 때 우리는 W시와 38
선 중간쯤에 있는 K로 피난했다. 거기에 아버님이 채벌 허가를 받
은 산판이 있었기 때문이었다. 사업 허가를 받자 전쟁이 나서 그
만이 되어버렸지만, 사업 준비로 드나든 관계로 산판에 가까운 마
을에서 피난 거처를 마련할 수 있었기 때문이었다. 우리는 W를
출발해서 걸어서 K까지 갔다. 산허리를 끼고 도는 비포장도로의
한쪽은 깎아지른 듯한 벼랑 아래로 출렁거리는 동해 바다였다. 바
다 저편은 하늘과 그 위에 뭉게뭉게 그렇게 하얀 구름이었다. 사
람도 다니지 않고, 차량도 다니지 않고 그들 — 바다와 구름과 소
나무 수풀 — 과 우리뿐이었다. 전쟁터 쪽으로 가는 수송은 아마
도 동해안을 통해서가 아니었던 듯 우리가 걷고 있는 길은 평시에
는 설마 이보다야 왕래가 덜 성기지 않았을까 싶게 아무 일도 없는
크고 평화로운 자연이었다. 그해 7월 초순의 일이었다. 격렬한 움
직임이 훨씬 남쪽에서 이루어지고 있었고 여기는 급한 움직임이
막 휩쓸고 간 빈자리가 된 그런 국면이었던 모양이었다. 우리는
쉬면서 걸으면서 하였다. 작은 마을에서 식사를 부탁하면서도 쉬
고 저 앞으로 아득한 산허리 길 한옆에서 바다를 향해 앉아서도 쉬
었다.

 이런 걸음을 했던 몇 해 전 일이 그때 내게도 아직 잊히기 전이
었다. 일본이 싸움에 지던 그해 여름에 소련군이 진격해올 때 H를
빠져나가던 일이었다. 그때도 여름이었고 우리는 소달구지를 타고

우리 집 산판으로 갔었다. 우리는 거기서 열흘쯤 지냈다. 통나무 오두막집은 시원하고 깨끗했다. 우리는 한여름을 어느 해보다 시원하게 보냈다. 지금 또다시 우리는 난리를 피해서 도시를 빠져 산판으로 가는 것인데 이번에는 소달구지는 없고 걸어가고 있었다. W에서 한숨 돌린 아버님은 국영 임산사업소에 다니면서 이 고장 산림 형편도 알 만큼 알게 되고 관계 관청에서도 낯이 익게 되자, 임산사업소를 사직하고 또 한 번 자영 임산업을 시작한 것이었다. 그 현장으로 그때 우리는 가고 있었다. 준비를 마치고 작업을 막 시작하려는 참에 터진 전쟁이었다. 전쟁의 앞날과 그 후에 닥칠 운명은 전혀 예측하지 못할 시기였다.

전쟁은 이편에서 이기고 있었다. 그것도 빨리 이기고 있었다. H에서 겪은 파국이 뜻밖에 짧은 동안의 고생으로 끝나고 이곳 W에서 자기 평생의 본업으로 돌아온 것으로 아버님은 생각하였고 우리도 그렇게 알고 있었다. 도시에서 겪은 폭격의 의미도 그리 심각하게 비치지는 않았다. 그러기에는 지상전투에 대한 보도가 너무 경이적이었고 사실 그때까지도 전쟁의 우세는 밀고 내려간 쪽에 있었으므로 객관적 전세에 어울리는 분위기가 지배하고 있었다.

아버님이 새로 시작한 사업에 대한 전망은 그래서 평범하지만 누구나 가졌던 판단과 어긋나지 않는 보통 생각이었다. 보통 생각. 틀림없이 보통의 생각이었다. 그리고 보통 이상으로는 한 치도 넘지 못한 생각이었다. 일본이 망할 때 그 종말을 눈치 채지 못한 것처럼, 이번에도 큰 파국이 가깝게 다가서고 있는 줄을 아버님은 그때 알지 못했다. 국가란 것은 언제나 있는 것이고, 그것은 한번 생기고 보면 — 그것이 어제 생겼든, 10년 전에 생겼든, 혹은 500년 전에 생겼든 — 계속 그렇게 있는 것이라는 서민의 감각 — 저 동해가 이 자리에 늘 이렇게 있을 수밖에 없는 것처럼 — 그리고 국가라는 것은 그것이 좋은 국가이든 나쁜 국가이든 국가이고 보면 — 어련히 그만한 까닭 없이 '국가'가 생겼으랴는 운명론이랄 것도 없는 운명론 이상의 감각을 그때 동해변 피난길에서도 아버님은 가지고 있지 못했다. 지금 그 '속'에서 살고 있는 '국가'의 승리로 전쟁이 끝날 것 같고 전쟁이 끝나면 사업을 다시 시작할 수 있을 터였다. 처음에 무엇을 어떻게 하자는 체제인지 짐작할 수 없었던 이 '국가'는 토지와 큰 공업은 모두 정부의 통제 아래 두었지만, 작은 공장이며, 가게며, 한두 척을 가진 어업이며, 일부 작은 규모의 광산이며, 국유림의 채벌도 국가와 계약해서 개인이 경영하게 하고 있는 그런 국가였다.

어쩌면 H읍에서 그렇게 황급히 떠나지 않아도 됐을지도 몰랐다. 그 이상의 정치적 추궁이 없는 것으로 봐서 거기서 좀 견뎌봤더라면 옛날의 그 자리에서 '소유자'로서가 아니라 국가를 위한 관리자로서, 더 좀 잘된다면 훨씬 규모도 줄고 이익도 줄망정 허용 받은 '소유자'로서 지낼 수 있었을지도 몰랐다. 해방 직후의 정치적 열광과 외양이 그만한 질량으로 경제제도를 지배하고 있는 것은 아니었다. 동유럽의 신생 사회주의 국가들과 마찬가지로 소시민 계급의 과도적 존재를 허용하는 체제였던 것을 해방 직후에는 알지 못했다. 어쨌거나 W에서 온 지 2년도 채 안 된 마당에 아버지는 하고 싶은 일을 다시 할 수 있는 기회를 가지게 된 순간에 이 전쟁이었다. 그러나 전쟁이 끝나면 잘될 것이었다. 그는 그렇게 생각했다. 그 이상의 판단의 감각은 그에게 없었다.

H에서의 아버님 책가冊架의 장서들은 W에까지 묻어왔다. 그 책들은 그가 국민학교를 졸업하자마자 곧바로 소년가장으로 살아오는 세월 동안에 그의 정신의 어느 갈피가 요구한 꿈의 소산일 터였다. 그러나 그 책들의 내용이 형성하고 있는 세계와 결국 그는 본질적이랄 만한 관계는 맺지 못하고 말았다. 홀어머니와 동생들과 산판과 자그마한 읍내에서의 성공 — 이런 것들과 그 책장 속의 책들의 세계를 공존시킬 만한 인생은 그의 몫이 아니었다. 1차대전 후 식민지 본국에 잠깐 존재했던 유럽적 자유주의의 형식이 식민지에서도 3·1운동 후의 유화정책의 겉치레에 묻혀서 모방되었고 그 무렵의 지식 시장의 유통 상품이 시골 청년의 손에도 들어간 것이었다. 어쩌다 지나는 말로 그 책들이 언급될 때의 분위기도 그러했다. 어느덧 그 책들은 아버님 것이 아니라 나의 소유로 돼 있었고 아버님은 그랬던 것처럼, 그렇게 잘못 알고 있는 것처럼 보였다. 지금의 입장에서 — 라는 것은 책이라든가 지식이라는 것이 생활의 내용이기도 하고 형식이기도 한 생활을 하는 것으로 살아온 나의 입장에서 돌이켜보면, 아버님의 장서들에 대해 나에게는 한가닥 감회가 없지 않다. 아버지는 그 책들이 그의 산판이나, 그의 소달구지들이나, 그 작은 고을에서의 교제 술자리들처럼은 몸에 가까운 존재는 되지 못하였구나 하는 사실에 대해서 좀 무거운 느낌이 든다. 사람이 살아가자면 어떤 일을 하든 그것은 상관

없다. 다만 책을 사랑하는 사람이면, 책을 견디는 성미가 있는 사람이라면 책과 어우러져 사는 생활이 나쁘지 않을 것도 사실이다. 그런데 어찌어찌 그렇게는 안 됐다면 그것은 조금 서운한 일이기 때문이다. 비록 가짓수가 많지는 않아도 그 장서 목록에 끼어 있는 몇 가지 책들의 종류 때문에 더욱 그런 느낌이 드는지 모르겠다.

아버님의 인생은 그렇다 치고 나는 어떻게 되는가. 내가 여기서 눌러 살게 된다면 나도 아버지처럼 될 위험은 없는가. 여기서도 쓰면 되지 않은가. 물론 그러지 못하랄 법은 없다. 그러나 영국 식민지에 태어난 타고르라든지, 임어당쯤한 이름이나 대볼까. 유럽 문화권에서 자라지 않은 사람이 유럽 문화에서 볼만한 일을 한 사람은 없다. 나의 영어 능력은 문제도 되지 않는 정도이고 보면 그나마 내 모국어로 해오던 일을 이 환경에서 얼마나 유지할 수 있을까. 그것도 내 몸으로 밥벌이를 하면서. 아버지와 아들 이대에 걸쳐 책 곁에 조금 다가섰다가 비켜가는 이야기를 만들어도 아쉬움은 없을까. 하루아침에 살림살이를 뒤로 하고 고향을 떠난 다음 피난에 피난을 거듭하여 이 지구의 계룡산 신도안에 다다랐다고 생각하는 것이 과연 작은 인간의 겸손한 자기 수용이라고만 생각해도 되는 것일까. 그런데 그 일이 이렇게 서운한 것은 웬일인가.

아버지와 아들은 더 건너갈 필요가 없는 바다를 향해 앉아 있었다.

대서양이었다.

밤내 책을 읽다가 새벽을 맞는 일이 잦다 보니 식구 중 제일 먼저 조간을 읽게 된다. 툭, 하고 문간의 그 자리에 떨어지는 소리가 나면 소리 안 나게 조심하면서 문을 열고 두툼한 뭉치를 거둬들인다. 이 지역에서 가장 많이 보는 『워싱턴 포스트』다. 1면, 2면, 3면, 그리고 논설란의 순으로 읽는다.

예정에 없던 미국 생활이 길어지는 동안 이 신문에서 여러 사건과 인물들의 행적을 보게 되었는데 그중에서도 20세기의 정치무대에서 큰 몫을 차지한 이름들이 저마다의 울림을 남기면서 사라져가는 모습을 보게 되었다. 대개 장수한 사람들이어서 이를테면 자연사인 것이지만 그쯤한 이름들이고 보면 사람이라기보다 일종의 '제도' 같은 것이랄까, '자연' 같은 의미를 가지고 있던 사람들이라, 신문에 난 사망 소식과 특집은 익히 들어온 지역의 지진, 이름난 강의 범람, 일식이라든지 월식, 그런 따위의 차라리 자연적인 변동을 닮은 사건을 보는 느낌을 주었다. 언제나 세계의 모든 신문의 1면에 인쇄돼온 그들의 이름과 사진은 태평양이라든가 지중해라든가 양자강이라든가 알프스 산맥이라든가 그런 이름이 주는 거의 항구적인, 현대사의 도로 표시물이 돼왔었던 것을 새삼 깨닫게 했다. 그들의 이름은 가령 '중국혁명 155km 전방'이라든지 '스페인 내란 종결 동북 5km'라든지 그런 의미를 가진 이름들이다.

먼저 '장개석蔣介石'이다. 그의 사망 소식은 참, 장개석이 방금까지 살아 있었구나, 그렇게 퍼뜩 반응하게 만들었고, 몇 페이지에 걸친 특집 기사를 읽으면서 역사라는 것을 적을 때 인물을 지표로 삼는 방법의 원시적 강력성을 실감하게 만들었다.

'장개석'이라는 이름을 처음 들은 것은 해방 전 1940년쯤, 내가 소학교에 들어가기 전후였을 것이다. 그때 이미 장개석이라는 인물은 신문에서 최대의 악역 노릇을 하고 있었다. 물론 일본 신문에서 그랬다는 말이고, 그것을 읽는 식민지 조선의 독자들에게 그랬다는 말이고, 비록 신문의 정기 독자는 아니래도 그 시대 속에 있는 한 소년의 뉴스 접촉 환경 속에서 그랬다는 말이다.

'장개석'의 만화도 범람하였다. 이미 정형화된 그의 이미지가 기성 만화계에 의해 제공되고 소학교 아동들도 손쉽게 '장개석'을 그릴 수 있었다. 그의 머리 모양이 특히 미술적으로 표현성이 높았다. 머리 꼭대기가 높이 솟고 뒤꼭지가 툭 불거진 것으로 정해져 있었고 머리카락은 기르지 않고 기계로 밀기만 한 모양을 표현하기 위해서 굵은 점을 찍으면 되었다. 이 인물은 일본제국의 숭고한 정치이념을 방해하기 위해서 이 세상에 태어난 인물이었다. 만화 속에서 그는 언제나 싸움에 지고 있었고 언제나 도망가고 있었다. 어떻게 된 노릇인지 그는 한다는 노릇이 미국과 영국의 우두머리들의 바짓가랑이를 붙들고 늘 애걸하거나(만화이므로 실지로 눈물까지 흘리면서), 시중을 들고 있었다. 한 나라의 지도자이면서 다른 나라의 지도자에게 아첨하다니. 그러나 그는 그렇게 한다는 것이었다. 그가 얻어내는 것은 미국과 영국 사람이 주는 돈과, 무기였다. 그는 그것을 가지고 자기 군대를 먹여살리고 자기 군대를 무장시켜가지고는 일본군에게 대드는 것인데 그때마다 판판이 지는 것이고, 그러면 줄행랑을 놓는 것이고 그래도 자꾸 달아날 수 있는 것은 중국이 그렇게 넓기 때문이었다. 대체 왜 이런 인물이 중국 사람들의 지도자가 될 수 있었는지, 하필이면 이런 인물을 지도자로 삼은 중국 사람들은 과연 사람 종자들이라고 할 수 있는 것인지, 아마 그러니까 중국 사람이라는 것은 사람도 아니고 인두겁을 쓴 개돼지랄 수밖에 없는 것이었다.

운동회 때면 장개석의 인형이 등장하기가 일쑤였으며 그 인형을 찌르고 부수는 경기 종목이 여러 가지로 개발되어서 아이들을 즐겁게 했다. 자기 힘으로 확인되지 않은 것에 대해서 극단적으로 반응하도록 부추겨지고, 허깨비에 대해서 실물에 대해서처럼 반응하도록 하는 그 방식은 예전에 허수아비를 바늘로 찌르고 활로 쏘고 하면 그 허수아비를 닮은 본인 당자를 해칠 수 있다고 믿었던 그 정신 풍토나 조금도 다름이 없었다. 한 나라의 군대 안에 여러 파벌이 있어서 저마다 이 지방 저 지방에 본거지를 두고 마치 그것의 주인인 양 다스리고 있다는 중국의 현실이란 것도 미상불 우스울 것이었다. 장개석도 그런 군벌 가운데 제일 세력이 있달 뿐 다른 군벌을 아주 제 뜻대로는 하지 못하고 외국 세력과 줄이 잘 닿는 것이 그의 힘의 원천이라는 것이며, 말하자면 군벌 연합체의 대표 자리를 가지고 있을 뿐이라고 했다. 역사책에서 보면 몇백 년 전에나 있었을 그런 일이 중국에서는 지금 있는 일이라는 것이었는데 아주 어수선하고 시시한 느낌을 가지게 만들었다. 그런 군대가 일본제국에 맞서 싸울 수 있다는 것이 혼란스러웠고 그래서 장개석은 더욱 괴물스러워 보였다. 식민지의 아이들과 백성들은 지배자들이 만들어주는 눈으로 세상을 보고 있다는 것을 깨닫기에는 너무 오래, 너무 철저하게 억압돼 있었다.

1945년에 일본 군대가 물러간 다음에도 장개석의 명예는 회복되지 못했다. 적어도 북한 지역에서는 그러했다. 일본군이 항복한 중국 땅을 이번에는 장개석 군대와 팔로군八路軍이 서로 차지하려고 다툰다는 것인데 만주와 이웃하고 있는 북한 지역 사람들에게는 만주에 장개석 군대가 들어왔다고 하다가는 팔로군에게 밀려났느니, 하는 소문이 아주 가까운 데서 벌어지고 있는 사건들이었다. 만주 지역과는 무역으로 밀접해 있는 H 같은 고장 사람들로 보면 더욱 그랬다. 마침내 장개석은 중국 대륙에서 쫓겨나서 대만이라는 섬으로 건너와서 미국 함대가 지켜주는 덕에 겨우 목숨을 부지하고 있었다. 거기까지가 북한에 살았던 시절에 나의 기억에 남아 있는 장개석의 모습이었다. 이 인물의 온전한 경력과 중국 현대 역사에서 그가 지니는 의미를 그 윤곽대로 알게 되기는 월남한 다음에야 비로소 가능했다.

『워싱턴 포스트』가 전하는 그의 죽음을 읽으면서 나는 그의 이름을 처음 들었던 무렵이 자연스럽게 떠올랐다. 이런 규모의 인물은 이 세상의 숱한 작은 사람들의 생애를 편리하게 정리해주는 큰 표적 같은 것이다. 너무 하찮은 것뿐인 우리들의 과거의 일들, 우리들에게만 의미 있는 저마다 어느 시기가 모든 사람이 비슷하게 겪은 어떤 이름 때문에 한결 덜 막연해 보이고 확실한 뿌리를 가진 것이기나 한 것처럼 보이게 하는 그런 이름들 ― 장개석도 그런 이름이었다. 나도 그렸던 그의 만화의 내 손으로 그어진 그 선과 점과 지금 이 미국 신문이 보도하고 있는 그 사람의 사진과, 그리고 장개석이라는 실물 사이에 걸쳐진 관계 ― 아무리 보잘것이 없는 관계라 할지라도 우리는 같은 우주 속에서 살았기 때문에 그 관계는 결코 꿈이 아니며, 보잘것이 없을망정 자기 몫은 그것밖에 없는 사람에게는 그 '관계'란 말이 아무리 남 듣기에 우스울지 몰라도 신비해 보인다.

그의 생애가 두 페이지에 걸쳐 자세하게 소개되어 있었다. 신문 문장 특유의 간결성으로 요약된 그의 생애를 읽으면서 나는 더 많이 H에서의 어린 시절의 나날을 생각하였다. 소학교 운동장과 만홧가게와 여름철의 두만강과 그 위에서 흘러가던 뗏목과 — 그런 것들과 '장개석'은 얽혀 있어서 그것들을 따로 떼어 생각한다는 것이 사실은 큰 무리를 저지른다는 생각이 들었다. 장개석의 아내가 남편의 정치에 개입한다는 소문도 기이하게 들리던 기억도 난다. 어른들의 말 속에 어쩌다 등장하는 그(장개석)의 아내의 이름은 장개석보다 어쩌면 더 혼란스러운 존재였다. 게다가 그녀의 오빠는 장개석 정부의 재정부장이면서 남매의 집안은 중국의 큰 부자라는 것이었다. 남편은 한 나라의 군벌의 우두머리요, 처가는 그 나라 제일의 부자며 처남까지 권력의 자리를 누리고 있다. 이런 모양이 해방 전 소학생이었던 나에게도 대체적인 사정은 거의 전달돼 있었다. 그 이후에 그에 대한 지식은 좀더 넓어도 지고 깊어도 진 것은 사실이지만 한 집안 사람들이 어떤 한 나라를 통째 좌지우지하고 속속들이 들어먹고 지낸다는 모양이 퍽 괴기하다는 첫인상은 끝까지 가시지 않았다. 천지창조를 한 하느님의 자손이라는 가족이 다스리는 나라의 식민지 백성의 한 아동이 자신이 속한 민족의 처지에 비한다면 비교도 안 되게 유리하고도 떳떳한 생활과 저항을 하고 있던 이웃 나라에 대하여 그런 인식을 하면서 유년 시절을 보내고 있던 것이었다. 그 점도 지금 이렇게 신문을 들여다보고 있는 순간에 생생한 충격이 되었다. 세상의 바른 모습을 안다는 일이 쉽지 않다는 것, 풀밭에 태어난 동물이 그 순간부터 풀밭을 아는 것처럼은 되지 못한다는 것, 사람에게는 그 앎이 아주 치명적이라는 것 — 이런 일이 자라면서, 이 나이가 되면서 알게 된 일이었다.

장개석. 그는 많은 것을 알 수 있는 위치에 있었다. 높은 산에서 사방이 잘 보이는 것처럼, 그의 자리 자체가 그의 시력의 일부였다. 그는 이 세상을, 자기 민족을, 자기네 적을 잘 알 수 있었을 것이다. 그의 머릿속에 들어 있는 '앎'이 어떤 것이든 태어날 때의 그 머리 모양, 만화가 되기에 알맞은 꼭대기와 뒤꼭지가 불거진 그 두개골 모양에는 아무 변동이 없다는 사실이 미상불 사람의 비극의 핵심이다. 옛날 사람들은 그래서 이 점에 주목하여 합리적 해결을 만들어냈던 모양이다. 그들은 영웅호걸의 외양을 그의 능력과 운명에 어울리게 만드는 노력을 하였다. 그렇게 해서, 염소와 사자를, 참새와 독수리가 한눈에 분명하듯 사람 사이에 있는 능력과 운명의 차이를 눈으로 볼 수 있게 하려고 애썼다. 영웅은 태몽부터 그럴듯해야 했고, 태어나자마자 무슨 신기한 재주를 보여주고, 몸 어딘가에 유별난 (날개라든지, 비늘이라든지, 하다못해 어디에 점이 있다든지, 심지어 어느 부분이 '불구'라는 것까지) 데가 있게 꾸미고 싶어 했다. 사자가 토끼 모양을 하고 있다면 참극은 얼마나 더 음산할 것인가. 뚜렷할 필요가 있었다. 심지어 '신'까지도 인간은 발명하였다. 인류가 어느 시점에 이르러 마침내, '신'의 개념을 가지게 되었을 때의 느낌을 그 무게대로 느끼기는 불가능하다. 아마 느낄 필요가 없기도 하다. 지금도 우리가 '신'에 대해 좀 진지해지려고 할 때의 느낌과 그렇게 다르지 않았을 것이다.

우리가 태어날 때는 그저 짐승으로 태어날 뿐이라는 것, 태어난 다음에 차츰 '사람'이 돼간다는 것, 게다가 '토끼'나 '사슴'이 '토끼'나 '사슴'인 것처럼 한번 그렇게 태어나면 그렇게 확실한 것이 다시없는 그런 모양으로 확실한 문명적 종자로서의 '인간'이라는 실체가 있는 것은 아니고 — 아주 불안정한 화합물처럼 언제나 진화의 길목에서 겪었던 옛 모습으로 후퇴할 수 있고, 더 두려운 것은 진화의 어느 대목에서도 겪지 않은 '갑작스런 자기바뀜'도 가능하다는 것, 말해보자면 인간은 다른 생물들처럼 폐쇄회로적인 '발생'이 불가능하고 언제나 열려 있고 결코 끝나지 않는 '반복발생'을 하면서 살아가야 한다. 인간은 '미로迷路' 속에 살고 있는 것이 아니라 인간 자신이 '미로'인 것이다. 우리가 미친 사람에게서 느끼는 본능적인 두려움은, 우리 내면의 '짐승'이 남 속에 엿보이는 '인간'을 두려워하는 현상이다. 짐승에게는 모르는 종種이 두렵다. 이런 사실을 좀 일찍이 알았더라면.

교육이라는 과정에서 이런 인간 형성의 위기적 성격이 더 좀 강조된다면 사람들의 인생행로에 도움이 될 것 같다. 너무 쉽게 전달되는 지식. 거의 대부분의 사람들에게 실지로 소용없는 지식을 전달하기 위해서 기초교육의 시간이 낭비된다. 지식은 지식의 전문가의 경우 말고는 별 의미가 없다. 그것들을 일생 동안 망각으로부터 보호할 형편에 있는 사람도 숫자로 보면 아주 적다. '지식'이 아니라, 지식의 '극적' 성격이 몸으로 이어받듯 전달되는 무슨 교수 방식이 고안돼야 할 것이다. 인간은 짐승으로부터 인간으로 건너뛸 때 그의 신경조직에 극적인 사건이 일어나는데 그 사건의 흔적이 말해보자면 '지식'이라는 것 — 이 '소식'을 전달하는 것이 교육의 참다운 뜻이다. 이 '극적' 운동의 소식이 빠진 지식 전달이란 것도 사실은 그럴 수만 있다면 없는 것이 좋고, 그러니까 없느니만 못하다. 로봇에 프로그램을 입력하는 것과 같다. '지식'이라는 이물질異物質을 주입받은 유기체는 그나마 생물이 누리는 존재감 — 샘물 한 모금 마실 때마다 우주와 교감하는 그 목숨과 샘물 사이의 연속성의 감각까지 잃어버리고 만다.

　서안西安 사건에서 그의 인격은 바뀌었을까. 장학량이라는 이름의 그의 휘하 장군이 자기의 사령부 위치인 서안(옛 장안)에서 총사령관인 장개석을 가둬놓고, 내전을 한동안 그만두고 모택동의 공산군과 함께 일본군과 싸울 것을 강요한 그 소문이 자자하던 사건. 그런 사건의 중심에 있던 사람들의 키가 보통 사람의 두 배 정도라는 것도 아니고, 하물며 머리에 금테도 둘려 있지 않고, 그저 다른 사람과 비슷한 모습으로 걸어다닌다는 것은 인류의 불행이다. 짐승들에게는 허락된 그 용이한 식별 표시가 없는 채, 짐승의 몸으로는 건강에 너무 해로운 비非짐승됨을 실천해야 한다는 운명. 그런 것을 실감하기에 참으로 많은 시간이 걸렸다. 알 만하게 되자 인생은 끝난다? 다 알았달 수는 없다. 그렇게 말해서는 안 된다는 것을 알 만하다는 그런 종류의 앎. 얼마든지 허풍스럽게 비칠 수 있기 때문에 되레 숨겨야 편한 성질도 있는 그런 앎.

장개석을 이렇게 먼 나라의 신문에서 일괄 정리하는 기회를 가지리라고 어떻게 상상이나 했을까. 그만한 인물이 방금까지 살아 있었는데도 그는 그 작은 섬의 주인일 뿐이었고, 그것도 외국 군함의 보호 밑에 그렇게 할 수 있었고, 지금 그의 죽음이 그가 보여줄 수 있는 마지막 능력인 것처럼 신기한 이 느낌 — 뼈 속의 가려움증 같은, 거기에 분명 있으면서 그 이상 더 어떻게 해볼 수 없는 이 느낌. 그 이상 더 어떻게라는 것은 그 가려움에 대해서 시원한 해석을 하고야 직성이 꼭 풀리는 버릇. 실컷 웬만한 설명을 해보고서도 남는 이 허전함. 있는 것을 제쳐두고 없는 것을 보채는 것. 그 이상도 이하도 아닌 그만하면 황송하리만치 생각하고 생각해보면서 지낼 수 있었던 삶에 대해서 감사해야 한다는 생각이 들면서도 마음은 비지 않고 한 조각 미진한 구름의 저쪽에는 여전히 메우지 못할 구멍이 보이고 그 구멍 저편에서는 비우지 못한 마음을 가진 짐승에게는 여전히 무서워 보이는 '모름'이 이쪽을 보고 있다.

잉크 냄새. 사진. 오랜 친구를 마지막 보내는 느낌의 문체. 나라와 나라 사이의 이런 관계. 개인끼리의 친화력과는 다른 이런 끈끈한 인간현상. 미국 사람들은 중국을 이해하기 위한 좋은 손잡이를 잃어버린 셈이다. 그런 생각이 들게 하는 기사의 분위기다. 그렇지는 않겠지. 알 것은 다 알 수 있는 입장에 있는 나라니까. 그래서 다른 나라의 지도자의 사망 기사에서 거의 전기적 묘사의 여유까지 보일 수 있는 지식을 가진 나라니까. 그런 외교 운영방법. 오랫동안 이 지구상의 모든 장소에서 일어나는 사건이 에누리 없이 국내 정치와 같은 감각으로 이해되어온 세력권의 현재의 중심 국가. 중요하다. 이 점이 중요하다. 어쩌면 이 점만이 중요한지도 모른다. 이 지구상에 태어났으면 인간으로서 보편적인 사항은 누구에게나 꼭 같이 분명하다고 생각하기 쉬운 경향이야말로 아주 잘못 생각이라는 것— 정도가 아니라, 그것은 생각이라고 표현해서는 미흡하고 그런 대로 감각이라고나 할까, 습관이라고나 할까, 제2의 천성이라고나 할까, 사자의 도약 순간이 그 순간의 토끼의 도약 순간에 상응하는 것처럼은 결코 분명할 수 없는 인간이라는 종자의 앎이 떠맡게 되는 어리석음의 함정이라 불러볼까. 카이로라는 곳에서 그 옛날 지구를 다스려온 이 나라들의 지도자들과 마주앉아 전쟁이 끝난 다음의 일을 논의한 장개석이라는 이 인물은 많은 것을 알 수 있었을 테고 깊은 생각을 했으리라. 그 생각을 그는 책으로 써서 남겼을까. 그런 말은 들은 적이 없다. 그랬어야 하는데. 아킬레스들이 호머인 적은 없었다. 그도 그렇군. 아까운 일이다. 모든 황제가 아우렐리우스는 아니고, 모든 장군이 시저는 아니다?

  주은래 사망. 중국의 장수별들이 하나씩 떨어지는 느낌이다. 주은래가 나의 기억의 지도에서 차지하는 자리는 장개석보다는 못하다. 해방 전에 그의 이름을 들은 것 같지는 않다. '팔로군'이라는 이름 속에 그의 이름이 묻혀 있다는 사정도 안 것 같지 않다. 해방되고도 북한에서의 생활 동안에는 그 이름이 특별히 얽힌 기억은 없다. 아마 듣기는 했을지도 모른다. 1949년에 중국 공산정권이 들어섰으니 그 무렵에는 그의 이름이 북한 신문이나 출판물에 나왔을 가능성은 있다. 그러나 공산권의 인명이라는 것이, 스탈린이 살았을 때는 온갖 출판물에 스탈린 이름이 범람하고 그 밖의 각료며 지도급 사람들의 이름은 나는 일이 적은 풍토에서 그의 이름이 자주 입에 올랐을 것 같지도 않다. 그의 이름 역시 남한에 와서 비로소 그 이름에 걸맞은 무게로 나의 의식에 들어왔다고 봐서 틀리지 않겠다. 한국전쟁의 휴전이 이루어지고 제네바에서 정치회담이라는 것이 열렸을 때, 중공을 대표한 것이 주은래였다. 희미한 기억이지만 그때 그의 외교적 이미지가 썩 괜찮았다는 뉴스가 있었던 기억이 남아 있다. 불편한 한쪽 팔을(오른쪽인지, 왼쪽인지) 아랫배에 붙인 자세의 사진도 본 듯싶다.

1950년 12월에 우리 가족이 월남했으므로 1951~1953년까지 전쟁의 대부분은 남쪽에서 겪었다. 우리한테는 에누리 없이 피난 생활이었다. 그동안에 나에게 가장 큰 자리를 남긴 기억은 W시 폭격 뉴스다. 휴전이 되는 날까지 W시는 매일 폭격당하고 있었다. 전쟁 역사상 그런 도시가 달리 있었는지, 즉 3년 동안 매일 폭격당한 도시가 있었는지, 아마 없었을 것이다. 2차대전 때의 베를린이나, 함부르크나, 일본의 동경도 대단한 폭격을 당한 기록을 가졌지만, '매일'은 아니었다. 기록들을 보면 그렇다. 그런데, 한국전쟁 3년 동안 W시는 매일 폭격당했다. 적어도 나는 매일 신문에서 확인했다. 그것은 마치 일기예보 같은 것이었다. 평양조차도 W시보다는 심하지 않은 ── 매일은 아닌 ── 사정이었던 것을 분명히 기억한다. 왜 W시가 그렇게 한시도 폭격작전에서 쉴 틈이 주어지지 못했는지 알 길은 없지만, 두고 온 산하에 매일 벌어지고 있을 그 불의 지옥이 가끔 꿈에도 보였다. 그럴 필요가 있어서 그랬을 것이다.

'W시 오늘도 폭격'이라는 그 기사를 볼 적마다, 6·25 나기 몇 달 전부터 우리 고등학교 운동장 저쪽으로 난 철도를 지나가던 군용 수송열차 생각이 났다. 열차들은 문도 닫지 않고 군인들이 문간에서 우리들에게 가끔 손도 흔들었다. 덮개가 없는 차량에는 전차며 대포가 이 역시 아무 덮개나 위장 없이 몸을 드러내고 실려가고 있었다. 우리 사이에 떠돈 소문에 의하면 팔로군에 소속됐던 조선인 부대가 공화국 군대에 넘어온 것이라고 했으며 그 후의 기록이나 증언에 의하면 이 소문은 사실 그대로였다. 그러나 그런 병력 이동과 장비 이동이 왜 그토록 버젓이 이루어졌는지는 이해하기 어렵다. 다만, 그때 우리는 그런 움직임을 평상적인 군사행동으로 보았을 뿐 전쟁과 연결시켜 받아들인 기억이 전혀 없었다는 기억 역시 분명하다. 사람들 모두가 전쟁을 상상도 하지 않았기 때문에 우리가 그렇게 받아들였던 모양이다. 그러고 보면 '대연습'을 위한 이동이라는 소문도 있었던 것 같기도 한데, 어쨌든 그 후에 일어난 일을 가지고 보자면 그때 그 뚜렷한 전쟁의 이미지를 보고 그것을 '실물'전쟁과는 전혀 관련시킬 생각을 못한 그런 분위기 — 그것이 전쟁 직전의 북한의 보통 사람들의 감각이었다. 아무튼 W시를 지나는 철도가 남쪽과 연결된 중요 수송로임에는 틀림없고, W항구도 봉쇄하기 위해서 그처럼 일일 정기폭격이 필요했던 모양이다. 얼마쯤 지내고부터는 나는 이렇게 생각하였다.

아마 요즈음 하고 있는 폭격은 우리가 당한 폭격처럼 심하지는 않을 것이다. 저렇게 오래 폭격하고 있으니 폭격할 목표가 얼마나 남았겠는가. 정찰 삼아 출동한 김에 폭탄 한두 개를 떨어뜨리고 오는 일 이상은 아닐 것이다.

언젠가 그때 그 자리에 있던 사람을 만나기나 하기 전에는 알 수 없는 진상이지만 그 무렵 그런 생각을 하게 된 무섭고 지루한 전쟁이 우리가 그곳을 떠나고도 3년이나 지나서야 겨우 끝나고, 우리가 사는 반도의 운명을 의논할 정치회담이라는 것이 제네바에서 열렸을 때 중국 공산정부를 대표해 나온 사람이 주은래였다. 아마 주은래가 세계무대에 공식으로 나온 첫 경우였다. 제네바회담 자체는 아무 성과도 없이 끝났다. 휴전 상태를 더 안정된 체제로 만들고 더 나가서는 남북으로 분단된 단일민족을 정치적으로 통합시키기 위해서라는 명분으로 열린 그 회의는 양쪽의 주장이 너무 어긋나는 것이어서 약속대로 열리기만 한 것이 결과의 전부였고 아무 후속 결정도 없이 끝났는데, 회의가 남긴 가장 실질적이 것이라면 갓 태어나자마자 세계를 상대로 한 전쟁을 치르고 난 중국 정권의 제2인자로 알려진 주은래라는 인물을 유럽 사람들이 실컷 감정을 해본 것이 아니었을까. 극동의 한 나라의 문제가 왜 제네바에서 왈가왈부돼야 하는지, 동남방 아시아에 위치한 베트남과 라오스와 캄보디아 세 나라가 '인도지나支那'라고 불리고 그 앞에 '불령佛領'이라고 한마디 더 얹혀야 하는 사정과 한맥을 이루는 사정이 누구한테나 신기할 것도 없는 우리 세기世紀의 풍경이었다. 그 회의에서 정작 중심 문제인 우리나라의 정치적 장래에 대해서는 손도 못 대고 새롭게 백인들의 세계경영의 대문제가 된 공산주의 중국의 지도자의 한 사람을 백인들은 실컷 구경한 것이었다. 아마 뿔도 달리지 않고, 꼬리도 없고, 제3의 팔을 가진 것도 아닌 그저 황인종이라는 사실에 백인 정치가들은 최소한의 감을 잡을 수 있어서 흐뭇했다는 식의 분위기가 당시의 주은래 관련 뉴스를 감돌고 있었던 듯싶다.

주은래는 서안西安사건 때에도 중공군을 대표해서 참석할 예정이었다고 어디선가 읽은 일이 있다. 2차대전 중 일본과 싸우는 동안 주은래는 장개석의 전시 수도 중경에 머물면서 장개석 정부와 모택동 군대 사이의 연락 책임을 맡고 있었다. 주은래에게는 알려진 바로는 이렇다 할 책을 썼다거나 공산주의 관계의 이론적 주장에 역할한 사실이 있다거나 그런 일이 없다. 굵은 눈썹과 다문 입, 너무 딱딱하지도 않고 흐트러지지도 않은, 어느 편인가 하면 생각이 깊으면서도 너무 나서지 않는 듯한 인상을 그의 사진은 전하였다. 어느 한 인물이 오랫동안 그런 인상을 준다는 것은 어려운 일인데 그렇게 된 것을 보면 그 인상의 당자에게 그만한 무엇이 있었다고 봐서 좋을 것이다. 그 역시 공산주의 사회의 정치문화 속에서 제1인자인 모택동의 곁에서 내외로 흔들리지 않는 위치를 지킨 것은 그때까지의 소련에서도 비슷한 예를 찾기 어렵다. 그것이 중국과 소련이 다른 점인지. 그 다름은 러시아와 중국의 전통문화 탓인지, 아니면 그들 두 나라의 공산당 발생과정의 차이에서 자연히 생긴 것인지, 그런 점까지를 생각하게 하는 인물이다.

'문화혁명' 속에서도 정작 주은래의 모습은 그리 흠이 간 것 같지 않았다. '모택동 어록'이라는 그 수첩을 들어 보이며 군중들의 환호에 대답하는 사진도 꽤 자주 볼 수 있었는데 그럴 때도 어쩐지 그의 모습에서는 '광신'이라든가 '호들갑'의 느낌이 없었다. 나는 그에 대한 연구 끝에 이런 말을 적고 있는 것이 아니라, 그가 살아 있었을 때의 지극히 보통 수준의 그에 관련된 단편적인 인상들을 주워 모아 그런 느낌이라는 뜻이다. 하기는, 그 이후 그에 관해서 이런 느낌을 수정해야 할 만한 후일담이 없는 듯하므로 아직도 당분간은 그렇게 알아도 될 '주은래' 이미지가 아닐까 한다. 모택동이 '문화혁명'을 지시했을 때 그에 거역하지 못했을 사정은 짐작할 만하지만, 그쯤이 주은래의 한계였던 것 같다. 그의 감각에 '문화혁명'은 어느쯤한 일로 비쳤을까.

중국 근현대사 백 년의 정세가 대체로 모택동의 길을 긍정하는 쪽으로 흘러온 것이 사실인 것 같다. 천하의 인심이 그에게 있었기 때문에 장개석이 이미 지니고 있던 온갖 유리한 조건이 힘을 쓰지 못했다. 손문의 맹우였고, 중국 일반 대중에게 지도자로서의 명성을 지녔고, 외국 세력이 짙은 신임을 주고 있었다는 사정도 장개석을 살리지 못했다. 중국 인민은 모택동에게서 최종적인 지도력과 권위를 보았던 것이다. 모택동은 그런 권위와 자신 위에서 '문화혁명'을 시작했다. 그리고 실패했다. 중국 같은 나라에서 공산당을 이어받아 어떤 공식에도 사로잡히지 않고 외세를 물리치고, 그 외세의 오랜 단련을 거친 관행과는 다른 원칙이 지배하는 나라를 세우기까지 그처럼 현명하게 발휘되었던 그의 지혜는 그 순간 어디로 사라진 것일까. 그 이전의 '인민공사'에서도 온 국민을 군대처럼 살게 하고, 가족까지 딴살림을 하게 한다는 일이 과연 좋은 결과를 가져올까, 하는 생각을 못 할 만큼 그는 교만해진 것이었을까. 그 실제적인 행동 방식의 감각이 그렇게 온데간데없어지다니. 일본 군대와 장개석 군대와 싸울 때의 그 서두르지 않는 자연스런 운동 방식의 경험을 하루아침에 잊어버렸다.

한때 세계가 그래도 놀라움을 가지고 그 거대한 움직임을 바라보았다. 정치의 마당에서 일찍이 듣도 보도 못 한 일이었기 때문에. 돌이켜보면 믿어지지 않을 만한 진지함으로 세계는 그의 지시로 벌어진 중국 인민의 광란을 바라보았다. 그것이 결코 개인적 욕심이나 정치적 책략이 아니라는 것을 믿었기 때문이라고 해석할 수 있는 그 신임에 바탕을 둔 운동. 살아 있는 정치가가 이런 높은 도덕적 신임을 국내외에서 받는다는 것은 이례적인 일이었다. 그의 지난날이 그만큼 위대한 것이었기 때문이었다. 그러나 이번에는 그의 방법은 독창적이라고 부를 수 있는 성질의 것이 아니었다. 그런데도 주은래는 그를 말리지 못했다. 그를 말리다가 탄압을 받은 간부들이 많았는데도 그는 그 편에 서지 않았고, 모택동의 그 유감스런 마지막 정치 행동을 집행하는 사람이 되었다. 하기는 그랬는데도 이 운동이 실패한 다음에도 주은래가 그 과정에서 악랄했다는 평이 없었다는 점이 바로 가장 그다운 일이었고, 그것이 결국 그의 인간으로서의 색깔의 가장 근본적인 내용이었던 모양이었다.

'인민공사' 실패 후의 모택동의 처신조차 스탈린에 비하면 고전적일 만큼 점잖은 편이었다. 자기 책임을 인정하고 반대자들에게 사태를 수습할 기회를 주었었다. '인민공사' 실패의 경험을 깊이 새기고 거기서 끝났다면 그는 더 말할 나위 없는 정치가가 될 뻔했다. 그렇게까지는 완전한 사람은 아니었다.

그 모택동이 주은래가 사망한 같은 해 옛 동료의 뒤를 따르기나 하듯이 사망한 소식도 『워싱턴 포스트』에서 읽었다. 그에 대한 보도도 장개석 때 못지않았다. 그때는 이미 국교가 있는 입장이었기 때문에 닉슨 방중 이전이라면 있었을 법한 적의는 기사 속에서 그리 노골적이지 않았다. 알 만한 정보는 다 가지고 있었겠지만 중국에서 일어나는 일은 중국 쪽에서는 아직도 정당성을 주장할 수 있었고, 바깥 세계에서는 그것을 평상 정치 행동이기보다는 두 세기에 걸친 백인 지배의 역사에 대한 도덕적 비판이라는 짐을 안고 대하지 않을 수 없는 그런 시점에서 역사의 시계는 움직이고 있었다. 모택동이라는 이름 역시 해방 전에는 장개석에 비할 만한 자리를 내 기억 속에 가지고 있지 않다. 그래도 주은래보다는 가끔 그의 이름이 주변에서 발음되는 것을 들을 수 있었으나, 해방되던 해 초등학생이던 입장에서는 중국 속의 두 세력에 대한 이해는 보잘것이 없었기 때문에 '모택동'이라는 이름이 나의 고막에 닿았다 해도 그 이상의 내용은 전달되지 않았음에 틀림없다. 북한과 인접한 옛 만주국 지역은 2차대전 후 일본군이 물러간 자리를 장개석 군대와 모택동 군대가 밀고 밀리고 한 끝에 공산군이 차지한 지역이고 거기서 해방 전에 살던 많은 교포들이 해방이 되자 고향으로 돌아오는 길목 중 하나가 H읍이었기 때문에 모택동의 이름은 해방 후에는 훨씬 피부에 와 닿는 이름이었다.

해방 직후의 북한 사회에서는 소련식 문화와 중국 공산체제식 문화가 아마 반반으로 지배했던 것 같다. 북한에 진주하기는 물론 소련군이지만, 6·25 전까지는 중공 지역에서 항일운동을 했고 정치 이념도 중국공산당 계열인 사람들도 정권의 한몫을 차지하고 있었던 사정과, 이웃 나라이기 때문에 문화적으로도 통하는 데가 있어서 중공식 정치문화가 북한 사회에 미친 영향은 큰 것이었다. 소부르주아들에게도 정치적으로 그리고 경제적으로 잠정적인 생존권을 주는 형식도 북한 사람들은 그것이 동유럽식이라기보다는 중공식인 것으로 이해하고 있었고, 중공이라는 매개항 때문에 그 제도는 훨씬 덜 생소해 보였다.

미국 신문에서 그의 사망 소식을 읽는 순간까지 나는 그의 저서를 한 권도 읽어본 적은 없었다. 그런 책은 대부분의 한국 사람들에게 그랬던 것처럼 내 손에는 들어오지 않았다. 다른 책에서 언급되는 그의 저서라고 하는 『모순론』이라든가 『문예강화』 같은 책들의 내용을 대개 짐작하는 것뿐이었다. 우리 세대에게 가장 중요한 영향을 미친 사람들의 글을 읽지는 못하고 그 사람들에 대해 제공되는 뉴스라든지, 그들의 이론에 대한 간접적인 평가라든지만에 의지해서 그 사람들을 인식해야 한다는 그런 생활을 평생 해왔다. 그 때문에 별스럽지도 않은 사회과학상의 공유 개념에 대해서도 불필요할 수 있는 시간을 허비하면서 허우적거려야 했다. 나중에 가서 그런 사태의 심각성을 더 뼈아프게 느끼게 되지만 그런 사태가 얼마나 슬픈 일인지는 모르는 바가 아니었다. 이 지구 위에 사는 사람들에게 쉽게 접근이 허용되는 지식이 절대금기사항으로 되어 있는 생활을 당연한 것으로 알고 살아야 하는 일상. 그 괴기성을 더 실감한 것도 미국에 와서의 일이었다. 백 번 듣는 것이 한 번 보는 것만 못하다는 말이 헛말일 수가 없었다. 모택동이라는 사람은 그래서 나에게는 저술가도 아니요 철학자도 아니면서 끊임없이 인식의 한구석에 도로 표지판처럼 의식되는 그런 존재였는데 그의 실체가 지금 물질로 돌아갔다는 것을 신문에서 읽게 되는 것이었다.

언젠가 그의 책을 읽게 될까? 그만한 시간을 벌 수 있을까? 알 수 없는 일이었다. 명쾌하게 사물과 역사를 해명한 업적을 소문으로 들으면서도 그에 접할 길은 없고 마치 사회와 역사에 대해서 처음부터 생각해야 했던 고대사회의 사색가들처럼 생각이라는 활동을 해오는 것이 나의 실정이었다. 그것도 문학이라는 직업과 관련시키면서 그렇게 해야 했다. 미국에 오기까지 내가 쓴 소설이라는 이름의 표현물들은 국민 전체가 통째로 갇힌 사회에서 환상에 휘말리지 않기 위해 힘껏 애는 써보는 노력의 흔적을 적어보는 그런 성격의 것이었다. 해방 전까지의 나의 삶은 인식하는 주체로서의 능력이나 책임을 물을 바가 없겠지만, 적어도 월남 이후의 내 생각과 표현은 전적으로 내 책임이다. 더구나 작가라는 직업을 가지게 되었으니 알고는 들어서지 못할 자리임을 알게 됐을 때는 벌써 적지 않은 표현을 한 다음이었다. 그런 줄을 전혀 모르지는 않는다는 것과, 따라서 조심하면서 쓰노라는 주의 사항을 표현 속에 끼워넣는 식으로 쓰려고 노력은 하지만 그것은 말하면서 말하지

444

않는다는 모순을 실천하는 일인즉, 그게 그리 쉬운 일이 아니다. 장개석이나 주은래와는 달리, 20세기의 주요 저술가 중의 한 사람이기도 하고 보니 모택동의 사망 소식은 이런 종류의 감회를 새롭혀주었다. 영국 사람들이 아편 장사를 단속한다고 중국과 전쟁을 한 시점 이후로 비로소 존경심과 두려움을 가지고 대한 첫 동양 사람이 모택동이었을 것이다. 그런 사정이 이 『워싱턴 포스트』라는 신문에서는 잘 느껴졌다.

나는 『뉴욕 타임스』는 거의 보지 않았다. 내가 살고 있던 버지니아나 메릴랜드에서는 『워싱턴 포스트』가 제일 많이 읽혔고, 그 신문만 보다 보니 어느새 그 인쇄며 논조며가 친근한 것이 되었고 친근하다 보니 이해하기도 쉬웠다. 전혀 근거 없는 판단이겠지만 『뉴욕 타임스』 쪽이 더 내국인용이고 그래서 외국인에게는 너무 미국식이고, 『워싱턴 포스트』가 나 같은 외국인에게는 더 보편적인 데가 있어 보였다. 논설에서 더욱 그런 것 같았다. 외국인인 경우에도 어느 정도는 긍정이 가는 논리를 구성하려는 방침을 가진 듯했다.

솔제니친이라는 소련 소설가가 미국에 망명해 와서 미국 정치에 대한 의견을 말했을 때의 논설도 그런 태도를 느끼게 했다. 그때 솔제니친은 왜 미국을 비롯해 서방측은 소련 내정에 더 적극적으로 간섭하지 않느냐, 그렇게 해서 소련 국민이 압제에서 벗어나는 데 책임을 다하지 않느냐, 서방은 의무를 포기하고 있다고 비난했었다. 나에게는 그의 말은 조금 뜻밖이었다. 나는 미국 오기 전에 그의 소설을 읽은 적이 있다. 『이반 데니소비치의 하루』와 『연옥에서』라는 소설이었다. 앞의 것은 잘 알려진 대로 소련의 일반 강제 수용소의 하루를 그린 내용이고, 뒤의 것은 과학자들만을 수용한 특수 수용소를 다룬 소설이다. 두 작품 모두 러시아 사실주의 소설들의 기본기가 잘 구사된 가운데, 그때까지 소문이나 다른 형태의 기록에서는 널리 알려진 소재를 소설의 특수한 표현성을 잘 활용하여 그려내고 있었다. 『이반 데니소비치의 하루』는 러시아 문학의 전통은 살아 있다는 일반적인 평이었는데, 사실이었고, 묘사 양식이며 인도주의적인 굵은 작가 입장이 경이로웠다. 소련이라는 제도에서 자기 형성을 이룬 작가에게서 그 이전의 러시아 작가들과 본질적으로 다른 체질이 조금도 느껴지지 않는 것이 그 경이로움의 내용이라고 보아야 했고, 그 체질이란 것은 어느 편인가 하면 보편적인 것으로, 러시아적이라 흔히 부르기는 하지만 오히려 인류학적인 진실에 대한 접근도를 가지고 식별할 수 있는 그런 성질의 정신적 태도를 말한다. 솔제니친 자신이 언젠가 문학이라는 것을 가리켜 또 하나의 정부라고 한 적이 있는데, 이때 쓰인 '또 하나의'란 지적은 보통 정부와 같은 의미의 정부도 아니요 좀더 깊은 차원이라든가, 좀더 높다든가, 아무튼 그 두 가지 정부의 소관 사항은 다른 것이고, 한쪽의 '정부'의 문제를 다른 쪽의 '정부'가 해결할 수 있는 것이 아닌 다른 가치 질서라는 뜻으로 나는 읽었었다. 그러는 것이 상식일 것이다. 그러나 미국에 망명하고 얼마 지나지 않아 발표된 그의 앞서 말한 견해는 그런 문학자의 차원이 아닌 그저 정치가의 입장을 벗어나지 않는 것이어서 점잖지 못해 보였다. 『워싱턴 포스트』 자신이 그때 이 망명자의 견해에 대해서 미국식 정치의 관습을 잘 모르는 데서 나온 말이라고 지적하고, 신념과 실리 사이의 타협의 과정으로서의 현실 정치는 이곳에서는 소련에서처럼 한 줄에 꿰어 있지 않고 각기의 영역이 있는 것을 솔제니친은 이해하지 못하는 것 같다고 분석하면서 솔제니친의 태도는 뒤집어놓은 전체주의적 사고방식 그대로라고 나무랐었다. 그때 나는 이 말을 옳게 여겼다. 세계 질서의 안정 기조에 늘 신경을 써야 할 책임과 실리가 있는 나라의 사고방식을 보는 듯했다.

스페인의 독재자 프랑코가 사망한 것도 장개석, 모택동, 주은래와 같은 해였다.

마치 20세기의 주요 정치적 인물 중에서 남은 부분을 빨리 정리하고 싶기나 하듯이 그렇게 한두 해 사이에 줄초상이 났다. 중국 사람들이었던 그 세 사람에 비하면 프랑코는 아시아인인 나에게는 꽤 먼 데 있는 것처럼 보이지만 그것은 지도 위에서 그렇게 보일 뿐이지 앞의 세 사람들의 공적인 생애와 결코 떼어놓고 생각할 수 없는 인물이다. 프랑코는 1930년대의 유럽 정치의 분수령의 하나라고 해야 할 스페인 내전의 중심 인물이었다. 1950년대의 한국전쟁에 비교할 만한 무게와 의미를 지닌 스페인 내전에서 그가 택한 길은 지금 돌이켜보면 그때 그 현장에 가깝게 있었던 유럽 사람들에게 비쳤던 것과는 좀 달리 보이기도 한다. 당시 스페인 내전은 유럽의 개혁 진영과 보수 진영의 대리전쟁이었다. 유럽 밖의 지식사회에게는 그저 유럽을 대표하는 보편적 지성으로 비치기 쉬운 많은 이름들이 스페인 내전에 대해서 반프랑코 진영에 동정적이었다. 러시아 혁명 이후의 가장 큰 개혁운동에서 혁신 진영은 좌절했던 것이고, 그 좌절은 스페인의 내부 문제임을 넘어서 유럽 전체의 문제였다. 그리고 유럽은 지금과는 달리 그 무렵에는 지구의 중심이었다. 우리가 일본의 굴레 밑에서 전근대 역사를 살고 있을 때 스페인에서는 20세기를 비판하는 행동이 벌어지고 있었다. 스페인 내전은 유럽 사람들이 나누어 가진 깊은 역사적 공동 경험이었고 그것은 이후의 역사에 영향을 미쳤다. 소련은 스페인 내란에서 뜻에 맞는 결과를 만들지 못했기 때문에 2차대전이 끝날 때까지 결국 유럽에 혁명을 파급시키는 일에 실패하고 고립에서 벗어나지 못했던 것이다. 스페인에서 다른 결과가 나왔더라면 히틀러의 이후 행동에도 당연히 영향을 미쳤을 것이고 이후 연쇄적으로 역사의 진행은 그 영향 에너지를 전달했으리라고 추정해보는 것은 그리 엉뚱한 생각이 아니다. 세계의 중심의 이후 역사가 현실의 그것과 달랐다면 그 힘은 러시아의 일본 정책도 좌우했을 것이고, 그것은 중국 정세에 대한 다른 변수로 작용했을 것이다. 장개석, 모택동, 주은래의 생애는 다른 사건들로 구성될 수도 있었다.

한국의 운명에도 그것은 무관할 수 없는 일이었다. 그때 우리 국민 가운데 몇 사람쯤이 그런 생각을 했을까, 하는 것도 얼른 떠오르는 생각이지만, 몇 사람이 의식했느냐보다도 설령 의식했다손 치더라도 그런 생각은 우리 현실과 사실상 너무 동떨어진 관계일 수밖에 없었고, 의식이 현실의 계획과 행동을 위해서 있어야 한다는 기준에서라면, 거의 아무 현실성도 없는 일이었다. 앙드레 말로까지 가지 않더라도 헤밍웨이에게도 스페인 내전은 남의 일이 아니었고, 피카소나 첼로 주자 카잘스는 직접 이 전쟁의 피난민이었다. 앙드레 말로의 행동주의니, 헤밍웨이의 허무주의니, 피카소의 비구상 세계니, 카잘스의 음악성이니, 하는 문화 상표들은 그들의 사회적 태도와 분리해서 이야기될 수는 있지만, 그 '분리'가 절대적인 것이 아님을 의식하지 못할 때는 그만큼 가난한 인식밖에는 못하는 것이 되고 가난한 인식에서는 가난한 운명이 나오기 마련이다.

『워싱턴 포스트』는 미국 체재기간의 나에게 최대의 자료요 선생이었다. 모택동이니, 장개석이니, 주은래이니, 프랑코니 하지만 그들에 관련된 기사에서 새삼스런 '정보'나 '지식'을 얻었다기보다, 이런 인물들을 다루는 기사의 '감각'이 무어랄까 감개무량하다고나 할까, 정말 중요한 '분위기'라 할까 그런 것을 전했다는 말이다. 섣불리 나도 같은 의견이라고 동류의식을 내보이는 것이 서먹해지는 그런 '벽'이 느껴졌다. 나는 미국 현대문학의 현주소를 표현의 감도 자체를 음미하면서 확인할 능력은 없었기 때문에 그런 노력을 하지는 않았다. 좀더 일찍 왔더라면 미국 문학을 가장 까다로운 전문가의 손과 눈으로 체험하는 생활도 의미 있는 일이었겠지만 모든 사정이 그런 방향으로 가기에는 어울리지 않았다. 아이오와의 과정을 마친 다음의 나의 미국 체재는 예정에 없던 것이었고, 그것은 차일피일한 귀국 연기가 계속된 것일 뿐이었다. 그런 시간에 최소한의 정보 전달이자 나에게는 가장 도움이 된 것이 『워싱턴 포스트』를 비교적 꼼꼼히 읽는 일이었고, 그 신문의 기사한 건이나 어떤 대목 한 줄에서 나는 되레 내 상상과 기존의 지식에 대한 자극을 발견하는 식으로 이 매체를 벗삼았다. 그럴수록 내 속에서는 한마디로 표현하기 어려운 감회가 꼬리를 물고 번져 갔다. 그 감회는 나의 기왕의 의식의 지형을 흔들어놓는 것이었다. 책만으로 이 사람들의 세계를 안다는 것과 그것이 내 인생과 가지는 관계에 대해서 자꾸 생각하게 만드는 것이었고 그것을 단순하게 굳이 말해본다면 미국 속의 흑인들의 심정에 매우 가까운 그런 데로 흐르고 싶어진다.

1974년의 한여름의 어느 날이었다.

나는 메이플 애비뉴의 작은동생네 집에서 동생 부부가 나가고 없는 집을 지키다가 뒤뜰의 잔디를 깎기 위해서 헛간에 들어가 풀 깎는 기계를 찾았다. 전기 모터가 달린 그 기계는 늘 있는 자리에 보이지 않았다. 나는 여기저기를 살펴보다가 며칠 전에 어딘가 고장이 생겼다면서 수리해와야 하겠다고 동생이 말하던 일을 생각해 냈다. 수동식 풀깎이가 그제야 눈에 띄었다. 그것은 전기식 옆에 나란히 붙어 창고의 한옆에 늘 있어왔는데 나는 한번도 쓴 적이 없었다. 끌어내서 움직여보니 탈탈거리면서 끌려나왔다. 나는 그것으로 잔디깎기를 시작하였다. 꽤 넓은 뒤뜰은 저 끝에서 수풀에 닿아 있고 그 숲 너머는 큰길이었다. 다락방이 달린 비슷한 목조의 구식 집들이 차가 들어오는 길을 사이에 두고 집의 정면이 마주치지 않게 어슷비슷하게 자리 잡은 이 구역은 조용하였다. 이 시간에는 모든 집이 비어 있는 모양이어서 문이 여닫히는 소리나 차가 드나드는 일도 없었다. 이런 종류의 구식 집은 인기가 없어지고 있다는 것이었지만 내가 보기에는 가스를 비롯해서 갖출 것은 다 갖춘 예스러움이 있는 전통가옥이었다. 풀은 아직 많이 자라지는 않아서 수동기계로 깎기에 그리 힘들지는 않았다. 바쁜 동생 부부에게는 풀 깎는 일을 대신해주는 일도 작은 도움이 되었고 내가 쉽게 할 수 있는 일이어서 두 동생네를 오가면서 풀이 자란 상태를 먼저 살피는 것이 버릇이 되었다. 하는 바에는 정성스럽게 다듬으려고 애썼다. 차양이 있는 운동모자를 쓰고 나는 기계를 밀고 나갔다. 잘려나가는 풀냄새가 언제나 기분이 좋았다. 그것은 내가 미국에 와서 처음 풀 깎는 기계를 움직여본 이래 변하지 않는 즐거움을 주는 일이었다. 게다가 주인에게 조그마한 도움을 준다는 즐거움도 곁들여 있어서 나그네의 더부살이 생활에 맞춤한 일거리였다. '깨끗해졌네요' 하고 그때마다 알아보는 것을 잊지 않는 계수의 말이 그런 즐거움에 걸맞은 마무리를 해주었다.

몇 번이나 오갔는지 내리쬐는 볕이 꽤 버거워질 만해졌다. 나는 문득 밀고 가는 걸음을 멈췄다. 그리고 기계를 놓아둔 채 급히 집으로 들어가서 거실의 TV를 켰다.

아나운서가 곧 있을 특별 방송을 상기된 얼굴로 예고하는 중이었다. 좀 있더니 닉슨의 상반신 모습이 나왔다. 그의 연설을 듣기로 했던 일을 깜박 잊었던 것이다. 닉슨이 연설을 시작하였다. 그는 '워터게이트 사건'이라고 불린 그의 선거운동 과정에서 일어난 사건에 대해 취임 후 줄곧 야당과 언론의 공격을 받아왔었는데 그동안 그의 해명은 반대자들의 추궁을 잠재울 만한 힘이 없었고, 불성실한 해명 자체가 새로운 규탄의 대상이 되어서 마침내 국회에 의한 탄핵이 불가피한 상태에 이르고 있었다. 처음에는 대통령

선거에서 일어난 대단치 않은 사건같이 보이던 것이 차츰 그 내용이 감자 넝쿨 훑어지듯 자꾸 배후가 고위 책임을 향해 뻗어가고 그것을 해명하는 과정에서 진상을 은폐해온 공작이 드러나고, 그 공작이 닉슨 자신에게 책임이 있다는 것이 움직일 수 없이 밝혀졌었다. 탄핵을 받는다면 그는 대통령직을 물러나야 한다. 닉슨의 반대당 선거운동 본부가 있던 워싱턴 시내 소재의 건물에 닉슨 쪽의 선거운동원이 몰래 들어가서 상대방의 선거대책문서를 훔쳐낸 것이 신문에 의해 폭로되면서 이 사건은 시작되었다. 갈수록 폭로가 자세해지고, 반박과 해명이 따르고, 해명의 거짓이 또 밝혀지고 하면서 사건은 눈덩이 구르듯 커지면서 마침내 닉슨의 머리 위에 탄핵의 칼로 치켜졌다.

일이 이쯤까지 되리라고는 나는 짐작지 못하였다. 선거라는 것은 으레 집권당에 의한 온갖 불법이 이루어지면서 치러지는 것이고 선거가 끝나고 나면 그만인 사회에서 살아온 감각으로 나는 이 일을 받아들이고 있었다. 만일 대통령이 직위를 박탈당하는 일이 일어난다면 미국의 '위신'이 어떻게 되는가. 서방 진영의 지도 국가의 정치적 우월성이라는 가치가 크게 다칠 것이었다. 선거 시행 과정의 합법성이라는 것이 공화정치에서의 정권의 합법성의 근거라는 사실은 15년 전의 4·19에서도 분명한 일이었건만, 반란 군인집단 밑에서 살아온 이후의 세월은 또다시 선거라는 행위에 대한 정당한 나의 감각을 마비시킨 것이었고, 미국에서의 정치 과정에서 합법성 존중의 전통이 우리하고 비교할 수 없는 것인 줄 모르는 것은 아니었지만 설마 이럴 줄은 몰랐다.

닉슨이 말을 시작하였다. 그때까지의 사건의 경위에 대해 그의 입장에서 언급하였다. 아주 주의 깊게 고른 말을 쓰고 있었다. 법률적으로나 정치적으로나 교묘하기도 하고 뛰어나기도 한 말솜씨를 그는 부리고 있었다. 서양 정치가들은 대개 뛰어난 연설 능력을 지닌 느낌을 늘 받았었는데 닉슨은 그중에서도 훌륭한 편이었었다. 발음이 특히 명쾌하고 내 귀에는 그 소리의 흐름이 음악적이기까지 하였다. 그의 말솜씨 때문에 그의 연설의 내용이 거의 완전하게 전달되는 느낌이었다. 그는 자신의 잘못을 딱 부러지게 시인도 부인도 하지 않으면서, 지금 이 시점에서 자기가 미국 국민을 위해 할 수 있는 가장 큰 봉사가 무엇인가를 판단하기 위해 자신은 성의와 지혜의 전부를 다하려고 한다는 점에 연설의 중심을 두었다. 자신은 미국을 위해 괴로워하고 미국민의 이익을 최고의 잣대로 삼아 깊이 헤아린 끝에 대통령직을 지금 사임하는 바이라고 맺었다. 그 사람의 행적과 인격을 부정하면서 그의 화술에 감동한다는 것은 야릇한 경험이었다. 사태의 중대성과 연출 효과의 극대성이 거기에 가세하고 있었다. 유명한 루즈벨트의 '노변담화'는 라디오를 통해 그의 황금의 목소리가 전달되었다. 지금 닉슨은 그의 얼굴이 코앞에 있었다. 만화가들이 좋아하는 피노키오형 코끝에는 지금 굵은 땀방울이, 정확한 등차 간격으로 뚝, 뚝, 연설문 원고 위로 떨어지고 있었다. 그의 이마에서 진땀이 배어나와 눈썹을 타고 눈썹 가장자리로 흐르고 있었다. 연설 도중 그는 한 번도 그의 얼굴에서 나온 분비물을 닦거나 하지는 않았다. 연설이 끝났다. 그의 모습이 사라진다. 아나운서가 다시 나오고 이어 아나운서와 대화하는 평론가의 모습이 화면을 차지한다.

TV를 끄고 마당에 나와서 잔디깎기를 계속한다.

닉슨은 탄핵을 면하게 될 것이다. 후임 대통령이 그를 사면할 것이라는 예측이었다. 선거 과정에 불법이 있었다면 그 선출은 무효이며 닉슨은 자격 없이 그 자리를 차지해왔다는 것이 된다. 투표자의 의사가 정확히 표현되는 것을 방해한 죄를 끝내 밝혀내고 책임 있는 자를 물러나게 하는 이 사회. 그로 말미암아 미국이 입게 될 국가적 상처를 다 예측하면서도 합의된 행동 규칙의 논리가 지시하는 대로 가고야 마는 이 예외 없는 타성의 법칙. 권력의 자리를 한번 차지했다고 해서 마치 유리한 고지를 점령한 군대처럼 그 기득권으로부터 새로운 힘이 생기지는 않는 질서. 원인에 흠이 있으면 그 원인에서 나온 결과는 무효라는 원칙. 누구나 알고 있는 일이다. 그대로 하기가 어렵고 그래서 권력의 마당에서는 지켜지지 않기가 일쑤인 것으로 알았던 규칙이 에누리 없이 지켜지는 사회. 아뜩해지는 일이다. 게임에 야바위가 없었다는 것을 참가자들에게 속속들이 보장하는 도박장. 신성한 한 표라는 말에 말 그대로의 값을 보장한다는 은행. 그런 사회. 여기까지 온 문명. 밀림의 법칙에서 여기까지 오기. 여기까지 올 수 있었던 역사적 조건. 그 집단의 성원들의 인간적 자질. 이 나라의 온갖 부정적 측면에도 불구하고 지구상에서 현재 누리고 있는 우월한 위치를 가능하게 하는 힘의 원천. 권력은 인민에게서 나오며. 자유가 아니면 죽음을.

미국은 오랜 나라이다. 단절이 없이 이어진 공화정치의 최장기록을 가지고 있는 나라. 그 정치를 위태롭게 할 일에 대해서는 이처럼 철저하다, 그 추궁이. 느린 듯하면서도 꾸준함. 손쉽게 결론을 내리지 않고 시간을 들여 증거를 모은 다음 그 증거가 말하는 바에 비켜서지 않고 따르는 준법의 전통. 일한 만큼 대가가 돌아오는 나라. 후손의 행복을 위해서 태어난 나라를 버리고 지구상 온갖 곳에서 밀려드는 이민들의 행렬이 끊일 줄 모르는 나라. 그래서 형평을 고려하여 받아들이는 순서와 기준을 미리 공고하지 않으면 안 되는 나라. 핏줄과 모국어와 교육과 종교까지도 필요하다면 다 버리고 이 나라의 바다와 같은 실체 속에 흔적도 없이 사라져도 좋다는 각오를 가지고 이 땅에 발을 딛는 이민들. 바다처럼 깊은 나라. 그래서 바다처럼 살아 있는 나라. 누군가의 손으로 퍼내버릴 수도 없고 웬만한 것으로 깡그리 더럽혀줄 수도 없는 나라. 그래서 바다같이 육중한 나라. 깊은 바다 밑바닥을 가위를 흔들면서 옆으로 기어가는 게, 차라리 게나 되고 말까, 어느 시인의 한 구절마따나 자기말살의 유혹을 수많은 사람들에게 퍼뜨릴 법한 나라. 이 고달픈 삶에서 누구에게나 찾아들 가능성이 있는 악마의 유혹의 한 순간들을 수없이 내뿜는 나라. 지구상에 있어온 제국들의 특권과 혜택을 상속하고 있는 나라. 이 대륙에 살던 원주민을 멸종시키고, 다른 대륙에서 사람들을 사와서 노예로 부린 건국의 내력이 세상에 소상하면서도 어느 누구도 소리 높여 비난하지 못하는 나라. 그 과거를 속죄하라고 외친 흑인 지도자를 살해하고도 그 지도자를 국가의 영웅으로 모시는 나라. 로마의 귀족들은 소비와 향락에서 자기를 건져내지 못했지만, 달에 가서 그 위에서 사람이 걸어보고 오게 하는 나라. 자기 땅속에 묻혀 있는 석유는 길어올리지 않고 사막의 이교도들이 그들의 수호신의 선물이라고 자랑하는 그곳 석유를 퍼올려 팔아먹게 하는 나라. 원로원에서 진행되는 현란한 토론 장면을 어쩌다 들여다본 노예철학자를 절망하게 하는 나라. 거기서 벌어지는 논리와 정의의 언변과 철학자 노예 자기의 고향에서 제국의 총독이 속방의 원주민을 다루는 원칙 사이의 이중성 앞에서 무너지는 철학자 노예의 '정신'의 세계. 그러나 저자 거리에는 물건이 그득하고, 그것도 제국의 판도 안에 있는 온갖 특산물 가운데서 제일 알뜰하게 골라낸 것만으로 가득 찬 저자에서 그런대로 물가는 안정되고, 섣부른 사기꾼은 혼쭐나는 안정된 거래가 가능하고 벼슬아치들이 덮어놓고 뇌물을 요구하지도 않고, 웃으면서 일만 하면 일한 만큼은 대가가 돌아오고, 오늘처럼 신神처럼 보이던 황제가 본보기 삼아 저렇게 국민 앞에서 진땀을 흘리며 왕관을 박탈당하는 광경을 보노라면 이 깊은 바다에서 서식하는 것만 허락된다면 타고난 우스꽝스런 가위를 흔들어대면서 이 바닷속 깊은 저 밑바닥에서 이리저리 어정대면서 산들 그 또한 안 될 일은 없지 않은가, 그런 생각도 들게 하는 나라.

알렉산드리아의 어머니 무덤을 다녀올 때마다 겪는 안도감. 이 묘지에 변동이 생기더라도 그럴 만한 사전 절차는 주어지고 비록 하찮은 인생이었을망정 죽은 자의 위엄도 어느 만큼은 보살핌을 받을 수 있겠지. 조국에서처럼 죽은 자들의 평화에도 보장은 없고 죽은 자들의 나라에까지 상스러운 위세놀음은 없겠지. 아니, 있어도 그래도 조금은 낫겠지. 제 나라 안 조상의 무덤에 성묘도 못 하

고 그런 일은 없겠지. 이 나라가 남북으로 갈라져서 알렉산드리아
는 다른 원칙을 지키는 한쪽 정부의 판도가 되고 그 지역 정권과
다른 원칙을 가진 지역에 사는 친족에게는 사자의 무덤을 찾는 일
조차 허용 않는 그런 일이야 없을 것이고 보면 어머니 무덤이 여기
있는 것이 크게 안심이 되고 무슨 제힘으로 큰 효도나 한 듯 흐뭇
해지기까지 하려 한다.

  알렉산드리아. 200년 그 옛날의 기침소리와 걸음걸이가 지금도
그대로인 듯 느껴지는 정신없이 이리저리 피난길이 바빴던 속방에
태어난 자의 감각. 자기들의 황제를 이렇게 엄하게 관리하는 사람
들의 군대가 지금 우리나라에 주둔해 있고 그 주둔군의 사령관인
미국 장군이 우리 군대의 지휘권을 4반세기째 가지고 있고 5·16
군대반란은 이 지휘체계 안에서 일어났다. 미군 사령관의 지휘권
안에 있는 부대의 반란을 미국 사령관은 어쩌지 못했다고 되어 있
다. 이렇게 강한 나라의, 이렇게 엄한 법을 시행하는 나라의 사령
관은 우리나라 안에서만 자기 휘하의 군대에 대해서만은 군법을
시행하지 못했다고 되어 있다. 로마의 법은 로마에서와 이스라엘
에서는 그렇게 달랐다고 되어 있다. 뿐만 아니라 당시 이 나라 대
통령은 반란부대의 수괴를 즉시 워싱턴으로 불러들여 국가원수끼
리의 형식으로 회담을 가졌다. 그때의 미국 대통령은 현지의 미군
사령관인 자기 부하에게 왜 그렇게 관대했을까.

  로마의 법은 바다처럼 깊다. 소리 없는 가위질 해대며 이 바다
밑 깊은 바닥을 어정거리면서 햇빛도 모르며 살아간들 어떠리.

  기계가 한쪽으로 쏠리는가 싶더니 잘 나가지 않기에 들여다본즉

한쪽이 주저앉아 있다. 다른 쪽과 비교해보니 풀 깎는 칼날 높이를 조절하는 부분에 있어야 할 볼트와 그것을 앞뒤에서 죄는 나사못이 없어져버렸다. 근처를 찾아봐도 눈에 띄지 않는다. 금방 빠져나간 것은 분명하므로 막 지나온 깎인 부분을 밟지 않으려고 조심하면서 잔디밭을 살펴나간다. 바다에 바늘을 떨어뜨린 사람의 심정이 되면서.

어느 교포의 소개로 일하게 된 그 일터는 워싱턴 D.C.의 동쪽 변두리에 있는 천장이 높은 커다란 서적 창고였다.

원래부터 창고였는지, 공장이었는지는 알 수 없었지만 건물 입구에 단층짜리 사무실이 있고, 그 사무실 뒤쪽에 곧바로 서적 창고로 이어지는 문이 있다. 그 문으로 들어가면 보통집의 2층 높이쯤 천장이 드높은 공간에 4미터 정도의 책가가 줄을 지어 가득 들어차 있다. 이 창고에 소장돼 있는 책은 현재까지 미국에서 나온 온갖 시대의 각종 정기간행물들이다. 미국의 도서관들에서 폐기 처분이 되었거나 혹은 불필요한 부수를 가진 정기간행물들이 이곳으로 기증되어 온다. 그러면 여기서는 그것들을 분류해서 소장하였다가 문의해오는 수요자들에게 보내준다. 회원이 돼 있는 기관에는 무료로 보내고 비회원은 돈을 내고 사는 제도이다. 들어오는 책을 분류해서 해당 책가의 해당 위치에 갖다 놓고, 주문을 받은 목록을 들고 책가 사이를 누비고 다니면서 찾아내는 것이 이 창고 안에서 하는 일이다. 책들은 종류별, 알파벳순, 발행호수순으로 저장되어 있다. 나는 여기서 일하면서 책들이 이런 식으로 이용되는 제도에도 먼저 감탄하였고 다음에는 정기간행물들의 종류의 풍부함에 놀랐다.

이곳에 근무하면서 나를 여기에 소개해준 교포의 아파트로 아침에 동생이 나를 실어다주면 그의 차에 편승해서 출근을 했고, 퇴근 때도 그분의 차로 타고 오면 동생이 나를 데리러 왔다. 그분의 아파트가 동생네와 가까웠길래 망정이지 직장은 버지니아에 있는 동생이 매일 워싱턴 시내를 가로질러 그곳까지 나를 실어가고 실어올 수는 없는 일이었다. 무슨 중요한 기술자나 되는 듯이 매일 아침 두 사람의 운전자에게 중계 수송을 시키는 일은 미안했지만 나는 거기서 하는 일에 만족하였다. 작업은 아주 단순한 일이었고 처음에는 책의 종류들을 새롭게 만나는 일이 신선한 즐거움이었다. 특히 의식주에 걸친 생활문화 잡지들과 여성잡지들, 그 중에도 연대가 오랜 것들이 흥미 있었다. 나 같은 외국인에게도 세대와 취미의 변천이 느껴지는 것이 그럴듯했다. 그들 잡지들은 '시간' 속을 흘러오고 있었다.

도서관에서도 기본적으로는 이런 방식으로 저장하는 것이겠지만, 이곳은 저장 시설이 구식 그대로여서 철제 책가에 책을 분류해서 쌓아놓고 사람의 손으로 수납하고 방출하는 것이었다. 마지막 작업은 어디서나 이렇게 하는 수밖에 없겠지만 여기는 열람시설이 없기 때문에 사실 그 이상의 — 책가에서 열람실까지의 수송을 기계화한다거나 그런 — 시설 고도화는 필요 없기도 했다.

아침에 출근하면 출근 기계에서 확인을 하고 곧 그날 작업 목록을 받는다. 작업 수량은 일정치 않았는데 아마 감독들의 경험으로 찾기 까다로운 부분과 그렇지 않은 것을 고려해서 나눠주는 것인 듯했다. 건물은 벽돌벽이 높이 올라간 위쪽에 철제틀에 낀 유리창이 빙 둘리어 있고 거기에 지붕이 곧바로 이어졌는데 천장은 역시 철제 서까래가 공장들의 그것처럼 엮어지고 그 위에 지붕이 바로 보였다. 이후에 나의 희곡 공연으로 극장 무대에 출입하게 될 때마다 나는 이 서적 창고의 공간 구조가 늘 떠올랐다. 내가 처음 이곳에 들어섰을 때는 늦은 겨울이었지만 공장 안은 난방이 잘되어 있었다. 높은 단에 닿기 위해서는 바퀴 달린 피라미드 모양의 사닥다리가 책가 사이 여기저기에 있어서 그것을 밀고 와서 올라가면 되었다. 목록만 정확하다면 아무 수고도 필요 없는 일이지만, 반드시 그렇지 못한 것이, 공간을 모두 이용하기 위해서 책들은 세워꽂기가 아니라 뉘어쌓기로 저장되어 있기 때문에, 한눈에 책을 알아볼 수는 없고 들처보아야 하기 때문이고, 먼저 취급한 사람들이 그 부분을 반드시 정확하게 출입시키지 않은 경우가 많고 그럴 때는 순서 없이 쌓인 책을 모두 뒤지는 방법밖에는 없어서 시간이 걸린다. 시간이 걸리는 것까지는 좋다지만, 찾는 책이 없을 때도 그것으로 다가 아니다. 찾을 목록을 주는 것은 그 책이 재고 중이라는 기록에 의한 것이므로 그 책은 있어야 옳다. 그런데도 그 자리에 비록 발행호수에 따른 위치 순서는 틀릴망정 있어야 할 책이 없을 때는 그 근처의 다른 분류 구역도 살피는 것이 옳은 줄도 며칠 지나지 않아 알게 됐다. 앞서 간 선배들이 아무 데나 찔러 놓았거나, 책을 차곡차곡 뒤지지 않고 무더기를 여기저기 옮겨놓은 탓이었다. 끊임없이 들어오는 책을 가져다 끼워넣고, 주문이

들어오는 책을 끊임없이 끄집어내게 되므로 책들이 놓인 상태는 흐트러지기 마련이었다. 아무리 찾아봐도 없는 경우도 있었는데, 그럴 때도 감독자는 한 번 더 찾도록 지시했고 어떤 때는 그가 와서 대신 찾아내는 일도 있었다. 새로 일하게 된 사람에게 요령을 가르치려는 목적도 있는 듯했다. 감독자는 책가가 군대의 종대 대형처럼 배치된 전면에서 사열관처럼 오락가락하면서 작업 상황을 지켜보면서 가끔 책가 사이를 누비고 다니기도 했다.

책을 찾다 보면 읽어볼 틈은 없으나 책의 성격은 짐작이 가게 된다. 특히 자주 찾는 책이면 더욱 그렇다. 건축이며 가정관리, 요리, 옷, 여가생활을 취급하는 잡지가 일찍부터 개발된 점이 눈에 띄었다. 가장 오랜 것은 세기 초의 것까지 있었고 전 세기의 것은 아직 보이지 않았다. 이런 책들을 대하다 보면 생활의 '연속'이라는 것이 새삼 느껴진다. 살아 있는 사람 자신이 '연속'의 현물이긴 하지만 사람은 웬만해서는 자기 자신의 시간적 무게를 새삼스럽게 느끼면서 살게는 되지 않는다. 세시풍속에서 계절이나 시간적 매듭을 강조하는 관습을 실지로 살면서도 우리 삶이 끊어지지 않은 지난날에서부터 이어져오는 운동이라는 사실은 너무 당연한 만큼 당연하게 의식의 밖에 놓이게 된다. 그래서 기념일이란 것이 시간의 흐름과 흐르면서 되돌아오는 동질성의 환기를 위해 있는 것인데도 기념행사일수록 기계적인 행동이 되는 모순을 만들어낸다. 행동보다도 기념물을 대하는 것이 기념행사보다는 조금은 더 시간을 의식하는 효과가 있는 것이 사실이다. 박물관이나 기념관을 둘러보면서 전시물 앞에서 멈춰 설 때 우리의 거동이나 그 한순간 속에 아득한 시간의 부피가 폭포처럼 쏟아져 들어오게 된다. 전시물이 오래면 오랠수록 시간 체험은 더 극적일 수 있고, '유적'이라고 표현하게쯤 되면 웬만한 사람이라도 감회는 없을 수 없다. 그 유적도 원형이 보존된 것보다도 훼손된 것이 되레 더 생생하게 시간을 되살리는 효과가 높아 보인다. '폐허'쯤 되면 이 효과는 극점에 이른다. 인멸 직전이면 아마도 '위기'라는 의식을 강요하는 힘을 내뿜으면서 그 앞에 선 사람을 끌어당기는 것을 경험하게 된다. 시간이 우리를 끌어당기는 것이다. 잘못하면 끊어질지도 모르는 '연속'을 살려놓기 위해서 인멸 직전의 폐허는 벼랑 저쪽에서 발돋움하면서 우리 쪽으로 팔을 내미는 것이다. 그러면 그때까지 무심하던 듯싶던 나의 안에서 자기도 모르던 무엇인가 있어 내밀어진 손을 향하여 맞받아 응하는 몸짓이 불쑥 일어난다.

그것이 내 속의 시간이었다. 내 속의 시간이라기보다 시간 속에 있는 내가 기우뚱 쏠린다고 할까. 물속의 고기가 큰 바다 깊은 데서는 그가 물을 헤엄치면서도, 그렇게 시시각각으로 물을 밀어가면서도 물속에 있음을 의식할 필요가 없을지 몰라도 파도가 이는 표면으로 나오거나 어찌해서 해협의 물살에 들어서거나 한다면 갑자기 자신이 들어 있는 흐름을 강하게 의식하게 될 것이다. 그러나 동물들은 그조차도 아마 물이나 땅을, 강이나 숲을 자기와는 동떨어진 사물로 느끼는지는 의문이다. 그들에게는 자신들과 사물이 연속돼 있고 그 연속의 형식은 이미 고정불변한 것이기에 그들은 우리 눈에는 달관한 생활자들처럼 보인다. 뭇 짐승 속에서 사람만이 이 경지에서 방황해나온 것을 우리는 안다. 우리는 짐승들처럼 우리의 지난날의 시간을 몸속에만 담아두지 않고 몸 밖에 떼어놓은 법을 알게 되었다.

사실 인간이 자기 몸 밖에 두고 자기 삶을 돕게 하고 있는 온갖 것들은 일종의 '시계'들이다. 의식주를 위한 온갖 도구들은 그 도구들이 발생해서 현재까지에 이른 시간의 기록이며, 현재도 사용될 때에는 어김없이 현역 중인 시간 — 즉 시계들이다. 비록 현역이 아닌 박물관의 소장품들도 그것들은 생리적으로 유지하기 힘든 유구한 시간에 대한 관람자들의 기억을 돕는다는 일을 위해 활동하고 있는 그런 의미에서는 여전히 현역 중인 '시계'들이다. '도구'들은 생명의 거울이자, 생명의 가장 순수한 형식적 궤적인 '시간'이다. 사람들은 아주 옛날에는 짐승과 다름없이 자신들의 살아 있는 몸만으로 이 시간을 살다가 마침내, 그 시간을 '도구'라는 형식으로 보존하게 된다. 시간은 그때부터는 인간의 몸과 하나인 탓으로 눈이 자기를 보지 못하는 처지에서 벗어나 자신을 볼 수 있게 된다. 그것이 도구이며, 도구 중의 도구인 거울이고, 거울의 거울인 시계다. 아주 오래된 것일수록, 아주 복잡한 것일수록 우리는 그것들이 무엇인지 딱히 알 수는 없어도 어떤 것이 없지 않고 있다는 기척은 느낄 수 있고 그 기척이 한 가지 기척에서 다른 기척으로 넘어가는 바뀜은 느낄 수 있다. 그 바뀜의 느낌이 시간이다. 그래서 '시대'며 '세월'이다. 복잡한 사태를 '시대'가 바뀌었다, '세월이지' 하고 표현해서 처리하고 우리는 거기서 가장 막연하면서도 가장 확실한 무엇이 전달된 느낌을 받는다. 그렇다면 책이야말로 가장 강력한 시간의 보관자요, 보관이라기보다 시간이 살아 있는 대로 유지시키는 그릇이다.

　목록을 들고 책가 사이를 다니면서 때로는 사다리를 오르내리다 보면 그런 모양으로 진행된 지난 '시간의 길'과 '골짜기'와 '강과 숲'을 지도에서의 축척처럼 줄여서 재연하고 있다는 실감을 자연스레 가지게 된다. 축척이 아닌 실지 길이는 그 책들의 페이지를 읽어나가는 행위가 그것일 터이고, 지금은 흘러간 그 내용들이 다루는 실지 사건이나, 그것들을 쓴 필자들의 저술 활동이거나 더 근원적으로는 그 필자들의 인생 자체가 이 책들의 실지 시간이겠지만, 내가 하는 일은 그 거꾸로 순서로 이 책들의 이름과 발행 순서를 확인한다는 가장 형식적인 활용일망정 그 행동 자체도 여전히 이 방대한 시간들에게 엄연히 연결돼 있고, 그만큼은 그 시간은 내 안에 들어오게 된 나의 시간이다, 그런 느낌이 들게 된다. 살림살이와 옷 입기, 음식 만들기, 꽃 가꾸기, 친구 사귀기, 교양 쌓기, 애 기르기, 동네일 의논하기 ― 생활의 온갖 측면을 저마다 전문적으로 다룬 이렇게 많은 잡지들이 있어왔고, 있어왔다는 것은 이 잡지들을 만든 사람들이 있어왔다는 말이고, 그들은 동종류의 선행 잡지들을 참고하면서 자기들 몫을 보태온 것이다. 그 흐름이 구체적으로 이 잡지들이다. 그런데 그 흐름에 우연히 이렇게 가장 형식적으로 관여하게 됐다는 사실이 그렇게 신기할 수 없다. 책들 사이를 움직이면 작업에는 아무 도움이 되지 않는 이런 생각이 나를 휩싸고 함께 돈다. 그 느낌은 꼭 내가 누군가와 함께 움직이는 듯한 분위기를 만든다. 그 누군가가 그 느낌이라는.

　점심시간이 되면 창고와 사무실 중간에 있는 휴게실에서 식사를 한다. 사람들은 거기에 마련된 냉장고에서 자기 도시락을 꺼내 끼리끼리 모여서 식사한다. 모두 스무 사람쯤. 나는 교포 M씨와 자리를 함께한다. M씨는 나보다 4~5년 연장자로 좋은 직장에서 근무해온 분인데 사정이 있어서 거기를 그만두고 다음 직장을 구하는 사이를 두어 달 전부터 여기서 보내고 있는 분이다. 그는 처음 며칠은 멀리서 나를 늘 지켜봐주다가 무슨 어려움이 있을 듯하면 얼른 다가와서 도와주곤 했다. M씨 말고 식탁을 함께한 사람은 베트남 사람이다. 사이공에서 살다가 이민을 왔다고 한다. 또 한 사람의 회식 참여자는 순전한 미국 사람으로 서른 살쯤 된 금발의 여성이다. 이 두 사람은 내가 오기 전에 M씨와 어울리게 된 동료인 모양이다. 식당에는 커피를 마실 수 있는 뜨거운 물이 공급되는 시설도 있다. 나를 제외한 세 사람 사이에는 이럴 때의 자연스런 분위기가 형성되어 있었고 자연히 새로 끼게 된 내가 편할 수 있게 해주려는 배려가 느껴졌다. 점심시간이 끝나면 다시 일과가 시작되고, 오전에 받은 목록의 나머지는 거의 정확하게 오후 작업 시간에 맞아 떨어졌다.

퇴근 때 주차장에서 보니 나 말고도 차를 함께 이용하는 그룹이 있었다. 이 창고가 있는 지역은 비슷한 건물이 많았는데 다른 건물의 내용은 어떤 것인지 출퇴근 때 그쪽에서 사람이나 차량이 움직이는 모습을 볼 수 없었다. 우리 창고는 지역의 초입에 자리 잡고 있었는데 어쩌면 다른 쪽에 진입로가 있어서 그쪽으로 출입하는지는 몰라도 깊숙하게 저쪽으로 뚫린 길 좌우로 비슷한 건물이 양편으로 늘어선 그 길은 마치 막다른 골목 안처럼 괴괴해 보였다.

큰길까지 나오는 사이에는 작은 규모의 아이들 놀이터가 있고 놀이터 주변은 일반 주택과 이어져 있었는데 놀이터를 끼고 차는 금방 큰길로 나올 수 있었다. 이 언저리는 시내 중심과 달라서 높은 건물이 없고 거리 모양은 알렉산드리아 같은 작은 도시의 그것과 닮아 보였고 지방도시인 아이오와의 한 구역이라고 해도 될 만큼 어슷비슷했다. 이런 규모의 거리 모습은 아마 전국을 통해 그런 모양이었다. 더구나 동일 계열의 전국 규모 상점들이 어느 곳에나 있기 때문에 더욱 그렇게 보이는 것 같았다. 세븐 일레븐이나 맥도널드는 어디서나 같은 모습인데, 그것들이 도시에 동질감을 주는 효과를 내고 있었다. 근래에 자주 머리에 떠오르는 '시간'이라는 느낌과도 관련이 있어 보였다. 모양 없는 시간이 아니라, 어차피 문명의 시간은 시계에 의해 관리될 수밖에 없는 사정을 나타내기나 하듯이, 양적으로 여럿이면서 모양은 같은 시간—그러니까 시계를 두고 말한다면 일정한 주기를 가지고 되풀이되는 시간이었다. 1에서 12까지 갔다가는 다시 1에서 시작되는 시계처럼 그것은 되풀이되지만 같은 시간은 아닌 것을 누구나 알고 있으며, 시간은 지나기만 하는 것이 아니라 쌓여가는 것이지만 1에서 12까지라는 형식에 따라 쌓이는 것에나 비교할 만한 일이었다. 모든 도시에서 비슷한 잡화점, 비슷한 식당, 비슷한 옷가게, 비슷한 주유소가 있는 것이 이 나라 어디를 가든지 비슷한 장소를 지나가고 있다는 느낌을 주었다.

나에게는 그런 공간적 이미지가 근래에 들어 자꾸 '공간'보다는 시간을 느끼게 하였다. 그저 넓기만 하다는 것이 마음에 걸리기보다는 '오래되었다'는 느낌이었다. 미국이 젊은 나라라는 서양사 책에서 알아온 인상은 이미 나에게는 현실감 있는 것이 되지 못하고 있었다. 유럽에 가보지 못했기 때문에 그곳과 비교해서 생각할 수는 없었지만 책을 통해서 머릿속에 자리 잡은 유럽의 자리에 들어맞는 것이 나에게 비치는 미국의 모습이었다. M씨의 차를 타고 그의 집까지 가는 사이에 창밖으로 주변의 모습을 내다보면서 떠오르는 생각은 그런 것이었다. 어찌 보면 미국이든 유럽이든 상관없는 일일 수도 있었다. 어느 쪽으로 접근하든 같을 수밖에 없는 일이기도 했다. 왜냐하면 미국이란 이 실체는 인디언들이 진화한 신인종이 아니라, 유럽 사람들이 유럽 대륙의 생활 방식을 그대로 옮겨온 것이니 그것들은 같은 것일 수밖에 없지 않겠는가. 여기서 책을 통해서 형성된 유럽의 모습을 보는 것은 외국인으로서는 당연한 일이라 해야 옳았다. 미국 사람들이 유럽과 자신들을 비교하는 입장은 그야 얼마든지 구체적일 수도 있고, 제3자로서는 다가설 수 없는 구석이 있을 수도 있으리라. 또 다른 경우를 생각해보면 미국과 유럽을 모두 아는 외국인의 입장일 텐데 그것이 아마 가장 객관적일 수 있는 비교의 조건이기는 하다. 그러나 그때 내 심정의 바른 모습은 그런저런 어느 입장과도 사실은 맞물리지 않는데 놓여 있던 것이라는 생각이 지금은 알 것 같다.

8·15해방 직후에 소학생의 나이로 고향을 떠나, 남한 여기저기를 옮겨 살아본 끝에 지금 처음 와본 외국이 그를 가장 놀라게 한것은 이 사람들의 살림살이가 '피난민'의 그것과 정반대의 성질을 가진 그런 것이었다는 점, 바로 그것이었다,고 지금은 끄덕여

진다.

　외국이라 하면 그 전에 미국 오기 몇 달 전에 나는 베트남에 가본 적이 있었다. 파견된 한국군 부대를 방문하는 목적으로 구성되었던 그 몇 사람의 작가들과 함께 베트남을 돌아보면서 나는 그 공간적 이질성에 큰 충격을 받았다. 자연과 주거양식의 차이가 선명하였다. 그리고 북쪽이 고향인 나에게는 열대의 자연은 환상적일 뿐만 아니라 탐미적이기도 하였다. 야자나무를 보고 나는 처음 '나무'를 느꼈다. 나무라고 지정할 필요 없이 나는 베트남에서 처음으로 '자연'을 느꼈다. 내가 자란 나라와 확연히 다르다는 조건이 그런 깨달음을 가져왔고 어쨌든 '더위'라는 것은 '추위'라는 것보다 덜 적대적이었기 때문에 그 자연은 우호적으로 비췄다. 베트남 경험은 '자연의 충격'이었다. 그 앞에서 인간이나, 역사에 대해 생각하기 전에 그보다 먼저 있었던 지구의 다른 모습에 황홀해지고 신기했다. 베트남의 역사와 정치는 이와 반대로 너무 우리 사정과 비슷하였다. 식민지를 경험한 분단국가였다. 전쟁 상태가 해소되지 않았고, 그 차이는 본질적이라기보다 정도의 문제였다. 베트남의 정치와 그 부패의 모습, 젊은 사람들의 분노와 어른들의 허탈은 모두 우리 것이었다. 신기할 아무것도 없었기 때문에 그 경험은 미지근한 물에서 미지근한 물에 옮긴 것처럼 새 인식은 주지 않았다. 하기는 남의 모습에 옮겨진 자기 모습은 사정없이 희화되는 효과는 있기 때문에 아무 소용도 없는 경험이었다는 말은 아니다.

　나는 그 경험을 바탕으로 『남십자성』이라는 소설을 그해 안에

쓰기도 했다. 그 소설에서 나는 해방 전의 세계에 대입하게 꾸민 상황 속에 놓인 한 젊은이의 세계인식과 자기발견, 그리고 자기선 택으로 나가는 과정을 다루어보았다. 주제는 그렇게 정치적인 선 을 따라가는 이야기였지만, 열대지방의 자연이 북쪽 지대에서 자 란 사람에게 미치는 풍토적 충격이라는 두번째 주제가 곁들여지지 않았다면 아마 나는 이 소설을 쓸 수 없었을 것이다. 나는 이 소설 을 즐기면서 썼다. 소설에게 허용된 말 그대로의 '꾸며내기'라는 권리를 에누리 없이 행사한 것이 즐거움의 조건이었고 베트남의 자연이 아직도 나의 감각에 여름에 받은 햇볕처럼 살갗 밑에서 따 끔거리는 동안에 쓸 수 있었기 때문에 내 펜 끝에서 흘러나오는 표 현들은 아직 표현이기보다 현장의 생활 그 자체를 꿈꾸는 느낌이 었다. 자연은 이질적이었으나 역사는 동질적인 그런 이야기를 나 는 썼던 것이었다. 역사는 무섭고 고통스러웠으나, 자연은 부드럽 고 환하고 쓰다듬어주는 그런 것이었다. 적의가 덜한 인간생활의 상징으로서 자연의 이미지에 취하고 있다는 — 그 자체가 외국인 의 속 편한 관점이기도 하겠지만 — 그런 즐거움과 안심을 가지고 쓴 소설이었다.

　미국에서의 경험은 이와 달랐다. 미국의 기후는 한국 사람인 나 에게는 베트남의 자연이 주는 그런 이질감은 없다. 미국 본토의 주요 부분은 기후라는 점에서는 그 체감이 한국과 다름이 없다. 식물의 모습도 다를 것은 없다. 다른 것은 '인공'과 '역사'다. 비 슷한 풀들이 여기서는 방치되지 않고 어디서나 다듬어져 있다. 도 시 속에 어디서나 건물과 함께 있는 잔디는 '풀'이 아니라 '기르는 풀'이다. 그것은 들짐승과 집짐승만 한 차이가 있다. 목장이라는 것도 내 눈에는 이 잔디의 연장같이 보인다. 언덕과 벌판의 풀밭이 자연의 일부가 아니라 뜰의 일부가 돼 있다. 밭이 아닌 풀밭에 대해서 이렇게 관리한다는 경험은 우리에게는 없었다. 어디에서나 보게 되는 이 관리된 풀밭인 목장과 잔디가 이 사회 전체를 이중으로 보호된 인간의 '성城'처럼 보이게 한다. 자연 속에 인간의 성이 있는 것이 아니라, 자연과 그 자연을 한 번 다듬어놓은 환경 속에 인간의 도시와 인간의 집이 있다. 그 집들은 100년 전 200년 전이 아니라, 1,000년 전 2,000년 전의 모습을 그대로 가지고 있다.

유럽은 여기까지 와서 지금도 살아 있는 운동이다. 사실은 유럽과 구별할 것은 없는 셈이다. 정치적인 대립의 밑에는 대립이 불가능한 이런 동질성이 출렁거린다. 이런 생각이 처음에는 막연하게 차츰 뚜렷하게, 다음에는 그런 생각이 규칙적으로 되돌아와서 나의 마음의 해변을 쓰다듬었다. 그것은 조금은 쾌적한 것이기도 하였다. 환경을 눈감고 살기만 하면 되는 것이 처음부터 허락되지 않은 세대에게 남겨진 일에서 그나마 위신을 지킬 수 있는 몫은 당해도 알고나 당한다, 는 방식뿐이다. 그래서 차츰 모습이 갖춰지는 이방의 모습이 조금은 정신을 차려가는 나의 마음의 모습이기도 했다.

M씨의 차를 타고 그의 집으로 오는 사이에 지나가는 평화스러운 주택들과 상점들. 그것은 잘 길들여지고 잘 보존되었을 뿐 아니라, 그렇게 손질이 좋았기 때문에 인간에게 봉사하고 있는 시간이었다. 죽음의 순간이나 늙음의 시간에만 인간에게 때늦은 공포

를 줘서 사람을 허둥지둥하게 하는 '시간'이 아니라, '때늦은'이란 단절성이 아니라, 늘 거기 있기 때문에 언제나 그것과 사귀어왔고 그것이 비록 무서운 이별의 법칙을 또한 집행하는 자라 할지라도 생명의 근거와 은혜 또한 거기서 온다는 것을 평소부터 가르치면서 우리를 그 속에서 울고 웃게 하는 그런 '시간'이었다. 그 시간들은, 집의 처마 모습과, 현관과, 그 앞의 잔디와 굵은 가로수들과 정성스레 칠한 신호등과 두툼한 철제의 쓰레기통들(용하게 누가 집어가지도 않고 언제나 그 자리에 있는)과 — 이런 모습으로 차례로 지나가는 것이었다.

이 사람들의 문학작품에 나오는 기쁨과 슬픔은 저런 문간과 저런 커튼 뒤에서 이루어지는 인간사였다. 오래전에, 적어도, 경관이 시민을 함부로 때리지는 않고 한밤에 문을 두드리는 소리에 일어나면 불문곡직하고 어디론가 실려가는 그런 시간의 풍속을 끊임없이 솎아내고 독을 빼면서 다듬어낸 그런 공적인 시간 속에서 더 깊게 똑딱거리는 실존들의 어둠과 밝음 사이의 시간들의 그림자를 시인들은 노래하고, 소설가들은 말의 시계로 적어두는 것이 그들의 문학이었다. 그것은 이 도시들처럼 사회 간접자본이 잘 적립된 환경 같은 것이었다. 길은 충분히 넓고, 전기와 가스도 어디에나 들어가고, 잡화점에는 잘 검사된 일용품이 있는 도시였다. 문명은 학교의 교과서에만 있고 도시는 무장한 국립깡패들이 언제든지 무슨 일이든지 할 수 있고, 속으로야 다 알면서 겉으로는 다른 말을 해야 초라한 안전이 보장되는 삶을 살다가 지금, 아직도, 미치지도 않고 유령처럼 남의 도시를 떠도는 난파자의 눈에는 한없이 부러운 살림살이의 모습이었다.

 M씨의 집에서는 대개 차 한잔을 대접받는다. 얼마 지나지 않아 큰동생이 아니면 그의 아내가 도착한다. 나는 M씨 부부에게 인사를 하고 그 차로 집에 온다. 아버님은 이즈음 작은동생네에 계시다. 아버님과 나는 두 동생네를 번갈아가면서 머문다. 그들에게 짐이 덜 되게 어느새 그렇게 해온다.

 서적 창고에 나가겠다고 했을 때 아버님은 좀 착잡해하셨다. 내가 그들 곁에 있은 이래로 처음으로 지금껏 없었던 성질의 사안과 마주친 것이었다. 동생들은 쉽게 받아들였다. 내가 좋을 대로 하자는 것이었다. 그러나 아버님은 가타부타 말씀은 없었지만 불편해하시는 모양이었다. 그 심정은 나에게는 알 만했다. 아버님도 그동안 나와의 이야기를 통해서 내가 미국에서 살게 된다면 지금까지 보냈던 생활을 할 수는 없다는 것을 알고 계실 터였다. 그러나 지금까지 내가 귀국을 미루고 있는 것은 꼭 무슨 결정이 나서가 아니라 결단을 미루는 상태가 연장된 것이었기 때문에 막상 이런 구체적인 형식으로 나의 미래의 미국 생활의 예측 가능한 모습이 제시되고 보면 아버님으로서는 당황하신 모양이었다. 나는 어쨌느냐 하면 별 느낌이 없었다. 어느 날 저녁식사 때 동생이 M씨 이야기를 했을 때 나도 거기서 일할 수 없겠느냐는 생각이 떠올랐고 동생이 M씨를 통해서 이루어진 일이었다. 나 역시 우연히 나온 말 끝에 결정된 일이기 때문에 태연할 수 있었지 정작 내가 이곳에 살기를 결정하고 직업을 찾아나선 첫 직장이었다면 어떤 심정이었을지 꼭 이럴 수 있었을지는 잘 말하기는 힘들다. 그러니 그저 짐작으로 말할 수밖에 없는 일을 굳이 말해본다면 다른 사정에서라도 나의 심정은 그리 다르지 않은 것이 아닐까 생각한다. 그동안 다니고 있는 경험으로 그렇게 말해도 될 것 같다. 육체가 견딜 수 없는 온전한 노동이면 몰라도 이런 종류의 일은 불평할 수 없는 다행한 일자리였다. 문자만 해득하고 걸어다니면 되는 일이란 어디 그리 쉽게 있을까 보냐, 하는 심정이다. 여기 임금 지불 방법은 주불 방식인데 나는 충분히 만족하였다. 그것은 아이오와에서 아파트세를 제하고 지급된 현금에 해당하였다. 나는 나의 노동이 이렇게 높게 매겨진 것에 감격하였다. 이만한 노동에 이만한 보수면 그것이 돈으로 표현된 나의 '행복'의 수준이었다. 그것은 또한 내가 그때까지 받은 문학상의 상금에 해당하는 금액이었다. 이 직장에서 평생 근무한다면 나는 매달 문학상을 받으면서 사는 셈인즉 그것은 상금인생이라고나 할 것이 될 터였다. 지식노동 아닌 노동은 만일 그것이 본인이 납득한 것이거나, 선택한 것일 때는 쾌적한 것이다. 그렇게는 되기 어렵지만 사람이란 지금 내가 다니는 서적 창고 정도의 일을 하면서 그럭저럭 살 수만 있다면 충분히 행복할 수 있다. 아마 이런 느낌에는 이 나라, 이 도시의 사회적 축적의 혜택을 이용할 수 있다는 전제가 있고 나서 비로소 말이 되는 것이겠지만, 나의 느낌은 허무한 생각에서만 해보는 소리는 아니다. 그러노라면 어느덧, 유럽계보다는 못하겠지만, 그 인종은 무엇이든, 이 거리에서 오랫동안 길을 걷고, 가게들에서 같은 물건을 사고, 이런저런 어떻게든 있게 마련인 일터에서 같은 말을 쓰면서 살아가는 사이에 다듬어지게 마련인, 인종과는 상관없는, 닮기로 한다면 이 거리의 집들이나 가게 모양과 닮은 그런 얼굴을 지니게 될 것이었다. 거리에서, 상점에서, 엘리베이터에서 만나는 아시아계의 얼굴들이었다.

이럴 즈음의 얼마 전에 나는 아이오와에서 가져온 채로 가지고 있던 CAPITAL(『자본론』)을 손에 들었다. 그동안 뒤숭숭한가 하면 중심 없이 마음이 흩어지기만 하던 생활에서 거기 있으면서 전혀 다가들지 않던 책이었다. 나는 막연히 책을 들고 서문을 읽기 시작하였다. 서문들을 지나 본문에 들어서면서 내 마음은 조금씩 진지해졌다. 그것은 로렌스 스턴을 읽는 것과는 조금 다른 일이었다. 매일 조금씩 읽어나가면서 이 독서는 영어의 '맛'을 음미한다는 능력이나 거기서 얻어질 기쁨과는 다른 성격의 읽기일 수 있음이 알아졌다. 그것은 '논리'라든가, '이성'이라든가 그런 말로 나타낼 수 있는 성질의 내용이어서 이것이 취하고 있는 언어형태는 (이 경우에 영문 표현은) 에스페란토라고 생각해도 무방하다는 발견이었다. 이 책의 내용의 깊이에 상응하는 깊이의 영어 해독력을 요구하는 책이 아니라, 독자에게 어느 정도 갖춰진 보편적 지식을 가지고 해독하는 것이 오히려 바른 길이라는 느낌을 이 책은 페이지마다 깊게 해주었다. 유클리드 기하학을 읽기 위해서 반드시 그리스말의 대가일 필요는 없는 사정과 같다는 짐작을 주었다.

이 책이 씌어진 지 백수십 년 만에 이 책은 나에게 지금 비로소 '책'이 되었다. 그야 내가 읽지 않아도 이 책은 이미 책 중의 책 노릇을 해왔다. 이 책을 읽기에 가장 알맞은 자격을 갖춘 동시대인들을 비롯해서 모든 나라의 온갖 지적 배경에서 자기를 형성한 사람들이 이 책을 읽으면서 자기를 부정하기도 하고 자기를 긍정하기도 하였지만 어쨌든 이 책을 비켜간다는 것은 태평양을 비켜갈 수는 있지만 그렇다고 태평양이 없어지지 않는 것처럼 인간의 지적 전통에서 자연사적 객관성을 주장할 수 있는 그런 느낌을 주었다. 그 점에서도 유클리드 기하학과 닮아 있었다. 낮에 서적 창고에 다니면서 밤 시간에 몇 페이지씩 읽었다. 내가 정통하지 못한 언어로 되어 있었기 때문에 자연 조심스럽게 읽어야 했고 내용의 성격 또한 한 줄, 한 페이지를, 읽는다기보다 읽는 사람이 스스로 막중한 생각을 투입해야 하는 작업을 강요하는 책이었다. 하기는 이렇게 말하는 것은 우습기 짝이 없는 말임에 틀림없다. 원래 읽는다는 것은 그밖에 어떤 것이겠는가. 그래도 이 책을 읽으면서의 내 느낌을 그렇게 말하고 싶은 것이었다.

지난날 중학교와 고등학교에서 뉴턴이니, 초급 기하학이니, 화학방정식이니, 라부아지에의 화학공식이니, 인수분해니, 일차방정식이니 하는 것들을 배울 때 이후 처음 맛보는 경험이었다. 그동안에 읽은 문학 관계의 책들은 더 말할 것도 없는 일이고 이른바 인문 사회과학 쪽의 모든 책들은 그 성격에 있어서 이 책과는 달랐다. 그것들은 뉴턴이나, 라부아지에나, 유클리드나, 갈릴레이라기보다는 그런 것들을 물론 전제로 하면서도 기하학 시간의 증명 문제들 같은 그 한계 안에서는 오류가 허용 안 되는 그런 정신의 세계가 아니고 원리로부터의 오차와, 편차와 일탈이 원칙적으로 허용돼 있는 문학적 표현, 과학을 닮은 수필 — 그런 것이 내가 읽은 인문과학의 책이 나에게 준 인상이었다. 그러나 『자본론』은 그런 의미에서는 인문과학의 책이라기보다는 자연과학의 책에 가까웠다. 나는 두 달쯤 걸려 읽기를 마쳤다. 그리고 아이오와의 헌책방에 들리지 않았더라면 이 책을 아마 구해서 읽지는 않았으리라는 것을 생각하고 마음이 어지러웠다. 수학 공부하는 학생이 유클리드를 빼놓고 나간다는 일은 있을 수 없다. 인문과학자는 아닐망정, 그에 가장 가까운 자리에서 의식을 추적하는 일을 해온다면서 나는 40대에 지금 이 책을 읽게 되었다는 그 시기적 부자연스러움이 뜻하는 나의 생애의 초라함이 나를 뒤흔들었다.

유클리드며, 뉴턴이며, 갈릴레오를 끌어다 대는 것은 하기는 이 책의 느낌의 한 면을 강조하는 것이 되기는 하기 때문에 여전히 그렇게 표현해서 안 될 것은 없지만, 다른 한편으로 이 책이 나를 뒤흔든 또 다른 느낌에 대해서는 되레 잘못을 저지를 뿐 아니라 가장 빗나간 것일 수도 있다. 한편으로 그토록 기하학의 공식증명 절차 같은 운동형식을 취하면서도 이 책은 문학은 곧 수사학이다, 라고 말해도 무방하지 않을까 싶게 행간에 가득 찬 여운과 비유의 농밀한 에너지에 가득 찬 느낌을 주었다. '직선'이라는 개념은 현실의 실체는 아니지만, 이 우주 속에 있는, 그 말을 보증하고, 그 말에 대응하는 실체에 바탕해서 정해진 이정표 같은 것임을 이해한다면, 기하학은 명상을 위한 기도서도 될 수 있고, 영혼의 황홀경을 인도하는 신비서도 될 수 있고, 정신의 유희를 위한 악보도 될 수 있다고 하는, 그리스 철학자들의 어떤 파에 속하는 사람들이 기하학에 대해 가졌다고 하는 태도를 가져다 비유할 수 있는 그런 느낌을 주는 책이기도 하였다. 그러니까 정반대일 수 있는 성격을 가진 의식의 형태를 저자는 가지고 있는 것이었다. 자연과학의 그것처럼 투명하면서 문학작품처럼 증폭하는 내용을 지니고 있어서 마침내 문학의 유클리드 체계라고 할 '수사학'적 쾌락을 제공하는 의식이라는 것과 만나는 경험이었다.

나는 가까운 쇼핑센터 안에 있는 책방에서 마르크스와 엥겔스의 선집을 구할 수 있었다. 그것은 단권으로 된 선집으로 그들의 주요 저작을 짧은 것은 전문을, 긴 것은 발췌를 실은 책이었는데 이 책을 읽으면서 나는 『자본론』을 읽으면서 받은 인상의 상충되는 성격을 이해할 수 있었다. 『자본론』은 선행하는 이 같은 사색의 끝에 이루어진 것이고 보면 그 책을 즐기자면 선행하는 전 작품을 읽는 것이 좋고 그런 연후에는 『자본론』 한 권은 좀 압축되기는 했지만 전 작품을 이미 머리에 가진 독자에게는 그 정리된 맛이 또 다른 쾌락일 수 있는 책이 될 수 있을 터였다. 선집에 실린 글들은 역사적인 숨결이 생생한 것이 특징이었다. 그들이 산 유럽의 연대기를 그 현장에서 이토록 단단한 보편화의 절차를 거치면서, 적어 나가다니. 그것은 정신의 마술 같은 것이었다. 시대를 꼼꼼하게 기술한 사람은 많고, 꼼꼼하다는 미덕은 잠깐 에누리하면서 체계에 전념한다는 수도 있으리라. 그러나 이 두 가지를 동시에 한다는 것은 사람의 노릇이기보다, 차라리 그리스 신화의 거인들이나, 신들의 동작을 떠올리게 한다. 그리스 신화의 세계라 치고 그 많은 전공분업식 신들 중의 어느 신에게 비교해야 할까. 그 어느 신도 단독으로 이들과 마주 세우기에는 역부족으로 보인다.

이 책들이 말하는 내용을 지금 처음 알게 되는 것은 물론 아니었다. 이들이 말한 내용에 '대해 말한' 책들을 읽어온 터였다. 그러나 그들 사이에는 얼마나 마땅히 그래야 할 차이가 있는가! 살아 있는 짐승과 그것의 박제, 그것의 해부 도면, 그것에 대한 관찰 기록— 그런 것들 사이의 차이만 한 것이 있음을 확인한다. 많은 사람들이 이들을 읽고 일으킨 반응이 곧바로 역사 자체를 만들게 한 책. 내가 지금 이 자리에서 이 글들을 읽게 만든 이 미미한 생애에 이른 내력조차도 지배하고 있는 책. 이 책 때문에 유럽에서 이 책의 내용을 섬기는 한 나라가 생겼고, 그 나라 때문에, 지구상에 발생한 대문명권의 하나의 맹주였던 한 나라가 이 책들의 내용을 섬기는 나라로 탈바꿈하였고, 식민지를 벗어난 불쌍한 나의 고향 나라의 반쪽이 이 책들의 내용을 섬기는 나라의 손으로 점령되고 거기에도 비슷한 체제가 세워졌고, 그 내용의 가르침에 따라 부정되어야 할 사회적 지위에 있었던 가족과 개인들은 그 '자연발생적' 이지만 분명히 '진리'에 어긋나는 사회적 기득권을 박탈당했고 비록 '개인적 증오' 때문은 아니라 할지라도 박탈당한 사회적 자아를 흔연히 단념하고 유창하게 새 신분을 획득하는 것이 기하학에서 증명을 위한 보조선분을 증명의 종료와 함께 지워버리면 그만인 것처럼은 할 수 없는 원수 같은 죄악의 육신 덩어리인 살아 있는 실존들은 필요한 공포와 불필요한 공포까지가 곁들여진 가운데 고향 탈출의 대피난 대열에 끼어들고— 그렇게 해서 지금 나는 여기 있고 이 책들을 이런 데서 읽고 있다.

대하는 방식을 일단 제쳐놓는다면 이 책의 내용들을 처음 대하는 것은 아니었다. 북한에서 전쟁이 날 때까지 지낸 내 견문으로 생각건대 해방된 다음 북한에 들어섰고 전쟁이 날 때까지 겪어본 그 체제는 내 마음이 받아들이기에 걸리는 데가 너무 많았다. 남쪽에 온 후의 추가되는 검토와 생각을 거치면서도 사정은 여전히 마찬가지였다. 이 저자들의 중심 사상이기도 한, 계급적 환경이 투명한 분석을 방해했다,는 사정도 반성해본다. 그 점에 자신이 있는 것은 아니므로 결국 내 능력의 한계 안의 일일 수밖에 없지만, 결과적으로 지금까지도 나는 북한 정권에는 중대한 결함이 있다는 인식을 유지한다. 북한뿐 아니라, 소련까지도 그렇게 보인다. 그들의 대의명분과 현실 사이의 괴리(물론 내 눈에 비치는)를 설명하는 데 지금 현재까지 나는 성공하지 못하고 있었다. 그것이 현실의 괴리인지, 내 인식의 괴리인지를 알아야 하는 것은 나의 의무였다. 내가 속한 가족이 당한 불이익의 공동 피해자일망정, 만일 그 세계해석이 '그래도 도는' 세계의 실상이라면 나는 그것을 받아들이는 것이 인간적인 의무라고 생각했기 때문에 그것은 비켜가도 좋은 일이 아니었다. 그러면서 불혹不惑이라는 이 나이에 이르도록 나는 이 문제를 해결하지 못하고 있었다. 이 문제를 해결하지 못한 자리에서 글을 쓴다는 것은 또 무엇인가. 그러나 그때까지 나는 국내에서 이 책들을 구할 길이 없었고 그래서 장님 코끼리 더듬듯 여기서 한 조각 저기서 한 조각씩의 귀동냥 눈동냥에 의지해서, 엉뚱한 사람의 저작물에 반영된 2차반사, 3차반사된 마르크스와 엥겔스의 그림자 속을 숨바꼭질했다.

내가 소설을 쓴다는 표현형식을 택했다는 경력이 이 문제에 대해 말해보니 불철저한 궤적을 보이게 된 것이라고 생각해본다. 앞에서 '태평양'이라는 비유를 써봤지만, 그것은 역시 비유일 뿐, 실물 태평양이 아니라, 그 바다에 대한 강력하기는 하나 여전히 실물일 수는 없는 '측량 기록과 관찰 및 분석'이라고 해야 할 것인 그들의 의식의 운동방식은 다른 표현양식에서도 다른 조건부로 시험해볼 수는 있을 수밖에 없다. 예술이라지만 소설형식은 그런 자리로서의 의미를 한 측면으로 가질 수 있다. 사람의 일을 가지고 말할진대 아무리 어려운 사안일지라도 접근이 불가능할 만큼 신비한 일이 어디 있겠는가. 이들의 저술은 그 점에서야말로 특징적이다. 보통 아이들이 기하학을 발명하지는 못해도 웬만하면 낙제는 면하는 것처럼, 그들은 진리란 결코 신비한 아무것도 아니고 약속과 순서에 따라서 풀면 아무에게서나 풀리는 기하학 문제 같은 것으로 인간과학을 정리하려 한 것이 뚜렷했기 때문에 소설을 쓰는 일도 그들의 과학과 나의 가족사와 나의 실존사와 무관하지 않은 것이라고 생각해볼 수밖에 없는 것이 내가 산 세월의 사정이었다.

미국에 온 이후로 처음으로 환경에서 비켜서는 여유를 가지게 된 탓이었을까, 아니면 예정에는 없던 체류가 길어지는 데서 오는 공허감 때문이었을까, 같은 무렵에 나는 나의 작품『밀실』을 개작하는 일을 시작하였다. 기본 줄거리에서 손댈 생각은 없었다. 그것은 원래대로 놔둔다는 전제 아래에 나는 첫 페이지 첫 단어부터 다시 새겨나가기 시작했다. 새겨나간다는 것은 말 그대로의 뜻이어서 첫 '단어'라고 되어 있다면 그것을 첫 '낱말'이라고 바꿔 새기는 것을 뜻했다.

소설을 처음 쓸 때와 같은 생생한 현장감이 조금씩 내 머리와 원

고지 사이에서 엷어지는 것을 느껴오고 있었다. 어릴 적 H에서 글을 깨우치면서 누구에게나 마찬가지일 그 또 하나의 세계에 대한 강한 믿음에 의지해서 마침내는 글을 쓰게까지 된 것인 나의 소설 쓰기는 1959년에 시작해서 내가 미국에 온 해인 1973년 가을까지 계속되었다. 전에 기회가 있을 때에 어느 지면에 쓰기도 한 적이 있는 대로 내가 소설이라고 생각하고 쓴 글은 첫 단편소설이 발표된 1959년보다 훨씬 거슬러 올라가서 1952년 대학교 1학년 여름방학부터 쓰기 시작해서 그해 겨울방학까지 이어진 「H읍」이라는 작품이었다. 이 소설은 말 그대로 H읍의 사람들의 이야기를 써나간 것이었다. 나는 자세한 메모도 준비하고 이야기의 순서며, 이야기를 이루는 자세한 작은 장면까지 머리에 지니고 있었다. 그리고 이야기의 주제도 대강 잡고 있었다. 그것은 1945년 한 해 전쯤에서 시작하여 우리 가족이 그곳을 떠나 W로 나왔다가, 1950년에 전쟁 속에서 W를 떠나는 데서 일단 끝날 가족사 소설이 될 예정이었다. 그것은 내가 국민학교 5학년이던 일제 말엽의 기억과 해방 후의 중학교에서 고등학교 1학년에 이르는 기간의 기억을 믿고 손댄 작품이었다.

그 무렵 대학의 공부에 흥미를 잃은 나에게 이 소설을 쓰는 일은 돌이켜보면 좋은 구원이었다. 들어간 대학의 공부에 흥미를 잃는 일은 있을 수 있는 현상이고 그러면 그런대로 다음 처리는 사람마다 각각이겠지만, 다른 어떤 방식보다도 소설을 써보았다는 일은 괜찮은 일이었다고 생각한다. 지금도 부산 천마산 중턱에 아버님이 지어주신 한 칸짜리 판잣집의 대패질하지 않은 나뭇결이 눈길을 찔러온다. 그때도 아버님이 목재를 다루는 직장에 계셨기 때문에 어렵지 않게 구한 말짱한 새 송판으로 지은 집이어서 살이 켜진 소나무 냄새가 학교가 환도하면서 팔고 떠날 무렵까지 가시지 않던 개운한 주거였다. 영도 쪽을 향해서 난 창문 바로 밑에 벽에 붙박이로 달아놓은 긴 송판 한 장 넓이의 책상 위에서 나는 「H읍」을 썼다. 그러니까 작품 속에는 그렇게 표현될 길이 없지만 내 의식을 기준 삼는다면, 북쪽의 H읍의 생활은 눈앞이 부산 범일동, 부민동의, 위에서 엇비슷이 내려다보이는 모습과, 자갈치시장의 지붕들을 지나 영도 섬과 그 근처 바다와 섞여 있었다. 나중 일이지만 이 소설 이후에 쓴 소설에서 나는 되레 과거와 현재, 사실과 기억이 뒤섞여 있는 의식의 그런 방식을 선호하였고 마침내는 그쪽이 예술로서는 정당한 화법이라고 생각하게끔 되었지만 그 작품을 쓸 때는 죄짓기 전의 아담처럼 내 의식은 소박하게 전통적이어서 소설을 쓰고 있는 나는 내 육체를 천마산 중턱의 판잣집에 고스란히 남겨놓고 멀리 H읍에 아주 가서 몇 해 전 자신의 삶을 살면서, 현장 기록을 하면서, 그런 집필의 시간을 살고 있었다. 이 작품을 쓸 때의 의식이 아마도 내가 마지막 겪은 가장 자연스러운 의식의 상태였던 것 같다. 나의 의식은 과거와 생생하게 연결되어 있었고 그것은 1 다음에 2가 있는 그런 의식이었다. 소설 속의 모든 부분이 실물과 다름없이 있을 곳에 있었다. 그것은 깊이와는 상관없는 일이었다. 아직 분열되지 않은 관찰자의 감각으로 통일되어 있는 세계였다.

　이 소설을 계획된 끝부분까지 썼더라면 작품은 전체로 보아서 어느쯤 성공할 수 있었을지는 생각해봐야 소용없는 일이기는 하다. 다만 성공하자면, 현재 기록된 부분에서 구사되고 있는 관찰의 수준을 유지하면서 그 이상의 욕심을 내지 않을 수만 있었다면, 다른 시기의 나에게는 불가능한 한 정신의 운동을 붙잡아놓을 수 있었을 것이고 그것은 그것대로 나에게 소중했을 성싶다. 지금 현실로 남은 「H읍」이 그런 판단을 내리게 한다.

다시 돌아갈 수 없는 시선이란 것이 있을까. 있기도 하고 없기도 하다. 그야 글 쓰는 사람은 어떤 시점도 선택할 수 있다. 그러니까 어른이 어린이들 읽을거리를 쓸 수 있는 것이니 이것은 증명된 일이다. 대개는 쓸 수 없어서, 즉 그 시점을 인공적으로 취하기가 불가능해서가 아니라, 그럴 흥이 일지 않게 되어 어느 시기를 지나면 이 시점으로 돌아가기는 '사실상' 불가능해진다. 불가능에는 이렇게 두 종류가 있다고 해야 옳겠다.

나의 작품 『밀실』은 내 마음의 생김새가 「H읍」에서 썩 나중의 것으로 옮아가는 과도기쯤에서 만들어진 작품이었다. 그것은 그 작품을 전후한 의식의 성향을 적당히 섞어 가진 그런 요령으로 씌어졌다. 이런 사정을 전혀 무시하고 다른 작품으로 만들 생각은 없었다. 그러나 이 작품을 발표하고 나서 언제부턴가 내게는 그럴 기회가 주어지면 손질하고 싶은 생각이 되풀이 찾아오곤 했다. 그 일을 마침내 나는 하고 있었다. 우리나라의 문자언어 생활이 좀더 긴 시간이 지난 앞날에 어떤 모양으로 일단의 정착을 보이게 될지 나는 아직도 뚜렷한 짐작이 서지 않는다.

가장 중요한 것이 한자 어휘의 표기 문젠데, 아직도 일반적으로는 한자와 한글의 혼용표기를 하고 있다. 문제는 '혼용표기'와 '混用表記'의 두 가지 사이의 손익계산이다. 이것은 깊이 생각하면 생각할수록 쉬운 대답이 나올 수 없는 것이 현실이다. 실용에 관계된 문제이기 때문에 어떤 입장의 이상론이든 이상론인 대로는 현실화될 힘이 없다. 그래서 지금 현실적으로는 '혼용표기'와 '混用表記'가 그야말로 병용, 혼용되어 있다. 이것을 어느 한쪽으로 아무도 강제하기가 힘들다. 그러니 일반 문자생활은 그렇다 하고, 이야기를 문학에 국한시키고, 그중에서도 소설로 국한시키면 조금은 문제의 성격이 뚜렷해진다. 한국 소설은 이미 한글 전용표기가 관습으로 작가와 독자를 구속하고 있다. 소설에서는 '구속'이라고 쓰면 그만이지 굳이 '拘束'이라고 써야 표현의 깊이에서 무엇인가가 덜 잃어진다는 생각은 작가, 독자 어느 쪽에서도 하지 않게끔 되었다. 알파벳 계열의 문자언어에서의 외국말의 유입과 우리의 그것과의 사이에는 본질적 차이가 있다. 알파벳 계열에서는 비록 현대 영어에 흘러 들어온 프랑스말, 독일말, 라틴말, 그리스말, 그리고 대부분의 '외래어'라 할지라도 그 원어의 '소리'와 '형태'가 모두 보존되어 있다. 그러나 한자어의 한글표기에서는 소리만 보존되고 형태는 사라진다. 그러니 알파벳 계열의 문자언어 사이의 혼합이나 합성과는 다른 형태의 언어융합이다. 어쨌거나 글 쓰는 사람이 그 매체 자체에 대하여 이런 식의 위기의식을 가지게 되는 것은 그 문제의식의 일반적 의미는 굳이 부인하지 않더라도 작가 의식의 위기임에는 틀림없었다. 이것은 나의 세대의 언어적 혼란, 가치의식의 혼란과 떼어놓을 수 없는 한 문맥 속에서 두고두고 생각해야 할 일일 성싶다.

　이 경우에도 '당하더라도 알고나 당하자'는 방식은 쓸모가 있다. 내가 국어개혁을 맡아보게 된 문교 관리로서 이런 고민을 하는 것이 아니라 작가로서 그러는 것이고 보면 나의 권리에 속하는 테두리에서 이 문제의 잠정 해결을 찾는다면 그것은 '混用'도 아니고 '혼용'도 아니고 '섞어쓰기'라고 적는 길이 된다. 나의 소설 『밀실』을 나는 이 '섞어쓰기'식으로 고쳐 쓰기로 마음먹었다. 내가 1952년에 영도다리가 보이는 천마산 허리 판잣집에서 「H읍」을 쓴 것이 학교와의 사이에서 빚어진 위기상황에 대한 무의식의 대처 행동이었던 것처럼, 이번에도 『밀실』이라는 비록 한 번 쓴 소설이기는 하지만 그 현재의 형태와 나의 지금 입장 사이의 틈을 그런 방식으로 고쳐가는 일을 지금 이 자리에서 하고 있다는 것은 그것밖에는 달리 매달릴 데가 없는 이 이방에서 내가 겪고 있는 정신의 위기에 대한 대처 방법이었다.

　『밀실』의 매 페이지, 행마다, 글자마다를 달리 옮겨보는 창 밖에 이번에는 버지니아의 밤 — 때로는 추적추적 비도 내리는 — 이 있었다. 고쳐가면서 나는 점점 지금이 이 짬을 쓰기에 결코 아깝지 않을 일을 하고 있다는 느낌이 짙어졌다. 그것은 실험이기도 하였다. 고치는 규칙을 어디까지 지킬 것인가를 정하는 것은 문장을 따라가면서 온갖 조건 — 뜻이 다치지 않게, 가락이 매끄럽게, 앞뒤의 움직임에 어울리게 — 등의 조건을 가누어가는 줄타기 같은 것이었다. 대화 부분에서는 물러서기도 해야 했지만 바탕글을 거의 깡그리 고쳐보는 노력을 하였다. 그렇게 해서 고친 부분의 감각적 환기력이 기존의 한자 낱말에 기대지 않고 곧바로 다가오게 하고 싶었다. 그러다 보니 겉으로는 대수롭게 뵈지 않을 수 있으면서도 사실은 작품의 전체의 의미를 전혀 다른 각도에서 밝혀볼 수 있을 성싶게 바꿔놓게까지도 되었다. 작품의 처음부터 나오는 두 마리 갈매기의 뜻을 지금 모습과는 다르게 잡고, 현재처럼 두 마리 갈매기를 처음부터 뜻매김을 하지 않고, 독자의 시야의 중심에서 표 나지 않게 떼어놓게 되었다. 작품의 끝부분이 '사실'로서는 마찬가지지만 '상징'으로서는 전혀 다른 것이 되게 하기 위한 장치도 만들어넣었다. 혼자 속으로는 첫 발표의 모습부터 그런 것을 겨냥하였지만 그 후의 독자 쪽의 반응은 그것의 '사실'성만에 기울어져나오는 것이 다수였으므로 거기에는 어딘가 필자인 나의 역부족에 탓을 돌려야 할 몫도 있다고 보고 나는 그 점이 눈에 보이게 하고 싶었다. 그러면서도 혼자서 다 말해버리면 멋없는 일이었다. 그 점에도 나는 애를 써보았다.

앞에서 말한 것처럼, 내가 손질한 부분을 다 밝힌 지금까지도 여전히 『밀실』에는 아직도 내가 누군가가 그렇게 봐줬으면 바라는, 그리 어렵지는 않지만 여전히 숨은그림찾기 맞잡이 심심풀이는 될 법한, 어떤 틀이랄까, 눈길을 어느 어름에 맞췄을 때 드러남 직한 그림이 있으리라 싶다. 그 점을 좀 뚜렷이 해, 말어? 하며 꼬나보는 그런 대목이 그 버지니아의 밤들에는 나에 의해 보태졌다. 그리고 여전히 가끔은 비가 내리는 밤이 있었다. 버지니아는 비도 내리는 고장이었다.

두 달 남짓 다니던 일터를 그만두고 그해 여름을 콜로라도의 산속에서 보내게 되었다. M씨가 새 직장을 얻게 되어 그의 차편을 이용할 수 없게 되어 동생 차로 다니기를 며칠 하다가, 동생의 형편으로 나가다 말다 한 끝에 다른 사정이 생기게 되었다. 동생이 덴버에 있는 친구와 어울려서 교외의 산속에 있는 휴양지에서 장사를 하게 되어 거기를 같이 가기로 한 것이었다.

덴버 시 교외에 보더라는 도시가 있다. 주립대학이 있는 대학마을로 로키 산맥 기슭에 자리 잡은 그림 같은 곳이었다. 덴버만 하더라도 널찍한 터에 자리 잡은 크면서 조용한 도시라는 인상이었는데 보더는 그 이상이어서 갑자기 한적한 시골로 온 느낌이었다. 버지니아만 해도 그곳 사람들은 뉴욕에서 사람이 어떻게 사는지 모르겠다고 할 만큼 차분한 환경이었는데 이곳은 도시 못지않게 자연이 의식되었다. 덴버 시내에서도 가깝게 다가와서 지평선 대신에 하늘과 땅 사이에 병풍을 쳐놓은 로키 산맥을 볼 수 있는데 보더는 아예 그 산자락에 잇대어 있었다. 동생네가 가게를 차린 것은 이 대학마을을 지나서 그 뒷산으로 한참 들어간 산속 마을이었다.

덴버 공항에 마중 나온 동생 친구의 차를 타고 우리는 덴버 시내를 지나 보더 쪽으로 갔다. 짧은 바지에 윗몸은 벗어부친 학생들이 잔디 여기저기에 누워있는 대학 구내 옆으로 난 길을 따라 우리 차는 휴양지가 있는 산속으로 들어갔다. 산길이 경사를 꽤 가파르게 이루면서 한참 올라간 곳에 그 마을이 있었다. 그곳에는 본격적인 건물이랄 만한 것이 거의 없고 임시로 지은 음식점과 오락 시설이 좁은 산길을 끼고 어떤 데는 몇 채씩 몰려 있고 대부분 여기 저기 흩어져 있었다. 사방은 높은 산줄기가 골짜기를 사이에 두고 겹쳐 보였다. 이곳은 산줄기 속의 비교적 트인 지형이었는데 원래 는 광산이었다가 지금은 폐광이 되어 있었다. 우리가 장사를 하게 될 집도 길가에 면한 단층 건물인데 진열장이며 포장을 풀지 않은 상자며가 쌓여 있는 홀을 지나서 장차 주방이 될 듯한 방 옆으로 난 문을 통해 나갔더니 그곳에 또 한 채 허름한 목조 건물이 있는 데 그것이 우리가 거처하게 될 살림집이었다. 집을 둘러보고 난 다음, 우리는 한 집을 찾아 들어가서 점심을 먹었다. 그 집은 외양 도 그렇고 안에 들어가 보니 말쑥하고 아늑하게 꾸민 곳이었다. 창밖으로 주변이 넓게 시야에 들어왔다.

동생네와 친구는 사업 이야기에 열중했다. 그들의 이야기를 들 으니, 덴버며 보더 시민들이 찾는 가장 개발된 교외 유원지는 다 른 곳에 있는데, 광산이던 이곳이 폐광이 된 후로 이쪽 등산로를 찾는 사람들을 상대로 편의 시설이 하나둘 생기기 시작해서 지금 처럼 유원지 마을이 되었는데, 벌써부터 있는 다른 유원지가 워낙 잘 갖추고 있기 때문에 이쪽에 투자하는 사람들이 없어서 이렇게 뜨내기 같은 모양으로 유지돼왔다고 한다. 그런데 이 지역 개발을 위해 주정부 도움을 받자는 움직임이 일부에서 진행되고 있는데 만일 그렇게 된다면 투자 가치가 있고 자리도 먼저 잡아놔야 한다 는 것이었다. 덴버에서 잡화 상점을 하는 동생 친구는 소문을 알 아본 끝에 한번 투기할 생각이 나서 이 가게 건물을 사들였다고 한 다. 그렇기는 하지만 지금 하는 일에서 손을 뗄 수는 없고, 앞으로 뜻대로 일이 되는 경우에도 운영 자금을 대기 위해서 지금 하는 일은 힘이 될 것이므로 이곳 현장을 동생이 맡아주고 이익은 절반씩이라는 이야기였다. 버지니아에서 보험일과 부동산회사 종업원 일에 재미도 못 보고 따분해하던 동생은 마침 잘됐다고 좋아서 달려온 것이었다. 낙천적이고 친구들에게 너그러운 성격인 동생은 교포사회에 발이 넓었는데 이런 데까지 알음알이가 있었다.

"형님, 이런 산속에서 사시겠습니까?"

동생 친구는 이렇게 말하면서 꽤 덩치가 큰 어깨를 약간 움츠려 보였다.

"마음에 듭니다."

"장사 잘되면 잘 모시겠습니다."

"그때 가서 딴소리 없깁니다."

그는 크게 웃으면서 커피잔을 높이 들었다.

우리는 거리 구경에 나서서 주변을 돌아다녔다. 과연 광산이었다. 밀차가 그대로 얹힌 궤도가 한쪽 골짜기에 남아 있는 모습은 얼핏 오늘이 광산마을의 휴일인 듯한 착각을 주었다. 광구 가까운 곳에 철조망으로 막아놓은 곳도 두어 군데 있었다. 비교적 다듬어진 듯한 이 지형은 그러니까 순전한 자연 형체가 아니고 광산 시절의 현장 운영 시설이 있었던 곳인 듯했다. 그때 것일 듯싶은 사무실 건물 비슷한 작은 벽돌집이며, 빈 창고도 기복이 있는 산등성이의 여기저기에 널려 있었다. 그것들과 섞여서 음식점이며, 당구장이며, 바며, 선물가게들이 들쭉날쭉 퍼져 있는데 어느 건물이나 볼장 다 보면 버리고 떠난대야 큰 손해 날 것까지는 없어 보이는 날림집들이었다.

"클레멘타인 있지요?"

계수가 말했다.

"응? 응, 노래?"

옳은 말이었다.

"노래하고 싶어? 해봐."

동생이 말했다.

하하하, 하고 계수가 웃었다.

"웃으라고 했나, 노래 들어보자구."

동생이 또 말했다.

나는 앞서서 걸어나갔다.

사실이었다. 돌아보면 볼수록 잠깐 휴업하고 있는 광산을 견학하는 기분이었다. 빈 창고 한옆에는 큼직한 장비들도 여기저기 웅크리고 있었는데 가까이 다가서서 보니 녹슬 대로 녹이 슬어서 그저 고철 덩어리가 돼 있었다. 주말이면 꽤 붐빈다고 하는데 평일 지금, 한낮의 이 마을은 한번 사람이 살던 그때의 활기에 못 미치는 상태가 그저 한적한 것도 아닌 야릇한 분위기를 보이고 있었다. 자동차가 겨우 비켜갈 만한 포장도로로는 이 거리를 지나서 산정 쪽으로 빠져나가고 있는데 그 길이 울창한 숲 속으로 사라지는 언저리는 웅장한 산맥의 초입답게 손때 묻지 않은 고요함이 성큼 다가서는 느낌이어서 마을의 기묘한 어설픔과 좋은 대조를 보이고 있었다.

나는 어느 작은 언덕 기슭을 지나가는 폐물이 된 궤도에 걸터앉았다. 동생 부부가 저쪽 창고 옆을 돌아가는 것이 보인다. 하늘에서 초여름의 웅장한 구름이 내려다보고 있다. 걸터앉은 레일이 엉덩이에 따뜻했다. 그 무심한 열은 나를 편하게 하는 이상으로 품어주는 느낌을 주었다. 가족들이 그쪽에 자리 잡은 곳이랄 뿐이지 나에게야 동부면 어떻고 중부면 어떻고, 이곳 로키 산맥 자락이면 어떨 것이 있을 리 없었다. 그래서 오면서도 호기심이며 하물며 기대랄 것은 아예 없었던 걸음인데 장소치고는 희한한 예를 찾아온 셈이었다. 버지니아에서도 나는 가끔 '서양'이라는 이름의 무대 장치 속을 배역 없이 배회하는 환각이 얼핏얼핏 스치곤 했는데 지금 앉아 있는 이곳이야말로 현실의 삶의 자리가 아닌 야외촬영 무대 같은 느낌에 사로잡히게 만들었다. 버지니아에서는 그래도 아무튼 있을 때까지는 긴장하면서 시간을 보내야 하는 곳인 줄을 몸이 알아서 움직였는데 어쩌다 이런 데까지 제 몸을 움직여놓고 보니 무엇인가 다른 세계에 몸을 들여놓은 것 같고 계수 말마따나 여기는 클레멘타인의 마을이었다. 해방 후 H에서 아직 러시아말이 정규 과목에 들지도 않은 체제에서 아마 전에 하듯이 음악시간의 단골 곡목으로 중학교에서 배운 그 노래는 끝이 있어서 이렇게 세월이 지난 생애의 이 대목에 와서 노래 시간의 현장 견학을 시켜준다는 식으로 내 앞에 열려 있었다. 그 조촐한 교실들에서 배운 과목들은 결코 허투루 한 번에 끝마쳐지는 교육이 아니라 이쯤한 세월이 지나서야 비로소 그런 대로 단원의 일단 막음을 해볼 수나 있단 말인지. 나는 일어나서 다시 걷기 시작했다. 동생네 부부도 내가 편한 방식을 아는 것인지 앞서거니 뒤서거니 하면서 동생 친구

도 가버린 오후 우리는 급하지 않은 시간을 즐겨나갔다

  그날 밤이었다. 문득 잠에서 깨자 가득한 빛이 나를 잠깐 어리둥절하게 만들었다. 그것은 창문으로 쏟아져 들어온 빛이었다. 나는 일어나서 밖으로 나왔다. 빛의 세상이었다. 내가 나선 집과 가게 사이의 깁을 깔아놓은 듯한 잔디를 밟으면서 나는 가게 뒷문으로 해서 홀에 들어섰다. 거기도 가득한 빛이었다. 나는 홀의 창문 앞에 가서 밖을 내다봤다. 천지가 환한 빛에 쌓여 있었다. 낮에 본 거리와 산마루들이 전혀 다른 얼굴을 몰래 짓고 있는 현장에 불쑥 맞닥뜨린 것 같았다. 맞은편 가게의 지붕이 은빛의 아지랑이를 피워올리고 있었고 지붕 너머로 낮에 돌아다닌 저편의 언덕과 그 너머의 산들이 장엄하게 창백한 빛의 대세례를 받고 있는 중이었다. '콜로라도의 달'이었다. 고향의 시골 중학교에서 오래전에 거친 음악시간은 철저하게 보수 교육의 단계를 이수시키고야 말겠다는 듯하였다.

  이튿날 백인 한 사람, 흑인 한 사람이 와서 가게 안을 꾸미는 일을 시작하였다. 우리들은 주변에서 어정거리면서 그들을 도왔다. 작은 햄버거집 규모의 내부 시설은 며칠 만에 완성되고 그때가 주말이었다. 과연 사람들이 꽤 밀려왔다. 오토바이를 타고 가죽점퍼 차림의 젊은이들 한 그룹이 폭음에 장발을 날리며 들이닥치자 장소는 휴일의 유원지 모습다워졌다. 그들은 좁은 길에 일렬로 오토바이를 세워놓고 우루루 몰리면서 우리 가게에서 몇 집 건너 있는 바로 들어갔다. 거기서는 벌써부터 시끄러운 박자가 요란스런 음악이 바깥으로 흘러나오고 있었다. 우리 가게도 사람들이 들어와서 음료며 아이스크림을 찾았다. 동생이 카운터 뒤에서 물건을 내주고 계수가 돈을 받고 나는 중간에서 오락가락하였다. 손님들 스스로 받아다 먹거나 사가지고 가는 식이었으므로, 내가 할 일이란 것은 우선 당장은 오락가락하거나 마찬가지 말이지만 우왕좌왕하는 일밖에는 없었다. 이튿날도 전날 못지않게 피크닉 손님들이 있었다. 거리는 차와 사람들이 오가고 아이들이 사방에서 뛰어다녔다. 죽은 마을에 갑자기 사람들이 몰려와서 북적대고 보니 그 전날의 고요함을 본 사람의 눈에는 잠자던 마술의 나라가 정해진 시간에 깨어나서 움직이는 것을 보는 것 같았다. 아마도 그 옛날 이 광산이 한창일 때의 실지 모습도 지금과 그다지 다르지 않았으리라는 생각을 지나쳐 그 무렵의 실지 한때 속에 와 있는 감각조차 있었다. 폭주족들은 공연히 이 좁은 마을의 길을 이리저리 몰고 다녔는데 오토바이는 앞쪽이 위압적으로 크게 튀어나온 모양에다 불필요하게 보일 만큼 거창한 손잡이가 달린 것으로 매우 난폭한 분위기를 자아내고 올라앉은 젊은이들도 한결같이 선글라스에 요란스런 옷차림을 하고 있었으나 그들의 태도는 차림과는 상관없이 얌전하였다. 분장과 태도의 어긋남이 되레 독특한 분위기를 풍겼다. 사람들도 밉게 보는 듯싶지 않았다. 그들이 없었다면 이 휴식 마당은 좀 서운했을 것이다.

이렇게 이틀은 그럴듯했지만 그뿐 월요일부터는 발길이 아주 끊어졌다. 주말만 그만그만한 사람들이 찾아드는, 휴양지치곤 후진, 동네 뒷산의 규모일 뿐이었다. 할 일 없는 시간에 우리는 덴버 구경에 나섰다. 로키 산맥이 막아선 이 지역은 태평양의 습기가 그 너머에서 차단되기 때문에 어느 지역보다 건조하다고 했다. 덴버는 넓은 도로, 너무 높지 않은 건물, 조용한 거리, 미국의 많은 지방도시가 지니는 공통점을 지니면서도 아이오와의 주도인 드모인보다 훨씬 큰 규모 때문에 쾌적함이 더 돋보였다. 굳이 뉴욕 같은 도시를 찾아가서 살아야 할 필요가 없을 것 같은 환경으로 보였다. 뉴욕을 본 눈에 거리는 한산할 지경이었다. 동생 친구네 가게는 큰길에서 들어앉은 뒷골목에 있는 잡화 가게였다. 체인점이 아닌 단독 운영의 그 자그마한 가게가 식구들 살림 밑천이 되고 수익이 괜찮길래 개발 가능성이 있는 산속에 자리를 마련한 모양이었다. 거기서 점심을 먹고 커피까지 마신 끝에 장사 이야기에 열중한 그들을 남겨놓고 나는 근처를 돌아다니다 오겠노라고 일러놓고 가게를 나섰다. 멀리 갈 생각은 없었고 길을 잃을 염려도 있었으므로 가게가 먼발치로 보이는 언저리를 서성거리던 걸음이 어느덧 뒷길을 빠져 큰길로 나와서 한 블록쯤 갔을 때였다. 쇼윈도 너머 가전제품들이 흐벅지게 진열된 호화스런 상점 앞에 걸음을 멈추고 들여다보다가 그 안에서 움직이는 사람과 눈길이 마주쳤다. 나는 끌리듯이 안으로 들어서면서 그때까지도 어정쩡하게 그를 쳐다보았다. 아마 어느 편의 것이랄 것 없이 동시에 발음된 듯한 이런 소리를 내 귀가 들었다.

"한국 분이시죠."

양편이 모두 그렇노라면서 끄덕거렸다. 처음 사람 말고 또 한 사람의 한국 사람이 조금 더 안쪽의 계산대인 듯한 자리에 앉아서 담담하게 이쪽을 쳐다보고 있었다. 안에서 보니 밖에서 보기보다

가게 안은 더 말쑥하고 고급스러워 보였다. 한국 사람은 여기저기서 만나기 마련이었다. 대개 짐작에 틀림없이 알아볼 수 있었다. 처음에는 그런 마주침 때마다 공연히 마음이 무거웠다. 옛날에 호주나 그런 영국 식민지에서 만난 동향인끼리가 혹시 이런 분위기가 아닐까 퍼뜩 그런 생각이 든 적이 있었다. 당신도 여기까지 왔소? 그런 느낌이었다. 보통 팔자를 사는 사람들은 올 이치가 없는 어느 식민지나 개척지에 흘러온 동향인을 거리에서 문득 마주치고 피차 어색한 심정이라고나 할까 내가 마음대로 부풀려낸 나쁜 버릇이겠지만 그렇게 와 닿는 감각을 처음에는 피할 수 없었다. 그 감각은 멋대로 더 엉뚱한 변형도 하는 터여서 어떤 죄악감의 모습을 띠는 경우도 있었다. 당신도 요크셔 감옥에 계셨수? 이렇게 우정인지 폭로인지 알 수 없는 상호 확인을 하고 영국 식민지나 프랑스 식민지(그 경우에는 감옥 이름이 그렇게 바뀌어야 하겠지만)에서 마주한 감옥 출신 유형수의 모습이 난데없이 머릿속에서 튀어나오는 것이었다. 차츰 그런 감각은 줄어들었고 쓸데없이 한국분이시죠?, 라든가 말을 걸어보는 일은 없어졌는데 그만 잊어버렸던 반사 행동이 나오고 만 것이었다. 게다가 그들이 이민 온 지 두어 달밖에 되지 않았다는 것도 아마 내가 그런 대답이 나올 만한 질문을 했기 때문이겠지만 대화 속에 나왔다. 몇 번씩 한 가게 칭찬을 한 번 더 되풀이하고 그 가게를 나와서 걸어가다가 너무 멀리 온다 싶어 나는 오던 길을 되돌아왔다. 올 적에 그 앞을 지나는 것이 거북해서 나는 길을 건너 맞은편 인도로 가서 그 거리를 지나 다시 길을 건너 동생 친구네로 돌아왔다.

다음 토요일까지 사이에 우리는 광산마을을 지나서 산의 꼭대기까지 올라가보았다. 길은 마을에서부터는 포장이 되어 있지 않았다. 이런 점도 사람들이 이쪽으로 오지 않는 원인이 되리라 싶었다. 정상까지 올라가는 사이의 숲은 장대하고 골짜기는 아득하게 내려다보였다. 정상에는 넓은 터가 있고 거기는 나무가 없이 풀밭인데 그 한가운데 큼직한 통나무 오두막집이 있었으나 사람의 기척은 없었다. 차에서 내려 가보니, 역시 빈 집이었다. 창문들에는 덧문이 닫혀 있어서 안을 들여다볼 수도 없었다. 아마 산을 관리하는 사람들이 쓰는 건물인 모양이었다. 꼭 알맞은 전망 자리인 이곳도 언저리에서 가장 높은 봉우리는 아니어서 시야에는 우뚝우뚝한 산더미들이 멀리 가까이 막아서고 있었지만 장관임에는 틀림없었다. 이곳까지라도 길을 포장한다면 알맞은 코스가 될 것 같아 보였다. 계수가 카메라를 꺼내 동생과 나를 찍어주었고 다음에는 내가 그들을 찍어주었다. 비록 포장은 되지 않았으나 길은 단단하였고 아래쪽에 있는 길보다 상태가 그렇게 나빠 보이지 않았다. 바닥이 단단한 바위여서 비가 와도 별일 없겠다고 동생이 말했다.

"그래서 로키 산맥인가?"

하고 계수가 말했다.

"그럴듯한데"

하고 동생이 말했다.

다음 토요일은 영업을 쉬고 덴버로 가서 동생 친구네 어린 아들이 다니는 유치원 운동회에 함께 갔다. 주말의 영업이 목적이기보다 장래를 보고 벌인 일이니 너무 아등바등하지 말자, 내가 그래 자네를 산속에 처박아서 폐광마을을 지키라고 여기까지 불러 왔겠느냐고 말하면서 형님을 모시고 여름휴가를 왔다고 생각하라, 동생 친구는 그렇게 말했다. 동생도 언제든지 원래 직업에 복귀할 수 있는 형편이어서 일이 잘 풀리지 않을 때는 돌아가면 된다는 작정을 하고 온 걸음이었다. 동생은 그때 꽤 힘들여 추진하던 일이 계획에 어긋나는 바람에 못 견뎌 하다가 잠깐이라도 버지니아를 떠날 수 있는 이 일에 기꺼이 동의해서 이루어진 일이라, 심정은 급하지 않았다. 돈을 벌고 싶어 부지런히 뛰는 동생이 안쓰러웠다. 내가 돈이 많아 여기서 동생에게 한밑천 떼어줄 수 있는 그런 형이어야 하는데, 그런 난데없는 생각이 떠오른다. 사람 사는 보람이 그래야 있을 텐데.

유치원 운동회는 마을 운동장에서 벌어졌다. 야구 종목이 제일 인기 있었다. 친구네 어린이도 선수로 나가서 공을 치고 달리고 하였다. 오전에 운동 종목은 모두 끝나고 잔디밭에 흩어져 앉은 사람들 틈에서 우리도 가져온 점심을 먹고 나서 우리는 각기의 차를 타고 친구가 안내하는 덴버 관광에 나섰다. 박물관을 비롯해서 이끄는 대로 따라다니는 구경에 지친 끝에 레스토랑에서 저녁을 먹고 나서 친구는 자기네에서 자고 가라고 끌었다. 그러나 우리는 돌아가기를 택했다. 해가 지고 가로등이 밝히는 주말 거리는 씻은 듯이 조용하였다.

덴버를 벗어나서 보더에 들어서니 완전히 휑한 거리에 보이는 것은 주유소뿐이었다. 지나가는 길가에 불을 밝힌 채 닫아놓은 가게들 안이 생전 처음 보는 풍경처럼 보였다. 불을 켜놓은 채로 문을 닫은 가게 풍경은 아직도 내게는 별나게 외로움을 건드리는 모습이었다. 본국에서 아직 습관이 되지 않은 모습이기 때문에 그런 것일까. 사람이 없는 가게 안에 조용히 줄지어 있는 물건들의 집합은 언제나 형용할 수 없는 모양으로 감정을 흔들었다. 이것은 여기 와서 처음이나 지금이나 달라지지 않은 반응을 일으키게 하는 것 중의 하나였다. 그때 희미한 구토를 느꼈다. 그것은 미미한 구역질이었지만 굉장히 불쾌하였다. 순간 휘발유 냄새가 강하게 코에 맡아졌다. 나는 입을 굳게 다물면서 이 생리적 돌발 사태를 참았다. 다행히 속이 올라오는 느낌은 오래가지 않아 가라앉았다. 그것은 순간적인 차멀미 같은 것이었다. 나는 이마에 진땀이 배는 느낌을 가졌다. 동생은 뒷자리에 앉은 나의 기척은 아무것도 모르고 운전하면서 아내와 유치원 운동회 얘기를 하고 있었다. 언젠가 비행기 여행 중에 한번 멀미를 한 적이 있었으나 대부분의 비행기 여행에서 그런 일은 없었고 더구나 차멀미란 것은 있을 수 없었다.

집에 도착하니 그래도 여기가 편하다고 덴버에서 머물지 않기를 잘했다고 하면서 우리는 각기 침실로 찾아들었다. 나는 침대에 누워서 행여나 무슨 기척을 기다리는 사람처럼 몸에서 다른 조짐이나 일어나지 않을까 하는 마음으로 안정을 취하고 있었다 그 불쾌한 느낌은 다시는 돌아오지 않았다. 그러나 차 안에서의 그 느낌에서 받은 불쾌감은 지금은 너무나 생생한 기억으로 남아 있었다. 그것은 불쾌감이라고 해서 틀리지는 않지만 얼핏 공포가 스치던 것이 떠올랐다. 그것은 불쾌함과 공포가 종이 앞뒷장처럼 흔들리

는 상태 같았다. 전에 비행기에서 당한 멀미도 꽤 괴로웠다. 그러
나 공중에서 멀미를 일으키는 것은 있을 수 있는 일이었다. W에
서 나올 때 LST 안에서도 지독한 멀미를 했었다. 풍랑이 심해서
그 큰 배가 몹시 흔들렸고 배에 탄 사람 모두가 집단으로 몸부림쳤
었다. 격렬했지만 당연한 배멀미였다. 그때 나는 아까처럼 속이
약간 올라오는 착각을 느끼면서 어떤 광경을 떠올렸다. 오랜 기억
이었다. W의 중학교에서 그 일로 자기비판회를 마치고 돌아오다
가 학교 옆 숲길에서 토하던 기억이었다. 불쑥 그 광경이 떠오른
것이었다. 나는 그대로 오래 누워 있었다. 기억은 더 선명해지지
도 않았고 구역질 증상도 돌아오지는 않았다. 그 둘 사이에 연락
이 있을 것은 없었다. 오늘은 즐거운 하루였다. 그날 같은 괴로운
기억과 하필 연결될 일은 적어도 그 순간도 그만두고 오늘 하룻 동
안 없었다. 그런데도 과거에 유사한 기억은 그곳에 가서 저절로
멈춘 것이었다. 아까 차 속에서의 그 생리적 불쾌감과는 달리 그
기억은 생리적 현실 자체는 아니었다. 다만 그것이 다시 현실에서
일어나는 것을 생각하면 비로소 그 실물의 감각에 가깝게 갈 법한
두려움이 생기려고 한다. 다시 일어나는 것을 내 몸이 무서워하고
있었다. 나는 침대에서 일어나 벽 속에서 아직 꺼내지 않았던 『밀
실』을 꺼내 침대 머리맡 등불 밑에서 그것을 폈다. 그리고 그렇게
해오던 것처럼 한 손에 볼펜을 들고 벌써 여러 번 되풀이하는 일을
시작했다. 지난번에 멈춘 자리를 찾아내고 그다음을 읽어나갔다.
한참 만에 나는 무척 오래 같은 페이지를 그냥 펴들고 있었음을 깨
달았다. 그동안 내가 어딘가 가 있다가 돌아온 것처럼 내가 비어

있던 시간의 끝에 서 있다는 것만 뚜렷하였다.

한여름 두 달을 거기서 지내고 우리는 버지니아로 돌아왔다. 개발 계획의 앞날이 지금 같아서는 어둡다고 본 끝에 산속의 생활은 끝났다.

동생은 그 일을 곧 잊어버리는 듯했다. 그런 데가 동생다웠다. 마치 여름휴가나 다녀온 듯이 바삐 나돌았고 오랜만에 돌아온 버지니아가 새삼스레 살기 괜찮은 데라고 식탁에서 여러 번 말했다. 그만큼 이곳에 비빌 데가 있다는 말이었고 아무렴 마음 든든한 일이었다. 그런 동생을 보고 누구보다 아버님이 마음을 놓으시는 빛이었다. 내가 다니던 데를 그만둔 다음, 동생까지 일이 잘 풀리지 않는 것 같은 눈치에 지켜보기만 할 수밖에 없으시다가 콜로라도 얘기를 들으시고 아버님은 좀 까닭 없이 기대에 부풀어 하시는 모습이었다. 무슨 큰 사업에 이제야 손을 대는 모양이라고 아버님에게는 비치신 모양이었다. 그렇게 내보낸 사람들이어서 아무 일도 없었다면서 들어서는 것을 맞으시는 첫날에 실망하시는 빛이 역연해 보였다. 그래도 말씀으로는,

"다 경험이지"

하셨는데 그때 나는 엉뚱하게도 「대부」라는 영화의 말론 브란도를 떠올렸다. 어느 배역 한 사람 그 영화의 대등 역과 견줄 처지가 못 되는 이 연상에 나는 속으로만 웃었다. 그런 내 모습까지 포함해서 당자인 우리 기분이 별스럽지 않은 것을 알아보신 모양인지 아버님도 더 덴버 얘기는 캐어묻지 않으셨다. 그렇게 해서 다시 그

전 같은 일상이 계속되던 어느 날이었다. 밤중에 전화벨 소리가 울리더니 큰동생이 내 침실로 들어왔다.

"아버님이 편찮으시다는데요."

"뭐."

"심하신 모양입니다."

"어떻게, 어디가?"

"복통이 심하시대요."

"그럼 어째야 할까?"

"가봐야지요."

나는 잠깐 생각했다.

그때 다시 벨이 울렸다.

동생이 급히 전화 쪽으로 나가고 나도 그 뒤를 따랐다. 역시 작은아우한테서 오는 전화였다.

통화를 마치고 동생이 말했다.

"우리를 기다리지 않고 병원으로 모시고 가겠답니다. 우리더러 병원으로 오라는군요."

"잘했군, 그게 옳지, 그럼……"

"네, 가십시다."

우리 세 식구는 밤거리를 달려서 일러준 병원으로 갔다. 그것은 숲 속에 들어앉은 큰 규모의 병원이었다. '응급실'이라고 표시한 글씨가 환한 조명을 받고 있는 건물 앞에서 차를 세워놓고 우리는 안으로 들어갔다. 동생이 물어보고 와서 하는 말이, 입원실에 가 있다고 한다. 우리는 엘리베이터를 타고 병실로 갔다.

작은동생 부부가 지키고 앉은 침대에 핼쑥해진 아버님이 누워 계셨다.

"막 잠이 드셨어요."

동생이 말했다.

"의사가 봤겠지?"

내가 물었다.

"네, 내일 제대로 진찰해봐야 알겠대요."

"웬일이실까?"

내가 그렇게 말하고,

"뭘 잘못 드셨을까?"

하고 큰동생이 묻자,

"보통하고 다른 음식이 없었는데……"

작은계수가 좀 민감하게 반응하는 어조로 받았다.

"아픈 건 그만하신 모양이지?"

다시 내가 묻자,

"그러신가 봐요, 아마 진통 주사를 놓은 모양입니다."

"의사가 일단은 알아서 했겠지."

나는 그렇게나 알아들을 수밖에 없었다.

병원에는 큰동생과 나만 남고 다른 사람들은 집에 가서 기다리기로 했다. 동생이 밖으로 나가더니 한참 만에 커피를 뽑아들고 들어왔다.

"지금 의사를 만나서 물어봤는데, 역시 내일 검사를 해야 알겠고, 지금 당장 걱정할 만한 상태는 아니라는군요."

“응, 응.”

우리는 커피를 마시면서 아버님을 지켜보았다.

수척해 보이는 것은 틀림없었으나 편한 잠에 들어 계셔 보였다.

우리는 그렇게 밤을 지냈다.

한 방에 네 사람이 있는 방이었는데 사이에 커튼을 쳐서 한 사람씩 따로 되게 해놓고 있었다. 새벽녘에 동생은 침대 옆 소파에서 앉은 모양대로 잠이 들었다. 나는 지난번 어머니 일을 당했을 때 이 동생이 혼자서 이런 밤을 보냈을 일을 생각하고 형 노릇 못하는 나를 느꼈다. 아버님도 용하게 견디고 계시는 것이라는 생각이 들었다. 나에게 대한 걱정까지 하고 계시는 속을 모르는 바는 아니지만 지금 이 현장이 모두 나에게 책임이 있다는 생각이 들었다.

이튿날 검사가 끝나고도 즉석에서는 아무 결론도 없다가, 결론은 작은동생에 의하여 내려졌다. 두 동생은 전화로만 연락하면서 직장에 나가고 병원에는 나와 큰계수가 지키고 있었는데, 저녁에 병원에 온 작은동생이 아버님 침대 곁에 놓인 환자용 이동 변기에서 결석을 발견한 것이었다. 동생은 무슨 예비지식이 있었던 것은 아니었는데 어쩐 일이었는지 그 변기를 들여다보다가 그 작은 물질을 발견한 것이었다. 동생이 의사한테 알리러 갔고 의사가 그것을 결석이라고 확인한 것이었다. 신장 결석이었다. 의사는 작은동생을 칭찬했고 작은동생은 의사에게는 가장 칭찬 받을 만한 보호인의 모범 인물이 되었다. 소식을 듣고 달려온 큰동생은 아우더러,

“네가 효자다”

하고 말하였다.

우리는 그 길로 아버님을 모시고 집에 왔다.

당분간 결석 염려를 놓으셨다고 축하하는 우리에게 아버님은 너희들이 고단하겠다면서 계면쩍게 웃으셨다.

그 서적 창고는 길 건너에 별관을 한 채 가지고 있었다. 다니기 시작한 지 얼마 후 M씨의 안내로 거기를 가보았다. 이 건물은 본 건물보다 훨씬 작았고 집 모양도 주변의 여느 살림집과 그리 다르지는 않았다. 그러나 속에 들어가 보니 여기도 1층 모두가 통째로 터진 널찍한 창고였다. 이곳에는 단행본을 수장하고 있었다. 정기간행물로 출발해서 지금도 그것을 주로 취급하고 있는데 아마 그러다 보니 단행본 분야도 자연히 생긴 모양이었다. 그 수량은 건물의 규모가 그런 것처럼 정기간행물의 그것을 훨씬 밑도는 것이었다. 종업원들에게는 특별 가격으로 판다는 것이었다. 종류는 모든 분야에 걸쳐 있었고 물론 모두 고본들이었다. 이런 것들도 도서관에서 기증돼오고, 신청이 있으면 보내주고 하는 방식은 정기간행물 쪽과 같다고 한다. M씨와 나는 돌아가면서 책들을 살펴보았다. 한쪽 구석에서 나는 한국 책이 꽂힌 선반을 발견하였다. 나는 아이오와의 도서관에서처럼 신기하고 반가워서 거기 있는 책들을 이것저것 뽑아보았다. 수량도 얼마 되지 않고 특별히 사고 싶은 것은 없었다. 그래도 거기를 그저 떠나기가 아쉬운 마음에 아무 거나 하나 들고 갈 생각으로 이것저것 뒤져보다가 나는 도지道誌 한 권을 골랐다. 그런 책도 와 있었다.

"뭐 있습니까?"

M씨가 건성으로 물었다.

"네, 그저 그렇군요."

나도 손에 든 책을 건성으로 흔들어 보이는 시늉을 하면서 말했다.

책값이 싸기는 했다. 대학 교재인 듯싶은 책들도 많았는데 정가의 몇분지 1밖에 매기지 않았다. 나는 그 책을 큰동생네 책장 옆에 놓아둔 채로 잊어버리고 있었다. 아버님이 들춰보고 계시는 것을 가끔 보았다.

로키 산맥의 산속에서 돌아온 그해 겨울을 넘기고 이듬해 봄의 어느 날이었다. 나는 가져오고서 처음으로 그 책을 펼쳐보았다. 대개 이런 유의 편집 체제대로 고장의 역사, 지리, 산업, 풍속이 실려 있는 그 책은 한번 손에 들고 보니 고향 음식처럼 풋풋한 맛이 있었다. 아버님이 가끔 펼쳐보시는 심정을 알 만했다. 책은 1,000여 페이지를 넘는 두툼한 것으로 케이스까지 있고 케이스에는 어느 포구의 사진인 듯, 돛배가 떠 있는 그림이 찍혀 있었다. 나는 그날 저녁을 이 책을 읽다가 잠이 들었다. 보통 같으면 참고 사항을 찾기 위해 유용하기는 해도 취미로 읽는다든가 통독한다든가 하는 일은 없는 책인데 읽어보니 어느 부분이고 실팍한 재미가 있다. 이튿날도 또 책을 펴들게 되었다. 그렇게 며칠째 이 책을 읽던 아마 나흘째쯤 되는 날이다. 차례대로 끝에서 끝까지 읽을 까닭은 없는 책이므로 여기저기를 들춰가며 읽는 식이었는데 이날 밤에는 책 중간쯤 부분의 한 페이지에 눈길이 멎었다. 그 부분은 도내의 전설을 다룬 부분인데 이렇게 돼 있었다.

'장수 잃은 용마의 울음' — 한 옛날. 박천博川 원수봉元帥峰 기슭에 오막살이 한 채가 있었는데, 어느 날 이 집 아낙네가 옥동자를 해산했다. 워낙 가난할 뿐 아니라 근처에 인가가 없기 때문에 산모는 자기 손으로 태끈을 끊고 국밥도 손수 끓여먹는 수밖에 없는 형편이었다. 해산한 다음 날 부엌일을 하고 있노라니까 방 안에서 갓난아기의 울음소리 아닌 재롱 떠는 소리가 들려왔다. 산모는 이상히 여겨 샛문 틈으로 들여다보았다. 아니! 아기가 혼자서 벽을 짚고 아장아장 거닐며 재잘거리고 있지 않은가. 아낙네는 이거 웬일인가 하고 뛰쳐올라가 아기를 붙안고 몸을 이리저리 살펴보았다. 다시 한 번 놀랐다. 겨드랑이 밑에 날갯죽지가 싹트고 있지 않은가. 장수로구나. 비범한 인간이라는 것을 깨닫는 순간, 어머니에게는 기쁨보다 걱정이 앞섰다. 만약 관가에서 이 일을 알게 되는 날엔 온 집안이 몰살당하게 될 것이 아닌가. 아낙네는 생각다 못해 남이 알기 전에 이 아기를 죽여버리기로 결심하고 아기 배위에 팥섬을 들어다가 지질러놓았다. 곧 죽을 줄 알았던 팥섬에 깔린 아기는 이틀이 지나도 죽지 않는다. 다시 팥섬 하나를 더 포개 지질렀다. 아기는 이겨내지 못하고 마침내 억울하게 숨을 거두었다. 그날 밤부터 한동안 원수봉 절벽 위로부터 난데없는 말 울음소리가 들려와 마을 사람을 놀라게 했다. 알고 보니 장수 잃은 용마龍馬의 울음소리였던 것이다. 그 후 마을 사람들은 이 바위를 마시암馬嘶岩이라 이름했다.

— 거기에 무엇인가가 있었다. 그 글 속에 무엇인가 나를 부르는 것이 있었다. 이런 전설은 여기서 처음 읽은 것은 아니었다. 언

제 어디서랄 것도 없이, 그러고 보니 벌써부터 알고 있는 종류의 전설이어서 되레 의식의 표면에는 나서지 않는 이야기가 왜 이 순간 그렇게 벼락처럼 내 의식을 쳤는지 모르겠다. 그 후에도 이때 일을 생각해봐도 더 구체적인 현장의 느낌이 떠오르지는 않는다. 그 현장에서의 나의 현실적인 감각은 그 순간에 모두 이야기 안으로 들어가버린 것이나 아닌지 모르겠다. 자꾸 생각하다 보면 무심히 다른 페이지를 넘기는 내가 떠오르고 넘어간대서 안 될 것도 없었다는 느낌마저 든다. 이미 알고 있었던 이야기였기 때문에 이런 환상이 일어나는 모양인데 실지로는 그날 새벽까지 나는 몇 번 읽어봐야 짧은 이야기 한 토막 안에 갇힌 사람처럼 옛날의 그 시간 속에서 헤맸다. 그 옛날의 시간은 그 이전까지의 어떤 현실의 추억 못지않게 내 안에 있다기보다 내가 그 안에 있었다.

　이튿날 하루 동안 나는 뒤숭숭한 마음으로 지냈다. 밤에 잠이 오지 않기도 전날 밤과 다름없었다. 이 상태는 한 1주일쯤이나 이어졌다. 어떻게 해야 했다. 그 이야기 속에 아주 들어앉고 싶은 마음이 있었다. 살아가야 할 내 처지와 그 이야기 사이에 놓을 다리가 필요했다. 한밤에 일어나보니 시계는 아직 밤중인데 날이 환히 밝은 한낮을 맞게 된 사람을 생각해본다. 북쪽 지방에서는 그런 현상이 백야白夜라고 불린다지만 그것은 그런 줄을 알고 살아가는 것일 테니까 외부 사람에겐 신기해도 거기 살아온 사람에게는 정상일 뿐이다. 그도 저도 아니고 써오던 시계의 걸음걸이하고 동떨어지게 해가 뜨고, 밤이 껑충 뛰어닥치고 한다면 그게 변이다. H읍을 떠난 이후의 내 인생이 바로 그런 식이었다. 설명보다 변화가 먼저 주어지고 설명이 주어지거나 제 머리로 따져볼까 하면 다음 변화가 들이닥친다는 식이었다. 설명에는 뜸도 들이고 세련시키기도 하면서 설명 자체가 쾌적한 모양새가 되게 만들기까지 해야 사람 마음을 보듬어주는 힘이 있게 마련이며, 풍속이나 관례라는 것은, 비록 언어의 형식으로 그런 수사 체계가 드러나지 않는 경우에도 공을 들인 수긍과 납득의 절차를 그 속에 지니고 있는 법이다. 이 고장에 와서 쌓여가는 인상의 성격이 차츰 '시간'이라는 이름으로 통합되어 가는 듯한 근래의 심정에서만 해도, 그 '시간'은 '그저' 시간이 아니라, 받아들일 만한 곡절과 설명이 있는 시간이었고 그런 시간이 '축적'이라든가, '연속'을 느끼게 하는 것이었다.

해방 전 어느 때쯤부터 해방 후 줄곧, H읍에서나 W시에서나, 남한에 와서 지금까지 나는 밤에 거리에 나가지 못하는 제도, 통행금지의 문화를 당연한 것으로 알고 살아왔었다. 나는 그것을 주제로 소설을 쓰기도 했었다. 스산한 한 시대가 사람들을 자기도 모르게 지배하는 분위기를 붙잡으려고 했다. 그러다가 이곳에 와서 한밤중에 거리에 나갔을 때의 놀라움은 마술의 나라에 들어서는 주인공을 묘사하는 옛날얘기의 한 대목에 가장 가까웠다. 밤과 낮은 연속되어 있었다. 아침에 일어나도 어제의 법이 여전히 유효한 하루가 있고 그 하루가 지나면 밤이 되고, 그 밤에도 볼일이 있으면 ― 그 볼일이 비록 그저 공연히 거리에 나서고 싶은 불면증 같은 것이라 해도 ― 거리는 납세자들이 당연히 걸을 수 있는 장소였다. 그 시간에도 환히 불을 밝힌 심야영업 가게가 있고 그것은 바로 낮의 시간이 끊어지고 있지 않다는 것을 뜻했다. 밤은 바로 그 속에서 무엇이 음모되고 있는지 알 수 없는 누군가의 시간이 아니고 그저 보통 사람들의 시간이었다. 그런 시간이 금지된 살림살이에 대한 불안을 그려내려고 한 소설을 나는 썼었다. 나의 다른 소설들도 줄곧 그런 종류의 느낌의 둘레를 되풀이해서 맴도는 그런 식이었다. 몸은 비록 노예일망정, 자유민의 꿈을 유지하는 것, 작품이란 것은, 꿈의 필름이 아니라 의식이 스스로 연기演技하여 꿈을 발생시키기 위한 연기 순서의 기록이다. 시나리오다. 처음에는 목적의식과 신체 운동이 서로 부르고 받는 신명이 있다. 그런데 어느덧 연기에서 신명이 엷어진다. 연기가 습관이 된다. 습관이 된 연기는 처음 같은 꿈을 발생시키지 못하고, 그저 현실의 육신을 놀리는 '동작'이 되고 만다. 꿈의 도움 없이 현실의 흔들림 위에 서 있는 자기를 발견한다. 글을 쓴다는 것은 밑 빠진 항아리를 채우려는 콩쥐의 물 붓기 같은 것이었다. 한 번 깨달으면 그만인 어떤 일이 아니라, 그 깨달음의 상태를 끊임없이 유지해야 하는 '되풀이'의 운동이었다. 쓴다는 것도 삶의 한 형식이므로 당연하다면 당연한 것이지만 삶이 '습관'이라고 불리듯 한 틀 한 모양의 되풀이인 것과는 달리, 내가 생각하는 종류의 글이라는 것은 되풀이는 되풀이이되, 그렇다, 삶의 뒤로 몰래 다가가서 갑자기 삶의 눈을 두 손바닥으로 가리는 그런 것이어야 하고, 그때마다 다른 걸음으로 다른 속도로 해야 한다, 나는 그렇게 생각해왔다. 말은 그렇지만, 다른 걸음, 다른 속도가 그렇게 장마다 꼴뚜기도 어려웠고 엿장수 마음대로도 아니었다. 그렇게 해서 나는 소설에 지쳤고, 끝내는 그 '소설'이라는 것이 없혀야 할 '말'에 대해서도 내 살갗처럼 자기의 일부로 자연스럽게 알지는 못하는 상태에 빠지고 말았다.

덴버에서 산으로 돌아가던 길에 차에서 겪었던 생리적 소외감, 내 몸이 얼른 뒤집어졌다 돌아오는 순간 같은 느낌은 삶과 하나가 되지 못하는 내 삶의 모습이었다. 내 소설들의 증상을 그것은 닮아 있었다. 소설이라는 형식으로 그 증상을 되풀이 진단하는 것은 진단 자체가 적어도 그 증상에 대한 공포를 조금은 진정시키는 효과가 있었다. 여기에도 당해도 알면서 당하는— 의 법칙이 작용하고 있는 것 같았다. 그것은 근본적 해결— 근본적? 아무튼— 은 아니라도 그에 버금가거나, 아니라도 최소한의 대처는 되었다. 그런데 지금의 나는 그 버금이라도 좋고 최소한이라도 좋은 해결에도 지쳐 있었고, '글'이라는 중재자 없이 벌거숭이의 증상과 마주하고 있었다, 그것이 차 안에서 겪은 경험의 실상인 듯했다. 그런데 갖다두고만 있던 책을 시덥잖게 뒤적이다가 만난 이야기가 급하게 무엇인가를 말하고 있었다. 그 소리는 어딘가로 나를 부르고 있었다. 나는 무엇인가를 해야 했다. 마음에 드는 주제가 나를 부를 때의 기척에 틀림없었다.

나는 하룻밤 만에 이야기의 줄기를 그대로 따르면서 그것을 희곡으로 옮겼다. 그리고 그것을 「옛날 옛적이래도 좋고 아니래도 좋고, 훠어이 훠이래도 좋고 아니래도 좋은」이라고 이름을 붙였다.

밤이 지배하는 고향으로 가기를 나는 두려워하고 있었던 것이다. 갑자기 힘찬 용기가 마련된 것도 아니기에 이렇게 다른 자리에 와서 보니 그런 줄 모르지는 않으면서도 그밖에는 자리가 없는

사람들이 제 고장에서 유형을 사는 그 고향으로 돌아가기를 두려
워하고 있었다.

　며칠 동안 나는 그저 「옛날 옛적이래도 좋고……」를 고치고 또
고쳤다.

　나는 이제는 두렵지 않았다. 아니 두렵지 않은 것이 아니었다.
그러나, 그래도 돌아가야 할 만큼만 두려웠다. 왜냐하면 내게는
꿈꾸는 힘이 남아 있었다.

　내 결심을 말했을 때 아버님을 비롯해서 누구도 아무 말도 하지
않았다.

　무엇인가 끼어들 수 없는 일이 내 마음에서 일어난 경우임을 그
들은 알아차렸다.

　나는 한 달 후 귀국하는 비행기에 올랐다.
　1976년 5월 초순이었다.

'남북조 시대 작가'의 의식의 자서전

김병익
(문학평론가)

1

20여 년 전에 집필된 김윤식·김현의 『한국문학사』(민음사, 1973)는 해방 이후의 소설사에서 뛰어난 업적을 만든 작가 5명을 독립적인 항목으로 평가하고 있는데, 거기서 두 문학사가는 안수길·황순원·김동리·손창섭에 이어 최인훈을 짚어 서술하고 있다. 앞의 세 작가가 1930년대의 식민지 시절에 문단에 등단하여 해방 후에는 이미 대가와 다름없는 대우를 받았으며 손창섭이 6·25 전후에 작품 활동을 시작했지만 8·15를 맞을 즈음에는 성인이 되었음에 비해, 최인훈은 한국전쟁 당시에 고등학생으로 월남했고 1959년에 신인으로 출발한, 그래서 이 평가가 이루어진 시기로 보아도 문단 경력 10년 남짓에 아직 30대를 벗어나지 못한 젊은 나이의 작가였다. '문학사'라는, 장기간에 걸친 역사적 안목을 요구

하는 특별한 성격의 서술에서 소장 작가에 대한 이 같은 평가는 때
이르며 파격적으로까지 보이는데, 이 저자들은 더 나아가, 그를
'전후 최대의 작가'로 서슴없이 자리매김하면서, 그의 '소외의 문
학'이 "황순원의 시적 서정성, 손창섭의 부정적 인간관, 선우휘의
망향 의식, 장용학의 관념주의를 다 같이 내포하고 있다. 그러나
그의 문학은 그것 하나하나에 지나치게 집착하지 않고, 인간과 세
계에 대한 폭넓은 비전을 제시하여 그 자신의 소외를 보편화시킨
다"(p.251)고 설명하고 있는 것이다. 그에 대한 두 비평가의 이러
한 평가가 가해진 지 20여 년이 지났고, 그리고 이제 우리는, 이
러한 판단을 여전히 유효한 것으로 보아야 할 것인가의 질문에 새
로이 부닥친다. 그 20년 동안, 우리 사회는 그가 작품으로 다루지
못한 산업화가 이루어지고 그가 줄기차게 탐색해온 이념의 문제들
이 폭발했으며 그가 괴로워해온 남북 관계도 현저하게 달라지고,
우리의 문단에도 새로운 작가와 그들의 문제작들이 숱하게 나타났
다. 그럼에도, 그의 작품들은 12권의 전집으로 완간되었고(1980)
노벨문학상의 후보로 추천되었으며(1992) 그의 『광장』은 시대의
갖은 변화에도 불구하고 스테디셀러로서 되풀이 읽히고, 그 자신
은 가장 문제성 많은 작가 중의 하나로서 강단 연구와 현장 비평의
대상이 되어왔다. 그러는 다른 한편으로, 그는 아이오와 대학의
국제 창작 프로그램 참석차 미국으로 떠난 1973년 이후의 20년 동
안, "작가에게는 휴지도 집필의 연장"이라는 변명 속에서 마치 문
단으로부터 스스로를 은신시켜버린 것처럼, 침묵을 지켜왔던 것이
다.

당겨 말하자면, 나는 김윤식과 김현의 20년 전의 판단에 비판적이지도 않거니와, 적어도 우리의 지난 한 세대 동안의 문학적인 흐름이 최인훈 문학의 넓은 자장권으로부터 그리 벗어나 있지 않았다는 생각만은, 지금에도 양보할 수 없다는 것이다. 그의 데뷔작인 「그레이 구락부 전말기」로부터 그의 또 다른 대표작이 될 『회색인』『서유기』또는『소설가 구보씨의 일일』에 이르는 일련의 지식인 소설들은 이청준·홍성원으로부터 김원우와 이인성의 젊은 작가들에게까지 여전히 확산 발전되는 양상이며, 이 작품들에서의 한국 사회와 역사에 대한 집요한 천착과 거기서 획득되는 우리 근대 이후의 민족사에 대한 사유와 성찰은, 시각과 표현의 차이에도 불구하고, 대하 역사소설들로 그 구체적인 형상을 얻는다. 국토가 분단된 이후의 반세기에 걸친 우리의 험난한 역사 속에서 그것의 비극적인 전개에 정면으로 맞서 남북간의 체제 이념적인 문제성을 돌올하게 제기한『광장』의 주제가 가령 김원일과 조정래 혹은 이문열과 같은 후배 작가들에 의해 재현되기 시작한 것은 우리의 이데올로기적 상황이 재편성을 치르며 그것들이 금기로부터 풀려나가면서 문학적 표현이 가능하게 된, 그 작품이 처음 발표된 지 4반세기가 지나서야였다. 중편 「구운몽」에서 드러나는 권력에 의한 정신의 억압이라는 주제 혹은 연작 「총독의 소리」를 비롯한 에세이 소설들이 서술하는 한국의 취약한 국제 정치사적 위상에 대한 신랄한 비판은 그 이후의 현실 인식과 시사 비판에서의 하나의 예시가 될 것이며, 서정인·조선작 등 산업화 시기에 전개되던 우리 삶의 풍속적인 변화들은 그의 연작소설 「크리스마스 캐럴」을 읽고서야 더 잘 이해될 것이다. 또한 「웃음 소리」「국도의 끝」과 같은 단편소설들과 『옛날 옛적에 훠어이 훠이』의 극작품들은 김승옥 이후 우리 문학에 새로운 감수성으로 다가오는 존재론적인 우수를 먼저, 그것도 아름답고 섬세하게 드러내주고 있는 것들이며, 그러고서도, 그의 중편 「가면고」와 희곡 「둥둥 낙랑둥」이 다루고 있는 영원한 사랑을 통한 인간의 구원이라는 주제의 깊은 전개는, 아마도 아직껏 우리 소설 문학이 도달하지 못한 또 하나의 정상을 이룰 것이다.

어쩌면 나는 최인훈 문학이 다루어온 주제들을 너무 넓게 번져 놓아놓은 것은 아닌지 모르겠다. 그의 작품들은, 그 주제가 무엇이든, 그리고 대부분의 독자들과 비평가들이 동의하듯이 지나치게 관념적이며 그래서 현실 경험성이 부족하다. 가령 김우창이 『소설가 구보씨의 일일』의 해설(「남북조 시대의 예술가의 초상」, 문학과 지성사, 1976)에서 "우리의 생각에 끈질김과 힘을 주는 것은 현실과의 관계"에서인데 그것이 없을 때 "생각은 그 맥락과 심각성을 오래 유지하지 못하고 곧 단편적이고 유희적인 것이 되"(p.343)는 바, 작가를 가장 많이 닮은 '소설가 구보씨'가 바로 그런 것이라고 쓰는 것이 그런 지적 중의 대표적인 경우이다. 실제로, 최인훈과 그의 작품들은 관념이 곧 '현실'이며 관념적인 것이 그의 일상적임을 강력히 시사한다. 우리가 밥을 먹고 하루하루를 살 듯이, 그는 사유를 저작하며 시간시간을 살아간다. 따라서 소설이라면 으레 언급되는 '삶의 구체성'이라는 것을, 그는 '다반사'라는 점에서는 대부분의 우리들과 같은 차원에서, 그러나 그 위상은 전혀 다른,

관념의 전개 혹은 사유의 반추로 받아들이고 있다는 것이다. 그러니까 "소설이라면 알다시피 세상살이 이야기 한 꼭지를 지어내서 세상 이치를 밝혀내고 인물마다 옳고 그름을 가리는 일이다. 그러니 인물 몇을 이리저리 몰면서 신파 연극을 꾸미는 것은 나중 일이고 그놈의 '세상 이치'와 '시비 곡직'이란 것만은 환히 꿰뚫어보아야"(『소설가 구보씨의 일일』, p.274) 한다고 할 때 그 '꿰뚫어봄'의 작업이 그에게는 현실의 재현이라는 소설 쓰기의 전제가 되는 것이며 그 실제가 바로 관념과 사유의 행위가 되는 것이다. 그럼에도, 그의 글쓰기가 명상록이든가 철학 에세이가 아니며 문학이고 소설이라는 주장은 어떻게 가능한가. 그 대답은 당연히, 그의 관념의 구체성과 그것을 떠받치고 있는 문학적 형식에서 찾을 수 있다.

형식이라는 측면에서 보면, 그가 다룬 주제들 이상으로 훨씬 다양한 방식들을 우리 현대 문학에 제시하여 오늘의 한국 소설사를 살찌우게 해온, 가장 힘 있는 작가로 천거해도 좋을 것이다. 그의 대표작인 『광장』을 비롯한 여러 중단편들은 전통적인 소설 기법을 따르고 있지만, 그러나 실험적인 혹은 개척적인, 새로운 형태 추구의 창작이 보다 많고 풍요할 뿐만 아니라 그 실험과 개척이 1960년대와 1970년대의 우리의 현실과 대결하는 작가의 뛰어난 방법적 정신을 이룬다는 점은 여기서 거듭 강조되어야 할 것이다. 가령 그의 「크리스마스 캐럴」과 「총독의 소리」는 서기원의 「마록열전」과 함께 우리 작단과 시단에 일종의 유행을 일으킨 '연작' 형식의 효시가 되고 있는데, 그 연작의 형식은 같은 주제의 되풀이를 통해 모호한 우리 사회의 변화에 대한 진지한 반추의 작업을 수

행하고 있음을 시사한다. 이 「총독의 소리」 「주석의 소리」가 장편소설 『회색인』 『서유기』와 더불어 취하고 있는 이른바 '에세이 수법'은 작가의 사유의 직접적인 표현 양식으로서, 허구보다 더욱 착잡한 현실에 대한 지적인 성찰을 소설가가 문학의 형식으로 빌려 제시하고 있음을 보여준다. 중편소설들인 「구운몽」 「하늘의 다리」는 그 후의 이제하와 최인호가 사용하고 있는 환상적인 수법을 채용하고 있는데, 그것은 현실을 현실 그대로 드러낼 수 없는 억압적인 정황에 대한 작가의 우의적이기도 하고 방법적이기도 한 전략의 한 술책으로 해석될 수 있을 것이다. 연작장편소설 『소설가 구보씨의 일일』은 소설의 극적 구조를 해체하며 '지식 노동자'인 작가의 일상 행보를 자유롭게 기술하는, 1960년대의 김승옥·홍성원이 곧잘 사용한 '피카레스크' 기법의 차용인데, 그의 피카레스크가 다른 작가의 그것들과 다른 것은 '악한'의 분방한 행동이 아니라 사유의 방만한 배회를 따라가는 심리적 피카레스크라는 점이다. 그 피카레스크 수법은, 『돈 키호테』 이후 서양 소설사에 하나의 갈래를 형성한 그 형식이 지시한 바처럼, 전통적인 풍속과 의식은 허물어지고 있음에도 아직 새로운 풍속과 보편적인 의식은 형성되지 못한 가치 체계의 진공 상태를, 주인공인 '악한picar'의 방황과 유랑을 통해 선명하게 그려내는 효과를 갖는데, 산업화 초기를 이루는 우리의 그 1960, 1970년대가, 바로 중세가 붕괴되고 미처 근대에는 도달하지 못한 세르반테스의 시절과 유사한 시대 전환적 계기에 처하고 있음을 암시하는 것이기도 하다. 최인훈은 그 피카레스크 소설을 통해 전환기의 우리 지식 사회의 내면과 의식의 풍경들을 묘사한 것이다. 그가 도미하기까지의 마지막 장편소설인 『태풍』은 그로서는 관념이 가장 많이 거세되고 전통적인 리얼리즘 기법에 가장 성실해 있는 소설이지만, 그 소설의 주인공은 가공의 한 식민지 지식인으로서 그가 놓인 정황은 후의 복거일의 『비명을 찾아서』가 성공을 거둔 '대체역사소설'적 성격을 갖는다. 마지막으로, 최인훈이 근년의 우리 젊은 작가들이 제창하고 있는 포스트모더니즘에서 가장 애용되고 있는 패러디 기법의 가장 열정적이며 선구적인 개척자임을 강조해야겠다. 그의 『소설가 구보씨의 일일』이 박태원의 1930년대 중편소설의 패러디이거니와, 장편소설 『서유기』와 중편 「구운몽」, 단편 「춘향뎐」 「놀부뎐」 「금오신화」는 물론 중국과 우리의 고전소설의 패러디이다. 그의 패러디가 1990년대 소설의 패러디와 다른 것은 원작에 깊이 기대어 그것의 줄거리나 플롯을 차용하는 것이 아니라 원작의 제목과 주제를 빌리면서도 그 작품의 실제는 작가 자신의 상상력에 따라 자유롭고 활달하게 소설적 전개를 이루는 패러디라는 점이다. 그 점에서 그의 패러디는 오늘의 포스트모더니즘보다 훨씬 앞서 나아가고 있는 것이다.

2

반 세대 남짓의 길지 않은 기간 동안에 최인훈이 이룩해온 문학적 성취와 그것이 다루고 사용한 주제와 방법의 성격을 거칠게나 먼저 개관한 것은, 침묵 혹은 은신의 20년 만에 발표된, 그로서는 가장 방대한 규모의 장편소설 『화두』를 살펴보기 위해서이다. 아니, 이렇게 말하는 것이 보다 정확할 것이다; 작가 자신에 의해 그려진 초상화이며 서술된 자술서로서의 『화두』를 통해서 우리는 비극적인 분단의 땅과 시대 속에서 힘들게 살아야 했던 한 지식인의 내면적 사유의 전개와 그것들이 육화된 뛰어난 문학적 성과들이 가능하게 된 뿌리리와 심리, 그것들의 현상과 의미를 캐내고 이해하기 위해서이다. 한마디로, 쉽게 말해, 그것은 최인훈과 그의 문학의 연구에 결정적인 자료가 된다는 것이며, 자기 연구를 위한 그 '자료' 자체가 문학 텍스트로 이루어짐으로써 소설 『화두』에 대한 우리의 화두는 이중의 문학성으로 다가오는 것이지 않을 수 없다는 것이다. 900쪽이 넘는 이 '자술서'에 이미 기왕의 그의 창작에서 사용된 형식과 문체가 두루 활용되고 있고 그의 작품 주제들이 되풀이 혹은 새로이 전개되고 있기 때문이다. 가령 소년 시절에 대한 많은 회고들은 그의 「두만강」을 되풀이 그러나 새롭게 쓰고 있고, 지금 읽고 보고 경험하고 있는 것들에 대한 기록은 『회색인』『서유기』의 에세이풍의 글쓰기의 연장선 위에 놓여 있으며, 그 자신의 작품에 대한 창작의 경위와 심리 과정은 전집에 정리된 두 권의 문학론과 수필들의 실제에 적용될 것들이고 자신의 희곡 작품이 미국에서 두 차례 공연될 때의 서술은 일종의 연극 연출 메모이며, 미국에서의 생활과 소련의 방문에 관한 부분은 작가의 문학적 여행기이며 시사적인 사건들에 대한 성찰과 단상은 저널리스트의 칼럼과 닮아 있고, 그러고도 일기들이기도 하고 독후

감들이기도 한데, 그 착종하는 화법의 화자는, 그럼에도 끊임없이, 『광장』의 이명준의 변신임을 보여주고 있으며, 그래서 작품의 맨 마지막 장의 맨 마지막 문장을 "이 소설은 어느 가을밤에 그렇게 시작되었다"로 맺음으로써 이것이 '소설'임을 확인시켜주고 있는 것이다. 『화두』가 이룬 가장 큰 의미는, 적어도 '소설'이란 그 형식에 관한 한, 이 모든 수법들·문체들이 모두 소설이란 장르에 속해 있는 것이며, 그럴 만큼 소설은 한껏 열려 있는 장르임을 방법적으로 제시해준 점일 것이다. 최인훈은 유기적 플롯이라든가 맥락의 일관성 유지라든가 사유의 직접 표출의 회피라든가 하는, 소설 장르의 기왕의 틀로부터 한껏 해방되고 기존의 규제로부터 마음껏 자유로워지고 있으며, 그것이 바로 자기의 '소설' 방식이며 개념임을 확인시켜준다. 그래서 그는 한 기자에게 "나는 '포스트 포스트 모던한' 소설도 겁나지 않는다"고 자신 있게 말할 수 있었으며(『주간조선』, 1994. 4. 7), '독자에게' 주는 이 작품의 머리말에서, "즉, 이 소설은 소설이다"(I: 19)라는 동어 반복을 당당하게 선언할 수 있었을 것이다.

그가 어떻게 해서 전통적인 소설 규범을 해체시켜 그 장르를 예술에서의 가장 개방적인 형태로 열며 그 수법을 개척할 수 있었을까. 그것은 그가, 소설에 대해 '현실의 재현'임을 고집하는 리얼리즘을, "예술가로서는 이 세계에 대한 육체적 저항에 맞먹는 본질적 저항"(I: 379)으로 거부하면서 '의식의 발생현상학'으로 분명하게 인식하는 데서, 다시 말하면, "예술이라는 것은 현실을 모사하기 위하여 창작자의 마음이 동원되는 것이 아니라 창작자와 감상자의 마음의 평화를 위하여 현실이 동원되는 것이라는 생각"(I: 140)에서 빚어진 것 같다. 그에게 있어 이 작품의 제목이면서 그의 사유의 과제를 이름하기도 하는 '화두'란 말은 "마음이 벗어놓은 허물들, 마음이 머물다 간 거푸집인, 이미 틀 지어진 기성의 개념들을 벗어나서 마음의 생성과 변화를 거슬러가보려는 결의가 내비치는 말이다. 생물학에서의 발생發生의 개념을 의식에 적용하려는 태도다. 이 '발생'이라는 개념으로 의식 현상을 이해하는 것이 지금의 나에게는 제일 생산적으로 느껴진다. 의식의 발생과정의 가장 분명한 궤적이 언어라는 생각이다. 언어 이전에도 의식은 있었지만, 언어의 발생을 분수령으로 해서 의식은 동물의 감각과 갈라진다"(II: 25)라고 쓰고 있다. 이 몇 문장은 그의 이 작품에서 집요하게 제시되고 있는, 의식은 끊임없이 새롭게 태어나고 진전해야 하며, 그것은 언어와 그것의 표현체인 문학으로 전개, 형상화되고 그러함으로써 인간은 '생물인류학적' 수준으로부터 '문화인류학적' 수준으로 증폭하는(I: 123) 일을 이루게 된다는 지론을 간명하게 표현해주고 있다. 그러니까 그에게는 의식이 먼저이고 주인이면서 다른 모든 것과 의식 그 자체까지도 가늠할 수 있는 잣대가 된다. 그가 '독자에게' 부쳐 이 소설의 성격을 스스로 규정해주는 서두에서, 인류를 '커다란 공룡'에 비유하면서 그럼에도 그 공룡과 다른 것은 인간이 '의식'을 가졌기 때문임을, 그래서 "의식으로만 자기 위치를 넘어설 수 있을 뿐"(I: 18)임을 분명히 해주는 데서 의식에 대한 그의 극도의 편향을 짐작할 수 있다. 그의 소설들이 독자들에게 '현실 경험적'이기보다 '관념적'으로 읽히는 것은 그가 글쓰기를 의식의 발생과정으로 만들고 있기 때문이며 그의 작품들이 다양한 수법들을 개발하여 효과적으로 사용하고 있는 것은, 그럼에도 그 수법의 개발이 가령 포스트모더니스트들처럼 표 나지 않게 보이는 것은, 그의 의식들이 다양하게 발현된 덕분이며 의식과 표현의 그 긴밀한 유기성이 기법을 위한 기법의 가화성假花性을 억제해준 때문이다.

『회색인』이 의식하고 있는 사람 곧 사유인의 색깔을 그려주는 것이며 『서유기』가 그 분방한 사유의 모험을 따라가주는 것이라면, 『화두』는 바로 그 의식의 주제 혹은 그 방식을 가리킬 것이다. 그가 왜 이처럼 의식하는 사람, 즉 사유인으로 성장했을까. 원천적으로 우리는 그것이 그의 '운명'이라는 것밖에는 달리 설명할 수가 없다. 그러나 그의 의식에 대한 의식을 비롯시킨 그의 '책 읽기'에의 집중은 아무리 강조해도 지나치지 않는다. 그의 생애에 대한 이 길고 긴 작품의 맨 처음이 그가 고등학교 1학년 때 읽은 조명희의 단편 「낙동강」에서부터 시작한다는 점, 그 독서 경험이 끈질기게 그의 이후의 의식에 적극적인 작용을 가하고 있다는 점은 그래서 매우 시사적이다. 그는 아버지의 책들과 자신이 산 책들, 그에게는 또 하나의, 그러나 제도적인 학교보다 더 좋은 '학교'로 확신하게 되는(I: 90) 도서관의 책들을 모조리 읽었고, 법대에서 고시 공부하기를 포기하고 책을 읽었으며 군대 훈련을 받으면서도, 미국의 잡지 창고에서 아르바이트를 하면서도 그의 독서는 계속되었다. 그의 책 읽기는 아마도 사르트르나 보르헤스 못지않은 열정의 대상이었을 것이다. 세상을 책을 통해 이해한다는 점에서는 사르트르와 같지만, 그러나 그는, 그 이해를 현실 세계에 투척하는 사르트르와는 달리, 세계를 그의 책 읽기의 의식 속으로 끌어들인다는 점에서 다르다. 이미 초등학교 시절의 최인훈 소년은 "지금껏 읽어왔고, 가지고 있고, 빌려보고 있는 책 속의 세상과 바깥세상은 나에게 아무 문제 없이 함께 살고 있었다"(I: 30)고 생각하며, 책의 저자가 되어 미국 생활을 하면서는, 미국인들의 "생활을 내가 책 속에서 읽은 현실의 불완전한 모사처럼"(I: 140)까지로 느끼게 된다. 그는 오히려, "'쾌락'이라는 것을 '책' 밖에서 구하지 못해서 괴롭게 느껴본 적은 없"으며 나아가, "내게는 '책' 속에 있는 쾌락, 풍요, 평화는 '물질적'으로 존재"(I: 134)한다고 확신하는 점에서 보르헤스에 더 다가가 있다. 실제로 그는 보르헤스처럼 "도서관에서 나는 무엇인가가 되기 위해서 태어나가고 있었다"(I: 62)고 회고하고 있고 "책 속에 있는 사람을 굳이 책 밖의 사람들의 탁본拓本이라고 생각지 못하고 다른 방식으로일망정 책 바깥 사람들에 못지않은 힘과 권리를 가지고 살아 있는 사람으로 알고 싶어 한 '책환상'"(I: 67)을 고백한다. 그러나 남아메리카 대륙의 비애의 역사를 체험하면서도 '책환상'을 향유하는, 그래서 서구 문화에 대한 인류사적 사색에 젖어 있는 보르헤스로부터는 비켜나서, 책을 통해 이루어지는 최인훈의 의식의 전개는, 책들이 주는 꿈과 환상 이상으로, 식민지 시대의 교육을 받고 분단된 현실에 괴로움을 당하며 미국과 소련의 패권주의에 민족이 시달리는 우리 현대사의 운명에 대한 성찰로, 더 강하게 뻗어나간다.

W시에서 도서관을 들락거리며 처음 읽은 『쿠오 바디스』에서 그

를 혼란에 빠뜨린 것이 '노예철학자'란 말이었다. "이것은 대체 어찌 된 일인가. 신분이 노예인데 직업은 철학자다. 철학자가 신분은 노예라고"(I: 57). 소년기에 발견한 이 기이한 교집은 어른이 된 이후의 그에게, '노예철학자'가 바로 그 자신에게 해당된다는 사실로 다가옴을 그는 깨닫지 않을 수 없게 된다. 전쟁의 그 곤핍한 삶 속에서도 책만을 읽던 그 자신을 회고하면서 그는 "몸만 가지고 LST에 실려온 피난 가족의 맏이가, 온 나라가 그대로 확대된 피난민 수용소 같은 사회에서 취미에 빠져 살다니!"(I: 321)라며 자신의 '자기중심주의'를 탄식하고 미국에서 본국의 신문들을 보면서 그는 마침내 우리 민족들이 "노예선 밑창에서 노를 젓는 노예들. 거기서 태어나서 거기서 나이 먹은 노예들. 갑판에조차 올라가보지 못한 노예들은 그 고통이 즉 인생이라고 몸이 체념하고 살아간다"고 인식하며, 그런 노예―민족의 일원인 그 자신도 "어쩌다 이 사슬에서 풀려 자기 있던 자리를 바라보게 된 노예"임을 깨닫는 '나'는 "배 밑창에서 책도 읽었고 글도 썼고, 갑판이 있다는 것도 알고 있었"지만, "그러나 그것은 '알고' 있었을 뿐 그렇게 '있는' 상태는 아니었다. 그것은 노예철학자의 '앎'이었다. 〔……〕 도망해온 변방 나라의 노예철학자 그가 나"(I: 413)였음을 깨닫는다. 최인훈은 자신이 노예임을 깨닫는 식민지 작가로서 임화와 조명희를 꼽는다. 임화는 "그가 받아들인 체계의 노예가 아니라 그 체계의 주인이 될 수 있는 경지에 접근해갈 수 있는 유연성이 엿보이기 때문"이며, 그가 되풀이 읽고 회상하고 의식하고 있는 조명희는 "더 이상의 국내 활동의 전망에 회의를 느끼고 망

명”하였고 “망명지에서 사망했으므로” “해방 이후의 역사로부터
는 깨끗한 순수 좌익 문학자로서 문학사에 남게”(Ⅱ: 78) 될 수 있
었던 지식인이었다. 그러나 그렇다 하더라도, 그의 말처럼, ‘앎’
과 ‘있음’은 다른 것이었고, 더욱이 그 ‘앎’ 조차 노예적인 과정을
통해서가 아니었던가. 그 앎의 계기가 식민지적 노예 상태로 이루
어졌다는 최인훈의 깊은 탄식은 임화와 조명희가 자신들의 이데올
로기가 현실화하는 본으로 생각한 소련 여행에서 이렇게 우러난
다: “청춘도 되기 전 소년 시절의 희미하면서도 까닭 없이 슬프던
환상이여. 다만 알파벳을 쓰는 외국 남녀의 이름을 그것도 자기
나라 말도 아닌 일본말 번역으로 읽으면서도 능히 슬플 수 있었던
열락의 시절이여. 제국이 무엇이리, 정치가 무엇이리, 역사가 무
엇이리, 그때 분명하게 열린 구름 사이로 황금의 화살처럼 가슴에
와서 박히던 천상의 음악을 언제까지나 즐길 수 있는 것이 인생이
라면 얼마나 좋겠는가”(Ⅱ: 438~39).

3

　최인훈이 비록, 가장 집요한 독서가이고 현실을 의식 속으로 끌
어들이는 진지한 사유인이며, 그래서 남의 나라 말로 이루어진 책
들을 통해서도 ‘열락’에 빠져들 수 있다 하더라도, 그와 그의 가
족, 그리고 우리 민족이 처한 ‘노예’적 상황을 벗어날 수 있는 것
은 아니었다. 우리야말로, 그가 고통스레 강조하듯이 “자기 자신

에게조차 자기가 확실치 않은 시대"(I: 78) 속을 살아온 것이었다. 최인훈의 자기소개에 의하면, 그는 함북의 H읍에서 목재상을 하는 비교적 유복한 집안에서 태어났고 점잖은 아버지와 자상한 그의 어머니는 그가 맏이임에도 책이나 읽고 생활에 대해 무책임한 것을 싸안아주었으며 아들이 기대를 깨고 법대를 중퇴하며 엉뚱하게 문학을 하는 데에도 핀잔을 주지 않았다. 그렇다고 해서 그의 생애의 역사가 안락하고 자유로울 수 있었던 것은 아니었다. 그가 외국어로 교육받고 책을 읽는 기이한 성장기적 경험에서 갖게 된 민족적 비애는 후에 그가 느낀 것이라 하더라도, 그리고 해방이 되고 북한에 공산주의 정권이 들어서면서 그의 아버지의 실직으로 H읍에서 W시로 이사하게 한 사회적 변화가 그의 내면적인 독서와 의식 행위에 큰 변화를 준 것은 아니라 하더라도, 그는 한국전쟁 중에 LST를 타고 밤에 항해하여 월남하여야 했고, 피난민의 어려운 생활을 겪어야 했으며 군대에 들어가 사병과 장교로 복무해야 했고, 그리고 가난한 '지식 노동자'로서의 삶을 꾸려가야 했다. 그러한 현실 세계의 이력들이 한편으로는 가족들의 후원으로, 다른 한편으로는 일상의 모든 일들을 의식으로 환원시킬 수 있는 그 자신의 힘 덕분에, 그에게 치명적인 고통을 준 것 같지는 않다. 그러나 그것이 '노예철학자'로서의 자의식을 깨쳐나가거나, 현실과 의식의 결렬을 인식하는 데 방해가 된 것은 아니었다. 이 자의식과 인식을 일깨우는 데, 다시 말하면 순진한 소년 독서광으로서의 작가가, 마침내 자신의 사유와 운명을 스스로 열어가는 계기를 이루는 입사식을 치르는 데에는, 이 작품에서 자주 환기되는 두 개의 사건이 개입된다.

그 하나는 그가 중학생 시절에 받은 '자아비판'으로서, 그가 쓴 벽보가 "거대한 역사적 위업에 대해 자각하지 못하고 자랑스러움이 없는 사상적 태만에서 나온 반동적 생활 작풍"으로 지적받아 지도원 교사로부터 혹독한 심문을 당한 일이었다. 그가 잘못했다고 도저히 인정할 수 없는 일에 대해 비판을 강요받는 고통을 치르고 돌아오면서 그는 "과수원 울타리 옆에 주저앉아 몇 번씩 토"해야 했으며 "선생님이 부당하다는 생각과 내가 변변치 못하다"는 생각 사이에서 빠져나올 수 없게 된다.(I: 53) 이 사건은 그의 내면에 깊이 각인되어 그 자신의 생애에 음영을 던지고 그의 작업에 작용을 가하면서 그의 의식과 사유의 뿌리로 심어진다: "이후의 나의 무의식 속에서는, 이 장면은 제한 없는 무급심無級審으로, 상시 계류 상태인 재판 같았다. 생애를 두고 나는 이 재판의 계류자요, 피고로 자신을 느꼈다. 나의 무의식 속으로 관할이 옮겨진 재판이었으므로 그것은 언제나, 어디서나 열릴 수 있었고, 나이를 먹고 신분이 달라져도 여전히 나의 '자아'는 나의 '자아'였기 때문에 시효도 없는 재판이었다. 이 재판이 나를 떠나지 않는 더 중요한 까닭은 이후의 나의 생애 전체를 통하여 내가 성인으로 살아가는 현실도 이 재판의 모습으로 진행되었고, 나의 직업상의 경력도 이 재판을 빼다꽂은 듯한 유사성을 가지고 진행되었다"(II: 84~85). 실제로 이 자아비판의 장편은 『화두』에서 희곡적인 구성으로 재현되고 있으며, 이미 그의 장편 『회색인』『서유기』의 중심 모티프를 이루고 있어, 그 사건이 그에게 얼마나 깊은 상처가 되어왔

는가를 보여주고 있다. 그러나 작가 자신이 강조하듯이, 그 사건
은 그의 개인적인 생애에만 상처가 되고 있는 것은 아니다. 지도
원 교사가 대변하고 있는 '북쪽 정권'이 엄연히 존재하며 남한과
그 사회의 모든 사람들과 사건들에 가장 강한 규정력을 발휘해오
고 있는 데다가, 바로 그의 부모와 가족들은 그 '검찰관'의 권력을
피하여 미국으로 이민을 갔고 아버지는 작가에게 미국 영주를 권
하고 있었던 것이다. 무구한 소년에게 "너무 깊이 나의 자아 속으
로 들어오려고" 하는 것과 "내가 가지고 있지 않은 '자아'를 내놓
으라고"(II: 84) 요구하는 이 자아비판의 경험이, 그렇지 않아도
우리의 혼란스럽고 비극적인 역사 때문에 스며들지 않을 수 없을
비관적인 전망을, 깊이깊이 작가에게 형성시켜 넣어준 것 같다.
그러기에 그는 분명, 명석한 헤겔리언다운 변증적 사유가임에도
불구하고 "20세기도 인류가 공룡과 싸우고, 힘센 영웅들이 해골로
탑을 쌓고, 자연과 역사를 제어하자는 노력은 바벨의 탑을 쌓는
어리석음이며, 역사에는 법칙이 없고 '불확정성'이라는 새 이름으
로 불러달라는 눈 가린 운명의 신의 주사위 놀이틀인가"(I: 185)
라고 서러워하고, 그 자신은 "세상은 세상인 대로 미궁"임을, 그
의 "글쓰기의 중심"(I: 288)임을 확인하게 되는 것이다.

또 하나의 사건은 '자아 비판회' 사건의 제독제이라기보다는 그
것의 극복의 힘이 되어주는 것이다. 그것은 "첫째 장면과 맞먹는
세력으로 완강하게 지속돼온 다른 기억의 장면"(II: 86)으로, 조
명희의 「낙동강」에 대한 그의 독후감이 작문 교사에게 극찬을 받
으면서 "동무는 훌륭한 작가가 될 거요. 치명적인 예언을 듣"(II:

528

91)게 되는 사건이다. "이 자기 힘으로 얻은 자격——의 예언, 배멀미처럼 온 존재를 뒤집는 경험이다. 소명召命의 의식이 그날 치러졌던 것이다—— 라고, 나는 이후의 시간 속에서 점점 이 기억을 증폭시킨다. 그리고 실지로 나는 작가로 일생을 살게 된다"(Ⅱ: 92). 그는 이후 작문 교사를 매개로 하여 관계를 맺은 조명희로부터 끊임없는 교사敎唆를 받으면서〔그는 "독서감상문을 문학 선생님으로부터 인정받은 사실이 마치 포석 조명희로부터 인정받기나 한 것처럼 전이가 이루어져 있었다"(Ⅱ: 293)고 씀으로써 그가 작가로의 길을 밟는 계기가 되어준 조명희에게 얼마나 경사되었는가를 고백하고 있다〕 스스로 "자아의 탐구와 우주론적 허무주의를 거쳐, 마침내 화두의 매듭을 사회혁명에서 찾고, 그 철저한 실천을 위해 세계혁명의 요새로 찾아간"(Ⅱ: 287) 조명희의 생애를 러시아 여행 중에 추적하기까지 한다. 그러나 인간과 사상에 대한 조명희에의 존경에도 불구하고, 최인훈은 문학에 대한 사유와 창작의 방법론에 관한 한 그와는 다른 길을 추구한다. 하긴, 그가 『광장』(소설 『화두』에서는 『밀실』의 제목을 갖는다)을 쓸 때만 해도, "집단적 이성이 환히 밝히는 사물을 보이는 대로 적으면 그만"(Ⅰ: 367)이어서 조명희와 그리 어긋난 작법을 주장할 필요는 없었을 것이다. 그러나 그 "비교적 투명한 작품"을 쓴 이후, "나는, 바뀐 세상 속에서 『밀실』에서 거듭 후퇴하면서 투명한 것이 다시 흐려 보이고 곧아 보이는 길에서 휘어나간 길에 빠져들고, 보이는 것이 믿어지지 않고 보이는 것은 믿지 못할 일이고 진실은 어딘가 숨어 있는 것이 아닐까 하는 심정이 표현된 것이 이후의 나의 글쓰기의 일반

적 경향"(I: 379)이었다는 그의 술회는 그가 이미 조명희의 사실주의를 뛰어넘고 있음을 말해준다.

그의 문학론은 여기서 더 나아가, 「구운몽」(『화두』에서는 「아홉 겹의 꿈」)은 "내란이 벌어진 어느 가공의 도시에서 헤매는 영문 모르는 개인의 희극적인 모습이 사실주의의 규칙을 벗어버리고 혼돈과 당혹감만이 강조되게 그려져 있다. 그것은 환상도 아니고 비사실주의도 아니었다. 내게는 작품 속에서 강조된 그 풍경의 느낌이야말로, 그 환상성과 부조리야말로, 현실의 가장 사실주의적이고 조리 있는 반영이었다"(I: 380)고 해명함으로써, 리얼리티를 위해 리얼리즘을 포기한 현대 모더니즘의 정신을 드러내주고 있는 것이다. 우리는 이 설명에서 앞서 평가한 최인훈의 형식 개발의 뛰어난 작업들이 이루어지게 된 내적 이유를 짐작하게 되지만, 여기서 최인훈 자신의 개인적 의욕도 밝혀져야 할 것이다. 그는 글읽기는 일본어를 통해서였지만 그의 글쓰기는 한국어였다. 그 사실은 그에게 아주 자연스레 "20세기 우리 문학사가 도달한 언어 감각이 어디쯤까지인가에 대해서도 구체적인 가늠이 없었기 때문에 문학을 그것의 바깥과 안에서 규정하는 이 두 가지 힘에 대한 무한 책임을 가지고 반응하"(I: 119)게끔 한다. 그 반응의 하나가 미국에서 이루어진 『광장』의 한글 문체로의 개정이다. 그에게 익숙지 않은 영어를 사용하는 사람들 속에서, 기왕에 그의 속에 잠재해 있을 "나의 세대의 언어적 혼란, 가치의식의 혼란과 떼어놓을 수 없는" '작가적 위기의식'을 느꼈던 것이고 그래서 그는 " '混用'도 아니고 '혼용'도 아니고 '섞어쓰기'라고 적는 길"(I: 484~85)을 택하게 된다. 그러니까 그 자신은 행복한 역사의 작가들처럼 문학사의 "파도를 자연스럽게 '타면서' 보통 한 작가의 창조는 살쪄갈 것인데도 나는 나 자신이 그 '파도'까지도 만들어내야 하도록 몰리고 있는 듯이 느"(I: 119)끼며 형식적 실험을 하게 되는 것이다.

이떻든, 그는 조명희를 계기로 한 소명감의 획득과 자아비판 사건이 빚은 절망 사이에서 '모순'을 느긴다: "이 축복된 소명의 의식과 위협적인 재판의 전과 사이의 모순이 나의 생애를 두고 나의 무의식과 나의 이성의 공간, 나의 의식의 모두를 지배하려고 싸운다. 한 장면은 피고로서의 나를 확보하려 한다. 다른 장면은 가치 있는 재능으로서의 나를 축복해준다. 게다가 이 두 장면에서 단죄하고 축복하는 이유가, 죄의 증거와 축복의 원인이 같은 사물이다. 같은 것을 놓고 한편에서는 탄핵하고 다른 쪽은 축복한다"(II: 92). 최인훈의 정신과 그 표현인 문학은 그 두 모순의 긴장 속에서 형성되고 있다. 소명과 위협, 축복과 단죄의 싸움은 그러나 작가 최인훈의 한 개인 안에서만 이루어지고 있는 것은 아니었다. 그를 둘러싼 현실이 그러했고, 그 현실을 그렇게 만든 우리의 현대사가 그 싸움을 벌여왔고 우리 민족을 둘러싼 국가 간의 사정에서도 그것은 마찬가지였다. 그의 많은 사고들·성찰들·분석들·논리들은 그 싸움의 해명들에 바쳐지고 있다. 그리고, 분단시대에 갇혀, '남북조'의 땅을 그 자신의 개인적 생애에서뿐 아니라 의식의 세계에서도 보다 깊이 괴로워하며 살아야 했던, "진리의 개인적 실체"(II: 226)로서의 지식인 작가 최인훈이 그 의식들의 집요한 씨름 끝에 도달한 '화두'는, 러시아 여행에서의 조명희가 깨우

쳐준, "몸은 노예일망정 정신까지 노예일 필요는 없었다"(Ⅱ: 294)
는 말매듭이었다. 그 '화두'는 『화두』의 마지막 부분에서 세 번 되
풀이하면서 발전하여, 인간은 우선 자신의 '주인'이 되어야 할 것
임을, 그렇지 못할 때는 폐허가 되어버린다는것을, 그렇게 되지
않기 위해 글쓰기를 해야 한다는 것을 변증적으로 강조한다:

모스끄바에서 저를 기다려주셨군요. 보잘것없는 후배의 러시아
문학기행을 도와주시기 위해서. 너 자신의 주인이 돼라. 문학 공부
는 어려우니라. 알아들었습니다, 선생님. (Ⅱ: 552)

자기를 빼앗기지 마라. 너 자신의 주인이 돼라. 자기를 빼앗기면
지금 이 도시처럼 이렇게 된다네. (Ⅱ: 564)

나 자신의 주인일 수 있을 때 써둬야지. 아니 주인이 되기 위해 써
야 한다. 기억의 밀림 속에 옳은 맥락을 찾아내어 그 맥락이 기억들
사이에 옳은 연대를 만들어내게 함으로써만 나는 나 자신의 주인이
될 수 있겠다. 그 맥락, 그것이 '나'다. 주인이 된 나다. (Ⅱ: 586)

"너 자신의 주인이 돼라"는 최인훈의 경구는 우선은 그 자신을
향한 것이지만, 식민 통치와 분단과 외세와 전쟁과 궁핍의 역사를
이끌면서 그 자신과 함께 우리 모두의 생애를 규정해온 우리 민족
전체를 향한 것이기도 하며, 세계사적인 재편성을 진행시키고 있
는 혼돈 속에서 그에 합당할 위상을 찾아야 할 우리의 국가적 선택

을 위한 것이기도 하고 그래서 그것은, 이 여러 층위에서, 우리가 진지하게 받아들여야 할 명제가 된다.

*

『화두』를 소개하는 박해현의 글은 이 작품이 '사유의 방목'을 즐기고 있다고 적절하게 쓰고 있다(『주간조선』, 1994. 4. 7). 그것이 '소설'의 형태를 띠고 있음에도 '방목'이기 때문에, 최인훈의 사유는 아주 자유롭게 움직이고 규제 없이 배회한다. 그는 그 자신의 생애를 위한 화두로 삼았던 글쓰기 작업에 관한 사유로부터, 오늘의 한국사에 대한 성찰을 거쳐, 현대 세계를 주도했던 모택동·주은래·닉슨 등등에 대한 재음미와 우리 현대사를 규정하는 힘으로 작용해온 미국과 소련에 대한 관찰과 소감을 풍성하게 풀어놓는다. 그 화제들 간의 관계는, '방목'답게, 심층적으로는 유기적인 연관을 맺으면서도 표면적으로는 굳이 인과의 고리를 맺지 않기도 하며, 그 자신의 내면적인 의식의 진행 상태처럼, 일탈하기도 하고 급전하기도 하며 중단하기도 하고 집요하기도 하다. 그렇게 때문에, 우리는 논리적인 읽어내기를 포기해야 하기도 하며 사실과 픽션에 어리둥절하게 되기도 하고, 돌연한 변전에 그것을 쓴 사람의 내면 구조를 추쇄해보아야 하기도 한다. 작가는 우리의 그러한 읽어내기를 통해, 소설이란 형식의 자유로움과 사유인으로서의 최인훈의 정신과 사고의 무한 전개를 배워가게 한다. 마치 그 자신이 미국에서 그랬던 것처럼, 적어도, "괴로움은 배울 수 없겠지만,

괴로워하는 방식은 배울 수 있다는 것"(I: 201)을 그는 우리에게 가르쳐주고 있는 것이다. 미국에 대한 긴 단상과 소련에 대한 논리적인 성찰, 그리고 아버지와의 회상의 대화 속에서 발견하는 '기억의 현상학'적 전개는 그 가르침의 대표적인 것 중 몇몇이다.

이 책을 낸 후 가진 이문열과의 신문 대담(조선일보, 1994. 4. 17)에서 최인훈은 "몇 편의 장편과 희곡도 구상 중"이며 오래잖아 새로운 화두가 "터질" 것임을 밝히고 있다. 그의 문학과 정신을 존경하며 작가로서의 운명에 대한 그의 집요한 천착에 경의를 보내는 독자로서의 우리는, 이번의 『화두』에 이을 새로운 '화두'를 통해 그의 자유로운 발언을 더 듣고 알아야 할 권리가 있을 듯하다. 근년의 우리의 현격한 변화들에 대해, 그것들이 이제껏 그의 이력을 괴롭혀온 남북 분단 문제들과는 아마도 상당히 먼 거리에 있기 때문에 그의 의견을 듣고 싶은 것이며, 상대적으로 적게 말해진 그의 기왕의 작품들에 대한 그의 창작 심리적인 움직임을 알아야 할 것이고, 거의 말해지지 않은 그의 가족(부모와 형제가 아닌, 아내와 자식들) 혹은 그들에 대한 그의 사랑의 경위를 들어야하는 것이다. 우리의 이 욕심들이 20년 만에 "터진" 그의 화두에 틀림없이 자극받았을 그의 창작에의 욕망과 함께, 아름답고 풍요하게, 다시 피어나기를 바란다.

〔1994〕

관념의 세계시민과 현실의 세계시민

— 나를 매혹시킨 이 한 권의 책, 『화두』

김호기

(연세대 사회학과 교수)

이 땅 지식인의 고뇌를 다각도로 탐색한 대표적 소설가

연구하고 가르치는 것을 직업으로 하는 내게 책 읽기란 여가라기보다 일이다. 여가로서의 책 읽기 가운데 유일한 게 있다면 그것은 소설 읽기일 것이다. 하지만 소설을 읽는 데도 사회학자로서의 생각이랄까 시선이라 할 수 있는 것을 거둘 수 없으며, 아무래도 작가가 주는 사회적 메시지에 주목할 수밖에 없게 된다. 그래서인지 몰라도 지식인 소설가들의 작품에 주로 관심을 갖고 읽게 되는데, 이 가운데 내가 특히 애착을 갖고 존경하는 소설가는 움베르트 에코와 최인훈 선생이다. 에코가 방대한 지식을 바탕으로 '소설 아닌 소설'을 통해 포스트 모더니즘의 메시지를 전하는 기호학자라면, 최인훈 선생은 이 땅에서 살아가는 지식인의 고뇌를 다각도에서 탐색한 대표적인 소설가라 할 수 있다. 최인훈 선생의 소설 가운데 나를 진정 매혹시킨 책은 다름 아닌 『화두』다.

냉전이 공식적으로 끝나고 세계가 마치 하나가 된 것처럼 우리의 삶이 더 이상 민족국가 영역에만 머물러 있지 않았던 1990년대 중반 최인훈 선생의 『화두』가 준 충격은 결코 작지 않았다. 1994년, 그동안 희곡 작업을 했다고는 하나 문학 비전공자들에게는 『광장』의 작가로만 기억되고 있던 때 발표된 『화두』는, 한 소설가의 회고담으로 읽기에는 너무나 묵직한 당대성을 갖고 있었기 때문이다. 그 핵심에는 아마도 종종 평론가들이 인용하는 "사람은 관념의 세계시민은 될 수 있어도 그와 마찬가지로 현실의 세계시민이 될 수 없다는 실감"이 놓여 있을 것이다. 한편에서는 세계화가 빠른 속도로 진행되어가고 다른 한편에서는 테러와 민족 갈등, 인종 청소가 난무하는 세계를 살아가는 우리들로서는 한 지식인의 이런 자기성찰적인 어조는 감히 외면하기 어려운 진실성을 갖고 있다.

4·19세대가 부르짖은 자유의 외침은 세계시민권의 외침

1936년에 태어나 어렸을 때는 일본의 식민지 교육을 받고, 해방 이후는 북한에서 사회주의 체제를 겪었으며, 전쟁이 나자 월남해 영어를 배우고 자본주의를 공부해야 했던 선생에게 고향이란, 그리고 민족이란 과연 무엇이었는가. 어쩌면 선생이 꿈꾸었던 관념의 세계시민이 선생의 꿈만이 아니었다는 데 우리 현대사의 비극이 놓여 있을지도 모른다. 돌이켜보면 해방과 분단, 전쟁으로 이

어지는 우리 현대사에서 또 하나의 강력한 주체는 세계 사회였다. 제3세계 지식인으로서의 선생이 꿈꾸었던 보편적 세계시민이라는 상은 이런 점에서 어색하지 않을 뿐만 아니라, 격동의 현대사를 거쳐나왔던 젊은 세대의 꿈이기도 했다. 4·19세대라 할 수 있는 이들이 부르짖은 자유의 외침 역시 보편적인 세계시민권의 외침이었을 것이다.

하지만 선생과 4·19세대가 깨닫게 되는 것은, 현실 논리란 이런 이상만으로는 파악될 수 없는 매우 복합적인 것이라는 점이다. 이런 자각에 도달하는 데는 미국이라는 공간이 적어도 선생에게는 매우 적절한 곳으로 보인다. 이 제국의 중심부 속에서 선생은 자신의 과거를 곰곰이 돌아보고, 또 개인사와 한국사를 엇물려 성찰하고 있다.

『화두』 전편을 통해 가장 인상적인 이야기는 자아비판, 고등학교 작문 선생, 그리고 포석 조명희의 소설인 「낙동강」이 어우러져 만들어내는 선생의 내면세계다. 자아비판 시간은 주인공에게 지속적으로 상기되며 선생은 계속해서 자신을 재판대에 세운다. 그 맞은편에는 자신에게 글쓰기에 대한 소명의식을 갖게 한 작문 선생의 독려가 있다. 또한 이 글은 바로 「낙동강」에 대한 감상문이었고, 이후 조명희는 선생을 지탱하게 하는 든든한 지지자가 된다.

후반부의 소련 여행은 실상 조명희와의 대면이다. 소련에서 1930년대에 숙청되었던 포석의 자료를 추적하는 것은 자아비판의 기억과 문학이라는 이상을 재해석할 수 있는 계기가 된다. 이 재해석을 통해 20세기 세계 역사와 한국 역사는 서로 맞물려 돌아가는 흐름이 되고, 그 속에서 한 개인의 역사가 회고되고 또 재구성된다. 『화두』의 묵직한 어조는 이 재해석을 선생이 일방적으로 휘두르고 있지 않다는 점에 있다. '행간을 읽어달라는 희망'이 암시하듯이 『화두』는 한국의 현대사를 모두 아울러 그것의 전후좌우를 정리하겠다는 야심을 펼쳐 보이지 않는다. 오히려 우리의 현대사는 달빛이 고즈넉이 비쳐주었던 LST 선상에서 바라다본 한 항구도시의 풍경, 그리고 그것을 회상하는 미국의 한 거실 사이의 오고감을 통해 담담히 회고된다. 선생은 그 기억들을 소중한 세간처럼 어루만지며 그동안의 세월이 만들어낸 바뀌어진 자리에다 여기저기 놓아보기도 한다.

돌아보면 『광장』을 처음 읽었을 때의 감동과 『화두』를 읽었을 때의 감동 사이에 큰 거리는 없는 것 같다. 그것은 한국 현대사에서의 주요 사건들과의 대결을 펼쳐놓은 것 같기도 하고 한 지식인의 내면을 펼쳐놓은 것 같기도 해서 스토리에 빠져들다가도 이내 주인공의 냉정한 자리로 한 걸음 물러나야 했던 거리두기로부터 오는 감동, 소설의 뜨거우면서도 차가운, 그래서 비극적 현대사를 견뎌와야 했던 우리 안의 복잡한 코드들을 올올이 풀어헤치는 감동이다. 이 감동은 과학적 사실의 발견이라는 사회학적인 감동과는 달리 삶의 진실의 발견이라는 예술적인 감동이며, 언어로 씌어져 있으되 언어로 전달할 수 없는 비언표적인 감동이기도 하다.

미국과 러시아로 배경을 확대, 민족의 의미를 진지하게 고민

『화두』의 절정은 낯선 이국 땅에서 이루어지는 민족과의 조우다. 버지니아의 한 서적 창고에서 본 도지道誌에 실린 '장수 잃은 용마의 울음'이 벼락처럼 선생의 의식을 송두리째 뒤집어놓은 것이다. 이것은 이후 선생이 희곡 작품을 쓰게 된 계기가 되며, 마침내 가족과 함께 미국에 정착하려 했던 선생이 또다시 혼자서 고국으로 돌아오게 되는 '사건'으로 그려진다. 밤이 지배하는 "제 고장에서 유형流刑을 사는 그 고향"인 그리운 조국으로 돌아오고야 마는 선생의 선택은 민족주의와 세계주의의 긴장을 견뎌온 해방 이후 우리 지식인의 자화상이라 하지 않을 수 없을 것이다.

『화두』가 선생이 앞서 발표한 소설과 다른 점은 그 무대를 한반도라는 지역적 배경을 벗어나 미국과 러시아로 확대시키고, 그 속에서 민족의 의미를 진지하게 고민하고 있다는 점이다. 물론 선생이 민족에 대해 관심이 없었던 것은 아니었지만 『화두』에 와서 민족은 그 관심사의 한가운데에 놓이게 된다. 선생이 오랜 우회로를 통해 도달한 것은 민족이 이념을 넘어선 '그 어떤 것'이라는 자각이다. 여기서 그 어떤 것이란 오랜 시간 동안 선생 자신의, 우리 모두의 삶을 지탱해온 것, 또한 지난 20세기의 구체적인 역사를 이루어온 그 무엇을 의미한다고 볼 수 있다.

민족에 대한 이런 담론은 내가 공부하는 사회학에서도 없지는 않았다. 『화두』가 감동적인 것은 이 문제를 선생은 자신의 삶에서 일관되게 끌고 나간다는 점에 있다. "고등학교 문학시간의 한 단원에 대한 완전학습이 이루어지자면 이렇게 한 생애가 필요하고, 역사가 갈 데까지 가기 전에는 정답이 나오지 않는 것이 내가 산 세월의 문학시간이었다"고 술회하는 선생의 목소리에 적어도 나는 감동하지 않을 수 없었다.

전 생애를 걸고 내리는 이런 결론은 나를 긴장시킨다. 역사가 끝날 때까지 정답이 나오지 않는다는 한없는 유보 앞에서는 어떤 전율감마저 느껴진다. 삶과 그 삶을 해석하는 과정에서 결론이 없을 수는 없다. 규범적으로 옳든 그르든 어떤 식의 평가는 늘 이뤄지기 마련이기 때문이다. 하지만 섣부른 결론은 역사와 사회는 물론 우리의 삶마저 화석화시킬 가능성이 높다. 결론은 늘 유보 가능성을 남겨둔 채 개진되어야 하며, 그 결론은 늘 자기 한정적인 맥락하에 내려져야 한다는 게 선생이 던지는 또 하나의 메시지일 것이다.

이 책이 처음 출간되었을 때 이 짧지 않은 소설을 읽는 데 그렇게 많은 시간이 걸리지 않았다. 하룻밤을 새워 단숨에 읽었기 때문이다. 마지막 책장을 덮는 순간 소설 속의 장면들과 이야기들이 어지럽게 머릿속에 피어났던 기억이 새롭다. 한 가지 여전히 떠오르는 분명한 기억은 『화두』의 이야기는 선생만의 이야기가 아니라는 생각이었다. 관념의 세계시민과 현실의 세계시민, 이것은 오늘날 비서구사회 지식인이 부딪히는 가장 큰 딜레마이기 때문이다. 그러다 두 해 전 이 소설을 다시 읽었을 때는 며칠이 걸렸다. 여기저기 언더라인을 치기도 하고 내 생각들을 행간에 써넣기도 했다. 그때 나는 언젠가는 『화두』에서 선생이 제기한 문제에 대해 후배

세대로서 사회학적 답변을 써야 한다고 생각했다.

　아직도 이 약속을 지키지 못하고 있기는 하지만, 언젠가는 내가 풀고 싶은 숙제 가운데 하나이기도 하다.

〔2003〕